新丝路文库

一条不容低估的文学带

River
of
Fire

火
河

QURRATULAIN HYDER

〔印度〕古拉杜因·海德尔 著

朱瑾 译

上海文艺出版社
Shanghai Literature & Art Publishing House

新丝路文库

编 委 会
(按姓氏笔画排列)

冯植生　　张晓强　　林洪亮　　高　兴
曹德明　　蔡伟良　　薛庆国　　穆宏燕

一

孔雀时代

这是高塔姆在新季节来临时见到的第一只红丝绒螨，这种被神赐予红色绒袍的美丽昆虫是雨林里的花魁，有着为雷雨之神因陀罗的新娘，云雾霓裳的主人之誉。这一只正在叶缘边蠕动着，突然一阵东风吹过，裹挟着它坠入湿润的泥土里。高塔姆小心翼翼地用一根小树枝把它从地上攫起来放进自己的手心。森林里红丝绒螨的纷至总是伴随着雨水的降临，这些身形曼妙和色彩完美的小东西究竟从何而来，又将前往何处？它们那短暂的存在，却是一生的气数。这只落单的红丝绒螨在苍茫而深幽的丛林中显得如此孤零，此时此刻它只是安详地栖息在高塔姆的掌心，说不定很快也难逃被动物或过路者一脚踏碎的命运。

高塔姆把它放在一边，摘下一片叶子，折成小船。一条由雨水汇成的小溪正潺潺地从高塔姆倚坐着的大榕树树根下流过，他让那只红丝绒螨滑进小船里，然后将船推入"海洋"，对于这么一个小生命，眼前的溪流又何尝不算一片海呢。"别了，因陀罗的新娘。"高塔姆一边说着，一边注视着水波将小船带走。

他抬头望了望天空，收拾好自己的东西和布袋继续行程。他在葱郁的草丛中看到另一只红色的红丝绒螨，这个神秘的天外来客也正缓慢地进行着一场未知的旅程。高塔姆本可以完全无视这些可爱又无助的挡路小生灵，但他还是格外留意地跨过草丛，一脚踏上了泥路。

现在他觉得有点儿累了。这是高塔姆·尼拉拔在舍卫城森林大学最后一年的学习，此前他为了学习更多的知识，从老家舍卫城一路走到萨基特。在他听了一位百岁圣人关于宇宙学的演讲后，便觉得自己的头脑中流淌着一整条星河。于是新学期伊始，他又长途跋涉，回到了自己的故乡。因为正值雨季，他不得不时常停下来在树下躲雨。

这趟旅程并不轻松。作为一个学生，他不被允许使用舟车或雨伞，更不能携带钱财。他只能向受敬重的村民讨食物，在树下过夜。这种极端折磨人的生活倒是和耆那教苦行僧们的修炼方式很相称，但高塔姆既不是耆那教徒也并非佛教信徒。他没有剃头，任由头顶的婆罗门发髻与光滑的发卷融为一体。他颇为自己的好相貌而骄傲，事实上，高塔姆很难抑制自己的虚荣和自尊——当然，他也找不到抑制它们的理由。

同乡朋友阿克拉什曾经说过，高塔姆看起来很像那只他们都知道的经常出没在丛林里的孔雀，虽然并没有什么人欣赏他。在那些白发苍苍的师长，学富五车的智者和迂腐苦读的学生包围下，高塔姆仿佛一座孤岛。他喜欢跳舞、绘画和制作赤陶雕塑。一次当他徒步走到卡西学习湿婆恩弟亚舞，他便决定不会像父亲那样成为一名神职人员。他希望从萨拉斯瓦蒂那里汲取智慧和灵感而成为一名创造艺术家。他想要像那些在微小而沉闷的世界里探寻属于自己的宇宙真义的红丝绒螨一样，用他的方式参与这个神秘世界的运转之中。作为舍卫城大祭司唯一的儿子，高塔姆在很小的时候便被送进了学校，这些年他从未离开过那里，将自己毫无保留地奉献给对神的求知当中。

印历六月，雨水增多。他已走到萨基特的外围，在萨玉河葱郁的河畔坐下，他一边虔诚地开始背诵偈文，一边用河水清洗自己泥泞的双脚，突然什么软软的东西触碰到了他的大脚趾，紧接着他听见一阵脚链和玻璃手镯叮叮当当的声响和一个女人的笑声。"几个笑得花枝乱颤的女人在晃动她们的手镯呢。"他轻蔑地想到。接着，他看到一个小小的茉莉花环漂过他的脚趾，几朵黄兰花紧随其后。"莫非她们在给我送花传情。"想到这点他有点得意，偷偷地瞄向"花信"漂来的方向：岸边的石梯上有一个竹围，高塔姆屏住呼吸向栅格里张望，两个少女和一名黑皮肤的女佣正在为晨浴作着准备。一个拥有着小鹿般眼睛的女孩正在摘去发上金色的头冠。这里并没什么想要用花信诱惑陌生男孩的放荡女人，只是两个出身高贵的妙龄少女正在往清晨的浴池里扔一些开败的花朵而已。

其中的一位拥有金色的皮肤和椭圆的眼睛，诗人一定会用鱼一样的眼睛来形容。她正把从发辫上摘下的黄兰花朵投进水中。站在一旁好像侍女的女孩撑着一把漂亮的伞和一篮子新鲜花朵，她有一双小牛一样的瞪大的眼睛。她看起来朴实无华，仿佛一个粗铸的人形赤陶雕塑。

两个贵族女孩身穿红丝绒螨一样颜色的紧身束腰马甲和长度及膝的纱笼。这些雷雨之神的新娘们，正被满载雨水的阴云们围绕着。她们赤裸的手腕和脚腕上戴满了镯子和链子。高塔姆这才意识到是自己冒犯地闯入了贵族家庭的露天浴池，某位拉者①的宫殿一定就在附近。

他感到自己被那个鱼眼姑娘深深吸引住了。她性感妖娆充满魔力，却又拥有一种莫可名状的仙气。望着她，他甚至陷入一阵恍惚，直到想起自己作为一个没有毕业的婆罗门学生还不具有可以直视女人的资格才猛然回到现实。以后，他便会拥有选择过什么样的生活的自由，成为一个遁世者

---

① 东南亚、印度对于领袖或酋长的称呼。——译注

或者谋生者。"我绝对不会选择一辈子过单身生活。"他坚决地对自己说。然而此时此刻,在竹围外鬼鬼祟祟地徘徊是很危险的行为,万一被抓住,他会被怀疑对贵族小姐意图不轨,甚至毁掉他所在的学校的清誉。

卡达姆巴花在心形叶片的包围下仿佛一只只闪着红光的小灯笼。木神克里希那·班马力曾经在卡达姆巴树下吹起他的长笛,东风将他的那些音符吹起并且四处飘散,直至今日,那从摇动着的树梢上坠下来的雨滴好像小颗钻石般晶莹剔透。

一只孔雀在火焰般的紫矿树下翩然起舞,木兰花满开着,从遥远的水域传来一位摆渡人寂寥的歌声,两位少女好像两轮从水雾中盈盈发亮的满月,此情此景仿佛出自高塔姆曾经读过的一首叫作《金色时代》的田园诗。虽然恋恋不舍,他还是走出"隐蔽角",一头扎进了流动的水中,萨玉河冰凉的水浪轻打在他身上,格外舒筋解乏,他开始向河对岸游去。女孩们听到了水花的声音,她们向外看去,一个线条优美的年轻男孩正游出水面,好像梦里出现过的银色雕塑,瞬间又消失在水雾中。"这应该是个可怜的穷学生。"名叫库玛瑞·查姆帕的鱼眼女孩同情地说。

"你怎么知道的?"小鹿眼睛的女孩问。

"他没有搭摆渡。"

"这么冷的天气他为什么不能乘船呢?"侍女贾木纳问。

"为了磨炼他们,这样他们才能不知疲倦地坐在树下思考艰深的哲学吧。"查姆帕一边说着,一边黯然地走到河边。小鹿眼的女孩读懂了她的感同身受,不觉叹了口气。她的哥哥,一位将要继承王位的王子,也是一位白袍学者,八年前离家前往塔克西拉求学,至今未归。她们一直耐心地等待着他,虔诚地为他祈祷平安。与此同时,他可怜的未婚妻,宰相的女儿查姆帕除了与来自中国的智者谈书论道,别无选择。她答应过哥哥她会永远等着他,在这期间也拒绝了不少优秀的追求者,快成了外人眼中坏脾气的老姑娘。再这样下去,她很快就会自甘沦为贱民或者尼姑,小鹿眼睛的公主想到这儿,不禁打了一个冷战。

在雨季里焦急等待的姑娘们依然没有盼回远行的男人。即使在这一年的印历五月和六月,他也没能结束查姆帕绵长又煎熬的守候。哥哥到底还要学多久?公主一直在想,现在的他,已经掌握了"三界"的智慧,还是跟侍女贾木纳一样无知?人总要死去,为什么还要把宝贵的生命浪费于蹲在树下苦读?但她马上意识到不该在一大早就如此消沉,于是她大声道:"一会儿回家后,我打算试一个新发型。"

"那天我看到几个从巴连弗邑来的傲慢女人,城里的姑娘都喜欢那种在脑袋旁边扎成一个扇形的头巾。她们一定觉得我们看起来又俗气又土气,"查姆帕也赶紧接过这个话题,"父亲说巴连弗邑正在酝酿一场政治变革,所以她们都跑这里来了。"

天上突然开始下起小雨。两个女孩担忧地都向河深处望去,那名不知出处的男孩已经消失在了雨中。

当高塔姆游到了河流中心的时候,他回头最后看了一眼那个戴着黄兰花的鱼眼姑娘,然后便全力以赴地抵达河对岸。河岸上站着几只被雨水打湿翅膀而显得垂头丧气的鹤。高塔姆把自己的湿袍子脱下来,搭在灌木丛上晾起来,很快,太阳便出来了。高塔姆向河边的小村庄走去,这是一个靠制作孔雀羽毛扇而营生的小村落。他走到第一间小屋边停下敲门,一个看起来性格颇为开朗的老男人从打开的门缝里向外张望,当看到眼前站着的是一个白袍学生,马上放松了不少。

"拉姆,这儿有个婆罗门学生,不是那种穿红袍子的……"他冲屋里喊道。这似乎是个很善谈的生意人,他一边走出来,一边用同样的语气对高塔姆说:"我是个孔雀扇出口商,这阵子生意不太好,唉,最近不是有什么拒绝奢华回归朴素的运动嘛。为我祈祷吧,我的扇子曾经远销好多国家呢。刚才我听到敲门声还以为又来了什么穿红袍的大人物。最近搞的这些倡导平等、取消阶层的新奇玩意,弄得还挺吸引人的,连女人都开始抱着自己愚蠢的脑袋往树林里跑。当你们开始让女人接受教育的同时,她们便开始寻找极乐世界。"

老男人的儿媳妇从门里走出来,她手里端着一个藤编小笸,里面装满米饭和扁豆、磨碎的麦粉和一块粗糖。高塔姆用自己的袋子接过这些布施,女孩触碰他的脚,他回以庄严的赐福……

"希望神赐予你们牲畜、新生命和丰富的收成……还有孔雀扇。"他加了一句。他本不应该跟村民们进行无谓的寒暄,因此他必须继续自己的行程,向库姆哈·巴斯蒂进发。一位陶工给了他一个新的陶罐和一些火柴,他在地上挖了一个坑灶,点上火,把米和扁豆倒进陶罐里煮熟。他吃完后小憩了一下便接着赶路。

他花了几天时间小心地穿过常有猛虎出没的冈德部落。饿了靠野果果腹,累了在树下休息。他有大量的闲暇时光用来背诵他在萨基特学习到的关于星空的讲义,他的脑海中装满了在学校期间的各类论文,幸好这已经是他在学院的最后一年了。

当他发现已经走到了萨玉河的另一处河湾,便知道又需要游过对岸了。故乡舍卫城就位于河岸的另一边,他扎进河里,游到了对岸家乡的地盘。当他在地上捡起那些熟透的果子时,看到岸边有一座石头祠房,这恐怕能成为供他今晚过夜的选择。

这看起来像是一个供奉部落女神的废弃庙宇。高塔姆走进去,将袍子铺在地上。作为一个孤僻者他已经养成了在寂静中对自己说话的习惯——

我的身体很疲倦，头脑也累了，我正在经受劳顿的折磨。在下一次修行之前我必须要好好休息。他把身体靠在这个洞穴一样的寺庙的墙壁上，一种细腻的死寂气氛四下蔓延，令人恐惧。《梨俱吠陀》里说，最初，自我曾经以创生原质的形式出现，他环顾四周发现除了自己并无旁人，他说：这就是我。于是他开始思考自我的真义。他感到恐惧是因为他孤独，因此一个人总是因为身边没有他人的陪伴而感到害怕。但即使止住了恐惧感，他也并不觉得快乐，因为孤独包含了伤感，而伤感也是令人恐惧的。

当莫可名状的梵天以人类的面貌出现时，其他人会变得小心翼翼。既然每个人都可能是梵天的化身，人们为什么还要互相提防？

我必须要战胜自己心灵上的恐惧感，他回忆起《奥义书》里的内容。梵天之城便是人类的躯体，位于心脏的位置是一座莲花形状的小房子，充满着那些被不断寻找、被追求和被领悟的，而宏观世界的一切也都可以在这个微观世界里被发现。即使坐在地上，他觉得自己走得很远，即使正在休息，他感到浑身都在运转，在思绪流转的瞬间，他觉得自己被定格在永恒。

他隐约听见一阵脚步声，又马上陷入寂静，似乎有人正在往石墙内张望，不远处传来几声马嘶，高塔姆马上警觉起来。

"我说，在里面的是人是鬼？"一个看不见脸的声音从外面响起，听语气也倒像是个修行的学生。

"只有我一个人，你觉得我不应该是个人吗？"高塔姆还算客气地回敬道。

"如果你是人而不是鬼，总该有个名字吧？"对方也不甘示弱。

"倒是你，如果你不是个鬼，怎么敢跑到这个小洞口来游荡？要知道这个地方恐怖得连神都抛弃了。不过，如果你一定想知道我的大名，我就报上名来——高塔姆·尼拉拔。"他回道，尽量让自己的声音听上去平静。

"好的，让我们说点实在的，来自蓝天的高塔姆兄弟，我这么扒着墙说话实在是太累了。"

"那就爬上来，墙壁并不滑。"

"高处可能会很滑。"那边答。

"你跟那些穿红袍的家伙是一伙的?"

"不，我只是个运动的支持者而已。不过呢，这世间任何问题都没有确定的答案，我的高塔姆好兄弟。"

"每一个问题都会有六个确定且同时有效的答案。你不会是耆那教的牧人吧？快点爬上来，先生，咱们可以一边喝点冷的，一边接着讨论。我是个穷学生，只能给您点野果子当餐食。我能给你用树叶子倒点干净的凉水解渴，放心，我很擅长用干净的树叶子制作杯子。"

他到底是什么人？高塔姆揣测着，从思辨家到无神论者，从落魄的皇室贵族到月光下兀自踌躇的哲学家，迦毗罗卫的王子也有弃世的传统呢。高塔姆一边天马行空地想着，低头发现自己还是孑然一人，又开始害怕起来。

二

希腊行者

一个衣着华丽的年轻男子跳了进来。他看起来高挑俊美，身上穿的衣服却有那么点滑稽——及膝白褛的腰间用皮带束着，脚上穿着一双皮质凉鞋，绑带缠绕着他健壮如小马般的腿部。他留着带刘海的发型，那张修理得十分光洁的脸孔看起来竟然有一种陌生的熟悉感。他站在一束阳光打下来的地方，看上去就像一位来自诸神之阳极的天外来客。

"你是人类？"高塔姆·尼拉拔有点喘不过气来。

陌生人顽皮一笑。"是的，哈琉斯·桑卡琉斯，愿意为您效劳。"说完，他用奇怪的姿势鞠了一躬。高塔姆有点疑惑，但马上反应过来。"哦，你是个耶婆那①。"在此之前，他从来没见过蔑利车②。

"我是从爱奥尼亚坐船过来的。"希腊朋友语气友好地告知他。高塔姆一脸茫然，像个没见过世面的土包子。

"哦，对了，我可不是你听说过的那种船运大亨。"哈琉斯·桑卡琉斯似乎拼命想做点什么，想缓解对面印度穷学生脸上的焦虑。但其实高塔姆

---

① 古代印度人对希腊人的称呼。——译注
② 特指外国贱民。——原注

根本不知道他在说什么，因为他压根就没听说过什么"船运大亨"。

"我的小货船把我从海峡带到印度河。在那儿我把东西都交给了腓尼基员工看管，决定一个人继续往东走，我在斯基泰人那里买了一匹马……我能坐下说吗？然后我先去了塔克西拉……"

"哇，你去过塔克西拉！我也特别想去那里。"高塔姆被这几个字彻底迷住了。

"吃点吧。"希腊人从皮包里掏出一些干果，"我虽然是个肮脏的外国人，但放心你不会因此而降低层次。这些果子都是来自犍陀罗果园的新鲜玩意儿。"他说话间右手上的一枚钻石戒指发出耀眼的光芒，随即瞬间将它藏到了衣服的褶皱里，脸上挂着些许紧张的笑容："这个国家的人都很正直，我翻山越岭都不用担心会遇到强盗或者小偷。"

高塔姆没有说话，他认真端详着这个希腊人饱经风霜却英俊不凡的脸，总觉得有点奇怪，他忽然想起那天在贵族浴池边偷窥到的那位带着金色头冠的小鹿眼睛少女，竟然跟眼前这张脸如此相似。"你的本地方言说得很流利。"他充满怀疑地盯着希腊人。

"是的，我到处游历，会说很多语言。"耶婆那满不在乎地回道。尽管他看上去年长几岁，但完全就是那个金冠少女的同胞兄弟！高塔姆越来越疑惑，也看出了对面那个人开始不安起来，他脱口而出："哈琉斯先生还是什么的，我碰巧见过一个戴着头冠的女孩，跟你看起来非常相像，很奇怪，对吗？她的脸令人难忘，但你是个希腊人，而她是个道道地地的拉其普特公主，你们俩根本不可能有什么关系。既然她的身份如此尊贵，我相信你不介意说实话。"

希腊人的脸涨得通红。"你是说，尼尔玛拉公主殿下……"他的语气忽然变得傲慢又冰冷，下一秒他开始环顾四周，轻而易举就缴械了。

高塔姆微笑着，他就是想要弄清楚事实真相。太阳彻底升了起来，他像一个胜利者一样大声宣布："请允许我揭穿您并不是来自爱奥尼亚，您是王储哈里桑卡。传说中失踪的卡奥沙·戴什王国王子殿下。"

假冒的希腊人吓坏了。"不要告诉任何人，我求求你……"他恳切地央求着，再也看不出几分钟前的傲慢和伪装好的异域风情。

从舍卫城走出来的穷孩子高塔姆·尼拉拔终于从尊贵的王子那里找到了让他感觉良好的虚荣心。

"可以，"他昂然道，"除非你告诉我你为什么要开始一个人出走，告诉我你为什么要伪装成一个希腊人，否则……"

"否则什么？"

"我会现在就跑到外面去告诉村里的击鼓手，他会敲锣打鼓地到处散布出走的王子回来了，他现在就躲在……"

威胁奏效了。"不不，我求你。"王子双手紧扣放在胸前，好像卑微的贱民。

高塔姆感觉自己就像个盘问官，权威可以瞬间改变一个人的姿态。"国王送你去塔克西拉深造，不是吗？"

"没错。"

"所以你，我的意思是，殿下被结识的什么坏朋友带入歧途了吗？"

"没有，我结识了很多知识渊博的佛学传教士，他们正跟着马队前往草原地带。他们给我指出了通往救赎之路的捷径，但我并没有那么急着准备宣誓皈依，因为还有个放不下的喜欢戴黄兰花的姑娘在等着我。"

"姑娘！这的确是所有麻烦的源头。"高塔姆表示同意。

"所以我没有办法下定决心，最后这个世界迫使我放弃了一切，"王子用他忧伤而又充满磁性的声音继续他的故事，"在塔克西拉的时候我住在一个像砖窑一样的院子里,我们吃饭的饭堂也是教授宣讲政治理论的地方,他告诉了我们一个鱼类法则——大鱼吃小鱼。他说我们需要的是一个大的王国,而所有小国都会终结。

"在塔克西拉有一些伊朗人,他们说他们的君主创造了一种非常有效的秘方来保持皇权。我陷入了两难的境地,如果我依然存在于这个充满权力渴望和政治斗争的世界,就不得不去杀人,然而我连杀个小动物都不会去做。所以我离开学校,开始了一个人漫长的旅程,我在印度河上穿行,翻山越岭。西北部的婆罗门自夸说他们的血统来自于居住在阿尔亚那①山区的哲人们,而正是这些哲人在因陀罗的铠甲士兵征服哈里攸毗亚的黑人之前谱写了吠陀圣歌。这些看上去好像刚发生不久似的,在诸神和英雄的时代,一个住在迦尸特雷姆的人总觉得自己距离万物之源头并不遥远……"

"那又是什么?"高塔姆焦躁道。

"北方,伊朗语言中念作 Aryaniam Khashtram。他们唱着吠陀圣歌的时候,你似乎能听到北风的哀号和红脸楼陀罗的吼叫。我和那些靠皮毛蔽体的游牧者一起围坐在篝火旁,听着首领讲述着突雷尼史诗中的英雄,索拉博和鲁斯塔姆。我听到了几个世纪前的希波战争和伊朗列王的东征西讨。王者之王大流士一世宣布说:'我是帝王的首领,疆土的主人,伊朗人的儿子,雅利安人的儿子……'波斯国王们把他们的语言叫作雅利安语。"

"我们也是雅利安人,非常优等的民族,对吧?"高塔姆站了起来,"这说明世界上有像我们和伊朗人那样的高贵出身者,也有低等的种

---

① 今天的阿富汗地区。——原注

族——这就是命运法则。"

"我不是很确信这点。不管怎么说,智师毗湿奴夏尔马曾经谈到过轮主权。波斯世界的轮主权在各地都适用。阿契美尼德人曾经征服过七河流域的东北部地区,薛西斯大帝宣布:这是一片被提婆赐福的土地,在阿胡拉·马兹达①的帮助下,我撼动了所有庙宇的根基。他还将这一切刻在了石板上。"

哈里桑卡继续道:"希腊人最后击败了波斯人,烧毁了沙阿之王宏丽的波斯波利斯宫殿,亚历山大攻占了七河流域。这里有个奇怪的悖论,人类一边在毁灭文明,另一边又在追求知识。我一直在思考语言的奥秘,我们的梵文和波斯文拥有相同的起源,比如我们的 Ramesh,他们写作 Ramish,我们的 go,他们写成 gao,等等。但是我们的语言里为什么又有那么多完全不同之处,这是怎么回事?

"在我四处游走时,我遇到了很多来自不同地方的人,发现他们记载文字的方式多种多样。他们在任何能想到的地方写上字然后用手使劲地压上去,他们在莎草纸、羊皮纸、骆驼皮甚至羊骨头上写字。他们将字母刻在一块块烤好的黏土块上,然后把这些土块收进黏土盒里。

"那些长头发的波斯商人告诉我,他们的神甚至都会用这些土块来下指令。

"我在塔克西拉学习了一些阿拉米语②和一点佉卢文③——那些语言有的听起来好像哈儿的叫声一样粗鄙,哦,哈儿在波斯语中是驴子的意思。"

"真的吗?"逃课王子的奇妙旅程和丰富知识显然把对面这个叫高塔姆

---

① 波斯神话中善界的最高神。——译注
② 古代波斯官方语言,也是耶稣基督时代犹太人的日常用语。——译注
③ 源于印度的古代语言,后传入中国新疆。——译注

的穷学生震撼住了。

"后来我又意识到文字会带来很多歧义，甚至会引发误解、虐杀和战争，所以我已经放弃相信它们了。"

高塔姆用了几分钟的时间消化王子所说的话，接道："但是你还是需要使用它们啊，你需要沟通，如果不通过文字你又如何能单纯地传达思想？意义很重要，"他开始激烈地反驳，迅速化身为学校里的辩论高手，"所以，文字和无文字是两种精神，你也只能够通过集中精力于文字来达到无字之境……"

"我就有那种无字之境。"哈里桑卡有点洋洋得意。

"文字是不朽的，"高塔姆坚持自己的立场，"M的发音永远都是M，永远也不可能念成F。当我们第一次听到这个发音以后，这个字就永远印在了我们的记忆里，它会一直无意识地存在并且不会湮灭。"

"所以你永远不会否定《吠陀经》——就因为它们是文字的，所以是永恒的。"王子说道。

"一点儿都没错，万物皆梵天，而《吠陀经》就是写成文字的梵天。"

王储重新坐下。"听着，年轻人，世间万物之间并无必然的关联，除了它们都是短暂存在的。任何事情都是暂时的，一切都是痛苦。身体和灵魂最终也会走向死亡，就像燃烧而尽的蜡烛，只有连续发生的事件和感知会留存下来。她曾经在皇宫的凉亭里为我唱起斯拉格和拜拉弗，她美妙的音符一直在风雨中伴随着我，在河水上飘荡，正是这些音符带我回来。"

高塔姆认真地听完，说道："你觉得失去了文字，但留下了音符。但依然，我觉得你非常愚蠢，如果我是你，王子殿下，我会选择马上回归你本来的生活。你为什么要为了完全不存在的缘由而一直这样惩罚自己？这个世界是如此的可爱和美好。"高塔姆抬头看看，蓝天上飘过几丝浮云，几只孔雀飞上了神祠旁面包树的枝头，俯瞰着一切。

哈里桑卡陷入了沉思。

"尊贵的殿下，"高塔姆彬彬有礼地对他说，"你告诉我的那个喜欢戴黄兰花和唱歌的姑娘……"如果没有搞错的话，高塔姆知道这个姑娘他也见过，也是在那个浴池边，那个令他难以忘怀的丰满妖娆的少女。但是他克制着没有说出口，他一想起刚才说出金色头冠的女孩的事情时，王子那激烈的反应。这的确是个需要碰运气的游戏……

"是的，"王子停住，低头忧伤地看着手上的戒指，"我答应了会迎娶她，她送给我这枚戒指作为定情之物。我觉得我应该尽快把这枚戒指还给她，让她从我们的约定中解脱出来，就像佛为我解开世间牵绊那样。所以我决定隐姓埋名地回到家把戒指还给她。我从一个爱奥尼亚商人那里买了这身希腊衣服并且来到了这里。好不容易走到城里的时候，我胆怯了，我怕被父母抓住，逼我结婚，继续王朝和战争——不，我绝不能做这些。因此，我又掉转方向朝着舍卫城的方向继续走，我准备脱下这身衣服再买一件红袍子穿上。"说完这段自白，他深深地吸了口气。

"你能忘记她吗？"

"我希望。"

树枝上的孔雀已经离开。哈里桑卡用树叶给自己做了一只枕头。高塔姆把身上的白袍子拉起来遮住脸，转向墙的一边。他们辗转了一会，双双入睡。

高塔姆做了个噩梦，他看见神祠里的部落女神变成了戴黄兰花的姑娘，然后又变成了一个没有牙齿的老太太，正狰狞地冲他大笑着说："我来自瓦伊沙利。"一颗面包果实咚的一声砸到了石头地面上，高塔姆颤抖着醒来，看见一旁的哈里桑卡依然平静地熟睡着。高塔姆不敢再入睡，他怕又梦到那个奇怪又丑陋的老太婆。他蜷缩在角落里等着天亮，如果你能够预见到深爱的女孩会变得又老又丑，你恐怕永远都不会爱上她。也许这就是佛家想告诉我们的一切。

哈里桑卡在破晓时分醒来。河岸边传来几个婆罗门洗漱的嘈杂声，鹦鹉在番石榴树上叽叽喳喳，孔雀从它们栖息的树枝上飞到地面。高塔姆对着太阳，盘腿而坐。

他忽然转过身，急切地对哈里桑卡说："殿下，你知道有个来自瓦伊沙利的著名舞女，叫作艾姆拉普利……"

"别再想着女人了。"

"你没有吗？"高塔姆讪笑着，继续回过头对着太阳做他的朝拜，但是很快他就决定放弃这个仪式，站起来继续刚才的话题，"他们说那个叫艾姆拉普利的放荡女人想要诱惑佛陀的首席弟子阿难陀，让自己作为一个挑战放在他的面前。"

"以前发生或者没发生过什么都不关我们的事，咱们还是继续各自的旅程吧。"

他们向下走到河沿。

"萨玉河的水就像水晶般明澈，如果你扔一枚硬币进去，可以看见它躺在河底发光。"王子告诉他。

"我身无分文。"高塔姆回道。

哈瑞·珊卡尔从他的钱包里拿出一枚波斯硬币扔进了河里，硬币闪着光亮落在灰色的沙石上。"哈！我的阿拉伯宝马来啦。"王子一边说着一边把他的马缰绳从印楝树的树干上解下来。他一跃上马，骑过高塔姆身边时欢快地喊道："我要开始我的新生活了，我们以后也许还会再见的，我亲爱的朋友,祝你好运。"

高塔姆依然站在河边,被哈里桑卡王子的突然离去弄得有点措手不及。他抬头看看阴云密布的天空,继续向舍卫城的方向走去。

三

贤者之林

舍卫城位于拉布蒂河的南岸，喜马瓦特山脉从北面守护着它。这是一座还被划分成不同区域的大城市，不同身份和种姓的人被安排居住在不同的区域，并且从事着祖传的职业。小偷、暴徒和娼妓也拥有他们自己的行业准则。百姓安居乐业，在市场或庆典上表演的杂耍演员和滑稽丑角懂得如何博人欢笑，妓女在窗前弹奏着华丽的鲁特琴，卖花女挨家挨户地推销茉莉花环。赌博是大家最爱的休闲娱乐。

较低种姓的人，比如推车制造工、陶工、编篮工等，居住在郊区的棚屋里。贱民是低等人中的最低等，是比首陀罗还要下贱的第五种姓，宿命就是成为抬棺者。他们只能穿从死人身上扒下来的衣服，因为他们的"业"只能如此。

佛陀从摩揭陀来到舍卫城差不多是一百五十年前的事，在扎特文附近建造了他的寺院。一些身份低贱的"不可触者"因为追随他而成为"可以触摸的人"，舍卫城那些手握权力的婆罗门大祭司们对他深恶痛绝。

作为一个正统的婆罗门，高塔姆也天生继承着这种对于佛教的偏见，于是也有了之前跟哈里桑卡王子的争论。他看过很多关于佛教的著作，并且对此十分精通，但仅是为了在与红袍僧侣辩论时不会处于下风。

舍卫城的轮廓已经出现在了他的视线里，他进了城门一直走到广场。父亲的砖木宅邸就在他的面前——人们都叫它"象屋"，因为门的两侧有装饰着雕刻的象头。高塔姆是多么想冲进家门见见自己的父母，但作为一个还没有毕业的学生，他并不能这么做。他心情沉重地继续前行，黄昏来临，甜酒坊和赌博场回荡着艳俗的小曲，一个杂耍艺人正在一群无所事事的观众的喝彩声中吞着燃烧的炭块，花花公子们在站满妓女的街道上大摇大摆。他加紧步子把这一切甩在身后，朝着学校走去。他又想起那个消失的王子，那家伙和他戴黄兰花的未婚妻，他们好像在一刻不停地追逐着可怜的高塔姆。高塔姆觉得心力交瘁，腿又酸又疼。

他终于走到了自己的小屋，那个隐藏在一片茂盛的攀缘植物后面的家是他的庇护所，他的小王国。一些碗罐和一个土灶，几件开了线的衣服挂在屋椽上，墙角里整齐地堆放着他的画具和未完成的小作。窗下方有一条小溪，他进去了洗了个澡，感到格外轻松舒展。但是，当他躺在那张用一条粗布做成的床上沉沉睡去后，再次梦到戴黄兰花的鱼眼姑娘。

清晨起床他对自己感到生气。他生气自己为什么会被一个女人和一个流浪者搞得心神不宁。他觉得自己应该像一棵橡树那样坚定不移，而不是被风吹来吹去。他决心全力以赴投身学习中，准备接下来的结业考试。

每一年从七月的满月日到第二年三月的满月日，他都会勤勉地参加每一场露天课修，并且严格地遵循戒律守则。他会在日出前起床，用新鲜的印楝树小树枝来刷牙，在河水里沐浴，在无忧花丛中祈祷。每到秋季，很多鹤和鹳从西藏飞来，它们会在第二年春季再飞回北边的家园。黎明时分的岸边，这些鸟纷纷单脚站立，一动不动，仿佛陷入深度冥想的修行者。也正因此，那些伪装的潜修者也被称为"鹤鹳修士"。

这样的日常戒律修行他已经坚持了十年，很快他就要二十四岁了。在毕业日的那天清晨，他会被关在一个房间里，"让太阳都被他的夺目而感到汗颜。从这一刻起，太阳必须要和学者散发出的光芒一起照耀万物"。到了夜晚，他会被放出来，脱下他的白袍，卷起他的鹿皮衣，装好线、物什和化缘钵。一辆马车会把身份为"博学士"的他带到一群睿智的婆罗门面前，一位阿阇黎导师将会念出《奥义书》里的"劝诫语"。

说真话，尽其责，尊师长，敬亲友。严守婆罗门身份，此乃《吠陀经》的奥义。

接着他就能走向自己的世界，结婚，成为一家之主。

许多年轻的刹帝利会前往天帝城，加入好战的俱卢或者潘卡尔军队。战争无处不在，哪里有权力，哪里就有矛盾。国王和首领们有他们自己的祭司，他们同时也是狡猾的政治家。他的心思并不想放在如何成为一个有谋略的神职人员上，所以他不打算当"鹤鹳修士"。毕业后他该干什么？就做个无所事事四处闲逛的有钱人的儿子吗？他喜欢在石头上雕刻，但雕刻并不是一项有前途的艺术，所以他并不能以此为生。他对自己的前途一无所知，对自己爱上的女人一无所知。一切都那么令人绝望。

秋天降临。在一个印历八月的金色傍晚，高塔姆正坐在小屋外沉思，忽然听到身边的草丛里窸窣作响，他抬头的瞬间，一个高挑健美、器宇不凡的托钵僧站在面前。

"哈里！哈里！"激动的高塔姆一下子跳了起来。

"唵嘛呢叭咪吽①。"托钵僧一边轻声念着，一边笑盈盈地看着他。

---

① 六字真言的字面意思是如意至宝就在莲心之内。——原注

"如意至宝就在和尚的化缘钵内。"高塔姆一眼就看见钵里那枚闪闪发亮的钻石戒指，故意打趣道。

"完全正确。你能帮我个忙吗？"来访者放低了声音。

"当然殿下，我是说，阁下。"

"你看那边。"

高塔姆顺着他指的方向望向不远处，一排火把沿着河边燃烧着。

"国王最近来猎象，她一定在随行者当中。作为一名博学士，你一定能轻易地接近皇家营地，尽快找到她，代我把戒指还给她。"

高塔姆想了想，迅速回答道："我可以帮你这个忙，只有一个条件。"

"你这个狡猾的婆罗门！那次你威胁我说要通知村里的鼓手，这次又想怎样？"

"我可以爱上她吗？我整日整夜地梦到她。"

一阵阴云迅速地扫过了托钵僧的面庞。"请求允许，"他努力让自己看上去平静，"现在把这枚带着哈里兄长真诚祝福的戒指拿去给她，无论你们的未来怎么样，我也都愿意祝福你。"他把戒指交给高塔姆，手却在发抖。高塔姆接过戒指试着戴了一下，把它放进白袍子扎起的一个小角里包好，又妥妥地掖进腰布中。僧人表示还要赶路，高塔姆决定陪他走一段，路上两个人都没有说话。

"最近有没有听到什么不错的演讲？"托钵僧打破了沉默。

"没有，我已经几个星期没有上课了。对这个世界的状况很是担忧。"

哈里桑卡温柔地笑笑。"你的世界有多大，亲爱的小伙子？"

"我生活的地方就是我的世界，我很担心。"

"发生了什么？"

"我每天去城里化缘，听到一些流言。我的一个住在舍卫城的朋友叫维姆拉什沃，他设计漂亮的装饰品，我有时候会替他写生。他有次去巴连弗邑做生意回来，告诉我整座城市遍地骚乱不安，那里的国王非常不受爱戴，苛税严重——盐、糖，甚至柴火都要加税。此外，你尊崇的来自塔克西拉的智师毗湿奴夏尔马也出现在了那里。"

"他别无选择，"托钵僧一边回答着一边跳上马鞍，"如果一个人想要获取力量，他就必须要到合适的地方去。"

"花费了那么多在防御上，到底是在防御什么呢？萨基特和马德雅都是摩揭陀最弱的属地，维姆拉什沃说我们的国王只是个徒有其名的拉詹（Rajan），在没有人帮助的情况下，甚至都算不上一个真正的拉者。而他的儿子，唯一的继承人，现在也不知所踪，当然，我没有告诉他关于你的事情。"

"好孩子！"

"你不觉得自己是个逃避者吗？在这么关键的时候，你应该站在你可怜的父亲身边。你看，摩揭陀一直麻烦不断，他们甚至还跟黑天神打过一仗。摩揭陀人崇尚暴力，他们的国王阿阇世王甚至杀死了自己的父亲。"

"皇族总会发生这样的事情。"马上的托钵僧不动声色地回答道。

"我想这就是为什么筏驮摩那王子和悉达多王子都会出现在那个地方宣扬和平，"高塔姆继续道，"我很奇怪的是，他们两个是差不多时代的人，也在同一个地方生活和布道，为什么从未相遇过？"

两个人快走到了森林的边缘，哈里桑卡轻轻地说："好了，我的朋友，我该在这里跟你道别了。"

"你看，这就是你能做的。你交给我一个冒险的任务自己却可以高枕无忧。我要是被抓住了，该怎么回答你那威严的父亲？"

"一切随遇而安吧。我相信她能够保护你，我了解她。想想你马上就能见到朝思暮想的女孩了。

"还有一件事,先生,我觉得我成了一个非暴力的信徒,万一考沙尔和摩揭陀打起仗来,我该怎么办?"

"我们的行为就是我们思考的结果。"

"那你怎么解释此时此刻我们两个人会出现在这里,这也是我们思考的结果?"

"我们的行为,"哈里桑卡耐心地解释,"源于一种必然或意外,又或者是由我们的本性引发的。人都是不自由的,因而责任没有任何意义。"

"能不能别这么故弄玄虚?"

"一位圣明的智者曾经预言巴连弗邑将会被火灾、洪水和战争毁灭,所有的生命和荣耀将会变成过眼云烟。"

"在这些无休无止的冲突中,你和我就像海上飘零的落叶,我应该对以前发生过的一切负责吗?"

"时间是无法被支配的,一切终将成为一场旧梦。"哈里桑卡回应道。

"阿拉尔马曾经对未来的佛陀说:愉快的朋友就是我们这种能够把彼此都当作修行者的人。我所知道的教义,你也都知道,而你所了解的教义,我也深知。既然祈祷曾经让我们成为紧密的伙伴,请给我讲讲非暴力。"高塔姆乞求道。

"在游吟诗人的口中,时代被含糊地分割为黄金时期和邪恶时期。人类会陷入一个概念,那就是他所经历的所有时期甚至生命的轮回,都会形成一个火轮……"托钵僧接着道,"现在我要回到我的寺庙里了,希望你一切都好。"他一溜烟地消失在了夕阳中,正如他上一次的离去,又将高塔姆带入了迷惑和沮丧之中。

高塔姆返回自己的小屋,路上又看到那不远处盈盈闪动的灯火,人们正在为国王的狩猎安营扎寨,阵势并不算小,迎着风声也能听见嘈杂的动静。

他走进屋一下子瘫坐在垫子上,竟然马上就能见到梦中的姑娘,这让他又兴奋又猝不及防。

一个女人到底能对一个男人施展什么样的神奇魔法?他感到迷惑。佛祖似乎解决了这个难题:远离她们。他曾经对他的首席弟子阿难陀说:

"不要去看她们。"

"迅速地扫过就没事了吗?"

"不要跟她们说话。"

"如果她们对我说话怎么办?"

"时刻保持清醒。"

生活中充满悖论。他想起那些智圣们谈起女人也总会自相矛盾。女人永远不可能是纯洁的,她是万恶之源,是肤浅的,良家妇女会嫉妒放荡女人拥有漂亮的衣裳和首饰。罪恶与创造并存,女人因创造生命而充满罪恶。女人总是对爱情贪得无厌,因此她们不可信赖。然而与此同时,她们又是柔弱,顺良,忠贞和甘愿自我牺牲的,她们应该被尊重,她们是夏克提①的化身。

但依然有很多女人会因为丈夫的死亡而被活活烧死,而释迦牟尼也曾经对阿难陀说女人是愚蠢,善妒和邪恶的。没有任何原因,释迦牟尼最爱的弟子阿难陀放弃了心爱的苏达利,而哈里桑卡王子放弃了美丽的查帕克。女人到底做错了什么?为什么会像麻风病人一样被随意抛弃?

第二天早上当他来到露天课修,教授已经开始了他的讲授。

---

① 性力女神。——译注

"这个是，"阿阇黎正在说，"而那个不是。"

学生们点点头。

"那些一次次经历轮回的人，需要祖先们指引的道路去穿行。"

"释迦牟尼曾经质疑过有限的自我的存在，也许意识的存在是需要很多条件的，先生。"高塔姆从树丛后面走进来插嘴道。

修行仪式的过程是完整的。大殿的正中央燃烧着象征奉献的火种。响亮的颂歌赞美着吠陀诸神和古老智圣，人们通过燃烧贡品来感谢主导智慧和记忆的神明。

一群医学生走过，高塔姆从修道院走出来。他感觉很糟糕，内心充满否定，显然他并没有得到任何可以去穿行的指引。《奥义书》里说，对于那些想要找寻真正自我的人而言，父亲不是父亲，母亲也不是母亲，世界不是世界，贼不是贼，凶犯不是凶犯。他对于善恶没有分辨是因为他征服了内心的悲伤……高塔姆就这样一个人到处闲逛了整天。

一周过去了，他还是没有勇气去实施他的冒险任务。也许这是傻瓜才会允诺的差事，一个聪明的和尚把它转嫁给了一个傻小伙子。责任并无任何意义，这不是王子殿下亲口对他说的吗？高塔姆又开始忧心忡忡，晚上睡觉的时候他被蚊虫叮得浑身难受，蟾蜍和蟋蟀的叫声也令他气恼，而青蛙无休无止的噪音让他联想到诵经的情景。我不过就是一只青蛙而已，他开始陷入自怜自艾。一天早上，他被敲门声叫醒，面前是同样看起来心烦意乱的朋友维姆拉什沃。

高塔姆带着维姆拉什沃到外面找些东西当早饭。在香蕉园里，一个老师豢养的宠物小象用鼻子帮他们拔了些香蕉，他们又在修行所旁的牛圈里弄到了些牛奶。两个朋友在树林里闲逛了一上午，谈论政治。

四

森林女神阿雅妮

皇家的驳船停靠在码头。探路者送回消息：山脚下雨势很大，国王还需稍候。营地搭建在马府油树林中，距离阿阇黎普尔肖塔姆修道院不远。侍卫们在周围来回逡巡，目前这里只有野鹿和野猪出没，偶尔有个把失了神的学生误入。舍卫城的商人带着货品也来到附近，卖艺和杂耍的也开始为吸引观众而用尽解数。

一个美妙的早晨，尼尔玛拉公主殿下带上她的弓箭出门捕鹿，陪伴她的是宰相的女儿库玛瑞·查姆帕。田野里十分寂静，云间飘着若隐若现的狩猎小曲，查姆帕在一棵团花树下停住脚，她伸手去摘树上的叶子，一片又一片。

"森林里的仙女……"一个学生走在通向修行所的路上唱起歌来，高塔姆和维姆拉什沃恰巧也路过。这是一首专门赞美森林女神阿雅妮的颂歌：

> 森林里的仙女
> 似乎忽然消失在了视线中
> 你为什么不来我们的村庄
> 莫非你是怕遇见那里的男人？

高塔姆跟着一起唱起来。

> 在夜晚你听见森林仙女
> 好像来自远方的呼唤
> 又像树木倒下的声音
> 她吃甜甜的莓子
> 在任何地方休憩
> 集天地的香气
> 自然万物之灵的母亲

歌声渐渐飘远,高塔姆停在一棵茂盛的芒果树下。"不要在晌午或黄昏时分站在树下,"母亲曾经对他说,"会有淘气的树精绑架你。"

"是谁在那儿?"他忽然叫道。两个朋友一下子跳进旁边茂密的树丛里。"站在团花树下的那是什么,是神、仙女,还是夜叉?"

库玛瑞·查姆帕就站在那儿,手里还攥着一根团花树的枝条,她正在欣赏着秋天的景色。精致的云鬓,亮绿色的衣裙,七层的金色项链和闪亮的手镯,让她看上去如此不真实。"神啊,森林的女神!!"眼前的情景让高塔姆惊讶得说不出话来。

忽然间"女神"大喊着扔掉手中的树枝,一群红蚁爬上了她裸露的大腿,她摇晃着身体想要摆脱它们,她的好朋友尼尔玛拉公主殿下也正向她跑来。占据着有利地形的高塔姆也看见了她。为什么她又把眉毛涂成了蓝色?女人总喜欢对自己的脸做一些奇怪的事情。她腰上扎着一条长丝巾,一头甩到了左肩的后面。这叫作纱丽。

"这里没有鹿,亲爱的查姆帕,咱们走吧。"她带着一点居高临下的口气。于是，她们晃悠着脚上的铃铛慢慢往回走，一队侍卫在身后不远处护送着她们。

"这是位公主，旁边那个是她的宫女。在咱们被抓住之前还是赶紧离开吧，你看那些侍卫多吓人！我真不明白，她们为什么要披金戴银地来打猎。"维姆拉什沃嘟囔道。

"别担心，我向你保证没事——咱们直接走到营地那里去，"高塔姆颇为得意地对朋友说，"就凭我的种姓和地位，没人会阻止我。"

他开始向着营地奔跑，由于抄近道他的脚被地上的沙石割破。两个女孩走到门口的时候，他也刚刚好到达。

"女施主，请给一些米饭吧。"他故意拿出一种庄严的口吻低声道。穿着纱丽的公主径直走进帐篷里，卸下身上的弓箭。黄兰花姑娘查姆帕在对着帐篷的红石头水池边坐下，兴致勃勃地打量眼前这个学生。他会画画，跑得快，还是游泳健将，这不正是几个月前在萨玉河里看到的那个陌生男子吗？他鬈发及肩，白色棉褛被风带起，挺拔的身姿伫于在蓝天之下，仿佛来自森林的男性神祇。

"请给一些米饭和扁豆。"他又笑着重复了一遍。被鲜花和松鼠环绕的他，看起来好像《五卷书》里那只话多的兔子在乞求胡萝卜。虽然他的这份笑容显得不合时宜，但足以让查姆帕忍俊不禁，不知道为什么，她忽然显得特别开心。

他也高兴起来，甚至笑出了声，这对一个学生来说简直不可原谅，所以他马上端正了自己的态度，继续道："希望神能与你……"

"博学士，刚才是你在呼唤森林女神吗？"查帕姆打断他。

"是的，我把你当成了阿雅妮，直到看见蚂蚁在烦你。"他轻松地开起了她的玩笑，直到他被自己的不拘礼也吓了一跳。

"你叫高塔姆·尼拉拔,是舍卫城森林大学的学生,我听说过你……"

"女施主,我还要回去参加敬神仪式。"看见一个哨兵走过时高塔姆赶紧转移话题。

一个深色皮肤的女佣给他拿了些粮食过来,她看起来很和善,正是那天在河边为两个姑娘撑伞的侍女。

他把米装进褡裢里,低声念经赐福后赶紧离开了营地。

该怎么完成那个任务呢?一个形迹可疑的悟道生在给一个贵族女孩赠送钻石戒指的时候被抓住——天都要塌下来了。我已经受够了这些女人的麻烦!高塔姆一边沮丧地想着,一边步履沉重地走回火红的树林。

然而第二天他还是出现了。他得到消息,国王将一整天都在外捕猎野牛,又胖又懒的王后通常会留在帐篷里睡大觉,女随扈们忙叨着一些琐事。查帕姆和尼尔玛拉坐在莲花池边逗她们的鹦鹉和八哥学说话,这是这个阶层的贵族小姐们最寻常的消遣。她们两个经常会通过这些鸟儿来互相打趣。"起床了,懒骨头。""迷路啦,尼尔玛拉。""安静点儿,查帕姆。"

高塔姆看见她们正在教一只帕哈里八哥说话。"快说,查帕姆是个傻瓜。"尼尔玛拉正对着鸟说话,抬头看见高塔姆站在面前,有点不好意思。年轻的学生微笑着:"请给我一些米饭和……"

"你怎么像我们的鹦鹉似的,每天都说一样的话,难道你不会说别的吗?"查姆帕脸上的表情显然说明她很乐意看到他。

"我们不允许跟世俗之人说太多话,尤其是女性。"

"你是要被训练成为一名普罗希特①吗?"尼尔玛拉问道。

"的确如此。"

---

① 印度教中的家庭牧师。——译注

"那你能不能用法术把我的哈里王子哥哥带回来?"

"是的,我可以。不过我需要每天在固定的时间来到这里,而且你们要备齐我做仪式时需要的所有珍贵材料。"

"我会的!"她迫不及待地回答。高塔姆忽然意识到想要在这种事情上欺骗女人是多么容易。

"我会派人去市里找。"尼尔玛拉对他说。

"有一种叫作莫希尼的东西,非常吸引人,你先去弄到它。"高塔姆带着命令的口气说。

"莫希尼!那可是密宗用的——你不是密宗,对吗?"查姆帕有点怀疑地问。

"哦不,当然不是。"他这才醒悟过来,为了让自己别露馅必须马上离开,"我要去上课了,明天见。"

他就像个精灵一样,忽然出现又消失在花丛中。查姆帕思索着,难道她发现了这个男孩身上的"莫希尼"?

第二天,他坐在莲花池边等待着差人从舍卫城巫师那里寻来充满神秘力量的原料,他和查姆帕聊天、大笑,她唱给他听她最爱的拉格,尼尔玛拉看上去依然很忧郁,也许哥哥的失踪已让她已经对任何事情都提不起兴趣了。

到了晚上,空手而归的差人终于出现,他们没能找到那必需的稀有原料。

"能不能试试占卜呢?"焦灼的尼尔玛拉还是不想放弃。高塔姆在地上画了几道线,说,"王子已经从塔克西拉回来了,现在就在近郊的什么地方。我明天会再多算出一些信息。"查姆帕表示明天会为他唱斯里[①]拉格,

---

[①] 原文为 sri,源自梵文的前缀词语,有时可译为"圣",亦可不译。——译注

他现在明白王子为何会如此着迷于她的歌声。

夜静如水,他走到河边,躺在冰凉的沙子上。他觉得自己恋爱了,而她也并不冷漠,也许她只是为了填充逃匿的未婚夫带来的空虚感。但不管怎样,他终于不再觉得孤单了。他闭上眼睛,感觉自己轻盈得像一片云彩。在婆罗门的殿堂里他并非只身一人,一个唱着斯里拉格的女人陪伴着他,她身上散发着慈悲的光芒。想了很久,高塔姆终于睡熟,一夜无梦。

他与太阳一起醒来,在河里沐浴后,像往常一样穿上了那件腰间藏着戒指的棉褛,然而令他惊讶的是——戒指消失了!他花了那么长时间琢磨该如何找到合适的机会把王子的坏消息带给两位姑娘,可现在,戒指竟然丢了。他开始四下疯狂地寻找起来:沙土里,河床边,灌木丛里。如果想要在他这几天走过的一片片茂密树林里寻找那一枚小小的戒指,将是完全徒劳无功的事。他虚弱地坐了下来,就这样吧,所有的快乐都是短暂的。哈里桑卡王子忽然出现在他的脑海里,指着他大笑。"我就知道,你这个蠢货!"

高塔姆想到戒指有可能是在自己熟睡的时候被偷了。这几天从舍卫城里来了很多游手好闲者和小偷小摸的人,他们都希望借着国王狩猎的机会揩点油水。他看见河对岸有个渔民正在搭棚,心中燃起一丝希望,但希望通常是愚蠢的。他想起沙恭达罗的故事,拉者杜什延特送给她的戒指掉进河里并且被鱼吞进了肚子,一个渔民钓到了这条鱼并且将它卖给了御厨,于是,戒指神奇地失而复得。于是,可怜的高塔姆三步并两步地跑向营地,直接冲进了厨房,他拉住一个女仆上气不接下气地问道:"你们今天有没有钓到鱼……我是说……"

"这里发生了什么?"一个守卫闻声马上走进来,"你是谁?"

"一个婆罗门学生。"他声音嘶哑地回答。

"一个婆罗门学生跑来御厨房指手画脚？你以为你能蒙骗过关？"相貌凶狠的男人咆哮道。高塔姆觉得自己的舌头已经打结了。"最近有不少从城里跑来的小偷盗窃帐篷里的东西，甚至还有化装成学生或者僧侣的刺客。"身材魁梧的士兵一把抓住高塔姆的胳膊把他带到了公主面前。尼尔玛拉公主正坐在莲花池边用花瓣为脚趾甲上色。

"禀报公主殿下……"侍卫报告，"我们在厨房外边抓住了这个鬼鬼祟祟的男人，他恐怕是国王陛下的敌人送来往食物里下毒的。"

"你搞错了！"公主威严地喝道，"他是我们特别请来的普罗希特，每天都会来为我们做一些仪式。请原谅，博学士。"

查姆帕走出她的帐篷。

"我只想说给你们两个人听。"高塔姆严肃地说。

尼尔玛拉公主命令所有人离开，她为高塔姆铺了一个垫子请他坐下。高塔姆深呼吸了一口，从他与"希腊行者"的邂逅开始了一场讲述。他看到两个女孩一边听一边泪流不止，心里也十分不好过。她们的心腹侍女贾木纳也加入了倾听，很快就哭得无法自持。他试着安慰这些姑娘："他会回来的……他现在不过是个见习僧，很快就会受不了那些清规戒律。库玛瑞·查姆帕，我认为他对你的那份依恋并不是马上就能切断的。"

众所周知，东方学士们的女儿总是充满智慧和悟性，查姆帕也不例外。她擦干脸上的泪水，冷静地说："难道王储忘记了释迦牟尼曾经对马哈马提说的话了吗？"她慢慢地站起来，"马哈马提，当一个人在戏剧、舞蹈、音乐等方面的艺术造诣日臻完美的同时，他就注定无法成为一名阿罗汉[①]！"

[①] 永入涅槃不再受生死果报的僧人。——译注

所有人陷入沉默。

"我把戒指弄丢了,"高塔姆最后说,"我很抱歉。"

"不必。"查姆帕坚忍地回答,"这就是我的宿命,要发生的怎么也躲不过。你觉得呢,八哥?"查姆帕转过头问鸟儿。

"躲不过!躲不过!"八哥嘹亮地学起舌来。

五

秋日月光

当风吹过树丛
我拂进你的心扉
你也许在思念
你也许不会再逃

　　查姆帕等待着高塔姆，情不自禁地念起了一首小诗。他已经好几天没有再出现了，他在完成了王子交给他的使命后消失了。她失落地站在池塘边，仿佛又经历了第二次背叛，仿佛王子带给她的打击还不够残酷。

　　不远处几个尼姑正慢慢地走过，她们看上去如此平和。这些人已经找到了通往涅槃的路途，征服了欲望的世界。应该怎么做？又为什么要这样做？距离营地不远处坐落着金雾修道院。查姆帕离开池塘边的鸟笼，追随起这些比丘尼的步伐。她们刚刚在城里完成了化缘，正端着装满粮食的碗往修道院走，这里面的一些人也曾经是贵族小姐。如今，舍卫城已经成为最大的比丘尼聚集地，修道院也成为慈善之所。

　　水雾夹杂着阳光给修道院镀上了一层朦胧的金色，"金雾"这个名字由此而来。查姆帕走到修道院封闭的高墙外，躲在一扇门之后，尼姑们鱼贯而入，有人点亮了一盏院子里的陶土灯。躲在门后的查姆帕忽然发现眼前闪出一个黑影，一个尼姑正盯着她。

查姆帕感到害怕。她赶忙转头看看舍卫城的灯火，这时候世俗的景观让她感到安心。但尼姑毕竟不生活在世俗中，她们是一群特殊的人。当她再次把目光投向舍卫城的时候，整座城市仿佛正在燃烧。

那位尼姑显然猜到了查帕姆的不安，她开始喃喃自语，不停地重复着《火诫》里那些恐怖的词汇：

"所有的一切都在燃烧。眼睛在燃烧，耳朵在燃烧，身体在燃烧，声音在燃烧……思想在燃烧，心境在燃烧……激情之火，憎恶之火，迷惑之火……生老病死、悲哀、绝望、不幸、失去，都在燃烧……燃烧……身体像一座失火的房子，但是我们还在说话，直到房子化为灰烬……"

接着她忽然唱起来：

> 灵感来自于伫立于花丛中散发芬芳的树木
> 美丽又莽撞的少女独自伫立在阴影中
> 无与伦比的你，勇敢无比的你
> 是不是引诱者的小诡计？

"不是。"查姆帕壮着胆子回答。

"你难道不知道此刻魔罗正埋伏着想要获取人类脆弱的心脏？"

"我并不惧怕他。"查姆帕看着表情古怪的年轻尼姑。

"在很久以前，一位和您一样的年轻女士正站在树林里，魔罗忽然从天而降，他说：'灵感来自于伫立于花丛中散发芬芳的树木……'"年轻的比丘尼再次唱了起来。

黑色的夜幕被远处城市亮起的一排排灯火分割成了一片一片，与此同时，查姆帕发现眼前的修道院忽然消失了，一阵沁人心脾的芬芳弥漫四周，她恍若看到了一个美妙的世界：春天里的恋人们低头窃窃私语，是黑眼睛的牧牛人用鲁特琴弹奏悠扬的旋律，乡村小路上传来要去祭祀森林女神的年轻女孩们的笑声，这是幅充满爱意的完美图景。

　　一瞬间，灯火消失在地平线上，黑暗再次笼罩，比丘尼的声音也响起："爱只是瞬间，是永恒世界中的沧海一粟。梦、芬芳、爱情，它们都有一个共性……会随着月光而枯萎。你听说过……莲花色比丘尼的故事吗？"

　　"没有。"

　　"她本来出生在汗萨瓦蒂，然后在佛陀时代投胎成为舍卫城财政大臣的女儿，她选择皈依而不是嫁给那些富有而英俊的追求者……"

　　"你的意思是那时候有很多佛陀吗？"查姆帕一脸疑惑地打断她，比丘尼并没有理睬她的问题："莲花色比丘尼掌握了变身的特殊能力。我就是莲花色比丘尼！在这个秋天的第十三个夜晚我就一百五十岁了。"鬼魂一般的声音慢慢飘散进入地上的阴影。

　　查姆帕感到毛骨悚然，她紧紧地攥着手里的树枝，几片树叶掉了下来。快跑！她想对自己说。但瞬间好奇心却战胜了恐惧，她踮起脚尖向大堂望去，更可怕的一幕引入眼帘。比丘尼难陀，一位曾经的舞蹈家，正带领着众尼姑用低哀的声音吟唱着：

　　　　瞧，难陀！你这个肮脏又邪恶的东西！
　　　　用你的心好好思考不适合观瞻的一切……
　　　　瞧，难陀……邪恶的东西……邪恶的东西……邪恶……

歌声越来越大声，也越来越瘆人。查姆帕意识到她正身处一个在时代的走廊里——眼前的这个姐妹团体，在摩诃波阇波提建立的舍卫城，这是一座一千五百年前佛祖在河边散过步并且降福过的地方。她们在这里等待湮灭——这些脆弱的女人只拥有过吸引男人和生育后代的"幸运"。她们曾经是皇族公主、名将千金、家庭主妇，如今已变成温柔且冰冷的机器零件。

我是像她们一样的女人吗？或者我是一个男人？我当然不是，那么我又是谁？说这出番话的苏梅哈，据说她的美貌令人震慑，也曾经像一位吞噬一切美好道德的狡猾猎手般站在妓院的大门口向人群侃侃而谈。如今，她剃着光头裹着黄褂到处流浪，乞讨。

那个拥有一头卷曲的秀发、手持玫瑰枝与先知们雄辩的坤达尔·凯什，曾一度非常沉醉于自己的才华，现在也回归了谦卑的生活。查姆帕在营地时听说过很多关于这些女人的故事。歌声再次响起：

整个世界都在燃烧，一切都在火光之中。
整个世界都在闪耀，天庭在震动。

尼姑们的声调凄厉悲怆：

发生出于缘由。
死亡出于破裂。

一阵疾风吹来，将乌云吹散。查姆帕赶紧走了出来。天上的月亮看起来倒像是一张干净且温柔的比丘尼的脸庞。

"查姆帕——快回来，快回来……"

她听见她的八哥正在大声地喊着她的名字。高塔姆手里提着鸟笼，尼尔玛拉站在一旁，八哥又喊道——"查姆帕是个傻瓜！"

"我刚去过那里但什么也没看见。"她用空洞的声音说。

"那是个闹鬼的地方！"尼尔玛拉说，"博学士高塔姆到达的时候我们看见你正尾随着那几个尼姑，于是我们跟着你一起来了。高塔姆说那是个危险的地方，到处都是蝎子和蛇。快过来，跟我们回去。"

是的，他终于又出现了。当她看到高塔姆和公主之间似乎达成了某种默契，心里不禁有些愤怒。难道我是在嫉妒？她安静地跟着他们往回走。

"这些弱女子怎么会住在这么一个阴森森的鬼地方。"尼尔玛拉大声说道，"有些人恐怕是境遇所迫，我看见了几个年轻姑娘。"

"年轻姑娘也会有皈依的理由！"高塔姆纠正她，"不过的确大部分都是佝偻的老人。"

"是的，真让人伤心，我看见一个老女人腿都瘸了。"

"恐怕这就是佛祖想要教给我们的——要懂得理解每一种不幸。"

"为什么上个星期你一直都没有出现？"尼尔玛拉问。

"我跑去杰特万寺庙找我们的前王储，想告诉他除了归还戒指，我已经完成了他交代我的任务。但他不在那儿——僧人告诉我他出去布道了。我在那里等了两天，还是没能见到他，也许这次是出了下远门。不过不管他们走多远，都会在雨季回到修道院。他会比你们想的还要早回来，我保证他会回到萨基特来亲自问候你们。"

黄色的落叶在他们的脚下嚓嚓作响。"明天来为我们的典礼做祈福仪式。"查姆帕用冷淡的语气甩下一句便走进了自己的帐篷。高塔姆捕捉到了她态度上的微妙变化。唉，女人！

他从哈里桑卡王子那里得到了一个灵感。任何人都可以隐姓埋名地过自己的人生——作为一个异国来客、一个遁世者、一个花花公子、一个舞蹈家，没人会知道真正的你。

小屋的一个角落成了他的"工作间"。他找出一些材料，开始将自己打扮成拥有神秘面目的特拉吉。湿婆的身体就像秋天的黄叶，被尘土覆盖，披着象皮，他的额头上有一枚闪耀的新月，他不苟言笑，他能够用宇宙之舞跳出日月同辉。

舞铃响起，牧笛和鼓声划破天际，人们开始庆祝撒拉德节①的到来，查姆帕唱着关于影子的歌曲，用人们抱着酒罐走来走去，国王喜欢美酒。

"纳特拉吉"走进营地，开始表演他的舞蹈。所有人向后退去，这是个非常富有戏剧性的表演——舍卫城的居民是以表演欲强而闻名的，这位舞者显然也是来自城里。查姆帕和尼尔玛拉猜测着他的真实身份，她们为这极具爆发力的舞蹈深深折服。

他一直疯狂地舞蹈着，直到晚餐已经盛放在了芭蕉叶里。女人们都退回到了她们的居所，高塔姆被国王当作来自舍卫城的杰出舞蹈家而安排坐在身边。高塔姆吃着烤肉，一杯又一杯地喝着酒，国王和他的大臣们都喝得酩酊大醉。

一个大臣忽然叫道："陛下，一个年轻的婆罗门学者最近经常拜访营地，据他说王子殿下已经到达了附近。"

喝得有些忘形的高塔姆连忙接过话茬，他的舌头已经不利索了："我来告诉你们真相——你们的王子——王子殿下——已经变成一个——一个——托钵僧……"

---

① 印度朔望月满月之日庆祝丰收的节日。——译注

国王忽然勃然大怒，一个不知所谓的舞者竟然口出狂言。"把他扔出去！扔出去！"他一边跺脚一边吼道。此时的高塔姆已经醉得不省人事，两个随从把他架起来扔到了营地外的莲花池旁。舞蹈家戏剧性的一天，如此扫兴地落下帷幕。

太阳已经落到山后。"起床！起床！懒骨头。"八哥在笼子里叫着。

高塔姆睁开眼睛，揉揉太阳穴。鸟笼就在放在离他不远的池塘台阶上。他使劲回想刚才发生了什么，又看看四下。"我这是在哪儿？在哪儿？"他忽然记起似乎曾在舞台上表演，但是他周围没有舞台，没有灯光，没有狂欢，没有筵席，只有荒凉一片。在凄冷的寂静中他觉得头痛欲裂。

他慢慢地回想起来：他疯狂地跳舞，和贵族相谈甚欢，吃了很多肉，喝了好多酒，这一系列事情都发生得那么快。他觉得很享受，如果从头再来一次，他会让自己成为世界之王。一切都无可挑剔，除了他没机会和女人走得更近一些。

啊，女人！她在哪儿？他忽然惊讶地发现，她消失了，所有人都消失了。

"查姆帕，回来，查姆帕……"八哥又叫起来。高塔姆四下寻找却见不到人影。他困惑地使劲挠着自己的头，忽然看见一个猎象人冲他走过来。

"发生什么了？人都去哪儿了？"高塔姆连忙问眼前人。

"他们被舍卫城的头号土匪骗了。现在我们甚至可以赞美说舍卫城的人在坑蒙拐骗这个古老行业里已经强过了那些迦尸的同行。"猎象人带着讽刺的口气说道。

"我不明白。"

"是这样，昨天晚上土匪头子的几个喽啰突然冲进筵席大叫：'一头猛兽从陷阱里逃出来了，现在正在冲着营地跑来。'整个皇室队伍连夜撤离逃命，他们的船队已经返回萨基特城了。"

"然后呢？"

"土匪们等他们走后马上就把整个营地洗劫一空了。"

"然而我却一直睡在这里浑然不觉。"高塔姆简直无法想象。"那是幻觉吗……？"

"你想得不错，先生。"猎象人点点头。"那是摩诃女骗子的幻觉。需要帮助吗？你不是舞蹈家吧？"

"没错。我其实是魔法师。我没事。你给这个可怜的小家伙找点东西吃吧。"

"是，先生。"

猎象人从翻得一片狼藉的御厨里找到一些粟米交给高塔姆后便离开了。

高塔姆走向八哥。

"你的贵族小姐主人们把你留在这里任由你饿死渴死，对不对？其实她们可以在逃走的时候把我叫醒的……"

鸟儿用它珠子般的小眼睛盯着他，它要是真会说话，就会告诉高塔姆其实在查姆帕和尼尔玛拉奔向码头的时候，她们尝试了一切办法叫醒他。

"可怜的人，他昏过去一定是因为之前跳得太卖力了。"尼尔玛拉无限同情地说。

"晕倒？他显然是喝醉了！"聪明的宰相女儿查姆帕冲他叫道，"快点起来，高塔姆，趁着那头发狂的野兽把你这聪明的脑袋踩烂前赶紧起来！"

他继续打着呼噜。

"所以，再清醒的人也会睡去，昏睡的人也有醒来的一天……"查姆帕念叨着。

"查姆帕，这家伙已经把自己放在野兽的獠牙前面了，你却还在说些没用的闲话！"尼尔玛拉大喊。

"快点跟上！"宰相冲两个女孩大喊，拉起她们向驳船的方向跑去。

尼尔玛拉又跑了回来，她把八哥的笼子放在了高塔姆的身边："八哥，快点叫醒他，重复说——起来，起来，懒骨头……"嘱咐完她又加入了逃亡的团队。

高塔姆用池塘里的水洗了洗自己一塌糊涂的油彩脸，又喂八哥喝了点水，然后拿起鸟笼往回走。在前往修行所的路上他又开始回忆起一些事情：这是他在学院里的最后一个学期，毕业典礼那天父亲会很自豪地前来，阿阇黎会一遍遍地重复临别赠语——行使职责，坚持真理。他终于可以回家，他可以涂上眼影，穿上丝绸，脚踩皮鞋，头上插豪猪的箭刺。作为年轻有为的博学家，他可以坐在自己的马车上到处游街。他也可以造访萨基特城，问问宰相大人愿不愿意与舍卫城有钱有势的大祭司家联个姻，将女儿许配给他……

六

你好，树精灵

八哥成了他的新朋友，他对它说："上一次在修道院外见到查姆帕的时候她好像在生我的气，没想到那会是我们最后一次见面了。你说我该怎么办？"

八哥在笼子里跳来跳去，一言不发。

"好吧，咱们来给她画张像吧——你还想见到她对吧？我就帮你来画一个。"他拿出他的绘画材料，开始作一些不寻常的准备。他把红砖磨碎成细细的红色粉末，在靛青中加点水作为蓝色颜料，他用姜黄和藏红花作为黄色和橙色的颜料，又从树林中采集了一些香草，按照配方制作出绿色、白色和其他颜色的颜料。然后，他开始静静回想查姆帕的相貌。

高塔姆在石头垫子上铺好一张白色的中国丝绸，然后取出几只用松鼠尾巴做成的画笔。他从勾画重要轮廓开始下笔——一双鱼一样的眼睛。然后他停下思考：不同的特征可以表达同一个意义，也可以有不同的理解。一幅画不仅仅是色彩组合，它是创作者的灵魂。虽然肉眼只能看到表现存在的色彩，但欣赏者可以从一个简单的笔画中领悟到深刻的含义——正如诗句是诗人内心的唱响，情感是很难给出明确的定义的。

高塔姆艰难地放下画笔。思想就是**思想**，而活生生的人是真实存在的，不仅仅是个象征而已。当你觉得一个人充满吸引力，那是源自内心的情感，但我该如何描绘我的思想？我根本做不到不饱含激情甚至保持冷静。冥想是来自艺术家们的一种真正艺术。它无法保持原样或完整形态。保持纯粹的形式，一个事物的概念即为本体，是与生俱来的——这才是真正的冥想。为什么要忽略我们对事物的个体性感知呢？

接下来的几天，他不停地画画，制作赤陶雕像，又把它们全部毁掉，砸得稀烂。终于，他完成了他的浮雕作品《拿团花树枝的女孩》——丰乳细腰的少女正在折断一棵树上的小树枝，正如查姆帕几周前像仙女一般出现在他面前的样子。

评论家大肆抨击这件作品，没有一个人叫好，高塔姆也不表态。他已经放弃了通往哲学的道路，无法告诉他们什么叫作并且如何获得纯粹的审美体验。他能解决"有"与"无"的冲突吗？他只想通过泥土和石头来捕捉人类形体的神秘感，纯粹的审美体验不会受到外在的影响，它散发光芒，它不可分割，它就是它本来该有的样子。正如艺术家与生俱来的观念认为宇宙万物的创造者毘首羯摩天①是无所不知的。画中的世界就是呈现在帆布上的样子。这便是纯粹的存在，纯粹的观念，纯粹的人生。

世界这幅画卷，就是自己在帆布上描绘自己。这便是纯粹的存在，纯粹的观念，纯粹的人生。心灵这座工作室，装满了画幅和创意，在这里所有的图像都汇集成一幅，在这里同一束光会不停地在万花筒中穿梭，由美和真创造出一件艺术品，以及一条同时属于创作者和欣赏者的小径，上面的人彼此了解。

他把这尊作品命名为《拿团花树枝的女孩》，喻义"很高兴见到你，

---

① 印度神话中的工艺之神，帝释天的大臣。——译注

树的精灵"。雕刻的方式非常古老，并不像几个世纪之后的雕塑，但线条和姿态达到了一种奇妙的融合和平衡，它是如此的质朴粗犷，却又散发着力量。高塔姆对自己的作品很满意，并决定继续这样的创作。一天下午，他提着鸟笼兴奋地前往舍卫城，准备找朋友阿克拉什聊聊。他想要做一些能自由站立的人塑，他需要向他的艺术家朋友取取经。

阿克拉什住在市中心。高塔姆来到他的工作室的时候，发现那里挤满了艺术家和手工匠。他把鸟笼放在窗台上，感觉到了房间里紧张的空气。这里似乎正在发生什么，但却没人愿意跟他说话。忽然有人敲门，一个留着大胡子的艺术家气喘吁吁地走进来。"朋友，"他声音嘶哑，"拿上你的画赶紧逃命去吧。"他坐下，喘息甫定，"战争爆发了。旃陀罗笈多①的军队占领了我们的国家，家园很快将被夷为平地。我们的时代结束了，高塔姆兄弟，死亡会消除所有的冲突。"

"摩揭陀②的新帝国军队已经到达了，考底利耶③发令处死我们的国王和他身边的所有人。"

"所有人？"高塔姆几乎失去了说话的力气。

"这就是鱼类法则！我听说几个年轻女性想要游过河逃去潘查拉斯，帝国军队已经派人去追查她们的下落了。"那人说完便站起身准备离去。

"你要去哪儿？"高塔姆感到十分虚弱。

"去打仗！你当然不会去，我今天刚听说你开始笃信耆那教那套非暴力的学说。"

---

① 印度孔雀王朝第一任君主。——译注
② 佛陀住世时印度十六大国之一。——译注
③ 古印度政治家，曾协助旃陀罗笈多建立孔雀王朝。——译注

"难道我们就该因为信奉非暴力主义而心甘情愿地任人宰割吗?"阿克拉什诘问高塔姆。

高塔姆穿过房间,愤怒地叫道:"谁能告诉我,为什么有些杀戮是对的,有些却是错的?我对什么难陀王①、毗湿奴夏尔马②、旃陀罗笈多没有任何兴趣,他们为什么要把我们牵扯进他们的矛盾中……?"所有人都在往前门外冲去,没有人顾得上回答他。很快拥挤的房间变得空空荡荡,高塔姆也冲了出去。

不远处的市集上传来阵阵可怕的骚动。整座城市都被庞大的战象和战车队所占领,没多久,曾经车水马龙的市集广场变成一片混乱嘈杂的战场。高塔姆四处呼唤着他的朋友们,可他单薄的声音只是淹没在象队的号角、弓箭的呼啸和兵器的摩擦声中。他站在走廊里看着眼前正在上演的腥风血雨,几个艺术家朋友的尸体就横陈在主路的中央。

高塔姆慢慢地迈开步子,他从一个死去的士兵手中抽出一把剑,加入了战争。

此时此刻城市的外围,凉爽的微风正轻轻拂过杰特万寺前的苹果树枝,在人类世界的残暴面前,大自然选择冷漠以对。

高塔姆在阿克拉什的家门口杀死了几个步兵,直到他被一枝长矛打昏过去。当他又恢复意识的时候,黎明刚刚降临这座千疮百孔的城市。街道上到处都是死去和垂死的躯体,面前的一座座房子正冒着白烟,他流血的手疼痛难忍,他低头看了一眼,手指已经血肉模糊。

---

① 难陀王朝(前364—前324)是统治摩揭陀王国的王朝。——译注
② 印度作家、学者,被认为是《五卷书》的作者。——译注

苏迦塔曾经为这座城市里的很多人提供牛奶，今天她是专程来给伤员们送牛奶的。她所有的客人都在这场战争里死去了，包括住在"象屋"里的大祭司和他的妻子，大火夺去了他们的生命。阿克拉什的工作室就在附近，苏迦塔路过时，听见一个令人毛骨悚然的声音："回来，回来。"那是一只在大屠杀中幸存的鸟儿在说话。送奶女走了过去，看到窗台上放着的精致的鸟笼。接着，她发现了趴在台阶上奄奄一息的高塔姆。

"我想去我的修行所。"她帮他包扎了一下伤口，他虚弱地喃喃道。

"学院已经空了，先生，所有人都跑了。虽然我只是个卑微的送奶女，但是待在我的家里等待痊愈并不会有损你的身份。你现在这样哪儿也去不了，我们可以用药草帮你疗伤。"

他顺从地跟随着送奶女回到她的村庄，苏迦塔一直陪伴着高塔姆，直到他的伤势好转。她用女奴的进贡来招待高塔姆，这让高塔姆意识到，他其实也可以把苏迦塔当作女佣来对待，但他并不想这么做。一天早上，他对苏迦塔说："我想回去看看我的小窝还在不在，你知道，宫殿总会倒塌，茅草屋反倒会幸存。"高塔姆回到修道院附近的家，发现《拿团花树枝的女孩》正大头朝下地躺在瓦砾中，幸运的是，它毫发无损。在苏迦塔哥哥的帮助下，他把它装上送奶车一起返回舍卫城。他们在"象屋"的废墟前停下，他曾经梦想过在这里和查姆帕一起坐上新婚马车。他把雕塑拿起来摆在大门旁的一个角落里，雕塑女孩用她空洞绝望的眼睛看着他。好了，亲爱的姑娘，我要开始寻找你了，我有个强烈的预感，你还活着，而且无论如何我都能找到你。以后，一定要留神红蚂蚁，别让它们再爬上你娇嫩的双腿，就像那天在团花树下那样！想着想着，他拭去了脸上的泪水。

苏迦塔问他："先生，这雕塑里的是您崇拜的一位女神吗？"

"是的，"他撒谎了，因为他不再相信任何神灵的存在，"是的，她是森林女神阿雅妮，因为惧怕人类所以生活在荒无人烟的地方。"善良的苏迦塔双手合十，虔诚地向查姆帕的雕塑行了礼。几人离开了废墟。

在一个没有月亮的晚上，高塔姆向苏迦塔道了别，带着鸟笼登上了横渡萨玉河的渡船。

七

路口的豢鸟人

为了寻找查姆帕和尼尔玛拉，高塔姆成了一个流浪汉。战争让整个国家陷入悲观，因此百姓们都很愿意通过施舍来获取他的赐福。他把自己受过重伤的双手伸到人们面前，宣布着——"我们的手指沾着湿婆舞的印记，它们可以用鲁特琴和长笛演奏美妙的音乐，也可以用来制造可怕的矛箭剑戟。希望神能从你正在制造武器的手上，夺走一切丰收和孕育……"

一次他化缘到孔雀王朝的一位将军家门口，准备布施的妻子听到上面这段诅咒花容失色，她毫不客气地把大门砰一声摔在高塔姆面前。

也许我很快就会成为人们眼里的挑衅者，饱读诗书的高塔姆难免沮丧。为什么人们如此热衷于战争？他们不知学习、反省和忏悔，可我又能做些什么？这个问题已经成为他永远的心结。

他不知辛劳四处跋涉，累了就坐在路口休息，以捕捉查姆帕和尼尔玛拉的踪迹，久而久之人们总是叫他"路口那个养鸟的"。八哥除了"回来，回来"已经不再说其他的词，它周而复始地重复着这两个字，直到筋疲力尽地把嘴藏进羽毛不再出声。终于有一天，它死了。高塔姆很悲伤，他和查姆帕唯一的联系也消失了。

旃陀罗笈多是孔雀王朝的创立者，出身不高贵的他并非"太阳或月亮的后裔",因为他的母亲属于卑贱种姓的"不可触碰者"。他被牧羊人抚养长大并且在塔克西拉师从毗湿奴笈多,在那里他被当作最有可能获得成功的年轻人。他带领军队攻打马其顿亚历山大大帝在印度河流域建立的军事要塞,赶走希腊人并夺取了旁遮普。此后,他率军攻打难陀王朝都城巴连弗邑并占领了其他小国,佛祖释迦牟尼曾说:"胜利会滋生仇恨,因为它会让你惶惶不可终日,只有置成败于度外的人才能真正获得平静。"

孔雀王朝的首相毗湿奴夏尔马,又名考底利耶,开始实施他的政策:在政治中首先需要避免的就是犯错。他将朝廷划分为不同部门,分管不同的领域:矿产、灌溉、商业、税收、外交、防御,增加耕地减少房屋。他将无所事事的婆罗门,脑子精明的理发师,占卜学家和交际花编入情报部门,间谍们打扮成修行者的样子四处游荡。他们甚至可以到访妓院、赌场这些鱼龙混杂的地方以探听老百姓们的口风。摩奴曾说,人们不会防备那些黑面孔红眼睛的苦行僧。

流浪者高塔姆身上也发生很多急速的变化。衣着和发型掀起新的风尚,口语中也加入了很多新词,商业开始蓬勃发展。除了知识,高塔姆没有什么可以用来交易的,但是他不能向学生们收费。他婉拒了思想家和哲学家们邀请同行的提议,依靠着布施继续独自寻找两位姑娘的旅程——尼姑庵、集市广场、王朝军队的驻地。她们似乎消失在了这个世界上。

他穿过波斯人的马队。亚历山大的攻打使这些人逃离伊朗来到五河流域生活多年。在阿希赤哈特拉城附近的高地,高塔姆遇到了一个似乎能和他沟通的波斯人。他大概能明白这个留着络腮卷胡子的高个子对他说了什么。

"我们从伊朗来到印德讨生活。"

"印德是哪儿?"

"就是你们生活的地方啊！"波斯人面带奇怪的表情回答，全然忽略了他自己的发音问题。他接着说："你瞧，我们的语言有很多相同的地方，除了用 H 代替 S，你们的 Spatah 就是我们的 Haptah——很多词几乎差不多，比如你们的 namo 就是我们的 namaz。"

"是的。"高塔姆觉得很无聊，同样的话他之前已经从哈里桑卡王子那里听过一次了。"语言同根同源又能如何，能让人们不再打仗，不再互相憎恨？"很快又聊到了令他烦恼的事儿，于是他决定换个话题。他看见面前的男人穿着外套、长裤和皮靴。"你身上的穿戴倒是很多啊。"

"是的，想不到这里这么热，我们到了巴连弗邑以后就决定扔掉些。听说如今城里在大兴土木，我们以前在波斯波利斯就是建筑工人，到了巴连弗邑一定能找到工作！"乐观的波斯迁徙者说完便骑着马走远了。

当晚高塔姆看见一个剧团正在阿希赤哈特拉城附近的空地上安营扎寨。他开始对沿路乞讨感到厌倦，他意识到他的生活简直一无所获。战争令很多人沦为乞丐，难道我一辈子都要跟他们一样？他径直走向一个工人，对他说："我想见你们的经理。"小伙子把他带到一个漂亮女人面前，那女人正坐在她的小床上涂着指甲油。她叫安比卡，是剧团的所有者和首席女演员。她抬头看见高塔姆，毫不掩饰眼神中流露出的兴趣。毫无疑问，她是个鉴赏男人的行家。

高塔姆说："我是个失业的演员，战争夺走了我的一切……"他抱怨道，"我可以加入你们吗，女士，我曾经画画和雕刻，但是现在……"他伸出那双残废的手——"我依然可以表演。"

安比卡是一个情场女高手、一个世故商人，但她却爱上了高塔姆。他成了剧团的首席男演员以及她的情人。他知道自己正在扮演一个英雄的角色，也因为发现了自己在女人眼中具有无可抵抗的魅力而不禁自喜。但由于他的直率，那个被诅咒的将军的妻子似乎上报了他的情况，安比卡为此担忧不已。有那么一两次，他在一出讽刺剧里影射了毗湿奴夏尔马。"别在你的表演中攻击那些权势了，这会给你带来大麻烦。"安比卡警告他，他却不以为然。

安比卡对他说："我听说你是个很好的舞者，教我跳舞吧。"

"教你？你还需要别人教你任何事情吗？我的全能女王！"他笑着讽刺她。他变得越来越刻薄，越来越愤世嫉俗，尤其是在她面前。然而当他看到她沮丧的表情，又觉得很抱歉。可怜的女孩，她给了我一份工作，把我这个流浪汉像王子一样对待，她并不该对我的不幸负责，我却经常没来由地对她冷嘲热讽。想到这儿，他语气温柔地问她："你是从哪里听说我会跳舞的？"

"那天几个从迦尸来的演员碰巧经过，其中有个人说看过你在一场舍卫城的皇家庆典上表演湿婆恩弟亚舞，就在战争爆发前不久。"

"他是谁？他在哪儿？我能见见他吗？"高塔姆迫不及待地问，这个人说不定会知道查姆帕她们的下落！

"我不知道，"安比卡面无表情地说，"他们已经赶路去了。"她已经习惯了这个情人的喜怒无常。

"高塔姆，"她停顿了一下，冷静地说道，"我们已经在外面漂泊太久了，我们回巴连弗邑吧。"

"好的，我们回去吧。"他同样冷漠地回答。

八

巴连弗邑的剧院

剧团从阿希赤哈特拉一路向孔雀王朝的都城巴连弗邑行进,他们的最终目的地是那个拥有尖屋顶的崭新剧场。剧团受到热烈欢迎,甚至有传言他们将要为皇室演出。关于这个剧团的英雄和他的传奇故事也在城里流传开来,高塔姆·尼拉拔——高挑,英俊,黝黑,完美到仿佛虚幻人物。他是个出色的歌手,技艺娴熟的演员,堪称无与伦比。女人们更是为其疯狂——她们无法抵挡一个又英俊又有才华的男人散发出的魔力,这就是为什么她们总会爱上名流、诗人、音乐家、演员。

第一晚的演出坐席就被抢购一空。观众里也有不少希腊人,他们对人生的第一场印度戏剧很是期待。他们从亚历山大撤离,滞留在了印度,又跟随旃陀罗笈多来到巴连弗邑。公主、主妇、女仆……不同年龄、不同身份的女人们为了一睹高塔姆的风采,或坐轿子或者步行涌入剧场。

安比卡是当时最有名的女演员。她用磨碎的黄叶片粉来涂抹脸庞,用酥油和灯灰的溶剂来装饰那双迷人的杏眼,这种妆容引起一股风潮。她的种姓属于吠舍,她的父亲母亲都曾经是宫廷里的舞师。吠舍是一种特别的种姓,书中曾经记载着这个种姓的女人如何诱惑和迷倒男人。她们中的一些人被训练成叫作"毒女"的间谍,动作轻柔而缓慢,这样才能给敌人们献上致命之吻。然而天生尤物安比卡不需要通过当"毒女"来散发魅力，她在表演上受过非常严格的训练。作为一个高等伎舍，她在王公贵族眼中是一个成功的表演家。

与此同时，关于高塔姆的谣言也在四处蔓延：他对安比卡很糟，他跟别的女人调情，喝很贵的酒，穿昂贵的进口丝绸，他像个贵族那样戴珍珠和钻石——这一切，当然都是用的安比卡的钱，他贪得无厌又厚颜无耻地想把安比卡榨干。这些闲言碎语并非空穴来风，事实上，自从加入剧团，他的确在日渐堕落。他仿佛已经安顿在了安比卡的温柔乡而放弃了继续寻找查姆帕的下落。如今的高塔姆是一位辫子上绑着银色丝线、让女人们欲罢不能的成熟男人。

今晚的演出跟往常一样，开幕前他和首席女演员一起走到台前，向观众们讲述这场戏的主题。人们看着他，听着他，如痴如醉。他心里暗暗发笑，这些人永远也不知道他心里在想什么，就像前台的观众不会知道后台在发生什么。

然后，事情就这样发生了。在他潇潇洒洒挥舞手臂的瞬间，人们看到了他那双丑陋不堪的手。

女人们吓得花容失色，几声尖叫响彻礼堂。她们没想到这位仪表堂堂的传奇英雄，竟有一双如此支离破碎的手。之前他总是小心地用袖子藏起那双手，尤其是受损更为严重的左手。但就在这个命中注定的夜晚，他的眼光落在了观众席里的一个人身上。他浑身颤抖，甚至无法站稳，身上的围巾也掉在了地上。站在一旁的安比卡迅速捡起围巾，把它放回他的肩头……但此时此刻他还是无法相信眼前看到的一切。

礼堂的第一排，坐着身穿紫色丝袍、头戴金色饰品的查姆帕，陪伴她的是一个女仆和一个小男孩。她专程为高塔姆在都城的第一次公开演出而来，她也想看看传说中的安比卡，那个他传说中的情人。

当查姆帕看见高塔姆的手，热泪终于冲出眼眶。在婆娑的视野中，她依然能够清晰地看见高塔姆那张如蜡烛般闪耀的脸庞。沉默了片刻，他再次捡起掉在地上的围巾，继续望着她的黄兰花姑娘。

那个令他跋山涉水寻觅多年的女人，此时此刻就坐在那儿，身边陪伴着她的孩子。一个富足的家庭主妇，一个母亲。不需要多久，她就会变成一个长出双下巴的中年妇女。湿婆——湿婆——

　　我意识到时间的赌徒与幻境之间的有趣互动，因此我想为此献上一段表演。

在舞台灯光照射不到的暗处，查姆帕哭了起来，仿佛是被台上的表演打动。哈里桑卡王子似乎放弃了整个世界，但他并非毫无牵绊。为了忘记她，高塔姆·尼拉拔回归世俗，却依然在心里为她保留了一片遁世的角落。对于尘世的生活，她既不留恋也不享受。舍卫城虔诚的尼姑们又如何能理解查姆帕心中那些再也唱不出的诗篇。她难道不比无所不知的女圣人更加智慧吗？因为她已经学会接受自己的变化：她做了一个简单女人该做的事情——认"命"。

第一幕演出结束后，她对身边的女仆贾木纳低语了几句，贾木纳会意地四下张望了一下，从出口溜了出去。

"一个女仆说想要见你。"安比卡在后台的房间里告诉高塔姆。

"哦，她是谁呢？"他轻轻地问道，脸上看不见一贯的焦躁和冷漠，反而带着一种祥和的温柔。他这突如其来的态度转变令安比卡诧异不已。

"还能是谁，肯定又是你的一个女性崇拜者托女仆给你送来口信。"安比卡一边说着，一边为下一幕表演化着妆。

高塔姆走了出来，看见楼梯最下面站着一个皮肤黝黑的女仆。她双手合十，深深地向他鞠躬，用带点卖弄风情的口气传达主人的口信："夫人向您问好并且希望在演出结束后见到您。"

他立即意识到这是谁送来的口信。站定了一会儿，他向下走了几步。"不。请这样告诉你家夫人：**再清醒的人也会睡去，昏睡的人也会忽然惊醒。**想想那些一直保持清醒的人。此外，我现在非常清醒，虽然依旧在刀锋上行走，但没什么可以阻挡我。还有，你们家夫人是不是忘了一个忠诚的妻子该做的——把其他男人都当作影子。你可以走了，我的好姑娘，希望神与你们……"他开始背诵祈福词，不知不觉间当年那个修行僧瞬间附体。

女仆晃悠着脚踝的铃铛跑走了。几分钟后她又跑了回来，不出所料，他还站在原地。

她鞠着躬接着传话："我家夫人说：您说得没错。能保持清醒再好不过了。此外，查姆帕夫人还说：您所说的关于忠诚妻子该做的事也没错。但是，没有人能够在刀锋上行走。"

贾木纳停顿了一下，继续说道："夫人也让我告诉您，战争爆发后她被人掳走带来了这里。"

高塔姆这才认真地打量起眼前的姑娘，原来她是个那个皇家女佣贾木纳，在皇家浴池边为查姆帕和尼尔玛拉撑伞的女孩，上一次见面还是在舍卫城近郊的狩猎营地里。她虚弱地笑了笑："阁下，在王宫被攻占后我也一起被俘虏了，我们都被带到了舍卫城，查姆帕小姐被迫嫁给了一个有权势的老者做妾。你看，先生，他现在正好外出，我家夫人希望能够单独见见您，哪怕就一会儿……"

现在，她的角色又变回了多年前的那个皇家女仆，世事变迁令一切都物是人非。

"请您看在旧日的情分上。"她恳求道。

他快速地想了想。他该不该去见那个发胖的已婚女人？这不但会让她的生活更加沉重，也会击碎他目前所拥有的一切。"不，"他坚决又简短地回答道，"我亲爱的贾木纳，没有什么新日旧日，只有永世——而它也是瞬间。"

贾木纳再次跑回大厅，这一次她带来了这样的回答："夫人说，也许你的荣耀和成就是你伟大的哲学思想，但是现在，此时此刻，在得到了您的答复后，她觉得她才是真正顿悟的那一个。因为她明白了一个至高无上的真理——投胎成为女人是一件最为悲惨的事情，尤其是因为她的美貌和青春无法'永世'！"

高塔姆沉默了。这些话击垮了他心中所有的忿怨。忽然他又想到了什么："对了，尼尔玛拉公主现在在哪儿？"

如果您碰巧去过杰特万附近的'金雾修道院'，您可能会在木苹果树下看见一个剃着光头、满脸皱纹、口念佛经的老女人，那就是尼尔玛拉师太，舍卫城最有名的比丘尼之一。阿约提亚大屠杀的时候她逃到了天帝城。她在那里给人做了几年妻妾，几个僧人帮助她逃到了杰特万寺，在那里她和她的哥哥，前王子哈里桑卡重逢了。"

"多谢湿婆的庇佑！"

"是的，先生，的确。我们不能不惊叹人生的际遇。然后有一天，一个托钵僧告诉我们，杰特万寺中受人尊敬的哈里阿难陀圆寂了。好了先生，我现在必须离开，你的下一幕演出马上就要开始了。"贾木纳恭敬地向后退了几步，瞬间消失于外面的人群中，空荡的楼梯间孤零零地站着今晚的大明星，他目瞪口呆。

九
河

　　演出刚一结束，高塔姆连正式谢幕也顾不上，便迅速逃离舞台。他回到那间绿色的休息室，脱掉身上的丝袍和首饰，洗掉脸上的油彩。趁着安比卡还没有从台上回来，他套上一件白色罩衫，从后门溜了出去。

　　甩掉一个单纯的女人是一件如此简单的事情。他找到一条偏僻的小路，向城门的方向加快步伐。就像一个越狱的逃犯，他紧张地不停回头张望。可显然，在繁忙的城市里，谁又会特别在意一个在人群里跌跌撞撞步履匆忙的出家人呢？"舞女街"沿途的火把已经点起，混混流氓和屠狗之辈开始在赌桌旁聚集，远处皇宫的木栏在夏日的月光下清晰可辨。高塔姆笑着想：这个时候，皇帝应该正在和宰相考底利耶下棋呢吧。一个穿戴普通的女人从他身边路过，有意识地打量了他几下。高塔姆知道她一定是情报部门的间谍，正在行使她的职责。

　　高塔姆的心目中忽然冒出一个疑问，他觉得这个问题也应该有人请教过伟大的考底利耶：在这样的一个世界里，到底谁在监视谁？

　　卫兵们在壁垒森严的城楼前不停地梭巡。巴连弗邑的城墙一共有六十四道门——可哪一道门通往他的目的地？

　　我是苦行僧也是浪荡子，是智者也是白痴，是贵族也是乞儿，我经历了一切。也许现在，我真的可以忘记我曾经是谁，抵达一场生死无欲的出世修炼。

他继续他的旅程，独自穿过无数城镇和村庄。哪里才是我的终点？他忽然拥有了一种从未有过的孤独感。没有什么可惧怕的，他努力说服自己，大地就是他的母亲，而他们正紧紧相依。嗅着青草的绵软，石头的冷静和脚下泥土的坚实气息，高塔姆伸开双臂触摸着空气。

他又这样走了几天，奇花异草在他面前谦逊地低下身子，鸟儿用欢乐的歌声与他做伴。雨滴有节奏地敲打着荷花瓣，大树下坐着一群身着绚丽的乡村姑娘，她们一边荡着秋千一边唱着歌谣。

他乘船来到萨基特。一滴雨落在他卷曲的睫毛上，不远处的地平线上乌云密布，他忽然被一种陌生的奇妙感所占据：河水在他心中高歌，瀑布在他脑中奏乐，他看到雷雨之神因陀罗来到了身边，雨水像小溪流般在他脸上欢唱，他开始吟诵对楼陀罗的赞美诗：

> 如战车上的勇士用皮鞭策马前行，
> 他宣念着雨水带来的信息
> 远处传来狮吼声
> 猛烈遒劲，播下种子
> 飞驰的车轮越来越近
> 碾过红尘，踏平天地

雨下了整整一夜，当他到达萨玉河边时乌云总算给霞光腾出了地方。他跪坐在地上，周围空无一物，他像以往那样，又成了一个孤零零的男人。高塔姆一会儿觉得就在神的身边，一会儿觉得已被神抛弃，一会儿又觉得自己就是神明。他站了起来，伸直身体，唱了起来：

> 神啊，你是火和太阳，风和月亮
> 你是星空，梵天，水，生主
> 你是女人和男人
> 你是少女和老翁
> 生来就拥有不同的面
> 你是深蓝色的飞虫，红眼睛的鹦鹉，云朵和海洋
> 两只鸟儿，死生同袍，立在枝头。一只咬啮果子，一只无助相望。
> 悲伤的人儿也坐在同一棵树上，惊讶于自己竟如此虚弱。

意识到别人的满足和伟大时，自己的悲伤仿佛也会终结。高塔姆想到了《梨俱吠陀》里那些不朽的人物，心满意足地坐着。当光芒再次升起，没有白昼和黑夜，没有存在和虚无，只有湿婆永存。光芒来自于大智大慧的湿婆。它的美不易被察明，它的辉煌难以被描绘。它存在于内心深处。

> 你还没有出生，有人就颤抖着走近你——
> 哦，楼陀罗，请保护我。他就像世间的一只孤鸟。
> 像沉入海底的太阳。
> 认识他的人将跨过死亡的滩涂。
> 因为没有其他航行的路线——

雨水不停地打在他酸痛的双脚上，眼前的萨玉河已经被刚才的大雨吞

没，而他，终于回来了。也许他可以去拜访金雾修道院，找到尼尔玛拉法师，如果她还没有被孤独吞噬。然后，他便可以回到熟悉的修行所。他已经看过了这个世界。

他走到水边准备开始蹚河，忽然听到有人惊慌地喊道："先生，先生，小心滑倒！"

他向后退了几步，看到一个乡下女孩正坐在石阶的低处，手里的大罐子里装满了水。

"我会小心的。"他温柔地对她说，"我得趁着大雨又来之前赶紧过河。"

"这种天气您是找不到摆渡船的。"

"没关系，我可以游泳。"

"暴雨天在河里游泳？"

"不会有什么大碍的，我的好姑娘。"他举起右手为她祈福。"希望神给予你好的收成和孕育……"

天气渐渐放晴，鸟儿又开始飞上枝头欢唱。一簇花瓣飘落到高塔姆的脚边，他低头拾起它们放进水里，水波将花儿慢慢推远，他跳进河里向对岸游去。

快到达河中央的时候，他突然被一股巨大的逆流阻挡。不管如何用力向对岸游，高塔姆还是无法在对抗中占据上风，情急之下他只好抓住一块露出水面的石头。他忽然意识到手里的这块石头，正是当年他与"希腊行者"哈里桑卡王子相遇的那座祭祀神庙的一块残骸。他使劲地抓着这块石头，闭上眼睛靠在上面，筋疲力尽，气喘吁吁。骇浪还在不停地从四面汹涌而来，抓住石头的高塔姆只能拥有片刻的安全感，很快，他的手指便开始酸麻起来。怒吼的巨浪朝着高塔姆·尼拉拔劈头袭来。

阿布·曼苏尔·卡玛鲁丁赛义德策马狂奔到河岸边，满涨的萨玉河水在他面前咆哮着。河对岸有一排茅草屋，几个衣衫褴褛的托钵僧正在进行斋戒沐浴的清晨礼拜。

十

印度斯坦的奇闻逸事

英俊的蓝眼睛骑士审视了一下四周后翻身下马。他的头巾样式充分说明他是一位大学士,而他的衣衫又告诉人们,他虽然是个学者,却出身富贵。他是个三十岁左右、器宇轩昂的年轻人,显然他对此也是充满自信。他骑着这匹叫作"旋风"的骏马来到水边停下,将手中的弯刀扔在草地上。因为属于权贵阶层,他看上去目空一切。他甚至不是本地的穆斯林,而是来自一个叫作维拉亚蒂的地方,这个地方远在印度斯坦和帕米尔高原之外,显得如此陌生,甚至连他骑的那匹马都是"异域种"。

"旋风"低头喝着水,主人解下头巾,脱掉身上的波斯开襟上衣,挽起在突厥语里被称为 kurta 的亚麻衬衫的袖子。他把身上宽松裤的裤脚扎紧,脱掉脚上的尖头高跟靴,跪在码头上开始他的斋戒沐浴。星光渐渐褪去,远处寺庙的钟声响起,年轻人清洗了三次脸庞、双臂和双脚,在额头上沾上水进行净化仪式。他站起来,将一块马什哈德丝绸大手帕铺在一块地上,面向西方,戴上头巾,像跨河的托钵僧,开始做他的礼拜。

天空破晓,森林里处处闻啼鸟。英俊的骑士结束了他的祈祷,重新穿上靴子。即使是在空无一人的森林里,穿戴不整也是他的个人准则所不允许的。

"旋风"开始吃地上的草。他本可以在路边找一个穆斯林食肆或者皇家信使换马的驿站享用一顿早餐,然而他必须赶来这里,等待她的临别仪式。她说过她会在清晨来到这里为拜祭偶像而采集花朵,所以他天没亮便从客栈赶来这里就是为了见她一面。他焦急地看着萨玉河的方向,决定把自己安置在一棵掉了满地果实的芒果树下,与他同一教派的穆斯林们管这种果子叫"天堂之果"。就像《塔木德经》里的犹太人那样,穆斯林们每走一步都在默念着神的赐福。整个世界就是真主安拉的一桌慷慨盛宴。

一艘满载着清晨拜赞歌手的船驶过,他们唱着迦比尔谱写的赞美诗,这个广受追捧的奥秘派诗人曾经是一名居住在瓦拉纳西的编织工。依然没有查姆帕瓦提的踪迹,他只好顺从地依靠在树上,思考起关于奥秘派的话题。大部分的奥秘派似乎都出自劳动阶级,比如曼苏尔·哈拉智就曾是一个棉绒工。印度的奥秘派一方面很低调,一方面支持者甚众。这让他想起他现在正在写的那本关于国家的书。太阳慢慢升起,他想到可以一边等她一边继续写自己的手稿,于是掏出笔、墨水瓶和摩洛哥山羊皮装订的本子,本子的一半还是空白的,他一边读着一边到处作着修改……

1

我,来自内沙布尔的阿布·曼苏尔·卡玛鲁丁,以仁慈的神的名义开始撰写我这本叫作《印度斯坦的奇闻逸事》的旅行见闻录,在前言里,我提到了我那具有皇家萨珊血统的令人尊敬的母亲是如何嫁给了我的父亲,一位来自呼罗珊的阿拉伯药剂师。由于我的母亲非常自豪于她的波斯血统(这却是她同胞眼中的弱点),她希望我能够在梅尔夫、巴尔赫或者赫拉特学习,甚至到撒马尔罕加入乌鲁伯格天文台。但是我更感兴趣的是历史学和语言学，一位曾师从于伟大的伊本·赫勒敦一个门下弟子的突尼斯教授来到了巴格达，于是我去了伊拉克。在适当的时刻，我穿上了毕业生的黑袍子，得到了象征着学术卓越成就的头巾。

我遇到了一些来自格拉纳达的黑眼睛西班牙人，他们在前往麦加的朝圣之旅中来到巴格达寻找一些营生。他们属于一个在底格里斯河西岸拥有基地的西班牙苏菲派兄弟会。他们常常与我相遇在河边的食肆里，他们之间用夹杂着不少阿拉伯语词汇的西班牙语交谈，用阿拉伯语字母写西班牙文。他们身上那些闪闪发光的昔日荣耀和成就，却在今天的时代无处安放。一天晚上他们说："我们已经做了蒙昧的基督教欧洲七百年的老师，他们的学生会去科尔多巴、马拉加和塞维利亚的大学，或者西西里的穆斯林大学……"

"但这些能阻止基督徒们向你们宣战吗？"我反驳道，"你们的伊本·阿拉比理论帮上什么忙了吗？它给基督徒和穆斯林之间带来和平、和睦了吗？事实上，亲爱的朋友们，强大的政治对神秘主义和学术以及其他一切都毫无用处。"我是一名伊本·赫勒敦学派的学生，却也深受伊本·泰米叶的反奥秘、反什叶派理论的影响。双方的辩论总是精彩绝伦，引人入胜。我，一个什叶派母亲的儿子，也会被理性主义的思维所吸引。因此，不同意识形态之间所产生的矛盾牵引力也常使我困扰。

我的话让这些安达卢西亚人听上去非常不悦，他们陷入了沉默。为了使矛盾激化，一个油腻腻的黎凡特人加入我们，饭店的希腊老板给他拿来了食物。一群犹太人一边谈论着他们在安纳托利亚的新仓库一边聚集过来，这让我想到了一个主意。我说："既然现在是土耳其人的时代，为什么我不去格拉纳达教土耳其语呢？"我向那个黎凡特人咨询是否有可以把我带上伊比利亚半岛哈里发王国沿岸的船只。

"伊比利亚!"那人惊讶地重复了一遍,"那可是个充满政治骚乱的地方。很快,十字架便会取代新月,你想都别想了。"他凑过身来,带着喜悦的神情窃语道,"如果你想知道——在西方,我们基督徒的势力正变得强大,在东方,是土耳其人、塞尔柱人、马木留克人、奥斯曼人。在印度,土耳其人在这三百年来已经建立了一个又一个王国。去东方吧,小伙子,忘了什么西班牙吧。"

尽管愤怒,我还是不发一言。我的安达卢西亚朋友们已经开始哭泣。

"印度,"这个腓尼基人继续道,"没错,她是明日之土。埃及已经成为印度棉花的最大购买商,所有的欧洲人,热那亚人、威尼斯人都想和印度做贸易。你必须要听一个老水手的话——现在是公元一四七六年,"他停下来虔诚地画了一个十字,然后继续说,"如果你现在二十四岁,那么到了那里准会变得非常富有,那里的商业和贸易比任何地方都要繁荣!"他挥舞着胖胖的闪亮着大钻戒的手指头得意洋洋,"一座钻石的宝山!我刚刚从古吉拉特邦回来。你取道公路向北行。"

"我不是个商人,"我冷静地回答道,"我所拥有的只是伊本·赫勒敦理论、拉齐哲学和一些类似的东西,而这些东西都不能教我怎么发财。"

"没关系。我听说南部地区的伊斯兰领地和木尔坦、拉合尔、乔恩普尔都有一些大学,你会很容易地在那里得到教职,你甚至还能在印度苏丹的行政部门谋得职位。"

城市的灯火在底格里斯河畔闪烁着,就像一双双亲眼见证了大屠杀的眼睛。当年凶悍的蒙古人摧毁了城市所有的图书馆,将成千上万的书典扔进这条河中,油墨染黑了河水。随着公历一二五八年巴格达的沦陷,雅典再一次被毁灭。而这之后,我们再也没有恢复过来。

现在,感谢真主,即使是凶残的鞑靼人和俄国的可汗们也接受了伊斯兰教。正如我母亲所说，是伊朗教化了他们。尽管在远东的蒙古人还在误入歧途地继续膜拜巨石，在中亚和阿富汗土地上的佛教①信众们早已接受了真正的信仰。

在腓尼基人离开后，一个安达卢西亚人悲伤地说："你知道吗，我们的卡玛尔兄弟，托莱多的一名法官一次写道，印度人、希腊人、罗马人、阿拉伯人和伊朗人创造出文明的时候，北欧人还是粗暴的野蛮人。然而，这些野蛮人统治世界的时代马上就要来了。"

关于西班牙的话题如此令人沮丧，可怜的安达卢西亚人们不发一言地离开。我在走回客栈的路上，认真地考虑起前往印度的计划。

我读过比鲁尼和伊德里西，也查阅过阿维森纳关于自然地理学和比鲁尼关于数学地理学的百科全书。这些由古代旅行家撰写的书籍非常有趣但未免过时，当然还有那些由古代阿拉伯—波斯天文学家和地理学家绘制的彩色地图。但科学已经停滞不前。就像那些西班牙人一般，我们也已经开始喋喋不休于过去的辉煌。我从一个贩卖旅行用品的商店里买来星盘和沙漏，越来越频繁的长途旅行让市场里的旅行用品种类繁多。当我第一次来到印度时我也惊讶于这里的人因为担心失去种姓而不敢出国——不管这是否真的意味着什么。尽管如此，我也读到过很多关于古代印度人和佛教徒云游四方传播知识的记载。

我又从市场走到了政府的秘书处。我听说从穆罕默德·本·图格鲁克时代起，所有印度边境的检查哨所都会特别严查外国人的通关文件。当我正在跟一个亚美尼亚官员说话的时候，一只信鸽飞进来，乖巧地停在了办公桌上。"来自开罗的圣旨到了。"亚美尼亚的基督徒咧嘴一笑。我多么希

---

① 原文为 but，可以指任何崇拜物。此处指佛。——原注

望这个信鸽系统可以扩展到内沙布尔，这样父母就能收到我即将到达的消息。

2

内沙布尔四处都是诗人。一般来说，他们总是对世界充满愤怒，聚集在酒馆里大声抨击政府以及与权力勾结的神职人员。这也是反政府的苏菲派特别受到诗人们欢迎的一个原因。一天晚上，一个诗人兄弟带我去了一个他经常出没的地方——一家邋里邋遢、鹰钩鼻子的拜火教徒开的小酒馆，几个被称作"蒙格巴查"或"马基之子"的年轻拜火教徒们在用饮品招待客人。"看来您并不喜欢葡萄的女儿吧？"一位长相可爱的蒙格巴查冲我调皮地眨眨眼。（哦，很不幸，正如在古希腊，在伊朗也有不少人有那种倾向。）我给出否定答案。几个常客围坐在地毯前，提到不少哈菲兹的名字。不远处的小房间里传来烧鸦片的味道，一个漂亮的切尔克斯女奴正在跳舞。《古兰经》和先知曾说解放奴隶是一种虔诚的行为，他们也被赋予为自己赎身的权利，一些人甚至成了国王……高加索的男奴被训练成为士兵，势力得以积累并且建立起政治王朝。看看那些印度的奴隶国王和埃及的马木留克们！

拜火教徒从严实的遮盖下露出一对小眼睛，不敢懈怠地看管着这间小酒馆。和那个腓尼基人一样，他经历过潮涨潮落世事变迁。伊朗的拜火教徒总是令人不愉快，他们曾经一度成为这片土地的主人，现在却沦为卖酒的小贩。剩下的一些人带着圣火逃到了印度，正如犹太人带着他们的方舟在国家与国家之间流浪。近年来，我们的苏菲派和学者们为了躲避蒙古征服者的迫害而携带着自己的书作逃到印度。在波斯诗文中，小酒馆就是自由论坛的重镇，酒保们就是法官，而英俊又高调的土耳其人，则成为寡情薄幸的隐喻。

听说在德里，那些时髦虚荣的土耳其人已经被赛义德人和阿富汗人取代。

内沙布尔的国际客栈因为挤满各个种族的人而变得熙熙攘攘：身穿皮草的健壮的俄国人，戴着裘皮帽的狂妄的土耳其人，总是揣着匕首却性格乐天的格鲁吉亚人，总是卑躬屈膝的带着玉器、瓷器和丝绸来的中国商人，骆驼队伍向四面八方进发，各种各样的动物驮着商品和行李。看起来就像诺亚方舟和巴别塔的结合体。我预订了一头中亚骆驼身上的鞍位，父亲对我说，等你在印度找到了工作，就把兄弟和表亲们都叫过去。

3

伊朗人无疑是取名字的高手。他们把阿姆河上游的土地命名为 Roos，因为伏尔加河是一条闪闪发亮的河流，而 roshan 在波斯语中便是"明亮"的意思。他们把我经过漫长跋涉穿越开伯尔山口抵达的地方叫作"旁遮普五水域"。伊朗人把印度当地的居民称为 Hindu，把这个国家称为 Hindustan。Hindu 这个词在波斯语里是"黑色"的意思。设拉子的哈菲兹在他那个常常被引述的名句里如此说：我宁愿放弃撒马尔罕和布哈拉，来换取她脸颊上的一颗黑痣。

在这个区域里，异教徒不是黑肤的，他们很白，眼睛甚至是浅色的。我们往南部走，太阳光越来越强烈，也渐渐开始看到印度教徒。经过了无数骆驼休息站，我们到达了一个叫作凯塔尔的地方，这个尘土飞扬的小镇是通往德里的必经之站。在拉合尔，一个旁遮普的穆斯林加入了骆驼队，这位去德里做生意的商人成了我的朋友。我俩在驿站的帐篷里过夜，晚上我们出去散步，路过一个水塘，一群异教妇女正在沐浴，身上只裹着一块没有缝合的布。我们谁也没有向那边张望。

一片灰色的废墟吸引了我的注意。废墟上遍布着荨麻和荆棘，弥漫着荒烟蔓草的哀伤气息。一个牧牛人路过，他告诉我们苏丹拉齐亚的"杰旺-里拉"曾在这个地方经历了一场突如其来的毁灭。

杰旺-里拉。生命的神秘幻影。我的旁遮普朋友向我解释道。我讶异于这样一个词，竟然出自一个目不识丁的农民之口，可谁的生命又不是一个杰旺-里拉呢？"即使是没有知识的印度教徒也因为信仰宿缘而拥有哲学倾向呢。"我的朋友对我说。他又给我讲了关于拉齐亚的故事，这位了不起的女君主把自己打扮成国王而不是王后的样子。在和丈夫前往德里的路上，他们停下来在一棵树下休息，悲剧发生了，大约二百年前，谋杀就在我们现在站着的这个地方，她内阁中的四十个大臣强烈反对她的英明政策。"她很受人民的爱戴。"牧牛人说道。

"她的反对者们并没有大肆宣扬这场胜利，为了掩盖政治谋杀的真相，他们编造谣言说她是被抢劫者杀害的。"旁遮普人补充道。

牧牛人继续说："拉齐亚苏丹想要废除印度教徒为了免除兵役而不得不缴纳的人头税。等一下……"他走到不远处自己的草棚里，回来的时候手上拿着一枚银币。"我在废墟上找到了这个，你们留着作个纪念吧。"

我接过银币，用波斯仪式为他做了祈福以示感谢。他看上去非常惊讶，显然他从未被以任何人以任何形式感谢过。我认真打量这枚银币，一面雕刻着拉齐亚苏丹的名字，另一面则是一个女神的头像。

"这是吉祥天女拉克希米。"牧牛人说完便赶着水牛走远了。

我对这个女人的一切感到不可思议：她可以统治一个庞大的帝国，这里面充满了不同宗教的信徒和对突厥人充满敌意的反对派,她属于土耳其—伊朗传统中贤明的女君主,但世人却对她知之甚少。

我收好硬币走回客栈。毫无疑问,印度人已经开始传授我很多东西了。

整个德里是北印度第一位阿富汗君主巴鲁·罗第的王位,作为都城,这里充满阴谋诡计、政治派系和流言飞语。抄写员、失业作家、落魄诗人聚集在小酒馆里为寻求资助而议论政治。城市不时会受到来自北方乔恩普尔的攻击,这让人心烦意乱却已习以为常。

跟随着一群信徒,我偶遇了来自内沙布尔的一位熟悉的苏菲派长者,他带我来到他位于达加的小旅馆,一座用红色沙石建成的漂亮小屋。"伊本·白图泰也住在这里!"老托钵僧颇为兴奋。他告诉我他住在乔恩普尔东部一个大型苏菲派聚集地,几天后还会返回那里。很显然,和北非与土耳其大陆一样,印度也拥有相当完善和高效的苏菲社交圈,所有济贫院、学校、食肆都来自国王和贵族们免费赠予的土地。在苏丹菲鲁兹沙·图格鲁克时代,仅仅在德里一地就有一百四十间哈纳卡[①],现在一定更多。

你为什么不一起来?那个地方已经成了这个国家新的学术重镇和文化高峰。那里有一个大学,无数的学院,以及成千的学者和作家。所有知识分子都想前往乔恩普尔,连国王都是有名的音乐家。乔恩普尔的苏丹们宣扬"去先知化",认为真主安拉掌握一切,他们还把自己的女儿嫁给赛义德苦行僧。你看,如果你够幸运的话,你这样一个年轻小伙子一定可以娶一位乔恩普尔公主!我认识国王,我可以带你去见他。"

[①] 苏菲派修士活动中心。——译注

十一

乔恩普尔的大学城

尽管从德里到乔恩普尔的车费只需要一个坦卡①,我还是破费地买了一匹马,并给它取名"旋风"。而我的波斯苦行僧朋友只买得起一头骡子。我俩继续结伴向东部进发。

乔恩普尔被称为沙尔克的伊斯兰君主领地或者东部王国。七十六年前由萨尔瓦尔马利克②建立,这个曾经身为奴隶和行政长官的野心家,利用帖木儿洗劫德里苏丹的机会独立为王。

"这真是个好买卖,"我的苦行僧朋友在他的坐骑上一路小跑,"这种惯用的技法既简单又直接。当中央政府失去对地方的掌控时,你便可以集结军队力量和结盟其他组织,比如拉其普特的酋长们,然后宣告独立。然后你可以得到定居在开罗的名义上的伊斯兰哈里发的勒令。这个傀儡领袖会任命你成为他的哈里发代治者,在星期五的大清真寺布道时以及你领土上所有的清真寺里,人们都会念诵你的名字,而不是德里苏丹的当权君主。你可以铸造自己的货币并且拥有自己的公使,你可以给自己冠以伊朗

---

① 印度卢比的前身,罗第王朝开始使用,当时为硬币。——原注
② 马利克是阿拉伯语、希伯来语中统治者的称号,为国王或部落领袖。——译注

的古代国王们那些辉煌的名头，直到下一个王朝用血腥和暴力取代你。

"有伊斯兰王权的地方就有长子继承的传统。儿子们可以平均分得父王的财产，但独一无二的王权却只能通过互相残杀才能取得。"

苦行僧深吸了一口气。"王权尚在，屠杀就会继续。"在乔恩普尔，萨尔瓦尔马利克之后，他的继子穆巴拉克继承了王位，而在穆巴拉克之后，他的兄弟易卜拉欣也成为一名好国王，易卜拉欣是德里苏丹国伪赛义德王朝的建立者——赫兹尔汗的侄子。易卜拉欣沙阿的军队中有大量的拉其普特人①和伊拉克人，这些乔恩普尔的苏丹们对于攻打德里这件事总是得心应手，兴致勃勃。"

随着我们越来越接近乔恩普尔，沿途的美丽风景令人心旷神怡。器宇轩昂的圆顶殿、宣礼塔和金色尖顶的神坛，已在不远处清晰可辨。

"当年，图格鲁克王朝的皇帝在去攻打孟加拉的西坎德尔苏丹国的路上在此停留并且建立了这座城市。"我的同行朋友告诉我，"易卜拉欣沙阿拥有大量的战象，而这些大象都是由军队的兽医们专门照看。他也是个伟大的创建者。当他攻占德里时，赛义德国王为了求和而把自己的女儿拉吉比比嫁予易卜拉欣沙阿的儿子马哈茂德王子为妻。拉吉比比的父王死后，她的哥哥阿拉姆沙阿也因为崇尚巴鲁·罗第而放弃王权，马哈茂德成为国王后，拉吉比比告诉他：'如果你不进攻德里，那么我就要自己带军前去。这个王位属于我的家族，我的哥哥放弃王位是因为愚蠢。'于是马哈茂德趁着苏丹巴鲁离开德里去锡尔欣的时候进攻都城。巴鲁的伯母马斯托比比是负责守卫堡垒的长官。当时罗第家族只有几名成员在现场，马斯托比比

---

① 二世纪至六世纪，塞种人、贵霜人、匈奴人、安息人、希腊人等大批迁居印度中西部，与当地居民融合成的民族。——译注

便让女人穿上男人的战服，并把她们送上堡垒前线，从远处看她们的样子很像真正的士兵。然后她又命令剩下的男人们时不时地从城堡里向敌人们射箭，令城堡看上去军力充足防御严备。

"苏丹巴鲁回到德里的时候，战争已经在混乱中结束。马斯托比比依然坚守着堡垒，直至收到沙尔克士兵们已经逃跑的消息。她问信使士兵们到底是跑向他们国王的帐篷还是他们自己的基地。'是他们自己的，夫人。'信使回答。于是马斯托比比命令敲响战鼓宣告胜利，鼓声令逃跑的沙尔克士兵们更加气馁。马哈茂德回到了乔恩普尔，去世之前他又发动了一次对德里的进攻，但还是以失败告退。后来，拉吉比比为她最爱的儿子穆罕默德加冕。这显然是个出生前便得到无限赐福的王子，但是请看看他成为国王后对自己的家族做了什么！他的暴躁脾气让他成为一个昏庸的君主，拉吉比比深谙治国之道，她像土耳其的苏丹母亲们那样，同样发挥了极大的政治威力，但是她过于宠溺自己的儿子，同时又害怕他的专制。当穆罕默德杀死了自己的亲弟弟哈桑王子后，他对她说：'母亲，如果你再继续插手我的事情，你剩下的儿子也将面临同样的下场。'

"拉吉比比在埃达沃安营扎寨，并集结亲信召开临时会议。她罢免了穆罕默德，重授王位予小儿子侯赛因。于是乔恩普尔有了两个国王，兄弟俩势必一战。穆罕默德是个出色的射手，但当他想要射死敌人时却发现他的箭失效了，原来母亲早就偷偷拔掉了他箭上锐利的金属头。穆罕默德沙阿战死。

"侯赛因沙阿是一个出色的音乐家，他继承了疆土并将其扩展到孟加拉边境，他本可以在颐养天年醉心于音乐，但他的妻子是母亲拉吉比比的侄女，舅父阿拉姆沙阿的女儿孔扎比比，妻子跟母亲一样，都对攻打德里苏丹国满腔热忱。"

这些繁杂的历史让我的脑袋胀痛，但不管怎么样，我总算了解了不少印度的政治。所有人都不顾一切地想要在德里成为强大的掌控势力，为此他们终其一生都在不停地结盟，分裂，参战，求和。

我们进入了城门。乔恩普尔城内处处矗立着辉煌雄壮的埃及风格建筑，令我目瞪口呆。我意识到住在里面的国王和王后们的生活，也是充满戏剧性的大喜大悲。获取权力和荣耀的过程才能带来高于一切的快感，尽管这可能转瞬即逝。我下榻在一间易卜拉欣沙阿时期建立的漂亮客栈，这里的每间客栈都有一个花园、一口水井、一座清真寺和一个免费的厨房。此外，也有专门为印度教徒客人服务的员工和免费厨房。

现在的君主十分善战，同时他也是深受欢迎的苏丹侯赛因·纳亚克（创作大师），他创作了大量的拉加和拉吉尼斯音乐，有些像我们这里的"麦卡玛特"，并称它们为"克雅尔"，阿拉伯语中意为"思想"。乔恩普尔和瓜廖尔是两大古典音乐中心，音乐家们繁忙地往返于这两座城市。与德里的巴鲁·罗第不同，苏丹侯赛因是个像孔雀一样骄傲的男人，他喜欢美酒和女人。由于在印度斯坦古典音乐上拥有非凡的造诣和创作才能，他被称为"纳亚克尊师"。他恐怕是历代君主之中拥有创作大师头衔的唯一一位。他的会客室里常驻一群著名的音乐家，他们住在一个叫作 Dharitola 的地方，Dhari 是他们的种姓，在印度，所有人都拥有自己的种姓，Dhari 这个种姓包括了印度教徒和穆斯林。

一天下午，我的波斯导师带我去荷花池上的皇宫觐见国王，经过一大堆繁杂的手续，我们终于被带到了陛下面前。国王正坐在波斯地毯上拨弄他的坦布拉琴，此情此景让你怎么也无法将一个温柔的音乐家与一个征战沙场、用武力占领奥里萨邦、瓜廖尔以及不少罗第王的地盘的军事家结合起来。他已经成为一名像祖父易卜拉欣沙阿那样难以战胜的君王。两年前我就听说他带领着军队和战象进攻德里，巴鲁·罗第卑微地向他请求让自己以地方长官的名义继续留在德里，被侯赛因沙阿傲慢地拒绝了，于是阿富汗人奋力反抗。在冷酷无情地扩大自己势力范围的过程中，他破坏了很多与罗第家族订下的协议。

我从来没见过这样一个国王，看起来如此庄严又傲慢，即便他看到可以证明我精通阿拉伯语、波斯语、土耳其语和古希腊语的资格证书后露出了满意的表情。一个副官模样的人走上前去，侯赛因沙阿对他用当地语言说了什么。然后他转向我，说道："年轻人，现在你必须学习一种新的语言——梵文。我有很重要的工作要交给你去做。"我惊讶得说不出话来，完全不敢相信自己的耳朵。

简而言之，我被任命为文书部的监督长并同时隶属于翻译局。我被赠予代表荣誉的衣袍和银质的墨水台和笔，并被命令前往秘书处领取属于我的文本资料。这一切看上去美好得不真实，就像当年把大量梵文翻译成波斯语的图格鲁克王朝皇帝，眼前的侯赛因沙阿也是个古文物研究者。

所以今天，我，阿布·曼苏尔·卡玛鲁丁，非常荣幸能够做一个造福后代的记录者。我身处侯赛因沙阿的政权之下，他在法律的基础上建立城市，他的管理方式与所罗门类似，他像古波斯帝国国王大流士一样出色，然而卑微如我一般的草民竟被至高无上如太阳般的君主所散发出的光芒点亮。安拉，我虔敬地赞美你。

市场的分类跟今天差不多：一孟德①小麦，一个坦卡；二十锡厄②纯酥油，一个坦卡；三孟德大米，一个坦卡。如果一个月能赚到两个坦卡，你

---

① 印度重量单位，一孟德约等于三十八公斤。——译注
② 印度重量及液量单位，一锡厄约等于零点九三公斤。——译注

便可以过得不错。这里的人民安居乐业，且有很多时间沉溺于一种伟大的激情——宗教。如今，大量印度教和苏菲派的善男信女涌入，城市和乡村到处都能看到风格迥异的修行者，这让我想到故土的那些流浪苦行僧们。

优雅的乔恩普尔城又被称为印度的设拉子，这里有大量的学校和学院，超过一千名杰出的神学家会在星期五坐着华丽的轿子来到大清真寺。这些显学家们相当自负，与之对比的苏菲派学者们则低调得多，他们全是用双脚走进大清真寺。我在这些学者的居所附近租了一间房子，这里大部分的大宅子都是易卜拉欣沙阿和他的儿媳妇拉吉比比所建造的。

梵语课上，我读到一首维迪亚帕提·库塔尔[①]的诗，他在说到乔恩普尔的穆斯林时提到了突厥人。他说人们互相行额手礼，称呼对方"阿拜"，豪饮，读书。他如此形容易卜拉欣沙阿的都城："在他的接待室，可怜的请愿者会从慷慨的国王那里等到他们想要的。在他的宫殿外有一个装饰华丽、立着高大镜子、可以对公众开放的大浴池。二十七匹骏马拉着的太阳战车终日围绕着宫殿马不停蹄。至于宫殿里面什么样，我不知道。"

我也不知道，但是我很幸运曾经进入到了闺房的花园中——当然，这一切都是在十分光明正大和体面的情形下发生的。玫瑰池塘是一个用红色石头建立起来的花形人工湖，它采用了极其先进的地下水利工程技术，不仅有自动喷泉，还能营造出漂浮在水面上的波纹。这里有不同的台阶，分别通往男浴场和女浴场，池塘的周围环绕着可以通往拉吉比比红色宫殿大门的皇家住宅罗珊宫和贾纳特宫。太后不仅是个思维敏锐的政治家，还是位博学多才的女性，她甚至专门为女人们建立了一所学院和一座大清真寺。庞大的红石建筑群里有各种通道与通往大学的红色大门相连，方便女

[①]（1352—1448）印度迈蒂利语诗人。——译注

人们自由通行。

  我恋爱了。一个下午，当我正在图书馆里研习梵文语法，一名格鲁吉亚婢女轻快地走了进来，递给我一张字条。字条来自茹卡雅·巴诺殿下，国王的眷亲。她居住在罗珊陵里，每天早上经过红色大门去学院上课。我曾经在罗珊宫的楼梯上见过她一次，那时她正急匆匆地向通道跑去。字条上写道，她需要一份鲁达基①诗集的副本，我把它交给婢女，并且也附上一张字条，告诉她作为她忠实的臣仆我愿意随时为她效劳。

  女子学院的教职人员大多是具有皇族血统的老姑娘，她们因为无法找到地位身份匹配的男性结婚而一直保持单身，也有一些受过良好教育的年长寡妇。年轻寡妇们往往可以马上再嫁，但对老寡妇而言，人生已经无欲无求。这些教师被称为穆拉尼或阿托，在附近大学里任教的一些老态龙钟的年长毛拉也时常被请过来授课，学生们则大多是皇亲贵族小姐。过了几天，我又收到了那名女学生索书的字条，这一次我在字条上写道："你知道，尊贵的小姐，莱拉和玛吉努②在孩提时代曾经一起学习，遗憾的是，在我们的沙里亚法中，女孩子到了九岁就不能和男孩子们一起坐在清真寺的学校里学习了。如果我和你相遇在一个学校里……"自那以后，我们开始了通信。

  我们见面了。这场幽会同样是由聪明的格鲁吉亚婢女玛利亚安排的。一个傍晚，我们相约在罗珊宫后花园的一个私密角落里。婢女站在一棵树后替我们把风。冰雪聪明的巴诺优雅端庄地坐在不远处的喷泉池边。

  对话都是关于学术方面的探讨。我给她讲了塞维利亚和科尔多瓦的女

---

① （858—941）波斯诗人，被认为是波斯古典文学奠基人。——译注
② 莱拉和玛吉努源于一个古代阿拉伯短篇爱情故事，后由波斯诗人尼扎米改写为中篇小说而闻名于世。——译注

子学院，她为我描述她在学校里的课程。她身着一条蔚蓝色的丝绸长裙，我问起她这种丝的名字。

"古尔巴丹。"她回答，"太后拉吉比比有一个非常能干且博学的贴身婢女，名叫古尔巴丹贝古姆，太后便用她的名字命名了这种丝绸。"

忽然间，宫殿周围的灯火被点亮了，我不得不匆匆离开。这种灯也是乔恩普尔城一项令人叹的发明，不知是什么特殊材料能让这种灯每天日落时分便自动点亮。也正是因为这种灯的存在，住着皇亲女眷的罗珊宫也被称为"光殿"。

我工作的缮写间位于堡垒内的四十圣柱殿，这里也是行政办公室的所在地，毗邻军事指挥中心的兵营。四十圣柱殿也是由易卜拉欣沙阿所建立，维迪亚帕提或许还在他的诗里提到过它。侯赛因沙阿住在可以俯瞰整个玫瑰湖的贾纳特宫里。

在我们之后的幽会中，巴诺经常会提到自己辉煌的家族，显然她的家族出了两位了不起的大人物——易卜拉欣沙阿和他的孙子侯赛因沙阿。

"国王间的友情和结盟总是反复无常，"巴诺说，"当初正是巴鲁·罗第亲自安排把赛义德国王阿拉姆沙阿的女儿孔扎比比嫁给我们的国王侯赛因沙阿。可当她成为乔恩普尔的王后，世界的女皇，她就彻底忘记了宽厚的普什图人给予的恩惠。她不停怂恿丈夫去对付自己曾经的恩人苏丹巴鲁，我的表兄侯赛因沙阿一半的时间都在琢磨如何对德里发动战争，而不是潜心研究他的音乐。"她很不高兴地说。

"你现在说的话可能会被定罪为反叛王后，那个格鲁吉亚女孩没准会跑去打报告，毕竟她来自一个喜欢搞阴谋诡计的国家。"我赶紧提醒她。

"玛利亚是被印度的盐喂大的，已经完全印度化了。她是我的贴身心腹。"

巴诺住在罗珊宫里,她的父亲是国王的一位至亲,这也是她如此忠诚于国王而不是王后的原因。在印度生活一段时间后我逐渐明白,血缘、种姓、姻亲以及"盐"在个人和集体关系中有着至关重要的影响。当然,一旦涉及权力争斗,血缘便失去了意义。

"我说的只是人人皆知的事实。这个王国里所有人都知道陛下有多爱他的漂亮妻子,他愿意去做她指使的任何事情。"

十二

侯赛因·纳亚克沙阿

我俩在一起消磨了很多无所事事的夏日午后时光,当鸟儿无聊地在树枝上闷叫,宫殿里所有人都在午睡,我们便会躲在阴凉处相会。只要国王起驾罗珊宫,演奏室里都能传出音乐,久而久之我们都开始把这音乐当成幽会的计时器:每当乐声响起,我俩就开始在约定的地点舒舒服服地坐下,而当乐声一停,巴诺就准时溜走。与此同时,我也感受到了这位伟大的音乐家所创作的大量杰出作品。

我用波斯语写了一首加扎勒①送给巴诺,又用五百年前阿拉伯—安达卢西亚颂诗体为她写了一首赞美诗。我给她讲罗马时代和穆斯林西班牙的骑士制度,巴诺听得很入迷。我惊讶于印度穆斯林对西方世界的一无所知,显然因为他们只栖息在属于自己的魔法森林里。我甚至试着用印地维语为她写了几首诗——这是一种融合了梵语、波斯语、阿拉伯语、土耳其语词汇的包罗万象的语言,生活在恒河平原的平民们经常使用。苏菲派和印度教徒也用这种语言来劝诫信徒互相友爱,并帮助他们从宗教束缚中解放出来。但毛拉和班智达经常集会来反对他们。现在他们的新目标是一个

---

① 抒情诗的一种形式,句式为对句,只有一个韵文与副歌组成,主题通常为爱。——译注

叫作迦比尔的奥秘派诗人，原为出身迦尸的贫穷织工，穆斯林叫他迦比尔米安。

有一次，巴诺意有所指地说："我们也是赛义德人，跟你一样。我们的敌人曾经放言我们的祖父易卜拉欣沙阿其实是个非洲人，他曾经是这个沙尔克王朝的建立者萨尔瓦尔马利克的储水工。你觉得我们看起来像阿比西尼亚人吗？"

我知道巴诺想要表达什么。我心领神会了这个暗示，想到自己未来可能成为沙尔克王室的女婿而难掩脸上流露出的喜悦。我可能会把父母甚至整个家族从内沙布尔接来这里。我已经在皇室里服务了四个年头，是一名前途无量的年轻侍官。我身边的朋友都在劝我赶紧成家。

一天晚上巴诺对我说："你看，我可不想最后也成为我们学院里的那些穆拉尼老姑娘，你最好快点来向我的父亲提亲。"

在回家的路上我遇到那个带我来到乔恩普尔的老朋友和恩人，那个波斯修行僧。他依然住在森林里的集会所，很少进城。他身边有一个英俊的年轻人负责帮他搬运旅行物资。他帮我们互相作了介绍，年轻人的家乡在比哈尔邦，刚刚从古吉拉特邦的帕坦来到这里。"你是一名苏菲派的流浪学者！"我惊呼道。

"而你是一名皇家历史学者！"他带着些嘲讽回嘴道，我听出了他语气里的敌意。

"这位兄弟是属于契斯提教团的。"我的波斯朋友连忙上前打圆场。

"所以，你是那些专门负责记载你们的苏丹如何在征战中杀死大批人民的史官之一吗？如果照这个速度，你们国家的人口数量应该已经减少很多了吧！"我们在市场摩肩接踵的人群里推推搡搡地前行，年轻人突然冒出这么一句。我们走进一家很受欢迎的食肆，经营者是一个叫拉多的优秀厨子。店里坐满了人，我们只能挤在靠近门口的位置。一个漂亮女孩过来点单，年轻人抬头出神地看着她，她迅速地报出晚上提供的食物名称，我选了鸡肉米饭、咖喱和馕，女孩回头又大声地对后厨的母亲重复了一遍。我对我的年轻朋友说："没错，我是在记载历史，不过不是官方的，而是我自己的个人日记。"

这一瞬间他显然还在想着刚才的漂亮女招待。"我们的维迪亚帕提·库塔尔，"他闪动着长长的睫毛接过话茬，"一定也见过像她那样的女孩，对吧？在他写给你们的易卜拉欣沙阿的赞美诗里，他描写过长着莲花般眼睛的姑娘，而她便来自乔恩普尔——一个随处可见金光闪闪的螺旋尖顶宫殿的地方，苏丹就坐在他的阳台上得意地俯视着芸芸子民，他的脸像满月一样熠熠生辉。"

"我也读过那首诗。"我迅速地回应道。恐怕我不得不在此炫耀一下我新近认真学习到的关于印度的一些知识。"当阿尔萨兰马利克入侵米提拉，基尔提·辛格王侯寻求他的领主易卜拉欣沙阿的帮助，那首诗里将沙尔克庞大的军队阵势比作池塘里盛开的莲花。这是一个挺奇怪的比喻。"

关于文学的讨论继续着，我们的波斯青年却时不时地插入他的反君权观。

"哈菲兹曾说只有库思老二世掌握了管理国家的奥秘。哈菲兹！而你只是个坐在角落里的乞丐，请不要再制造噪音！"我毫不客气地提醒道。

"这就是为什么我们选择住在森林里。我们遵循阿布扎尔·加法里的传统，他曾是先知的亲密伙伴。当他们的统治者变得像萨珊国王那样，他忍无可忍，离开了麦地那。你知道，我曾经告诫过侯赛因沙阿不要太过好战，但是他不听我的建议，所以我放弃进入皇宫。"

老板娘坐在她那口巨大的炉子后面，一边头也不抬地和客人拌嘴一边数着今天赚到的坦卡。这是一个平静又寻常的夜晚。外面的街道上演着维迪亚帕提描述的"人潮人海涌入乔恩普尔繁华喧闹的市集"这一真实景象。我的波斯朋友问道:"嘿,我的兄弟,外面有不少流言说国王陛下又要对德里进行新一轮进攻了,这是真的吗?"

"事实上,我什么也没听说。我正忙着弄我的书。"我并没有提及我是因为沉溺于和巴诺的恋情而顾不上其他。一个年轻小伙子端着洗手用的水罐过来让我们净手,另一个把茶杯和盘子摆在桌子上,然后端来一个装满香米饭的大盘子。"哈,"伊朗苦行僧一边夹起一块鸡肉一边说,"上一次当侯赛因沙阿到达贾木纳河畔——这是他个人的第三次,沙尔克帝国的第七次进攻德里苏丹国——可怜的巴鲁沙阿急忙逃到巴赫蒂亚尔·卡基①位于梅劳里的墓穴里,他在这个圣人的墓旁站着祈祷了一整夜,破晓时分跑进来一个陌生人,递给他一根棍子,说一大群羊已经来到德里的城门口,快去把它们赶走。

"于是巴鲁沙阿凯旋而归。他是多么善良的一个人。"苦行僧叹了口气。

我们又陷入了沉默。苏菲派年轻人正心事重重地咬着一个肉丸,却并没有咀嚼和下咽。

"怎么回事,"我气恼地问他,"你干吗不吃?"

"你看,兄弟,"他有点怯生生地回答,"如果你不介意,我想告诉你我属于木克鲁姆·杰哈尼安·杰罕·加什特派……"

"所以呢?"

"他曾在《马尔福扎特》中写道,他在德里的救济所住过,一次国王

---

① (1173—1235)契斯提教团的苏菲派学者、圣人。——译注

的大臣们给他送来晚餐，他吃了。那一晚，他发现祈祷者们就是因为他吃了从国王那里嗟来的饭而无法进入最高境界。"

"所以呢？"

"你也是国王的人。"他回道。

"没错，但我也是赛义德人，国王也是。"

听了这话，年轻人开始顺从地吃起眼前的食物。我觉得这些苏菲派简直疯了。

一个星期三的晚上当我回到家，我想到要去买一种香味特殊的红色信纸来书写我的求婚信。我决定在家附近的文具店购买，并且把信文写得优雅迷人。依照规矩，这封信是要写给巴诺的父亲，大意是，由于我的父亲不在印度，因此我冒昧地写这封信恳请您能够接受我做您的女婿，并且给予我荣耀。这些都是求婚必不可少的套话。第二天一早我来到图书馆，在桌子前坐下，开始认真构思星期五要交给巴诺父亲的求婚信上的华丽语句，正在这时，一个侍从走了进来。

"国王陛下要见您，马上。"

国王正坐在他的音乐室里，手里拨弄着他的坦布拉琴。我走了进去，行了宫廷日常的君臣之礼，他冲我点头微笑，这让我放松不少，但依然紧张。

"你的梵文学习得怎么样了？"陛下问。

"小有进步，陛下。"我回答。

"我听说阿约提亚的一些班智达那里藏有非常古老的音乐专著。你马上动身去那里，找到所有与这些手稿相关的一切，让班智达们帮助你解密这些文本。即刻出发！"

我再次行礼并匆忙告退。

十三

"查帕瓦提"：苏菲派的托寓

鬼神异事、民间传说和小道奇闻在全印度大行其道。在阿约提亚的一天，我路过一片位于一棵枝叶茂盛的大树下的墓地，这片墓地不知为何超乎寻常的长。当地的穆斯林操着一口浓重的当地口音轻描淡写地告诉我，这是先知努哈的儿子塞斯最后的栖息地。可究竟为什么塞斯会被埋在阿约提亚的这样一个地方？

"是这样的，"当地人说，"这里曾经有过一次巨大的洪水。"

"是的，但那是发生在伊拉克那边的……"

"仅仅是伊拉克？全世界不都被淹了吗——请回答是的。"

"是的。"

"努哈的方舟停在了朱迪山，对不？就是这么回事，那地方就是阿约提亚。"

"但是山在哪儿？"我争辩道。

"这都已经过了几千年了，地形当然会发生变化，我们村口的小溪流都会经常变换路线。传说我们曾在摩奴时代经历过一场洪水，摩奴可能就是努哈。"

我放弃了，尽管我也曾经怀疑，盛传是为港口城市吉达命名的女祖哈娃大墓穴的真实性。

好吧，真主知道一切。

我要去拜访一位博学的婆罗门。我住在一间设备完善的客栈里，清晨来到他位于芒果树林中的住所。他跟我保持着不被污染的安全距离，探讨着梵文的文本。我并没有被冒犯之感，因为先知曾经号召穆斯林的善男信女前往远方甚至中国寻求知识，而中国的佛学大家们可能有更为古怪的行为。阿米尔·库斯鲁也说过——每个国家都有自己的风俗。

这位班智达有个年轻的妹妹名叫查帕瓦提。这是个非常聪明迷人又自然的姑娘，我很快便爱上了她。我很快掌握了当地的语言并能跟她毫无障碍地沟通聊天。我能够得到和她交谈的机会是因为她也是她哥哥的一个学生。

查帕瓦提充满魅力，又和巴诺如此不同。她没有高高在上的贵族气质，也没有精致的妆发，华丽的珠宝，昂贵的丝绸锦缎。她用一块没有缝合的棉布包裹着自己的身体，走到哪都是打着赤脚。当我想要一杯水，她端来一个陶杯并把它放在地上后便躲回她那间牛粪砌成的小屋里。我从没见过拉其普特的公主，她们一定非常不同。

我不得不承认，男人渴望不同的女人。我恐怕已经快把巴诺公主完全抛在脑后了。这些异教女郎们拥有一种专属的特殊魅力，她们忠诚，羞涩，顺从。她们把自己的丈夫当作半神般崇拜，并在每天清晨触摸他们的双脚以示尊敬。她们会让他们坐在高椅上，为他们唱赞美的歌曲。事情本该如此。我们已将罗马理念和骑士制度发展到了欧洲的其他地方——英勇的骑士们为了心上人的名誉而战，年轻诗人们在鲁特琴的伴奏下为坐在阳台上的姑娘们献曲。但在这里，一切都反过来了——男人是被爱的一方，女人永远在守候，被他们的爱而折磨。这听上去让人受宠若惊……

我像个傻瓜一样等着她的再次出现，虽然这可能不会发生，但是想要拯救她的灵魂，带领她通往真理之路，却并不算是个坏念头，虽然——

卡玛尔合上他的本子，抬头看了看天空。已经是晌午，吹来的风也是热的。他又开始接着写——我不是个传教士，是国王差遣我来到这里……一天，我拐弯抹角地问她是否愿意住在乔恩普尔玫瑰湖边的房子里，她不置可否地回答："我在那儿能做什么呢——下完棋以后教鹦鹉鹩哥如何说早上好？"

突然，树丛传来一阵沙沙声，他回头看到查帕瓦提就站在那里，像一个树精灵，笑起来像一阵风。

"你还在呢？我以为你已经走了。"

"我等了你半天了，想对你说声再见——"

"怎么？你不会回来了？"

"陛下忙着战事，我可能不得不带着我的研究跟他一起上前线。"

"你们突厥人永远在打仗。"

"我不是突厥人。"

"所有穆斯林都是突厥人。"她带着不容置疑的口气。

卡玛尔又想起维迪亚帕提的诗歌《基尔提拉塔》里说到的乔恩普尔穆斯林：人们互相行额手礼，豪饮，称呼对方"阿拜"，读书——

查帕瓦提一眼瞥见卡玛尔扔在草地上的弯刀。

"把这玩意儿扔进河里然后放松一下吧，我的战士。"她温柔地说。

他却被激怒了。"我不是战士，你知道的。这些日子我在你哥哥那里都做了什么？玩刀耍剑吗？"

"那你为何随身带着这么可怕的东西？"

"弯刀只是男人的一种配饰。你没见过拉其普特勇士吗？"

"我对拉其普特勇士也并无好感。"

"那你对什么有好感?"

"圣贤迦比尔——"

"谁?——"

"迦尸的圣贤迦比尔——"

"我知道他,他花了许多时间和乔恩普尔的苏菲派信众们在一起。我也听过你和印度教徒们一起唱他写的歌。听着,我觉得一个年轻女孩不应该每天跟着一群戴橘色无檐帽的蠢货们唱赞美诗,他们是一群怪胎——不管是查普、卡兰达尔、桑耶西。"

查帕瓦提一下子红了脸。"不要取笑圣人,总有一天你会被他们从困惑中拯救出来。现在请骑上你的这匹高头大马,队长——哦,抱歉,学者!"

"你也快变成跟他们一样的怪人了。"他挖苦道。

"不,我会结婚的。"

"你知道应该什么时候与一个男人缔结社会关系吗?如果他死了,你会被剃光头发,且一辈子被人们当作悲惨的贱民所厌弃,或者他们会把你推进火堆里陪葬他,他们会把你当成娑提女神①而活活烧死。"

"如果我命该如此,我无话可说。"

"听着,我是一名自由意志的信徒,伊本·路世德说过……"

"谁?"

"安达卢西亚的伊本·路世德——他说除了被启发的宗教以外,一切

---

① 印度神话中女神提毗的一员,为向对其恋人湿婆不尊的父亲达刹表达不满而投火自尽,灵魂转世为雪山神女并再度与湿婆结合。——译注

都需要用科学来验证。"

"即使是那些受到启发的事实，也只是种神秘的体验罢了。"

卡玛尔吃惊地看着她。"你太聪明了！"

"不，我只是倾听了哥哥与他那些博学家朋友们之间的探讨。神秘主义的体验与因果关系毫无关联。"

"你有过这样的体验吗？"

"对罗陀和奎师那的信仰就是一种神秘体验。"她捡起几片花瓣，"不过不管怎样，一切都在命运的掌握中。"

"不，现在在这里，你就可以作出自己的选择。如果你嫁给我，你的人生会多一个有趣的伴侣，并且作为一个穆斯林，你从今往后都会感到很安全。"

"如果我的前世就嫁给了你，那么现在我也会愿意嫁给你。"

"这太荒唐了，生和死都只有一次，其他一切都不过是幻想而已。"

"如果我的宿命如此，那么我愿意成为你的穆斯林妻子。"

她又收集了更多的花，他显得更加心烦意乱。

"不管是不是宿命——你会等我吗？"

他觉得他似乎看见了她点头，但也不十分确定，因为一片片木兰花瓣仿佛垂下的珠帘般散落在他们面前。他情愿把这看作是一个好的征兆，并且决定尽早离开而不是在这里继续跟她争论命运话题。他一边收拾他的鞍袋一边问："你怎么这么晚才来？你现在也必须得走了，在村民到来之前。"

接着他忽然想起好像什么人曾经对他说过，如果你把一枚硬币扔到萨玉河里，你会看到它躺在河底发光。他迅速地掏出一枚侯赛因沙阿的坦卡银币，伸手扔进河里，果然看到它在几英尺外的蓝灰色软泥上闪烁着。他像个小孩子一样笑出了声,然后转向查帕瓦提。

她站在一棵盛开的木兰树下,几乎一动不动,看上去很哀伤。这是不少印度歌曲最常描绘的画面:男人即将长途远行,留下孤单的女人独自悲泣。此情此景就像在鲜活地呈现着侯赛因沙阿谱写的那些拉格,歌词里总有令人心碎的小鹿般眼睛的少女……

"我会尽快回来,如真主所愿。全能的神会保佑你的平安。"他在风中大声对她喊道,然后头也不回地策马远去。

生活必定会毫无征兆地变得复杂。

十四

马队

一轮满月挂在荒烟蔓草的废墟之上,掺杂着诡异的宁静。月光透过没有屋顶的房檐,打在雕刻精细的地板上:一把三叉戟、一朵莲花、一只轮子、一根火柱……古时候的人想用这些象征物表达什么?卡玛尔思忖着,打着哈欠,在一尊巨大的石象头上躺下。

一阵声响从寂静中传来——马车队伍正经过外边荒芜的道路,一群戴着金色耳环的陌生人正站在他们古老的交通工具上,车队就在卡玛尔面前倏然停下,车上的人目不转睛地盯着卡玛尔。他们的牙齿就像黑暗中的磷石般闪着光。长着鱼眼的女雕像倏然复活,开始用一种未知的声调唱起歌来。

一个影子忽然出现在大门前,用尖锐的声音大喊:"被拥戴的月亮,雅利亚伐尔塔①的帝王。"

他怎么会在这里?卡玛尔使劲揉了揉自己的眼睛,这位异教国王应该在先知尔撒出生前的三百年就去世了。他成了一名耆那教苦行者,然后挨饿死去。可是现在,他真实地出现在这片废墟里,带着微笑。这时候,另

---

① 即北印度。雅利安人向东方扩张领土来到此地。——译注

一个人出现了,他语气平和地对卡玛尔宣告:"我的名字叫作阿肖克·普里亚·达尔尚,我曾经拥有一整座王国,当我死了,我只有这一棵半的醋栗树。"他张开拳头,把一颗掰碎的醋栗果扔到卡玛尔面前。

马车上的人忽地一下子跳将下来,他们在房檐上打秋千,爬上柱子,在前院干涸的池塘里翻跟头,然后又一下子把卡玛尔围在中间,开始边跳边唱:

"我是巴拉克·穆尼,**舞蹈和鼓点**的行家。"

"毗湿奴夏尔马,如果你需要什么关于政治的建议。"

"博杰王①。"

"我叫冈瓦,是个钻油工而已。"

"云朵在黑暗中被闪电照亮。我是迦梨陀娑②。"

"薄婆菩提③……"

"薄婆菩提!正如我所说,整个世界就是一座舞台,而所有人都是演员。你是演员,我也是演员,哈——哈——"

剧作家舒德拉克一声不吭地驾着他的黏土马车飞驰而来,车上走下来一群漂亮女人,她们的脚腕叮叮当当响着,看起来很像王后。

"拉杰什瓦里公主……我比中国的学者更智慧。"

"波罗婆瓦蒂!"

"拉特纳瓦利④!"这个女人化着浓妆,非常妩媚妖艳。

身为剧作家的戒日王⑤默默地坐在角落里,耳朵后面夹着一支笔。当

---

① 印度帕拉玛拉王朝的国王。——译注
② 梵语剧作家、诗人。——译注
③ 梵语剧作家,活动于七至八世纪。——译注
④ 梵语同名戏剧主人公,是一位公主。——译注
⑤ (589—647)戒日帝国创立者,亦为印度古典文化集大成者。——译注

他听见他心爱的王后的声音时便目光上移:"我们被称为颇哩提毗·瓦拉布斯里①……是财富和土地女神的爱人……"

没有名字的鱼眼女石像继续唱着歌。

霎时,院子里闪起一片刀剑划过的寒光,一颗颗被砍掉的头颅一齐发出如雹暴般令人毛骨悚然的怒吼。

"我们是昌德拉的拉其普特人,"他们叫道,"我们互相杀戮,直到匈奴人出现——直到突厥人到来!"这些无头尸们开始单腿跳着转圈。"正像我们一样,你们也会离开……"他们用最高的声调唱起阿尔哈和乌达尔②的赞歌。

卡玛尔感到自己的耳膜都要被震碎了。他全身颤抖着,睁开双眼。远方的地平线上刚刚破晓,几个农民一边哼唱着阿尔哈和乌达尔的赞歌,一边走进田里开始干农活。卡玛尔迷惑地四下张望,他想不起自己身在何处,于是试着把那些剧烈又繁杂的思绪整理一下,他在舍卫城荒僻的废墟里断断续续地睡了一觉。他做了一个梦,梦里出现的都是他读到和听说过的人物,苏菲派的学者对于这种梦境的解析会有一大套说法。

他又揉了揉眼睛,开始陷入沉思。安拉啊,安拉——他只身在一个闹鬼的城镇被一群古代阴魂所包围,毫无缘由。

那究竟是什么——是真实的幻境?或仅仅是个噩梦?

卡玛尔突然想到那个聪明的西班牙人……伊本·阿拉比,在创造想象力研究方面颇有建树的苏菲派哲学家也许可以拯救自己。他曾说过,那些不曾拥有活跃想象力的人无法触碰事物真正的核心。

---

① 斯里是古印度对神或圣人的尊称。——译注
② 阿尔哈与乌达尔是一对兄弟,昌德拉王帕拉玛尔提手下的两员猛将。——译注

也许是对查帕瓦提的迷恋给了我一种神秘的感召？我是否需要一位心灵导师——伊本·阿拉比的"沉默的讲述者"？是否需要一位向导？一位精神领袖？一位在世的酋长？在一片混沌之下他决心开始庇护祈祷。尽管过了多年，他还是能记得孩提时代什叶派母亲教给他的咒语。在系好头上的包头巾之后，他举起右手的食指，右手在头上转了六次后念道："先知在前，法蒂玛在上。阿里在右，伊玛目和伙伴在周围。"然后他重复着祈求阿里救赎的祷词："呼唤阿里，奇迹的见证人，请呼唤他的帮助和洞见……"

祈祷缓解了他的紧张和恐惧。卡玛尔走出了那间无顶的破屋，他忠诚的黑马被拴在不远处的柱子上等待着主人。他仿佛听见它在对他说：让我们赶紧离开这儿，主人，越快越好。卡玛尔走过去拍了拍它，喂给它几把草料作为早餐。他骑上它向一个池塘走去做晨浴祷告。

太阳升起来了。卡玛尔正在穿越一片四周由无数浮屠塔环绕的紫矿林时，看到一个湿婆教苦行僧正在一个老旧墓穴旁踌躇。他双眼充血，头发蓬乱，略带惊恐的脸上有白灰抹过的痕迹。他身穿一件红色的虎皮衣，仿佛刚从卡玛尔昨晚的噩梦中走出来。"我完全没必要对一位密宗信徒感到恐惧。"卡玛尔对自己说，"但他究竟在这里干吗？他看起来好像在对什么人窃窃私语。"

"毛拉，"他注意到了卡玛尔头上代表着学问的包头巾，坚决地说，"赶快回到城里去，那里有坏消息等着你，一刻都不要耽搁。"

卡玛尔被激怒了，这个人试图对他施展巫术，但是他知道永远也不要得罪一个强大的密宗信徒，于是他礼貌地回道："巴巴[①]，您在这座墓穴旁

[①] 源于突厥—波斯语，是对印度圣人的尊称。——原注

做什么?"

"不要提问。"

"不,您必须告诉我。您是在与逝者沟通吗?"

"我们有特殊的关系,也有专属的沟通渠道,不要刺探我们的事情,走开。"

卡玛尔知道,在苏菲派圣人们的信仰中,他们拥有一个外人所看不见的专属的平行世界,以及自己的阶层和等级,诸如此类。他们还有一个高等的女圣人阶层,她们是神秘的执政组织的一部分,阿杰梅尔的赫瓦贾[1]是印度苏丹国的最高统治者。莫非他也能跟她们沟通?

"所以你是在跟一位埋葬了几百年的人对话?但你知道他是谁吗?"卡玛尔毫不放弃。苦行僧瞪着他,十分不悦。卡玛尔顾不得自己是否冒失,他的理性主义思想占了上风。"他是萨拉尔·马苏德[2]志愿军中的一名士兵,一位来自阿富汗、格鲁吉亚或者阿塞拜疆的爱冒险的年轻人。这里曾发生过一场对抗梭哈儿部落的小规模冲突,他战死并且埋在了这里。我是个历史学家,所以我很清楚。"

修行者严肃地举起了手。"你这个无知又傲慢的年轻人,走开吧!信使正带着坏消息等你。"他又重复了一遍便背过身去。卡玛尔的气焰顿时被熄灭,他又开始感到恐惧。

"闪电,咱们走吧,这里不需要我们。"他召唤他的坐骑,翻身上马,绝尘而去。

回城路上,风儿怡人,一滴雨落在他脸上。他试图忘记刚才的恼人遭

---

[1] 中东、南亚、东南亚苏菲派师者。——译注
[2] 半真实半传说的印度穆斯林人物,被封为"武圣"。——译注

遇，把目光聚集在两旁醉人的绿色景致中。雨季已经来了，此时此刻查姆帕一定坐在果园的秋千上，哼着关于雨天的歌谣。

雨季！不同的季节在这个国家扮演着不同的角色。每个月份都有属于自己的音乐、颜色和香气。印历二月是黄色的，四处开满芥末花。三月和四月，丰满的果实从树上掉落下来。五月和六月总是雨水充沛。七月和八月的秋日月光会把他和她的面庞映照成冷白色。这里并不是他出生的故乡，但是他却无法抵挡这片土地的魅力。

卡玛尔又开始忧虑起刚才的事情。为什么湿婆教的修行僧总能够发现与伊斯兰教奥秘主义的亲密关系？是因为他们的一神论？好吧，他想，我已经受够了关于印度斯坦的奇怪传说。感谢神，明天我就能回到乔恩普尔皇家图书馆里的舒适寓所了。

"噢，噢，卡玛尔毛拉，我们战败了！"当卡玛尔刚一踏进城门，站在客栈阳台上的乌代·辛格·拉索尔王公便激动地冲着他大喊着。卡玛儿顿感五雷轰顶，这便是早上那位修行者预告他的坏消息。冷汗从额头滴到了他的眉毛上。拉索尔冲了下来，卡玛尔下了马，城门里挤得到处都是人，马匹在嘶吼，等待着的女人们高声咒骂。天上电闪雷鸣。

"我们的国王家里有萨图尔努斯，我常常这么说，但没有人相信我。"一个人悲伤地抱怨道。人群为两人让出了一条道，他们一起走上客栈的长台阶。

"怎么回事……怎么回事？"卡玛尔有气无力地问。

"就像这样，"这名塔库尔[①]掏出他的短刀，坐在简陋的床上，用刀尖

[①] 印度头衔名称，通常指"王""大师"或"神"。——译注

在泥地上画出一幅战场图。

"看,"他严肃地说,"我们在这儿……拉普里。战略重点部署的位置,这里,老狐狸巴鲁从这里攻打我们……我们撤退了,'母亲'十分愤怒。"

"谁的母亲?拉吉比比?"卡玛尔傻乎乎地问道。

"别蠢了,拉吉比比现在正在她的墓穴里翻身。是我们的母亲河贾木纳河!她正在发洪水且非常湍急,我们试着抢渡,但士兵们都被冲走了——就一瞬间,他们全淹死了。

"陛下为了向诸侯国请求救援一路向瓜廖尔行进。在路上,昌巴尔河谷著名的土匪团伙擒获了我们,他们劫下沙尔克军队剩下的一切,供给、钱财、物资。瓜廖尔的摩诃罗阇①为我们补充了军队的即战力,所以我们在卡尔皮又打了一仗,但还是输了。雷瓦摩诃罗阇把国王陛下护送回乔恩普尔,谁曾想被等候在此的阿富汗人伏击,他们还攻占了罗珊宫。"

拉索尔王公喋喋不休地历数经历的一场场灾难同时,卡玛尔的呼吸也越来越急促。

"王后殿下和其他女眷们……"

"她们怎么样了?"

"被俘后带去了德里。"卡玛尔脸色变得苍白,拉索尔是他的老相识,对他和茹卡雅·巴诺殿下的恋情一清二楚。王公忽然不再说了,他看上去像在认真研究地上的地图,实际却是在想用什么合适的话来安慰悲伤的学者。作为一个行动派,他本可以鼓动面前这位信奉浪漫主义的年轻人奋勇地冲向德里救出心爱的姑娘,但他很清楚,卡玛尔不是那种好斗的冒失鬼。所以他只是问:"需要我去帮你把她抢回来吗?"他把手放在剑柄上,

---

① 梵语头衔,意为"大君"或"王公"。——译注

捻着胡须站起身来。

"不，不!"卡玛尔呻吟道，"怎么可以？这是不可能的。"

"好吧。"他又坐了下来。"但是你千万不要担心，普什图人就像我们拉其普特人——他们的荣誉感非常强。他们像我们一样尊重女人。王后孔扎比比陪同国王一起奔赴前线，被俘后成为囚徒，但是苏丹巴鲁非常有风度地把她释放并送回了王国。此外，你是知道普什图人有多么尊敬你们赛义德人。他们甚至不敢娶赛义德女人，以免有丝毫冒犯先知的行为。我们的皇室家庭也应该是赛义德血统，所以巴诺公主会很安全。他们有可能把她下嫁给什么贫穷的赛义德毛拉，然后让她用余生为他们做祈祷……"

人群开始往里挤，他们都有意探听这位侃侃而谈的拉其普特首领关于敌方的任何线索。女招待进来给卡玛尔端上了热午餐，尖着嗓门不客气地把观众们轰了出去。他根本没有胃口，她却逼着他必须吃点。

"来吧，毛拉大人，这不是世界末日。洪水、强盗、王后被擒——没有任何灾难能吓倒我们的国王。他是铁打的。听着，德里的王权属于他，他是合法的所有者。一个国王的儿子娶了一个国王的女儿。但谁是这个傲慢自负的马贩子？比卢汗的妻子就是个普通金匠的女儿，他带着她私奔之前还是问她的父亲借钱来维护自己的马厩呢!"

人群里发出起哄的笑声。女侍者指的是巴鲁·罗第漂亮的王后海玛瓦提，她有一个非常英俊的儿子西坎德尔王子。极具人格魅力的侯赛因沙阿受到拥护者们的爱戴，而他们都是坚定不移的保皇党。

拉其普特王公在他的地图之外又画出了几个圈，悲伤地摇着头。"所以我们只能撤退到北方，陛下就在那里安营扎寨。他特意送我回来迎接你，想知道你是否破解了那些珍贵的古老乐谱……"

被征服的沙尔克军队在汹涌的拉普提河畔扎营。不远处，迷雾般的雨林后方,曾经坐落着一座叫杰特万的寺庙。经过两千年的雨打风蚀,石烂沙移,它已经被深深地埋在了地底。佛祖曾经到过这里,进行关于世事无常的布道。

然而,我们生活在当下,未来还有很多属于我们的时间。

阿布·曼苏尔·卡玛鲁丁掀起传统的皇家帐篷那专属的红色窗帘。作为一名赛义德,礼节并不需要他在国王面前过度躬身。"给国王陛下请安。"他平静地说,身体站得笔直。

侯赛因沙阿放下手里的坦布拉琴,看起来心满意足,似乎刚刚出色地完成了一首乐曲的创作。"毛拉,今天早上过得如何?"他愉悦地说,"你解开那些阿约提亚手稿的秘密了吗?"

十五

诗人与音乐家

以巴赫赖奇为起点,侯赛因沙阿和他的护卫们一起向卡瑙杰进发。从德里逃脱的孔扎王后又重新加入了丈夫的战队,军营驻扎之地看起来就像日常的繁忙小镇。市集、卖艺者、流动餐车、江湖术士、主刀医生,还有大批动物牧群。卡玛尔也加入了国王的队伍,并且为他们的战斗力和恢复力所折服。接下来爆发的位于恒河与卡利纳迪河交汇处的战争中,侯赛因沙阿被阿富汗人彻底击垮。一四八四年,巴鲁王彻底占领了乔恩普尔,然后将儿子巴巴克扶上王位。而侯赛因沙阿则被驱逐到附近的比哈尔邦。

巴鲁·罗第为了显示他的宽容大度,同意让侯赛因沙阿在米尔扎布尔地区保留一片自己的领地。侯赛因沙阿后来又重组军队攻打巴鲁王,但依然没能得胜。

侯赛因沙阿的女儿嫁给了孟加拉的一位王子,高尔苏丹阿拉丁·侯赛因沙阿的儿子。这位苏丹算是帮了深陷困境中的侯赛因沙阿一把,他任命侯赛因沙阿为巴加尔普尔地区一片封地的流亡国王,甚至还赋予了他专属的货币权,侯赛因沙阿接受了这份厚礼。他的不少侍臣也前往孟加拉,并在那里谋得了生计。

卡玛尔心里十分矛盾:我应该继续留在军队里,哪怕做个手不沾血的旁观者，还是应该马上离开？

离开？去哪儿？内沙布尔？

家乡的名字已经变得陌生，他显然早就习惯了把自己当成一名印度斯坦人。但如果他被要求与忠诚的拉其普特人一起一边像公山羊一样嚼着槟榔叶一边高声宣誓拼死效忠侯赛因沙阿，那该怎么办？这种仪式被称为beera uthana。

这种"槟榔文化"是非常好的文化，他为之迷醉，尽管他是个拒绝暴力的佩剑者。这是个硝烟四起的封建年代——西亚、欧洲、俄国、中国、日本，人们热爱互相杀戮。除了苏菲派的庇护所，他又能去哪儿呢？

巴鲁·罗第死于一四八九年，他的英俊儿子西坎德尔继位。西坎德尔傲慢又铁腕，与他那位受人爱戴的父王非常不同。王国东部的拉其普特首领们是侯赛因沙阿的忠实拥护者，他们在族长霍加的带领下，一起拒绝向罗第政府进贡。

西坎德尔非常热衷狩猎和运动。一天早上，他正在玩马球，一个侍臣带来了沙尔克的拉其普特人起义的消息。他扔下马球杆，立马召集将军们武装起来。"我们现在马上向乔恩普尔进军！"

"陛下，您还没有用早餐。"

"我会在乔恩普尔吃早餐。"他吼道。仅用了十天他们便抵达了乔恩普尔。

霍加便是这次叛乱的首领。他刚刚沐浴完毕正坐着吃饭，侍卫跑进来带来了西坎德尔军队兵临城下的消息。霍加听闻迅速站起身，穿上还没干的外衣，骑马向侯赛因沙阿所在的比哈尔的堡垒方向赶去。而西坎德尔则一路紧追，并给侯赛因沙阿送去了字条：

先生：

请务必将这个叫霍加的人物交给我处理。感谢。

> 您忠诚的
> 西坎德尔
> 在比哈尔的某处

侯赛因沙阿回了信：

请注意，霍加是我的一位臣子，正如你已故的父亲一样。但他也是一名士兵、一个平民，所以我们一起想了战胜的对策。你是个愚蠢的孩子，我不会用我的砍刀，我只会用我的鞋子来扔你。滚吧。

看到这样一封回信，苏丹西坎德尔简直不敢相信自己的眼睛。"当一个人想要自取灭亡，他就会彻底失去理智。"他悲天悯人地评价道。

在起义军的协助下，侯赛因沙阿在丘纳尔附近与西坎德尔摆开了战场，尽管他还是输掉了战斗，但始终没有投降。

卡玛尔再也无法忍受流血牺牲，他终于逃离了。侯赛因沙阿的忠臣们在一四九二年和一四九四年又与国王一起向西坎德尔发起了最后两次反扑，屡战屡败的侯赛因沙阿最终于一五〇〇年回到巴加尔普尔，余生都因西坎德尔把美丽的乔恩普尔城变为瓦砾而悲痛不已。西坎德尔彻底拆毁了乔恩普尔东部，又在西部建起一座新城——阿格拉。

侯赛因沙阿逝于一五〇五年，乔恩普尔城被毁坏之后，印度斯坦的音乐中心转移到了瓜廖尔。尽管如此，从乔恩普尔到卡瑙杰，从卡尔皮到温迪亚恰尔的整片区域，"飘着旋律的侯赛因官邸"的美誉还是流传了下去。

阿里曾说："整个世界就像山羊的喷嚏一样一文不值。"

所有的一切都没有了意义。人类天性中的各种矛盾面已经不会再让我感到困惑。苏丹西坎德尔·罗第是个敏感的优秀诗人，他所有的诗作署了笔名古尔茹可——玫瑰般的脸庞——他的惊人美貌，算是真正的名副其实。苏菲派认为虔诚之心总会体现在外表的美貌上，所以一个奥秘主义者爱上了他。作为极端的伦理道德家，西坎德尔把那个可怜人投进了监狱。同时，他自己也是一个被乌理玛围绕的学者，一个正统的穆斯林，尽管没有胡子。

西坎德尔摧毁了乔恩普尔最有名的大学和学院，但他对教育发展却十分感兴趣。乔恩普尔的学院倒塌的同时，教育家西坎德尔·罗第正坐在他的王位上与他的顾问们一起探讨小学的新课程表。

他复仇般地将玫瑰湖边的迷人建筑群夷为平地，什么都没留下。狂怒之下，他甚至下令拆除所有的清真寺，直到乌理玛们集体劝阻才肯罢休。

随着乔恩普尔的崩塌，巴格达也遭遇了又一次毁灭。我，阿布·曼苏尔·卡玛鲁丁，在此悼念它，也悼念差不多发生在三个世纪前的巴格达大屠杀。在印度，我用幸存的日子亲眼目睹了一种自由伟大的文化的流逝。野蛮的蒙古人洗劫了巴格达，而作为穆斯林的西坎德尔毁灭了乔恩普尔。

他不是先父那样的平等主义者，他喜欢收受华丽珍贵的进贡。作为严格的信徒，他禁止女性进入圣地——他说这会引起堕落。他禁止人们膜拜天花女神。"一种传染病有什么资格被称作神？"他勃然大怒并下令拆除所有相关庙宇。有人给他解释天花是迦梨女神展示愤怒的一种标志，而西坎德尔根本听不进去，这是个非常不明智的举动。也许西坎德尔是为了向他的阿富汗同伴们表示，自己并没有受到母亲海玛瓦提的任何影响。

啊，乔恩普尔，曾经是一座多么自由美丽的城市。女性们可以进入属于自己的学院和清真寺，还拥有专属的画廊和集会场所，就像西亚和中亚的女人那样。现在我听到毛拉和班智达们在怂恿西坎德尔将迦比尔认定为异端者……

西坎德尔算是一个好国王：他给国家带来了繁荣稳定，并且大幅提高了行政效率。他为政府官员队伍引入大批勤勉的迦耶斯特①，他们迅速掌握了波斯文并让包括税务在内的各个部门良性运转。西坎德尔很快就成功征服了他的世敌——侯赛因王。西坎德尔并不喜欢音乐，但还是允许宫内演奏一种拉格乐曲——侯赛因乐谱！

我认为，还有不少事情可以让这位智人去明察……

他一方面大力任用有识之士，一方面又要求把沙尔克朝廷的学者们用他们象征着名誉地位的包头巾捆绑在一起带到他面前。我很庆幸自己不在此列，但是我应该为自己顺利逃离，而前辈与同仁们正在遭受耻辱对待而庆幸吗？我应该为我那自誉为"热爱和平"的胆怯行为而庆幸吗？我是否应该在乔恩普尔的街上拔出剑奋力一搏？我跑到巴特那向音乐与美酒寻求庇护，但是在萨朗吉②的琴弦之间，我听到了死亡的呻吟，在美丽的舞者身旁，我看到了亡灵的冷笑。

所有这些奇怪的声音、影像和语言，在我的头脑中形成了一股喧嚣的旋涡，我是个语言学家，但此时此刻，我希望我能够忘记所有的语言和文字，彻底变为一个失语者。

我的隐形导师在哪儿？我的指路人在哪儿？我想起查姆帕曾经唱过的

---

① 印度教的种姓，大多为有文化、受过教育的刹帝利。——译注
② 北印度民间乐器，被称为"印度的小提琴"。——译注

一首迦比尔的歌——"告别的鼓声日夜不停"……

他停下了书写,合上本子。他已经有很多年没有往这个本子上写过东西了,现在又意识到接下来也没有什么可再写的了。他缴清了客栈的租金,打点行装向河边进发。那里有船只开往巴特那的西部和东部,也许他可以前往高尔,去孟加拉苏丹的文书院谋得一职。那里的国王正在把《摩诃婆罗多》和其他梵文著作翻译成波斯语。"我是个失业的语言学家和翻译家。"他可以在苏丹王面前哭诉。但是他是否会雇用一个从主人身边逃开的叛徒呢?

"阿拜,让开!难道看不见我们正扛着一辆婚轿吗?"后面有人用肘部粗暴地把他推开,人群把他一直驱赶到一个卖票人面前。

"你要去哪儿?"卖票人问面前这个衣冠不整、表情黯然者。

"我也不知道去哪儿。给我一张票,这个你留下。"卡玛尔把自己的丝绒袈裟递给他。

疯狂的卡兰达尔流浪者。卖票人把袈裟还给卡玛尔,给了他一张船票。

卡玛尔在船上找了一个角落坐下,身边是他的旅行包,那里面有未完成的《印度斯坦的奇闻逸事》。倏然间,他有了一种想要把它扔到船外的冲动,但紧接着又想起《古兰经》的训诫——你们不要绝望于真主的慈恩,只有不信道的人们才绝望于真主的慈恩。他小憩了片刻,醒来后看到身边衣着五颜六色的旅行者们,还是不知道自己要去向哪里。船开往阿拉哈巴德,远离迦尸城的地方。到了巴特那,很多人下了船,更多的人上了船。在新上船的人群里,有几个富有的年轻人,一群印度教修行僧和一位身穿深红色僧袍、看起来十分冷漠的比丘。卡玛尔总算在比哈尔见到了比丘。

几位巴特那的有钱人开始玩牌,两位来自卡提瓦半岛的商人正沉醉于他们丰润的账单,结婚的队伍还在热热闹闹地唱着。新娘在哭泣。

"听着,查帕瓦提,现在在这里,你就可以作出自己的选择。如果你嫁给我,你的人生会多一个有趣的伴侣,并且作为一个穆斯林,你从今往后都会感到很安全。"

"如果我的前世和宿命是这样,那么现在我也会愿意成为穆斯林并嫁给你……"

"不管是不是宿命,你会等我吗?"

她迸发出银铃般的笑声,然后消失在了月光之中。

有人弹奏着都塔尔。卡玛尔使劲揉了揉自己的眼睛,长久以来他一直饱受幻觉和噩梦的摧残,查姆帕消失了。他抬起头,一个身披白袍、高大健壮的苦行僧就在面前。他正用左手弹着一把都塔尔,他的右手失去了所有手指。他的样子更像个塔库尔①而不是修行僧。也许他是苏丹西坎德尔的间谍也说不定。卡玛尔是侯赛因·纳亚克沙阿最信任和器重的官员之一,这被大家所公认。"你是乔恩普尔的毛拉卡玛鲁丁吗?"苦行僧生硬地问道,这更让卡玛尔确定了刚才的念头。

他点了点头,沮丧得不想说话。他并不想再被拽回虎群与狮群搏斗的斗兽场。

"不必恐惧。"苦行僧坐在一团绕成圈的绳子上。"我想你猜得没错,

---

① 原意为"神""君主"或"大师",后成为地方统治者的头衔。——译注

我的确曾经是罗第军队里的一名军官,不过现在我是神明派来的间谍。我在卡尔皮与你们的军队作战时失去了手指。"他把右手展开,伸到了满脸惊讶的卡玛尔面前。

"我和残余部队穿过阿约提亚时看见了她,她就住在那里。"

卡玛尔心一沉,他又想起那个来自舍卫城的湿婆教徒,难道这个人也有了解未知世界的能力?

"他那位反暴力主义的兄长在战争中阵亡了,现在就剩她孤零零一人。她看见我便走上前来,她以为我是一名沙尔克将军,愚蠢的姑娘无法区分军队的制服和旗帜。她跟我说你答应过她会回去,所以她在树林里到处找你,但是没有天鹅和乌云带给你任何关于她的消息……

"然后她对我说:'把你的宝剑扔进河里吧,士兵,你杀的人还不够多吗?'

"这句话击中了我。我是个天生的斗士——不折不扣的塔库尔,战争女神难近母的崇拜者——然而我变成了另一个人。她对我说,去迦尸跟随圣人迦比尔吧。于是我开始了修行,并且大部分时间都在那里。而你,容易上当受骗的年轻人,趁还不太晚,也到那里去吧。"

这位曾经的将军迅速抬起腿离开,此后再也没对卡玛尔说过一句话。

渐渐可以看见恒河的波光闪烁起来,各种船只在金色与蓝色交相辉映的河面行驶着——皇家驳船、商船、桨帆船、渔船……它们在晚风中鼓起大大的风帆,看起来就像一只只张开翅膀、从寒冷北方飞来的白天鹅。独木舟和无篷船上传来歌声,货船上载着古吉拉特邦和孟加拉的棉织品,迦尸的丝绸和锦缎,以及德干的加工品驶往全国的几大市场。来自各地的人们一起在这条伟大的河流上航行:西藏和克什米尔的僧侣,阿拉伯的游客,设拉子的建筑师,爪哇的舞者。这个国家展现出令人愉悦的繁荣和安定,苏丹西坎德尔在德里执政，一切看上去都很美好。

一天晚上，卡玛尔坐到了那个孤僻的、身穿赭红色僧袍的苦行僧身边，僧人抬起了目光。两千年前的今晚，高塔姆·悉达多诞生于喜马拉雅山脉一个偏远的山脚下。在另一个春天的满月之夜，他成功悟道。月光打在水面的波纹上，反射出的光芒照亮了僧人的脸。

"一个人该如何从自己的思想里解脱出来？"卡玛尔沉思着。

"思想本身并不自知，它也无法自我释放。宇宙之外没有神灵，神灵之外没有宇宙。错与对之间其实并无区别，但只有一样东西高于万物——沉默。"他不带任何语气地说。

卡玛尔灰心丧气地走回了自己的角落。在一个风景如画的小山丘附近，水手扔下了锚。透过铁线子树枝，可以看到不远处坐落着一座灰色石头的哈纳卡。卡玛尔抓起他的行李包下了船，他爬上小山丘，来到了被绿地环绕的庇护所。这是个属于契斯提教团的哈纳卡，一些信徒作为志愿者在此工作。他们自给自足，一座圣人墓和一所清真寺学校就藏在茂盛的匍匐植物后面。这是个非常清幽的修行地，苏菲派的桃花源。

十六

卡玛尔和衣衫褴褛的人们

　　卡玛尔想起他在乔恩普尔的一位奥秘派朋友曾经跟他聊起过关于"契斯提教团之真善美"。在这座哈纳卡里,正演唱着夸瓦里①,阿米尔·库斯鲁著名的"通往水井的小路不好走"——印度乡村爱情故事的一个篇章,但是在这里,这首歌曲似乎又有了更多精神层面的意义。

　　卡玛尔小心翼翼地踏进门,脱掉鞋子,在门槛上坐下。他对于奥秘派多多少少持有一些厌恶,尽管他经常说:"我有很多苏菲派的好朋友。"

　　热情的歌声停止。这里的主人是一位亲切和善又受人尊敬的老者,他友善地欢迎眼前这名厌世青年并问他从何而来。瞬间,卡玛尔的眼泪夺眶而出。

　　萨塔尔是神的九十九个美丽的名字中的一个。他仁慈地为人类隐藏着他们的羞耻和缺陷。根据苏菲派的传统,在先知穆罕默德从耶路撒冷前往天堂最高处的神秘之旅中,安拉赠予他一件有魔力的衣袍并且对他说:"当你的同伴中有人对你说这样的话时,请把这件袍子给

---

① 苏菲派穆斯林用于祈祷的音乐。——译注

他。"安拉在他耳边说出了话语的内容。返回人间的路上，穆罕默德问身边的同伴们将如何使用这件法衣，艾布·伯克尔回答说他会将真诚撒播到人间，欧麦尔说他会建立司法系统，奥斯曼说他会消除贫困。最后，阿里的回答正是安拉在穆罕默德耳边说的内容：我将为人类隐藏他们个人的羞耻和缺陷。他得到了那件具有卓越精神力量的法衣。他将它传给了自己的长子哈桑·伊本·阿里伊玛目，哈桑·伊本·阿里又将它转赠给伊斯兰教早期的奥秘主义奠基人之一哈桑·巴斯里。从哈桑·巴斯里开始，这个具有象征意义的馈赠便在今后的几个世纪里不停地在主流苏菲派信徒间传递着。

阿里被称作瓦利乌拉，意思是"主的朋友"，并被大部分苏菲派系，尤其是契斯提教团认定为奥秘主义的根源。在道统或者精神世系层面，穆勒师德①往往会在临终前任命自己的一位弟子作为继任哈里发，然后赠予他代表正统门徒的法衣。继任哈里发会继承他的《古兰经》、拜毯、杯子或头巾、赞珠，以及具有象征意义的化缘托钵和凉鞋，这些物品会被当作遗物保留下来。有时哈里发也会是世袭制。这间契斯提教团的屋宅是由环球旅行者马赫杜姆·杰哈尼安·杰汉加什建造，也是他在上世纪栽下了院子里的这棵树。

我是否可以在这座庇护所里隐藏我作为一个变节者的罪恶？

在这个院子里我分得一间斗室。我成了这里的门徒之一。我会继续在这个本子上记录下我在这里学到的东西。如真主所愿，我很庆幸没有将它扔进河里。

这里总有四处流浪的修行僧出出进进。他们衣衫褴褛是为了谨记

---

① 苏菲派最高级修道者，被认为是得道之人。——译注

先知穆罕默德的圣行，先知始终保持着谦逊与清贫，永远穿着缝缝补补的破旧衣衫。

　　我想起查帕瓦提对我说过的那句话：总有一天你会被他们从困惑中拯救出来……

　　哈纳卡中的居住者都不是僧人，因为伊斯兰教并没有隐修制度。很多人都有家室，只是来这里短暂借住。这里的穆勒师德也是有妻子的已婚男人。他的家人就住在紧挨墓穴的一间小屋子里。苏菲派有崇尚演讲的文化，所以他们总是一刻不停地在说话。他们通过寓言和典故讲述先知、阿里和伟大哈索白们的故事。其中一位穆里德①负责在旁记录，日后这些记录被编为穆勒师德的《马尔福扎特》。卡玛尔在哈纳卡的图书馆里阅读了大量的圣人言行录，其中有一段描述让他觉得很有意思，说在遭帖木儿侵略后，蒙古时尚在德里盛行，很多精英人物都留起了"中国辫子"！

　　作为一个门徒和辟尔②的"仆人"，卡玛尔虔诚地侍奉着主人并做着分内之事。他帮客人净手，端来食物，有时候还会在厨房里做帮手。当前来祷告的信徒众多的时候，他被委派去看管他们的鞋物。穆勒师德有意模仿着先知谦逊、好客和宽厚的各种美德。契斯提教团信徒们也会将印度教徒纳入他们的弟子之列——穆勒师德和非穆斯林一起抓住一块手帕，然后大家一起重复穆勒师德的话："从现在起我将远离邪恶，过上纯洁的生活。"说罢，新弟子会得到众人的祝福，大家分享甜食。然后，他便开始用自己的方式做礼拜。

---

① 意为"寻道者"，苏菲派教团修道的一般学员，完成一定苦修后可成为托钵僧。——译注
② 苏菲派的导师。——译注

一天下午，穆勒师德正在发表一场诠释西班牙人伊本·阿拉比的著作《显灵》的演讲。伊本·阿拉比写过一百本关于玄学和心理玄学的著作，他曾表示所有心灵的体验都拥有自己的效力。演讲结束后，穆勒师德转身对卡玛尔说："去迦尸见迦比尔米安吧，趁现在不太晚。"

"先生，我在船上遇到的一个瑜伽导师说了跟您一模一样的话。"

"我知道。"穆勒师德微笑着。

曾经喜好怀疑的卡玛尔已经不会感到惊讶了，因为千里眼或者超感力这种被苏菲派称为"明心"的现象在他们看来并非不同寻常。他还是问了一个身边的门徒："你可知道为什么先生要让我去找迦比尔？"

"这也许是你人生的又一个台阶，"门徒回答，"你会感到不安是因为你失去了一些东西，在旅途中你会感到安宁。"

卡玛尔拜别了穆勒师德和刚认识不久的朋友们便再次出发——方向是瓦拉纳西。穿过一座座村庄，他来到了一片茂盛的森林之中。在那里他看见一群正前往马图拉的孟加拉毗湿奴派信徒。他们坐在一棵散发着香气的树下击打着大镲，瑜伽导师们吹着海螺，山鸠在树丛里欢唱，优美动听的旋律四处飘荡，就像被风吹散的长叶马府树丛的香气。卡玛尔坐在水塘边，欣赏着森林之歌。

他突然意识到自己正沉浸在沉默之中，而所有这些声音也是"沉默"的种种表现。他身处苏菲派的奇妙世界中，这种"沉默"是绝对的，而他正在聚精会神地倾听着。毗湿奴派的女信徒们唱着由来自布德万的雅德瓦①谱写的巴桑特拉格：

---

① 活跃于十二世纪的梵语诗人。——译注

美丽的达拉①……整个春天都在树林旁等待心上人奎师那。我知道春天刚来临时奎师那在哪里出现，每当风儿的翅膀带来檀香树和丁香花的芬芳，每当丛林里的蜜蜂开始嗡嗡叫，噪鹊开始歌唱爱情。

我知道奎师那会如何穿过这金色和蓝色的时刻。他会和舞者一起起舞，心里只思念着达拉。看，小姐！看奎师那如何穿越停顿的时光，用花朵做成的头冠和编织的金子来为自己装饰；身边的挤奶工在跳舞，歌唱，玩乐，奎师那坐在那里，笑着在梦中度过整个春天。

卡玛尔在森林小径上踌躇着，身边只有燕子和"迈赫里"鸟的陪伴。于是他又向恒河走去，远远便可看见河水的波光已透过了蒲桃树丛。他开始寻找查姆帕，说不定她就在那些唱歌的毗湿奴派女信徒中。达拉隐喻着发现真爱后灵魂的入迷，伊朗奥秘主义学者鲁兹毕罕②曾经写过——达拉就是渴望与神共存的人类灵魂，这在苏菲派中被称为"对真主的狂热"。

"阿约提亚的查帕瓦提？"一个村民对上来询问的卡玛尔说，"战争让那可怜的姑娘变得无依无靠，她跟随一群毗湿奴派信徒一起去了沃林达文。没有男人的女人只能去做尼姑，先生，没有女人的男人就成了苦行僧……"他不带任何感情色彩地说完这段话便走开了。

卡玛尔已经抵达了瓦拉纳西，在河的另一边是希沃布里，寺庙镀金的尖顶在太阳下闪耀着光芒。各个寺庙的钟声一起响起，空气中弥漫着一股浓香，礼拜的花朵铺满狭窄的小道，男男女女挤在河边的石梯上进行晨浴仪式。迦尸，一座不朽之城！

---

① 印度史诗中奎师那的伴侣，亦是性力的其中一个象征。——译注
② 即鲁兹毕罕·巴克礼（1128—1209），伊朗诗人、苏菲派信徒。——译注

在森林边缘有一座住着穆斯林编织工的小村庄。一队相貌古怪的卡兰达尔走过,卡玛尔赶紧跟着一大群衣着褴褛的平民加入跟随者的行列,所有人的目标都是迦比尔部落的所在地。

他在迦尸与一些迦比尔的信徒们待在一起,唱赞美诗,听演讲。迦比尔的"天人合一"思想卡玛尔想到了二百年前生活在土耳其的毛拉贾拉鲁丁·鲁米。他们都说过同样的事情,但是并没有起到什么作用。

在西坎德尔·罗第的统治下,躁动不安的事情一直都在发生。一个叫作那纳克的孩子出生于旁遮普的卡特里种姓家庭,他决心要建立一种新的融合制度。穆斯林叫他"那纳克·沙阿·法基尔"。"沙阿"和"苏丹"在苏菲派的词汇里代表着精神上的至高,法基尔或者谦逊的奥秘派是精神世界的国王。就像当代欧洲的天主教神秘主义,印度的奥秘派也并不受到教徒们的欢迎。瓦拉纳西的班智达和大毛拉十分憎恨迦比尔,他们给苏丹西坎德尔发去请愿书,要求严惩这个妖言惑众的异端分子。

在拜会过迦比尔之后,卡玛尔直接奔向河港,他想要前往孟加拉的吉大港拜会一位著名的苏拉瓦底派奥秘贤者。卡玛尔变成了四处流浪的托钵僧。苏拉瓦底派传教士在孟加拉的底层种姓人群中获得了很大成功。卡玛尔在他们的哈纳卡里停留了几个月,然后在这位苏拉瓦底圣贤的要求下,再次离开,继续流浪。

十七

孟加拉的民歌手

在孟加拉，每个人似乎都是歌者。说书的、摇船的、玩蛇的、捕象的，都在唱着他们自己的歌谣。他们为安拉、穆罕默德、达拉—奎师那歌唱。毗湿奴派教徒蜂拥而至。卡玛尔划着他的小船从一座墓陵到另一座墓陵，同样一路唱着歌。吉大港的河流又宽又急，丛丛盛开的火凤凰遮住了崎岖的山间小路，清真寺和密宗寺隐藏在竹林深处。

一次，他遇到一群游吟歌者正在唱着一首强盗尼扎姆写的民谣。卡玛尔从来没听过这样的曲子。它的作者是一个恶名昭著的土匪，一个多世纪前曾经生活在这片地区。尼姆扎后来受到苏拉瓦底苏菲派感化，变成和平之士，最终成为一名圣人。卡玛尔在靠近他们的地方坐下，认真倾听起来。

穆罕默德没有化身
三界也没有神的王国。
万岁，万岁阿卜杜拉，万岁阿米乃
万岁圣城麦地那
万岁所有的圣人以及先知之母法蒂玛

> 现在我向沃林达文致敬
>
> 万岁奎师那，美丽达拉的永恒情人
>
> 我对所有的穆斯林致以敬意
>
> 我在瑙帕拉东正教堂前鞠躬，还有它左边的黑尔麦清真寺；
>
> 因为伟大的圣人曾经走过这些地方。
>
> 现在我继续前行到达
>
> 虔诚地拜见集女性美德于一身的偶像希塔·黛维，
>
> 以及她的君主拉格纳特。
>
> 万岁，万岁，万岁……

卡玛尔放纵地笑了起来，这首颂歌显然是印度斯坦最神奇、最怪异的歌谣之一，他本该把它写入自己的旅行记录，可惜他已经很久没有动笔了，而且他的笔记本在路途遥远的流浪中不知遗失在了何处。

乔恩普尔皇家图书馆里的学者阿布·曼苏尔·卡玛鲁丁已经被人遗忘了。谁也不认识这位蓝眼睛、黑眼圈、灰头发的年轻人，也不知道是谁坐在这里忘情地听着游吟歌者的吟唱，不知道是谁曾经用阿拉伯文热切地记录下这一切……

他曾经听穆斯林农妇们给他讲过不少孟加拉佛教鼎盛期的故事和波罗王朝、犀那王朝国王们曾经的辉煌岁月。这里的巨商富贾们曾经把孔雀状的容器运往各大流域。而今天，那些曾经崇拜释迦牟尼、多罗菩萨和难近母的芸芸信众们，已被苏菲派彻底改变。

他娶了一个名叫苏迦塔·黛比的首陀罗女孩，他并不因为她低贱的种姓而感到有何不妥。为他们证婚的当地大毛拉为她命名为阿米娜比比。卡玛尔在一片富饶的土地上栽种水稻，他竹屋前的小池塘里荷花盛开，色彩斑斓的小鱼儿游来游去。在雨过天晴的日子里，卡玛尔会坐在阳台上弹奏一种叫作赐福之波的弦琴。

班加拉人或吉卜赛人用牛车将商品从一个地方载到另一个地方。他们也给卡玛尔带来了苏丹侯赛因去世的消息。多么伟大的一个人，他是像尤利乌斯·恺撒那样被创造出来的人物。然而他会因为自己的音乐成就而流芳百世，或是被迅速遗忘呢？毕竟这个国家的人并不擅长记住艺术家的名字。能留下的只有那些作品——比如，究竟谁是《拿团花树枝的女孩》的作者？卡玛尔曾经在舍卫城一座古老宫殿的废墟一角见过这个浮雕作品。至于他自己，曾觉得犹如写了《昌德因》的达乌德毛拉纳①，已经成为一名孟加拉的无名小作家，神秘派寓言《查帕瓦提》的作者，日后可能也会成为毛拉纳，只是他还没能把它写出来。

他的儿子贾马尔和贾拉尔都成了建筑师，阿米娜先去世，卡玛尔蓄起了长胡子。他坐在索纳尔冈附近那座风景如画的竹屋里写歌的时候，一缕缕灰色的长发辫会垂落在肩头。一五二五年，另一场巨变发生在遥远的德里。西坎德尔·罗第的儿子苏丹易卜拉欣·罗第败给了中亚的新势力查希尔丁·巴布尔，他受拉其普特人拉纳·桑加之邀，一举击败了罗第国王。卡玛尔的长子贾拉尔说要前往德里为莫卧儿盖房子，对此他没说什么。他曾经周游世界寻求自己的终点，如今世界摆在了儿子们面前，他们有权为自己作任何选择。

舍尔汗将孟加拉的苏丹吉阿苏丁从高尔的王位上赶下来并取而代之。这位来自比哈尔邦萨哈斯拉姆的汗也曾在乔恩普尔的大学里学习过，他参政后下定决心要取得德里的政权。因此，在舍尔汗与巴布尔的儿子胡马雍

---

① 一种尊称的前缀，在中亚和次印度大陆主要用在受人尊敬的穆斯林领袖名字的前面。——译注

之间又不可避免地爆发了一场残酷的恶战。

现在他们被称为沙汗沙,帝王的意思。伊斯兰世界的统治者们已经接管了所有的盛世繁华,攫取了伊朗的萨珊沙汗沙们以及拜占庭皇帝们的称号。莫卧儿领袖成了沙汗沙,王中王,正如大流士曾宣称自己是全部日出到日落的土地上的主人……

莫卧儿人进入高尔,在硬币上铸上了自己威严的名字。这位皇帝为孟加拉着迷,将高尔命名为天堂之城。

卡玛尔想起很久以前他跟着一位来自德里的波斯托钵僧第一次走出了乔恩普尔。那位修行者告诉了他一切——货币和地名都会因为朝代更迭而改变。卡玛尔目睹了这一切,他就是历史的见证人……

不到一年,舍尔汗又攻打了孟加拉,将莫卧儿大帝赶回了德里。一场凶猛无畏的战争在普什图人舍尔汗与当权者们之间爆发。(舍尔汗后来成为一名好国王,一个出色的公路及公共设施建造者,以及一个能干的管理者。)卡玛尔的长子贾拉尔战死在高尔的街道上。一天晚上,舍尔汗手下的几个士兵来到了卡玛尔的小屋。"你的建筑师儿子贾马尔去德里加入了莫卧儿的军队,他是个叛徒!我们要把你带到高尔,投入地牢。"

卡玛尔抓着一盏油灯,步履蹒跚地向门走去。他十分迷惑地看着这些正在向他步步逼近的粗鲁军人。虽然已经十分虚弱,他还是用尽了全身的气力努力不让自己倒下。他没有宝剑来防卫,于是他慢慢想起来这些恶人刚才所说的话。这些人说了,他会被带到高尔的地牢里。他开始思考自己为什么会受到这种惩罚。他做了什么,要受到如此惩罚?他也从来没跟阿富汗人或者莫卧儿人有过任何争吵,因为他总是想一个人待着。想要简单的生活却总是充斥着没完没了的麻烦!这是他的国家,他的孩子们都在此出生,他心爱的妻子长眠于此。他把所有的心血都花在了如何让这片土地开出美丽的花朵，让这里的人们说出动听的语言。他写歌，收集故事，想就此在这里结束一生。没有人有任何资格把他称为"外人"或者"叛徒"！

舍尔汗的皇家卫兵们用手推搡着，用脚踹着可怜的老人，然后哈哈大笑着走远了。卡玛尔一动不动地躺在门槛旁，嘴里缓缓地喏嚅着《古兰经》"黎明章"中的句子："安定的灵魂啊！你应当喜悦地，被喜悦地归于你的主。"孑然一身，在没有月光的夜晚，卡玛尔溘然而逝。

德里在公元前一千年左右的《摩诃婆罗多》时代被称为天帝城。奎师那也许就是现代版的先知达乌德。有多少水——多少水从那里流过，哦，贾木纳！在突厥人的时代德里被称为杜格拉卡巴德，而今天被叫作沙贾汗纳巴德，这个名字震惊了欧洲宫庭。商业和工业在莫卧儿统治之下非常繁荣，基督教世界的国家们为了与伟大的"莫卧儿帝国"进行贸易而竞争愈加激烈。

由于缺乏马镫，拉其普特人很快就被一波波前赴后继来自开伯尔山口的骑兵们超越；因为缺少战舰，莫卧儿人让法兰基人①从海上乘虚而入。

孟加拉成了欧洲赋予贸易的重要市集。这片伊斯兰教君主领地隶属于阿克巴和他的延伸穿越至印度斯坦大陆的庞大帝国。几年之后，衰败开始，莫卧儿的苏贝达尔或孟加拉的总督们宣告了他们的自治权。先知苏莱曼被安拉赋予土地和海洋的统治权。他是精灵、恶灵、鸟兽的国王，并可以与它们对话。他也是世界上最富有的人。一次他对真主说："安拉，我想要邀请所有的生灵来我这里晚餐。"真主说："去做吧！"盛筵开始如火如荼地准备起来，一条跃出海面的鱼儿却终结了一切。真主说："哦，苏

---

① 源于印地语和乌尔都语，意为"外国人"，尤指英国人或白人。——译注

莱曼！只有我才能宴请所有的生灵。"这个寓言并非意喻孟加拉的纳瓦卜①和督军西拉杰-乌德-达乌拉想要把自己当成所罗门王。但到底还是说明考底利耶法则再一次生效了。一条叫作海军上将沃森的鲸鱼跳出海面，西拉杰-乌德-达乌拉被证实只是一条小鱼，因为一只叫米尔·杰弗的螃蟹出卖了他。于是，沃森一口吞下西拉杰，连一句"谢谢"都没说。

如今孟加拉华丽的海陆已经挤满了英国人的商船，一种全新的超负荷形态。

一阵强风袭来，使劲撼动着船只。船夫开始全力划船。尽管还没到飓风肆虐犹如神明震怒般的季节，年轻的西里尔·阿希礼已经开始躁动不安起来。他决心要帮助一下可怜的老人。他捡起一盏忽明忽暗的灯，站起来冲船夫喊道："你好，阿卜杜拉，听着……"

法兰基人管所有低种姓的穆斯林叫阿卜杜拉，这不得不说是他们作为胜利方养成的一种高傲的习惯。也正因为这样，他们从来不用担心念错当地人的名字。

羸弱的曼吉老人在如海洋般宽广的博多河上吃力地为这两位大人划着船。听到棚里的喊声，他转过头。

"我的名字叫，"他带着强烈自尊回答道，"毛拉阿布·曼苏尔·卡玛鲁丁·艾哈迈德。"

这样一个弱小的生命竟有着这么一长串的名字，西里尔被逗笑了。

"很高兴认识你，毛拉。我说，让我帮你一起划桨吧，可以吗？"

船夫看上去非常惊讶，这位法兰基年轻人说着孟加拉语，态度彬彬有

---

① 印度莫卧儿帝国省级地方行政长官。——译注

礼。不过当然，什么样的人都会有。

"谢谢你，先生，"他回答，"安拉就是我的船长，我能办到。"

西里尔很感动。"告诉我，"他停顿片刻又问道，"你是位毛拉——又怎么会在这么恶劣的天气里为我们划船？"

"为了这个，"老人拍了拍自己因饥饿和苍老而又瘪又皱的肚子，"在普拉西战役后，所有的学校很快都被关闭了。"

"哦，是这样。"西里尔低声道。他已经不知不觉蹚进了危险的水域。要知道，英国人在战败的孟加拉穆斯林中并不受欢迎。

阿布·曼苏尔不再说话，转过头，专注地划着桨。

西里尔开始打量起眼前的棚子，这似乎就是船夫阿布·曼苏尔的整个世界：一盏冒着烟的灯，一些破碎的盘罐，一张祷告垫，一把椰子壳做的水烟袋。这个葡萄牙青年理所当然地认为当地所有人都是烟鬼。西里尔回到自己的座位上。他的好朋友、商业伙伴彼得·杰克逊已经打起了呼噜。这个人怎么总能那么快入睡，不管身处何处。就像荷加斯作品中那些快乐、知足又迟钝的人物！

曾有那么一个瞬间让西里尔·阿希礼感觉很怪异。我在这里做什么？就为了这样的邂逅，把他从伦敦和剑桥的小巷子拉到了这片叫作孟加拉的奇幻土地上，成为一群黑瘦的小个子中间的巨人。他生命的最后十年就是在这里度过的。一七九七马上就要结束了，很快便要踏进十九世纪——太神奇了。

风小了许多。憔悴的船夫似乎为了感恩唱起一首轻柔的歌谣①。他们安全抵达最近刚被授予拉者头衔的地主吉里什·昌德拉·罗伊的私人码头。

---

① 此处为东孟加拉的苏菲歌曲。——原注

十八

剑桥悉尼·萨塞克斯学院的西里尔·阿希礼

二十二岁时,刚刚得到艺术学位的他走出了爬满常青藤的象牙塔,走入了真主的世界。他是个优秀的学生,也是个前途无量的诗人。他的父亲是萨里郡一个偏远小镇里颇受拥护的牧师。西里尔得到了一位庄园主的资助完成了学业。他本想成为一名校长并靠写诗度过余生,父亲却建议他从事法律行业。

于是,离开剑桥大学后,西里尔·阿希礼进入了伦敦的中殿律师学院。在附近的舰队街上,记者和知识分子聚在咖啡厅里讨论国际时政、海外战争、突厥人、俄罗人和印度。世界之门被打开,交通越来越繁忙——人们向新世界和东方流动。这两个地方都能提供大量迅速发财的机会——尤其是东方,这里更加落后,政局也更为动荡。俄国正忙着掠夺奥斯曼帝国的大片土地。莫卧儿王朝的印度成为发达的工业国家,大量的纺织品和奢侈品被运往欧洲。但进口贸易却因为政治问题而日渐衰落,不仅仅是在印度本土,伊朗和土耳其的情况也好不到哪儿去。

"情况对我们非常有利,"在前往自己最钟爱的咖啡馆参与一场激烈讨论的路上,西里尔被如此告知,"我们已经迅速地解决了那些高卢佬和来自低地国的家伙们。莫卧儿的中央政权被削弱后,在印度的任何人都想抢夺德里的控制权。我们马上就要胜利了。"一天晚上，一个记者对西里尔说完这番话后把他介绍给了一个活似从荷加斯的画框里径直走出的绅士彼得·杰克逊，他身材魁伟，刚步入中年，浑身上下散发着自信和成功气息。他伸出套满戒指的短粗的手指头……

"这可都是戈尔康达的钻石！"他笑嘻嘻地说道。

这位在孟加拉的卡西姆市集做买卖的生意人正好休假回来几天，几杯南美咖啡下肚，他开始粗声粗气地大谈特谈当初自己是怎么靠贩卖染料大发横财。

"你打算做些什么，年轻人？"他问西里尔。

"我想要去美国，去纽约进行法律实践。"

"我们已经失去美国了，我亲爱的朋友！但是我们得到了印度，几乎是同时。这就叫塞翁失马，对不？去加尔各答，你只要动点脑子就能赚得盆满钵满，到时候我的名字都变得不值一提！"

印度！西里尔从来没想过。"当地人不恨我们吗？"他问。

"有些人恨，有些人不。他们非常不团结。有些人甚至成为我们的同伴。那里有很多人会为了利益背叛同胞，与敌为友。孟加拉甚至已经成为我们的一个市场——到处都是用市场命名的城镇。英国市场，这个市场，那个市场……今天的社会秩序就是依靠这些市场和达斯塔克①带来的经济效益，幸亏有克莱夫和黑斯廷斯这样的人我们才能把握住有利局势。"

彼得继续给他讲了达斯塔克以及马尔瓦尔人如何运作成为英国的中间商。西里尔面露困惑，完全听不懂。

---

① 波斯语、印地语 Dastak 的音译，指莫卧儿帝国皇帝法鲁赫·西亚尔一七一七年颁发给英国东印度公司商人关税豁免权的官方许可证。后来公司职员、代理商等在其私人贸易中滥用这一特权，对盐、烟草等商品进行垄断，获取巨额利润。——译注

彼得·杰克逊对他说:"你看,我需要一个像你一样聪明并且受过高等教育的人做我的同伴。"

"可维吉尔和贺拉斯①也无助于你的那些什么达斯塔克呀。"西里尔微笑着回答。

"听着,诗里可不会藏钱,谁都无法成为伟大的律师——你恐怕要在憋闷的小屋里不知所以地打拼无数年也未必能达到你的目的。"

最后杰克逊先生终于说服了西里尔同意跟他一起前往印度。法律已被证明是一种极度乏味的事务。他的新朋友又带他认识了另一个新朋友,东印度公司的一位主管。

主管对西里尔的印象非常好,第二个星期西里尔便收到了一家公司代理人的任命书。于是他带着所有行李,在蒂尔伯里登上了一艘前往印度的巨大商船。

多佛的白色悬崖渐渐消失在地平线的另一端,西里尔开始因远离故土而伤感。他向这个庚斯博罗和雷诺兹描绘过,柯珀、波普、格雷居住,歌颂过的伊甸园告别,透纳画作中那些柔和迷人的风景,田园小径上的报春花,乡村教堂的钟声,以及庄严的乔治王时代庄园里传出的室内管弦乐,这一切都将随着时间与空间渐行渐远。

与此同时,在印度,也正经历着前所未有的繁荣。金碧辉煌的宫殿不断拔地而起,富人们从加拿大、孟加拉和南美洲蜂拥而至。新的风潮带动着新的时尚。穷人暴富,富人更富。不管在哪里,人们脑子里只会想着一件事——钱!钱!钱!西里尔·阿希礼,这个曾经迷恋缪斯女神的文艺青

---

① 二人都是古罗马时期的文学家。——译注

年，也即将开始过追逐财富的人生，开始到处寻找摇钱树①，希望被雨点般洒下的金币击中。不然他很可能在与某个部落首领的争斗中被杀死，然后被埋在某片树林里的无名墓碑下。

一想到这种可能性他就不寒而栗。在这艘船上每一个冒险家的命运又会如何？生意人们，加尔各答的议员们，马德拉斯的大法官，一大批未婚的贵族女孩在女监护人的陪伴下远渡重洋是为了在印度找到如意郎君？在晚餐桌上，船长讲述着与海德尔·阿里开战的奇闻逸事，巴特那和达卡的英国贸易商们忙着讨论开店事宜。

船驶入了比斯开湾，所有人都开始讨论法国大革命。一位老"印度通"开始给西里尔讲述奥德、迈索尔和阿尔果特的事情——都是些完全陌生的名字。但很快，他便基本了解了近三百年来的历史。他第一次见到黑皮肤的人是在非洲的海滨。文艺复兴的油画中经常把黑人描绘成站在角落里的小黑奴。所有的黑人都是奴隶，所有的突厥人都嗜血，所有的阿拉伯人都粗俗。这些从不改变的既定印象组成了这个世界。

陆地，啊哈！戈拉巴的灯塔已经出现在视线中。

孟买！

印度！

一个半世纪以前，驻扎在苏拉特港的莫卧儿政府海关关员对于前来的欧洲人态度粗鲁又傲慢。但时代变了——东印度公司的旗帜在港口的上空得意洋洋。船上的人兴致勃勃地谈笑着下船，迅速就被一群黑瘦的印度搬运工包围，他们将这些法兰基人沉甸甸的行李压在自己小小的脑袋上。杰克逊显然在这里路子很广，他雇了辆马车并交代马夫："去马拉巴尔山的

---

① 原文为 pagoda tree。pagoda 是中世纪印度的一种硬币。——原注

地方长官官邸。"

坐落在在斜坡小路的两边的都是帕里西富人的官邸。身穿紫色纱丽的马拉地妇女一边优雅地在沙地上散步，一边捡着地上的椰果。整座马拉巴尔山被争奇斗艳的热带鲜花覆盖，玫瑰藤爬满英国显贵们镶嵌着红色瓷砖的双层木屋。雨刚停，主人便走到门廊上迎接客人。

他们围坐在漂亮的阳台上喝着从中国进口的香茶时，零星的雨点从头顶的香蕉树和椰子树叶上飘落下来。在交谈的过程中，主人说："一些欧亚女人的确很美，除非她出身高贵，否则千万不要蠢到娶一个女黑人，把她们当作情人玩玩就算了。某些英国军官娶了摩尔女人，但不是每个家伙都能那么幸运。"

晚上他们乘车出去兜风。从阿波罗码头到堡垒和教堂门①的路上有大片大片的绿化带，在巨大的棕榈叶之间，藏匿着不少闪着清澈波光的小水池。

地方长官把西里尔介绍给了一对帕里西兄弟，两人拥有一家造船公司，还能讲一口流利的英文。在帕里西兄弟的陪同下，西里尔来到他们位于苏拉特的工厂。"因为大量涌来的法兰基人，这座城市曾经比伦敦更繁华，"一个古吉拉特商人告诉他，"希瓦吉的马拉地人洗劫了它两次！"

他们走过一座精美绝伦的白色清真寺，西里尔的房东，一个英国的代理商，总把它叫作"摩尔人的教堂"。几个拥有小鹿般眼睛的古吉拉特女人娉娉袅袅地从他身边走过，头上顶着巨大的水罐，这是一道醉人的风景。

西里尔的心里似乎已经接受了印度女人。

---

① 孟买的一个地区。——译注

他回到孟买港,搭上一艘开往马德拉斯的船。这一次他是独自上路,彼得·杰克逊稍后会跟他在加尔各答会合。白色清真寺的圆顶和闪光的尖塔从椰子树林中探出头,周围布满莫普拉穆斯林、奈尔人与婆罗门的村落。船只路过一处果阿的葡萄牙人聚集区,开始沿着科罗曼德海岸行驶。船在本地治里停靠,上来了一群聒噪的印度人,他们开心地告诉西里尔,他们的提普酋长不但已经成为法国雅各宾派的成员,甚至还捐了一笔钱给美国革命者!"他是现代印度真正意义上的第一位国王。"①

作为伏尔泰和卢梭的追随者,西里尔听得兴致勃勃,可身边的几位英国同胞却毫无反应。船只需要在马德拉斯港停留几天,西里尔上了岸并在白人区找了间酒店。第二天他就迷了路,发现自己正身处一个欧亚区。他沿着一条小径走着,看见一家酒馆挂有"中国灯笼"的招牌,台阶上站着一个年轻的女孩,美得不可思议。她看着他,脸上带着迷人的笑容。另一个黑皮肤的女人坐在长凳上剥着谷壳。一个孩子走上前来,用怯生生的声音试探性地问道:"早上好,先生,爸爸问您要不要进来喝一杯——"

西里尔曾经被警告不要跟种姓混杂的人接触。他尴尬地谢绝了那个孩子,继续朝前走。过了一会儿,他看见那个年轻姑娘从房子里跑出来,三两步就跳到了西里尔面前,她又回过头来给西里尔送上了可爱的微笑。她和西里尔在清真寺前见过的那些古吉拉特女子一样,有着又黑又大的明亮双眸。她实在太过迷人,让人很难掉头就走。他也加快了步伐,跟了上去。

你要去往哪里,我美丽的姑娘?

---

① 原文为法语。——译注

他用华丽的动作摘下帽子，向她念出康沃尔民谣的一句歌词。这个开场白显然很吸引人，女孩笑着停下步子。西里尔曾经在家乡的乡村集市上听过这首歌，现在的环境倒也很应景，只是多了点热带风情，姑娘同样美丽，只是肤色更深了点。

"我要去水井旁，英俊的先生。"她说。
"我能跟你同路吗，美丽的姑娘？"
"随您所愿，英俊的先生。"她说。

然而可爱的姑娘说的却是："您是从伦敦来的吗？"
"你是怎么猜到的？"
"昨天晚上几个水手来到我父亲开的酒馆。"
"哈，没错，我们是要去前往加尔各答，你去过那里吗？"
"没有，先生，我们属于马德拉斯。我的祖父是英国人，他跟您一样在这里靠岸，然后留在了这里。他曾经跟我说过他是来这里寻找摇钱树的，但最终也没有找到它——他不太走运。后来他娶了一个泰米尔基督教徒，开了这间小酒馆。"她轻描淡写地说。

玛丽亚祖父的故事深深打动了西里尔，他也许会一样"不走运"。

"太晒了，咱们在这儿坐会儿吧。"他向大教堂门口的长凳走去。她犹豫了一小会儿，将黑丝巾盖在了头上，顺从地坐了下来，结实黝黑的手腕上晃荡着一串赞珠。他礼貌地站在她面前，像一个真正的英国绅士。女孩抬头看着他，等着他开口说话。他坐了下来，开始闲聊。

突然间，一个强烈的念头冲进了西里尔一直正常运转的脑子，肯定是因为阳光的灼热让他有点晕头转向（很多年后他是这么分析的）。没来得及细想，他便脱口而出："我认为你是我在这个地球上所见过的最美好的生物，你应该跟我一起去加尔各答。"

"哦，先生，这不可能。"

"求你，为什么不？"

"我的父亲会杀了我。你是个纯正的英国人，今天之后你就不会再用正眼看我了。马德拉斯有很多像您一样的过客。"她低声说着，一边从长椅旁高高的灌木丛上摘下一片叶子。

西里尔感觉呼吸和心跳都变得更加急促，他意识到自己可能遭遇到了传说中的"一见钟情"。他紧张地说："听我说，我美丽的姑娘，"他突然想起那首康沃尔民谣的另外几句歌词：

"如果我把你推倒在地上，你会怎样，美丽的姑娘？"

"我会重新爬起来，英俊的先生。"

那天晚上他和她回到了欧亚区的棕榈丛，第二天晚上，第三天晚上，他又去了。第四天，他的船要继续起航前往加尔各答。

尽管他已经作好了离开马德拉斯的准备，但事实证明他完全是个有勇无谋的求爱失败者——他无法娶一个居住在马德拉斯的欧亚区、名叫玛丽亚·特蕾莎的女孩。彼得·杰克逊跟他强调了不止一次不要犯娶一个黑姑娘的愚蠢错误。他并没有向玛丽亚求婚，可这个傻姑娘竟然像大多数印度女孩一样，已经开始把他当成自己的主人和男人。当他最后一次去大教堂的花园准备跟她告别，令他目瞪口呆的是，等候他的不仅仅是她，还有一捆打包好的行李，她已经作好了和他前往加尔各答的一切准备！用尽一切尽量不伤害她的词汇和借口，他最终找到了一个说服她的理由：这艘船不接受女客人，但他会尽快想办法接她去加尔各答。康沃尔民谣伴随着他继续航行：

"如果我让你有了孩子你会如何，我美丽的姑娘？"
"我会接受它，英俊的先生。"她说。
"你会为了它作什么牺牲，我美丽的姑娘？"

是的，如果她发现自己怀孕会如何？想到这他已经不知不觉地冒出一身冷汗，毕竟，他是个虔诚的乡村牧师的儿子。在船上度过了几个紧张的不眠之夜后，他在船长的餐桌旁听到了一些更坏的消息：提普酋长的战火已经在大陆点燃。再一次，可能会客死异乡的念头向他冲来，对死亡的恐惧反而削弱了他对自己在马德拉斯的棕榈丛中诱惑并抛弃可怜姑娘的罪恶感。

船抵达戴蒙德港，西里尔又雇了一艘小舟。风带来远处森林里老虎的低吼和豺狼的嗥叫，令人脊背发寒。距离加尔各答依然遥远，西里尔合上双眼，试着想象将要抵达的黄金国度可能的样子。那是一座黄金城池！东方的伦敦！夜幕低垂，孟加拉的魔法月亮照耀着小船前行之路，船夫用陌生的当地方言轻轻哼着小曲。

他们渐渐靠近了加登里奇，右岸的加尔各答城沐浴在轻柔的月光里。商人们聚在码头上，等待着自己的客人。西里尔从穿着花花绿绿的人群里走出来，身后跟着一个操着半吊子英文、万分殷勤的孟加拉人，他迅速地帮西里尔雇了台轿子，自作主张地变成西里尔的管事。孟加拉人带他来到一处英国女人经营的寄宿公寓。

莫宁顿伯爵和韦尔斯利侯爵住在阿里布尔的顶层望楼，西里尔的办公室位于作家大厦，印度人、葡萄牙人、亚美尼亚人和欧亚人住在黑人区。西里尔·阿希礼似乎并没费太大劲便找到了自己的摇钱树。他买了一座可以俯视河景的漂亮房子，并开始了他的染料贸易。他殷勤的管事开始教他孟加拉语和波斯语，很快地他开始移步加尔各答的上流社会。他的轿夫们穿着拉风的红色制服；当他夜晚出行时，还会有专门的开路人手持火把跑在他华丽的轿子前；贴身的造型师为他照管香粉、头油和假发；每次用餐后，早已恭候的水烟袋会递到他的嘴边。他的欧亚混血书记约瑟夫·劳伦斯和孟加拉管事帮他打理着办公室。管事的名字叫萨卡尔，波斯语里"工长"的意思。很多信奉印度教的孟加拉人都拥有一个代表他们的祖先曾在莫卧儿政权里担任何种职位的波斯姓，比如马祖姆达尔、塔卢克达尔，或是意为"执法者"的卡奴恩戈。在这片土地上，一切看起来最终都可以被归为种姓或亚种姓。

西里尔的房子周围似乎住满了低种姓者——园丁、割草工、马夫、挑水工和洗衣工——全都是印度教徒。他的裁缝、理发师、管家、厨子以及私人小船的船夫都是穆斯林。他属于白人群体中的高种姓，现在的西里尔，和那个曾经抱着布雷克和邓恩漫步在剑桥清幽的小径上，喜欢倚靠在悲伤之桥用韵脚写成英雄诗篇，在脏兮兮的小酒馆里吃完一份土豆泥后数着口袋里的便士的那个年轻人，究竟还是不是同一个人？

小船在湍急的博多河里使劲摇晃。现在已经是旋风来临的季节。带着些恐惧，西里尔点起一盏油灯，很快意识到船夫正遭遇大麻烦。不过他看上去依然冷静而耐心，也许早已习惯了任何形式的糟糕情景，洪水、暴雨、狂风，各种各样的自然磨难。西里尔·阿希礼想要叫醒他那位早已蜷缩在棚子下酣然熟睡的同伴彼得·杰克逊。

十九

令人恐惧的传统仪式

年轻的拉者带领着他的随扈和象车在码头等候西里尔·阿希礼和彼得·杰克逊,并热情地给客人戴上花环。加尔各答的总督大人也特意差来两位英国代表来欢迎他们的到来。船夫阿布·曼苏尔在完成自己的使命后,消失在茫茫夜色中的河床深处。

这是个美好的十月傍晚。拉者那栋有着巨大花园水塘的乔治王时代风格宅邸刚刚落成,桌椅摆设在宽敞的阳台上供主客们悠闲地用餐。这里看不见任何女性——她们被囿于深闺。累坏了的西里尔找了张舒服的椅子坐下,把腿伸向他的私人男仆,男仆迅速上前脱掉了他的靴子。这些人坐着另外的渡船和他们一起到达,并开始履行他们的义务。

一曲唁歌忽然在不远处响起,阴郁而悲怆,在这样一个寂静的夜晚,每个人都能听得很清楚。拉者冲着手下人大怒:"他们怎么敢……在这好日子?难道不知道我正要举办一场欢庆?那些人是谁?"

"先生,是巴卡什·拉德希·查兰·马祖姆达尔的女婿死了。"拉者的副官在旁边小声说。

这是个不好的征兆。拉者情绪变得很低落。

一个男孩大喊着冲进来。"救命!救命!不列颠东印度公司的大人们救命！"他一边使劲喘着气一边往屋里冲，却被西里尔的脚绊倒在地。

拉者皱起眉头。

"快起来，发生什么事情了？"西里尔温和地问道。

"先生，我刚知道你们二位的到来……求求您救救我的迪迪……她就要被活活烧死了……"

"哦，怎么又来了！大人，这是怎么回事？到底发生了什么？"西里尔转向他的主人。

拉者刚想回应，闯入者等不及，直接打断他。不知道为什么，这些陌生白人的出现给了他如此大的勇气胆敢冒犯权势。

"请您赶紧跟我去救她的命！"

"不要仓促行事，记住约伯·查诺克。"西里尔的朋友和向导彼得不客气地在一旁说道。

他没有理会朋友的忠告，跟那个人走了出去。

"先生！这个时间你打算去哪儿？外面路况很糟糕……"拉者企图阻拦他，西里尔推开他冲向外面的大楼梯。他上了一台轿子并且让那个男孩一起跳上来，他命令轿夫以最快的速度向村庄行进。现在，夜空里除了丧歌外，还多了一阵急促的开路鼓点。

"好了，现在告诉我——发生了什么？"西里尔在轿子里严肃地问年轻人。

"我叫普拉富拉·库玛，先生，我是巴卡什·拉德希·查兰·马祖姆达尔的独子。我们家非常穷，也非常不幸，我的大姐被女神湿陀罗提毗所钦点……"

"被谁钦点？"西里尔越听越糊涂，这个世界的确充满了令人费解的高深莫测。

"她得了天花，先生。"普拉富拉犹豫地回答道。

路非常崎岖，西里尔不得不紧紧抓住轿子的边框。轿夫们沿着河岸奔跑着，西里尔发现他们的身后跟着拉者派来的护卫，他们一边护送轿子一边发出震慑的吼声。很多年前叛乱四起的时候，英国人完全不可能在不加保护的情况下在乡村单独行动。情况虽然好转了许多，但这种麻烦还是尽量避免为好。大脑陷入空白的西里尔向外望去，一群萨蒂亚皮尔①—萨蒂亚纳拉亚纳②法基尔出现在视野中。

普拉富拉望着河岸，出神地说："我父亲跟我说，在像这样的夜晚可能会在河岸边遇见鬈发的萨蒂亚皮尔，他的额头上粘着檀香，手里握着长笛，经常会在河岸出现。父亲说，如果遇见他，一定会问问他为什么赋予我们这个不幸的家庭如此多的灾难。但是，先生，"男孩有些故意讨好地说，"在我看来，您就是萨蒂亚皮尔的化身……"

西里尔觉得别扭，显然他还并没有完全适应这种东方式的夸张和矫饰。一队穆斯林法基尔从他们旁边走过，晃悠着手腕上的珠串。"真主至大，真主至大"，那些人也看到了不列颠东印度公司的队伍阴郁地低头默念着向火葬场走去。在剑桥的学者看来，这些身穿黑袍子的高个子看起来就像希腊的唱诗班一样充满不祥的征兆。

普拉富拉看着他们的背影，讽刺地嘲笑起来。"连续好几个周四他们都会来我们的村庄，我母亲什么也给不了他们——我们家的粮食罐是空的，因为饥荒，每个人家的罐子都是空的。这些圣人们预测我的一个姐姐

---

① 指对毗湿奴的崇拜。——译注
② 东察合台汗国第三任可汗黑的儿火者在孟加拉民间的形象，被认为是一个迷途的旅人。他常常身着绿衣，在太阳落山时孤独地走在河边。——原注

是'坐在莲花中的女子'①,说她会嫁给一个声名显赫、腰缠万贯的男人!可事实正好相反,先生,几乎每一种灾难或者不幸都降临在她身上。我的大姐迪迪得了天花,成了被诅咒的人,她嫁的那个农民也死了。现在,没有一个穷人肯娶她。她只有两条路可以走——出家或者嫁给死人,这样她就能名正言顺地成为一个寡妇,而从脱离耻辱柱。"

"嫁给死人?"西里尔惊讶地重复了一遍。

普拉富拉点点头。"这种事情常会发生。但是我的父亲拒绝这两条路。"

西里尔想到,其实在英国,为了占有财产也有所谓的"临终婚姻"。于是,这名来自剑桥的学者、东方文化的学习者问眼前这个当地男孩,"伊斯兰教也会有这样残酷的习惯吗?"

"我不知道,大人,但是我听说在某些贵族中,如果一个女人无法找到地位匹配的男人联姻,他们会让她嫁给经典。"

西里尔再一次停住了,他又联想到在欧洲,教皇的信徒会强迫一群女孩成为基督的"新娘"。他问普拉富拉他们现在要去救的是不是那个被诅咒的姐姐。

"是的,去年一个有钱人答应了娶她,但是他之前已经有过两个妻子。今晚他死了,她的继子为了独占家产而要求我的姐姐陪葬。"

他们终于到达了悼念的房子。看到一位仪表堂堂的法兰基人从华丽的轿子上走下来时,全场瞬间安静。忽然,西里尔想起彼得·杰克逊的警告,约伯·查诺克,加尔各答的开市者,曾经从葬礼的火堆旁救下一个女人并娶她为妻。神啊,请帮助我吧,现在我把自己置于一个如此窘迫的

---

① 源自梵语,常与印度神话中的吉祥天女联系在一起。——译注

境地。

然而，没有一刻的耽搁，他便大喊："马上停止暴行！"

悼吟声和击鼓声戛然而止。寡妇的继子走上前来，双手叉腰站住，带着挑衅的眼神死死盯着他。

"你不能阻止我们，先生。"他低声说道，"这是我们的传统。就算是阿克巴和贾汉吉尔也没能成功阻止陪葬仪式。"

"阿克巴和贾汉吉尔已经下地狱了。你们现在已经在不列颠东印度公司的司法权管理之下，而不是什么疯狂的纳瓦卜或巴德沙阿的暴政。"西里尔愤怒地回击。

拉者和彼得·杰克逊随后赶到。

"你不能干涉我们的宗教信仰和仪式。莫卧儿阻止不了，纳瓦卜阻止不了，奥朗则布曾经试图阻止，瞧，他成了末代皇帝。"那人开始大喊大叫。

"纳瓦卜已经被我们彻底解决了。"彼得·杰克逊冷笑着吼道，"他们从我们这里得到了应有的教训，那个专制的暴君和蠢货西拉杰-乌德-达乌拉已经完蛋了。"

一位眼窝深陷、饱含热泪的老者突然从阴暗处钻出来大叫道："大人，你可不能说对王公[①]不敬的话啊。"他便是那名可怜寡妇的父亲。

"先生，请原谅我父亲对您的冒失，他曾经在西拉杰-乌德-达乌拉手下任职，那场普拉西战役几乎让他疯掉。"普拉富拉低声下气地对几位大人物说道。

现场混乱不堪，西里尔希望马上就把事情了断，否则他不能保证自己

---

① 特指孟加拉国王授予的头衔。——原注

不做出跟约伯·查诺克同样的事情来。

"爸爸！妈！爸爸！"寡妇用令人毛骨悚然的声音歇斯底里地大声尖叫着，身上穿着要跟随主人去往另一个世界的新娘服，那声音仿佛来自但丁笔下的地狱，让西里尔浑身起满鸡皮疙瘩。他冲着那个嚣张的继子说："我会把你的所有财产充公！"

"你算老几？你有什么权力这么做？你连个当地税收官都不是，不过是个贩卖染料的！"

拉者也发怒了："西里尔大人是比税收官更重要的人物！他是作为特使被派遣到这里的。"他挥了挥手里的加尔各答政府任命函。

"我会收回你的土地，关于禁止这项可怕仪式的新法案也会马上颁布！"西里尔威风凛凛地撒着谎，但吓唬显然奏效了。毕竟，与保住自己的财产相比，陪葬仪式已经无关紧要。

裹住的尸体用绳子捆绑着，几个抬尸人扛起它走向河边，寡妇被刻意地甩在最后面。拉者的士兵对着空中开枪示警，西里尔等几人的轿子开始打道回府。

二十

海洋的交汇处

"哈，老弟，昨晚是多么刺激的一种经历啊！"第二天清晨，彼得一边用着早餐一边调侃道。

西里尔沉默着，昨晚的事情依然让他烦恼。他从一个规矩、制度健全的地方而来到这样混乱、愚昧，且对传统礼教失去理性的大洋彼岸，该如何实施社会改革？他听见窗外有嘈杂声，寡妇的父亲正站在大门口求见。西里尔认出了他的脸，对卫兵喊道："让他进来！"

一个侍从走进起居室，提醒说："巴卡什·拉德希·查兰已经疯疯癫癫的了，先生。"

"没关系，让他进来。"

老人一瘸一拐地走了进来。他身上套着一件到处都有破洞的衣衫，外面披着块皱巴巴的莫卧儿时代的袍子，显然是为了某些场合才特意穿上这套"体现昔日身份"的装束，这让他看上去更加可怜。西里尔在他的喉咙上发现一块瘤子。

"我来这里对大人您表示深深的敬意和由衷的感谢，你是我的孩子的救命恩人！"来访者一边将身体躬得低低的一边说。

"我很高兴能帮上忙。"西里尔一字一顿地用孟加拉语回应。他给来访者请了座。老人随身携带了一份装裱精美的书册，毕恭毕敬地递给年轻的英国人。

"大人，这是我们家最珍贵的传家宝，我把它送给您作为对您永远的谢意。"他打开丝绒袋子，慢慢取出两本手抄册。"我听说您对东方文学非常入迷，您也学习了梵语、波斯语和乌尔都语。"

"啊，确实如此，"西里尔说，"除此以外，我正在利用公务外的闲暇时间编纂一本孟加拉—英文词典。"

"这就是为什么，先生，我知道您会珍惜它的价值，也许你有一天会将它翻译成英文——达拉·希科王子翻译成波斯文的《奥义书》。他在瓦拉纳西的班智达帮助下完成了这部著作的翻译。这是个非常珍贵的版本，我的祖父曾经在穆尔斯希达巴德的纳瓦卜文书院里担任抄写员。

"大人，这是王子最著名的作品，《海洋的交汇处》，达拉·希科将伊斯兰神秘主义的概念融入吠檀多。王子是沙贾汗的长子，他隶属苏菲派的卡迪里教团，并称自己为法基尔。"

"哦是这样。"彼得·杰克逊在一旁讥笑。

"你确定你真可以割爱吗？"西里尔翻着这些珍贵的书页，难以抑制心里的赞叹。

"收着吧，"彼得在一旁接茬儿道，"你以后可以把它们献给大英博物馆。"西里尔怀着无限的喜悦和由衷的感激收下了这份厚礼。拉者吉里什·昌德拉·罗伊突然走进来，弯下身尊敬地触摸长者的双脚。西里尔怔住了。

"他是我的尊师，曾在村庄学校里教授我梵文和波斯文。"拉者告诉西里尔。

"可我听说他曾在西拉杰-乌德-达乌拉的军队里效力，还参加过普拉西战役。"西里尔彻底困惑了。

"说来话长，大人。"老人叹了口气，"我就是一块化石，一块记录着时代变迁的遗骸……"

现在轮到拉者感到不适了，他巴不得这个口无遮拦的怪老头马上离开。他对前朝旧主的死忠在这里是不合时宜的，但拉者也清楚，传统的"尊师"就是"父亲"和"神"，不可冒犯。而现场的外国人更是不明此道，尤其是彼得，这个唯利是图的商人与温文儒雅的西里尔截然不同。拉者已经全盘接受了新秩序，将拉德希·查兰·马祖姆达尔这些遗老遗少们像垃圾一样抛弃在历史的垃圾堆里。他告诉西里尔，尊师年轻时曾在阿利沃尔迪汗的军队里服役，并跟随王公的孙子西拉杰-乌德-达乌拉奔赴普拉西的战场。这个巴克希人拒绝向东印度公司屈服。"我被人说成是疯子是因为我敢说出人们不愿意听到的那些真相。先生，我可能看起来有点古怪，但是我并没有疯！"

"你们为什么会对那些把你们称呼为卡菲尔的统治者始终如此忠诚？"西里尔·阿希礼问道。

"这里像拉者一样的人们，对你们又有多少忠诚？先生，是谁把我们称为异教徒，把我们像贱民一样对待？他们没有，我们跟他们是平等的，因为我们拥有共同的文化。阿利沃尔迪汗的朝廷会举办连续七日的胡里节[①]，穆尔斯希达巴德城的二百多个水塘都会盛满彩色的水，他们不会将国家的财富运往外土，我们治理我们自己的国家并且担任要职。"

"你知道为什么七百年来你们会对穆斯林如此卑躬屈膝？唯一的解释就是印度人喜欢向权势俯首帖耳。"

---

① 即印度传统新年，时间为印度历十二月的月圆之夜。——译注

"阿利沃尔迪汗陛下的政府中拥有大量的印度官僚和将军。"拉德希·查兰接口道。

"是的,但为什么最后那些印度地主都背叛了他,转而投诚到我们的阵营?"

"每个大势已去的阶段都会有自己的逻辑、妥协和权宜之计。"老人幽幽地自言自语,像一个贤者。

此刻,西里尔恍若又置身于剑桥附近的舰队街咖啡馆,进行着一场激烈的时政辩论。西里尔十分享受,因为他觉得他和彼得是占据上风的胜利者。

"印度的地主们因为苛捐杂税而联合起来反抗阿利沃尔迪汗,对吧?"彼得接着说。

"而你们也是为了让我们免税,"老人温柔地反驳道,"陛下征税是为了增强军力对抗马拉地侵略者。而你们,甚至会向我们的婚姻征税。"

"马拉地人并没有在一次次地侵袭中毁掉你们可爱的家园,他们也没有对你们征用他们可怕的乔特税①……"彼得回击道,"政府因为害怕马拉地人的入侵而搬迁至城市,大量移民不得不搬到东部、北孟加拉或者加尔各答以躲避入侵。这也是那些孟加拉人转而向我们寻求保护的其中一个原因。"

"年轻的西拉杰为你们免除了关税,你们却用在他管辖权之外的地方出售重税商品来回应他的善意。"拉德希·查兰争辩道,"当你们开始洗劫胡格利,西拉杰曾经写道:'你们正在掠夺我们的人民……你们这些自称

---

① 乔特(chawth)源于梵语,意为"四分之一"。乔特税是马拉地帝国的普通税种,税率为百分之二十五。——译注

基督徒的人，如果还想作为本分的贸易商人继续生活在这里，我会归还你的特许权。因为战争是毁灭性的。你们和我们签订了协议，却又亲手破坏了它，你们还曾对《圣经》发誓！马拉地人没有《圣经》，但是他们信守诺言。'"

"好了，一切都已经在一七五七年成为定局，那是场世人瞩目的胜利。"彼得得意地笑着，点燃了手里的方头雪茄，"我们把你们从黑鬼的苛政下解救出来，你们却不知感激。"

"普拉西曾是一片叶繁花簇的芒果园。然而，一切都改变了。"拉德希·查兰显得很悲伤，不得不停顿一下。"孟加拉曾是印度斯坦最富饶的地区，现在却变成了一片荒漠。你们垄断了贸易，给油、盐等一切可食用的东西征税。你们的货船上装满食物，而这些东西却在我们的市场上消失。饥荒严重，物价飙升，我们没有东西吃。否则我为什么会残忍地把自己年轻的女儿嫁给一个比我还要老的老头？这仅仅意味着家里能少一张嘴吃饭。就因为是西拉杰-乌德-达乌拉的人，普拉西战役之后我的土地都被没收了，只剩下一点点积蓄艰难度日。在我们的纺织厂关闭之后，大批失业的工匠和织工重新回到田地里成为农民。"老人说完，拭了几下眼泪，陷入沉默。

拉者凑到西里尔旁边耳语道："我很抱歉，先生，让你听到从我尊师嘴里说出的这些胡话。请您帮他的儿子在加尔各答城里找到一份工作吧，这也许会让他的内心平静点。"

傍晚，西里尔又面试了普拉富拉·库玛，得知他在村里的学校受过一些教育，并且懂得一些梵文、波斯文和算术。西里尔邀请他和父母以及姐姐们一起前往加尔各答，担任他的仓库监管员。他还说服彼得·杰克逊给他们全家提供了充足的盘缠，并为他们在"杰克逊和阿希礼"公司的仓库附近找到了一个落脚处。

在此之后，西里尔·阿希礼终于可以将自己投入一场真正的狂欢中了——拉者吉里什·昌德拉·罗伊的大房子，到处都是妖娆的舞女和耀眼的篝火。拉者知道西里尔这个年轻的单身汉喜欢看当地的漂亮舞女，于是从达卡请来了最好的一位。

致
编辑
《加尔各答公报》

先生：

我在英国剑桥的悉尼·萨塞克斯学院阅学过古罗马和古希腊文学。来到这里的十年中，我学习并掌握了梵文和波斯文，最近我从一位不幸者手中得到了一份十七世纪的手稿。那是莫卧儿王子达拉·希科翻译成波斯文的《奥义书》。我计划将此手稿翻译成英文。

一切进展顺利。然而，我深感这个陷入黑暗的国家最迫切的需求是英文教育。我不知道当朝政府和东印度公司准备什么时候废除波斯文，将英文引入现在正在被我们所占领和执政的印度地区。我有理由相信欧洲相比亚洲的优越性，早已在公元前四百七十年萨拉米斯那场波斯惨败给希腊人的持久战①中得以验证，而一七五七年普拉西战役只是最近的另一个例子。很快我们就会听到我们最后一个敌人……提

---

① 希波战争中，双方舰队在萨拉米斯海湾进行了一场极为重要的战斗，奠定了雅典海上帝国的基础，而波斯帝国由此走向衰弱。——译注

普苏丹战败的消息，整个印度都将是我们的。

　　请原谅我离题万里。前几天在乡村旅行时，我意外地目睹了一场寡妇陪葬的传统仪式闹剧。幸运的是，我出手相救。必须有相关的规则出台以避免这样的悲剧再次发生……印度需要的是一场我们欧洲人在十六世纪经历过的革命。但是鉴于文化的复杂性以及他们根深蒂固的迷信思想，让人无法想象改革到了这里会怎样。整个罗马帝国都变成了基督教徒，在欧洲所有的罗马庙宇都被推翻，新的大教堂在它们的废墟上重新建立起来。我并不是强迫当地人放弃他们的宗教信仰，而是认为他们应该得到一些基督教伦理观的教化……

——一个真诚的英国人

二十一

发迹者西里尔·阿希礼和他的比比

总督康沃利斯回到了印度。有传言西里尔将被派驻到北部城市勒克瑙,他依然独身。

普拉西战役之后,吉祥天女似乎抛弃了她的子民,住进了法兰基人的住宅。她先是降临在穆尔斯希达巴德、法扎巴德,最近又眷顾了勒克瑙,那里的英国外交官和贸易商人一下子积累起大量财富。在英国,这种在印度发迹的欧洲人被称为Nabobs。他们抽水烟,看印度舞,参与斗鸡,妻妾成群。

那个被西里尔从火刑中拯救出来的巴卡什·拉德希·查兰·马祖姆达尔的女儿,后来又试图逃跑,但还是被继子捉了回来,他剃光了她的头发,扔给了她两块白色粗布,便打发她跟随一群寡妇去了遥远的地方,她本将对着赞珠倾诉衷肠度过余生,然而一场洪水最终夺去了她的生命。老人漂亮的小女儿苏迦塔跟随普拉富拉·库玛和母亲一起搬到了加尔各答,住进了彼得和西里尔为他们在仓库附近安排的住所,而尊严高于一切的拉德希纳·查兰固执地拒绝好意,只身返回了村庄。一次在日常巡查仓库时,西里尔无意中看到了正来给哥哥普拉富拉送午餐盒的苏迦塔·黛比,那一刻他久违的恋爱冲动似乎又被唤醒,第二天,他就决定去找普拉富拉·库玛。

那个年代的公序良俗是允许将一名当地女子娶为妻或纳为妾的,她会同样被授予代表受尊重地位的印度头衔比比。因此,他对他的年轻雇员说:"我说,你的妹妹是否愿意作为一名比比住进我的宅子?"

显然,普拉富拉·库玛如果拒绝这个提议就太不知感恩了,而且他也清楚西里尔是一个真正的绅士,并非在利用自己的地位和特权,他对巴卡什家族也算是恩重如山。听到这个消息,苏迦塔的眼里闪出星星,而她的母亲也不敢相信自己家竟撞上如此好运。穆斯林法基尔的预测似乎真的应验了!苏迦塔找到了一个声名显赫、腰缠万贯的男人!

西里尔大宅子的前部被改造成一间婚房,苏迦塔带着简陋的陪嫁作为西里尔的合法妻子搬进了豪宅。她开始说英语,穿长裙和高跟鞋,慢慢习惯深居简出的阔太太生活。虽说拥有一个当地的比比不算什么,但在白人上流社会还是件难以接受的事情,只有白种妻子才能被尊为"比比大人"。

西里尔原本就是个多情种,而苏迦塔醋坛子的本性越来越明显,他们之间经常爆发争吵。苏迦塔甚至雇了个密宗用法术来驱逐竞争者,但显然所有的黑魔法都不奏效。西里尔继续寻欢作乐,甚至经常在艺伎、舞女之间流连忘返,跟所有坐在帐子里等待丈夫夜归的印度妻子一样,苏迦塔对此毫无办法。

如果苏迦塔生了孩子,西里尔很清楚他们未来的命运会如何。而她,会为了他们做什么?那首康沃尔民谣又开始在他脑子里回响起来,他并没有完全忘记马德拉斯的玛丽亚·特蕾莎。他知道当白人父亲死去,那些混血孩子会被送去孤儿院,男孩以后会去打鼓,而女孩们,不是被卖去当保姆,就是成为妓女。所以,他的黑皮肤女儿,以后会不会在英国上流社会家庭里一边替人摇着婴儿,一边唱起摇篮曲《嘘—晚安》?

贝蒂是个淑女，她戴着戒指。

约翰尼是个鼓手，他为国王击鼓。

是的，上帝。谁说我们没有那可恶的种姓制度呢？所以，他是否该娶那位高贵的埃莉诺·霍格-布伦特伍德小姐？她上个月才从英国来到这里寻找如意郎君。可这种苍白乏味的富家千金又怎能比得过异国风情的火辣女子？

西里尔决定雇用一名英国的杰出画家为迷人的苏迦塔画一幅肖像画，就像托马斯·希基为威廉·希基的比比所做的那样。那时候很多时尚艺术家在印度谋生，佐法尼因为创作了克劳德·马丁将军的印度妻子的肖像画而名声大噪。詹姆斯·威尔斯、查尔斯·史密斯以及弗朗西斯科·雷纳尔迪皆因描绘了那些在驻扎在法扎巴德、勒克瑙和加尔各答的英国达官显贵的比比们而名垂青史。也许有一天，后人们也会驻足欣赏苏迦塔的肖像画，下面的说明将是"发迹者西里尔·阿希礼的比比——一七九七年"。

西里尔的生活忙碌又充实，观景楼上的舞会，总督的招待早餐，黑斯廷街的音乐会，加登里奇别墅区的宴席，剧场里上演的奥特韦和谢里丹戏剧，拉尔集市的晚宴，一场场探险旅行——孟加拉的水路向他开放。有时他仿佛身处俄国皇廷，身边有几百名奴隶。大型木船载着他的货物沿着各条河道运送。达卡的壮观船队曾经属于过莫卧儿和纳瓦卜，但现在只飘扬着东印度公司的旗帜。

二十五年过去了，西里尔依然没有找到合适的白人太太。他变成秃头腆肚的巨贾模样，却依然没有能够继承财产的子嗣。尽管苏迦塔为他生了孩子，但却没有继承权。她渐渐失去了昔日的美貌，变成唠唠叨叨的黄脸婆。作为一个有头有脸的人物，西里尔既不能抛弃结发妻子，更无法容忍跟她生活在一起。因此，只要有机会前往勒克瑙公干，他总会在那座灯红酒绿的城市最有名的交际花查姆帕·简那里停留一两个晚上。她是如此乖巧聪明，总会用波斯语和乌尔都语唱西里尔最爱的歌。她会想尽一切办法为他解忧——哪怕只是一瞬间也好。

一八二三年夏天，他本来准备再度前往勒克瑙，但纳迪亚地区的农民问题正在发酵，随时可能爆发，这让他无法离开孟加拉。一个美好的春天早晨，他到达办公室的时候感到心情格外沮丧。他赶紧找来各部门的头目召开了一个关于狂热者们对抗英国势力的紧急会议。"我杯子里的悲伤已经溢出来了。"他颇有点自怜地自言自语。他需要一些关于法拉艾迪大毛拉活动的最新情报，于是摇了摇铃，冲外面喊道："来人。"几乎同时，一个幽灵般的家伙瞬间出现在门口。

"我可以进来吗，先生，早上好，先生。"

西里尔一脸惊讶地看着他。这是一张陌生的脸。

"先生，我的名字叫 G. N. 杜特，我是昨天下午才来报到的。"

看起来是个挺机灵的小伙子。"很好。你在军队里服役多久了？"

"三年了，先生。我一修完艺术课程就参加了军队。"

"你为什么不继续拿文学学士？"

"先生，我的经济情况不允许我进一步深造。我需要供养生活在迈门辛的贫困双亲。"

西里尔微笑着。和这里大部分优秀的侍卫一样，这一位也喜欢咬文嚼字地说英文，他会有前途。"好了，杜特，你可以上夜校拿到文学学士，我会去跟印度学院的校长打下招呼。"

"好的，好的，"年轻人雀跃地大叫着，"先生您太仁慈了，非常感谢您!"

西里尔是个慧眼识珠的人。在这个国家生活的三十六年里,他接触到了各种各样的印度人,他觉得自己会喜欢并信赖这个叫杜特的年轻人。一大批重要的材料需要送到勒克瑙的驻地,但不能通过常规的驿站和差送服务。几天后,他把他的新办事员叫到了办公室,让他去预订开往阿拉哈巴德的客轮舱位,带上劳工古拉姆·阿里一起尽早出发,离开奥德。

"好的,先生,请放心,先生。"年轻的杜特简直无法相信这番好运。

"在阿拉哈巴德港口下了船你们可以乘马车前往勒克瑙。"

"好的,先生。"他马上准备动身离开。

"等下,我给你买了本词典帮你提高英文,带在路上看。"

"好的,先生,感谢您,先生。"青年从壁炉台上拿起一本大部头,迅速离开。房间里的两名英国手下互相交换了一下眼神:喜怒无常的老西里尔貌似又开始重用印度手下了,这家伙以后了不得。话说回来,他曾经的仓库监管员普拉富拉·库玛后来也接替了一个亚美尼亚人,成为"杰克逊和阿希礼"的经理。

西里尔点燃一根方头雪茄,他注意到了手下人的反应。他想起总督康沃利斯也总是苦于经常无来由地与当地人表示出亲善。公司如今已经拥有了不少政治特权,原先的政策也改变了。尽管如此,西里尔还是保守人士眼中的"发迹者",对他而言,印度人依然是低人一等的种族。

多少年来,对死亡的恐惧依旧困扰着西里尔·阿希礼。他的健康顾问总是建议他要多加小心,戒酒戒焦虑。他会不会效仿一八〇〇年离世的勒克瑙的克劳德·马丁将军,将巨额财富都捐献给欧洲儿童的教育事业?这个著名的法国人也拥有一名当地的穆斯林比比和一个穆斯林养子(也许是亲生的)祖尔菲卡卡·马丁,可他们都没能继承遗产。

他疲惫地闭上双眼。先做重要的事情吧。他必须赶去纳迪亚，镇压穆斯林农民起义。然后，在勒克瑙喝一杯查姆帕·简的红酒，靠它来解忧。下一步便是前往英国，将新娘接回来。该拿可怜的苏加塔·黛比怎么办呢？

高塔姆·尼拉拔·杜特回到自己的住处，开始兴奋地打起包来。已经是深夜了，他突然听到一阵急匆匆的脚步声在外面响起，一个面色凝重的中年妇人站在了他的面前。

"你是尼拉拔？"她说着含混不清的英文，身穿一件褪色的英式长裙，脚踩高跟鞋。

"是的，夫人。"他礼貌地回应道。

"我叫苏迦塔·黛比，我是阿希礼先生的妻子。"

高塔姆向后退了一小步，感到有点尴尬。他曾经听说过先生有一位非常痴情且美貌惊人的妻子，但没想到此时此刻就在他的茅舍里。忽然，夫人又改口用孟加拉语快速地说："有人告诉我先生非常喜欢你，要派你去勒克瑙办事情。"

他点了点头，依然处于懵然状态。

"你听说过查姆帕·简吗？"

"查姆帕·简？不知道，那是谁？"

"勒克瑙著名的吠舍。先生已经被她彻底迷惑住了，每次去那里都会跟她厮混在一起。他对我越来越冷淡，我现在无依无靠，自尊心极强的父亲知道我搬去和先生住就被气死了，母亲最近也去世了，我的嫂子不欢迎我跟我哥哥住在一起。我还能去哪儿？"

她开始掩面哭泣，尼拉拔感到不知所措。她擦了擦眼泪，又说道：

"替我转告查姆帕·简：你有那么多追求者，先生对你而言就是个有钱的傻瓜而已，而我除了他一无所有。我当牛作马伺候了他二十五年，他心里清楚着呢。那些在舞会上跟她搂搂抱抱的女人们——不管他娶了哪个，谁又能忍受他的坏脾气和臭毛病超过一天？只有我做到了，他却像扔一只破鞋那样把我一脚踹开。我虽然住在那所大房子里，却只不过是个管家用人。查姆帕对他施了魔法，她还用了黑魔法来对付我。"

"查姆帕……不管她是谁……她不在这儿，夫人，她在非常非常遥远的勒克瑙，我看您也是多虑了。"高塔姆理智地回答。

"你不知道？先生马上就要动身去勒克瑙了——担任一个非常高的职位。他让我回到我哥哥那里去，还说在银行里为我准备了一大笔养老金。我问你，孩子，钱能代表一切吗？他要去了那里就可以和查姆帕在一起，哪怕是半同居状态……请你回来以后告诉我你都对她说了什么好吗？也许先生还是会带我一起去勒克瑙，我会一直照顾他，直到我咽气那一天。"

场面看起来十分难堪。高塔姆沉默不语，苏迦塔焦急地等待着他的反应。"我会告诉她的。"他思忖几秒，回答道。

她的离开和到来一样猝不及防，让高塔姆一时无法反应过来。她褪色的白袍子在狭窄的黑巷子里飘荡了一会儿，便消失在了转角处。高塔姆收拾好东西，在芦苇席上坐下，开始读他的莎士比亚。

二十二

童话国度

无论在白墙红砖彩色门的房子里,还是茅草屋里,都会有母亲一边唱着小曲一遍推着摇篮:睡吧,小宝贝,你的父亲指挥千军,你的祖父位高权重。① 在现代英国,也有一首类似的摇篮曲:晃晃悠悠宝贝睡睡,你的妈妈是位淑女,你的爸爸是个骑士。

莫卧儿帝国分解成了二十二个省份,苏贝达尔作为省长或总督的角色成为地区最高行政长官。即使是平头百姓,也有成为苏贝达尔的资格。一七〇七年印度斯坦国王奥朗则布去世后,中央政权日益衰落,地方势力却迅速崛起。来自伊朗内沙布尔的布尔汗·穆克于一七一九年被任命为奥德的苏贝达尔,一七三七年离世。萨夫达·忠格是他的外甥及女婿。艾哈迈德沙提拔他为维齐尔——帝国大司法官,以及奥德的纳瓦卜,拉者纳瓦尔·莱被任命为他的副手。在那个妻妾成群的时代,萨夫达·忠格是个罕见的例外,萨德尔·耶汗纳瓦卜是他唯一的妻子。他们的儿子舒亚-乌德-达乌拉成为一名强悍的军队领袖,却不幸地在一七六四年的布克萨尔战役中败给英军。德里被纳迪尔沙阿卜杜利率领的军队攻陷——作家、诗人、

---

① 这道歌谣至今仍在北方邦百姓生孩子和婚礼时传唱。——原注

艺术家和手工艺者大批转移到了舒亚-乌德-达乌拉的都城法扎巴德。

萨夫达·忠格纳瓦卜也是个音乐家，他雇了一万两千名乐手和歌者。即使是在打猎的时候，不少乐手也会骑在马背上跟随他前往。伦敦皇家学院的艺术家和二百名法国制枪手也在法扎巴德谋生，因为历史上从未有任何一个时代可以完全用高雅艺术取代武器制造。舒亚-乌德-达乌拉的儿子和继承人阿萨夫-乌德-达乌拉于一七八七年将都城迁至勒克瑙。

当大饥荒从孟加拉蔓延到奥德，阿萨夫-乌德-达乌拉在市中心建立大集会堂，以此提供更多的就业机会。这个巨大的建筑用了无数夜晚建立起来，纯粹是为了让那些顾忌面子的劳工们避免白天被人看到的尴尬。集会堂的建筑师，来自德里的基法亚图拉曾建造了世界上最大的无柱殿堂，而它令人称奇的地下迷宫式走廊更是一项创举。

为了表达对印度教猴神哈努曼的敬意，奥德的纳瓦卜颁布了禁止捕杀猴子的规定。在德里的红堡，莫卧儿国王们会用官方的方式庆祝十胜节[①]和胡里节，而在勒克瑙，胡里节和风筝节[②]也成为法定的官方节日。阿萨夫-乌德-达乌拉的母亲纳瓦卜巴胡贝古姆曾为了庆祝胡里节而专程从法扎巴德来到勒克瑙。第五任纳瓦卜萨达特·阿里汗的母亲拉杰·马塔·查塔尔·昆沃尔曾在勒克瑙的阿里甘吉建造了著名的哈努曼寺庙，而庙宇的尖顶上却赫然挂着新月标志。

纳瓦卜们创造出一种融合了印度和伊朗文明精华的新文化，并营造了一个礼貌友爱的宽松社会环境。在这个充满骑士精神的封建体制下，学者、诗人、说书人、音乐家、抄书吏、骑士、爵士、演员、杂耍者、厨

---

① 印度教节日，每年九、十月举行，持续十天，以庆祝罗摩战胜"十首魔王"罗波那。——译注
② 印度人民为庆祝庄稼丰收，定于每年一月十四日的大型节日。——译注

子、书法家、刺绣工、游泳者、风筝匠、斗鸡者，皆泰然自处。精湛的技艺和不俗的品位成为手工艺人必备的素质。勒克瑙的建筑风格可以让任何一个来自欧洲的到访者联想到莫斯科、德累斯顿和君士坦丁堡。

一八二三年三月的纳吾肉孜节当天，高塔姆·尼拉拔·杜特的驿站马车进入了阿尔巴格的城门。他将通关文件交给检查岗，加孜乌丁·海德尔王的哨兵在上面盖了戳。现任的纳瓦卜已经成为大君主，感到不安的高塔姆于是想到这个国家依然有些依靠地方自治的领土。他的马车驶入了郊区的绿色地带，两旁是载满客人的骆驼队伍。这是个天蒙蒙亮的清晨，美丽的城市正慢慢睁开眼睛。菩提树下缓缓地燃烧着一块木头，一位年迈的瑜伽大师正盘腿坐在前面做着深度冥想，树的后面是具有上千年历史的迦梨庙。马车经过这一切时，坐在车里的高塔姆很自然地抱紧双手表达敬意。

英驻所是一座位于河岸边的欧式城堡，由最近一任纳瓦卜萨达特·阿里汗建造，在世纪初由一位英国人买下。守卫者告诉高塔姆·尼拉拔，这里的主人即地方长官刚刚离开去赴一位叫作坎曼纳瓦卜的贵族在果阿甘吉设立的午宴。

虽然阿布·曼苏尔·卡玛鲁丁·阿里·礼萨大人只是继承了位于奥德王国一个行政区里叫作尼拉姆普尔的一小块地，却在都城里生活得十分高调。他是个仪表堂堂的二十六岁已婚男人，也是首席交际花查姆帕·简的一位裙下之臣，她却始终不肯做他的情人。这位贵族总是想方设法向她献殷勤，甚至写了大量加扎勒送给她。一本薄薄的坎曼诗选已经出版，而今晚查姆帕就要吟唱其中的几首。正如所有初出茅庐的文坛小子，坎曼非常期待今晚的表演，他渴望得到行家们的好评。其中几首诗从来没有发表过，然而他同意让查姆帕谱成歌曲在今晚唱给听众们。

送走了前来午餐的地方长官，坎曼安静下来，看着书房壁炉上那台法国座钟滴答行走着的指针，坐立不安地开始等待太阳落山。

傍晚，高塔姆将阿希礼先生封印好的文件交给了地方长官。

"你知不知道……有个叫作查姆帕的女人住在哪儿？"第二天，高塔姆悄声地向一个当地职员打探。哈里桑卡表情黠猾地笑了笑。他打量着高塔姆，以为这个来自加尔各答的书呆子只对英国文学感兴趣。

"你指的是那个'人类吸干者'？"

"有个紧急口信，我必须当面转达给她。"高塔姆面带尴尬地回答。

"啊哈！一定是你的老板阿希礼先生吧，他也是查姆帕迷魂大法的牺牲者之一呢！"

高塔姆保持缄默。

哈里桑卡将一个下人派到香料街的查姆帕住处，传话的下人站在门口对开门的老婆子重复了一遍加尔各答大人物的托付。老婆子把消息转达给正在浴室里梳洗打扮的查姆帕——从加尔各答过来的公司大人物要见她，没过一会儿便走出来重复了小姐的回答："我将静候一切佳音，也请今晚来参加我们的晚会。"

"传完口信后先别着急离开，"哈里桑卡笑嘻嘻地说，"请务必留下来欣赏一场精彩的演唱会。你走运了，通常像咱们这种人一辈子也没有福分受邀参加她的晚会。"

显然，我已经兀自把手伸向了一只烫手的山芋。他自言自语道，用的是英文——这是最能表达他内心思绪的语言了，作为约翰逊博士最忠实的信徒，他可以直言不讳。

香料街上四处飘荡着夏日的柔软香气。查姆帕漂亮的双层宅邸前停满了轿子和马车，缺了牙的老婆子把高塔姆迎进了房内，也正是她（年轻时也是位歌者）之前误传了高塔姆的口信。高塔姆穿着非常正式的莫卧儿风格礼服，以至于老婆子把他认成了某位印度王公或孟加拉地主。她把他带上楼，径直领到贵客坎曼纳瓦卜就座的地方。坎曼的身边围绕着不少熟人密友。高塔姆找了个角落坐下，环顾着四周。

查姆帕的沙龙被一盏盏莲花形的灯照得影影绰绰。高塔姆从镀金的比利时落地镜里看见一张张反射出的陌生脸庞。他们都是谁？他们来这里做什么？这群人要在这里待多久？几个男人正在用温文尔雅的语气探讨着乌尔都加扎勒中的一些技法。高塔姆身着他最好的礼服，戴着包头巾般的帽子，他也是深受穆尔斯希达巴德的纳瓦卜文化熏陶的社会的一员。他的紧张不安还是出卖了他作为外来者的身份，尽管在场的诸位一直在尽量克制对这个陌生人的好奇心。

"我们听说了很多关于孟加拉地主们的壮举，"器宇轩昂的贵族坎曼在交谈中问道，"那么告诉我，你的地盘位于这片青翠天堂的何处呢？"

"我没有土地，先生。"高塔姆用不流利的乌尔都语回答，"我是个靠打工谋生的人，我为东印度公司工作。"

"哦，是这样。"纳瓦卜继续抽他的水烟。高塔姆如坐针毡，他并没有意识到，对奥德地区强硬的经济剥削已经让英国人在勒克瑙变得十分不受欢迎，尽管奥德的国王看上去和英国人相处得还算不错。

乐师们鱼贯而入，向观众行礼后站成半圆的队形，接着一个三十岁左右的美艳女人走了进来，她鞠了一躬后站在乐师们前面，主持人上来向主宾征得晚会正式开场的允许。

坎曼纳瓦卜点了点头。一切都非常正式，充满仪式感。

她以一首歌颂先知、神圣家族以及十二位伊玛目的赞美诗作为开场，然后是一首由萨夫-乌德-达乌拉创作的加扎勒。当所有皇家诗词朗诵完毕，查姆帕准备开始演唱卡玛尔·礼萨大人的抒情诗，年轻的诗人站起来向观众致意。观众席里传来此起彼伏的欢呼声。

"大家在喊什么？"高塔姆小声地问身边的诗人，此时此刻的坎曼已经对这位来自孟加拉的陌生人十分友好。"赞颂安拉。我们会因为生活中任何美好的事情而赞美真主。我们会因为这个女人被赋予美丽的容貌和声音而赞颂真主——并且，"他谦虚地补充道，"在场的观众也会因为安拉赋予了我无论天赋好坏都能创作诗歌的力量而歌颂他。"

查姆帕在观众的欢呼声中数次致意。高塔姆在沙龙的美好气氛里如痴如醉。整个宅子就像一个孕育着珍奇花草的温室，而闪闪发光的查姆帕就像一朵似烈火般绽放的木兰花。

观众反响热烈，演唱会进行了整个通宵，直到晨祷前才宣告结束。人们尽兴而散，一度熙熙攘攘的大宅顿时只剩下残烛和微光。高塔姆打消了那个扫兴的念头——此情此景下，他怎能如此残忍地把苏迦塔·黛比的口信送给可怜的查姆帕？换个时间吧，他开始找寻自己的鞋子，准备离开。

然而，这次却是绝情的美人①查姆帕注意到了他。勒克瑙的上流社会有各式各样的人：意大利和法国的建筑师，苏格兰的酿酒师，亚美尼亚、犹太、克什米尔、伊朗和古吉拉特的商人，他们中的一部分之前也在这个屋子里。在他们中，查姆帕注意到一个陌生的年轻人，他不知为何显得十分不安，现在又在门口慌张地找寻自己的鞋子。她命令用人把他的鞋子送过去，自己则走上前用轻松和友好的语气说："先生，我真诚地希望您喜欢我们的印度斯坦音乐！"

他抬起头，吃惊地看着她，然后小声地回答："是的，女士，您的演唱非常动人。"

---

① 原文为法语。——译注

"您过奖了,那只是一文不值的尘埃。"她客套地回应,优雅地行了个礼,接着又说道,"如果先生愿意再次屈尊光临寒舍,奴家将感到不胜荣幸。"

她过于讲究的措辞令高塔姆感到惶然,显然她错把自己当成什么孟加拉大地主或卡西姆大巴扎里富有的代理商,看来我有必要告诉她我只不过是庞大的大英帝国企业里一名普通小职员。难道哈里桑卡送去的口信儿里没有提到吗?

查姆帕继续用轻松的口吻说:"下次您来的时候,奴家会按照您的要求为您提供服务,先生。"

高塔姆心里一惊。查姆帕的首席乐师,一名萨朗吉手赶紧走过来补充道:"大人,在我们这里,'服务'的意思是指用音乐和舞蹈给客人**带来快乐**的'表演'。我们不敢冒失自大地直接说'表演',所以我们称其为'**服务**'。主人是希望您下次来的时候,为您演唱您喜欢的拉格曲目。"

这些自鸣得意的勒克瑙上流人士总以为世界上除了他们都是未受教化的蒙昧分子,而查姆帕显然非常享受与这位外表迷人又毫无心机的"蒙昧分子"的邂逅。高塔姆匆匆告别,迅速离开查姆帕的大宅,回到自己的借住所。这座有着舞厅、宴会厅、医院和花园的宏大建筑,就像哈伦·拉希德①时期位于巴格达的英国执政所中的一方庇护之地。

高塔姆以前从未接触过查姆帕·简这样的女人。在加尔各答,上流社会的女人都养在深闺足不出户,即使是恒河净身礼,她们也是坐在轿子里,由轿夫屈身将整个轿子浸泡在水中进行。而这座城市充满了各个族裔的交际花——犹太裔、欧亚裔、亚美尼亚裔,他曾经远远地看到过她们。

---

① (763 或 766—809)阿拔斯王朝第五代哈里发。——译注

查姆帕不过是个吠舍女子，却似乎能对男人释放不可思议的力量。

他渐渐地开始了解勒克瑙。他前往这个王国久负盛名的首相阿格哈·米尔的办公所，在接见室里，高塔姆作为来自威廉堡的信使陪同地方长官见到了国王陛下。他惊讶于国王异常流利的英文——这和高塔姆想象中的东方鸦片瘾君子形象不太一样。

勒克瑙的女人聪颖有趣，即使是贵族淑女也绝非立在宫闱高墙后的瓷娃娃。她们喜欢外出野餐，也热衷参加各种节庆。当然，这并不是完全融合的社会。如同日本的艺伎，查姆帕这样看似强大的女人，也不过是取悦绅士们的高级玩具而已。

高塔姆开始思索一个问题：为什么我们的女性不能像英国女性那样彻底地享受自由？比方说，她们为什么不能像男人那样骑马打仗？在一起前往拉姆纳的路上，他将这个疑问抛给了哈里桑卡。

"当然有过——曾有一次，"哈里桑卡肯定地回答，"王妃卡尔纳瓦提、王妃杜尔加瓦提、苏丹拉齐娅、王后昌德——她们身披铠甲领军打仗。"

"哦，但她们是王者的女人。我的意思是，为什么你的妻子不能在迪尔库沙骑马？"

哈里桑卡脸上一副被冒犯的神情。"深闺制度是地位和身份的象征，只有劳动妇女才需要抛头露面。我们有土耳其人和黑人组成的专为保护皇室女眷的女性武装部队，你应该看到过她们每天清晨在皇宫前巡逻。而我的妻子，根本不需要到外面……"看上去他甚至非常厌恶在对话里提及她的事情。"马努·马哈拉吉说过，女人不需要自由。"他想用这句话终结这个话题。

高塔姆继续坚持。"那么你说，美洲的女人们是哪儿来的勇气和力量远渡重洋来到这里教育我们的本地女性？"

"她们有其他的动机，"哈里桑卡回答道，"他们想把我们都变成基督徒。你看主教和那些拥趸们一次又一次地来到勒克瑙，你觉得是为什么？"

"没错。但是想想年轻寡妇们遭受的一切，即使她们变成基督徒我也不会责怪她们。"高塔姆奋力反驳道。

"哈—哈——这让我想到了查姆帕·简，她倒是不会让自己被火葬，因为她用一个眼神就把男人们都点着了。"哈里桑卡嘲笑道。他们乘坐渡船穿越戈默蒂河。国王陛下正带着大队人马前往拉姆纳，整个勒克瑙到拉姆纳的水路上已被各种颜色的船只占满，仿佛一场盛大的水上祭典，而盛装打扮的交际花们也乘坐着自己的船只，权当是一次郊游。

"先生，哈，早上好，先生！"查姆帕在一艘美人鱼形状的船上欢愉地大喊着，站在船头的她看起来像一尊精雕细刻的罗马雕像，她的穆斯林长袍在微风中飘荡。

"啊，早上好，简小姐，我们刚刚还提到你呢……"高塔姆摘下帽子向她示意，用同样嘹亮的声音喊了回去。

"你应该称她比·萨赫巴，这里都这么称呼她这种身份的女人，"哈里桑卡凑过来低声说，"她为皇家演唱，她拥有一头大象，纳瓦卜坎曼甚至在城外赠给了她一个园子，她在那里养了不少兔子和鹿。我看她是想把你也养在她的动物园里。"显然，哈里桑卡很擅长取笑高塔姆。

查姆帕命令船夫把船开近些。她带着不由分说的口气对高塔姆说："来吧，大人，别害羞，跳上来，穆恩希吉，给先生搭把手……"

两个男人跳进了查姆帕装饰华丽的船只，高塔姆又开始紧张起来。现在似乎是两个勒克瑙人一唱一和想要引诱一名正直的年轻人落入桃色陷阱。查姆帕胸有成竹地冲哈里桑卡眨了眨眼，哈里桑卡会意地笑着，两人不言不语中似乎达成了某种默契。

高塔姆越来越明显地感到查姆帕就是阿姆拉巴莉[①]、黛利拉[②]、莎乐美[③]、狄奥多拉[④]这些妖艳女人的合体。她毫不掩饰对高塔姆的兴趣,作为引诱男人的情场高手,她深知如何挑选和下手。她就是达莫达尔·古普特笔下那种风情万种的美妇。

"那天晚上之后,为什么没见到您再次赏光?"她问高塔姆,有意无意地拨弄着垂落在额头前的一绺秀发。她注意到眼前的他留着英式的时髦发型,穿着讲究的外套和长裤。

在他想着该如何回答这个问题时,船正好靠岸。"快点,国王陛下已经到了。"她迅速走上岸,身后跟着婢女。查姆帕走得那么快是因为所有人都必须在国王就座前抵达现场。高塔姆突然意识到现在是个递送口信的机会,于是他加快步伐追上了查姆帕,用紧急的语气说:"女士,我是说,比·萨赫巴,我必须跟您说一件非常重要的事情。"

"明天晚上再来这里,这里不是发表爱情宣言的好地方。"

"请原谅!"他继续,"我的人生并没有要和您这样的……这样的……"为避免说出失礼的话,他打断了自己。河岸边汹涌的人潮把他们挤散了。"您认识西里尔阁下吗?"他终于又找到了她,赶紧上前,气喘吁吁地问。

"是的,我认识。"她态度生硬地回答。她一下子转换了心情,看上去十分气恼,她并不是一个习惯了被断然拒绝的女人。

[①] 毗舍离的交际花,后追随佛祖,成为阿罗汉。——译注
[②] 《圣经》中参孙的妖艳情妇。——译注
[③] 《圣经》中希律王的女儿,巴比伦国王愿用半壁江山换她一舞。——译注
[④] 即狄奥多拉皇后,拜占庭帝国查士丁尼一世的妻子。——译注

"那您知道他有妻子吗?"

"你不是太幼稚就是个蠢货,先生,所有来找我的男人都是有妻子的。所以呢?这就是你迫不及待要告诉我的事情?请别浪费我的时间了!"她冷冷地丢下话,头也不回地向舞台走去。

二十三

永别了,卡美洛

高塔姆后悔了,他觉得他必须先向她道歉,再告诉她关于苏迦塔·黛比的事情。

毫无疑问,作为一个迷人精,查姆帕已经完全地将可怜的西里尔·阿希礼俘虏甚至毁灭。但高塔姆是个正直尽忠的手下,他也非常崇拜自己的老板,也不想让西里尔就这样沉沦下去。在住所里,他听说阿希礼先生很可能要来到这里,做下一任地方长官。高塔姆决心向坎曼纳瓦卜吐露心声,这个年轻贵族早已听说过西里尔·阿希礼这个情敌。

一天下午,高塔姆去拜访了这位朋友。"您知道,纳瓦卜大人,如果您再不行动,就彻底败给西里尔大人了。"高塔姆把苏迦塔·黛比如何拜托他的一切告诉了坎曼,年轻贵族想了一会儿,说:"下周我让查姆帕在她的花园宅邸为我们举办一场音乐会,到时候你将不被打搅地传达你的口信。"

坎曼让用人送笔墨过来。过了一会儿,用人空手而回。"大人,我们已经找不到一根崭新的翎毛了,您之前为了写加扎勒已经拔光了所有。"

"马上从文具店那里找一根来。"用人又迅速转身去办了。

高塔姆笑着说道:"因为一支笔,您差点失去了查姆帕·简,就像我们的英语里也有句话——因为一个指甲,差点失去了一个王国——"

"因为一把椅子,我们又重新**得到**了一个王国,尼拉拔米安!我们可不是失败者。"坎曼笑了起来。用人拿来了水烟,高塔姆俨然成为勒克瑙的时尚人士。在那次与查姆帕不太令人愉快的水上之遇后,高塔姆下定决心开始享受人生。为什么不呢?他可以平稳地同时脚踩两只船——一只叫印度,一只叫英国。

"纳瓦卜大人,请告诉我您说的关于椅子和王国的典故是什么?"他一边抽着水烟,一边问。

"你看,到现在为止,奥德帝国的统治者们都被官方正式任命为印度的首相——纳瓦卜维齐尔,他们在名义上效忠于德里衰落的莫卧儿政权。从贾汉吉尔时代开始,英国的使者们只能站在阿格拉和德里的莫卧儿皇帝的观众席里,他们不像其他副官、将军和重臣那样,可以拥有属于自己的坐席。在你们东印度公司成为实际权力的掌握者后,总督麦拉大人希望可以在接见室里拥有自己的坐席,然而阿克巴沙阿依然让他像以往那样站着。麦拉大人非常恼怒,他说服董事会将奥德的纳瓦卜维齐尔们的权力增加到最大以进一步削弱和打击已经风烛残年的莫卧儿帝国。现在,我们的加孜乌丁·海德尔已经是奥德帝国的国王,所以我们拥有一对帝王之翼——一个在德里,一个在勒克瑙……"

用人带来了一根崭新的翎毛。

"现在,我问你,高塔姆米安——作为一个善于思考的人,你觉得对于傀儡国王阿克巴二世而言,发生的一切是机会或命运或愚蠢和自尊,到底是英国人太聪明还是加孜乌丁·海德尔运气太好?"

高塔姆思忖了片刻,回答道:"是所有一切的综合。"

"没错!"坎曼给查姆帕写了一张字条,上面写明了举办音乐会的时间。

高塔姆在音乐会结束后见到了她,把那恼人的口信又重复了一遍,以及苏迦塔·黛比的情况。

她认真地听完,然后说道:"告诉我,就算我从未见过西里尔大人,她又怎么能改变他对她失去兴趣的事实?我了解男人,他们天性就是喜新厌旧。一些人有机会和条件对老婆不忠,一些人则没有。那个可怜的女人甚至不是他的合法妻子。"查姆帕同情地叹了口气,将手上一片枯叶交给高塔姆,算是结束了交谈。

后来,高塔姆又在花园大宅里见过几次查姆帕,他们经常在一起长谈,因为她实在是个很好的谈话对象。他一直找寻的充满智慧和知识的女性竟然就在勒克瑙。她从未诱惑他跟她上床。"我们是柏拉图式的友情。"他得意地对她说。

"柏拉图,哼,"她反驳道,"这是一种愚蠢的友情,只能说明你是个胆小鬼。不过就这样吧。"

于是他不再来见她,因为失去了意义。这恐怕是人生中会面对的很多古怪事情中的一桩——在错误的地方遇到正确的人。"就这样吧。"她淡淡地对自己说。

雨季即将来临,也到了高塔姆·尼拉拔起程返回孟加拉的时候。他所有认识的朋友都来送行,一个女仆在他的左臂系上一条丝绒带祈愿他能够得到十二伊玛目的庇护。他将在坎普尔登船。

他对勒克瑙充满了深厚的情怀。当马车抵达纳卡,他对他的马夫说:"先去一趟香料街,我要买一些香料带回家。"

马夫会意,将马车向香料街的方向驶去,但直接停在了查姆帕的家门口。

她很惊讶能够看到他。"你终于来了。"她叫道。

"不，我马上要离开，我在赶路。"

"所有男人都在赶路，我不知道他们到底想要去哪里。"

"我只是来说声再见的，很高兴可以认识你。"

"谢谢你能这么说。"她礼貌地行礼。

"我为我曾经的鲁莽再次道歉。"

"没关系。我也是，在这一切发生之后，意识到我不过就是个歌女。我喜欢你，因为你与众不同。新鲜感永远是最迷人的！"

"我只是个假冒的英国人而已。"

"那又如何，我们还有个假冒的英国国王呢。他打扮得跟威廉四世一模一样，还娶了英国女人。"

高塔姆沉默地望着她，这个如此迷人聪慧又敏感多情的女人。他就要在这里永远地离开她，离开这间被银色吊灯和锦缎窗帘装饰的香闺，回到自己阴暗窄小的寒舍里，继续孤独的生活。

"你说自己是个冒牌的法兰基人。"

"是的，你见过无数正宗的……这倒又提醒了我，我请求你下次再见到阿希礼先生时，请将与苏迦塔·黛比的约定谨记在心。"

"哦，别再提这件烦心事了，可以吗！行行好！当人们看见我时，又有谁把与我的约定谨记在心了？"

"你不快乐吗？我以为你是被众星捧着的月亮一样的女人，勒克瑙的花魁。"

"作为一个事业成功的年轻人，你应该很快乐，对吗？可我为什么总能看见你愁眉紧锁的样子。"

"是的，我有自己的问题，我在试着创造属于自己的人生，就像人们说的，在太阳底下为自己找到一席之地。"

"的确如此！即使你认为自己才是命运的主人，但决定你的人生的还是不可逃脱的宿命。"

她走到阳台上向外张望，一支结婚庆典队伍从门口经过，花车上的演员们表演着一出喜剧，杂耍演员们在队尾炫耀着各自的拿手把戏，一个乐队演奏着欢快的曲目，这一切仿佛一个"移动的王座"。新娘乘坐的花轿绚丽无比。

"幸运的姑娘。"查姆帕出神地看了许久，过了好一会儿，才转过身面向高塔姆。

"好了，先生，"她又恢复了第一次见到高塔姆时所用的语气和措辞，"不要耽误行程，您不属于这里，您必须在河水泛洪之前到达加尔各答。希望除了侯赛因的悲伤，神不要赋予你其他任何悲伤。在这座城市，我们都是这样互相祝福的。不过我对您说这句话仅仅是出于习惯，因为您既不知道侯赛因也不会悲伤。所以，再见了！"

她带着黯然的笑意鞠了一躬，消失在锦缎垂帘之后。

马夫重新将马车赶上了主路。高塔姆望着外面喧嚣的市景。衣着华丽的贵族们在小径上寒暄，黑皮肤的女兵们排着队整齐走过，无所事事的小混混四处游荡，瘾君子们聚集在鸦片馆的门前。一个多么奇妙的世界！莎士比亚把它叫作舞台，伐致呵利也说过同样的话。

他们走出了集市，大路上满是骆驼、马、大象和人力轿。那位年迈的瑜伽士依然坐在城门外的大树下，面前有一根燃烧着的木头。高塔姆从马车上下来，走向女神的圣祠，这一次他终于了解到了迦梨所代表的形象：摩耶，即幻觉。

瑜伽士者对他说："你离开得太快了，旅行者！"

"在海市蜃楼里徘徊太久是愚蠢的,巴巴①,你们的城市就是个幻影。摩耶使出浑身解数想要诱惑我,但是现在它放我走了,我毫发无损。"

"没有人毫发无损,孩子。"修行者说,"我们是用罐子里的泥土做成的,所以我们永远都在被破坏。不要对自己的力量太有把握。"他捡起地上的一小块土。"看看它们是多么芬芳,带一些走吧,把它们供奉在克塔克的摩耶寺里。"

高塔姆犹豫着,说不定这家伙是一名密宗,很快就会忘记先辈传下来的信仰。

"带着它们,这是勒克瑙的尘土,它会作为一种符咒永远跟随着你。你以为你走出了伊曼巴·阿萨菲的迷宫,然而你错了。走吧……"

路上,马夫告诉高塔姆:"这个瑜伽巴巴曾经是舒亚-乌德-达乌拉军队里的一名将军,布克萨尔大败后便成了今天的样子……"

这也是这个国家另一个奇特的传统。印度军队败走布克萨尔后,孟加拉的纳瓦卜米尔·卡西姆马上换上了一身苦修僧的行头。可这又有什么用呢?高塔姆感到很困惑。

夜幕降临时他们来到了一家客栈投宿,它是由阿萨夫-乌德-达乌拉时代著名的财政大臣拉者塔基特·莱建造的。高塔姆一行人的到来引发了客栈里的热议。"东印度公司的高级职员路过这里要回威廉堡,问问他,什么时候可以给我们减税?他一定知道。"

高塔姆在庭院里被众人围住,他们中的大部分人是前往勒克瑙请愿的农民。多么善良无辜的一群人啊,高塔姆为自己离开奥德而感到愧疚。

火把的光芒在风中摇曳,高塔姆感到疑惑不解。他试着思考和分析,

---

① 印度人对灵修大师的尊称。——译注

在英国人到来之前这里没有法律，商业和工业也不可能繁荣到今天这等程度。的确，我们没有罗马法，但拥有法律的英国人真的遵守了他们与当地统治者达成的协议和条约吗？

苦楝树叶在屋外门前沙沙掉落，高塔姆从小床上醒来。尖嗓门的客栈老板娘正在给深夜投宿将要前往德里的奥德国王的皇家信使们做饭。高塔姆曾经在勒克瑙听说舒亚-乌德-达乌拉的遣使们曾经用了一周的时间从法扎巴德到达浦纳的白沙瓦朝廷——好吧，看来他们并不像英国人说的那样低效和渎职。

为什么，为什么我们要屈服？

因为我们都是宿命论者。国王或贫民，修行者或小混混，无不屈从于命运。欧洲人已经成为理智的信徒，而我们依然保守和情绪化。英国人惊讶地发现本地人在残暴国王的控制下反而比现在更有幸福感。但也许，并不是所有的国王都如此残暴……

当他意识到这个童话般的奥德王国，这座卡美洛，在他为之服务的英国主人的淫威之下，可能比想象中还要短命，不禁悲从中来。在萨达特·阿里汗死后，现任的奥德苏丹就是一个任人摆弄的可笑玩偶。象征着这座王国的蜡烛正从两头燃烧，散发着异常迷人的火光……

二十四

摇钱树

1825 年 9 月 12 日

尊敬的先生：

　　请允许我介绍我自己，我叫玛丽亚·特蕾莎·托马斯，是位于亚美尼亚街"摇钱树"的合法经营者。非常荣幸地通知您，我们位于莱恩·门迪·加里的茶室已经开张，借此我们将为加尔各答的贵客们献上最好的中国饮品。我通过邮递的方式为您送上此信和微薄小礼是为了避免引起尊贵的阿希礼夫人不必要的烦恼和猜疑。

　　常言道，不要在同样的地方跌倒两次。二十五年前我来到了这座城市，并托人给您送去一封信，然而您的当地比比贿赂了信差并打发了他，很显然，信并未落到您的手上。后来我又通过邮政寄信给您，依然被她拦截并让她雇用的走狗来威胁我的生命安全，她说如果我再继续跟您联系，就让巫师把我除掉，所以我只能放弃。没有冒犯您的意思，我不认为尊贵的阁下值得被牵扯进某些谋杀案件之中。

　　我是在我的安娜贝拉刚满十岁的时候从马德拉斯搬来加尔各答

的。我的父亲死了,唯一的哥哥也在塞林伽巴丹那场对抗提普酋长的战役中死去。我的母亲也离我而去之后,我父亲的亚美尼亚裔合伙人卖掉了我们的酒馆,所以我们只能搬来加尔各答。阿拉姆·阿图恩叔叔在亚美尼亚街开了一间叫作"摇钱树"的小酒馆,于是我们在市场路又开了一家贩卖各种饮品的小店,我也雇了不少善于取悦男客的年轻女孩。我一生未嫁,过着散漫的生活。安娜贝拉是个大美人,我并不希望她在这种低贱的小酒馆里长大。(她是您的女儿,先生,我不想特意强调这点是因为我知道您不会相信。)所以,我把她送到了位于金德讷格尔的法国修道院。在加尔各答,我从未跟外人提过关于您的一个字。虽然可怜的阿拉姆·阿图恩知道事情的始末,但他在前往达卡做生意的时候死在了那里。将自己全部身心献给神圣家族的安娜贝拉拒绝再和我见面。终于,在去年,我见到了已经三十五岁的伊丽莎修女,她看上去苍老又忧伤,被关在幽闭的修道院中,与并不善待我们这些女性的外部世界完全隔绝。她向圣女祈求对你的救赎,作为一个新教徒,我想您对于救赎还是抱有期望的,因为即使像您这样玩世不恭的男人,也会有一个虔诚的私生女没日没夜地为您祷告。

现在我写这封信的原因,其实是出于由衷的好意。有天一群记者常客在我的茶馆里闲聊,他们兴致勃勃地聊到您最近被授予的职位以及后来迎娶的纯种母马(请原谅,我只不过是在重复他们的用词而已)。他们说您可能将担任下一届奥德王国的地方长官,所以,为了庆祝您的高升以及最近一切发生在您身上的好事(包括您的当地比比因蛇咬而死亡的遭遇——她罪有应得——请原谅,先生),我特意给您送上一盒上好的阿萨姆茶叶和几瓶苏格兰威士忌。您没有必要回信表示感谢。

致敬,哈哈。

您忠诚的

玛丽亚·特蕾莎

来自"摇钱树"

西里尔看完信,摘下眼镜,陷入了暂时性的失忆中。他感到一阵剧烈的眩晕,却还是用颤抖的双手将信纸撕成碎片。他坐在椅子上一动不动,头低垂着,犹如一位陷入深度冥想的修行者,尽管他从未做过任何宗教形式的祷告,对他而言,银行是比教堂重要得多的地方。

他站起来,在房间里来回踱步,最后在衣帽架的镜子前停住。突然间,他大叫起来——"老鼠!"站在外面的侍卫马上拎着一根棍子冲进来。

"在哪儿,大人?"

"什么?"

"您说的老鼠。"

这个亲手射杀过老虎的大人物,却对老鼠有一种莫名的恐惧,以至于全身发抖不止。侍卫在桌子下面、花瓶后面,仔仔细细地查找着。

"出来,你个小杂种!"侍卫一边用乌尔都方言嘀咕着,一边用棍子敲击着地板。

与此同时,失控的西里尔慢慢恢复了理智,他冷静下来,说:"算了,它刚才跑出来了,现在又消失了。"

"大人,我们需要一只新的捕鼠猫,汤姆太老了。"

"是的,是的,你可以出去了。"

侍卫转身出去,西里尔还是感到烦躁。他回到自己的座位,闭上眼睛。他的脑子里不断浮现可怕的画面——玛丽亚·特蕾莎将自己信件的复件都寄给了加尔各答的媒体。三十六年后,她选择了一个合适的时机再次出现,就是为了敲诈他。他似乎可以听见自己的心不停下沉的声音。

侍卫转身去找了西里尔最信赖的得力副手约瑟夫·劳伦斯。

"大人今天的举止非常怪异,先生,我认为他可能不大舒服。"

约瑟夫赶紧来到西里尔的办公室,他一眼就注意到壁炉上的玛丽亚的礼物篮,接着又看到桌子上被撕成碎片的纸屑,于是将这一切拼凑到一起琢磨了起来。莱恩·门迪·加里那家充满赞誉的茶室开业令他对玛丽亚·特蕾莎印象颇深。他曾经见过她,他们同样是欧亚混血,他对她也抱有不少同情。她曾经私下冷静地说:"我遭受的罪都是我的命。我为什么要让自己被他诱惑?我现在知道所有男人都跟西里尔·阿希礼一个货色——我干吗要怪他?"

在约瑟夫·劳伦斯的请求下,玛丽亚·特蕾莎同意将这个秘密保守至死。他深知她是个体面的女人,绝不会做出敲诈勒索这等卑劣之事。早上,他看见玛丽亚·特蕾莎派用人送来礼物和信件,现在他后悔是不是该早点告诉西里尔他所了解的一切,他的老板此时此刻也许就不会陷入这般五雷轰顶的状态。不管怎样,西里尔先生目前最需要的就是好好喝一杯。约瑟夫走到壁炉前,拿起一瓶威士忌,西里尔依然面无表情地看着他。

果然,很快西里尔便进入了状态。"约瑟夫,我醉得一塌糊涂。"说完,他便昏了过去。

约瑟夫走过去摸了一下他的手腕,还好脉象一切正常。他马上遣人去请威廉堡最权威的大夫麦格雷戈医生。

麦格雷戈医生迅速到达,他是个性格十分开朗乐观的专业人士,给躺在沙发上的大人物做了全面的检查。

"先生,西里尔大人一切正常,他应该是太操劳了,需要彻底休息。"

他对劳伦斯说着,眼睛瞥着桌子上那杯倒满的苏格兰威士忌。

过了一会儿,西里尔清醒了过来,说:"哦,你好,医生,下午好。约瑟夫,喝一杯,快把眼镜摘了,加入我们。"

于是一次诊疗演变成一场办公室派对。

西里尔爬上办公桌,用自己的最高音唱了一首康沃尔民谣。

"如果我把你推倒在地上,你会怎样,美丽的姑娘?"

"我会重新爬起来,英俊的先生。"

麦格雷戈医生也欢乐地高声重复:

"先生。"她说。"先生。"她说。

"我会重新爬起来,英俊的先生。"

"他们应该是在庆祝大人的晋升吧。"两名侍从经过外面的走道时谈论道。

西里尔从桌子上下来,开始跳起一段吉格舞。

十字包

一个便士,两个便士

十字包

如果你的女儿不爱吃

就给你的儿子……

然后他又开始了自己的创作。

>我的女儿是个圣女
>
>神圣的十字修女
>
>她不爱吃热热的十字包。
>
>她的母亲是个泼妇，经营一家破酒馆，
>
>一个便士，两个便士……

他发现自己已经泪流满面，便坐了下去。麦格雷戈医生忙着自斟自饮，并没有注意到他的表情。西里尔继续无声的哭泣，他再也见不到自己的初恋情人玛丽亚，也见不到女儿，那个被关在与世隔绝的修道院里的中年妇人。很快，他出身高贵的白种妻子将为他诞下一个血统纯正的继承人。

他擦干了眼泪，把夹鼻镜架在了鼻子上，仿佛一位牧师在对信众布道。

"请翻到第0，0，0页。"

"是的，神甫，"两名烂醉如泥的朋友一起回答道，"0，0，0页。"

西里尔站起来，编着自己的摇篮曲：

>摇啊摇，小宝贝
>
>在摇钱树
>
>你的摇篮是白色的
>
>你的未来是光明的
>
>你的母亲是一位淑女

你的父亲是一名骑士

医生和副手在一旁和着。突然,西里尔举起手祈求道:"修女伊丽莎,请宽恕我们这些罪人吧……"然后他步履蹒跚地走向沙发,让自己重重地摔了下去。

阿希礼夫人诞下一个男婴。加尔各答的主教大人亲自为这个叫作西里尔·埃德温·德里克·阿希礼的新生儿做了洗礼,印度总督及其夫人成为孩子的教父教母。

不久后,高塔姆·尼拉拔放弃了公职。拿到艺术学士学位的他成了一名梵志会学校的老师。一天晚上,当他坐在学校办公室里像往常一样浏览当天报纸时,看到一个标题,上面提到,西里尔·阿希礼阁下卒于六十五岁。高塔姆深感悲恸,西里尔是个少见的真性情者,他后来再也没遇到过像他这样的人。

西里尔·阿希礼是在比哈尔一处偏僻孤寂的小屋告别人世的。在视察了自己的种植园后他骑着马返回住处。用人帮他脱下马靴,他泡了个澡,换好衣服准备晚餐,在客厅里等待日常的餐前小酌时,他忽然意识到自己要死了。

他声音嘶哑,想要喊叫却叫不出来——突然感到一下剧烈的疼痛,他在扶手椅上安静地离世。

西里尔·阿希礼被埋葬在一处小型欧洲墓地,与逝去的地方显赫们毗邻。他提前几年从公司退休,靠阅读波斯文和梵文著作来打发余生。一八二五年九月十四日早上发生在威廉堡的致命变革似乎给他后来的生活带来了不少冲击,而他的朋友和部下却将他不快乐的原因归结为失败的婚姻。

官方文件给予这位辞世者大量溢美之词。他是帝国的缔造者之一,杰出的东方学家和广受爱戴的人物。孟加拉的皇家亚洲协会和威廉堡大学关闭一天以示悼念,加尔各答和勒克瑙的教堂为此举办特殊的祷告仪式。

他悲伤的妻子和襁褓中的小埃德温·德里克·阿希礼坐船回到了英国。

二十五

泪痕

在勒克瑙,同样行事高调的纳西鲁丁·海德尔成为加孜乌丁·海德尔的王位继承者。如果有人能写出一部名叫《勒克瑙的理发师》的歌剧,应该会很受欢迎,因为国王的法国理发师就和法国歌剧《塞维利亚的理发师》里的大英雄费加罗一样,是个肆无忌惮的家伙。而纳西鲁丁·海德尔的女仆达哈妮娅·梅赫里也成了很有影响力的人物,国王授予她的丈夫拉者梅赫拉的称号。朝廷中不少贵族前往英国加入共济会,勒克瑙有了现代赛马场和网球场。纳西鲁丁·海德尔的继任者穆罕默德·阿里和阿姆贾德·阿里都是缺乏激情和信仰之人。

奥德王朝的第十任皇帝瓦吉德·阿里沙阿一生充满传奇色彩。他全心全意为人民服务,受到爱戴。和乔恩普尔的苏丹侯赛因·纳亚克沙阿,马尔瓦的苏丹巴兹·巴哈杜尔一样,瓦吉德·阿里是一名卓越的音乐家。他创作音律,完善了卡塔克舞的风格,创造了一种叫作拉斯里拉的舞蹈,而他在舞台上扮演奎师那。每年在凯伊瑟巴格①举办的春祭上,每个人都会穿上芥末黄色的衣服,他则会穿上赭红色的长袍。

---

① "凯伊瑟"是瓦吉德·阿里的笔名。——译注

人们无忧无虑，安居乐业，敬爱国王。当国王外出时，两名载着请愿箱的骑兵会在队列最前面，百姓可以随时把请愿书塞入，而国王也会亲自过目每一封。

一八五六年一月，詹姆士·乌特勒姆爵士作为新一任地方长官抵达勒克瑙，他以不适合坐上王位为由劝降瓦吉德·阿里。如果国王拒绝屈服，英国军队就宣称要用七个小时拿下勒克瑙。国王的母亲玛丽卡·克什沃试图用强硬的态度说服乌特勒姆，但没得商量——瓦吉德·阿里必须退位。大部分英国人都认为这种强迫退位的行为并不公平。国王的顾问给他出谋划策远走伦敦。印度百姓当时还编了一首民谣——*我们的好国王要去伦敦，寻求罗摩王的帮助。*

瓦吉德·阿里最终被驱逐到加尔各答。当前任国王在坎普尔登上他的"春风号"轮船起程时，到处都有悲伤的民众恸哭哀号，整座城市陷入极度的痛苦之中。一些忠实的老臣坚持要跟国王一起上路，他却劝说他们年迈体弱不适合旅行，应该留在勒克瑙度过晚年。尽管如此，还是有大量的皇室亲眷、高官重臣和随扈仆人跟随国王前往加尔各答。

国王退位后，财政大臣穆西-乌德-达乌拉以及穆尔克·巴尔克里珊·贾萨拉特·忠格摩诃罗阇等人投靠了英国政府，他们也被委以重任，成为英国军官的领导者。国王的资产和收藏被拍卖，豢养的大象、马匹和牛群也被出售。他的象群在拍卖场举止怪异，它们用鼻子将地上的尘土高高地扬起，眼睛里不住地流出泪水。当竞价者询问养象人它们是不是患有眼疾时，养象人表示他从未见到过自己的大象如今天这般反常。

瓦吉德·阿里从坎普尔登船前往阿拉哈巴德。他的心腹老臣纳雷什·伊什瓦里·帕尔沙德·纳拉因·辛格摩诃罗阇劝他改变行程，在瓦拉纳西停留数日。他们抵达那里后，摩诃罗阇依然像以往那样遵守戒律。一行人在瓦拉纳西停留了十四天。五月十三日,这支悲情的马车队抵达了加尔各答,租下摩诃罗阇在加登里奇的一块地作为居留处。

可怜的前国王一直无法从被放逐的伤痛中恢复,而勒克瑙与加尔各答之间漫长的水路加陆路的旅途艰辛又令他一病不起,于是他放弃了前往英国的念头。然而他的母亲,阿姆贾德·阿里沙阿的遗孀玛丽卡·克什沃却是个头脑精明、态度强硬的女子,她决定只身前往英国,亲自向维多利亚女王递交关于英方非法夺权的陈述书。

早前,阿萨夫-乌德-达乌拉的母亲巴胡贝古姆纳瓦卜曾经公然反抗沃伦·黑斯廷斯。她也是个优秀的诗人,曾经写过关于眼泪的诗句——*悲伤踏着泪痕,被护送而出*。

玛丽卡·克什沃在小儿子西坎德尔·哈什马特将军,前国王的儿子哈米德·阿里王子,马西胡丁汗以及一批皇室成员、随从用人的陪同下,准备起程。一百一十人的男男女女于一八五六年六月十八日深夜从孟加拉登船,送行的队伍感动又神伤,人们哭泣着,大家都知道能够与强势的东印度公司抗衡并取得胜利的希望微乎其微。

当船只缓缓离岸,三十七岁的前国王泪流满面地站在高处,向自己的母亲、弟弟和儿子挥别。

这是次不太愉快的旅行。太后玛丽卡·克什沃和女眷们待在特等舱中,集会时,她们时常会用传统拉格吟唱几段献给侯赛因伊玛目的挽歌。装满太后无价珠宝的首饰盒掉落到苏伊士运河中,再也没有被找到,也许它们被人偷偷藏了起来。旅程充满不吉利的兆头。

他们通过苏伊士运河到达开罗,租住了易卜拉欣帕夏的别墅。第十天,他们乘坐火车离开开罗,并于当晚抵达亚历山大,皇家财政部长霍尔穆齐·帕尔西在当地加入,一行人登上了 S.S. 印度号。八月二十日,船在南安普敦港靠岸，当地市长为他们举行了欢迎仪式。太后玛丽卡·克什沃身着金银相间的长袍，在皇室宦官的陪同下走下船，踏上通往马车的红毯。瓦吉德·阿里沙阿的私交好友伯德少校亲自站在港口迎接他们。市长请求太后透过马车上的威尼斯风格窗帘与他握个手。成千上万的观众大声呼喊着："万岁，万岁！"

随从团队里有弄臣、厨子、脚夫、女佣以及皇家专属清洁工曼萨等人，他们还带来了五百个大箱子，里面装满烹制印度御膳所需要的珍贵食材和香料。皇室团队下榻在皇家公园酒店，酒店门前聚集了大量的民众。伯德少校面向民众，做了一场激动人心的演说。

"女士们，先生们，"他说，"奥德王国的太后已经六十岁了，在这样的高龄，她不远万里跋山涉水来到英国寻求法律的公正。作为一个诚实的人，我必须要告诉你们，她的儿子是我们最忠实的朋友，他为东印度公司慷慨解囊却从未得到过分文回报。请告诉我，如果是法国国王或者任何权力高于维多利亚女王的政权违背诺言强行废黜我们的女皇，你们会乐见其成吗？"

"不！不！"人群齐声高呼。

八月二十二日，英国官员们来到酒店。王子们将酒店的舞会厅设为接见室。布兰顿上校和罗杰斯上校作为翻译列席。八月三十日，一行人乘坐火车抵达伦敦，以哈利宫为下榻的住处。

皇室团队的到达并没有引起伦敦政府太大的重视，但伦敦人民追求公平反对强权的主张最终迫使西坎德尔·哈什马特将军与维多利亚女王的会面于一八五六年十月十一日在白金汉宫顺利进行。

一八五七年一月十六日，王子们在马西胡丁汗和伯德少校的陪同下，在夹道观众的注视下，乘坐五辆马车前往印度使馆。代表们得到了英国官员的脱帽致敬，王子们被带往印度博物馆，见到了东印度公司的首脑们。在宴会上，马西胡丁汗要求他们为对奥德的前任行政长官斯利曼将军的指控举证。"如果他被判无罪而你们依然坚持吞并行为，我将把这个情况反馈到国会。"

首脑们默不作声。

一八五七年一月二十一日，王子们在哈利宫设宴款待大佬们。皇室的钱快花光了，太后不得不把自己心爱的项链变卖给一位刚刚娶妻的贵族。

玛丽卡·克什沃去拜见维多利亚女王。接待她的是八名曾经居住在印度、会说乌尔都语的英国妇女。太后身着一件在开罗购买的简约款埃及长裙，在儿孙以及随扈马西胡丁汗的陪同下前来。维多利亚女王与各位握手表示问候，并询问起玛丽卡·克什沃太后的旅程。太后如实回答："我们以前甚至从未在家乡的戈默蒂河上泛舟，而现在却跨越千山万水来到这里寻求公正。"

尽管维多利亚对瓦吉德·阿里母亲一路的遭遇深表同情，但她对这番话却并没有表现出太多的喜悦，于是转换话题道："我有十个小孩，有些还在襁褓中。他们中最大的威尔士亲王已经十三岁了，我可以得到您的允许请他进来吗？"

玛丽卡·克什沃回答道："当然。我们非常愿意见到他。"

威尔士亲王和他的家庭教师一起出现。玛丽卡·克什沃慈祥地让他坐在自己身边，并且按照东方的皇室惯例摘掉自己身上的钻石项链，将它戴在了这位王储的脖子上。项链坠子上绑着一个装满稀有香料的小瓶子，维多利亚女王问那是什么，玛丽卡·克什沃回答道："在我们国家，当客人离开时，会被赠予一小瓶香料。"

在场的翻译们没办法将这个习俗完整地转达给尊贵的陛下，因此维多利亚女王以为玛丽卡是想离开了。她对印度太后说:"也许你很疲倦了,请在这里休息一会儿再离开。我们可以找个其他时间再次见面,随意畅谈。"

陈述书被递送到国会。多年前从印度返回英国的吞并案参与者达尔豪斯大人拒绝出席和回答与会成员提出的问题和质疑。下议院的大部分成员都认为奥德吞并案有失公平,然而不幸的是,一八五七年五月九日爆发的印度密拉特军营兵变改变了整个局势。

在加尔各答的马提亚塔,前国王刚刚完成清晨的例行祷告,便被逮捕,投入威廉堡的大牢,他的拥护者们说:"迦南的约瑟夫被囚禁在法老的埃及。"

大批英国人正在被印度士兵屠杀的消息从印度传到英国,激起英国民间的强烈愤慨。而民众们对于这群印度皇室来访者的态度也彻底转变——在他们看来,正是这些人引发了印度的暴乱。玛丽卡·克什沃意识到势态已经彻底陷入无望和危险,她准备取道法国和埃及前往麦加,然而刚到法国便一病不起,最终客死异乡。

英国人大量驱逐在印法国人,致使英法之间的关系也十分紧张。法国政府发电报给英国外交部:"印度太后逝于法国土地,她是我们的客人,我们要为其举办国葬。"尽管英国政府表示不满,法国依然为心碎而亡的太后举办了隆重的告别仪式。西坎德尔·哈什马特将军太过悲伤,甚至无法加入步行的送行队伍,法国总理安排他坐在自己的马车上。民众们素衣戴孝跟随队伍前进,成千上万的法国妇女在自家的阳台上挥舞黑手帕致哀。玛丽卡·克什沃在土耳其驻法使馆大院中得到了国宾级厚葬。

母亲的过世给对西坎德尔·哈什马特来说可谓致命一击,他于一八五八年二月病逝。哈什马特同样得到了国葬的待遇,长眠于土耳其使馆的清真寺庭院内。死亡接踵而至——他四岁的小女儿不久也告别人世,与亲爱的父亲和祖母埋在一起。

八个月前,玛丽卡·克什沃英勇无畏的儿媳哈兹拉特·马哈尔曾向勒克瑙的英国政权宣战,她极大地激励了奥德的平民们一起拿起武器对抗英国人。

二十六

女皇和她的骑士们

一八六八年冬天一个美好的午后，两位年近古稀的优雅老人坐在加尔各答湖边的长椅上，悠闲地聊着天。年长的那位身着绣花的克什米尔宽松长衫，他的朋友则穿着剪裁合体的粗花呢外套，看起来很像英国人喜欢嘲笑的那种半吊子——西方化的东方绅士。这对老友在分离四十五年后的几天前刚刚重逢，那里正是穆尔斯希达巴德的巴哈杜尔纳瓦卜举办印度斯坦音乐会的宅邸。

"当年苏丹被驱逐出勒克瑙的时候，我正在伊拉克和阿拉伯半岛的土耳其朝圣。在麦地那，我在一份埃及报纸上读到玛丽卡·克什沃太后正离开亚历山大前往英国，我当时带了足够多的钱，于是我赶到亚历山大紧随他们的船到达南安普敦。一八五八年十月我从欧洲回到了勒克瑙，发现那里一切都变了，我的房子也消失了，"克什米尔装束的长者说道，"他们毁掉了城市的大部分，开辟了七条大路以便大部队进来。他们有工程师、工兵和矿工，最新的武器，电报通信技术，罐装军用食品，以及庞大的间谍网……

"哈兹拉特·马哈尔的士兵们都有极大的爱国热情，却缺乏训练且组织松散，武器也非常落后。尽管如此，他们还是用一个月的时间靠勇气解放了奥德。"

在前往加尔各答的路上，国王在纳雷什·伊什瓦里·帕尔沙德·纳拉因·辛格摩诃罗阇的请求下于瓦拉纳西稍作停留。摩诃罗阇依然像往常那样，在国王的走道上撒花瓣，并且步行护送国王的马车到达下榻处。他对国王献上贡品，国王触摸了一下，对他说："留着它吧，我无法像以前那样赐你礼物了。"

"苏丹瓦吉德·阿里沙阿的皇后哈兹拉特·马哈尔贝古姆曾经回到勒克瑙，她和她的幕僚们在处女宫里开会。"

"什么宫？"高塔姆疑惑地问道。

"处女宫。国王纳西鲁丁·海德尔的继母曾经雇用了一大批年长的女性来守护她的清规戒律，而这些女性必须都是纯洁之身。当时的勒克瑙到处都是英国间谍。纳西鲁丁·海德尔非常聪明，为躲避英国政府的耳目，他在水底建造了一所房子，位置可能在夏塔·曼齐尔附近①，用来召开秘密会议。但他放出消息说这所房子是为母亲大人那些神圣不可侵犯的处女们而建，没人质疑这一点，他得以顺利地与幕僚亲信们在此召开各种机密会议。

"这个国王很年轻时便死去了。他被诽谤成一个无所作为的废物，但也正是他建立起一个现代天文台、一所医院、一家英文学校和一家报社，他还在戈默蒂河上驾驶过汽船。"

孟加拉绅士赞叹地抚着自己灰白的胡须。

"后来哈兹拉特·马哈尔皇后也在这个秘密基地召开内阁会议。"

---

① 一九四七年之后，在夏塔·曼齐尔附近挖掘出一个地下迷宫，其通道可能通向水底的房子。——原注

"是啊,天地间的事情总是超乎我们的想象……"

纳瓦卜继续说道:五月的第二个星期,兵变发生了。六月三十日皇后的军队在勒克瑙附近击溃英军。英国人躲进勒克瑙的英驻所寻求庇护,他们被困了整整一百四十天。"

"啊!英驻所!"孟加拉绅士瞬间陷入一阵强烈的怀旧情绪中。一八二三年,他作为一名被派驻的职员,曾在那所房子里生活过数月。查姆帕·简后来怎么样了?他不敢继续想下去。

长者继续他的话题:"哈兹拉特·马哈尔皇后十四岁的儿子比尔吉斯·卡德尔在父亲被废权后,作为瓦利沙阿登上王位。贝古姆被称为摄政王,巴尔克里珊摩诃罗阁被任命为财政大臣。

"自从英国取得了北印度的政治管辖权,那句传统口号'敬爱的王,神明在何处'被加上了'奉勇士军团之命'几个字。如今,镇上的街头公告员再次击鼓传达指令——'勇士军团之命'被废除了。

"被流放的佩什瓦①巴吉拉奥二世一八五一年死于坎普尔附近的贝瑟尔。他的继子纳纳拉奥派大臣向英国政府索要补偿金。律师阿兹穆拉是个白手起家的杰出人物。他的母亲是个奶妈,他自己也曾是个管家。他自学了法语和英语,成为坎普尔一所学校的老师。英俊儒雅的他俘获了一大批伦敦贵族妇女的芳心。但是他并没有完成纳纳拉奥交给他的使命——英国人拒绝了他的申请。阿兹穆拉只得返回坎普尔,而仰慕者的求爱信依然像雪花一样寄到他手中。

"纳纳拉奥决定宣告独立并且自封了佩什瓦巴哈杜尔的头衔。反抗者被砍断的四肢宣告印度《刑法》的施行。他的士兵围攻了城里的英国人,

---

① 类似于首相。——译注

而阿兹穆拉便是总指挥。阿兹穆拉汗曾经在君士坦丁堡学习过战争谋略，也去欧洲拜访过法国和俄国的政治家。他成为兵变的领军人物，丹卡沙阿的顾问。

"坎普尔又回到了英国人手里，纳纳拉奥的宫殿和庙宇都被夷为平地。他带着家眷一路撤退到坎普尔与阿拉哈巴德之间一个叫菲特普尔·乔拉西的地方，哈兹拉特·马哈尔派她的军事大臣拉者贾拉尔·辛格·努斯拉特·忠格护送他到勒克瑙。到达时，他受到了十一声鸣枪的欢迎，但他自己却说，他理应得到二十一响。"

高塔姆的冷笑声从鼻子里传了出来。

纳瓦卜继续道："太后告诉他二十一响是送给大君主的。这场迎宾盛宴花了两万五千卢比，我听说哈兹特·马哈尔贝古姆还送给他一件代表无上荣誉的长袍，一把宝剑，一些珠宝，以及一辆装饰华丽的大象轿子……"

高塔姆睁大眼睛认真听着，然后说道："在战争时期，这一切难道不算太奢侈了吗？"

"难怪你们这些家伙会战败。"纳瓦卜打开他随身携带的银制小盒子，取出一些烟叶，他的朋友帮他点燃，老人一边抽烟一边再次开口。

"比尔吉斯·卡德尔的生日盛会可谓大操大办，作为战俘的英国妇女们穿着当地长裙，手上染着散沫花……"

"她们被关在英驻所里的时光一定十分煎熬吧。"

"九月十六日，克莱德勋爵科林·坎贝尔带着部队进入勒克瑙，皇后寻求地方豪绅们的援助，意气风发的援兵从四面八方赶来。

"贡达的拉者德比·巴克什·辛格，拉者苏克·达尔珊，阿梅蒂的拉尔·马德霍·辛格，贝斯瓦拉的拉纳·贝尼·马德霍·辛格·巴哈杜尔，沙赫古尼的拉者曼·辛格，卡拉坎卡尔的拉者哈努万特·辛格，拉者古拉布·辛格，还有很多人。他们就像太阳和月亮的后裔组成的星系，"纳瓦卜坎曼的声音似乎又振奋了起来，"还有南帕拉、马利哈巴德、马哈茂达巴德、巴特瓦马乌的普什图酋长等。

"皇后骑着大象来到前线，我们的战士为了守城而英勇奋战。一八五八年二月二十五日的阿拉姆巴格血战中，皇后依然骑着大象指挥战争，来自沙赫古尼的拉者曼·辛格表现出过人的骁勇，皇后称其为儿子，并将自己的战袍和荣誉长袍一起赠送给了他。

"后来他像一个真正的大英雄，战死在瓜廖尔的荣誉战场。

"我认识个曾经在勒克瑙开糖果店的法国人，我们在巴黎的时候他给我讲过两位勇敢的皇后拉克西米·巴伊和哈兹拉特·马哈尔的故事。用他的话说，拉克西米·巴伊就像圣女贞德——真的很像。亨利还告诉我法国一个叫约瑟夫的神甫成为阿赫马杜拉毛拉的信徒并称自己为优素福·阿里沙阿。

"凯伊瑟巴格也被炮火笼罩。詹姆士·乌特勒姆将军回到印度，加入了总指挥官克莱德勋爵的部队。他给皇后捎去口信让她们在第二天早上十点他吃早饭前撤离。皇后眼见着勒克瑙已经严重失守，她给比尔吉斯·卡德尔穿上侯赛因伊玛目一位苦行弟子常穿的绿色袍子，这些皇室女性们剃光了头，站在漆黑的夜空下哭喊着：'呀，阿里，呀，侯赛因。'这是陷入极度悲痛后的一种仪式，尼拉拔米安。"

"太令人扼腕了，太令人伤感了。"了解这一切的杜特先生叹了口气。

"阿比西尼亚女兵们全部死在了西坎德尔的战场上。皇后撤退到了科蒂贝古姆的宅廊，幕僚建议她赶紧离开此地，一八五八年三月二十一日她乘轿子在拉纳·贝尼·马德霍·辛格的护送下离开勒克瑙，随从和战士们紧随其后。象征死亡的火星升起的夜晚，英国人彻底控制了勒克瑙城。兵变过程中，夜空中的火星就像一块燃烧的红炭，又像一只充血的眼睛。你一定也见过那种景象，尼拉拔米安。

"半座城的人都随皇后而去——那是场壮观的撤离。他们到达贝赫莱奇区的邦迪，那地方就像一个安宁的小型勒克瑙。皇后在那里逗留了十一个月，与此同时，克莱德勋爵也在巴赫赖奇布下天罗地网，以望擒获皇后。皇后的军队依然在乡村持续着与英国人斗争，阿赫马杜拉毛拉一八五八年六月五日死于沙贾汉普尔，他的尸体四分五裂并被就地火化，割下来的头颅挂在警察局大门口。

阿赫马杜拉沙阿是唯一两次击溃克莱德勋爵的真勇士。即使敌人也不得不承认他是名了不起的爱国英雄——他的刀刃上没有一滴无辜百姓的鲜血。

拉纳·贝尼·马德霍·辛格抵达珊卡尔普尔的城堡，他对克莱德勋爵说他可以放弃城堡，即便那是他的财产，但他不会放弃战斗，因为这属于他的荣耀。同时，纳纳拉奥和他的人在南帕拉的森林里重新集结到一起。克莱德勋爵带人追到堡垒，却不见他们的踪影。勋爵将城堡里里外外搜查，那阵势活像我在英国时看到的一种名叫猎犬追兔的运动。克莱德勋爵就像一条杀红眼的猎犬，可惜他要追的不是什么兔子，而是拥有狮子般勇气的男人。

"一八五八年十一月一日，维多利亚女王发表了著名的宣言，而我们的皇后哈兹拉特·马哈尔逐字逐句地针对英国王室，发表了她的反对宣言。"

纳瓦卜清了一下喉咙，停顿片刻，继续道："她写道：'宣言里提到东印度公司所有签订的协议和条款都将被女王陛下接受，这完全是个诡计。

整个印度斯坦都已被他们控制，如果这些条款被接受，接下来又将是什么？东印度公司把巴拉普尔的年轻拉者称为儿子，然后侵占了他的地盘。旁遮普的拉者甚至被押送去了伦敦。

"'他们将佩什瓦巴吉拉奥从浦那流放，终身关押在坎普尔。而瓦拉纳西的拉者则被囚禁在阿格拉。他们对于苏丹提普的背叛众人皆知。他们绞死了费罗兹普尔的纳瓦卜沙姆苏丁，却又脱帽向他表示敬意。'

"哦，忽然想起一段插曲，尼拉拔米安，我在伦敦的时候乌特勒姆正好告假回到英国。我听说有天他突然出现在哈利宫，手握一把长柄伞，就像个普通的伦敦市民。他对西坎德尔·哈什马特将军说：'我就是那个从你手里夺走勒克瑙的乌特勒姆。我来这里拜访你。'王子让他入座，他却坚持皇家惯例，表示在皇族血统面前他没有资格坐下……抱歉，我刚才说到哪儿了？"

"皇后的宣言。"

"哦对，然后皇后说，尽管这些都是往事，但最近他们又撕毁协议，践踏誓言，无视百万卢比的欠债，罔顾民意，腐败治国，粗暴夺权。如果人民不满瓦吉德·阿里沙阿的执政，他们又怎么可能对现在的状况心满意足？过去几个月里，我们得到了前任君主们从未受过的拥戴和忠诚！

"维多利亚女王的宣言里说，基督教是正确的。一个宗教的正确与否与司法行政机构又有什么关系？皇后如此质疑。在反对宣言的最后，她提到英国政府曾经表示再没有比造桥修路更能创造就业机会，但如果不能让人民切实地感受到好处，这些都是空话。"

高塔姆很震惊，事实上，他从来不知道有这样一个"反对宣言"。在最后，纳瓦卜用十分不悦的语气结束了这个话题。

"皇后的骑士们一直在乡村负隅抵抗。最终，拉纳·贝尼·马德霍·

辛格、纳纳拉奥、巴拉大人、杰乌拉·帕尔沙德、麻穆汗、巴哈杜尔汗等人的军队都被克莱德勋爵打退到尼泊尔边境。他们越过拉普提进入尼泊尔,但已宣誓效忠于英国王权的拉纳·忠格·巴哈杜尔却拒绝帮助他们。最后,皇后的战争大臣拉者贾拉尔·辛格和杰乌拉·帕尔沙德被处死。

"盖上'佩什瓦巴哈杜尔'的封印后,纳纳拉奥从代奥格尔给理查德森少校送去一份乌尔都语信件,表示自己宁死不降。他用伊斯兰教纪元一二七五年作为落款。

"拉纳·贝尼·马德霍·辛格也在代奥格尔安营扎寨。他对身边的女眷说:'我要走了。你们要守护着皇后,待在她身边。'然后他堆出随身携带的所有金银财宝,对自己的士兵说:'想要发财的,拿起这里的东西远走高飞。想要为荣耀而死的,跟我走。'二百五十名战士留在了他身边。他们与廓尔喀人浴血奋战,全部牺牲。拉纳被出其不意的背后偷袭夺去了性命。

"精通法语的英俊青年阿兹穆拉、纳纳拉奥以及他的兄弟巴拉大人都在特赖的雨林里染病而亡。这也正是克莱德勋爵计划的一部分。

"后来,皇后被送到了尼泊尔的避难所。直到现在,还有大量英国人崇拜她的勇气和魅力——一位能让整个奥德帝国拿起武器的伟大女性。"

坎曼纳瓦卜陷入了沉默,他看着自己手指上的绿松石戒指。这种珍贵的石头象征胜利。

二十七

总督巴克特汗

一个工人扛着梯子经过，临近傍晚时开始沿街点灯。两位老人沉默地看着他，过了许久，坎曼纳瓦卜继续讲述他的悲情故事。

"重要的是，尽管取得了压倒性的胜利，英国人依然忌惮瓦吉德·阿里在民间的影响力，他们甚至推倒了前苏丹王身着黄袍在凯伊瑟巴格主持大典的宫殿，这场春季盛典曾面向所有公民开放。勒克瑙的民众来到废墟前哭泣，纪念心中爱戴的君王，今天的权威人士却诽谤他纵欲声色。我向你保证，尼拉拔米安，你找不出他的任何污点，他从未缺席过任何一次晨祷。"

高塔姆并没有马上接话，他知道这是个牵扯到个人信仰和忠诚的敏感话题。过了一会儿，他才犹豫道："纳瓦卜大人，西方人对于我们的一夫多妻制感到奇怪。"

"这些伪君子！他们自己都拥有情人和私生子。不管怎么说，他们占领了勒克瑙，锡克人、廓尔喀人和93高地步兵劫掠了这座城池。宫殿被洗劫一空，伊曼巴拉·侯赛因巴德的巨型水晶吊灯被整个挪到了勒克瑙的其他地方。疯狂的英国人搬空了半座城，伊曼巴拉·阿萨菲被改造成军营，保皇派被裁军，拉者哈努万特·辛格的军队被强行解散。但跟贝尼·马德霍·辛格一样，拉者哈努万特·辛格拒绝投降。'我的人拥护我，而他们放弃了；我拥护的是哈兹拉特·马哈尔，我不会投降。你们可以杀死我。'他立刻被乱枪扫射而死。"纳瓦卜拭去眼角的泪水，充满骄傲地说，"他们就是我们这个时代的拉其普特人。"

杜特先生紧闭了一下嘴唇，小心翼翼地说："纳瓦卜大人，你一定听说过查尔斯·达尔文先生——"

"的确听过。"纳瓦卜多少带点嘲讽的语气回答，"太阳和月亮之子只是种隐喻，但所有神话都是永恒真理的隐喻，我亲爱的朋友。

"我跟随玛丽卡·克什沃一行人前往法国，感受到了彻头彻尾的无望。因为国内动乱，我没有收到任何一张勒克瑙的信贷证券①，皇室又陷入各种麻烦无法自拔，我在巴黎街头几乎流离失所。

"曾为我的勒克瑙派对供应过茶和炸饼的亨利给我介绍了一些在东方学院学习的法国朋友，我通过私下教授他们波斯语赚点钱。其中一个学生为我订了一个法国邮轮舱位，因此我得以经过本地治里回到勒克瑙。正如我之前跟你描述的，整座城市已经成为一片废墟。我成天漫无目的地在空荡荡的街道上乱走，四处搜寻我的亲人们。一天晚上，筋疲力尽的我坐在残垣断壁下，想起德里被阿卜达里②攻陷后米尔扎·拉菲·萨乌达创作的那首挽歌：

在我们倾听拉格的地方，猫头鹰在冷笑
深夜里，你唯一能看到的光芒

---

① 直至最近，这种信贷证券仍为穆斯林中的精英阶层所使用。——原注
② 普什图人一个重要部族。——译注

都来自于目光如炬的食尸鬼①

"最后我终于打听到,家人们已经跟随皇后哈兹拉特·马哈尔贝古姆的大撤离,回到了我们在尼拉姆普尔的小房子。于是我又去了那里。居住了一些时日后,我把他们带到了马提亚塔。

"现在,每当我看到老榕树垂下的那一条条长长的气根,都会故意别过头去,它们让我想起那一具具悬挂在路旁树上的尸体。我回到印度时,绞刑盛行。两万七千名穆斯林在德里被绞死,成千上万的印度教徒和穆斯林被押送到坎普尔、阿拉哈巴德以及其他地方被绞死。他们在路边设置一排排绞刑架,每天吊死四十到五十人已经很稀松平常了。尸体会留在绞刑架上,直到下一批死囚的到来。一些人仅仅因为被怀疑是反叛者而被绞死,很多'臭名昭著'者则被捆绑在炮筒口,瞬间被炸飞。

"一些年长的女人也被绞死,还有一个叫作阿齐赞·巴伊的年轻交际花,她曾在坎普尔像个士兵一样参与斗争。乌尔都语诗人巴克什·赛赫拜伊玛目和他的儿子被枪决。霍德森少校甚至割下两名莫卧儿王子的首级,用托盘装好,送到老国王面前。"纳瓦卜的声音颤抖着。

高塔姆对于印度的英文媒体如何报道这次暴乱了如指掌。"包围英驻所事件"无论在英国还是印度的白人社会里都被宣扬成了一个传奇。英国将领和士兵的英雄气概,勒克瑙拉马提尼埃学院里欧洲学生的勇猛无畏,北印度地区对英国家庭的屠杀,恒河坎普尔段发生的无数起载满英国妇孺的船只遇难——这一切,也是真实的。

在加尔各答图书馆拥挤的阅览室里,高塔姆搜寻着一八五七到一八五

---

① 这种食尸鬼是隐形的,只有目光如炬者才能看见。——原注

八年间发表在伦敦杂志上一些英国妇女的日记。书架上摆放着大量的小说、诗歌以及来自英国的回忆录著作。在私人俱乐部的吸烟室里，在这个国家的白人官员会客厅里，在军营嘈杂的酒吧里，平民和老兵们诉说着各自的悲惨境遇。他们谈起自己忠诚又勇敢的本土部下、仆人和侍卫，以及凶残的叛乱者。继海德尔·阿里和提普王之后，孔瓦尔·辛格和丹卡沙阿成为盎格鲁-印度的新梦魇。

一个人能知道多少？ 纳瓦卜引述着萨乌达的句子。高塔姆又如何能理解萨乌达、米尔、纳齐尔、因沙等乌尔都语诗人们在英国统治时期写下的诗句？穆斯-哈菲曾经在公开场合说过这样的话："法兰基人如此狡猾地骗走了印度斯坦所有的荣耀和财富！"在英国，谁又听到过这些？拜伦勋爵通过赞颂希腊诸岛，鼓动西方世界对抗残暴的土耳其侵略者。希腊人会因为他们的独立战争而被世人敬仰，但在西方人眼中，一八五七年在印度斯坦发生的一切只不过是一场本土叛乱。

纳瓦卜从随身的小囊里取出一些烟草。

在一八六八年的同一天，谁还记得暴乱前那些反英的本土媒体？一八五七年五月三十一日，《德里乌尔都消息报》对两份英文报纸发起质疑："妄自尊大的《英国人》和《印度之友》在哪里？现在你们该睁大眼睛看看你们眼中又弱又蠢的当地人是如何反抗不列颠强权的。"

信奉基督教的英文报纸《德里公报》的本地排字工人在排版密拉特叛乱的爆炸性新闻时被杀死。办公室被摧毁，报纸只得停刊。一八五七年六月，德里的首脑们用英文术语起草了民主宪法。穆罕默德·巴克特汗将军被委任为"巴哈杜尔总司令"，他的司令部里囊括了塔尔亚尔汗将军、希奥·夏兰·辛格准将、塔库尔将军、吉奥·拉姆准将、米斯拉准将、西德哈里·辛格将军、希拉·辛格副旅长、高里桑卡少校等多员猛将。很快，一道命令从司令部传达到各个部门：一八五七年八月十四日下午四点，全员参加例行游行。

一份乌尔都语报纸写道："我们的士兵不应该在街道上闲逛，因为德里的水会引人昏睡。如果你在月光市集上走一遭，霍尔威的甜面球和卡拉坎德①一下肚，你就会变得身不由己。"

"……奥德王国的少年国王比尔吉斯·卡德尔和别名丹卡沙阿的大毛拉阿赫马杜拉一起，命令戈拉克普尔所有行政官员将流放在尼泊尔的锡克教皇后，被废黜的旁遮普达利普·辛格沙阿王公的母亲恭请回来，安置在拉合尔的卡尔沙宫。"（但该计划被拉纳·忠格·巴哈杜尔破坏。）

《西拉居尔消息报》得到来自红堡的第一手消息并对此得意洋洋，开始连续报道一位勤勉君主的日常生活。一八五七年六月，报纸更名为《胜利之声》。六月十二日的报道这样写道："一些英国人甚至把自己乔装打扮成印度妇女钻进贾杰贾尔的小牛车里。看看这些傲慢的人堕落成了什么样子！这就是那些面对本地人的善意行礼连头也不动一下的家伙……"

本地人对法兰基人恨之入骨——觉得他们不可一世又充满敌意。他们将牛油和猪油涂抹在印度兵的子弹上，以此摧毁他们的意志。印度兵们被命令用牙齿来咬碎这些油脂，这显然是激怒他们的其中一个但不是唯一的原因。经济剥削、苛捐杂税、废黜君王和酋长引发大面积失业、传教士言论不当对宗教信众的冒犯……各种积怨由来已久。所有愤怒都在一八五七年那场毁灭性的灾难中喷涌而出——最终演变成"杀死法兰基人，拯救我们的尊严和法则"。在德里，一位年长的女骑兵身穿绿色军装与男人们并肩战斗，她高喊着："尊严！尊严！"乌尔都语报纸报道说她被国王授予一匹新的

---

① 由甜牛奶和奶豆腐制成的印度甜品。——译注

战马。

大毛拉穆罕默德·巴卡尔是《德里乌尔都新闻报》的编辑，德里学院的院长泰勒来到巴卡尔家里寻求庇护，大毛拉将他伪装成印度妇女的模样，躲过了暴徒们的私刑。泰勒从后门逃跑前，交给巴卡尔一捆报纸，说道："如果哪天德里又回到我们的手中，把这些报纸交给你见到的第一个不列颠人。"

暴徒最终还是抓住了他，将他活活打死。

在争取独立的这几个月里，德里与勒克瑙之间的邮政系统运转良好。乌尔都语报纸每周按时出版。哈兹拉特·马哈尔贝古姆将她的领地瓦基尔、十五万卢比、一顶皇冠和大量珠宝送给德里的巴哈杜尔沙阿二世。

乌尔都语报纸关于前线消息的报道可谓迅速及时，大肆渲染英国人的死亡和房屋、财产损失。当人们在红堡为反叛者占领阿格拉而欢庆时，印度的音乐家们演奏的依然是西方的管弦乐器，但这种喜悦和兴奋并没能持续很久。

一场激战之后，一八五八年三月，德里又重新回到英国人手里。

巴卡尔大毛拉遵守他对泰勒院长的诺言，把那叠报纸交给了一位英国陆军上校。上校读到了泰勒潦草写下的拉丁文——**大毛拉巴卡尔并没有尝试救我**。巴卡尔很快被击毙。他的儿子穆罕默德·侯赛因·阿扎德幸存下来，并成为乌尔都语历史性文学著作《生命之水》的作者。

坎宁勋爵成为英属印度诸省的第一任总督，他告诉他的理事会，正是本地媒体煽动人民在一八五七年之前发动了暴乱。本土的报纸开始被施以极其严格的审查，但是一些描述德里和勒克瑙沦陷的悲伤诗歌还是得以用乌尔都语发表问世。这座从前的莫卧儿帝国首都如今被称作"已故的德里"。两位被废黜的皇帝巴哈杜尔沙阿和瓦吉德·阿里沙阿也创作了大量感人至深的加扎勒。米尔扎·迦利布①在写给朋友的信中表达了极度的痛苦。

但也有不少乌尔都语诗人开始为总督和特首歌功颂德。人性并不会改变，终将继续互相憎恶，残杀，高塔姆这样想。战争可以将人类变成野兽，而在这场战争中，宗教和种族在两边都起到了决定性作用。在英国人败走勒克瑙后，克莱德勋爵曾说："这是个极大的耻辱，因为所有的基督教徒都在盯着我们。"

虽说暴乱最初源自孟加拉军队，但是孟加拉的上流绅士和地主阶层则纷纷表示绝对效忠英国。高塔姆·尼拉拔·杜特便是加尔各答上流社交圈中的一员，他一直深信这场起义就是堂吉诃德式的闹剧。这些国王、皇后的顽强斗争，只不过是为了保全自己的王位，虽然在民众的眼中都是象征着独立、自由的正义之战，而他们则是全方位的爱国运动引领者。

事实摆在眼前，高塔姆坚信，一八五七年之后，是英国人一下子将印度带进了现代社会。

很多关于当地人如何残暴地对待英国妇孺的故事，最后被揭露为纯属虚构或夸大其词，但英国人惨无人道的复仇行为却是血淋淋的事实。即使作为一个亲英派，高塔姆也无法回避英国人在那段悲惨岁月里的暴行。他们会抢在当地人行动之前不分青红皂白地杀害他们能抓到的任何人；现在英国权威都在说那些当地人是带着骄傲和轻蔑走向绞刑架的，那些即将死亡的印度斯坦人看起来如此平静，仿佛要踏上一场漫长的旅行。

高塔姆偷偷瞟了一眼身边一动不动地坐着，整个人沉浸在思考中的朋友。英国媒体用漫画来嘲讽穆罕默德·巴克特汗将军和他的头衔"总司

---

① （1797—1869）印度穆斯林诗人、散文家，对乌尔都语文学的发展产生了重大影响。——译注

令"——但他的失败却充满悲情主义色彩。高塔姆第一次感受到了一名本地叛乱者的心情和视角,也似乎能觉察到一些人内心的创伤,比如尼拉姆普尔的卡玛鲁丁·阿里·礼萨纳瓦卜。

黄昏的降临带来了寒意。纳瓦卜站起身说:"尼拉拔米安,下次我们见面时,我会给你讲讲我在英国和法国度过的那两年。而且,我必须告诉你一些事——英国人在他们自己的国家里是好人,但当他们一跨过苏伊士运河就变成了另一个物种。"

他走进自己的马车向马提亚塔驶去,渐行渐远。那里是可怜的瓦吉德·阿里沙阿在一幢房子里建立迷你勒克瑙城的地方。高塔姆目送小小的马车消失在扬起的尘土中,一队高地风笛手吹着高塔姆最爱的苏格兰小调走过。不久之后,加尔各答就将进入它最著名的圣诞季。英国强权下的世界和平!印度如此迅速地恢复到井然的秩序中!和平!多么美好。再次证明了优胜劣汰、适者生存的新达尔文理论!!!

二十八

勒克瑙的查姆帕·巴伊，Chowdhrain，摄：马什库尔-乌德-达乌拉

某一天，在结束了一个会议的回家路上，高塔姆·尼拉拔·杜特被园丁告知来自马提亚塔的坎曼纳瓦卜大人恭候多时后正巧刚刚离开。高塔姆冲出大门跑到街上，果然不远处看见一个老人弯着腰拄着拐杖，身着纯白色穆斯林长衫，头戴一顶绣花小圆帽，正慢吞吞地向街角处停着的私人马车走去。高塔姆赶紧跑过去叫住他。

老人停住了。"哈，尼拉拔米安！见到你太好了，"他说，"这恐怕是我们最后一次见面了，你知道的。"

"这是为什么，纳瓦卜大人？我知道我们见面次数太少，因为我忙疯了。"他搀扶着老人一步步走回自己两层的杜特公馆。

"我的朋友，"尊贵的长者走进贴着印花壁纸的客厅，"我是来告别的。我准备再次前往卡尔巴拉，然后死在那里。但我并不愿离弃我们流放的国王。"

高塔姆拉了一下丝绳摇响了叫铃，用人出现。"上茶。"他简短地吩咐。他的女儿正在二楼的钢琴上弹奏着一首英国音乐厅里常常听到的曲子。

"纳瓦卜大人，我想要告诉您，我的儿子马诺兰扬将要成为勒克瑙坎

宁学院的一名法学讲师了。"高塔姆告诉老人。

"很好！很好！简直太棒了。"两人又闲聊了一会儿。

停顿了片刻，纳瓦卜说："我这里给你带来了一个旧日纪念物。"他慢慢地从衣服口袋里掏出一张黑黢黢的照片，交到杜特手里。主人戴上他的无框眼镜，却依然无法分辨照片里的这张脸，于是他翻过照片，读到了背面的字：**查姆帕·巴伊，Chowdhrain，摄：马什库尔-乌德-达乌拉，凯伊瑟巴格，勒克瑙，1868**。

高塔姆又看了看照片——一位威严的老妇人身着精美的加格拉喇叭裤端坐在一张靠背椅上，抽着水烟。

坎曼纳瓦卜觉察到了朋友脸上流露出的巨大悲伤。"是的，尼拉拔米安，事实就是这样，这就是岁月的河流给漂亮女人带来的一切。"

"这上面的 Chowdhrain 是什么意思？"他哽咽着问道。

"她人到中年，成了勒克瑙社交圈里最有影响力的女人，也成为她们这个阶层的女性领军人物。Chowdhrain 解决她们的问题，协调她们的矛盾，同时 Chowdhrain 的规则和决定都会被严格执行。同时，查姆帕本人受过皇室的接见。后来，战争爆发了，她的房子在暴乱中被洗劫一空，那些富有的金主都被杀死，她不得不搬入一间小屋子，生活潦倒。她无法接受勒克瑙的沦陷带来的一切打击，最终开始酗酒。

"新的英国行政长官要求城里所有的风尘女子必须进行登记并从自治区获取执照。她们每个人被拍摄照片并附在执照上，还需要在自己的门上写明年龄和等级。这让她们感到极大的羞辱，因为她们中的大部分人并不是卖淫女——她们是受人尊重的表演艺术家。但不管怎么样，她们必须要遵守新规定，于是就有了马什库尔-乌德-达乌拉工作室的一张张照片。

"可怜的查姆帕早就不在所谓的分类里了，但她是个 Chowdhrain。她

把一张照片副本交给我一个即将起程前来加尔各答的朋友，并对他说："请把这个交给大人，以示我最谦卑的敬意。'

"记忆力迅速退化，她已经想不起您的名字了。我的朋友把这张照片交给我，希望我能够知道她口中的'大人'是谁。"

高塔姆浑身颤抖。

"和所有的交际花一样，她的下场也非常不好，"坎曼纳瓦卜伤感地说道，"我听说她的食客和亲人从她身上搜刮光了最后一分钱。在停止酗酒后她又沉迷可卡因，最后她成了一个乞丐。"

"乞丐？"高塔姆不敢相信自己的耳朵。

"是的，尼拉拔米安，有些交际花成为女王，有些成为苦行僧，都是命运的安排。"

一阵沉默。

"她还活着吗？"高塔姆问。

"哦，是的。我听说她和另一群乞丐就在查尔巴格火车站附近活动。早前，听说她总是焦急地等待着从加尔各答开来的每一班列车，每张旅客的脸都要细细打量一遍。现在的她只是保持沉默，不再理会任何人。好了，这就是我从表兄那里了解到的勒克瑙的近况。"他深深地叹了口气，"我本应该早点把这张照片交给你，可我在报纸上了解到这些年你一直待在英国。"坎曼纳瓦卜再次叹了口气。"如果你再去勒克瑙，不要试着寻找她——就让你的美梦完整保留吧。现在我要说声再见了，尼拉拔米安。"

主人将老人送到了他的马车旁，独自回到了住所。他将查姆帕·巴伊的照片放在了一个柜橱的后面。他四下张望，不知道接下来该做些什么。他站在了一处太阳照得到的地方，就像一八二三年离开勒克瑙的那天他站在查姆帕家门前的阳光下。他成了一名富有的印刷出版商，他的妻子来自加尔各答一个显赫的婆罗门家族，他们有漂亮的孩子，他是当地上流社交圈"西洋化绅士"俱乐部里重要的一员。生活难道还有亏待他的地方吗？

他在房间里走来走去，墙上到处都是书架。书籍、报纸、法律期刊、文献，各种各样来自不同部门的问题报告和解决方案。到处都有麻烦——而他则是找到解决办法的那个人。

可他真的找到了吗……？在闷热的房间里他感到呼吸困难。街上的油灯散发着微弱的光亮。他走进花园，这样的夜晚仿佛总能听到孤魂野鬼游荡而过的声音。一只狗在池塘边熟睡着，如果高塔姆相信有灵魂转世这回事，那么它一定是某个被惩罚的灵魂。他又走进了房内，从一个旋转书橱上取出一本托鲁·杜特的诗集读了起来：

> 哦，回音破坏了谁的美梦
> 那是我懊悔和悲伤的哭声
> 他来了……我听见了他的声音，
> 或仅仅是回声？
> 安静，听！他在呼唤——没有用，没有用。
> 被爱的和失去的，都不会再来。

他合上书，拿起一份国会下议院联合专责委员会的报告。

几星期后，他在报纸上读到：马提亚塔的纳瓦卜卡玛鲁丁·阿里·礼萨·巴哈杜尔在睡梦中安详离世。

二十九

戈默蒂河上的日出日落

一名穿戴讲究的男子拎着一只毛毡旅行包走出列车包间，一名苦力急忙走进去帮他搬运行李。一等车厢和二等车厢的"仅限欧亚客人"包间里只有英国人和欧亚混血家庭。月台上停着一排遮盖严密的坐轿，专门用来将深闺妇女从火车的私人包间接迎出来。欧亚面孔的卫兵和检票员在月台拥挤的人群中走来走去。苦力一边拖着行李一边为身后的客人 G. N. 杜特先生领路。一到外面的马车站，他大声喊："嘿，过来，车夫。"

一位老者坐在敞篷马车的驾垫上，一名年轻车夫跳了下来，毕恭毕敬地向新客人行礼。"大人？"

G. N. 杜特先生掏出一张写有戈默蒂河对岸的地址的纸交给车夫。他的儿子马诺兰扬·杜特在阿米纳巴德的坎宁学院教授法学并居住在河岸地带。年轻车夫又跳上了驾垫。

"那位先生是从阿拉哈巴德来的？"作为西北部省份的首都，这座城市四处可见孟加拉裔的政府公职人员。

"不，加尔各答。"

"他是谁？"老人突然变得很敏感。

"加尔各答来的一位绅士。"

"我可以跟他说话吗？"

年轻马夫转过头去。"大人，冈加·丁·查查在此想请求你的允许，跟您说几句话。他快聋啦，您得大声喊才行。"

冈加·丁！这名字听起来颇为耳熟，但高塔姆·尼拉拔又一下子想不到，这是勒克瑙工人阶层中一个很普遍的名字。

"好的，当然。"他回答道，"问问他是否在加孜乌丁·海德尔时代做过马车夫。"

年轻马夫将问题转述给了老人。

"不，先生。我曾经是一个轿夫，最早在法拉巴克什，之后在凯伊瑟巴格。当生命的气息离开花园，秋天就来了——"

年轻的车夫等老人说完，在一旁解释道："大人，老查查这里指的是当年瓦吉德·阿里坐着'春风号'离开勒克瑙——"

"是的，是的，我懂。"杜特有点不耐烦地接下话茬。他从悲伤的朋友坎曼纳瓦卜那里听到了不少典故，直到其与世长辞。高塔姆知道，在勒克瑙，即使是目不识丁的平民也能够咬文嚼字，但令他惊讶的是，一八五七年的大屠杀却并没能改变他们。意识到老冈加·丁和坎曼纳瓦卜那种沉默的忧伤竟然如出一辙，高塔姆感到十分不安。他这辈子都是个理性主义者，英式教育让他明白，想要生存必须强大。看那些东方人——永远沉溺于泪水和感性中。他噘了噘嘴唇，这是他的习惯性动作。

冈加·丁挺起脊背，用规范的乌尔都语说："我的主人，行行好，送我去加尔各答吧。理由就算是我们的国王生活在那里。"

马夫大笑起来。"先生，不用理会加冈·丁老爹的请求，他对所有从加尔各答乘火车来的客人都说同样的话。"

"他常常这么悲伤吗？"高塔姆问。

"有时候。这座城市有很多这样的老人。这不算什么,先生。有个巡回剧团会挨村沿寨地表演一出叫作《因德尔·萨卜哈》的剧目,观众们会想起阿克塔尔·皮亚①而落泪。在灾难发生时我还很小,所以我记不得什么了,只记得战争让整座勒克瑙城都在不停的震颤。我害怕得就像一只小狗,一直哭闹不停。祖母告诉我恐惧让很多怀孕的妇女胎死腹中,也让很多人因心脏衰竭而亡。"

"我们的国王还活着吗?"马夫问。高塔姆点点头。他还活着,并在马提亚塔创作了不少悲伤的诗篇,尽管可怜的哈兹拉特·马哈尔已经于一八六九年死在了尼泊尔。

马车刚从火车站驶出就突然刹车。车夫吼道:"不要挡路,贱骨头!"一个衣衫褴褛的老婆子踉踉跄跄地走过来,伸出一双骨节粗大的手,用毫无感情的声音嗫嚅着——"看在仁慈的阿里分上,请给我一个铜币。希望除了为侯赛因悲伤,不要为任何其他事情悲伤……"老婆子重复着勒克瑙东方什叶派中盛行的那句祝福语——"希望除了为侯赛因哀悼,神不要给予你任何其他的哀悼……一个铜币,就一个。"

高塔姆·尼拉拔怔住了。他想起坎曼纳瓦卜上次对他说的话,查姆帕·简在火车站附近乞讨,等待着每一个来自加尔各答的客人。想到那个人可能就是查姆帕,高塔姆不禁浑身颤抖起来。可会是她吗?他扶了扶眼镜,偷偷向外看去。那个女人站在路边,像一个鬼影。

"不要给她任何东西,主人。"马夫斜着身子对高塔姆小声嘱咐。"她是个瘾君子,总是骚扰客人,然后把得到的施舍全都换成了可卡因。"

高塔姆从钱袋里抓起一把维多利亚硬币。

---

① 瓦吉德·阿里的化名之一。——译注

在忽然闪现的银子面前，她惊讶地睁大了眼睛。她向坐在车厢里的绅士表达着千恩万谢。尽管这个牙齿掉光的穷婆子终日守在火车站等待着一个男人，但她却没有认出眼前的人，因为他看上去比他这个年龄该有的样子年轻很多。毕竟他富有且无牵无挂；生活待他不薄。

她摇了摇头，说："我不要那么多，先生，我只要一点点，足够维持基本生计就行了。"

他递给她一个卢比，她攥紧了拳头，哀号道："我的好先生！希望您能长寿到参加曾孙子的婚礼。我的生活已经被战争毁了，您知道……我以前可是拥有一头自己的大象。真主保佑您！"

车夫甩了一下马鞭，马车继续前进。年轻人在驾垫上大笑着："她说她有一头大象！哈，这还真是个怪罪战争的完美借口。多少人都声称自己在一八五八年以前是个什么大人物呢。"

在微弱的夜色中，查姆帕低头凝视着手里的这枚卢比。她偷偷地拐上了一条小道，驻足在一间鸦片馆门口。阴暗的角落里坐着几个把头埋在膝间的瘾君子。

高塔姆·尼拉拔回头看了一眼，只见她站在昏暗的灯光下，怔怔地盯着手里的硬币。她的脸上沟壑纵横，一头白发如银丝般闪烁着，苍老又松弛的皮肤在手臂上垂荡，她破破烂烂的长衫外披着一条布满窟窿的毛毯。

高塔姆倚在靠垫上，闭上眼睛。红颜已逝，美貌焉附？岁月会将女人变成另一个物种吗？为何男人变老更能得到尊重，而女人却相反？我该不该把她追回来，邀请她坐进马车一起回家？我怎么可以把她一个人扔在昏暗的灯光下就这样离开？身为一个成熟世故、见多识广的绅士，高塔姆发现他无法回答自己提出的这些疑问。他感到异常烦躁，呼吸也变得急促起来。马车向着巴德沙巴格方向疾驰着。新修的道路两边的路牌上，写着一个个二十年前征服勒克瑙的英国将领的名字。

"荸荠屋"在戈默蒂河对岸若隐若现。马诺兰扬·杜特先生租住在大楼的首层,房东一家则住在楼上。他们是奥德王朝的第四任统治者纳瓦卜萨达特·阿里汗的朝中重臣麦塔卜·昌德拉伊①的后代。尼拉拔·杜特的马车过了一座桥,沿河边的小路继续驶去。几分钟后,马车停在了一座精巧的房屋门前,房屋三棱塔状的外观看起来就像一只形态奇妙的荸荠,"荸荠屋"的名字由此而来。高塔姆之前并没有告诉儿子自己前来拜访的信息——他想要给马诺兰扬一个惊喜。

那天晚上,当儿子、儿媳和他们的孩子们都进入了梦乡,老杜特先生一个人走出了房间,来到河边。他沿着泥泞的土路行走,可以从拱桥下看到不远处的猴神哈努曼寺庙,一旁的树上栖息着几只猴子。他觉得跟随在自己身后的不是影子,而是他记忆的幽灵。他见证了如此多的事情,还有什么是他没见过的呢?河水流淌不止,房屋矗立两岸。每一幢房子都有自己的名字,睡在里面的每一个人也一样。有些房屋是由石头建成的,就是此时此刻散落在河床边的这些石头。时光像河水般流逝,也被这些石头堵截着。火焰从燃烧的地平线上升腾而起,不知今晚又有多少人失去生命。

高塔姆继续向前走。面前是一座火葬场。迦梨女神最擅长在火焰中舞蹈,她在宇宙万物轮回终止之时会将整个宇宙和她同化。临终关怀院的红袍牧师曾说,只有无欲无求的人才能无畏地敬仰她的神圣。

"所有的欲望都会在火葬场被付之一炬化为灰烬。超越智慧和言语的迦梨会将整个宇宙变为虚无,最终达到完美境界,而完美境界意味着光芒

---

① "拉伊"为印度头衔,与拉者类似。——译注

与和平……

"迦梨的衣裳就是宇宙，是她的宇宙，因为她是无穷无尽的。她的力量也是无穷无尽的，她比摩耶更伟大，因为她通过自己成为摩耶而创造了世界。

"在熊熊燃烧的土地上，她以湿婆的白色身躯站立着。湿婆是白色的，是因为他是斯瓦鲁普，他可以消灭幻境和自我意识里的一切恶魔。他并不移动，因为他不会产生变化。迦梨就是他变身的一种呈现。湿婆虽不变，却以万变的形象存在于各种变体中。迦梨在火焰的烟雾中舞蹈。她是难近母，她是多罗菩萨，她是烟居女神。燃烧的大地就是人生的终极真相。"临终关怀院的红袍导师们如是说。

高塔姆多年前成为一名婆罗门，他无法摆脱迦梨，也没有人能够回答他心中的疑问。他站在桥上，望了一会儿火葬场尚未熄灭的微弱火焰，转身走回"荸荠屋"。

三十

桥

清晨，时钟指针刚伸向五点，房子的女主人便起床了。她叫醒了睡在卧室门口外的女佣："快点，今天是尼尔玛小姐的开学日，校车马上就要到这儿了。"女佣揉了揉眼睛，赶忙起身，随随便便地把长发盘成一个大髻。她马上要做的就是将那几只黄铜大桶装满水放在浴室里，把主人和哈里桑卡的剃须工具摆放好，然后去泡茶。新的一天来临了。

鸟儿在草木繁茂的花园里歌唱。一驾牛车驶过。送奶工的自行车把上挂着当当作响的铝制牛奶罐。房子的女主人走到"荸荠屋"的东塔。房间密不通风，有着雨季特有的闷热气息。祭坛上的黄铜小庙里，供奉着手持长笛的奎师那。

两层的"荸荠屋"曾是一幢颇为华丽的建筑，现在却显得有些荒凉和破败。二层的走廊上靠墙放着一排简易小床，一只巨大的陶瓷花瓶里插着几株罗勒。两个十几岁的女孩在一张肥胖秃顶大祭司的照片下熟睡着。

一个大约十九岁的男孩在面对珍珠宫的塔楼里睡着，一旁的桌子上放着一台嗡嗡工作着的风扇。房间的四扇窗户敞开着，清凉的微风在屋内拂动着。书橱里塞满英语、波斯语和乌尔都语书籍。地上的棉垫上散落着不少英语和乌尔都语报刊。加尔各答出版的《企鹅新写作》和艺术季刊摆放在角落里。网球拍上挂着几条领带，网球盒子里也塞了几双袜子。年轻英俊的贾瓦哈拉尔·尼赫鲁的肖像挂在墙上。这面墙上展示着一张张一九三九、一九四〇届学生的照片，举着奖杯的，在舞台上扮演麦克白的，参加大学划艇比赛的。壁炉的正上方挂着一幅有些泛黄的坎宁学院（现在已改名为勒克瑙大学）法学院的师生集体照。年轻人的父亲穿着长袍站在照片里的最后一排，戴着一顶印度教绅士的黑色天鹅绒圆帽，叫作"巴布帽"。他留着滑稽的小胡子，站在老师的后面。老师名叫马诺兰扬·杜特，是加尔各答著名的社会改革家 G. N. 杜特的儿子。马诺兰扬·杜特先生一只手按在银色的拐杖上，双眼直直地注视着镜头。他也曾是这座"荸荠屋"的租客。这张照片拍摄于一八九八年杜特先生从教学岗位上退休的那天。

麦塔卜·昌德，雷扎达部落的祖先，还在楼下起居室的油画中维持着一点风光。他坐在鎏金的座椅上，身披纳瓦卜萨达特·阿里汗王朝荣耀的长袍，身后是半挽起的丝绒窗帘。

第三座塔被用来当作音乐室。

对于"荸荠屋"的住户来说，这里就是他们的宇宙中心。这里曾经抬出过殉情的恋人尸体，也抬进过新娘的花轿，节日在这里庆祝，孩子在这里出生，人们在这里争吵又和好，欢笑又哭泣。每家每户都发生过这些事情。而这幢老房子只是默默注视着并承受一切，因为没有人想知道发生在它身上的故事。斗转星移，世事更替，这座老屋就像漂浮在时间汪洋中的一条小船，不知哪天就会被巨浪卷得无影无踪。

"荸荠屋"是麦塔卜·昌德建立的，他曾经被授予"拉伊"的头衔，并且享受着萨达特·阿里汗王朝的高额军饷。如今，他的曾孙子，一位高等法院的大律师，拿着低于平均工资的薪水，也住在这里。大律师有一个儿子哈里桑卡和两个女儿拉杰瓦提、尼尔玛拉。他的主要工作是制定国会政策，参与重要会议，以及撰写关于乌尔都语诗歌的文章。休息日，他也会旁听一些庭审。他在郊区有一些田地，这为他提供了一点额外收入。尽管这个家族还顶着昔日的荣耀，但近年来的经济情况早已令人堪忧。

此时此刻，他正睡在露台的蚊帐里。妻子木拖鞋的脚步声吵醒了他，这也是她唯一让人感到心烦的地方。一大清早，她便开始搅乱每个人的清梦，开门，关门，从一个人的房间走到另一个人的房间，木拖鞋击打地板的声音咯噔咯噔一刻不停。然后，她会以塔库尔德瓦拉人的身份开始大声背诵经文，很快，所有人都不得不起床。

用人特里洛昌开始打扫房间，寝具都被折叠起来。"起床，小姐，从今天起你要参加早课啦。"侍女贾木纳对从床上像玩具一样弹起来的小姑娘说道。尼尔玛拉从她的枕头底下摸出一块手表。"神啊，都五点了！"她用标准的英式口音叫道。

姐姐拉杰瓦提懒懒地翻了个身，睡眼惺忪地看着河水。她今年十八岁，是伊莎贝拉·托本学院的学生，她的学校还没开学。

她们的哥哥哈里桑卡从他的塔楼里走出来，脚上趿拉着拖鞋，望着河和桥的方向。那座桥连接着这座房子和外面更广阔的世界。而这个外面的世界，同样是他自己的。他打了个哈欠，伸伸懒腰，一边从椅子上拿起一条毛巾，一边哼着帕哈里·桑雅尔[①]的小曲，走进了盥洗室。妹妹尼尔玛拉穿着白色衬衫和海军蓝外套校服走了出来，女佣递给她一杯牛奶和一只苹果。拉马提尼埃女子高中的校车喇叭响了起来，车里塞满了面色红润的英国女孩。拉杰瓦提出现在阳台上，一名十几岁的印度女孩突然探出满头鬈发的脑袋，大声喊道："早啊，迪迪，晚上我过来找你。"

---

① （1906—1974）印度演员、歌手。——译注

校车离开。女佣又把另一杯牛奶和两根香蕉递给小少爷哈里桑卡,小伙子一口气喝光了牛奶,却把香蕉扔在了一边,他像运动员百米冲刺般冲出门,跳上自行车,向学校方向飞快骑去。校园里红砖宫殿的圆顶和角楼,在渐渐散去的晨雾中慢慢显出轮廓。

三十一

巴德沙巴格的沙扎达·古尔法姆

"夜幕降临,当太阳落到蒲桃树后,我的马车就会抵达莫蒂陵桥。这便是我从印度斯坦音乐大学马里斯学院下课回家的时刻。车夫冈加·丁有时候会回过头问我:'小姐,你要不要去"荸荠屋"?'"

"我从这里开始讲述我的故事吧。"一九五四年一个冬季的夜晚,塔拉特坐在伦敦圣约翰斯伍德一间公寓的火炉边,开始对身边的朋友们讲述自己的家族传奇。"讲故事有很多方式,我该从哪里开始呢?我不知道哪个角色更重要,故事该从哪讲起?高潮是哪里?谁是女主角?她该迎来什么样的结局?谁是男主角?谁是故事的倾听者,谁又是讲述者?我的大哥卡玛尔曾经说过,有一天他会坐下来,决定这一切,但事实上,他连自己的事情都决定不了。'是的,我想去。'我这样回答冈加·丁,于是他掉转车头,上了一条尽头会分叉、通往桥的小径。这条崎岖不平的小径有个听起来很不错的名字:河沿路。这条路曾经非常宁静,河水倒映着银光闪闪的莫蒂陵,金色圆顶的查塔宫,以及纳杰夫沙阿的伊曼巴拉。在这些神殿的高大台阶下,水波似乎都变得毕恭毕敬起来。偶尔有竹筏从碧绿又清幽的水面荡过。桥下的哈努曼寺庙上爬满无忧嬉戏的神猴。不远处便是'荸荠屋',因形状为三角而得名。小楼前也有直通河床的阶梯。

"一天晚上，当我来到"荸荠屋"，发现拉杰瓦提的姑妈们正在缝制她的婚礼服。其中一位看见我问道：'什么时候轮到你姐姐的婚礼呀？'我有点慌乱，姐姐苔赫米纳和表哥阿米尔·礼萨即将到来的婚礼似乎遇到了一点小麻烦。

"好吧，接下来我会把接力棒交给哥哥卡玛尔，他会接着给你们讲讲……"

"阿米尔·礼萨的父亲扎基·礼萨先生是我父亲的表兄，阿米尔是他们家里唯一的孩子。"卡玛尔接过话茬，继续叙述。

"一战以后，大量中欧和俄国难民涌入印度，阿米尔的家庭教师尼娜女士就是其中一位，她离弃了丈夫。尼娜成为阿米尔表哥的保姆几个月后，礼萨太太就去世了。这当中并没有什么不可告人的阴谋，因为可怜的太太的确是死于风寒。于是，阿米尔被送到了我们家。

"陷入极度悲伤的孩子那时只有七岁。扎基先生把他送到了瑞士的寄宿学校——他觉得换个环境可能会起到一定的治疗作用。不出意外，尼娜女士并没有被辞退，而是继续留在扎基叔叔身边，在阿拉哈巴德当他的女秘书。尽管对她无比信任，他也并没有娶她的打算。不管怎样，她作为一名天主教徒，无法跟她那个形同路人的俄罗斯丈夫解除婚约。扎基叔叔每次离开家去欧洲探望儿子，都会把一切交给尼娜全权负责。一九三五年夏天，他在瑞士中风而死。尼娜卷走扎基叔叔大部分值钱家当从阿拉哈巴德彻底消失，没人知道她的下落。

"阿米尔表哥一九三六年回到印度，他已经长成了一个英俊的十八岁少年。我的父母亲自前往孟买的巴拉德码头迎接他。他回到家里，一把抱住我和塔拉特哭泣不止。他在苔赫米纳的脸颊上轻轻吻了一下，就像西方人对待自己的家人一般，但他惊讶地发现，就在一瞬间，她的脸唰的一下红了。

"不管怎样,我们每一个人都非常喜欢他,并且竭尽所能让他感觉不到自己是个无依无靠的孤儿。事实上,他是个非常富有的孤儿,扎基叔叔为他留下了不少地产。扎基叔叔曾经也是家中唯一的孩子,他在阿拉哈巴德的家已经尘封已久。忠诚的车夫冈加·丁驾着他的马车来到勒克瑙为我们工作,当他恭敬地去触摸少爷的脚时,阿米尔一下子缩了回去。

"他已经是个不折不扣的欧洲人,随着在印度生活的时间不断增加,他越来越感到格格不入,但却从不表达出来。他无法理解我们对家庭关系的看重,尤其不能接受包办婚姻制度。当他听说我们的父母决定等他和苔赫米纳长大后为两人举办婚礼,即使感到尴尬也无法说出个'不'字——毕竟,他和我们生活在一起。

"慢慢地,他缩进自己的壳里。慈爱母亲的病逝,长期的海外漂荡生活,尼娜对于父亲的背信弃义,以及完全无法自主的婚姻,这一切都足以把他逼到封闭的墙角。他也总会默默悼念埋葬在冰天雪地的阿尔卑斯路德派墓地里的父亲。

"有一次他去卡尔延普尔为母亲扫墓,他对我说现在意识到一个人死在自己的故土并且能被埋在自己的墓穴里是件多么重要的事。

"阿米尔跟我与哈里桑卡一样,上的是拉马提尼埃学院。学校于一八四八年在勒克瑙建立,由专为欧洲男童教育而设的克劳德·马丁将军基金会出资,印度精英家庭的孩子也在那里念书。我没有更年长的兄弟,因此我对阿米尔表哥有一种近乎崇拜的感情,甚至很自豪地穿他穿不下的衣服。他的英文里有法式口音,是天生的万人迷。尽管如此,他唯一的朋友和亲信就是那个忠实的车夫冈加·丁。也许是因为这个卑微的用人象征着他和他破碎的家庭以及童年生活唯一的一点联系。

"苔赫米纳其实知道他并没有那么在意她,又碍于自尊不想让他知道她其实深爱着他——可难道他不是最终还会成为她的丈夫吗?

"苔赫米纳在拉马提尼埃学院的女子高中上学。学校位于河对岸那个小山丘上,是座四周有壕沟的中世纪外观的'英式'古堡。古堡被称作库尔希德·曼齐尔,是受英国文化影响的纳瓦卜萨达特·阿里汗赠予皇后库尔希德·扎迪的礼物。我经常可以看到苔赫米纳站在某一座塔的窗户前和同学聊着天。这多多少少让我想到拜伦和沃尔特·司各特。

"之后阿米尔·礼萨也来到大学。校园总是被称为'国王的花园'——一八二八年由当时的国王纳西鲁丁·海德尔下令精心设计——阿米尔被誉为'巴德巴沙德的沙扎达·古尔法姆'。

"说句实话,他并不是个聪慧的天才学生,他的目标只是成为学校里的风云人物。我直到长大后,才把心目中的头号人物从他替换成了贾瓦哈拉尔·尼赫鲁。

"接着,查姆帕巴吉出现,扰乱了我们平静如水的生活。与我的妹妹有婚约的阿米尔·礼萨却迷上了查姆帕·艾哈迈德。他从坎宁学院毕业后加入了印度皇家海军,迷人的特质不允许他只做一介平民。正如你给查尔斯·博耶套上一身军装,任何人都无法从他身上把目光移开。查姆帕对阿米尔的示好也是欣然接受,两人好了一阵子后对彼此兴趣渐失。如今,每当提到查姆帕的名字,苔赫米纳只是不走心地笑笑,哈里桑卡则面带蠢相地点起烟。查姆帕·艾哈迈德就是个不光彩的第三者。

"那个哈里桑卡就是个浑蛋,他知道我一直暗恋查姆帕,就在私底下告诉阿米尔:'先生,你的确征服了她,但我知道某些人觉得自己也能引起查姆帕的注意。'然后他便使命感十足地告诉阿米尔,像查姆帕这样的货色学校里还有很多,但都和苔赫米纳没法比。苔赫米纳是哈里桑卡的契妹,我和哈里桑卡都是来自十分保守的家庭,这里的传统观念依旧非常强烈。

"查姆帕跟我们不同。我们有着相同的家庭背景,哈里桑卡的家族和我的家族是几代世交。查姆帕来自瓦拉纳西,一九四一年才进入伊莎贝拉·托本学院攻读艺术学学位。

"一九四四年,苔赫米纳正在攻读硕士学位,正是在这个命中注定的夏天,她和阿米尔早前订下的'娃娃亲'宣告终结。

"我不知道为何直到今天我还能完整地复述当年的所有情景。发生了太多事情……御花园的皇家门厅现在成了校园邮局,侍女们来来往往,脚腕上的铃铛响个不停。皇后屈德西娅·马哈尔曾经住在巴德沙巴格。她的首席女仆佩刀的刀把都是用宝石装饰的。

"穆罕默德·塔奇·米尔[①]曾经说过:

我问玫瑰可以盛开多久,花蕾闻之而笑。

"抱歉,我跑题了。咱们说到哪了?你知道很多时候你无法将特殊的氛围和弦外之音准确地传达出来,谁都不行,无论他是画家还是作家。想想这些至关重要的时刻:夜晚,一只光芒微弱的灯笼在巴德沙巴格见证历史的大门前点亮。夏日的午后,一个身着红色兰嘎长裙套装的老婆子在法扎巴德路与铁路的交界处捡拾掉下来的酸角——被飞驰而过的火车撞死。我们那个长得像阿里巴巴的老厨子努尔·阿里,虽然是个文盲,却能背诵《卡里夫·巴里·萨扬·哈尔》。

"此时此刻,我站在贝内特大厅的包厢里为这场同学会作同步解说。

---

① (1722—1810)最伟大的四位乌尔都语诗人之一。——原注

绿色的草坪被红色和黄色的美人蕉隔离开,红砖大楼的影子,色彩斑斓的纱丽,镶金的学院长袍,都被霞光幻化。时光飞逝,我甚至能听到它扇动翅膀的声音。

"负责音响的男孩刚刚放了一首帕哈里·桑雅尔的新歌——随着人来人往,他的声音深深地印入我心,这首歌曲是特意为了向一位来自加尔各答的歌手、演员致敬而播放。他身着丝质无领长袖衬衫和孟加拉风格的白色腰布,坐在第一排,正忙着和身边来自马里斯学院的朋友耳语。歌声再次响起——

  这位老师有着什么样的声音
  耳中的心——"

踏进社会之前,一批又一批年轻人为了学位而来到校园。

"现在,我想把手里的麦克风交给我的亲密战友哈里桑卡……你好……你好,听得到我吗……听得到吗……"

哈里桑卡回答道:"大家好……我是哈里桑卡,哈里桑卡·雷扎达,卡玛尔的分身和另一个自我。拉杰瓦提和尼尔玛拉唯一的哥哥,查姆帕巴吉的备胎。但我也是个重要人物呢,扮演了很多角色。我该怎么开始呢?从哪儿开始呢?一切都挺让人困惑。

"在校长和美国教员的带领下,新的一批伊莎贝拉·托本学院的毕业生到了。她们戴着帽子,穿着长袍,看起来的确非常优雅。

"副校长哈比布拉在资深教授们的陪同下也来了,这些教授每个人都是一部活生生的印度学术传奇。

"在我的前方,"哈里桑卡继续说道,"整个典礼都沐浴在冬天柔和的阳光之中。苔赫米纳在帽子和长袍下显得神采奕奕。一会儿天就黑了,女孩们会漫步走到哈兹拉特甘吉,在穆尔照相馆拍摄毕业照。这是例行传统,一年又一年,姑娘们都会成群结队找穆尔先生拍摄。而一年到头,你都总能看到高大英俊的穆尔先生站在门口,他总是穿着得体的黑色西装,胸前插一朵康乃馨。他总是以这样的风格站在玻璃门前,仿佛这是一间开在巴黎时髦街区的工作室。哦,提醒一句,勒克瑙被誉为印度小巴黎。穆尔的照相馆就跟哈兹拉特甘吉的怀特韦斯一样古老,那是哈兹拉特·马哈尔贝古姆曾经的居所。

"卡玛尔的妹妹苔赫米纳是我妹妹拉杰瓦提的好朋友,她俩经常联合起来给我添乱。真主!哈里桑卡,求你给我们买萨德哈娜·博斯在梅菲尔的舞蹈演出票吧;带我们去看《魂断蓝桥》吧;帮我更新一下借书卡吧……

"我记得,有天晚上当我准备离开前往哈兹拉特甘吉,我看到她俩坐在河边的平台上。她们也看到了我,其中一个马上冲我喊道:'嘿,哈里桑卡,也带我们去甘吉吧,我们想去看《煤气灯下》。'

"'想也别想,'我回答道,'我在咖啡馆有个重要约会。''帮我去染房那儿取回我的粉色纱丽,'拉杰瓦提补充道,'绕道去一下阿米纳巴德。'

"'太麻烦!住嘴吧,再见!'我骑上自行车,霎时间,一阵悲伤袭来,她们坐在栏杆上,晃悠着双腿,尽管个性张扬又充满新女性的姿态,但依然看上去是如此单薄弱小。

"'继续,冲她喊,'苔赫米纳用责备的语气回应道,'可怜的拉杰瓦提也只能在你们家继续再做两个月的客人了。'然后,她用夸张的语调,开始大声唱起一首阿米尔·库思老[①]的婚礼歌——

[①] 十四世纪的苏菲诗人、音乐家,德里至师哈兹拉·尼扎穆丁·奥利亚的首席门徒。——原注

为何送我去一个陌生的地方，我的老父亲。

"在过去六百年里，每当印度北部地区嫁女儿时，这首悲伤的歌曲总会被唱起。

"苔赫米纳继续唱道：父亲，哦，父亲，我们是你院子里的鸟儿，很快就要飞走。我们是你田地里的牛儿，你一声令下便会离开。'

"拉杰瓦提已经泣不成声。

"'父亲，哦，父亲，你给了哥哥们一座双层大宅，却把我送到了陌生的地方。'

"我从车上一跃而下，内心波动着。苔赫米纳的歌声一路伴随着我走出门，也许一想到查姆帕巴吉正在介入她与未婚夫的关系，想到自己将来未知的婚姻生活，她无法自已。

"拉杰瓦提在一九四三年结婚后搬去了德里。现在我们再让故事的焦点回到苔赫米纳、塔拉特和尼尔玛拉身上。

"马里斯学院下课后，塔拉特常常会来我家串门。我坐在角楼的窗前，能看到她的马车正在下坡。每到这个特殊的瞬间，一切都会变得格外宁静，美好和忧伤。我似乎可以听见河水无声的歌唱，而我的心则深深地沉入了水底。米尔·阿尼斯[①]曾经用'紫色黄昏'来形容静水深流：

时光为幻觉。

---

① （1805—1874）乌尔都语诗人。——原注

"我的好友卡玛尔也曾跟我说过,落日有时会让他心情低落。他是个格外敏感的人,太美好的东西会令他不安。我想我懂他的意思。"

卡玛尔点点头,继续讲述:"当我们结束愉快的旅行后返回勒克瑙,在一个阴冷且晨雾弥漫的清晨,火车停在了附近的桑迪拉。月台上传来熟悉的叫卖当地特产莱杜①的声音,乡绅们穿着纯白色宽松长衫走来走去,等待下一班火车到来。月台的地板被精致的红砖覆盖着,一排轿子永远等待着深闺女子的光顾。整座车站被繁花似锦的树木和芒果园围绕着,除了叫卖莱杜的声音,几乎没有其他噪音。

"七月的一天,当我们从马苏里返回的时候,火车一如既往地在桑迪拉稍作停留。一名小贩来到火车包厢的窗口,对我们说:'大人,您不想尝尝吗?'

"'新鲜吗?'哈里桑卡逗他。

"'大人,尊敬的阁下,这里可是桑迪拉。'小贩的语气如此自豪,仿佛这里是天堂!我们买了一大罐,上面盖着红色的餐纸。火车又开动了,一个乡村新娘一边朝着门口走去,一边大声哭泣,粗俗的新郎官则身着姜黄色衣服在一旁咧着嘴大笑。

"'希望尼尔玛也能尽早结婚,就像拉杰瓦提那样。'哈里桑卡淡淡地说,'现在她已经接替了拉杰瓦提对我喋喋不休——别泡妞,别抽烟,别做这个,别做那个。'

"'你应该为你自己感到羞耻。'我愤愤不平地说,'你巴不得尼尔玛也赶紧走开,这样你的生活就完全属于你自己了,没人监督也没人提意见。'"

---

① 印度、尼泊尔甜品,类似糖浆。——译注

哈里桑卡说："在我们的国家有一种古老的信仰，如果你在黄昏时刻或者正午时分站在一棵树下，就会被这棵树上居住的精灵'俘获'。同样，根据伊斯兰教的古老说法，英俊的男人会因为被飘过的仙女'触摸'而失去理智。或者，如果一个处女洗完澡后跑到房顶上去晒干她的头发，任性的神灵会深深地爱上她并'占有'她……

"在阿迦·哈桑·阿马纳特的乌尔都语戏剧《因德尔·塞卜哈》中，'印度的古尔法姆王子'在艾克塔·纳加尔（勒克瑙的诗意说法）的宫殿屋顶上小憩时，住在拉者因德尔的天庭中的苏布兹·帕里正巧飞过，她迷上了英俊的王子并且成功地'引诱'了他。拉者因德尔勃然大怒，将她软禁阁中，又将王子投入高加索山区的一口井里。苏布兹·帕里穿上赭石色的袍子营救了王子。最后是个大团圆结局。

"拉者因德尔由瓦吉德·阿里沙阿亲自扮演。后来，年轻英俊的男子总会被称为古尔法姆。我们的表亲阿米尔也总被叫作巴德沙巴格的古尔法姆或者古尔费珊的古尔法姆。

"阿米尔曾经与印度的顶级网球选手高斯·穆罕默德及卡努姆·哈吉小姐抗衡。他是赛艇俱乐部的队长。他还曾短暂地加入过一阵左翼民族政党"全印前进同盟"。他甚至加入了学校的广播站，恐怕因为查姆帕·艾哈迈德也是那里的成员。大家都说，古尔法姆被苏布兹·帕里引诱了。"

现在，又轮到卡玛尔接过话题。"抱歉，我刚才跟你们提到阿米尔和苔赫米纳。我和哈里桑卡接到紧急通知从马苏里赶回家，劝说苔赫米纳赶紧成亲。杜恩特快①已经可以抵达勒克瑙的郊区，除了铁道外，阿拉姆巴格也铺好了数英里的公路。当蒸汽火车缓慢地驶入查尔巴格中枢站，我的

---

① 往来于豪拉和加尔各答。——译注

心轻轻地一沉——我们回家了。

"哈里桑卡突然坐在他的铺位上,说:'明天广播站有个彩排——今天去把脚本送到查姆帕巴吉那里吧。'然后停顿了一会儿,接着问:'为什么苔赫米纳要拒绝嫁给古尔法姆?'

"我愤怒地看着他。我心里在想的事情总会或多或少地像心电感应般传达到他的心里,这家伙有时候就像另一个隐形的我。我的心更沉了。

"卡迪尔站在柱廊区外的小奇迹汽车里等着我们,我将心中的哈里桑卡放下,继续开车回家。"

一阵沉默袭来,仿佛记忆的烛火被悄悄吹灭。卡玛尔又慢慢地开始了讲述:"我抵达古尔费珊,在死寂的大房子里一间又一间徜徉。我不知道该如何开口问苔赫米纳,但我和其他人一样,清楚地知道她拒绝的理由。"

"我拿着广播脚本来到查姆帕巴吉在昌德巴格的小屋,她正坐在小草坪的花园伞下面。

"阿米尔也在那里,他看见我赶忙从长凳上站起来。'你好,卡玛尔!什么时候到的?刚刚吗?我必须得走了,有点急事。'他迅速地抄近道走到门口,跳进他的红色跑车离开了。他看上去非常紧张,显然,古尔费珊发生了一些可怕的事情。

"我尴尬地坐在那里。'巴吉,这是你的脚本。'我递给她几张纸,这是我们常常在勒克瑙的广播中播出的内容。

"'这标题是谁想的?'她简短地问。

"'塔拉特。她已经是当地小有名气的作家了,你知道的。'

"'你们的这些话还真是熬口。'她的口气带有讽刺。

"'你的意思是拗口?'

"'行了,我的英文不好。你们除了会自作聪明地用一些像'猫须'这样的词汇——我没说错吧，还能不能有点别的？'她用她的印度式英语恼怒地冲着我抱怨，我除了马上离开别无他选。

"塔拉特的朋友吉安瓦提·巴特纳加尔在广播里献唱，她的歌声从房间里流出，在阳光中回荡。生活里是否依然有很多确定的东西留存着，比如宁静和希望？"

又轮到了塔拉特做讲述者，女主人公接着讲了下去：

"马车又沿着斜坡往下行驶，停在'荸荠屋'前。"她停顿了一下，对卡玛尔说："你难道没发现这一点儿用处也没有吗？我的人生就对我自己有意义，对其他人而言毫无价值。"

"就像虔诚的小偷，我们唤醒了我们的神，却被他们背叛。"塔拉特说，"小偷的厨房都锁上了。我踮起脚尖去窥探黑暗与光明的交汇处，想用一些新名字来为事物命名——比如建筑之神普拉加帕提，比如亚当和夏娃。

"我觉得我已经想不起任何事了，"卡玛尔抬起头说，"过去的几年就像肥皂泡一样从我身边漂过。灯光在被雨水打湿的夜路上闪烁，月亮爬上沉睡的烟囱，向大海的方向划去，风呼啸着斜扫过南方的旷野，夜间活跃的鸟儿围着平静且油腻的水面上的港湾盘旋。

"人群游过，船儿划过，我却始终在岸上。

"我需要找到一艘船，它能发光，也能平静地驶入漆黑的深海，它能带我去一个地方，能够让我滋生这样一种简单的感觉——那里不会有人对我说：'欢迎回家，卡玛尔·礼萨……'"

三十二

玫瑰之露

勒克瑙，一九三九年七月。

挂着灯笼的船只从桥下驶过。坐在"荸荠屋"门廊上的塔拉特和尼尔玛拉正在谈论她们的音乐课程。苏拉杰·巴克什老师马上就要来了，可尼尔玛还没来得及练习坦布拉琴。用人咚咚咚地跑上楼，说："苏拉杰先生到啦！"

苏拉杰·巴克什老师迈着坚定自信的步伐走上楼，他是个刚从马里斯学院毕业的盲人青年，总穿一件格子夹克。为了教学工作，他从巴鲁德卡纳一路走到尼尔玛拉的住所。他走路的时候总是习惯性地把头摆来摆去，仿佛在努力寻找视线之外的东西。他来到走廊上，尼尔玛拉恭敬地触摸他的双脚。他礼貌地询问了一旁的塔拉特在音乐学院里学了些什么，她也作了回答。跟每个人道完晚安后，塔拉特先行离开。

冈加·丁靠在马车上悠闲地抽着一根比迪烟，抽完后把烟蒂一扔，又爬到了驾垫上。随着马车的离开，尼尔玛拉和苏拉杰·巴克什的琴声在寂静的夜里响了起来。师生齐声重复着——声音的奥秘皆永恒。

古尔费珊位于伊莎贝拉·托本学院和卡拉马特·侯赛因学院之间。它有一个百花争艳的大花园，古尔费珊这个名字也是来自波斯语，意思是

"玫瑰之露"。

一条小运河沿着一堵组合墙从前门流向后花园,那里被几个安装有管井电机的水泥隔间连接起来。近处有一座红砖砌成的"玩偶屋",曾专门为小女孩时期的苔赫米纳而设,后来由塔拉特独享,并且成功地在捣蛋分子卡玛尔和哈里桑卡的破坏中幸存了下来。塔拉特和尼尔玛拉刚过了玩娃娃的年龄。每当她们凑在一起"过家家"的时候,尼尔玛拉总会带着自己的娃娃过来"串门"。一次,塔拉特举办了一个"家庭晚宴",两个坏小子闯了进来,把女孩子们正在准备的玩具餐具扔得到处都是。"你们干吗要弄坏我的厨房?"塔拉特哭得上气不接下气。

"就为了好玩呗!"哈里桑卡回答道。

苔赫米纳抄起一根曲棍球杆,大叫着冲出来:"你们这些混涨,就会欺负女孩子,不觉得丢脸吗?"

两个小男孩大笑着跑了。卡玛尔和哈里桑卡都有一个极其溺爱儿子的母亲,让他们相信自己可以主宰整个世界。每当他们用别人家种的番石榴或甜菜作为武器大搞破坏,第二天补偿金一定会被父母送到"受害者"手上。他们还常常把某家的门牌拆下来,然后偷偷与隔壁的互换。好在他们要上大学了,男孩们的旺盛精力终于拥有了合理的发泄渠道。谢天谢地!

马车开进了古尔费珊的走廊。一个用人迅速出现,他搬起塔拉特的坦布拉琴往屋里走。

卡玛尔在后面的阳台上写作业。礼萨贝古姆和她守寡的嫂子正蹲坐在蒲团上,拨弄着手里的赞珠。一旁的角落里摆放着一排储水罐,上面覆盖着用茉莉花做的花环。那时候,大部分印度家庭还没开始使用冰箱。

苔赫米纳穿过走廊来到餐具室和厨房,后面跟着厨子胡塞尼,他手里提着一木桶的冰激凌。

这是一幅舒适祥和的家居生活画面，连专注于数学题的卡玛尔都安静得不同寻常。塔拉特凑过去，小心翼翼地说："你看起来挺严肃，在干吗呢？"

"走开。"他回答。

"让这可怜的孩子好好用功。"母亲在一边补充道。

"没错。等等，给我点冰激凌。"卡玛尔用命令的口气对她说。

双轮马车停在门廊处。表亲们夹着大包小包鱼贯而出。大家热情地互相问候，客厅里人头攒动。男人们将会被安排睡在前院的草坪上，女人们睡在后屋的平台上，白色的蚊帐已经搭好，装满凉水的罐子摆放在了每张床的旁边。万一下雨，用人们会以最快的速度收好简易床并把物什都搬到屋里。

一切看上去既安全又平和，没有任何不确定因素。

亲戚们每天进进出出，在房子里生活了数月。在后院一幢干净的小木屋里住着司机卡迪尔和他的妻子。外屋里住着厨子、搬运工、马倌、园丁，以及各个年龄层各种脾气的女佣。一排桑树将服务区和生活区隔开。有时候园丁拉姆·奥塔尔会把镰刀插在树干上，然后出神地望着天空，或是用奇怪的声音驱赶落在芒果树和番石榴树上的鹦鹉。

洗衣男工居住在大宅子外面的区域。每当周日清晨，伊莎贝拉·托本学院的"基督徒"女孩们会拜访这片区域，为他们派发太妃糖和《圣经》图片，用乌尔都语吟唱原为英文的卫理公会圣歌。

在路边有很多类似古尔费珊这样的宅邸，住的都是高贵阶层的家庭。每家每户都有汽车，他们的女儿们会进入教会学校，儿子则会为了成为达官显贵而参加竞争激烈的考试。

古尔费珊的厨子叫作胡塞尼——大部分的厨子似乎都叫这个名字。洗衣男工大多叫作纳图，搬运工里面有好几个阿卜杜尔，马倌偏爱冈加·丁。对着夜总会里的小提琴手叫托尼一般不会出错，神甫中赛义德·塔奇·礼萨·巴哈杜尔或阿夫塔布·昌德·雷扎达也不在少数。（小说中的神甫和生活中的神甫差不多——这也是为什么人们常说文学就是对生活的描写，不然，任何人都能成为多产的幻想小说作家了，不是吗？）

司机卡迪尔出生于最东边的米尔扎布尔地区。不知从何时起，他突然起了个念头——买台照相机。他搜集了大量关于摄影的英文杂志，并且督促古尔费珊的每一个人帮他留意价格。为了实现这个小小的野心，他开始努力攒钱，几年后终于梦想成真。他花了一百五十卢比买下一台配有三脚架以及全套设备的照相机。卡迪尔和妻子开始在自己的木屋里经营起一个小小的"工作室"，并把全部的热忱都投入到了"摄影事业"中。他给古尔费珊的每一个人拍照，为苔赫米纳、阿米尔、卡玛尔和塔拉特拍了无数照片，连猫都不放过。他有很多天马行空的创意，且不允许别人反驳：苔赫米纳弹奏着西塔琴，后面的背景是一座富丽堂皇的宫殿以及一轮满月，还有孔雀、天鹅和喷泉；苔赫米纳拿着笔做思考状；卡玛尔举着他在大学辩论赛中获得的奖杯；阿米尔打扮入时地举着一只网球拍。母亲和祖贝达姑妈斜靠在沙发上；拉杰瓦提和尼尔玛拉打扮成拉达和奎师那的样子；哈里桑卡目光严峻地阅读着一本大部头的书。

每张明信片大小的照片都会花掉卡迪尔八个安娜[①]，但是他热情的模特们总会花上三倍的价格把它们买下来。这对夫妻把所有的业余时间都花在了小木屋的暗房里。三伏天，当所有人都沉沉睡去，还能听见卡迪尔一个人在小木屋里唱着曲子。他一边敲击着一只空油桶打着节拍，一边快乐

---

① 东印度公司货币，十六安娜等于一卢比。——译注

地唱和着。他的妻子曲姆兰坐在角落里,做着些编织活儿。每当有男人来到小木屋拜访,她会迅速地用沙丽遮住脸,然后开始为客人准备烟叶。漂亮的曲姆兰来自和尼尔玛拉的母亲同样的地区,经常被邀请到"荸荠屋"做客。每当雷扎达夫人来到古尔费珊,曲姆兰马上都会被从小木屋里叫过来,她会穿上鲜艳的沙丽优雅地走上露台,脚上的银镯叮铃铃地通知大家,曲姆兰·尼萨到了。接着,雷扎达夫人会和曲姆兰用比哈尔方言愉快地聊上好几个小时。

卡迪尔和曲姆兰都出身于农民家庭。成为司机之前,卡迪尔是一个勤勉的工人,会向村民们传授纺车的使用方法。此时正是莫蒂拉尔·尼赫鲁的儿子、年轻的剑桥毕业生贾瓦哈拉尔挨村挨户地宣扬根除"地主—农民制度"的时候。说起印度的柴明达尔制[①],谁又会比深受其害多年的卡迪尔拥有更强烈的切身体会呢?

当卡玛尔和他的伙伴在古尔费珊的草坪上讨论政治时,想要听懂一些内容的卡迪尔总是借故来修理下电扇或者送点饮料什么的。他的父亲因为拒绝支付地主康沃利斯一百五十年前订立的土地租约而被活活打死。家里的其他成员被从土地上赶了出去,卡迪尔来到加尔各答,成为一名车库清理工,最后找到了一份司机的工作。可是他的家人,至今还在挨饿。

印度国民大会党发起了"无税运动",并很快地得到各地的呼应。地主和政府站在统一战线,一致反对农民和国民大会党。卡迪尔并不清楚大城市里究竟发生着什么。卡玛尔他们坚持认为,造成人民不安和崩溃的真

[①] 英国东印度公司在印度实行的一种土地税收制度,承认地主的土地所有权,废除农村公社对土地的世袭所有权。——译注

正原因是经济问题。而政府却把矛头对准了印度教和伊斯兰教的冲突，以此转移民众视线。卡迪尔听明白了。

午餐过后，曲姆兰怀里抱着小儿子来到女主人的卧室，加入家长里短的午后悠闲时光。塔拉特的母亲正躺在一只长沙发上阅读着一本乌尔都语女性杂志，祖贝达姑妈和另一个女性亲戚则靠着祈祷长椅或四帷柱床，她们的面前摆放着一大堆银丝装饰物。

"哈，司机夫人！快过来坐下。"其中的一个女人向她招招手。

她优雅地行了个礼，在地毯上坐了下来。

四点，卡玛尔、苔赫米纳和塔拉特放学回到家中，气氛昏昏沉沉的房子里又重新被注入了活力。用人开始端上茶水，曲姆兰也得到了一杯。差不多也是这个时间，卡迪尔会将塔奇·礼萨·巴哈杜尔从每天上班的最高法院接回家中。如今这段时间，起诉租户和家庭成员已经成为地主们最流行的"休闲活动"。在听到汽车声音的同时，曲姆兰将沙丽盖在了脸上，抱起熟睡的小儿子，慢慢走回自己的小屋。

除了雷扎达夫人，曲姆兰还有个亲密的朋友，她就是园丁的妻子拉姆·戴亚。她没有古尔费珊那些在城里长大的女佣那般时髦，比如，她不能像塔拉特的奶妈苏珊那样唱宝莱坞的流行歌曲。跟曲姆兰一样，她十二岁便嫁给了拉姆·奥塔尔，一个比她大上足足二十岁的男人。当他把她从家乡带出来的时候，这个裹着日本丝纱丽的小姑娘从马车上摔了下来，哭个不停，最后还被带到宅子里向各位女士问候请安。善良的曲姆兰跑到外屋用方言跟她聊了几句，这才让认生的小姑娘渐渐放松下来。

马车夫冈加·丁是一名中年鳏夫。他对自己的维多利亚风格马车充满感情，却对卡迪尔的银灰色雪佛兰不屑一顾。他的马车是勒克瑙仅存的几个"古董"之一，是繁华旧秩序的见证者。战争爆发，汽油配给突然紧缩，冈加·丁和他的马车很快又找回了极大的存在感。现在，他时不时地调侃卡迪尔："你干吗不发动你的漂亮宝贝，先生？看看我——我才不会管德国人想怎样。什么西特勒东特勒，他们根本拿我的老伙计没办法！"

三十三

沃伦·黑斯廷斯·巴哈杜尔之邸

就在七级年度考试的前几天,塔拉特突然得了双侧肺炎。她想到可能要因为缺席考试而白白浪费一年,心里十分难过,恢复期的她疼痛难忍,整天像个女皇一样对所有人指手画脚。卡玛尔不知从哪儿搞来了个二手放映机,常常放些默片的片段让她开心。但珍·哈露、查理·卓别林、祖贝达和苏洛查纳都没办法让小姑娘展开笑颜。哈里桑卡扮成小丑使出浑身解数也无济于事。

一天早晨,哈里桑卡从早室的窗户跳进来,模仿着乔治国王医学院病房护士的口气问道:"今天我们还好吗?"

"不好。"塔拉特的声音像是从鼻子里哼出来的。

"啧啧啧。"

"哈里桑卡,你干吗笑得像只柴郡猫一样?"她烦躁地说。

"塞翁失马,焉知非福!我们要在七月四十日转去萨希卜大师的学校啦,作为特选生可以参加入学考试,然后,嘿!七月四十一日去 I. T. 学院……"

塔拉特眨了眨眼睛。"你是说巴罗路的塔特尔沃拉学校?"她一下子从沙发上弹起来,快乐地跳起舞。但很快她又停了下来。"嘿,等等,我了解你，这里面肯定有诈，对不对？"她厉声问道。

"绝对属实，我以生命发誓！"他像个小男孩似的对她保证，然后又迅速地跳出窗户。

战前，日本人用廉价的丝绸和乔其纱迅速占领了英国控制下的印度市场。所有便宜物品都被称为"日本货"，但不知为何，那些可以让女生参加学院入学考试的中学总被称为"日本院"。

萨希卜大师在巴罗路上找到一栋安静又幽雅的房子，并开设了他自己的学校。当尼尔玛拉听说塔拉特很快便可以通过捷径入学，一场家庭大战一触即发。最后，她也顺利地从拉马提尼埃女子高中"脱身"，转到了可以靠入学考试进入学院的"日本院"。

在勒克瑙，历史是昨日黄花。拉马提尼埃学院位于克劳德·马丁将军的旧宅"康斯坦莎"。拉马提尼埃女子高中仍被叫作库尔希德·曼齐尔。国王纳西鲁丁·海德尔的天文台现在是一家银行。这些欧式风格建筑连接着德里和勒克瑙的末代傀儡君王们用堂皇的头衔册封这些英国贵族的时代，谁又能做点别的呢。康沃利斯·阿兹穆尔珊·马达鲁尔·马哈姆·萨卡尔·安格里兹·巴哈杜尔纳瓦卜的公司。赛福尔·穆尔克·马丁将军。恩巴杜尔·达乌拉·阿夫扎鲁尔·穆尔克·约翰·拜利·巴哈杜尔·阿尔萨兰·忠格大人。阿什拉福尔·奥姆拉·麦拉勋爵……

沃伦·黑斯廷斯·贾萨拉特·忠格作为威廉堡的总督阁下，以"孟加拉的法兰基苏贝达尔"为人熟知，后来在英国受到了审判。舒亚-乌德-达乌拉的母亲萨德·吉安纳瓦卜，以及他的妻子、阿萨夫-乌德-达乌拉的母亲纳瓦卜巴胡贝古姆，是两位了不起的女性。巴胡纳瓦卜在自己位于法扎巴德的宫殿里建立了高等教育部门。黑斯廷斯从瓦拉纳西与查伊特·辛格摩诃罗阇站在一条船上的贝古姆们那儿大肆敛财，她们只好求助于地主豪绅。黑斯廷斯的军队俘获了贝古姆们的战士，严刑拷打女兵——逼迫她们交出金银财宝。

萨希卜大师也来自巴胡纳瓦卜的法扎巴德。当他听说黑斯廷斯曾经用勒克瑙的这个地方来关押皇室女性，便义无反顾地从原主人那里租下了这处早已荒废的宅院，用来开设自己的学校。萨希卜大师在这里训练他的学生们顺利通过瓦拉纳西大学入学考试的技巧，在那里，孩子们会被教授印度斯坦音乐和植物学，而非数学。竹篱笆上爬满牵牛花的藤蔓，形成天然的围墙，也把动听的名字"塔特尔沃拉"赋予了这所令人心旷神怡的学校。

一九四〇年七月一日，塔拉特捎上兴奋不已的尼尔玛拉，由他们的车夫冈加·丁驾着马车来到了新学校。萨希卜大师是个四十岁左右、有点跛脚的绅士，为人正直，很受学生以及家长们的爱戴。他的妻子在学校里教授植物学。在课程正式开始之前，姑娘们会先在门旁的一间大房间里聚集合唱伊克巴尔的《印度斯坦是全世界最好的地方》。萨希卜大师会站在角落里，带着庄严肃穆的表情认真倾听。作为一名忠诚的国民大会党成员，他是主流人群中坚定不移地信奉甘地式民族主义的代表之一。

与此同时，另一种新型民族主义也开始引起人们的注意——一些人开始公开讨论古印度文化和伊斯兰荣耀。该如何定义印度文化？是印度教徒企图奴役穆斯林的诡计？只有印度教徒才能被称为真正的印度人？穆斯林是否应该被视为异教入侵者？

没有人会问米尔扎布尔的曲姆兰·尼萨和拉姆·戴亚对这些问题的看法。从古老的印度教—佛教—耆那教，到中期的突厥—莫卧儿—伊朗，再到近期印度文化中那些显赫的英国大名，一切都在相互交织，混杂，渗透，就像你无法从一块织法复杂的布料里抽出经线和纬线。而大国沙文主义强硬外交政策试图将一切"净化"的行为恰恰是在制造一种令人厌恶又疑惑的氛围。然而,如今在勒克瑙,社会和谐被视为理所当然——毕竟它以前从未有过。

塔拉特和尼尔玛拉正在接受一种上流社会的印度—英国融合文化教育。她们很快便接受了萨希卜大师学校里那种熟悉的印度斯坦—奥德氛围,正如她们之前也很适应拉马提尼埃学院里东西合璧的教育环境。而萨希卜大师的波斯-乌尔都文化也并没有和正统印度教产生任何冲突。一个迦耶斯特女孩乘坐着一架挂着门帘的马车到来。在维什瓦卡马,当不同种姓的印度教徒们拜祭自己的行业工具时,迦耶斯特们依然在尊奉笔墨架——这是他们一直以来的谋生工具。

这些来自三十个勒克瑙古老家庭的女孩中,十三岁的塔拉特是最年幼的。她们中一半都是穆斯林,但大部分人却不戴头巾,并选择了古典乐器作为课程。时间过得很快,苏拉杰·巴克什老师在这里教授音乐,塔拉特漫不经心地弹奏着手里的坦布拉琴。

住在勒克瑙老城区的乌尔都—波斯大毛拉是一位步履蹒跚的老绅士。他属于毛拉法齐尔阶层——毛拉的意思是学者,而不是神职人员。这位克什米尔班智达的祖先因为崇尚纳瓦卜们慷慨的英雄气概,在十九世纪初从克什米尔来到勒克瑙。在他的教区里,出现了许多著名的乌尔都诗人、小说家、律师和医生。

考尔毛拉教授乌尔都语课,用的是瓦拉纳西印度教大学乌尔都语波斯语系主任毛拉马赫什·帕尔沙德修订的讲义。当考尔毛拉生病的时候,萨希卜大师会请哈里桑卡代课。(哈里桑卡现在正在攻读波斯语硕士学位。)没过几天,他就开始用十分严厉的态度来授课,并且被人视为"小毛拉"。他的暴脾气和严格纪律给了姑娘们不少威慑。

在哈兹拉特甘吉集市上那排"英式"店铺中，一扇古老的门会将人引入马克巴拉大院。在这个偌大的四方院中，静立着瓦吉德·阿里沙阿的父亲阿姆贾德·阿里沙阿的陵墓。这片陵墓在一八五七年乌特勒姆将军占领勒克瑙后曾被临地改作教堂，坎农勋爵也曾在这里做过礼拜。过了一些时日，这座宅院才被归还给穆斯林们用以祭奠侯赛因伊玛目，而现在，这里更增添了几分失落王朝的寂静感。当这片墓区被用作教堂时，很多基督教徒涌入这里，而他们的后代作为新基督教租户，继续生活在宅院外围的地区。

穆哈兰姆月①，"会议"在这里举行。关于先知的孙子侯赛因殉道的故事被一遍遍讲述着，挽歌被一遍遍吟唱着。贫穷的基督教徒住在地下室，女人们在四十天哀悼日里做一些看管悼念者鞋物、收集善捐之类的工作。大批白皮肤的印英混血群体来到拉尔巴格，在哈兹拉特甘吉经营自己的俱乐部。金发的欧亚女孩大多是职业卡塔克舞者——瓦吉德·阿里沙阿创造的文化艺术依然在勒克瑙深入人心。其中一位叫作罗茜，和父母一起住在塔特尔沃拉学校附近的一间小屋里。

在雨季，女孩子们在音乐课上唱着歌，外面绿油油的植物被雨水浇灌着，整个世界似乎被流动的音符注满。当罗茜穿着挂满铃铛的舞衣在她的小屋里练习，东风会把她身上传来的悦耳动听的声音带到半空。她的老师师从勒克瑙最著名的舞蹈艺术家沙姆布摩诃罗阇。

学院预科女生们于一九四一年三月动身前往瓦拉纳西。卡玛尔和哈里桑卡来到查尔巴格车站为她们送行。"你们赶紧走吧。"卡玛尔开心地说，"等我们考试一结束就过来找你们玩。我们早就想去鹿野苑了。"

---

① 伊斯兰教历一月。——译注

"据可靠消息,瓦拉纳西的几大学院里有很多漂亮女孩。"哈里桑卡调皮地眨了眨眼睛。

"如果让你那些可怜的女学生们无意中听到她们的小毛拉竟然这样说话,你觉得会如何?"尼尔玛拉白了他哥哥一眼。

哈里桑卡转身走向月台上的学生们,开始煞有介事地向她们解释乌尔都语论文中米尔扎·迦利布诗歌的一些重点。

三十四

摩诃罗阁的劳斯莱斯

查姆帕·艾哈迈德透过贝赞特学院图书馆的窗户向外望去。这是个炎热又尘土飞扬的四月清晨，旋风在远处起舞，金盏花的黄叶片在校园里到处飞扬。眉头紧锁、百无聊赖的图书管理员身后，安妮·贝赞特夫人却在油画布上绽放着一张情真意切的笑脸。

再见了，安妮·贝赞特夫人，如果我能够取得好成绩，我再也不会回到这里。查姆帕安静又快速地祷告着："仁慈的真主，看在穆罕默德和他的孩子们的分上，请求您让我在中级艺术考试中得到一等。阿米乃。"然后她又补充道——"我母亲的名字叫纳菲萨贝古姆。"她听说只有当祈祷者念出母亲的名字后，天使才会把意愿往上传达。

她的朋友丽拉·巴尔加瓦已经还完书，和她一起往楼下走去。"我的表妹库萨姆从勒克瑙过来参加高中考试，她是从那所古色古香的学校塔特尔沃拉学院过来的。咱们一起过去看看吧。"

在一个有遮阳篷的巨大阳台上，学习音乐理论的女生们嘴里嗡嗡念叨着什么，而后低头刷刷地写着什么，站在外面一棵枝叶茂盛的芒果树下等待库萨姆·库马里·巴尔加瓦的查姆帕和丽拉都能听到她们的声音。阳光变得更毒了。"是时候了，她们中的幸运儿就能前往马苏里。"丽拉带着望眼欲穿的神情说。查姆帕不以为然，她似乎已经习惯性地接受自己的命运。一年又一年，她在瓦拉纳西拥挤的街区里不知道度过了多少个烈日炎炎又尘土漫天的夏日。

库萨姆向遮阳篷走去。

查姆帕的父母属于体面的白领阶层。父亲是一名无人聘请的律师，来自莫拉达巴德西部地区，在妻子的家乡开设了自己的律师事务所。查姆帕的母亲那边则更加富裕一些。查姆帕是家中唯一的孩子，父亲已经接到了不少提亲。父亲对穆斯林联盟政策持温和态度，每当马哈茂达巴德的拉者阿米尔·艾哈迈德汗来到瓦拉纳西，他尤其会出门拜会。拉者目前正在用金钱支持新巴基斯坦运动。

瓦拉纳西也是印度教复兴运动的中心。查姆帕那位雄心勃勃的母亲却对政治毫无兴趣——她一心只想把女儿送进勒克瑙的伊莎贝拉·托本学院。印度上流阶层的千金们都会来这里学习，只要进入这家美国教会大学，女孩的社会地位就会瞬间得到提升。查姆帕的父亲本希望她能够进入阿里格尔的穆斯林女子学院，但是纳菲萨非常坚持她的意见。"不行，"她说，"我的女儿要像普尔·昆沃尔夫人和比拉里的贝古姆的女儿们一样进入贵族大学。"

纳雷什摩诃罗阇的白色劳斯莱斯像太阳战车①一般悄无声息地停了下来，走出两位面带笑容的年轻男子，他们四下张望，看起来十分兴奋。其中一位中等身材相貌平平，另一位则高挑英挺，留着时髦的鬈发。他们看起来都出身豪门，且自我感觉十分良好。显然，他们是校园里的陌生人。那位帅小伙拇指插在裤兜里，轻轻地吹着口哨，看起来跟个西方青年没什

---

① 古希腊神话中太阳神赫利俄斯每日乘着四匹火马拉着的日辇在空中驰骋。——译注

么不同。他们很快注意到了芒果树下站着的那位穿戴白色纱丽的漂亮女孩。帅小伙停止了口哨。两人发现姑娘也在观察着他们，竟都有些尴尬，赶紧把目光转向别处。女孩被他们这么一逗，脸上露出淡淡的笑容。正在这个时候，另一个女孩也走了过来，正用一本笔记本扇着风。

两个男孩用手绢遮住鼻子来抵挡飞扬的尘土。两个瘦小的姑娘从露台的楼梯上三步并作两步跳了下来，向他们跑去。其中一个上气不接下气地喊着："你能想象一个考场大堂里，所有人一边在做考卷一边嗡嗡嗡地念叨吗？"又消瘦又苍白的小姑娘看起来和那个中等身材的男孩十分相像，他叫她尼尔玛拉。另一个面色红润、头发卷曲的姑娘，显然就是那位帅小伙的妹妹。四个人用英文兴奋地交谈着，语速很快。身穿制服的司机毕恭毕敬地在他们面前拉开豪华轿车的车门。

太阳战车迅速地消失在晌午的金色薄雾中。丽拉迅速地见完妹妹，又回到了刚才目睹的一幕。

"陛下应该没有那个岁数的儿子或者晚辈。那他们是谁？"她大声问道。

"纨绔子弟呗。"查姆帕随口说道。

"他们看起来那么无忧无虑，好像拥有了全世界似的。"

"我看是那辆劳斯莱斯拥有了全世界吧。假如他们是乘着马车来的，我看你根本不会再想起他们。"查姆帕不客气地说。

两位英国文学系的女学生正巧刚刚阅读了萧伯纳。丽拉接着说道："他们站在那儿的样子如此泰然自若——好像恺撒和安东尼。"

"听着，克丽奥佩特拉，你是不是被太阳烤晕了。那只不过是两个骄傲自大的贵族男孩而已。"

"那两个小女孩看起来也很活泼伶俐。"丽拉评价道。

"就是一群小毛孩子,他们四个都一样。在山上的英国学校受教育,总而言之都属于不同的血统。不关咱们的事情,别再羡慕他们了。"

丽拉转换了话题。"告诉你,查姆帕,我的表妹库萨姆邀请咱们去参加她们塔特尔沃拉学院女生们在她们住的地方举办的演奏会。库萨姆以后会进入勒克瑙的马里斯学院。"

查姆帕皱了皱眉头。马里斯学院、科尔文·塔鲁克达尔学院、拉马提尼埃学院、坎宁学院、洛雷托女修道院、伊莎贝拉·托本学院、卡拉马特·侯赛因穆斯林女子学院——女子高等教育的黄金圈。勒克瑙的奇幻世界里居住着她看到的这些闪闪发光的人。那一瞬间,她忽然对身边的这个朋友生出一种厌恶感,就因为瞥了几眼那些漂亮物种们的生活方式,这个可怜的教师家庭出生的女孩已经完全迷失了自我。

回家的路上,当她吱吱作响的小马车驶过喧闹的集市时,她发现自己也正在将自己低微的存在与华丽大道上那些显赫的居民作着比较。马车奔上一条小路,在一幢毫不显眼的房舍前停下。这就是我住的地方,她认命地对自己说。如果那两个被她的容貌深深吸引的男孩知道她就住在这样的屋檐下,该多么失望呢!他们是谁?她一边鄙夷着天真直率的丽拉那毫无价值的艳羡,一边又在偷偷憧憬那一切的美好也会出现在自己的生活中。

三十五

瓦吉德·阿里沙阿的最后一曲

在瓦拉纳西，萨希卜大师的女学生们借住在一座三层的宿舍楼里，四周的花园看起来无人打理，但是窗户外装有防护栏，阳台和旋转楼梯也是由金属制成的。一对木质人形雕像伫立在入口的两旁，它们瞪着一对铜铃似的大眼睛，脸上有钢针般粗硬的胡碴，头上戴着遮阳帽，身上的制服被漆成了艳丽的蓝色。它们的手上各举着一把木枪，这是一八五七年之后印度士兵的典型装扮。

女房东是一名虔诚的婆罗门，寡居在三楼的房间里，大家都习惯叫她潘迪塔因。一八五六年，苏丹阿拉姆·瓦吉德·阿里沙阿前往加尔各答的途中在瓦拉纳西停留，出于特别的原因，他将一大笔钱赠送给接待他的主人伊什瓦里·帕尔萨德·纳拉因·辛格摩诃罗阇。这座城市的唢呐演奏者都是传统的穆斯林，经常被长老邀请来做早课前的"叫醒"仪式。被罢黜的国王十分信任这些演奏者，并允许他们每天早上在迦尸的主寺演奏——这也算是一个落魄君王对于祖上的一种缅怀方式，毕竟他们曾经统治这片土地长达一百六十六年之久，并且创造出了一种融合文化。

研修印度斯坦古典音乐的女孩们常常坐在酸角树下准备考试。一天上午，瘦小的潘迪塔因慢慢踱了过来，递给塔拉特一本旧书。"你看，孩子，当年国王把这部非常珍贵的典籍送给了我祖父，我祖父可是个大人物呢。"

塔拉特吓了一跳，她小心翼翼地翻开字迹斑驳的古书，发现有人在页眉上用印度语和乌尔都语写了不少注解。"我们保存得很好吧，这本书非常珍贵。"潘迪塔因把书从塔拉特手里收了回来，摇摇晃晃地走开了。

用餐时间，一张大桌布被铺在大堂的地板上。婆罗门胖厨子走了进来，后面跟着她那个瘦巴巴的助手，助手手里拎着一桶凝乳。凝乳被从桶里舀出来，隔着很远的距离倒进一个个姑娘们的铜碗里。素餐盛放在芭蕉叶中。

在考试的日子，萨希卜大师的妻子总是亲自站在大门口，神情严肃地进行一场"油和扁豆""凝乳和鱼"的传统仪式。这种具有美好寓意的仪式被印度教徒和穆斯林很好地传承了下来。在前往考试大厅的路上，每一个女孩都会穿过这道大门，她们会看见师母对着一锅油沉思，然后在前额上抹凝乳。每个人都要重复念着"凝乳和鱼儿"。鱼是好运的象征，是对奥德王朝纳瓦卜们的致敬——在他们的建筑物的大门口，总会有一对鱼儿对称出现。

卡玛尔和哈里桑卡出现在音乐理论考试的那天早上，塔拉特和尼尔玛拉从考场走出来的时候，看见劳斯莱斯前站着那两个家伙，四只眼睛齐刷刷地望向芒果树的方向，他们的目标——毫无疑问，就是那个穿着白色棉布纱丽的高年级女生。她有着金子般的皮肤，的确非常美丽。小姑娘们迅速地瞟了她一眼，向轿车边走去。

卡玛尔和哈里桑卡住在首席大臣迪万跨越恒河的一座华丽宅邸里。为了把小妹妹们从学校接回来午餐，他们动用了大臣的其中一辆豪车。迪万·巴哈杜尔是礼萨家族的远亲。

"我要给曲姆兰买一件新纱丽，还有很多手镯作为礼物，"塔拉特在码头上嚷嚷着,"送给侯赛因的妻子拉姆·戴亚,还有苏珊。给我们点钱。"

"你觉得我们俩是大富豪吗?还是开私人银行的?我们就是需要自食其力的大学生而已。"哈里桑卡不耐烦地说道。

"虽然我们不富有,但也不是什么小气的人。"卡玛尔接茬道,"如果你们告诉我刚才树荫下的那个女孩是谁,我们就把瓦拉纳西所有的手镯买下来给你们。"

"什么?"塔拉特问,"什么女孩?什么树荫?给我们点钱,赶快。"

"除非你告诉我们她是谁。"哈里桑卡也想做这笔交易。

他们花了一整天的时间在迪万的大宅子里和从奈尼塔尔女修道院学校回来的女孩们东拉西扯。虽然只有二十岁,哈里桑卡却是个有收入(奖学金)的学生。迪万夫人非常热衷帮他拉媒。"普拉布德斯倒是有不少拉者家里都有待字闺中的女儿,但她们都是塔库尔。我得帮你找个刹帝利好姑娘,比如某个长官的女儿……"刹帝利不但保留着他们的种姓传统,还进入了英国的行政体系。

所有考试都结束了,小姑娘们在萨希卜大师和师母的陪护下来到老城区一个偏僻小径里购物。夜幕降临时,他们在恒河上泛舟。第二天,她们游览了沐浴在金色阳光下的鹿野苑。灯火映照着新修寺庙的大理石地面,一排排乔达摩·悉达多王子的金色雕像在半明半昧的大堂里闪着光亮。

"多么安宁,这是属于佛的平静。"塔拉特坐在冰凉的大理石地板上,深深地吸了口气。

"嗯哼……"巴诺点点头,聪明的她微笑着解释其中的"真相","咱们在大太阳下面走了一整天;实在是太累了,要好好休息一下,然后我们发现这里又凉快又安静。"塔拉特一下子站起身跳起舞来,姑娘们纷纷加入。

返回勒克瑙的前一天，姑娘们在潘迪塔因的院子里搭建了一个小小的舞台，用车前草做了装饰。舞台前方铺着棉布地毯，观众可以坐在上面，一块挂起来的印染棉布被当作背景幕。没有足够时间排练完整的剧目，因此她们决定演绎米拉·巴伊的故事。她们决定用赞美诗代替对话的方式来展开这位十六世纪神秘公主的传奇人生。姑娘们对这个故事是如此熟悉，可以尽情发挥。沙希达反串米拉那位坚决反对妻子崇拜奎师那的拉者丈夫，她的假胡子时不时会掉下来。而扮演阿克巴皇帝的库萨姆虽然常常忍不住笑场，却意外地得到了观众的热烈反响。吉安瓦提·巴特纳加尔是一名广播艺术家和广受赞誉的歌手——毫无疑问，她是饰演米拉·巴伊的最佳人选。

塔拉特既当导演也打杂。每当哪个角色缺人，她也会冲到台上临时顶一顶。她一会儿是阿克巴皇帝的大臣，一会儿又是米拉·巴伊的知心姐妹。米拉和拉者步入结婚礼堂时，塔拉特又借用了阿克巴的假白胡子客串一把满腹经纶的班智达。在终场一幕，巴诺摆出奎师那的经典造型——神圣的长笛吹奏者，大家围绕着她唱歌跳舞。法丽达的脸用牙膏装点着，却显得很庄严肃穆。观众们坐在星空下，卡玛尔和哈里桑卡挤在最后一排，他们并没有看见坐在第一排离舞台最近的查姆帕。

查姆帕的祷告应验了。她在中级艺术考试中得到一等成绩，并且顺利得到梦寐以求的勒克瑙伊莎贝拉·托本学院入学资格。她在勒克瑙有一个家境不错的亲戚，于是将出发的时间定在了七月十三日。她开始打点行装，却发现除了母亲给她买的那半打每件三四卢比的棉质纱丽外，几乎没有什么可装进箱子里的了。一天傍晚，父亲正在客厅待客，母亲走进她的房间，递给她一只信封。"刚刚送来的。"说完便回到了厨房。

　　这是一枚方形灰蓝色、设计优雅的信封，信戳上显示的是马苏里。信是用英文写的，抬头用非常亲近的口气写着"亲爱的查姆帕"。信里写道："非常高兴你会在今年加入我们的学校。"接下来是对昌德巴格的一段详细介绍。信里还说，根据她的个人爱好，以下这些俱乐部非常欢迎她的加入。如果她是个喜欢户外运动的女孩，可以去认识体育教练贾马拉·阿帕斯瓦米。如果她喜欢网球，网球社秘书长拉德哈·施里纳格什将很乐意指导她。戏剧社也非常期待热爱表演的她成为一员。诸如此类。一名文学系即将毕业的学生作家将作为她新学年的个人辅导员。因此，她必须在七月十四日早上八点到校园报到。他将在弗洛伦斯·尼古拉斯大厅前的楼梯口与她会合，并解答她提出的所有问题。信的落款是：苔赫米纳·礼萨，奥克兰大厅，马苏里。

　　查姆帕目瞪口呆地举着这封信。这个苔赫米纳·礼萨是谁？又是从哪里得到她的地址呢？乌尔都语浪漫小说里常会出现这种来自旧时代上流社会小姐之间神秘信件的描写。她忽然想起自己曾经在一家二手书店花了四安娜买过一本爱尔兰神话故事，这本叫作《仙境的密码》的书曾属于瓦拉纳西圣玛丽女修道院的一位英国女学生。难道这封来自苔赫米纳·礼萨的信也是一组密码？她并不十分相信自己将要进入的这个地方是一个寓言中的精英世界。但如果神明眷顾她，也许有一天她也会成为其中一员。

三十六

月亮花园

"光阴如梭，我们对昌德巴格的信念永恒如一……"

学院的校歌是配着"以你的双眼为我干杯"的旋律，学生们饱含深情地唱着，钢琴家"音乐夫人"乔丹腰杆笔直地坐在琴凳上为大家伴奏。她也在学校的小教堂里弹奏管风琴。她用一枚胸针将纱丽的一角别在左肩上，裙角距离地面还有四英寸。"音乐夫人"乔丹和她的弟媳"经济学夫人"乔丹都是勒克瑙本地人。所以，这里有两位孟加拉婆罗门妇女，两位老派绅士——一位教乌尔都语一位教波斯语，一位教授印度梵语的班智达。康斯坦丝·达斯夫人是学院有史以来的第一任印度校长，她刚从退休的玛丽·珊农博士手中接任该职。

达斯夫人是一位亲切而尊贵的女士，属于非常高的种性等级，是一名上流社会的印度基督徒。她是摩诃罗阁辛格夫人的妹妹——辛格先生属于卡普塔拉邦锡克贵族家庭的基督分支。副校长莎拉·查科来自喀拉拉邦。印度社会就像一杯鸡尾酒或者一罐百花香，和谐共存是常态。

其他教职员工几乎都是美国白人，除了永远笑容可掬的唐斯小姐，她是一名黑人护士，负责"国王之女医务室"里的所有事务。一八六二年，卫理公会传教士伊莎贝拉·托本小姐从俄亥俄州来到阿米纳巴德，建立了这所学院，一八九五年拥有了颁发学位证书的资格。一九二二年，学院跨过戈默蒂河，搬到了现在的昌德巴格。

伊莎贝拉·托本学院总被人们称为昌德巴格。一八五七年之前，昌德巴格属于皇家用地的一部分，这里曾经散养着鹿和野牛，奥德帝国的统治者们也经常前来观看斗象。在勒克瑙，维齐尔纳瓦卜和后来几任皇帝们的规划之下，出现了很多被称作"巴格"或"花园"的地方。而住宅地区常被称为"甘吉"或"珍宝屋"。

宏伟壮观的建筑，装饰华丽的会客厅，精心打理的花园操场，昌德巴格看上去就像是一座典型的美国大学城，所有建筑都由精美的长廊相互连接。桉树林被称为"阿登森林"，三所学院宿舍被分别命名为欢喜宫、毛尼殿和麦垂馆。穆斯林和印度教徒们一起愉快地庆祝排灯节，而每当圣纪节那天，一些印度教女孩也会穿上长衫，毕恭毕敬地敬香致礼。

在隔离时期，昌德巴格的美国教师极有可能是美国派来的间谍。印度政客们总把美国人当作异类，习惯避开他们。和英国统治者及其夫人不同，他们常会邀请一些著名人物，比如乌尔都语诗歌领军人物沙拉金尼·奈都和贾瓦哈拉尔·尼赫鲁班智达，来为女孩子们宣讲一些非政治性话题。学院隶属于勒克瑙大学，所有的教育方法都已美国化。从社会学角度来说，"美国化"并不是一个术语词。在旁遮普农民二十年代定居在加利福尼亚州之前，整个美国大陆其实并没有被印度发现。

一九四一年七月十四日的清晨，瓦拉纳西的查姆帕·艾哈迈德惊讶地从二百五十人的学生名单上数出了四十个穆斯林女孩。在这些学生中，有身材高挑的梅赫尔·塔吉，活像一尊自由女神像的她是阿卜杜尔·加法尔汗的女儿。此外，还有贾瓦哈拉尔·尼赫鲁的侄女昌德拉莱克哈班智达。

受过教育的这一代印度妇女也慢慢走出了深闺。勒克瑙有两对穆斯林中年姐妹。莎·吉安和罗姗·吉安贝古姆,二十年代时她们在昌德巴格完成学业,两人都是"英归":罗姗·吉安贝古姆是卡拉马特·侯赛因穆斯林女子学院的校长(一所隐匿在高墙里,专为深闺女孩提供教育的学院)。姐妹俩都是未婚女性,经常能看到她们在法扎巴德路上骑着自行车来来去去。自行车是勒克瑙女学生中时髦的交通工具,多少也被称为女性解放的象征之一,而她们早年也在英国和美国生活多年。大眼睛的努尔·吉安·优素福小姐年轻时应该是个美人,她是学校里的监督员,也住在法扎巴德路。当年她前往英国进修的时候,她的姐姐作为监护人一起同行。没错,这对姐妹也是老姑娘。

到了一九四一年查姆帕来到昌德巴格后,女性已经获得了很大的自信,社会也变得更加自由。不过,昌德巴格依然保留着不少保守传统,规章制度依然十分严格。低年级的学生必须在高年级生的陪伴下才能前往市集。宿舍不许任何外人进入,而"约会"更是只能神不知鬼不觉。

不过,昌德巴格也是个极好的"平衡社会"。贵族的千金与平民的女儿都会披着同样的纱丽。对于美国传教士而言,绝不会拥有英国人那种阶级分裂感。

正如陌生人苔赫米纳·礼萨在信里所承诺的,七月十四日早上八点整,一名相貌普通的女孩准时地出现在了新古典主义风格的弗洛伦斯·尼古拉斯大厅前的楼梯上。

"你好,你是查姆帕?"她愉快地对眼前这个女孩说。

查姆帕点点头,一时半会说不出话来。

"我叫苔赫米纳·礼萨,你第一年的辅导员。来吧。"

查姆帕有些失望,她憧憬着那位从马苏里的奥克兰大厅里给她写信的会是一位迷人的公主,眼前却只是个性格良好却貌不惊人的高年级生。苔赫米纳告诉她，学校把一些刚拿到录取通知书的女孩的地址发给高年级生，让她们来一对一地写欢迎信，并且和一位教职员工一起担任女孩们第一年的辅导员。苔赫米纳的妹妹塔拉特也是这一届的新生。她对查姆帕说：“哦，神啊，查姆帕巴吉，我们四月份的时候在瓦拉纳西见过你，对不对，尼尔玛拉？"

查姆帕被她的"导师"邀请到古尔费珊做客。

这是一个周六的下午。查姆帕正坐在后花园的玫瑰花丛边和苔赫米纳聊着天，她看见卡玛尔和哈里桑卡正慢慢走过来，他们的眼神再次遇到一起，但三道目光又瞬间散开，最后几个年轻人一起大笑起来。

"你以前见过这两位混世魔王吗，查姆帕？"苔赫米纳问道。

"算不上见过吧，他们当时在一辆劳斯莱斯上，我只是猜测他们是谁。"查姆帕流畅地回答道。作为一个平民的女儿，她早就学会了如何在高人一等的阶层面前抬起头。现在，她正被一群精英所包围，但是她并不打算表现出自己的不安和自卑。她觉得自己和他们一样出色，甚至能够带领他们跟随自己的步调。此外，她在勒克瑙也有落脚的地方：那位富裕亲戚在瓦兹尔·哈桑路上的宅邸。她不用担心，反正这些人不会去瓦拉纳西参观她的寒酸住所。

查姆帕在用不卑不亢的语气对他们说话时，卡玛尔和哈里桑卡几乎目不转睛地盯着她。而当他们得知她是姐姐苔赫米纳的朋友并比自己大几岁后，之前准备来一段罗曼史的念头一下子烟消云散，开始把她视为姐姐一样充满尊敬。

塔拉特习惯叫她查姆帕巴吉，于是卡玛尔和哈里桑卡也开始跟着塔拉特称呼她为巴吉。虽然他们奇怪为什么一个二十三岁的女孩还在学校里攻读艺术学位,但这个问题太过私人,没人会开口问出——查姆帕自己更不会主动说出是因为家里不堪的经济状况令她很晚才开始接受教育。

"我们印度地主家庭是非常传统的——祖父去世前,我们是不能进入学校的。"她想了个理由,自告奋勇地解答了他们的疑虑。

为了跟身份显赫的朋友们打成一片,查姆帕·艾哈迈德已经不知不觉地赋予了自己一个编情节又圆故事的角色。

苔赫米纳邀请查姆帕留下来用晚餐。阿米尔在花园里的人群中一眼便锁定了查姆帕,他带着天生的迷人气质走过去,潇洒地作了自我介绍。在整个自助晚餐过程中,他始终殷勤地陪伴在她身边。他被她迷得神魂颠倒,却忘了她**是**他未婚妻的指导生——看来一出女人钩心斗角的好戏很快就要上演。起居室里,可怜的苔赫米纳正用小型施坦威钢琴上弹奏着斯特雷阿博格[①]的《仙女圆舞曲》。一轮满月在黑丝绒般的夜幕下光彩盈盈,花园里弥漫着夜来香的芬芳。

晚餐结束,客人陆续散去。

阿米尔悄悄地问查姆帕:"明天能见你吗?"

"不能。"

"为什么?"

"理由很明显。"

"让理由见鬼去,生命只有一次。"他语气强硬地说。阿米尔喜欢挑战和冒险,除此以外,他也是那种想要掌控一切的人。

第二天晚上,阿米尔来到昌德巴格,他以塔拉特·礼萨小姐表哥的名

[①] (Streabbog) 比利时钢琴家、作曲家让·路易·高巴埃尔茨(Jean Louis Gobbaerts)的化名,为其姓氏反写。——译注

义请求拜访。

现在,"表哥"已经成为不少女生宿舍拜访者的虚假称谓。但大家都知道礼萨上尉的确是一位真实的亲戚。查姆帕来到会客室——

"我是你今晚外出的监护人。"他笑嘻嘻地说道,在登记本上签了字。

他帮她打开鲜红色跑车的车门,然后风驰电掣般地开到穆罕默德巴格俱乐部。那是一家高级俱乐部,并没有太多平民光顾。他们喝了咖啡,他在校舍关门前将她送了回去。如果她没能赶上"关门",那将意味着她会被禁足一段时间。

阿米尔正处在一个月长的假期中,因此他每隔一天晚上便会来找查姆帕出去玩。他们开车去很远的乡村,去勒克瑙最受欢迎的两大野餐地钦哈特和巴克西卡塔拉布。但他们并未越过雷池,甚至连手都没牵过,只是聊天。他给她讲自己的童年,他那个忘恩负义的女家教尼娜,以及他与苔赫米纳的包办婚姻。他是个并不快乐的年轻人。"我们怎样才能不伤害可怜的苔米呢?我的确是在海军服役……这倒是提醒我了……也许我该被派往前线。请答应我你会等我——我们一定会想到解决的办法,别担心。"

阿米尔和查姆帕都以为他们的会面是绝对私密的。直到有一天,班智达贾瓦哈拉尔·尼赫鲁说漏了嘴。他来到昌德巴格,做了一场关于"发现印度"的演说,他站在会堂里,把台下这些女孩子视为自己的家人,用亲切和轻松的语气讲述着。他说:"如果你们想去马苏里,需要登上一艘船,穿过海洋到达喜马拉雅山脉。"

第二天,苔赫米纳带着查姆帕来到印度咖啡馆——哈里桑卡、卡玛尔、拉杰瓦提、尼尔玛拉和塔拉特像往常一样,骑着自行车来到哈兹拉特甘吉。苔赫米纳和拉杰开始讨论昨天班智达的演讲。

"他是个甜心。"尼尔玛拉叫道。

"不错……"塔拉特也肯定地说

卡玛尔和哈里桑卡小声咕哝着。

"没错,当他说到前往马苏里的时候,暴露了他的阶级从属……"苔赫米纳提出反对。她有着极左思想。

"得了吧,苔米,"哈提出了他的独到见解,"那是因为昨天的听众是昌德巴格的女孩,而不是印度农民。你说对吗,查姆帕巴吉?"

"哦,我昨天没去听演讲,我在图书馆里准备考试。"查姆帕漠不关心地答道。

苔赫米纳、拉杰瓦提、塔拉特和尼尔玛拉意味深长地交换了眼神。苔赫米纳显得非常失望,所有人都不再说话。返回的路上,在下猴子桥坡时,苔赫米纳突然把所有人甩在后面,只叫查姆帕跟上来。

"咱们去游泳池聊会吧。"苔赫米纳严肃地说。

游泳池显得很萧条。秋天到了,赤褐色的叶子堆积在树下。查姆帕懒洋洋地坐在一块跳板上,苔赫米纳站在一旁。"查姆帕,咱们说实话。"她抬高了声音,"你没有必要说自己昨天在图书馆。图书馆重新装修要关闭整整一个星期,你只要说你出去了就可以了。

"你知道,我们不是足不出户的乡下人,这是个关系社会,谁和谁都可能认识。你经常穿着你那件鹦鹉绿色的纱丽和阿米尔一起出去对吧。你也知道大家都把阿米尔的跑车戏称为古尔法姆王子的飞毯。现在整个学校的人都在说苏比兹·帕里引诱了古尔费珊的沙扎达·古尔法姆。

"每年总会有些女孩成为昌德巴格和巴德沙巴格的话题人物,我们并不希望你成为她们中的一个。"

一阵爆发后,回到一片更可怕的沉默。一个念头倏地钻进查姆帕的脑中。"她用对她的女仆苏珊一样的口气对我说话,如果我是大法官或塔鲁克达尔①的女儿，还会遭受这种羞辱吗？就算她是个左派又如何，还不是跟其他人一个德行……"苔赫米纳已经隐隐感觉到查姆帕的经济状况，她只有一件能在"派对"上穿的衣服——就是那件鹦鹉绿色的纱丽，她每次出门总是穿着它，所以大家都叫她苏比兹·帕里，乌尔都语戏剧《因德尔·塞卜哈》的女主人公。查姆帕出席一些特别的场合时，苔赫米纳常会慷慨地将自己的精美纱丽借给她，可是现在这个靠奖学金过活的穷学生竟然厚颜无耻地来抢她的未婚夫。

"我没想到你竟然如此寡廉鲜耻，而且不知感恩。"她叫道。

查姆帕气得浑身颤抖。不知感恩！我是你们贵族施舍的门客吗？

查姆帕站起身，语气很激动："我不是什么耶洗别，但如果你想让我把莎·吉安贝古姆和罗姗·吉安贝古姆视为人生楷模，那我要让你失望了！未来二十年你也绝不可能看见我骑着自行车在法扎巴德路上跑来跑去，像个老姑婆似的戴着眼镜，留着可笑的发型。"

苔赫米纳像盯着一个叛徒般看着她。自打征服了阿米尔，查姆帕还是第一次意识到自己对异性的吸引力。她最初担心的无法适应新环境的情况并没有发生，反倒让身边的同性感到嫉妒和缺乏安全感。即使已经有不少人用"下贱"来形容她，但是阿米尔这个桀骜不驯的无冕王子，为了追求她而无视一切世俗眼光。这让她变得更勇敢。

"**你**很可能会变成一柄战斧，像个冒牌的革命军，领着队伍从猴子桥下走过。"话毕，查姆帕穿过草地，向自己的家跑去。

阿米尔只要从部队告假回家就一定会去见查姆帕，让哈里桑卡和卡玛尔羡慕不已。尽管已是偶尔为之，查姆帕还会像以前一样受邀前往古尔费

---

① 十八世纪莫卧儿帝国统治时期奥德和孟加拉地区的小封建主。——译注

珊或"荸荠屋"参加派对。苔赫米纳已经学会了如何控制自己。如果把事情做得太明显,必然会有失身份且成为笑话——就像印度电影里,总会有一个好心姑娘和一个恶毒女人为了个英俊男人斗得昏天黑地。接下来的日子里,苔赫米纳和查姆帕倒也相安无事……

三十七

浪花之上

"我确信那个叫查姆帕的给阿米尔少爷喂了猫头鹰肉了。"侯赛因的妻子低沉着声音说。她正把细细的银线缝在苔赫米纳的藏红花长头巾上。和大部分勒克瑙的穆斯林劳动妇女一样,她非常擅长在空余时间做银线卡姆达尼①和棉线奇坎②刺绣。她的手艺是从母亲那里学来的,如今她的十岁女儿正坐在她的身边看她工作。司机的妻子正忙着在苔赫米纳的裙子上绣着蕾丝边,拉姆·戴亚在旁边给她们打下手。几个妇女坐在用人生活区的一棵大桑树下,制作着苔赫米纳的嫁妆。从她开始上学起,她的嫁妆每年都会增加一些。而现在,这是个灾难。

"猫头鹰肉……"侯赛因的妻子又重复了一遍。

尽管不是什么随处可见的鸟,但黑魔术士还是可以在纳克哈斯的著名集市里买到品种优良的个体。当然,它的价格非常昂贵,但如果你对它施咒并把它的肉混在其他食物里送给你想要诱惑一生的男人,他吃下后就会像个白痴般受你控制。据说这是非常古老且百试不爽的秘方。

---

① 盛行于莫卧儿帝国统治时期的制衣技术,将金属线绣入服饰中。——译注
② 勒克瑙地区传统绣花工艺。——译注

"……如果不是这样,阿米尔少爷怎么可能放弃像珍珠一样纯洁的苔赫米纳小姐?查姆帕比比就是迦梨在普拉布德斯的巫女,专对男人施法。"

"要不是他们这些英国佬,我会让夫人去达加沙阿米纳先生那里要一种能为苔赫米纳小姐消灾避难的法器。"

"她一定是在上次排灯节的时候被下了咒,"拉姆·戴亚插话道,"还有这次的排灯节!"

"是的,肯定的。"女佣苏珊也坚决附和道。她也非常担心自己的年轻女主人,因为她经常看到苔赫米纳一个人在房间里默默哭泣……

每到排灯节,拉杰瓦提和尼尔玛拉在院子里绘制蓝果丽①,以此迎接吉祥天女。拉姆·奥塔尔和加冈·丁出门赌钱去了——有个说法,如果在排灯节当天不沉迷于骰子游戏,下辈子投胎就会变成过街老鼠。所以就连自律的卡迪尔也会在这天小赌一把以免触霉头。

如果节日当夜不见月亮,古尔费珊和"荸荠屋"的女主人以及雷扎达夫人就会告诫孩子们不要在房间里胡闹,以防女巫卢娜·查马里的信徒们施展各种黑魔法。的确,在这样的黑夜里,经常会出现一些奇怪和危险的事情。蒸煮罐会自己飞起来攻击并杀死敌人,一只只装满"黑魔法"甜食的坛子被放置在路口,将恶魔的灵魂附身于路上来来往往的无辜行人。

"别坐在地上,可能会有蛇躲在什么地方。"祖贝达姑妈曾经说过,"舔过排灯节上燃尽的灯芯后,蛇会进入冬眠状态。"

斋月也是去了又来。这是个充满神圣仪式和神秘力量的月份。人们禁食,祷告,却也感到乐趣无穷。大家会在天还没亮的时候起床吃封斋饭。

---

① 印度传统地画。——译注

在下午时分开始准备太阳落山后的开斋饭——丰盛的饭菜会摆满长长一桌。城里会在精确的时间点响起开斋的炮声。

在城市的街道上，会有大量的志愿者用悦耳的声音大喊着："起床吃封斋饭啦。"每天晚上，侯赛因或卡迪尔会骑着自行车，将一盒盒开斋饭菜送到最近的清真寺里。富有的家庭会将开斋饭打包好送到清真寺中供穷人享用。每到斋月，灯火通明的清真寺里总会堆满富裕施舍者们捐赠的食物。

开斋宴在斋月的最后一个傍晚举办。看到节日的新月重新出现总会令人激动。节庆的一切都不会少：新衣、节日贺卡、礼物、美食、羽毛、各种各样的甜面条。所有人，无论贫富，都会从头到脚穿上新的。卡玛尔和塔拉特还是小孩子的时候，会兴奋地把心爱的新鞋子藏在枕头底下！

男人们会在公共场合聚集在一起祈福，然后回到家向每一个人大声问候"节日吉庆！"。阿米尔少爷本该身着奶油色立领长外套和白色紧身长裤，像一位高贵的莫卧儿王子，与卡玛尔及他的父亲一起前往。可今年，他和他的军队正在西部海域与德国海军交战。古尔费珊的所有人都在为他的平安归来而祈祷，他们深爱着他，但为什么他会因为查姆帕而变得像个傻瓜？

而塔拉特惊讶于男人竟然如此着迷于女性的外表而非头脑。她靠在花园后方草坪的一个角落里，手里揪着几片三叶草，放进嘴里咀嚼，味道甜涩交加。她隐约听到墙那边的用人区里几个女人在低声哀叹着。想必她们也是一边缝补苔赫米纳的嫁衣，一边感叹她的不幸吧。

而后，一片寂静。

塔拉特抬头凝视湛蓝的天空，四下一片死寂。她躺在地上，把耳朵贴近冰冷又坚实的泥土。我像雅朱者和马朱者①那样躺在泥土上，仔细倾听大地的心跳。她伸了伸胳膊，将另外几片叶子塞进嘴里，继续不开心地咀嚼起来。

卡玛尔和哈里桑卡在德拉敦一条安静的小路上随意溜达着。他们一个熟人的英国朋友最近成为苦行僧，这位熟人请求卡玛尔和哈里桑卡在休假的时候去找找他并把他带回来。他们在哈里德瓦尔附近的寺庙和山洞里四处搜寻却毫无结果。一天，他们终于在瑞诗凯诗之外的乔格玛雅寺附近遇到了他，他请求他们离开，然后迅速跳进一条小河，很快消失在河对岸的松树林里。

两人沿着达兰瓦拉的香料街走着。里斯帕纳河在眼前流淌。

"哈里桑卡……我的朋友。"卡玛尔突然开腔。

"嗯。"

"咱们想想，那家伙是对的，我们这些人都他妈的陷进了一团糟！请原谅我的语言。"

那天晚上，他们对遁世哲学和人生奥义作了一番彻底的思索。

"所有这一切看起来都像一个巨大的宇宙误解。"卡玛尔如洞察般说道。

"你看那些门牌上的名字……"哈里桑卡忽然反应过来，他念出了那些名字。

"阿什亚纳！啊哈。"

"意思是'云的末端'，我说，真是个好名字。"

---

① 《古兰经》中记载的在中亚地区作恶的两个野蛮民族。——译注

"我们都生活在云的末端,我们不该建造房子,因为**猎鹰从不筑巢**。"卡玛尔引述起伊克巴尔的歌词。

"所以你想想,人们建造了这些房子,各种漂亮的房子。这个世界上全是房屋。"

"是啊,这很奇怪。"

"我刚才有点冲动,还记得咱们小时候常常在法扎巴德路上交换门牌吗,但我们已经不是毛头小子了,我们得理智行事。"

"你该这么想,也许这样做才是我们该有的理智,"卡玛尔反驳道,"房子是不会改变的,变的只是主人的名字而已……"

他们坐在一座中式小桥上,小桥连接着路口和卡玛尔的住处。两个年轻人再度陷入沉思,那个英国人的遁离行为让他们十分不解。他放弃一切,归隐林中。为什么?

而此时,英国苦行僧正躺在里斯帕纳河边的一块石头上酣然入梦。

三十八

因奎拉卜万岁！

一九四三年九月的第一个星期，卡玛尔正准备动身前往加尔各答参加饥饿救济工作，突然收到拉杰提普的丈夫，一位新德里的中央政府官员的信件。拉杰提普的父母现在正在为他们的小女儿尼尔玛拉寻觅一门好亲事。信里写道：

  我听说你马上要去加尔各答，迪普·纳拉因·尼拉拔爵士的儿子高塔姆这几天也在那里，我们在考虑把尼尔玛拉介绍给他。我们听说他也在忙着饥饿救济——同时还在帮印度人民剧院制作马克思主义戏剧。据说他一个人住在圣地尼克坦。一切都不能掉以轻心。你去加尔各答的时候注意留意他的行踪和关于他的一切情况——他到底是个踏实可靠的男人，还是像你和哈里桑卡那样的花花公子？尽快给我们点消息。

他又附上了一些那个男孩的家庭情况。

卡玛尔把信纸叠好放进口袋里，嘴里不屑地哼出了声。成千上万人死于饥荒，整个国家正陷入灾难，而这位政府官员在忙着做什么？忙着做媒！卡玛尔是个热血的学生工作者，自打亲眼目睹姐姐苔赫米纳的失败婚约，他已经对"结婚"二字完全失去好感。他气呼呼地对塔拉特抱怨道："我应该去加尔各答的街道上扛尸体，还是去给亲爱的尼尔玛拉小姐找丈夫？"

既然受到托付，他还是认真地记下那家伙的地址，和学校里的一大群学生前往孟加拉。他们唱歌，辩论，打瞌睡，以此在这漫长又乏味的旅途中消磨时间。火车不断地向东前行，卡玛尔看着一片片绿色的玉米地不断退出视线。他一遍遍地对自己说：这是我不快乐的祖国，这是我正在挨饿的祖国。剧烈和痛苦的感情在这个年轻人心中建立起一种对变革的极度渴望。他靠着座椅硬邦邦的木背。他并不习惯坐三等舱，但此时他更不愿意打开自己精致的旅行袋，躺在昂贵的铺盖上，同学们会觉得他矫揉造作。他闭上眼睛，开始分析自己的阶级背景以及这股强烈爱国之情的根源。他的父亲最近加入了穆斯林联盟，他无法用简单的理由来解释最近发生的一切——事情总是一环套一环……

每个人都有属于自己的"印度"，他也不例外。这个"印度"由很多东西组成。风景如画的小村庄尼拉姆普尔，由大榕树守护的古老家族的墓园，一条清澈的溪流穿流而过，就像《圣经》里的"活水"。墓场连接着一座小小的圣陵，圣陵里居住着一群老派的托钵僧。有时你会听见他们中的一个大喊着"安拉——呼！"，没人能解开这些阒静夜晚里孤寂呼喊的秘密——不知道苏菲派如何称呼那种**用寂寞对抗寂寞**的行为。

这个村庄里还有另一座神秘的灰色建筑，它是一所古老的行乞僧修行寺，卡玛尔很小的时候曾经跟父亲一起来过这儿。空荡荡的房间里，一个身材矮胖的年轻男人身穿赭红色的袍子，平静地坐在木凳上，他大学刚毕业就接任了寺庙长老。他一言不发地递给卡玛尔一只橙子。

好吧，他也在用自己的方式生活，卡玛尔想，只不过是在我所未知的人类经验领域。

寺庙的花园里开满金盏花和车前草，红色莲花在池塘里绽放，噪鹃在芒果树上歌唱。

所以，该如何定义这个国家？在卡迪尔眼中，印度是穿着黄色粗布纱丽的老母亲。她是个劳动女性，曾是地方监狱女子监区的狱卒。她曾经前往米尔扎布尔的火车站一次，送给卡玛尔一些泥塑的玩具。在白人区那些安静的街口，英国长官的小孩们会带着他们的宠物跑出来，这也是印度。在乡村，水痘和天花都被简称为"玛塔"，常被视为女神湿陀罗被激怒后的报复行为。他们的厨子巴沙拉特·侯赛因来自一个隶属于加济布尔地区的小村落，留着白色的大胡子，看起来很像阿里巴巴。

卡玛尔小时候曾经得过一次水痘。一天早上，他看见老侯赛因踮着脚轻手轻脚地走进他的病室，戴着穆斯林无檐帽，单腿站立，双手交叉向'神灵'祈祷："湿陀罗女神，请不要再纠缠坎曼少爷了，请赶紧离开，我请求你，我在你面前双手交叉！"

这也是印度。

一八五七年的噩梦始终萦绕着他的祖父母一代人。连英国人也承认他们曾经在印度人身上缝牛皮和猪皮，以示惩罚。

卡玛尔富有冒险精神的曾祖父卡玛鲁丁·阿里·礼萨·巴哈杜尔，别名坎曼纳瓦卜，作了一个至关重要的决定，于一八五六年前往英格兰。两年后，当他返回时，发现勒克瑙城已是一片废墟，于是他转移到了加尔各答。他的后代们又搬回了北部。

穆斯林大多感情充沛。一次，一个来自牛津的英国朋友请穆罕默德·阿里毛拉为他拍摄的一张照片题名。照片上，一个身着破烂布卡的乞丐老妇人坐在德里贾玛清真寺的台阶上。穆罕默德·阿里在照片底部写道——**她的父亲建造了它**。

一九〇一年，哈兹拉特·马哈尔皇后的两位骑士的后代从特莱地区前来，旅行到了德里，这两位不起眼的塔鲁克达尔便是卡玛尔和哈里桑卡的祖父，他们很自豪地来参加为维多利亚女皇登基六十周年而举办的接见仪式。

讽刺家阿克巴尔·阿拉哈巴迪曾经这样写道：

> 我该怎么描述我所看到的
>
> 在皇家庆典的盛况中，
>
> 贾木纳河流过
>
> 权贵中的最高权贵，
>
> 著名的康诺特公爵。
>
> 大象和马夫，大炮、帐篷和军队，
>
> 金银珠宝在人群中摩擦
>
> 为了更接近权力中心。
>
> 在大英皇权的正午
>
> 我甚至看到了寇松①摩诃罗阇。
>
> 他们尽情享受诗歌、音乐和舞蹈。
>
> 寇松小姐跳到天明
>
> 在沙·贾汗的大理石厅里，
>
> 我听说这场舞会好像因德尔·塞卜哈。

---

① （1859—1925）英国政治家，一八九八至一九〇五年任印度总督。——译注

可是我该如何进入那里？

我只能跟你们分享我的远观。

只有眼睛是我的，其余都是他们的。

卡玛尔突然直起身来，开始背诵诗句，然后又靠了回去，恢复了之前的姿势。

"疯子，哈哈。"他的朋友在一旁笑道。卡玛尔不理他们，他闭上眼睛，继续只属于他自己的旅程。火车正驶过北方邦东部的饥荒重灾区，卡玛尔回想起了童年的一些事。一九三四年，国民大会党领袖拉菲·艾哈迈德·基德瓦伊启动了"无租金运动"，北方邦的农民们不再支付土地收入税。卡玛尔的父亲和叔叔扎基勋爵感到十分愤怒。阿萨德·马穆恩却欢欣鼓舞。天马行空的民族主义者阿萨德米安是卡玛尔母亲的表兄弟。他给自己的女儿起名哈利达，来源于新成立的土耳其共和国的教育部长、作家哈利达·阿迪布·哈努姆。哈立达·哈努姆一九三四年访问孟买的时候，给舞者安妮特赐名阿祖里。根据政府部门一九二一年收集到的数据，在北方邦，受教育的穆斯林女孩数量远胜同龄的印度教女孩。

然而，为什么这个群体正变得越来越落后？

印度人可以为一九〇五年日本打赢俄罗斯而雀跃，却无法纪念一八五七年的民族英雄。他们的英雄遍布土耳其、意大利和爱尔兰。乌尔都语小说描写了一八七八年的俄土战争，穆斯林用巴尔干战争和一战的英雄名字为自己的新生儿命名。勒克瑙大学有一对兄弟米德哈特·卡玛尔·基德瓦伊和安沃尔·贾马尔，他们的名字便来源于米德哈特将军和恩维尔帕夏。凯末尔·阿塔图尔克建立了现代土耳其后，卡玛尔经常被大家伙亲切地称呼为卡玛尔帕夏……

火车驶入比哈尔。卡玛尔想到了卡迪尔满脸皱纹的老母亲……

巴德兰·尼萨来自蒙吉尔区,跟许多老年妇女一样,她也是各路奇闻逸事和不为人知传说的热情传播者,比如关于孟加拉、比哈尔和奥里萨邦的米尔·卡西姆纳瓦卜的孩子的故事。布克萨尔战役打输后,古尔和萨诺贝尔身披虎皮,隐秘地给藏身在比哈尔一片森林里的父亲送食物,直到有一天被一名英国军官当作树丛里的野生老虎击毙。

卡玛尔继续向窗外望去。尽管英国人恶事做尽,但不得不承认,是他们创造了现代印度。连伟大的思想大师卡尔·马克思也说过这样的话。他低下了脑袋——风把小沙粒吹进了他的眼睛。

我们小时候的读物既有伦敦 EC4 教区塔克神甫的著作,也包括外婆、七大姑八大姨和女佣们口口相传的故事——哈基姆·卢克曼的寓言,《一千零一夜》,一部关于伊朗和阿拉伯的史诗。《罗摩衍那》里的典故也成了乌尔都语诗词的一部分。阿米尔·哈姆扎的达斯坦①《先知的故事》里,也有大量苏菲派信徒以及皇帝皇后的逸事。十七世纪德干的苏丹塔纳沙阿是个儒雅而挑剔的唯美主义者。据说清道夫从他身边走过都会昏过去。"塔纳沙阿"也成为"敏感"的同义词。

印度穆斯林的生活方式,是由波斯—土耳其—莫卧儿以及地方拉其普特等文化融合而成的。所以,穆斯林联盟质疑的"印度特性"到底是什么?还会有另一种印度吗?为什么?

印度的自由主义者受到十九世纪英国自由主义影响。一九二〇年代,英国人普拉特和布拉德利组建了印度共产党。

从未有一种殖民力量可以比拟英国的殖民力量。

---

① 特指波斯语和乌尔都语的长篇叙事史诗。——译注

印度人成为城市中产政策的牺牲者。而居住在乡村的人情况则不同。在那里，自给自足的大家庭制会按照种姓的区别而分成小团体。穆斯林则完全是另一个阶层。他们不会跟外人一起进食，但这种禁忌是一种传统。这并非宗教歧视或仇恨。高种姓的印度教徒们也不会跟同一社区的低种姓教徒同桌用餐。

如果扎基大叔能活到今天，他或许会成为穆斯林联盟的领袖。

阿萨德·马穆恩告诉了我们很多关于毛拉欧贝杜拉·辛迪、拉者马汉德尔·普拉塔普、他们的"自由印度"政府和秘密的"红手帕运动"的各种传说。他们将秘密情报缝在信使衣服的内衬里。他们的领袖德奥班德的伊斯兰学校校长穆罕默杜尔·哈桑毛拉被捕并被流放马耳他。很多革命者生活潦倒，不是流亡欧洲，就是因贫穷而死在家乡。始于十七世纪、充满传奇色彩的法兰基·马哈尔伊斯兰高等学校在一八五七年后，校长毛拉拒绝食用英国工厂制造的糖和冰，不再使用英国毛毯。他是第一位英货抵制者。

火车正在比哈尔焦干的乡村地区穿行，卡玛尔一下子然想起阿萨德·马穆恩经常背诵的拉者拉姆·纳拉因·毛赞的对句：

沙漠中的瞪羚啊！你知道玛奴是怎么死的。
他消失后，荒野发生了什么？①

这位拉者是一位来自巴特那的乌尔都语诗人，巧合的是，他也是西拉

---

① 对句为相连两行长度相当的诗句。原文："Ghazalen, tum to waqif ho, kaho majnun ke marney ki Diwana mar gaya, akhir ko, veerany pe kya guzri."——译注

杰-乌德-达乌拉政府派遣于孟加拉、比哈尔和奥里萨邦的警察总长。当他听说西拉杰在普拉西战败后，咏叹出刚才的**对句**。他撕掉身上的衣服，向森林跑去。拉者从此遁世，没人再见到过他。

西拉杰和拉者都是印度人。

还有被遗忘很久的孟买棉花国王奥马尔·索布哈尼，是他资助了印度国民大会党。作为惩罚他的手段，英国政府降低了兰开夏郡的棉花价格，这致使他一夜破产。他死于一九二六年。

马哈茂德-乌兹·扎法尔同志的父亲是来自兰普尔的帕坦族贵族。他的表亲乌兹拉和佐赫拉在六岁的时候便前往德国学习现代舞，而马哈茂德本人则被送到英国上学。他几乎不会说乌尔都语。他在德拉敦有一座都铎王朝风格的豪宅，其中有瀑布、绿地和动物园。我们在童年时期经常会去那里玩耍。他的姐姐哈米达是一名眼科医生。他们将自己的房产捐献给党。真正的共产主义者。

瓦兹尔先生和哈桑女士的儿子萨贾德·扎希尔一九三一年从牛津回到印度待了半年并出版了《尚未燃尽的煤块》，一部挑战权威的乌尔都语短篇小说集。而该书的贡献者拉希德·贾汗博士正是马哈茂德-乌兹·扎法尔的妻子。她的双亲阿卜杜拉夫妇一九〇七年在阿里格尔建立了一所穆斯林女校，现在已是著名的女子学院。阿卜杜拉家的女儿们都在英国上学，所以对那个时期发生的很多事情并不知晓。其中一个叫库尔希德，她加入了另一个由几位先驱人物——德维卡王妃和希曼舒王领导的组织。

北方邦政府查禁了《尚未燃尽的煤块》。一九三五年，萨贾德·扎希尔和他在伦敦的同志们建立了"印度激进作家协会"，成立宣言的撰写者包括乔蒂·高希博士、穆尔克·拉杰·阿南德博士、普罗莫德·森·古普塔、穆罕默德·迪恩·塔瑟尔博士，以及萨贾德·扎希尔。

加尔各答、拉合尔、勒克瑙和阿里格尔的穆斯林大学都成为左派活动的主要中心。

一九三七年,勒克瑙发生了两件重要的事:全印穆斯林联盟的复兴和国民大会党章程的订立。照阿萨德·马穆恩的说法,复兴的很大一部分原因是两位地方政治家乔德里·卡利克-乌兹·扎曼和赛义德·阿里·扎希尔之间的私人对抗。

一天,卡玛尔轻声吹着口哨路过议会厅时,看见维杰拉克斯米·潘迪特夫人从她的黑色豪华轿车里走出来。这是一位充满典雅魅力、气质浪漫的女士。他听长辈提起过,父亲帅气的私人秘书曾经深爱过她,但由于她属于不同社区且很快就被放逐到美国而只得作罢。后来她嫁给了马哈拉施特拉邦的一位婆罗门。

那年冬天卡玛尔遇到的另一位了不起的女性是贾汗·阿拉·沙赫纳瓦兹贝古姆。作为政治领袖,她和潘迪特夫人一样,代表着上流社会的政治家家族。她来自拉合尔,全印穆斯林联盟的每一个历史阶段都有她的身影。

还有海得拉巴的沙扎迪斯,以及杜尔·沙沃尔和尼洛弗,这些拥有皇族血统的忧郁的土耳其美人是奥斯曼帝国最后的迷人光辉,她们的肖像常被挂在穆斯林中产家庭的墙上。德干的统治者只是莫卧儿王朝末代皇帝情感上的替代品而已。

"帝国主义联盟摧毁了奥斯曼帝国的王权,"阿萨德·马穆恩愤然说道,"一个东方种族怎么能占据欧洲的一半疆域?他们是可怕的突厥人,只有基督徒白人才能成为主要种族。"阿萨德·马穆恩对蒂姆说:"乌尔都语女性杂志曾经刊登过这些美女的图片——潘迪特夫人,伊朗的苏莱娅皇后,库奇比哈尔土邦、卡普塔拉邦和巴罗达土邦的摩诃罗阇夫人。这些杂志还会骄傲地刊登乌尔都语短篇小说家哈吉布·伊姆蒂亚兹·阿里的肖像，她曾在马德拉斯和拉合尔居住，后来成为飞行员。一九三六年！我们坐在阳台上，女性周刊《超越女性》送来了，而封面正是她戴着护目镜坐在驾驶舱里！"

凯伊瑟巴格的巴拉达里是瓦吉德·阿里沙阿的行宫。卡塔克舞大师阿赫查恩和沙姆布摩诃罗阇常在那里跳舞。拉格的乐声从马里斯学院飘扬而出，这里的音律似乎从未停止。

传说这里有位乌斯塔德①可以用拉格的旋律治愈伤痛，另有一位可以通过歌声让拉格的灵魂现形。一位来自马哈拉施特拉邦的北印度传统音乐家和一位乌斯塔德一同开一场音乐会，他们属于两种不同的文明吗？如今，这种新的文化形式被印度教大斋会②和穆斯林联盟重新认定为"纯印式"或"纯穆斯林式"。

沙赫纳瓦兹贝古姆穿着一件丝绸纱丽，站在麦克风前说话的时候，她耳朵上的长耳坠闪闪发光。全印穆斯林联盟在穆罕默德·阿里·真纳和来自马哈茂达巴德的年轻拉者阿米尔·穆罕默德·汗领导时期得以复兴。

卡玛尔的父亲曾说，阿米尔·穆罕默德·汗是一个理想主义者，这位拉者出钱资助巴基斯坦运动。而真纳先生曾是国民大会党成员，被称为"印度教—穆斯林联合体"大使。他的漂亮妻子拉提白是帕西准男爵丁肖·佩蒂特的千金。真纳家族门楣显赫，夫人去世后，她的照片在杂志上登出，下面配上的文字是："哀！这张美丽的脸庞永远消失了！"

一九三八年，戈默蒂河岸边举办了一次工业展览。卡玛尔坐在古尔费

---

① 穆斯林头衔，常用于受人尊敬的教师、艺术家，在一些国家指伊斯兰学者或法律界人士。——译注
② 印度左翼民族主义政党。——译注

珊的台阶上,广播里的电影歌曲随着晚风传来:"身体就是一座泥房子……泥房子……"这首歌由一位叫作阿什拉夫·汗的电影演员演唱。和在美国的犹太人一样,印度的娱乐产业和表演艺术领域已经被数量多到比例严重失衡的穆斯林占据。众多音乐世家依然在努力保护印度斯坦的传统音乐。每一张美丽的印度地毯中也有无数穆斯林的纺线——以后所有的一切,是否都会应巴基斯坦的要求而抹去呢?这种想法困扰着像阿萨德·马穆恩这样的老派民族主义者。而年轻人梦想着一个属于自己的社会主义印度。

乌尔都语媒体将萨洛吉妮·奈都①称为"印度夜莺"。尼扎姆政府为发展女性教育作了大量努力——萨洛吉妮·奈都便是通过政府奖学金留学英国的女性之一。她成了一名激进的国民大会党领袖,但同时,又从情感上非常忠诚于尼扎姆政府——所以,该如何用通俗的语言来定义印度?人类的忠心既复杂又难以捉摸。

在传统王权统治下,印度教徒与穆斯林之间并无嫌隙——问题产生于一八五七年后英国占领时期。在印度教徒集中的斋浦尔和瓜廖尔,会举办万众期待、摩诃罗阇们时常参与的穆哈兰姆月庆典。"所以,我们是不是该为封建主义投票?"苔赫米纳曾经与一名来自海得拉巴的亲戚作过激烈讨论,"为什么你要选择无视特伦甘地邦的农民?"

国民大会党政府于一九三九年解散,穆斯林联将其视为"审判之日"。卡玛尔的父亲说:"穆斯林深谙少数服从多数原则,国民大会党一开始就该有点常识,不去孤立他们。记住我的话,阿萨德米安,联盟运动的雪球

---

① (1879—1949) 印度女诗人、社会活动家,主张社会改革,反对种姓隔离,提倡女性权益。为国民大会党第一任女主席。——译注

正越滚越大。"

穆斯林的口号——"托钵云游的使命已经完成/是穆斯林就加入联盟吧！"

卡玛尔自认为是一名社会主义者，穆哈兰姆月八日，他前往沙阿·纳杰夫欣赏彩图绘画作品，读到伊曼巴拉的墙上装饰着的文字"国王陛下加孜乌丁·海德尔"时，泪水夺眶而出。伊曼巴拉的工作人员穿着旧时王国制服，身上涂着曼海蒂①列队行进。这是一种被勒克瑙的什叶派国王们引入的娱乐项目。侯赛因伊玛目的儿子年轻的卡西姆在殉道日的前夜与自己的表妹订婚。按照印度穆斯林的习俗，装满散沫花和礼物的装饰盘会被送到新娘家。这一程序常在很多盛大典礼中为了烘托卡尔巴拉的正剧和悲剧色彩而出现。哀悼期的第四十天，盛大的无声塔阿齐耶②在庄严的静穆中上演，其间，印度士兵和北方邦的装甲兵为表示对侯赛因伊玛目的尊敬而停车下马。印度和印度文化即是如此。

一九三七年到一九三九年的毕业生中包括了安沃尔·贾马尔·基德瓦伊、萨尔达尔·贾夫里、D. P. 达尔、阿里·贾瓦德·扎伊迪、阿巴希兄弟以及香卡尔·达雅尔·沙尔玛。相貌出众的穆斯塔法·海德尔经常被巴德沙巴格和昌德巴格的女孩简称为 T. D. H——高大（tall），黝黑（dark），英俊（handsome）。当他竞选联盟主席时，女孩们为他散发的传单上写着**英迪拉·尼赫鲁说：请投穆斯塔法·海德尔一票。**

哈里桑卡和卡玛尔于一九三九年进入坎宁学院，心怀对未来的希冀以及对那些受过高等教育的女性的仰慕——塔孜恩·哈比布拉，玛雅·萨尔

---

① 以印度散沫花为颜料的人体彩绘艺术。——译注
② 印度和巴基斯坦什叶派穆斯林中的十二伊玛目派会在赖比儿·敖外鲁月八日表演该剧，以纪念哈桑·阿斯卡里伊玛目。——译注

卡尔，沙昆塔拉·贾斯帕尔，萨基娜·阿里·扎西尔，丽塔·戴，尼沙特·古拉姆·哈桑，优雅的明哈吉姐妹女苏尔塔娜、阿米娜和卡迪贾。

甚至是一名来自花街柳巷、脱胎自小说《乌姆拉奥·扬在那里》的交际花，也成了党派积极的拥护者。她经常用自己位于旧城区的宅邸作为掩护地下工作者秘密会议的地点。大家都称呼她为"哈斯尼同志"。

在写给卡尔巴拉之战的挽歌里，米尔·阿尼斯将幼发拉底河变成戈默蒂河。一八七八年，乌尔都语小说家拉坦·纳特·萨尔沙尔描写英雄阿扎德在俄土战争中同土耳其人并肩作战，并很快将勒克瑙全城百姓转移到多瑙河沿岸。现在，同志们又让傲视群雄的伏尔加河与古老深邃、缓缓流经这座花园城市的戈默蒂河交汇在了一起。

马贾兹、萨尔达尔·贾夫里、瓦米克·雅恩普里和卡伊菲·阿兹米都会在咖啡馆里念自己的诗。每当新年的早晨，青年男女之间会互相打电话问候，引用萨尔达尔·贾夫里的诗句：

> 谁会在新年用电话问候我？
> 祝福在舞蹈，喜悦在吟唱。
> 年轻快乐的贡多拉船夫
> 开动了他们的小船，
> 忧郁的长官也变得喜笑颜开。

革命万岁！——到处都是这个用英文潦草涂写的乌尔都语短语，这种新式的"墙上大字报"仿佛已经象征印度青年们的战吼……

在这漫长又乏味的火车旅行中，卡玛尔的思绪不停切换着轨道。他有时和朋友辩论，有时打瞌睡，直到思绪穿在半夜穿过了孟加拉。当火车停靠在一个小站时，他沉睡着。月台上，英国士兵走来走去，火车上没有照明，看上去有点阴森。一个印欧卫兵告诉这些来自勒克瑙的学生："接着睡吧。军队不离开，火车是不会动的。**这是军队，琼斯先生。**"然后他开始哼唱起一首战时军歌：**这是军队，琼斯先生，以前你会在你的床上用早餐，以后永远不可能了，嗒拉拉。**

印欧卫兵长向月台的另一边走去，那里聚集着几个人，正围着一具尸体。英国长官打开军用列车车灯看了看，也走了过去。

"发生了什么？都让开。"卫兵向人群喊道。

"有个人刚刚咽气了，先生。"一名铁路工人面色哀伤地说，"他太饿了，他去世前告诉我，他叫阿布·曼苏尔，他无法将灵魂和肉体保存在一起，所以他要将灵魂充满敬意地归还给至大的安拉。"

英国长官压制着嘴角的讪笑。

"还有，他说他的妻子阿米娜比比居住在边远的小村庄，可能已经知道他将不久于人世，再也到达不了加尔各答，他希望她能够接受神的好意吃一些树根。他说他们已经饿死了。很高兴妻子也将马上离开人世，这样他们马上会在天堂的永恒幸福之泉下相聚。"

"上帝！"年轻的英国长官皱着眉头喊了一句。他在西部前线不知道杀死过多少人，但从来没见过饿死的尸体。

"现在，先生，我觉得必须得把他的尸体送到伊斯兰铁路警署，看看他们能不能想办法把他埋葬了或者做些别的，可怜的阿布·曼苏尔在断气之前……"

英国长官转头离开，眼前的一切让他感到恶心。

"先生，印度人不会死亡，他们只是期限已到……"印欧卫兵怀着歉意地解释起来。英国长官叹了口气道:"哦,得了,在缅甸丛林里把我们的期限继续吧。再见了,先生们。"

军用火车向前蛇行,消失在了黑夜中。好心肠的铁路工人将一盏油灯放在农民阿布·曼苏尔的尸体旁,开始等待警察的到来。卡玛尔乘坐的火车慢慢启动,男孩们看到窗外黑黢黢的月台最深处孤单、无声地亮着一盏令人吓破胆的红色油灯,一旁是一具脸上盖着破布的尸体。

卡玛尔被一个朋友叫醒,他像个玩偶匣里的小人一样从椅子上弹了起来。他用手摸摸外套的口袋,一下子大叫起来:"真主!我把那封信给丢了,那家伙的地址是什么来着……他叫什么来着……?"

三十九

圣地尼克坦的高塔姆·尼拉拔

　　印度人民剧院协会的成员和共产党员们聚集在一位学生领袖位于赛义德·阿米尔·阿里大道的房子里。勒克瑙的人民剧院协会分队到来时,饥饿救济基金项目的彩排正在紧张进行着。一位新锐艺术家站在画板前,正在为一幅水彩画完成最后的收尾。这幅画将会被拍卖出去。房子主人的妹妹开始跳起舞来,在他面前突然停下……

　　"先生……"

　　"怎么?"他迷迷糊糊地回应道。

　　"你去那边看看勒克瑙分队的人。"她用命令的口气说道,又舞动着滑了过去。

　　他放下画笔,也滑向角落。他身上的传统孟加拉服饰十分显眼。卡玛尔和他的伙伴们正在练习一首印度斯坦和声曲目,他们穿着手纺棉制成的白色库尔塔睡衣,尼赫鲁夹克外套,奶油色的丝绸围巾——这是这个国家的中产阶级左翼先锋青年最喜爱的优雅着装。画家双手交叉着靠在墙上,试着让自己看上去很无聊也很有艺术感。

　　每个人都在叽叽喳喳地用孟加拉语交谈着,歌声更增添了几分嘈杂。最后,合唱终于停止,领唱者抬起头。艺术家用夹杂着蹩脚英文的乌尔都语欢快地说:"尊敬的先生们是从勒克瑙过来的?"

"是的……先生!来自坎宁学院的卡玛尔·礼萨愿意为您效劳。"

"来自圣地尼克坦的高塔姆·尼拉拔。"

两人握手。

"向上和向下的笔触,是否代表灵魂的二象性?"卡玛尔笑着,注意到眼前这个个性十足的家伙,小小的发卷垂肩,下巴上留着一簇山羊胡,眼中带着疏离的神色。他点着头,笑容中似乎暗藏着阴谋。

没错,高塔姆·尼拉拔,这就是他要在加尔各答找的人!就这样出现在了面前!正如基加吉早就告诉卡玛尔的,他是阿拉哈巴德高等法院大法官的儿子,为了探求自己的灵魂而来到孟加拉。他的父亲是大英帝国的国之栋梁,被英国政府授予骑士称号的白手起家的精英。他唯一的儿子本该加入印度政府,世界上最具声望的行政部门。可是小伙子跟他身边的伙伴们一样,以一个反叛者的姿态自给自足,最终选择了去圣地尼克坦。他已经在那里居住了一年,这次和其他学生一起来到加尔各答完全是为了饥饿救济。他中等身材,眼神炽烈,看上去既有点害羞,又略带得意。卡玛尔尽量掩饰着一下子便找到目标的兴奋。

"我唱得嗓子都快冒烟了,需要点茶,哈哈。"卡玛尔一边跟着艺术家走回画板旁,一边对他的新朋友说道。和许多年轻人一样,他们很快便建立起了友谊。

"不知道你是否听说过哈里桑卡·雷扎达?"卡玛尔含糊地问道。

"他是谁?"高塔姆摇摇头,像罗伯特·泰勒那样用嘴唇叼着一根烟。

"一个跟我从小一起长大的好朋友,也是个辩论好手,跟你一样。"

"把他叫来。"高塔姆口气威严,像个纳瓦卜。

"他这会儿正在勒克瑙的家里。他是我们赛艇俱乐部的队长,不久前船翻了——哈——哈——他弄伤了腿。"

"你们为什么都住在勒克瑙?"

"那我们应该住哪儿?应该住在鸟不拉屎的阿拉哈巴德?你看,你画鼻子的方式完全不对。"

"嘴唇才是最难画的。"

"别转移话题。"

"抽根烟吧。"

"你是艺术家吗?"

"不,我是个**艺疏家**。"高塔姆用北方邦的腔调自嘲道。他看上去跟我们一样,疯疯癫癫的。卡玛尔开始欣赏他了。

"基加吉给我写了封信,关于你的……"

"基加吉又是谁?"

"就是我们的拉杰的丈夫。"

"那么,神啊,'我们的拉杰'又是谁?"

"得了,别再洋洋得意了。基加吉知道关于你的一切。"

"很多人都知道关于我的一切。"

卡玛尔认真地打量着他。然后笑出了声。这家伙实在太有趣了。他有意识地装扮成一名蓄胡的放荡不羁的艺术家(除了一顶法式贝雷帽),用公立学校的口音来说英文——可能是奈尼塔尔或杜恩的学校。他看上去多少有点不真实。

"你也挺虚荣的。"卡玛尔评价道。

"是的,当然,你不是吗?"

"是。"

高塔姆拿起画笔,在桑塔尔女孩身后燃烧的背景色上一笔又一笔地涂抹起来。

"如果你在圣地尼克坦再住上五六年，没准你能成为一个不错的画家。但是现在看来，希望很渺茫。"卡玛尔认真地说，"但是你还是会声名大噪的。"

"我也要去南部，跟拉姆·哥帕尔①学习婆罗多舞。"

"我想去位于阿尔莫拉的乌代·珊卡尔②文化中心，但是我的妹妹对我的想法嗤之以鼻。不管怎么说，女孩子很虚伪，根本无法理解男人所谓的自我实现。你有姐妹吗？"

"没有。"

"那时候我一下子就被虚无主义吸引住了。"

"你们是勒克瑙的佛教徒吗？"

"我送我小妹妹去瓦拉纳西参加考试的时候曾拜访过鹿野苑，在那里我体验过某种内在的平静。你懂我的意思吗？"

"不，没太懂。"

"我总觉得内心有些什么是与佛相连的。每当外面很热的时候，在庙里感受到的凉爽和黑暗总让我的内心感到平静。所谓的神秘主义有时候就能这样简单地解释。你参加什么党派了吗？"

"没有。"

"我也这么想。你看上去不怎么像一个大革命家。"

高塔姆盯着卡玛尔。

"你知道圣雄甘地对你们这样的人说过什么吗……？你们的房子正在

---

① （1912—2013）印度舞蹈家。——译注
② （1900—1977）印度舞蹈家。——译注

着火，而你们却在听鸟鸣。"卡玛尔补充道，"你还必须得见见一个人，我的表兄阿米尔·礼萨。作为一个年轻人，他的水彩画展现出很高的天赋。可惜，他长得太英俊了——长长的睫毛，所有的一切——所以，他放弃了。"

"为什么？"

"他怕人们认为他是个同性恋。"

"他是吗？"

"哦，神啊，不！但他是个很清高的人，所有人都很难亲近他。他现在正以海军军官的身份在太平洋上的某个地方与法西斯作战。希望大海能够帮他冲掉外面那层坚硬的外壳吧。嚯！嚯！现在，能告诉我些什么了吧。我希望对一切都能有明确的认识。"

"说。"

"你怎么看待阶级斗争？你是否相信无产阶级的光辉未来？"

"是的。"他们再次握手。

"如果你相信封建主义很快将会自然死亡，那么一半的战役都会胜利。咱们去'费尔波'喝杯咖啡吧。"

他们走出房子，拦了一辆出租车。两位来自显赫家族的富家子弟，终于真正地成为志同道合的朋友。

四十

品质街

高塔姆用轻快的笔调写道：

珊塔：

　　秋天已经在奥德的茂密森林中降临。园丁的女儿走过，脚上的镯子铃铃作响。从树枝上落下黄色的小花，直接飘进了荷花的花心里。每个星期日的清晨，见多识广的女大学生们仿佛从拉维·瓦尔马①和阿卜杜勒·拉赫曼·乔泰②的画中走出，把垫子铺在地上，坐在上面弹奏坦布拉琴，演唱经典歌谣。我现在就在其中一位女生的家里给你写这封信——这个地方被称为"雷扎达的菱屋"。我的朋友卡玛尔·礼萨居住的古尔费珊就在不远处。我不久前在加尔各答认识了这个小伙子，不过现在我有非常充分的理由相信——尼尔玛拉·雷扎达小姐的父亲和我的父亲正在帮我安排离开圣地尼克坦后的生活。父亲帮我找了份周报专栏作家的工作，温斯顿·丘吉尔年轻的时候也在这家报

---

① （1848—1906）印度画家，擅长融合欧洲绘画艺术和印度传统画。——译注
② （1894—1975）巴基斯坦画家，作品受莫卧儿传统绘画和微缩画影响。——译注

社打过工呢！父亲甚至帮我在克莱德路找到了一处居所。这一切发生得太快了，我到现在还没完全反应过来。

我刚抵达勒克瑙就给卡玛尔·礼萨打了电话。第二天他就带我来这里认识了哈里桑卡和他的妹妹尼尔玛拉。我不认为这个可怜的姑娘知道其他人的"阴谋"，她一直只顾着说话，几乎没有把我当作未来的"丈夫"而认真地看上几眼。她是个好姑娘，活泼诚恳，跟她的那个叫作塔拉特的朋友一样。她的家庭依然遵循旧式勒克瑙文化，一切都是华丽而优美的。唯一的问题是，我现在并不想急着成立家庭，即使尼尔玛拉从学院毕业已经一年半了。

尼尔玛拉和塔拉特是真正的闺蜜。她们的小圈子里还有一个叫作查姆帕的姑娘。这是个令人浮想联翩的名字，让我想起来自古老的莫卧儿时代，一位站在木兰树下的波斯风格的白沙瓦贵族小姐。

别笑话我，我可没多愁善感。我在圣地尼克坦可没学到这些。

好吧，这位查姆帕虽然属于卡玛尔的社交圈，但看上去却有些像局外人，嗯，像一个观察者。我想你知道我的意思。

昨天晚上，我看了一场叫作《品质街》的颇为精彩的露天演出。演出地点在一片桉树林中，那是伊莎贝拉·托本学院的"阿登森林"。演员包括尼尔玛拉、塔拉特和她的姐姐苕赫米纳。这些人本身便是品质街上的居民。此时此刻，当我坐在尼尔玛拉家正对着河景的台阶上，他们正在屋里讨论共产党的政治理论，所以我觉得可以给你写点什么……

"你完成专栏的文章了吗？"尼尔玛拉翻过栏杆，走到高塔姆身边，她的身后跟着塔拉特。"让我看一眼题目是什么。塔拉特也想成为一名记者呢。"

高塔姆迅速地将手里的信笺塞进公文包里,支吾道:"我是在给一位亲戚写信……"

"好吧,"尼尔玛拉宣布,"在一个新的地方写信只有两种情况:一、这里很有趣。二、这里没什么可说的。你是哪种?"

"尼尔玛拉,别闹了。"塔拉特打断她,转移了话题,"阿米尔表哥三点钟在骑马,他刚才从迪尔库沙俱乐部打来电话——他说四点半会到这里喝茶。"

卡玛尔也迅速出现,向一脸迷惑的新来者解释道:"我们的表兄,那个帅气的海军军官,我在加尔各答跟你提起过的,还记得吗?"

"哈哈,原来你们都过着狩猎、射击、钓鱼生活,典型的中产阶级生活方式。我被吓到了!"

就跟变戏法似的,阿米尔·礼萨像彼得·潘一样瞬间出现。

"你们看,这就是'海军的精准',他说他会四点三十分到,果然分毫不差。"塔拉特骄傲地说,"尊贵的比海亚大人!"

用人贾木纳端上茶水。

所有人都叫他比海亚大人——这是北方邦的一种口语化尊称。所有人都那么称呼他,除了查姆帕。高塔姆注意到她羞涩地坐在角落里的蒲垫上,不声不响地给英俊的阿米尔斟着茶。她突然一下子变得非常不自然。

啊哈!是这么一回事——高塔姆看见被众人簇拥的彼得·潘脸上稍纵即逝的笑容,他觉得自己明白了一切。

卡玛尔坐在靠近查姆帕的一张沙发上,两人一阵沉默后,他念出十八世纪乌尔都诗人米尔的诗句:

轻轻地呼吸吧，脆弱的宇宙是一座玻璃作室。

　　"老米尔大人是在描述人类的关系呢。"
　　"我听得懂。"查姆帕面无表情地说。
　　"你知道？既然如此你为什么还要欺骗善良可怜的苔赫米纳？你知道自己羞辱我那位好性格的妹妹到了什么程度吗？她成了被抛弃的未婚妻，而你就是红颜祸水。"
　　"你想太多了，卡玛尔，我从来没有想要故意羞辱她。那天在游泳池旁，她像对她的女佣苏珊一样对我咆哮，现在又轮到你来冒犯我。"查姆帕带着冷漠的愤怒说道。
　　卡玛尔无视她的抗议。"我问你，查姆帕巴吉，"他用法庭审讯一般的口气说，"如果阿米尔·礼萨只是纳克哈斯贫民窟里的普通人，你还会像现在这样爱他，鼓励他吗？"
　　查姆帕望着他，一时语塞。
　　"我是在提醒你，也是为你考虑。我始终相信真相。这就是为什么我总是对高塔姆说他有点爱吹牛。你也知道，阿米尔是个花花公子，他总有一天会让你失望的。"
　　"我看起来被各种祝福包围嘛，我会照顾我自己，谢谢你们。之前你们拼命地想要把我拉进你们的同情圈，现在又批判我的个人感情生活。你们为什么不能放过我？"
　　"查姆帕巴吉，"卡玛尔口气坚定地说，"你的人生目标不该仅仅锁定在成为舞会厅里的万人迷。除了在昌德巴格颠倒众生，去做点更有创造性的事情吧。"

"比如说?"

"绘画,就像塔拉特那样。去阿尔莫拉的乌代·珊卡尔文化中心学习舞蹈。和卡玛拉和维玛拉一起。"

"还有呢?"

"还有……写作。学着自律一些,找到内心的平衡……

"生活是一团乱麻,你该怎么厘清它?除此以外,你以为作家就可以找到平衡吗?我觉得高塔姆和塔拉特都做得不够。说起塔拉特,她正在写一些并不真实的短篇小说。有天我读到一篇高塔姆的专栏文章,题目是'那些漂亮的人们',他在里面影射你是那种穿着长袍招摇过市的墓地司事,完全靠着魅力度日。他表面上装作是你的朋友,却在自己的文章里取笑你。

"塔拉特还是个孩子,而高塔姆是个记者。他有想写什么写什么的自由。不过他也不算什么都做错——尽管有很多顾虑,但我们的确属于一个承载了太多往日回忆的阶层。而阿米尔·礼萨表哥走向人生巅峰的通行证,其实就是他那张英俊的脸。"

卡玛尔接着说:"作家们,包括我的小妹妹,也许做得不够好,但是他们的确通过创作得到了某种内心的平衡。试着让我们的理智和情感对等,所有内心的战争就赢了一半。"

"我从来不相信这种自以为是的理论。"

"哈,查姆帕巴吉,请相信经验论!前面可是危险区!"他站起身,将大拇指插进外套口袋,走回了"荸荠屋"。

四十一

因德尔·萨卜哈

阿米尔·礼萨去马苏里拜访一位朋友,在返回勒克瑙的路上,他特意到"荸荠屋"去和雷扎达一家道别——他第二天要奔赴东部前线。

他看见高塔姆、查姆帕、塔拉特和卡玛尔像平常一样坐在面向河景的阳台上。高塔姆正若有所思地抽着烟,查姆帕在绣花,看上去也是心事重重。其他人在热烈地探讨辩证唯物主义。阿米尔·礼萨问候了他们,然后坐在高塔姆身边的台阶上。哈里桑卡、卡玛尔和塔拉特正为 M. N. 罗伊和托洛茨基打得不可开交。

"安静一下,"过了一会,高塔姆说,"看那边的河,现在应该就是米尔·阿尼斯所描述的夜晚吧——黄昏降临,河水静止。"

卡玛尔看着他,严肃地说:"之前的长鬈发让你看上去像个痞子,幸好你来勒克瑙之前把它给剪了。"

"请不要作人身攻击。"塔拉特举起双手。

"高塔姆·尼拉拨,"卡玛尔继续说道,"从人类有记载的历史起源开始,如果那些先知、哲人、圣贤和苏菲派没**说过那么多话**,这个世界也许根本不会有那么多图书馆,而是遍地马棚。你应该感谢神,我们能说而你能听。总有一天你会发现你是多么渴望听到我们的声音。"

"所以,你是宿命论者?"

"这很明显。"卡玛尔回答。

太阳消失在河岸线上,查塔宫的金色圆顶渐渐变成琥珀色,一艘船悄悄漂过。

"你相信符号的神秘性吗?"高塔姆问卡玛尔。"那艘刚刚驶过的小船有很多寓意。"

卡玛尔微笑着。这个高塔姆总喜欢小题大做,把琐事戏剧化,把看到的一切强行附加深刻意义。但这种矫揉造作似乎成了一种莫名的吸引力,讨不少人的喜欢。高塔姆这家伙!

"这条河就是时间,一直在流动。"高塔姆捡起一块鹅卵石,继续说道,"这块石头就是超验的象征,而世界末日就像一只死老鼠,是一件已经确定又无关紧要的事情。在《奥义书》里……"

"请问'超验'究竟是什么意思?"塔拉特问,"行行好,高塔姆大师,能不能不要总是掉书袋。"

阿米尔站起来,说:"太对了,咱们去穆罕默德巴格俱乐部吃晚餐吧。查姆帕贝古姆,我来教你跳老式华尔兹——一起来吧。"

塔拉特把他拉到一边,说:"比海亚大人,尼尔玛拉的亲戚正在为高塔姆筹备一场订婚宴会。侯赛因和他的妻子被请过来备餐。他们没邀请你是因为你那会儿不在城里。现在留下来吧。"

"尼尔玛拉的订婚宴?"阿米尔·礼萨开心地叫了起来,"那我们得叫一瓶粉红香槟。"他站起身,给穆罕默德巴格俱乐部拨了电话。过了一会儿,一位身穿制服的俱乐部员工开着吉普车到达,载着一篮子的威士忌、红葡萄酒和利口酒。

看上去雷扎达一家对于阿米尔的这份厚礼很是满意。阳台上被布置成了一个临时酒吧,哈里桑卡同阿米尔一起忙前忙后。

"神保佑你,我的儿子。"老雷扎达先生对阿米尔说。他是阿米尔的父亲扎基的生前同事。"作为一个正宗的迦耶斯特,我喜欢饮酒,但是这种排场还真是难以负担。非常感谢你的好意。"

"这是我应该做的,先生,"阿米尔鞠着躬说,"我的姐妹尼尔玛拉就要结婚了。"(这个时候他已经非常印度化地称呼尼尔玛拉为"姐妹"。)一瓶香槟被打开了,接着是威士忌。

气氛变得非常温馨。这让高塔姆感到不舒服,但是他还是给足老绅士面子,和他畅饮起来,阿米尔和哈里桑卡一杯一杯地干着威士忌。卡玛尔不喝酒,他和女孩子们坐在河岸边的阶梯上。

雷扎达夫人把大家请进一层的餐厅。俱乐部员工为每一道菜配好了相应的白葡萄酒。

一阵沮丧又向高塔姆袭来。

哈里桑卡一下变得异常兴奋。"侯赛因万岁!"他大喊了一声,转头对高塔姆说,"你知道吗,咱们侯赛因的祖先是国王瓦吉德·阿里沙阿的御厨呢!"

轮到塔拉特说话了。"就跟比海亚大人一样,他们都是在尽职。我不知道你们那里的传统是什么,高塔姆,但在我们这里,如果谁家女儿要结婚了,整个村子的人都会过来帮助新娘的父亲。这是一种神圣的风俗。侯赛因也为尼尔玛拉小姐的婚约感到兴奋……"

卡玛尔坐在她旁边,从桌子下面踢了她一脚。高塔姆的脸上一下露出了尴尬的神色。他赶忙转移话题问塔拉特:"为什么苔赫米纳不过来吃饭呢?"

"因为一个恐怖的女人。她打来电话,我告诉她那两个人都在——苔赫米纳知道会发生些什么，老式华尔兹什么的，你知道。"她话里有话地说道，桌子下面又挨了卡玛尔的一脚。

"你为什么老踹我，卡玛尔？"她大声质问。

卡玛尔恨不得找个地洞钻进去。直到这一刻他才意识到高塔姆对尼尔玛拉并无兴趣。他看着那面含春色的姑娘，还有她那神采飞扬的父母和哥哥，更觉得心碎。这一切都是我的错，我到底是在做媒还是作孽！

晚餐结束，大家又走回阳台。餐后酒被端了上来。老雷扎达先生已经醉得东倒西歪，先行一步回到楼上休息。

"这幢房子就像一艘在河上漂移的船，长官。"高塔姆向阿米尔行了个礼，"戈默蒂河正向后退去。"正好一艘船驶过，船夫哼唱着《因德尔·萨卜哈》里的一首曲子。

"这就是勒克瑙，高塔姆先生，"塔拉特饱含感情地说，"直到今天，普通百姓依然能记得并且吟唱《因德尔·萨卜哈》……"

"咱们就去看看吧。"高塔姆兴奋地站了起来。

"看什么？"卡玛尔问。

"《因德尔·萨卜哈》，听说正在上演。"

他们上了阿米尔的四轮马车，在月光下一路驶到了桥边。他们听到了声音，向下望去。一排造型古雅的驳船上站着一群穿着闪亮服饰的人。他们发出难以辨认的声音，有时像鸟儿的啁啾，有时候又像小提琴的荒腔走板。顺着河水穿过树林，传来狗吠和猫头鹰的哭泣。陵园里的树木传来噼噼啪啪的声音，仿佛也被点燃了一般。

月光变得更加清亮，他们每个人的脸也显得更为苍白，在盈盈的光照下，一张张面孔没有任何表情和特征。

"桥——他们到处造桥，就像造房子一样。"高塔姆愤怒地低语着。他们继续向宿营地前行。四轮马车突然来了个急刹车。如镜子一般宁静的湖水对面，是闪着微光的拉马提尼埃学院。

"我们究竟在这种贵族学校读了什么书，学到了什么知识，掌握了什么智慧……"卡玛尔、哈里桑卡和阿米尔·礼萨陷入了沉思。

"你为什么要读书？"他们转向高塔姆，有点挑衅似的问道。

"这个问题对他来说没有意义，"尼尔玛拉说，"他就是个呆子。"

他们走进那座意大利文艺复兴风格的殿堂，蹑手蹑脚地往里面张望。教室里漆黑一片，什么也看不清，但天亮后学生们将聚集在这里学习。半明半昧的月光从落地窗外投射进来，影影绰绰中可以看到天花板上粉色、绿色和蓝色的意大利浮雕。

佐法尼①的莎莉夫人肖像画挂在教室的墙上。作为克劳德·马丁将军的妻子，莎莉贝古姆常被称为"戈里比比"。他们的养子祖尔菲卡尔·马丁站在一旁。塔拉特把鼻子贴在窗户上，仔细地打量着这幅画。其他人则已经走回了湖边。

她跟了上去。

"请过来。"

塔拉特听到声音回过头。戈里比比站在湖边，正冲塔拉特招手。"跟我说说话吧。人们每天都在我面前聊天，读书，授课，却从来没有人像你一样这么认真地观察我。"说完，她开始哭泣。塔拉特听到这番话很难受。

"听我说，莎莉贝古姆，"塔拉特尽量用理智又不失亲切的语气对她说，"你可以继续关注自己的内心。毕竟你跟我们不在同一个空间——我的意思是——"她突然有点困惑，觉得自己的回答颇为愚蠢。接着，她又

---

① （1733—1810）德国新古典主义画家，活跃于英国。——译注

想起了什么。"对了,我一直想知道一件事,您究竟是马丁将军的妻子,还是他在大饥荒时期领养的'女儿'?"

"你猜。"戈里比比回答道。"这就是过去有意思的地方,好多事情很容易就会变成一个谜!"说罢,她一下子消失了。

"答应我你不会再继续看书了。"卡玛尔冲高塔姆喊道,"你知道吗,我们化学系的教授,一位英国的年轻绅士,前不久跑到喜马拉雅地区隐居起来了。"他打了个响指。"我都不知道他是否还活着,也许早被库马翁的食人族给扒皮吃了。又或者当他在闭目聆听纳拉德·穆尼①的极乐之音时,鸟儿正在他的胡须里筑窝……"

当,当,当,钟声在黑暗中响起,久久回荡于月光下。哈里桑卡,哈里桑卡。他们在漆黑的小径上走着。查姆帕伸出手去触碰一根伸出的树枝,叶片瞬间无声地飘落下来。

毗湿奴就藏在其中一片飘落的树叶中。哈里桑卡,哈里桑卡。高塔姆一遍遍喊着。将军长眠于地下的大理石宫殿。整个世界都从他的头顶上经过,一只巨型猫头鹰飞过。文字从图书馆里飘浮而出,似鬼火般奸笑着。他们爬上一门大炮,坐在上面晃着细细的腿。大炮吼道:**我是康沃利斯勋爵,曾跟随克劳德·马丁将军征战塞林伽巴丹。我向提普苏丹开炮。现在,他们拥有了新型的武器……**

卡玛尔中途莫名其妙消失了一阵子,然后再次出现,在迪尔库沙花园大门附近加入了大部队。

"你跑哪儿去了?"高塔姆问道,语气很是不悦。

"我去了法拉巴克什,见到了国王。然后在回来的路上遇到那位英国

---

① 吠陀圣贤,在印度传统文化中是音乐家和叙事者形象。——译注

遁世者。他坐在轿子里,穿着印度宫廷服饰。我向他行礼,他告诉我他正要去参加国王的加冕典礼。

"'哪个国王?'我问他,'我刚刚在法拉巴克什见到了一位。'

"'哦,那位?'英国人回答道,'他已经死了。他的儿子现在要继承王位。'

"多有趣?太有趣了,哈里桑卡。这些国王早就死了啊……"卡玛尔话音刚落,突然感到一阵难过。

他们走进迪尔库沙花园。树木染上了耀眼的金黄色。一阵微风吹来,黄兰花叶发出沙沙的低诉,一只孔雀在树丛中沉睡着。他们向英国军官们的墓地走去,这些人自一八五七年的迪尔库沙之围后就长眠于此。用手拨开墓穴周围的荨麻,他们看着墓碑上的字。陆军中尉保罗,旁遮普第4步枪部队。海军上校麦克唐纳,第93高地部队。陆军中尉查尔斯·达什伍德。

"你们好。"达什伍德中尉从荆棘丛后面跳出来,那是他和他那些死去的战友们打桥牌的地方。

"你好,查理。"高塔姆递给他一根烟。

库德西亚·马哈尔纳瓦卜从雏菊丛里走了出来。

"那是纳西鲁丁·海德尔的皇后——她杀死了自己。"查姆帕告诉高塔姆。皇后坐在一块石头上,闪亮的丝绸长袍拖尾铺展在草地上。

"有一次,一个法国人带着他的热气球来到这儿,"皇后开始跟这些新来的客人轻松地闲聊起来,"好多观众都来观看他的飞行表演。太有趣了!法国人坐着热气球上升,然后在距离城市十二英里的地方着陆。你见过热气球吗?就像这个样子……"她在空中飘浮起来,转眼消失不见。

月亮将它的光芒满满地投进没有屋顶的迪尔库沙宫。纳西鲁丁·海德

尔的英国妻子们开始跳起玛祖卡。查姆帕坐在台阶上,前面站着一个衣着褴褛的欧洲人,唱着小调:

> 去年的雪
> 在哪里!

歌声戛然而止。他说:"记住,美丽的女人会经历两次死亡,请作好准备迎接第一次死亡吧。我叫德吕塞,国王纳西鲁丁·海德尔最喜欢的理发师。"他大声宣布,"我,来自巴黎的理发师,曾是这个国家的实际掌控者,但是却没人记得我的名字。所以你们要感激现在还能抓住的一切时间。"话音一落,他也无影无踪。

阿米尔·礼萨走向查姆帕,说道:"咱们去"查塔·曼齐尔"俱乐部,我教你跳老式华尔兹。"

他们开上城堡路,向凯伊瑟巴格飞驰而去。

"银色的洋亭!"查姆帕对高塔姆叫道,"那里果然是在上演《因德尔·塞卜哈》,你说得对!"

他们踮着脚向亭子里张望,银色的地板和立柱在比利时水晶灯映射下璀璨夺目。瓦吉德·阿里沙阿扮演拉者因德尔。钻石仙子在因德尔的宫殿里唱着:

> 她耳朵上的珍珠
> 映衬着她乌黑的云鬟
> 就像从季风的云朵下
> 飘落的雨滴。

黑色巨人咆哮着：

我把这位王子从印度带了过来。

古尔法姆王子唱道：

黎明已至
歌颂陪缚罗①吧，我的爱
在白日梦消失殆尽之前

  外面，人鱼门和中国花园都已经亮起了灯光。尊贵的瓦吉德·阿里沙阿装扮成奎师那的样子，"挤奶少女"在凉亭下跳起拉斯里拉②。喷泉流出的是带香味的泉水。秋祭的画卷正慢慢展开。

  他们离开凯伊瑟巴格，继续前往"查塔·曼齐尔"。这个"欧洲"俱乐部的门口停着无数的轿车。现在是周六夜晚。"地方长官也在，我刚才看见弗雷泽上校刚刚走进去。"卡玛尔说。在台阶的最后一段直接通往河岸的地方，加孜乌丁·海德尔正光着脚坐在那里。他把他的一只鞋扔进水里，看着它慢慢漂远，然后拍手呼唤小跟班。但舞厅里西方舞曲和谈笑风声实在太吵了，小跟班没有出现。于是他不得不弯腰自己去捡那只湿鞋子。然后他又把另一只扔进了水里。高塔姆毕恭毕敬地给他递上一支烟。

---

① 印度教神明，外形凶猛，相传是湿婆的儿子或化身。——译注
② 印度曼尼普尔邦最著名的舞蹈形式，主题集中表达奎师那对妻子罗陀及挤奶少女们的爱意。——译注

"不了,我只抽'古尔古里'。你是谁?"国王皱了皱眉头。

"呃……我是……"高塔姆不知该如何作答。

他们离开了和自己的金鞋玩耍的国王,向老城驶去。不远处是乔治国王医学院(人们在这里死去和诞生)。他们在城里转了一圈,回到了巴德沙巴格。

现代建筑泰戈尔图书馆像一个庞然大物游荡在国王纳西鲁丁·海德尔的运河上。

"进来吧。"这座建筑似乎在说,"快来将你的悲哀都淹没在书的海洋中吧。"

"扯淡,"卡玛尔低语道,"我用不着。"

远处的侯赛因巴德钟楼重重地敲响了一声,水上激起一片涟漪,一只猫头鹰向月亮飞去。

高塔姆慵懒地睁开他的左眼望向河面。他正躺在尼尔玛拉家的台阶上。查姆帕、塔拉特和尼尔玛拉坐在阳台上,脚浸在河水里。船儿驶过,远处《因德尔·塞卜哈》的加扎勒若隐若现。

"我这是睡过去了吗?"高塔姆迷迷糊糊地揉了揉眼睛。

"是的,你睡了很久了。"《因德尔·塞卜哈》中的角色们一起回答他。

四十二

贤者之林

班纳济教授是一位享有国际声誉的经济学家。他的住所在校园里偏于美妙而不为人知的一隅。每当下午学生前来拜访,都会看到他坐在屋檐下陷入沉思。他用亲切又哀伤的语气发表演说时,学生们会在草坪上坐着围成半圈。高塔姆·尼拉拔和查姆帕都是那里的常客。

印度似乎总在经历一场又一场危机。孟加拉大饥荒带来的灾难似乎还不够猛烈,教派政治的雪球又越滚越大。一个周日下午,发生了一场前所未有的大规模学生运动。这一天,几乎所有报纸都详细报道了真纳先生的"两个民族理论"。卡玛尔对查姆帕说:"查姆帕巴吉,我听说你也是真纳先生的追随者之一。"

"不,"查姆帕冷静地回答,"我还在瓦拉纳西上学的时候,听说过维纳亚克·萨瓦卡尔①和真纳先生。我曾经被质疑我所属的阶层,因为我没有在额头上标记我的种姓。而我的母亲告诉我她都是用阿拉伯语向安拉祈祷而不是崇拜湿婆神。所以,这样说来,我的文化来源和我的信仰是不同

---

① (1883—1966)印度教大斋会领导人、反英斗士、政治活动家,认为独立的印度民族国家必须建立在印度教信仰基础之上,穆斯林和基督徒不应被视为这个理想化国家的合法成员。——译注

的。我总是被人问起：'你读过迦利布的波斯语诗歌《瓦拉纳西颂歌》吗？'人们告诉我波斯文是外语，这让我觉得很心碎。所以我完全可以对自己说，有个'巴基斯坦'又有什么不好……？但是我并没有这么想过。坦率地说，我对这一切很困惑。

"我曾经在贝赞诗学院的三色旗下高唱过《人民的意志》，但我总觉得在那面旗帜下，自己只是个局外人。"

"你们是否意识到，"班纳济一边看着树梢上的小麻雀沉思一边说道，"印度教和伊斯兰教的冲突在英国人到来之前并没有被察觉。也曾有大规模武装斗争发生，恰好都是由印度教或穆斯林的竞争对手之政权发动的。在所有老莫卧儿皇帝中，奥朗则布的军队拥有最多数量的印度教徒将军。"

"先生，我们地区的农民还在唱着赞美拉纳·贝尼·马德霍·辛格的歌谣，他为了他的皇后和国家而战死。他的妻子便是哈兹拉特·马哈尔贝古姆。在童年时代，我记得我见过他的曾孙子骑着大象从他的城池前来。他说话口音很重，留有旧时代的遗风。他有专门的婆罗门厨子为他准备特殊的食物，并且会在马尔丹食肆单独进餐。这些都是和平共存的一部分。"卡玛尔满怀深情地说。

"英国人从一八五七年的暴乱中学到了一个重要的教训——绝对不能让印度人抱团。后果今天我们都能看到。"班纳济教授继续说道。

"印度人是世界上最容易冲动的群体了。看看那些爆炸——他们会以宗教的名义走向任何极端。"查姆帕补充道。

"一八五七年英国人将猪皮和牛皮缝在那些反叛者身上作为惩罚。"卡玛尔提醒她。

教授微笑着说道："只有一部分英国人要对这些暴行负责。我们的学生踏上英国土地后第一件要做的事情就是把鞋子交给皮卡迪利大街的擦鞋童。我也是这么做的。"

"我们可以像苏维埃那样创建一个多民族国家。"卡玛尔插嘴道。

"这就是你的问题所在——任何争论都会导向莫斯科。"查姆帕反驳道。

"查姆帕巴吉,我不想讨论信仰。印度需要和平,还有面包。"

"你是个很坚定的民族主义者,对吗,卡玛尔?"查姆帕带着些许敬畏之情问他。

"是的,一个真诚的人就应该是民族主义者。"他回答道,"如果印度所有的穆斯林知识分子、学者、神学家都是民族主义者会如何?他们会将自己的灵魂出卖给魔鬼吗?想想吧,查姆帕巴吉!"

他们站起身来,在草坪上漫步。"对你而言,印度就是一座座城市。你甚至不知道村落之间是否有紧张的宗教矛盾。"卡玛尔继续说,"告诉我,你觉得阿迦汗陛下可以代表穆斯林农民和工匠吗?他与贝拉家族、达尔米亚家族[①]的不同之处是什么?"

塔拉特走了过来,加入了他们。"你读了今天的报纸了吗?"她轻声问哥哥。

"是的,我知道了。"他回答,有点垂头丧气。

"发生了什么?"查姆帕问。

"我的父亲,尼拉姆普尔的赛义德·塔奇·礼萨·巴哈杜尔汗因为国民大会党与地主们敌对而加入了穆斯林联盟。"

"卡玛尔,如果你的父亲认为穆斯林的救世主会出现在巴基斯坦的建立过程中,你根本没有必要与他争吵。你不是自由思想的崇尚者吗?"查

---

① 均为印度财阀。——译注

姆帕说道。

"你不能像扔掉一件旧外套那样抛弃你的故土。"卡玛尔反击。

"来吧,姑娘们,咱们来排练吧。"费罗兹站在门口冲塔拉特和查姆帕喊道。高塔姆和卡玛尔先行离开,他们走的时候看到两个女孩的神情都很落寞。他们还能一起在"贤者之林"里度过多少个这样的夜晚呢?世界正在崩塌。

四十三

阿登森林

大学女生们在凯拉什女子宿舍举办她们的年度表演。费罗兹是台词教练和主提词师,卡玛拉扮演阿纳尔卡利,塔拉特饰演迪拉拉姆,埃妮德·拉伊是王子萨利姆。副校长和系领导们坐在前几排,广播站小乐团演奏着背景音乐。尼尔玛拉表演着阿克巴尔宫殿的桥段,埃妮德站在格子窗前看着外面的河水,唱着:"拉维河上快乐的船夫哟……"阿纳尔卡利唱道:"印度的王储爱上了一个女仆……这多么可笑!"这一幕幕就像梦幻一样闪过,最后,幕布缓缓垂下。观众们四散而去。

高塔姆对查姆帕说:"你是生卡玛尔的气吗?那天晚上在教授家,他对你十分不礼貌。我代他向你道歉。你为什么不说话?"

"我只是在学习不同的生存之道。"查姆帕简短地说。

"关于这个话题,我能插几句吗?"塔拉特走过来,跟他们一起站在一棵榕树下。她身上还穿着迪拉拉姆的戏服,也没来得及卸妆。"今天我得到了那么多的喝彩,这让我困惑,当我接受赞美时,脸上应该展现什么样的表情——庄严,喜悦……?问题是,有时候谦虚表现出来就是一种自卑感。但如果你不表现得谦虚,又会被人诟病自大;如果你跟每个人高谈阔论,又显得草率轻浮;如果你过分冷静和沉默,别人又觉得你无聊自恋。"

宿舍外，副校长正在跟新来的舍监帕兰卓提博士说话。塔拉特继续说道："我们就拿这个从南部来的女士打个比方。炎炎夏日，她出门都会穿纱丽，戴遮阳帽。她才不管大家是否会觉得这身打扮有够奇怪。她知道这没什么——毕竟一顶遮阳帽总比一把雨伞方便多了。所以，我得出了以下的结论，查姆帕巴吉，一个人必须坚持自我。一个人不能总是执着于成为他不属于的那种人。举个例子，看看我们亲爱的老高塔姆……当他说话时，你会觉得自己置身于柏拉图时代的雅典，或者看到卡里·纪伯伦在黎巴嫩的雪松树下漫步……查姆帕巴吉，做你自己吧。晚安。"话毕，她转身向宿舍走去。

高塔姆笑道："她像不像一只叽叽喳喳的小麻雀？"语气中充满了怜爱。他们走出大门，沿着大学路走起来。查姆帕在昌德巴格路口停住了脚步。"不，高塔姆，"查姆帕说，"我没有生卡玛尔的气，你知道礼萨一家人并不是很喜欢我。无论如何，我也没资格生任何人的气。"

"你也想向人诉苦博取同情！别再自怜自艾了，查姆帕，你的问题是你太封闭了。你深爱着阿米尔·礼萨，所以其他的一切才会发生。你的另外一个问题就是你的用词。"他又开始了用惯常的圣贤式口吻说了起来。

"用词！"她又重复了一遍，"塔拉特说得对，巴德沙巴格的金链花树下有很多大放厥词的冒牌预言家。"

"查姆帕贝古姆，我们要不要一边喝热咖啡一边讨论这个话题？"他语气和善地建议道。

查姆帕住在大学外的一间小屋里。他们沿着大学的围墙外侧走着，从桉树林里传出辛西娅的女高音。

在绿林之中，

谁想与我同行——

"这会儿在'阿登森林'里,他们正在排练《只要你喜欢》。"查姆帕对他说。

"哈!几分钟前我们还活在阿克巴尔的虚构世界和拉合尔的军营里,现在我们又回到了伊丽莎白时代……"高塔姆回答道。

"谁?"查姆帕一边心不在焉地开着门锁一边问。

"阿克巴尔和伊丽莎白。"高塔姆在露台上拎了一张椅子坐下,开始认真地倾听不远处飘来的歌声。查姆帕走开了一会儿,再次出现的时候端来了咖啡。一轮满月穿过番石榴林,月光投射在大学泳池的碧水之上。

"一切都如此吸引人,"辛西娅的歌声停止,高塔姆评价了一句便转换了话题,"你跟同事合住吗?"

"是的,她叫西塔·迪克西特,也是一名教师。她的哥哥是阿米尔在军队里的战友。"

又是阿米尔!高塔姆点燃一支烟。事实是,他意识到自己正在对这位阿米尔·礼萨海军上尉产生了一种小小的、微妙的厌恶感。

"所以,当你成为礼萨贝古姆后,也会愿意过那种去俱乐部、打高尔夫的生活?"他装作若无其事地问道。

"是的,为什么不呢?"她反驳道。

他站起来,慢慢踱步到衣帽架前,看着落地镜里的自己。"会不会也有年轻的姑娘那么快地爱上我?想想其实我长得也不差!"他悦愉地说。

"那个珊塔很喜欢你吗?"

高塔姆一愣。"你怎么会知道她的?"他低声问道。

"哈,一只来自西高止山上的小鸟告诉我的。是我在昌德巴格的同学乌玛·巴勒卡尔，她认识珊塔……你深爱着她，但是她是你表兄的妻子。"

高塔姆非常惊讶，但很快便控制住了表情。

"是的，她也是个爱慕虚荣的漂亮女人。她是个颇有名气的马拉地语小说家，嫁给了我那个在政府部门的毫无生气的表哥。当我在婚礼上看见她时才明白什么叫作相见恨晚。印度教教义中并不允许离婚。但她是个非常开放的女性，波西米亚派，所以她并不介意跟我来一段婚外情。但我是个保守又坚定的中产阶级，我并不喜欢女人抽烟喝酒和滥交……"他也不知道自己为何想对查姆帕交代这么多，"而且她非常享受做官太太的感觉。"

"好吧，珊塔已经是过去式了，但是你却不愿意娶可怜的尼尔玛拉！你宁可把自己装扮成一副远离世俗的古怪样子，但又无法掩饰虚假的谦逊和心里澎湃的欲念——哦，高塔姆，我太累了。我必须承认，尽管你的演技一流，或者说正因为你有着强大的演技，我觉得你非常有魅力。哈！现在你恐怕也觉得我是那种放浪的女人。也许我是吧，我不知道。正如珊塔，我也不可能跟你结婚——之前你和我彼此看得太透了。你们这群人对自己的直率引以为傲——卡玛尔把自己的小圈子称为'小偷厨房'。你们认为芸芸众生都是伪君子，只有疯子才能做到真正的毫无保留。但是此时此刻，我知道我们都被摆放在刺眼的灯光下。你不要指望能将部分的自己隐藏在阴影里，我也不可能做到。你能够看穿我，我也能够看穿你，这就是为什么我知道……"

"……我看穿了你！"高塔姆甩了甩手，爆发出一阵大笑。"好了，我现在必须离开，回家去写我的专栏了，这包括了一篇对塔拉特扮演的阿纳尔卡利的褒奖。请记住，面对阿米尔·礼萨，那种萨利姆对阿纳尔卡利式的迷恋，会给双方都造成灾难。晚安！"

他直接从阳台上翻了出去，消失在夜色中。

一阵欢笑声从"阿登森林"里传出，姑娘们刚刚结束了《只要你喜欢》的排练。

欧洲的战势已经渐渐进入了尾声。

勒克瑙的时尚购物中心哈兹特甘吉挤满了印度和欧亚女孩。国王的军队不断有年轻的印度精英加入，这里的上流社会因此变得更加热闹。咖啡馆里总是塞满了对政治时局高谈阔论的热血分子。苔赫米纳还在攻读法律学位，查姆帕拿到了艺术硕士学位并得到一份教职。那年是一九四五年。

海军上尉阿米尔·礼萨向部队告假来到查姆帕位于昌德巴德附近的小屋找她。查姆帕正要前往泰戈尔图书馆，一看见阿米尔，她便从自行车上下来，边推车边跟他一起散步。阿米尔突然用闲聊的语气对她说："你想要搬到孟买的科拉巴，以礼萨夫人的名义住进一幢漂亮的高层公寓吗？"

查姆帕脸一下子红了。

每个人的心里似乎都藏着一个小魔鬼，它总会在人们作决定的时候跳出来。查姆帕无法分辨那是真的魔鬼还是自己的良心。她甚至都没法作出决定。她觉得有个声音在耳边小声地叮嘱她："说不。"她又忽然意识到，不管这些人表面上多么左，骨子里依然脱不掉封建主义。在他们的心里，她永远是个趋炎附势、向上攀爬的人。她的脑海中闪过当初卡玛尔是如何讽刺她利用"爱情"来攀附阿米尔，也浮现出高塔姆如何旁敲侧击地称她为"地位追求者"的画面。除之以外，她想起高塔姆·尼拉拔多么有魅力，他那黑暗又血性的神秘气质，竟让漂亮的阿米尔失去了头顶上的光环。

她沉默了片刻，回答道："不。"

"那你为什么把我引上了你的花园小径?!"阿米尔不敢相信自己的耳朵。

"哪条花园小径？不好意思，我的英文不是太好。"

阿米尔又气又急。"请你诚实地告诉我，你不是明知我要娶你的朋友苔赫米纳还故意要和我约会调情吧？"

"请不要把道德和冲动混为一谈。一切都过去了，这只是一时的意乱情迷。"

"你竟然用这种嘲讽的语气来总结我们长期以来的浪漫，"在他们接近昌德巴格大门的时候，他彻底被激怒了，"没想到你是这么俗又缺乏道德感的女人。其实我早就听说了你和高塔姆，还有一个叫沙希德·米尔扎的有钱的餐厅老板的事，简直令人恶心。"

作为一个话本来就不多的男人，阿米尔并不想在公共场合与她争论。这里的每个人都认识他——他被称为巴德沙巴格古尔费珊的古尔法姆。他想听她再度开口，可她一言不发。他冷酷地告别离开，几乎是例行公事般应付了事，仿佛她是一艘要远航驶向战场的战舰。接着，他头也不回地向古尔费珊走去，风卷残云般打包好行李。

苔赫米纳刚刚完成了法律专业毕业论文，从学校回到了家中。"异端"的家庭会议匆匆召开，因为女儿已经完成了学业，而阿米尔却对婚事却只字未提，事实上，当晚他已经离开。

古尔费珊的每个人似乎都会一点就着。卡玛尔和哈里桑卡尽量躲着苔赫米纳。暑假来临，查姆帕回到了瓦拉纳西，苔赫米纳一家去奈尼塔尔避暑。卡玛尔和哈里桑卡前往马苏里观看轮滑锦标赛。

七月，大家都从四面八方回到了古尔费珊，空荡荡的大宅子重新热闹了起来。一天，阿米尔·礼萨意外地出现了，他直接敲开了姑姑的房门。

"恭喜,"他说,"苔赫米纳终于成为律师了。"

礼萨贝古姆一言不发。

"我认为她是时候结婚了。"他继续道。

"和谁?"

"当然是和我。"

"你不觉得羞愧吗,我的儿子?你辜负了自己的表妹,就为了那样一个……一个……婊子!"

"姑妈大人,我是不是听错了?!"他的声音抖得厉害。

"听着,孩子,"姑妈试着控制自己的情绪,"去年十二月你回来的时候,苏珊和古拉比娅去帮你收拾房间,苏珊在你的衣橱里发现了查姆帕贝古姆的一件纱丽,正是她常常穿来我们家的那件!你怎么能这么对待我们——如此厚颜无耻?"礼萨贝古姆提高了嗓音。

阿米尔目瞪口呆。古尔费珊那么大,为什么那个愚蠢的女人偏偏把自己的纱丽落在了他的房间?没有这件衣服,神啊,她又是怎么回家的?他只觉一阵眩晕,却突然回忆起一个片段:一个冬天,全家人,包括大多数用人,一起去卡兰普尔参加一个婚礼。那天天气不错,他带着查姆帕去划船;他嘱咐她多带一身衣服,因为他准备教她游泳。

可惜河水太凉了,查姆帕开始发抖,打喷嚏。阿米尔送她回到了古尔费珊,她在阿米尔的房间里换衣服,听到有人正朝着房子的方向走回来,为了避免尴尬便先行离开,匆忙之中忘了带走换下的湿衣服。阿米尔把这一幕向姑妈一五一十地道来,但她的表情显然并没有被说服。最终,他还是被原谅了。苔赫米纳被告知阿米尔准备马上迎娶她,一套位于科拉巴的美好的高层公寓正等待她的到来。苔赫米纳暴跳如雷。不,她大喊,我受够了。

卡玛尔和哈里桑卡也从马苏里回来了，阿米尔却还在勒克瑙。他们一进家门就听说了苔赫米纳拒绝了阿米尔的求婚。房间里的每个人脸上都充满愁云惨雾。为了避开这种阴郁的气氛，卡玛尔决定出门把"哈瓦普尔大学"的广播剧本送去给查姆帕。到她家的时候，卡玛尔看见查姆帕坐在太阳伞下的草坪上，而身旁坐着的还有阿米尔表哥。他来向她讲述那件倒霉纱丽的原委，但一看见卡玛尔出现就迅速离开了。

查姆帕一动不动地坐着。这时候如果她再次接受阿米尔的求婚，就等于变相承认他们的确睡过了。生活就是那么荒谬。但是她可不想失去名节，不管人们认为她是否还有。所谓上流社会或中产阶级有他们自己的缛节，她也有属于她所在阶层的戒律。尽管她已经被划入了学校公认的三四个"轻浮女生"之列。

第二天，卡玛尔也被告知"神秘纱丽"的始末，并被委以说服妹妹苔赫米纳改变心意的重任。

然而，苔赫米纳也是那种既然说了"不"就绝不会反悔的人。

查姆帕依然像以往那样去拜会他们。他们的教养让他们不去提及"纱丽事件"，但塔拉特和尼尔玛拉看起来还是怒气冲冲。一个阴沉沉的下午，所有人都在古尔费珊的后花园里喝着下午茶，远处的角落里伫立着一棵黄兰花树，小巧而金黄的树叶厚厚地铺满了下方的一小块地。

"查姆帕巴吉，每次看到这棵树我就会想你取了一个多么美好芳香的名字啊①！"卡玛尔由衷地赞美道。这些愚蠢的男人竟然还在为这个妖精着迷，塔拉特顿时气不打一处来。

打扫工古拉比娅正巧路过，她冲塔拉特使了个心照不宣的眼色，这一

---

① 黄兰（champa）的发音和查姆帕相同。——译注

下可彻底点燃了小姑娘的导火索，她终于不可阻挡地爆发了："听着，查姆帕巴吉。事已至此我也不想藏着掖着了，这件事让我坐立不安，干脆我们打开天窗说亮话吧！你到底有没有和阿米尔做过？你只要告诉我，有还是没有？"

整个世界陷入一阵可怕的沉默。查姆帕的脸色像飘落的黄兰叶片般枯黄，萎靡。

苔赫米纳盯着她的妹妹，卡玛尔和哈里桑卡则赶紧把目光投向别处，这幅场景十分尴尬。

"没有。"查姆帕冷漠地回答。

"可以了，查姆帕巴吉，"卡玛尔赶忙上来道歉，"请别在意，你知道塔拉特总是疯疯癫癫的。"

"我相信你们了不起的表哥阿米尔已经充分解释了这件该死的纱丽的来龙去脉。另外我想告诉你们的是，他又向我求婚了，我再次拒绝了，就是为了苔赫米纳。**我请求你们放过我，行不行！**"她几乎尖叫着从椅子上站起来。

"塔拉特，你这个可怕的东西！我们知道你被宠坏了，但是你没有任何权利这样侮辱你的客人。赶快道歉！"苔赫米纳向塔拉特吼道。"查姆帕，你知道她疯了，请不要走。"

但是查姆帕早就冲出了房门，蹬上了自行车。

没人再开口说话。金链树的叶子在头顶上沙沙作响，黄兰花依然散发着阵阵芳香。塔拉特有些为自己的鲁莽懊悔，她悻悻然地说："我只是说出了大家心里共同的疑问……"

"闭嘴！"苔赫米纳再次呵斥道。

"这几年我们都发现了，她喜欢扯谎，还喜欢摆出万人迷的姿态。"塔拉特依然不服气。

"行了,别老把她说成'五十六刀'①。"哈里桑卡也忍不住说道。

"难道不是吗?"尼尔玛拉上来帮腔,"她根本就是个工于心计又花招百出的女人,十分恶心……"女孩们都为苔赫米纳抱不平,在她们心中,查姆帕就是那种印度电影里典型的妖艳祸水。

"你难道不知道每次提起那件纱丽,就是在抓一把盐往苔赫米纳的伤口上撒吗?"卡玛尔说。

"好吧,但希望你这不是在维护那个'地狱圣女'。"塔拉特咕哝道。他们前一天晚上刚看完这部英国电影。

"疑点利益归于被告。"哈里桑卡站了起来,"现在休庭。"

---

① 此处指一九二〇年代活跃于阿拉阿巴德的歌手雅纳基·巴伊,被她抛弃的恋人刺了她五十六刀,但她奇迹般地幸存。——原注

四十四

查姆帕·艾哈迈德小姐（毕业照，C. 穆尔拍摄，哈兹拉特甘吉，勒克瑙）

班纳济教授的小女儿在分治的几天前刚举办了婚礼。教授住在达卡地区，而外面的亲戚因为暴乱没办法前来。他们只得选择以巴基斯坦人的身份待在达卡。事情发展得迅速又充满暴力，世界似乎一下子变得疯狂。

来参加婚宴的客人挤满了班纳济教授的家。礼萨家和雷扎达家的长辈们也悉数前来。查姆帕知道他们并不想看见她，于是躲在了新娘庞大的女眷队伍中。可就在这时，一个年轻的孟加拉人大声对她说："原来你也在这儿！真纳先生怎么样？他去卡拉奇怎么没带上你？"

查姆帕吓了一跳，她定睛一看，发现自己并不认识眼前这个人。他怎么知道她是个穆斯林？她脸上又没写字。以后留在这里的穆斯林都会遭到这样的嘲讽吗？那人很快被其他什么人用孟加拉语责备了两句，她趁乱赶紧溜出了房间。

在回家的路上，她撞见了塔拉特和尼尔玛拉，她们也穿着参加婚礼的盛装，正往校园方向走去。她俩互相之间聊得正欢，并没有注意到查姆帕。

"说实话，我并不想在国家正处于重大危难的时候跑去英国。但重建印度的确需要更好的高等教育。虽然现在资产阶级的机会主义盛行，你说是吗?"塔拉特说。

"完全正确,"尼尔玛拉严肃地说,"但是剑桥的入取通知书可不是那么好拿的。我运气那么好完全是因为我父亲曾经在那里学习过。"她陷入了沉默。高塔姆从未给过她一点打算娶她的暗示,但是她的父母却信心十足,因为他也将前往英国。

女孩子们加快了脚步,加入了婚礼宾客的大流中。

卡玛尔走近查姆帕。

"查姆帕巴吉,恭喜!你的'巴基斯坦'最终成形了。"他的语气里带着尖酸的嘲讽和冷漠的刻薄。查姆帕一言不发,等待着他下一阵劈头盖脸的抨击,可对方却不再开口,仿佛一切争论都已经没有意义,也没什么时间再留给牢骚和脾气;现实世界需要执行力。卡玛尔一声不响地站着,盯着巴德沙巴格皇家门楼出了会儿神,没作道别便离开了。

一个星期四的夜晚,查姆帕到位于节目制片人萨伊达·礼萨贝古姆(与古尔费珊的家庭没有关系)工作室的广播站找塔拉特。舒适的广播站看起来很像印度咖啡馆,勒克瑙的上流人士经常在此聚集。那晚,当查姆帕走进萨伊达·礼萨的房间,几名妇女正在讨论阿克塔里·白·法伊扎巴迪[1]的转型。阿克塔里被称为印度的梅尔巴女士[2],但当她嫁给了一名律师后,大家总是尊称她为阿克塔里贝古姆……她广受爱戴。

"她甚至穿着打补丁的棉袍子,"玛雅·贾米尔夫人告诉塔拉特,"当我问起她,她说先知也是如此,因为贫穷他总是穿着缝缝补补的衣服。"

"哈,这就是为什么一些托钵僧总是穿着破衣烂衫!阿克塔里·白会

---

[1] (1914—1974)印度歌唱家、演员,被认为是最优秀的加扎勒歌者。——译注
[2] 即奈丽·梅尔巴(1861—1931),澳大利亚花腔女高音歌唱家。——译注

因此改变自己，但很多人永远不会！"塔拉特恶狠狠地说道，瞥了查姆帕一眼——她背叛了苔赫米纳和尼尔玛拉，迅速俘虏了阿米尔和高塔姆。查姆帕是个永远不会被原谅的女骗子。

塔拉特又加了几句："不好意思，我要走了。萨伊达，我的表兄阿米尔从军营里告假回来了，他要带我们去穆罕默德巴格俱乐部吃晚餐。你也一起来吗，查姆帕巴吉，为了老式华尔兹，为了旧日时光？"

房间里的每个人都阴沉着脸。查姆帕的表情更是怒不可遏。上一次塔拉特在自己家中当众侮辱她带来的阴影还没完全消散，这次又没事找事地旧事重提。查姆帕咬着嘴唇暗下决心，既然如此，我倒是要让你见识下真正不要脸的贱货是什么样子……

当然，阿米尔依然爱着她。他还会在公海上写信给她，告诉她自己回到勒克瑙后会去看她。她迅速作了个决定，准备去找他并对他说：我来了，所有麻烦都将结束，我们可以平和下来。让其他人都抱着仇恨互相撕扯去吧，总有一天他们会厌倦这一切，低下他们骄傲的头颅。但他们都是厚颜无耻的伪君子。这些口口声声反英的左翼分子却在为英国创造各种捷径，和饱受创伤的劳苦大众划清界限。该死的。

她走上了大学路，一直走到古尔费珊的大门口停了下来。她蹑手蹑脚地轻唤着正在关闭管井电机的拉姆·奥塔尔。冈加·丁站在他的身边，嘴里叼着一支烟。看见她，他迅速扔掉了烟蒂。"您好，小姐。"

"阿米尔少爷在吗？让他出来跟我说几句话。"查姆帕用命令的口吻说道。他们算什么？不过就是用人而已。她用不着对古尔费珊的一个园丁和一个车夫毕恭毕敬吧。她合了会儿眼，觉得自己一下子就长成大人了，而这里的每个人，就像爱丽丝的仙境一样，不过是一堆纸牌而已。她的思考很快便被冈加·丁粗声粗气的回答打断："少爷今天一大早便去了巴基斯坦，其他人去了巴德沙巴格参加婚礼。"

冈加·丁略带遗憾地望向她，发现她显然对这个消息有些失望。他缓慢地说道："是的，小姐，我也感到很抱歉。我是看着他长大的，他对我非常信任。他喜欢跟我玩，每天晚上我都会带着他出门兜风。夫人进天园的时候他只有四岁大。他大哭着跑向我：'冈加·丁！冈加·丁！妈妈睡着了，他们用一个像床一样的怪东西把她带走了。为什么她不坐你的马车？赶快追上他们把妈妈带回来！'"

冈加·丁使劲地擦了一把自己皱巴巴的眼皮，接着哽咽道："他对他的女家庭教师尼娜恨之入骨，我确定就是那个法兰基毒死了夫人。"他用深深的叹气作为片刻停顿。"现在我老了，他跟我也疏远了。我有预感，所有人都会前往巴基斯坦，我们将会被抛弃在这里。我们脚下的土地在慢慢流失。小姐……"

拉姆·奥塔尔的态度却有些不同。他始终皱着眉头。作为一个有点文化的人，他每天都会读印度报纸。他回想起早上读到的一篇社论里将所有的印度穆斯林都定义为"叛徒"和潜在的"巴基斯坦人"。他对查姆帕说："他去了孟买，那里的海军被分拆为印度阵营和巴基斯坦阵营。少爷将加入穆斯林船队前往卡拉奇。嚯！……啦！……"突然，他用嗓子眼深深地怒吼了几声，捡起一块石头，向番石榴树丛的方向扔去，一群鹦鹉扑楞着翅膀瞬间飞走。

冈加·丁不再开口。

查姆帕目瞪口呆。拉姆·奥塔尔和贡嘎·丁都陷入了沉思。她像个败北的长跑选手般黯然离去。阿米尔·礼萨为了新目标而放弃了曾经属于他的锦衣宝马、美女珍馐：一个全新的国家，更多的机会和挑战。男人有着完全不同的世界。

然而，我却在这个男人身上浪费了那么多时间……

看起来像是要下雨。突然，奇怪的事情发生了。一阵毫无缘由的喜悦感刹那间涌进查姆帕的体内，仿佛踩在云上自由自在，那是一种从树叶的窸窣声中传出的满足感。其他人是否也能体会到这种美妙的解脱感？比如可怜的苔赫米纳，还有那个愚蠢的爱上表兄未婚妻的高塔姆？

哈……哈……真有意思。查姆帕情不自禁地笑出声来。她轻盈地跳过一条清澈的小溪，绕着古尔费珊的外围跑了起来，最后在一个栅格前停下。她瞥见司机的妻子曲姆兰穿着一件姜黄色的纱丽在桑树林里忙碌着。

"您好，小姐。怎么了？您还好吗？"曲姆兰也看到了查姆帕，从林子里走了过来。

"你好，我很好。"查姆帕气喘吁吁地回答。

曲姆兰静静地看着她。

"我可以在这里坐会儿吗？"

"当然，小姐，请进来。这天马上就要下雨了。"

查姆帕走进了凉棚，地板又冰又冷。架子上的餐具闪着亮光，墙上的钉子上挂着卡迪尔的黑色毡帽。一张简易小床上铺晾着一些编织垫。

"这几天一点太阳都看不到，这些玩意儿根本晾不干，"曲姆兰本想礼貌地聊天，却意识到这不是个好话题，于是干脆直言不讳道，"小姐，你根本不了解男人是什么。可我们知道。只有在我们捧着他们的时候，他们才会高兴。他们希望我们无限度地奉献，否则就不会满意。我该怎么向苔赫米纳小姐解释女人总是处于劣势？她当初为什么要拒绝他的求婚？现在他永远地离开了，小姐的眼泪都快哭干了。"

查姆帕一言不发。

"一个女人究竟该是什么样？"曲姆兰继续伤感的话题，"作为妻子，她就是丈夫的私人女佣，甚至是母亲。年轻的时候，她会被亲家折磨，老了以后受儿媳的气，如果之后成了贫穷的寡妇，她就会被全世界抛弃。她的一辈子就是为了服侍，服侍，服侍。尽管如此，男人依旧不会满意。他们到底要什么？全身心地供奉，把他们当作神！"曲姆兰知道查姆帕和阿米尔的一切。"所以，你也会去维拉耶吗？"

"他并不是世界上唯一的男人，还有成千上万个。每个人都是不一样的，司机夫人。"查姆帕虚弱地说。话音刚落，大雨倾盆而下。

"不，他们都一样，小姐，不管他们住在高楼大厦还是佣人工棚。即使是维拉耶，那里的男人也没什么不同。我的父亲曾经给英国官员们做过厨子，他们中有些人还打老婆呢。我给您沏杯茶，小姐。"

"不了，谢谢你，我必须走了。再见，曲姆兰、拉姆·戴亚。"她从椅子上站起身，走了出去。

"为什么查姆帕小姐就是不明白……"曲姆兰面带忧虑地问拉姆·戴亚。

"我觉得她们是害怕，她们学过一点英语就觉得自己了解所有事情，"拉姆·戴亚摇了摇头，"她们其实并不比我们强多少。"

查姆帕三步并作两步走回自己的小屋，此时另一个念头也在慢慢地生成。她曾经有一搭无一搭地申请了新教育部设立的翻译官奖学金，申请成功者将被送到巴黎学习。在与阿米尔·礼萨热恋的空隙时间，她也去上了几节法语夜校课。她现在觉得自己必须得到这份奖学金。她身边所有出色的人都将会离开印度这个地方——阿提娅·哈比布拉、兰贾纳·西德汉塔、费罗兹、塔拉特和尼尔玛拉，以及全印广播电台帅气的播音员阿雷·哈桑。阿马拉·罗伊和哈里桑卡也将加入新建立的印度外事服务处。（只有可怜的苔赫米纳不得不留在这里继续无聊的生活。）如果她，查姆帕·

艾哈迈德，得到了这份奖学金，那就意味着得到了进入现实版梦幻乐园的邀请函——真正的西方世界……

大批大批的人开始离开印度。

她走进自己的房间，疲倦得一下子瘫倒在沙发上，就像刚刚与时间——跑一场马拉松，不经意间，她抬头看见了自己那张装裱精美的毕业照。她保留了那种在照片两边摆放装饰花瓶的小镇式生活习惯。跟她那些从学院毕业的同学一样，她这张照片也是由著名摄影师C. 穆尔先生于一九四三年在哈兹拉特甘吉拍摄的。她们穿着自己最好的纱丽，头戴学士帽，身披学士袍，包里揣着装有学位证书的卷轴，眼睛里闪烁着星光，喜悦地接受着这位儒雅摄影师送来的祝福。一九四五年，她又拍了一张硕士毕业照，摄影师自然还是C. 穆尔。

几年过去了，现在她成了一名讲师。查姆帕三十岁了——塔拉特和尼尔玛拉比她年轻了足足十岁。她必须要考虑安定下来了，不能再这样晃晃荡荡，不能再和看起来吊儿郎当的长发青年泡咖啡馆。她被人背地里称为"知识分子的婊子"。当她和哈兹拉特甘吉豪华餐厅"莎伦的玫瑰"的花花公子老板艾哈迈德·哈希姆约会时，大家都开始叫她"莎伦的情妇"。她现在又能做什么？离开她那对朴实无辜的父母，越远越好。

查姆帕任教的学院是美国的传教士开的。在这里，年轻的女孩绝对不允许在没有监护人陪伴的情况下外出——查姆帕在这样的一个地方，被当作过于轻浮之人而无法露脸。所以，再见吧，伙计们。

四十五

乔恩普尔的侯赛因·纳亚克苏丹的破旧坦布拉琴

塔拉特拿起自己的坦布拉琴，走到阳台上。她想唱一首《季风归家》，却发现声音哽在嗓子里无法流出。阿米尔终于永远地离开了战场，但也永远地定居巴基斯坦。苔赫米纳坐在房间里，在缝纫机上缝制一件袍子。塔拉特从阳台走回了房间里。此时此刻，阿米尔·礼萨应该已经身处卡拉奇。一切好像从未发生，阿米尔从未来过，也从来没在古尔费珊生活过。他做的第一件事就是离开。他怎么可能回来，在我们掀起的风暴中全身而退，或是与我们激战连番？塔拉特挨着姐姐坐下，开始拨弄起缝纫机的把手。

苔赫米纳抬起头来看着塔拉特，手里的缝纫机却并未停止运作。没有生命的东西却常常有着接近人类的表达方式。一台台式风扇把头转过来又转过去，在塔拉特看来，样子竟十分愚蠢。

窗外的噪鹃叽叽喳喳叫个不停，不远处拉姆·奥塔尔的粗嗓门也清晰可辨。突然间，塔拉特重拾自信，她对苔赫米纳说道："事实是，苔赫米纳，感情是最靠不住的东西。理性移情和人为误差都不算什么。归根结底，人终将孤独。"她忽然深沉地说道。

"你又来了。"苔赫米纳看着她，忍俊不禁道，"你不是也总想着有朝一日成为剑桥精英吗?"

塔拉特觉得伤了自尊。"所以你觉得我是个浑蛋吗?"她伤心地说道。

"当然不是,我觉得你非常聪明,但你毕竟也是个女人,傻姑娘。"

塔拉特惊讶道:"苔赫米纳,你可是个革命者。起来斗争吧,为了男女平等。你就不该让那个渣男自我感觉良好——你应该把鞋子向他的希腊鼻子扔过去。"

"塔拉特!休得无礼。"

"哦,好吧,你又在维护他了。所以,你和拉姆·戴亚的区别是什么?她经常被拉姆·奥塔尔打却习惯逆来顺受。有天侯赛因的老婆把她叫到一边指出她的懦弱,这个白痴姑娘竟然吼着回应:'你竟敢这样说我的男人。'"塔拉特激动得眼泪开始在眼眶里打转。

她冲出房间,迅速跳上自行车,疯也似的向"荸荠屋"的方向蹬去。她看见卡玛尔、哈里桑卡和尼尔玛拉正坐在河边的台阶上一边玩着扑克牌一边吹牛,这让她心情好了不少,于是加入了他们的牌局。正在这时,令人心烦意乱的高塔姆也到了,尼尔玛拉看到他出现,表情一下子暗淡下来,其他人则装作一副若无其事的样子。

高塔姆坐在他们身边,点了一支烟。他看上去对于即将起程的美国之旅充怀兴奋。"我下周出发。"他冒出一句。

"所以现在的你已经是驻华盛顿记者了,对吗?"卡玛尔有些黯然神伤。"哈兹拉特甘吉会想你的。"

"哈,我相信它会的,这里真的有很多很棒的回忆。对了……"他停顿了一下,问道,"你们知道查姆帕的下落吗?"

"一点头绪也没有。"塔拉特飞了个白眼。

"她的家门锁了。我觉得我也应该去和她告个别。"他尽量让声音听上去自然。

"这个人总是神神秘秘的。估计回家了吧——你知道她申请到了去法国的奖学金。"卡玛尔告诉他。

"哇!"高塔姆道,"我说,姑娘们,咱们来喝点茶吧——就像比海亚大人说的,顽固的保守派风格。"

塔拉特和尼尔玛拉站起身来,缓缓地走向厨房。贾木纳正巧不在,尼尔玛拉把水壶放在炉子上,将几张废纸扔进炉灶里点燃炉火,然后擦了擦眼睛。

"你这是被烟熏了还是真的在哭呢?"塔拉特打趣道。

"都有。"

"你怎么那么傻呢。我觉得对你来说,他不是有点搞不清状况就是太过理智了。你知道他是个多么喜欢把任何事情都简化为形而上概念的人。"

"我的脚。"

"或许他只是想保持单身状态而已,你知道很多男人觉得这样更有魅力。"

"我的左脚趾。"

"我还是觉得,有一天他会突然出现在你面前,然后拉起你的手,被神圣之爱包围……"

"然后每天都在拿我跟查姆帕巴吉作比较,让我永远活在她的阴影里。不了,谢谢。"她不悦地打断道。

"别跟个怨妇似的。男人一旦结了婚,就会把自己之前的风流史抛到脑后,这是我观察到的。"塔拉特又抖起了机灵。

"我觉得好丢脸。"尼尔玛拉回答道,眼泪已经流了下来。

塔拉特离开后,苔赫米纳走到了窗前。我人生的第一场戏已经谢幕了。如果有人用我的角色写一个剧本，那么他会如此形容：苔赫米纳女士，艺术学硕士，平凡，敏感，极力掩盖自己的不快乐。礼貌又谦虚，骄傲又倔犟。

几个串门亲戚的小孩子在后院草坪上玩"科拉-贾马尔-沙希"①。苏珊正往晾衣绳上挂五颜六色的头巾。刚从"荸荠屋"回来的卡玛尔又陪着孩子们玩了起来。大家围成一个圈，一个小孩从外圈追着另一个，身后被放小鞭子的人和"罪魁"互相追逐惩罚。卡玛尔开始绕圈跑。"嘿，苔赫米纳，"他一边重复着游戏，一边大声叫道，"科拉-贾马尔-沙希——科拉……等着被打败吧。"

苔赫米纳靠在晾衣竿旁边看着他们。他继续喊叫道："科拉-贾马尔-沙希……**连查姆帕巴吉都要离开了**……等着被打败吧。科拉-贾马尔……"

"卡拉奇？"苔赫米纳冷漠地回应道。

"巴黎！科拉-贾马尔-沙希……"他用小鞭子惩罚了一个小女孩，然后换小女孩追他。

"为什么……？"苔赫米纳很意外。

"她本来就很有野心，不是吗？对了，高塔姆邀请你来参加他周六举办的告别派对。"卡玛尔加快速度跑起来，直到把小鞭子放在另一个孩子身后。他把拇指插进夹克口袋，向着车库走去。

印度咖啡馆里总是充斥着吵闹的交谈声。熟客带来了很多新客——印度教和锡克教徒难民——来自新边境地区、穿戴讲究的青年男女。勒克瑙居民从来没听说过从西北边境省域迁徙而来的普什图人，如今他们在阿米

---

① 印度民间游戏，玩法参见正文本段。——译注

纳巴德的街上四处流浪。到处都是富有的难民和贫穷的难民，但是他们的大规模涌入却并不能确保给这座城市带来和平的氛围。哈兹拉特甘吉还算平静，只是多了很多新面孔。

咖啡馆里一半人都是高塔姆的朋友。一些受到邀请的乌尔都语诗人是冲着路易斯·麦克尼斯的名字来的。"如果你像北方邦的地方长官那样是一个诗人，这一切都会发生的。深深迷恋海德拉巴—乌尔都文化的奈杜夫人夜以继日地在大宅里举办沙龙，她还经常特别要求我在路易斯·麦克尼斯面前朗诵我自己的诗。"一位年轻的乌尔都语诗人不无骄傲地说。

"他来印度是为了描写那些停留在尸体上的苍蝇。"苔赫米纳讽刺道。

"好吧，但是现在我们国家的确躺着成千上万停满苍蝇的尸体，"一个记者回应道，"拉合尔在燃烧，德里在燃烧。"

"西方国家这两年把上百万具尸体抛在了世界大多数地方，我们不是唯一的野蛮人。"苔赫米纳据理力争。

"看，咱们的苔赫米纳又回来了，"塔拉特悄声对尼尔玛拉说，"她很快会好的。"

"今年的风暴是最厉害的，"乌尔都语诗人接着说道，"血雨腥风从天而降，落在花朵上，落在我们的手掌中，每个人的眼睛都充满血丝……"

"但并不是在勒克瑙。"卡玛尔洋洋得意道，"至少你应该感到庆幸，老祖宗创造的文化比现世的疯狂要强大得多。"

"文化，文化，到处都是，却无法解一丁点儿近渴。"乌尔都语诗人对聚会的主人说，"高塔姆，在这个甘地主义的会议结束后，你会带我们去卡普尔酒吧吗？"

"不，"高塔姆终于开口了。今天的他一直在不断地抽烟，保持沉默。

"除了骚乱以外,勒克瑙到处都在举办援助难民的集会。"塔拉特加了一句。

"我讨厌被人叫作难民,"一个前拉合尔公立学院年轻讲师不悦道,"你知道这对我们来说意味着什么,被人从自己的家园——世界上最美的地方——活活赶了出去!"悲愤交加让他的眼眶充满了泪水。

"今天早上我拿起我的坦布拉琴想唱一首乔恩普里①,结果一根弦断了。高塔姆,这对你来说是个预兆。侯赛因沙阿的琴弦断得只剩两根。"塔拉特悲伤地说。

"乐器就是这样,也许是你拧得太紧了,又或者琴弦本来就不够结实。"高塔姆故作晦涩地回答道。

"谁是侯赛因沙阿?"有人问塔拉特。

"这不重要。"

"瓦吉德·阿里沙阿,巴兹·巴哈杜尔苏丹以及侯赛因沙阿——他们都与今天无干。"有人评论道。

"难道因为这些年的战争,贝多芬也跟今天的欧洲没关系了吗?"塔拉特反驳道。

"就是,就是。"尼尔玛拉附和道。

"世俗主义被国民大会党视作最正确的人生观,"苔赫米纳继续用她自己的方式表述着,"在八月十五日德里红堡的纪念活动上,尼赫鲁班智达曾经让扎法尔·巴哈杜尔沙阿的直系后裔——一个如今无权无势的普通老太太坐在他的身边。"

"太体贴了。"塔拉特叫道。哈里桑卡和卡玛尔低声咕哝。

---

① 印度拉格的一种。——译注

"尼赫鲁班智达是个拥有历史视野的人物,他的做法是一个具有象征意义的姿态。"苔赫米纳为她短暂的演说作了个总结。突然间,塔拉特觉得苔赫米纳·礼萨仿佛化身成了某一位印度的政治领袖。不,她绝对不会甘心做一只放在墙角的花瓶。这个念头产生在了乌尔都语诗人的脑中。

"你可以成为另一个埃扎兹·拉苏伊①……"

"什么?"苔赫尼玛被激怒了。

"我的意思是,一个像埃扎兹·拉苏伊那样的女性政治领袖。"

"然后有朝一日她可以成为地方长官或外交官,从阿米尔面前趾高气扬地走过,看也不看他一眼。"尼尔玛拉赞同地对塔拉特耳语道。

"这就是未来的铁砧上的印度,政治野心正在酿造。"考沙尔讽刺地评论道。他写英文抽象诗,同时在电台负责所有的英文节目。

"我没什么政治野心,"苔赫米纳刻薄地回复道,"我只会作为支持者为党工作。"

桌子另一边的人们,正在谈论生活中的新发现。

"伦敦已经有电视了。"

"高塔姆会乘坐飞机去美国。"另一个朋友说道。塔拉特粗暴地打断他们:"你们有没有读过法伊兹·艾哈迈德·法伊兹的新诗《自由的清晨》?"她开始用乌尔都语吟诵诗句,所有人都沉默了下来。

供职于《先锋报》的马拉雅兰人波坦·亚伯拉罕打破了沉默。"请麻烦你翻译成英语,我一个字也听不懂。"

"你是说把博大精深的乌尔都语诗歌翻译成通俗的英文?"

"试试吧。"亚伯拉罕说,他不紧不慢地抽着自己的烟斗。

---

① 当时一位积极的女性政治活动家,为桑迪拉乡塔鲁克达尔的妻子。——原注

塔拉特沉思了片刻，然后开口："好吧——萧瑟的黎明，黯淡的旭日。这不是我们等待的破晓。我们在天堂的沙漠里行进，希望抵达繁星满天的终点。我们期待，能在夜晚的河床上岸，不幸的小船可以结束它的旅程。清晨的微风吹来，它将去往何处？路灯并不知悉。夜晚的忧虑并未减少，解脱的时刻还没到来。直视前方！我们的终点仍未出现在视线中。"

空气再次在一片伤感的沉默中凝结。

同时，马尔科姆正忙着用笔在他的速写本上涂画着。这个来自拉尔巴格的活泼的小伙子，经常坐在咖啡馆里为推门而入的漂亮姑娘们画速写。

他正在画着一辆由长翅膀骏马拉着的维多利亚风格马车，塔拉特抱着她的破坦布拉琴坐在车里。马车从猴子桥上起飞，一路向西。

塔拉特认真地看着这幅画，说道："马尔科姆，在画里把坦布拉琴修好吧，它总不会永远是破的。"

"也许它就是会呢，我亲爱的小姐。"考沙尔表情严峻地回答。

"你的意思是，坏了的东西永远就别指望能修好？"塔拉特扬起眉毛，语气中有点挑衅。

"塔拉特！"苔赫米纳像以往那样不加掩饰地批评她，"从法伊兹·艾哈迈德·法伊兹开始，你又开始变成一个矮胖小孩了——长大吧！"

四十六

悉尼萨塞克斯学院的西里尔·阿希礼阁下

在皮卡迪利地铁站的世界时钟下踱了一会步,尊贵的西里尔·德里克·埃德温·霍华德·阿希礼又抬头看了一眼时间。他约了查姆帕·艾哈迈德今晚一起去看《月光如水》。他打开新一期《新政治家与国家》开始了浏览。这份周刊上登载了一封来自一个名叫高塔姆·尼拉拔的人写给编辑的言辞激烈的信件,内容是关于分治和世界和平。西里尔曾经专程前往印度舞蹈家苏雷卡那儿想要拜会这个作者,跟他讨论他提出的问题。但遗憾的是,苏雷卡告诉他,这位前不久刚从莫斯科调来"印度之家"的尼拉拔,如今又搬到波恩去了。

西里尔是萨里郡巴恩菲尔德勋爵的小儿子。他的祖父乔治·托马斯·阿希礼勋爵曾几乎垄断了这座城市针织业和橡胶业的所有收益。西里尔的曾祖父西里尔·阿希礼来自一个贫穷牧师家庭,十八世纪时曾作为东印度公司的代理商远赴印度。他在孟加拉和比哈尔邦从事染料贸易,并从奥德朝廷获取了大量财富。他去世后,遗孀携幼子返回了英国,儿子长大后便开始做橡胶生意。他买了大量的劳工,他们日后成为家族世袭的雇佣,为上议院服务。他的儿子则弃商从政,成为一名圆滑老练的外交官,在偏远地区为国效忠。他是近东问题专家,深知如何对付麻烦的阿富汗人和傲慢的奥斯曼人。在印度，他却能包容少数上流社会穆斯林，因为他们都是受过良好教育的文明人。每次前往印度，他都专程去加尔各答的大东方酒店会见已经英国化的孟加拉印度教精英，或是去德里的帝国饭店拜会北印度德高望重的大师。他的祖父西里尔·阿希礼一定是个非常浪漫的人物，一幅由皇家艺术家绘制、题为《西里尔·阿希礼阁下和他的比比》的肖像画始终摆放在萨里郡庄园的起居室中。

乔治勋爵逝于一九四〇年。他有两个儿子，大卫勋爵和西里尔·阿希礼阁下。西里尔在兴旺的二十年代出生。很多艺术家和作家都曾为了一睹他那前卫的继母芳泽来过他位于南肯辛顿的家。埃伦夫人是那个时代的时髦女性，她抽烟，画怪诞的油画，阅读《每日工人报》。布鲁姆斯伯里文化圈一直标榜反法西斯，奥登和斯宾德则是先进思想的领袖。联合剧院上演着共产主义剧目，而团体剧院则被路易斯·麦克尼斯、奥登和伊舍伍德的剧本。西班牙内战和左翼分子是当下最流行的两个谈资。

东方文明再一次以智慧的方式被开启——艾略特和埃兹拉·庞德开始大量引述梵文和古汉语。西里尔的祖上与印度有着无法割舍的深厚渊源，他不可避免地对这个国家的历史文化产生了极大的兴趣。他从温彻斯特来到剑桥的悉尼萨塞克斯学院研习印度历史。但很快，战争爆发了，他加入了皇家空军。一九四五年，他返回学校，开始研究英国在东方发动的战争。他将关注重心放在东印度公司对印度的管理问题上。

巴恩菲尔德家族已经过了黄金时期。共产主义者潜伏在马来亚的巴恩菲尔德橡胶种植园中，茅茅运动①在肯尼亚。大卫勋爵依然在锡尔赫特拥

---

① 二十世纪五十年代肯尼亚人民反对英国殖民者的武装运动，其名称据传是源于当地人举行反英秘密宣誓时，在门外放哨儿童发现敌情时发出的"茅—茅"的喊声。——译注

有一座茶园，虽然现在那里已经被划归入东巴基斯坦。他每周日向公众开放庄园，但经济问题依然困扰着这个不惑男人。他还是个单身汉。

西里尔继续着他在剑桥的研究，对物质世界缺乏感知。他娶了一个中产阶级家庭出身的犹太女孩罗丝·林恩，他们是在切尔西的一个酒吧聚会上认识的。她是个职业陶艺师，但并不太成功。但这恰恰也是吸引住西里尔的地方——她不像那些成功的职业女性那样趾高气扬。他的妻子在斯塔福德郡一家陶瓷厂工作。直到现在，他还会为自己左手上的婚戒而感到惊讶，会一下子想起自己是个已婚的男人并且娶了个善解人意的妻子。他们每月一两次会去乡下散心或者到伦敦罗丝所有的一座小公寓度周末。

一次，他自己也买了张票随着周日的参观人潮涌入萨里郡的庄园，他的哥哥正巧不在国内，而庄园的新向导也并没有认出他。他跟着向导一间间房地参观，听着别人讲述自己的家族历史……心里想着，这真有意思，我明明是在这里出生。

庄园建在一个小湖边，最老的一部分建筑建于十五世纪初，镶嵌着真正的吹制玻璃，边上有一座小小的圣母堂。新的那部分是十八世纪英国顶盛时期建成的。院子里有意大利雕塑和大理石喷泉，岩石花园里甚至有一尊表情悲悯的佛像伫立在石柱上——无声地提醒着大家莫忘巴恩菲尔德家族曾经拥有的东方荣耀。

少年时期，西里尔常常在公园里漫步，或者步行去两片中世纪古墓。每当下雨时，这里总会变成两片小水塘。西里尔这时会找到一个边缘处坐下，开始思考生与死的奥秘。对于外人来说，这是一处充满浪漫情调的地方。但西里尔却丝毫感受不到任何浪漫的气氛，甚至体会不到书中关于他的祖先"西里尔·阿希礼阁下"的那些人性中的闪光。也许他正是通过剥削无数印度人成为他想成为的那种人。谁知道呢。

一七〇〇年，加尔各答的米尔扎·阿布·塔利布·伊斯塔哈尼在伦敦一位英国法官的家中发现了穆尔斯希达巴德的谢尔·忠格纳瓦卜的图书馆及其价值。二十世纪三十年代，西里尔·阿希礼恐怕不会知道谁才是他房间里那些熠熠生辉古董的真正主人。他觉得只有傻瓜才会否认生活是荒诞的。所以，当他混在游客中参观自己的庄园时，体验到了一种奇妙的、源自于满足感的好奇心。也许这就是人们说的涅槃，他笑着告诉自己。

西里尔·阿希礼是一个现代青年，尊崇一切觉醒、反叛和对那个时代精神层面怀疑。他沉迷于萨特，甚至阅读了大量本土思想家科林·威尔逊的著作。迈克尔和丹尼斯是他大学里为数不多的朋友。（迈克尔是一名犹太复国主义者。丹尼斯跟迈克尔一样，属于中产阶层，热爱创作抽象诗歌。）除了这两人，他身边还有很多不同肤色的男孩子。

以及女孩子。

西里尔从未被与自己同种族的女孩子吸引，她们看起来都毫无特色。战后也是一个在人道主义中注入更多国际理解、商业信誉和文化亲善的黄金时期。来自不同国家各个社会阶层的女性都来到英国的教会大学。黄种人、黑种人、棕种人。朋友中，琼·卡特是他的同胞，她是那种典型的安格斯·威尔逊笔下的英国女大学生。她戴一副角质架框近视镜，顶着一头乱糟糟的蓬发，攻读斯拉夫语言。另一位就是他亲爱的罗丝了——他娶了她以后才发现她虽然心地善良，却也无聊至极。她那毫无抑扬顿挫的说话语气让人心烦不已。渐渐地，罗丝和西里尔之间出现了隔阂。

校友会上，他见识到了两位大老远从勒克瑙赶来的激情澎湃的新演讲者：卡玛尔·礼萨和尼尔玛拉·斯里瓦斯塔瓦。勒克瑙这个名字让他觉得耳熟，他的祖先西里尔阁下曾经在那儿居住过，也正是在那儿发迹。西里尔个人对印度史的研究还没追溯到奥德王朝时代，现在刚刚到达普拉西战役。

作为一名社会主义者，西里尔尽量掩饰着自己贵族子嗣的身份。有的时候他会刻意避开那些新来的棕皮肤女孩。追寻上帝的过程中，他学校里他认识一名黑皮肤的女孩子，每次见到她，他都会大聊特聊印度哲学。她是巴基斯坦人，名叫罗珊·卡兹米，是个样貌知性的文静女孩。

一个周末，他和丹尼斯、迈克尔一起前往伦敦的"印度之家"观看泰戈尔钢笔画展，一个长发的孟加拉熟人邀请他们来埃克塞特街参加伦敦泰戈尔文化周。

他们到达时，印度学生中心那间舒适的会客厅已经作好了迎客准备。每个人都像瑜伽修行者那样盘腿坐在地上。西里尔和朋友们发现靠近讲台的地方有一个角落；但他又担心这么坐着裤子会起褶。一幅泰戈尔神情肃穆如圣父的相片摆放在那儿，照片前插着点燃的香。讲台上摆放着一架风琴，主持人走上讲台，操起一口带着鼻音的英文。

她非常漂亮。眼睛涂着眼影，盘起的头发装饰着鲜花，火红的穆尔斯希达巴德丝绸纱丽外搭配一件亮绿色的衬衫。这是生活在西方国家的印度独立女性创造出的一种阿旃陀式的形象。这位年轻女孩有着蜜金色的肌肤和曼妙的身材。

"哇。"丹尼斯小声惊呼着。

"没错，哇。"迈克在一旁目不转睛地附和。西里尔却一直在极力控制自己，思考着虚无主义而不是一味盯着她看。他的脑海中又浮现出上帝至高无上的形象。这段时间他觉得自己驾驶的小船正慢慢被东方世界拒绝而转向拜占庭航行——他已经对西欧基督文明的至高权力深信不疑。

"舒尼拉·穆克尔吉女士——拉宾德拉·桑吉特①的伟大表演者。"性感的主持人宣布。

印度的一切都很奇妙——但为什么他们那么喜欢夸张？西里尔百思不得其解。一名面颊丰满、眼神明亮、微笑梦幻的中年妇女走到台前，开始一边弹奏风琴一边唱起欢快的孟加拉歌曲，迷人的女主持人则在旁边用修辞过度的英文同声传译。然后，她宣布道："茜里玛蒂·苏雷卡·提毗——杰出的婆罗多舞表演艺术家。"

围着沙龙的南印度鼓手们列队而入，后面跟着的舞者仿佛一道光投射到舞台上。她也有细长的双眼和弯弯的柳叶眉。围着白色沙龙的黑人们一边敲着姆里单根鼓一边唱着泰卢固语赞歌。音乐宛如从宇宙的另一个空间飘来，而那位舞者也如同天外来客。西里尔·阿希礼彻底迷住了。

表演结束，艳光四射的主持人不见踪影，客人们也纷纷离场。舒尼拉·穆克尔吉夫人站在出口处与出版人威廉·克雷格聊着。

"你们该去见见舒尼拉夫人。"带他们来到这里的长发孟加拉人从人群里挤过来说。"她是位罕见的神智学者，帮助了很多印度裔的心灵流浪者——在这个岛国不断壮大的群体。她也是外籍高级知识分子中的女性领袖。她那优秀大律师丈夫死于空袭，而她却活了下来。她会带我们去她家里喝酒，吃咖喱鱼，看电视。一起来吧。"

西里尔·阿希礼忍住笑声。他觉得这些人真是有趣。

"希望那个性感的小姑娘也会在那里出现。"丹尼斯低声咕哝道。

"走吧。"他们一行人随着人群向地铁站走去。

很快，西里尔边发现自己置身于切尔西区的一所豪华寓所。充满艺术

---

① 特指泰戈尔的诗歌和音乐。——译注

感的会客厅里满是雪茄烟雾和高谈阔论。女主人在一个尼泊尔古董佛像前边点蜡烛边用巴利语念念有词。这种神圣庄重的气氛却被小小的黑白电视上帕特丽夏·柯克伍德[①]出现的画面而搅乱了。一个波兰难民少女正在为宾客们侍饮。

一九四七年，苏雷卡·提毗以难民的身份从拉合尔迁到了德里。她的丈夫在伦敦经济学院学习，她的本名是阿维纳什。她是个朴实的旁遮普姑娘，丝毫没有以著名舞蹈家自居的那种气焰和作派。穆克尔吉夫人毫不吝啬溢美之词把她称作印度的安娜·巴甫洛娃并介绍给众人。

"这就叫闻名不如见面，"长发孟加拉人对剑桥的三位朋友说——他们坐在远处角落里的一个沙发上。"苏雷卡·提毗的丈夫是一位东正教徒，但是他却允许自己的妻子与一位著名的男性舞蹈家组成搭档，那是因为他——好吧——就像尼金斯基一样……"

"谁像尼金斯基——她的丈夫还是她的搭档？"丹尼斯冷着脸问道。

"当然是后者。"长发男指着两张照片说，"这是穆克尔吉·K.C.和他的儿子阿舒托什，一位旅居巴黎的艺术家。"

女主人在一幅西藏唐卡下入座，津津有味地讲述起她朋友们——《伦敦诗歌》编辑塔姆比穆托、穆尔克·拉杰·阿南德博士、奎师那·梅农、本加利董事、埃拉·里德夫人的大小逸事。

"所以你在剑桥做些什么呢，年轻人？"穆克尔吉夫人转向西里尔。

"在东印度公司从事一些行政类的事务，夫人。"他简略地作答。他多多少少感觉有点失望，因为那个迷人的姑娘并没有出现。

"哦！"女主人叫出了声，"如果是这样，你一定看过我的那些资料

[①]（1921—2007）英国女演员。——译注

了——地契什么的。那是贵公司当年在东孟加拉的拉杰沙希区送给我丈夫的家族的，你也许会感兴趣。"

好吧，这个会用巴利语祷告的女人显然非常真诚。或许我能跟她打听到那个红色小妖女的下落。

西里尔在下一次到访伦敦时，发现自己找不到穆克尔吉夫人的电话号码，但他决定碰碰运气，直接上门拜访。

"夫人去巴黎探望她的儿子了。"门卫詹金斯先生是个独臂却天性乐观的退伍军人。"她还会去低地国家看望她的一些朋友。"接着，那一刻就这样到来了。画中的阿旃陀（现在看起来还有那么点马蒂斯的味道）就那么活生生地出现在那里——从电梯里走出，就是那么简单。

"哈！王公夫人也来啦！"詹金斯先生叫道。那是个人们总爱把身穿考究纱丽的女子都当作印度公主的时代。她盯着西里尔一会，终于认出了学生中心地板上那个坐立不安的人。他们像学生一样，互相作了非正式的自我介绍。

"我是来看我在印度外事服务处工作的朋友卡玛拉的，她也住在这栋楼里。"她告诉西里尔。

"那天晚上活动结束后你并没有和我们一起来到这里。"

"我急着赶回巴黎——我在索邦大学上学。"她不禁撒起谎来。

西里尔感受到了她语气中的淡漠，恐怕她也注意到了他手指上的结婚戒指。

"没有印度女孩会在穆克尔吉夫人家饮酒，你们还是很保守的，对吧？所以我想我也不能在你离开前请你喝一杯吧。"

"我并不介意，但我恐怕又要赶着离开了。以后有机会！"她礼貌地回答。他们一起走到了地铁站里，她说了再见便再次消失在了人流中。

一个充满自信的现代年轻女性,并不介意和朋友喝上一两杯。一定是巴黎的水土造就的。看来她是可以追求的,也许她都不在乎他手指上的婚戒。

他只身来到巴黎,却无法在索邦大学觅得她的踪影。阿舒托什·穆克尔吉也帮不上什么忙。最后,还是在舒尼拉·穆克尔吉夫人切尔西的沙龙里,他再一次见到了她。后来的一年中,他又在苏雷卡·提毗位于圣约翰斯伍德的公寓里遇见过她几次。

他也认识了卡玛尔·礼萨以及常驻美国的哈里桑卡。铁三角中的高塔姆·尼拉拔则刚从莫斯科调到了英国,只是西里尔还没机会见到他。在给编辑金斯利·马丁的信中,他指责穆斯林联盟该为印巴分裂负全责。西里尔对此并不赞同。

他继续傻乎乎地在大钟下徘徊着,像个花痴一样想象着他是不是真的爱上了那朵充满异国魅力的热带黄兰花。

四十七

生活在英国的印度年轻人

尼尔玛拉见到高塔姆的时候正在前往菲茨威廉图书馆的路上。

"尼尔玛拉！我一直在到处找你……你好吗？"他大声喊道，从马路的另一头向她跑来。"我见到了你们学院一位严厉的女教授，但是关于你的下落她丝毫帮不上忙。你还好吗，尼尔玛拉？"

她闭上了眼睛。这的的确确**是**高塔姆，他正站在自己面前，兴奋得像个孩子。

"怎么这么巧你会出现在这里？"她问。

"我从伦敦来这里找你。"

"听说你现在为外事部门工作。"

"是的。"

"享受生活？"

"嗯……"

谈话就这样猝不及防地结束了。高塔姆意识到尼尔玛拉不再是以前那个话匣子了——她变得严肃，冷静和沉默。"卡玛尔说他在'光之山'等我们，一起去吧。"

一群穿着宽松黑袍的学生走过。她冲着他们边比画边说道："那个是丹尼斯……那个金发帅小伙是西里尔，一位庄园主的儿子，哦，对了，他也是查姆帕巴吉的新男友。她经常从伦敦过来见他。大家都说他俩在一起简直就是复刻了那幅油画里他的祖先和印度妻子。"

高塔姆的表情很是震惊。停顿了片刻，他轻声问道："她终于找到了爱情和幸福的归宿了吗？"

尼尔玛拉短笑了一声。"我记得是有一部英国还是美国的电影叫《我所追逐的是爱情》[①]——我们曾经在哈兹拉特甘吉的电影院看过。大学里的男生喜欢给女生们取一些年度头衔，那一年查姆帕巴吉的头衔就是'我所追逐的是爱情'！她那会儿总是把头发垂在肩膀上，穿赭红色的纱丽——这个头衔与她共存了好几个月。"

高塔姆一言不发。

"我有一种感觉，"尼尔玛拉说，"那个查姆帕巴吉最终会变成舒尼拉·穆克尔吉夫人。你知道穆克尔吉夫人吗？"

"知道。"

"我们曾经都被岁月欺骗，而且一直都在被欺骗，"尼尔玛拉说道，"二十年前舒尼拉一定是个非常迷人的女士，很多男人都以能跟她说上两句话而倍感荣幸；然而现在她就是个孤单的老女人，渴望被那些她带回家招待咖喱鱼肉的年轻男人们围绕着。岁月抛弃了她。"

一滴雨水掉进了她眼中。她掏出手帕拭去水滴，接着说："对查姆帕巴吉而言，这是属于巴恩菲尔德勋爵之子西里尔·阿西里阁下的年代。就像你是迪普·纳拉因爵士的儿子，阿米尔是扎基·礼萨的儿子。"

"尼尔玛拉，你这样对查姆帕不公平。"高塔姆平静地说。

[①] 美国喜剧片，一九三七年上映，阿齐·梅奥执导。——译注

"不，高塔姆，这是事实，查姆帕巴吉已经受过伤害了，她也伤害过我们。那天卡玛尔还说为什么感到查姆帕已经慢慢失去了她的魔力，塔拉特说得没错，不是查姆帕巴吉变了，是我们长大了。"

高塔姆满心悲悯地看着她。尼尔玛拉继续说道："她之前住在巴黎，后来不知道为了什么来到这里。她看起来没办法为自己作任何决定，我觉得她属于那种总是需要某种形式的情感支持的人。"

耶稣小径那边响起小号声。高塔姆停下脚步。

"我不知道那是谁。"尼尔玛拉说，"他经常演奏一些非常悲伤的旋律。"突降一阵大雨，把她的头发淋得透湿。"阿米尔现在也在伦敦，他的身份是巴基斯坦外交官。这几天他正忙着给罗珊·阿拉展示自己的水粉画作品。"

他们到达了"光之山"。"高塔姆，"尼尔玛拉意味深长地问道，"为什么人总是那么卑微？"高塔姆没有回答。一队大学生从他们身边走过。

"尼尔玛拉。"高塔姆再一次停住脚步。

"怎么了？"

"你愿意嫁给我吗？"

"不。"

"为什么？尼尔玛——"他的舌头打结了。

"因为，"她用非常明确和坚定的语气回答，"你也是卑微的。来吧，咱们进去吧。"

小尼尔玛拉长大了。他们走进了餐厅。

一个明媚晴朗的日子，罗珊·阿拉·卡兹米在清真寺的草坪上遇到了指挥官阿米尔·礼萨。这里长期聚集着无数住在伦敦或者附近的穆斯林小团体，大部分成员来自印度或巴基斯坦。少数嫁给穆斯林的英国女孩总是穿着鲜艳的纱丽或克米兹招摇过市。每逢开斋节，这里会格外欢腾和热闹，那是其他节日难得一见的。罗珊和朋友们一起从剑桥来到这里，一个共同的朋友将她介绍给了阿米尔·礼萨。阿米尔身着一套优雅的灰色西装，头上戴着一顶羊皮"真纳帽"。贾瓦哈拉尔·尼赫鲁作为北方邦印度穆斯林封建文化的产物，创造了将黑色高领长外套和白色紧身长裤（穆斯林上流社会的正式着装）作为印度外交官标准服饰的统一风格。而巴基斯坦人需要显得不同——他们选择继续穿西装。

罗珊获得了一系列英联邦奖学金，大家都认为她未来会成为一名杰出的教授。可她还是无可救药地迷上了阿米尔，而满腹学识却似乎也无法让她冷却下来。她在跟阿米尔交谈的时候，塔拉特走了过来，裙摆划过英国的绿草地。

卡玛尔跟在她的身后。他们两人在剑桥时也见过罗珊，因此在这里相遇便格外愉快，轻松地寒暄起来。

"哦，费罗兹汗·努恩爵士和下午女士在那边，我必须过去跟他们打个招呼。请原谅。"阿米尔·礼萨扔丢下一句话，匆忙地离开了几个熟人。

"谢天谢地，谁是下午女士？"英国广播公司印度分部的阿雷·哈桑一边问，一边走过来加入他们。

"费罗兹汗·努恩爵士的第二任夫人，一位来自奥地利的女士。"塔拉特告诉他，"费罗兹汗·努恩爵士在伦敦的一次演讲中说穆斯林中有很多像成吉思汗和旭烈兀汗那样的伟大人物。这个可怜人不知道他们根本就不是穆斯林！"

卡玛尔和阿雷·哈桑大声笑起来。

罗珊并不喜欢自己国家的领导人和他的妻子被几个印度人这般取笑，

所以一声不吭。但她心里还在想着刚才仓促离开的帅气指挥官。

"他为什么走得那么着急?"她问塔拉特。

塔拉特咯咯地笑了。"你瞧,我们是印度人,而他是一名巴基斯坦军官,所以他总是尽可能地躲着我们。"

"有这个必要吗?你们又不是要去窃取他的军事情报,对吧?"

"罗珊——你有那种分离的家庭吗?我是指那种很亲密的亲人,却被分隔在印度和巴基斯坦两国。"

"没有,我是正宗的拉合尔人。"

"所以你无法理解这种窘境,不管怎么样,我们是属于尼赫鲁的印度,这多少会带给阿米尔表哥这样的人一些情绪上的抵触。"塔拉特语气中带着些许傲慢。

"呃,这就是我们受不了的你们印度人假仁假义的地方。"罗珊·卡兹米皱着眉头说。她向草坪那边的一群人走过去,费罗兹汗·努恩爵士和下午女士被围在中间。阿米尔十分绅士地领着她向茶桌走去。

塔拉特笑道:"卡玛尔,你知道我在看什么吗?"

"我知道。"

"我认为她行。他现在需要一个宠溺的妻子,她显然很感兴趣。"

"看在神的分上,你别瞎配对了。"

"再没有什么日子比今天更适合做这件事啦。"塔拉特愉快地回答。

查姆帕与琼·卡特、尼尔·布里格合租一套破旧的公寓,这两个人都是西里尔介绍给她认识的。琼在大学教授斯拉夫语,尼尔则是一名工程师。两人都是英国共产党成员。每到周末,这些党员都会聚集在费罗兹或者苏雷卡的住处,一直讨论到天亮。查姆帕没在任何地方再次遇到过高塔姆——她听说他成了一名显赫人物，忙得不可开交。卡玛尔在剑桥，而哈里桑卡则定居纽约。

在一家小出版社当校对员的第一天，她清晨六点就从床上爬起来作准备。这份工作也是一向乐善好施的舒尼拉·穆克尔吉介绍给她的。将一杯茶一饮而尽后，她冲出门，跳上一辆开往梅达谷的公交车。她见过比尔·克雷格几次，却从未见过珊塔。尼拉拨夫人也在伦敦出现了——她离开了丈夫，来到伦敦出版自己的小说，并开始跟比尔同居，毕竟印度的法律还不允许离婚。

一尊巨大的檀香木毗那夜迦①像供奉在威廉姆·克雷格沃里克大道私宅的壁炉上。比尔舒服地瘫在沙发上，入神地读着《泰晤士报》，这是个身材壮实的秃头中年男人。"你知道如何做校对吗？非常简单。"他将一叠黄色的纸张放在她面前，站起身，摇摇晃晃地向厨房走去。身穿一件棕黄相间的昂贵南印度丝纱丽的珊塔走下楼——她是个高挑、健美又漂亮的蓝眼睛女人。她穿过客厅，直接走到墙角的书桌前坐了下来，迅速打起字。

"早安，夫人。"查姆帕毕恭毕敬，想要给珊塔留个好印象。

"你好。我从高塔姆那里听说过很多你的事。很高兴认识你？"她轻松地说道，打字速度却丝毫没有减慢。作为一名成功的印度-盎格鲁小说家和著名英国出版人的商业伙伴，她显然带有一种非常强大的气场。她不再费神跟查姆帕说话。

比尔为她端来一杯咖啡。他是个性情很好的灰眼睛男人。珊塔不打算跟他们一起前往办公室，她下午就要赶往巴黎。

"你的人生规划是什么？"比尔在午休时间问他的新雇员。他也曾喜欢

---

① 又称"象鼻天""象鼻财神"，原为婆罗门之神，后归佛法，授人富贵。——译注

"校对"别人。

"没什么想法。"

"你感到困惑吗?"

"是的。"

"你也被困住了吗?"

"是的。"

比尔陷入了一阵沮丧的沉默。每个人似乎都被困住了。他自己、西里尔·阿希礼,以及所有的西欧知识分子。生活在西方世界的新亚洲代表们悬在半空中,腹背都是地狱。基督徒、犹太教徒、穆斯林、印度教徒以及佛教徒们,灵魂都承受着各种各样的痛苦。阿诺德·汤因比①已经写了十本与此相关的大部头著作,却依然无法得到一个令人满意的结论。比尔是文字贸易商,他了解它们的力量、困惑和空虚。

珊塔也是个被困在局里的人。他们受煎熬于自己的地狱、墓窟和在宇宙中无法遁形,只有那些认为自己已经找到终极答案的马克思主义者是例外。

"我们最近失去了我们的印度帝国,所以这段时间需要大量反映思乡情结的小说。你来写一部,我会把你打造成现代的弗罗拉·安妮·斯蒂尔②。"

"谁是弗罗拉·安妮·斯蒂尔?"

"无所谓。你开始写一部关于勒克瑙的小说,马上动笔。"

他们开始吃饭。他说:"穆尔克·拉杰·阿南德已经过时了,我们需

---

① (1889—1975) 英国历史学家,历史形态学派代表人物。——译注
② (1847—1929) 英国小说家、儿童文学作家,曾在印度居住二十二年。——译注

要像你这样的新鲜血液。你可以写一部关于老勒克瑙的小说——你一定认识些奥德王朝的遗老遗少吧?"

"我自己就算是奥德王朝的遗老遗少。"她漫不经心地回答。

"哈,简直太好了!"他拍了下大腿,"我的父亲是个老印度通,他曾经在北方邦做过染料种植商。德国大力发展化学印染术后,英国的染料贸易就告一段落。父亲将他在加齐普尔的房产卖给了一位穆斯林地主后就返回了英国。我是在马苏里上的学。我们一家子回到了位于萨里郡科巴姆的房子。父亲直到现在还住在那里。他的回忆对你的写作肯定会有些帮助。比如,他可以告诉你一些关于哈考特·巴特勒勋爵和他最喜爱的勒克瑙歌唱家祖赫拉白①的故事。哈考特勋爵是二十世纪二十年代联合省副总督,也被称为最后的欧洲暴发户。

"我可以带你去科巴姆找父亲聊聊,珊塔会在欧洲待上差不多一个月。明天晚上我们在'作家和艺术家俱乐部'见吧,到时可以详细讨论下这个计划。"

"这位是印度的查姆帕公主!"比尔·克雷格这样郑重地把她介绍给俱乐部里的朋友。

"请叫查姆帕好了,我们现在是民主社会。"她谦虚地说道。她突然意识到通晓世故的比尔可能对老勒克瑙的一切都了如指掌——她不想把自己吹得太邪乎。有次在巴黎,她告诉别人自己是海得拉巴的尼扎姆亲侄女——很快她就遇到了几个来自海得拉巴家族的成员。从此以后她再也不敢这么说了。

---

① (1868—1913) 印度传统音乐歌唱家。——译注

在俱乐部里，一位英国记者用格外感兴趣的眼神一直打量着她。"你知道，公主，"他突然冒出一句，"旁遮普的一位漂亮的贵族最近刚刚在这里去世了，她被称为'印度玫瑰'。我觉得你比她更美，那么我们该如何称呼你呢？"

"我会问我的父亲这种花的植物学名称。咱们周六去科巴姆吧。"比尔说，眼中闪着光。

四十八

拉拉·鲁克

"抱歉没能早点见到你，我马上又要赶回俄罗斯了。这是一些从莫斯科带回来的小纪念品。"他一边说一边把一个小盒子放在桌子上。

她迫不及待地打开盒子。是一条吉卜赛丝巾。"哦，高塔姆，这太**漂亮**了！"她毫不顾忌地表达着欢喜之情，仿佛又回到了"荸荠屋"的青葱岁月。

他温柔地将围巾系在她的肩膀上。她脸红了。"有一天，我会带你一起去蒙古。你非常想去那里，对不对？"他问道。

尼尔玛拉使劲点了点头。"嗯，还有阿拉木图。"

"还有阿拉木图，还有布哈拉和撒马尔罕。你还记得托马斯·莫尔的《拉拉·鲁克》吗？"他开始坐下点餐，"'光之山'的主人是一名来自老德里的迦耶斯特，马图拉族人。

"拉拉·鲁克，"他说道，"是奥朗则布的女儿，为了嫁给布哈拉的国王而带着船队通过印度河前往克什米尔。难道不该说'唔'吗，这是传统，听到故事就该说'唔'。"

"是的，但是塔拉特的妈妈曾告诉我们，如果你在白天听到一个故事，就会有旅行者迷失方向。"她的脸庞在色彩艳丽的围巾映衬下散发着光芒。

一个苍白、瘦长的女孩走了进来。她长长的鼻子上架着一副破旧的芭蕾眼镜，嘴里正抽着黑色的香烟。她冲尼尔玛拉淡淡一笑，捡了张墙角的桌子坐下。

尽管确定距离他们足够远，尼尔玛拉还是凑到高塔姆的耳朵前低声道："净土之光……"

"光——让我猜猜：罗什尼？"

"罗珊，"尼尔玛拉的声音放得更低了，"课题：哲学。最近的兴趣点：皇家海军的 A. R. 。"

高塔姆爆发出笑声，感到一阵轻松。老朋友尼尔玛拉并没有变——还是有希望的。

"你在伦敦见过他吗？"

"在外事活动上见过。他看到我很高兴，我也是。"

"虽然我注意到巴基斯坦人好像对 H① 更友好一些。"

"你是说他们的文字里还是没有放弃 H 对吧，哈——哈——"

"是的，但是他们总是在躲避从印度来的 M②，反之亦然。不管怎么样，A. R. 也挺喜——欢——那个罗——珊——的。她可是相当活——泼呢——"

"亲爱的，"他笑着打断她，"如果你加入军情五处，肯定会一团糟。"

"比海亚阁下又开始画画了，甚至还给她画了肖像。不过咱们面前这个，可不是油画。"她冲高塔姆眨了眨眼，咯咯地笑着，这副样子又唤醒了高塔姆记忆中勒克瑙时期的她。他们仿佛在时空中瞬间穿越。

---

① H 指 Hindu，印度教徒。——译注
② 此外 M 指穆斯林。——译注

尼尔玛拉接着说:"当比海亚阁下把肖像画拿给塔拉特看,她说画的标题应该是——思想,并痛苦着。"

她陷入沉默,高塔姆被孤零零地留在了那个看不见的记忆空间交汇处。刹那间,他对孤独产生了一种莫名的恐惧,于是急切地问道:"尼尔玛拉,你现在可以改变对我的看法了吗?"

她仿佛也在一瞬间回到了"荸荠屋"那间烟雾缭绕的厨房,想起塔拉特对她说的预言——我还是觉得,有一天他会突然出现在你面前,然后拉起你的手,被神圣之爱包围。塔拉特这个小魔女!

上一次她怒气冲冲地说了"不"字,这一次她不能,但她还是一样保持了沉默。

"人们总说沉默是金,我可以把这当作一种默许吗?"

"光之山"里,学生们进进出出。

"你们好啊!"迈克尔一眼看见他们便走了过来。高塔姆在苏雷卡的住处见过他。他们握了握手,高塔姆从包里摸出一小瓶伏特加递给他。

"哦!非常感谢。现在我可以像个大人物一样畅饮啦。这倒是提醒了我——我们未来的西里尔阁下今晚要举办个派对,你是否愿意赏脸加入?为了庆祝。"

"谢谢你,可我吃完午饭就得离开。庆祝什么?"

"西里尔因对十八世纪一七五六年至后普拉西战役印度英法关系所作的研究得到了一笔奖学金。"

"了不起[①]!"高塔姆开心地说道。

"是的,他还聘用了查姆帕·艾哈迈德小姐作为他这个项目的研究助

---

① 原文为 1066 and all that,是英国娱乐性幽默历史书《1066年及其全部》的书名。——译注

理！她很快就会从比尔·克雷格的办公室过来。你知道，她在巴黎拿到了法语学位。西里尔终于找到了能帮他处理法语文件的合适人选。"

迈克尔回到了自己的座位上，而不知道为了什么高塔姆开始显得紧张。他们不再说话。食物端上来了，他们各顾各地吃起来。过了一会儿，他若有所思地说道："我很遗憾听到你上次跟我说的关于查姆帕的事，我确定她是一个罪过不多却遭报太深的人。"

尼尔玛拉想要抑制住突然涌出的眼泪。他还在想着查姆帕，这个几分钟前还刚刚向她求过婚的男人心里还想着另一个女人。

"我个人认为我们还是不要再讨论查姆帕巴吉了——这个话题非常无聊。"她一边若无其事地说着，一边假装低头在包里翻找东西。"对你来说，查姆帕巴吉可能是个完美女人，但是高塔姆大师，你别忘了，我们几乎从小就知道她是个什么样的人。"

"真是好笑，"高塔姆很是不悦，"为什么你们所有人都要对童年喋喋不休？所以那些从前不认识你或者查姆帕·艾哈迈德的人都是傻瓜吗？"

现在，他已经把自己彻彻底底地暴晒在阳光之下，她也发现自己不得不站在他面前与他一起面对。这个总是对人性弱点不留情面批判一番的聪明人，却把查姆帕这种心机女当作白莲花。

"看，你在白天讲英雄史诗，所以你迷失了。"尼尔玛拉伤心地说道。

"我没有，"他坚决地回答，"让我讲完……"他深深地吸了口气。"在拉拉·鲁克的随行队伍中，有一个叫弗拉姆罗兹的诗人，她爱上了他。但是她还是把他从送亲的队伍中赶了出去，因为她是要嫁给布哈拉国王的，你还记得吧？"

"唔。"

"当她抵达克什米尔时，发现弗拉姆罗兹已经假扮成了她的皇家未婚夫。所以，尼尔玛拉，不要急着赶走一位可怜的诗人。"

"过去、现在、未来，他都爱着她吗？"

"是的。"

"你确定？"

"是的，我非常确定。"

"唔。"

"尼尔玛拉！不要误会我的意思，我跟查姆帕之间从来没发生过任何事。你曾说我卑微，这没错。请试着理解我……"现在他看上去像印度烂片里的落魄男主角。

"哦，尼尔玛拉……"他再次滑入黑暗中，像个无助的孩子。是谁说过男人总是充满智慧，通晓一切？坐在他的面前，尼尔玛拉觉得自己就像一株野蛮生长的攀缘植物，像一棵树，像气压计里的水银，她的见识迅速地增长。现在她也要关掉头上的灯，滑入黑暗中。人生的最高境界，就是埋葬在黑暗中。她坐在那里，向外张望。从现在开始，她要戴上一顶"所罗门之帽"①。很多年前古尔费珊的司机卡迪尔曾经给她讲过这个寓言故事。

没人能找到那顶"所罗门之帽"。所以我很感激你，高塔姆，你帮助我成长，告诉我该如何找到那顶神奇的帽子。

"喝光吧，尼尔玛拉。"他温柔地说道。

她却只是玩着她的咖啡勺。

"我下周能见你吗？"他问。

"可以，如果你愿意。"她小心翼翼将三把汤匙摆放成一排，面无血色地微微一笑，"这很像在给某段人生作个非常短暂的测量……对不？"

---

① 在伊斯兰传说中，戴上这顶帽子能够隐形，但却能看到别人。——原注

四十九

革命家们

一个坐在木桩上的印第安人正在春日的满月下发射烟雾信号弹。

"嘿,你这圈画得真不错。"路过的塔拉特顺口道。印第安人从木桩上站起来,跟随人群一起向饭堂走去。大家开始齐声唱起来:"**红色革命就要到来,我们要让阿斯托夫人**①**洗盘子/红色革命就要到来,我们要让丘吉尔先生抽忍冬草……**"

村子里的一幢农宅被租来用作大英帝国印度学生联合会工会的年会场地。冷战正酣,房间里,几个印第安人正在发表激烈的反美演讲。一名苏格兰共产党员一边弹着吉他一边唱着赞美约瑟夫·斯大林的小曲。塔拉特和费罗兹向酒吧间走去,海曼·列维教授坐在那里的一张皮沙发上,身边围着一圈青年男女。塔拉特认出了人群里的罗珊·卡兹米,并向她致以热情的问候。屋外的篝火旁,一群人唱着:

伟大的理想让我们联合起来

虽然远方才是我们出生的家园

---

① (1879—1964) 英国国会首个女性议员。——译注

敌人可以威胁我们打击我们

但我们终将把和平带给世界……

一群英格兰、威尔士、苏格兰和东巴基斯坦学生也受邀前来。聚会的组织者们跟塔拉特、卡玛拉一样，都是尼赫鲁主义者。曾在巴基斯坦坐牢的法伊兹·艾哈迈德·法伊兹，是他们心中共同的英雄。西孟加拉和东巴基斯坦紧密团结，对革命诗人卡齐·纳兹鲁尔·伊斯拉姆①满腔热忱。很多在英国的进步青年都确信巴基斯坦将会爆发一场红色革命，因为此时此刻的局势似乎和一九一七年的俄国一样糟糕。印度将会像一座灯塔，照亮着剩余的人道主义。

学生们也邀请了一些亲印派的国会议员以及左翼知识分子，比如特意从苏格兰赶来的《科学时代的文学》作者海曼·列维教授。他一头银发，长着闪米特人的鼻子，表情凝重却和善，是典型的左翼犹太知识分子。伦敦经济学院里坐满了这些印度的朋友。

"我为我们国家二百年来对你们的态度感到羞愧。"教授对围坐在他面前的年轻人中的一位说道。罗珊传给塔拉特一张字条——"一点反思——英国是他的国家，以色列也是他的国家……"塔拉特盯着她。

他又转向罗珊，说道："看到这么多出色的印度年轻女性今晚也来到这里，我感到非常激动。"

罗珊咬着自己的下嘴唇。

塔拉特跳出来救驾："我们一定让您感到很失望，先生，我们在一九

---

① （1899—1976）孟加拉诗人，创作了大量充满爱国情怀、揭露殖民统治黑暗的诗歌，被誉为"孟加拉人民的歌手"。——译注

四七年的行为,所有人道主义者的人道主义行为都没能救我们。"

塔拉特总是出人意料。一九四一年四月的那个下午,她曾在鹿野苑金光闪闪的佛像前突然跳起舞来。现在她又站起来,就像在演一部老维克剧院的舞台剧《大教堂凶杀案》。

> 清洁空气!清扫天空!清洗云朵,搬块石头
> 站在石头上,清洗它们。
> 土地是肮脏的,水是肮脏的,
> 我们的野兽和我们自己都被鲜血玷污。
> 一场血雨迷瞎了我的双眼。
> 我在一片枯树枝前徘徊:如果折断,它们流血,
> 我在一片干石头前徘徊:如果触碰,它们流血。
> 我该如何回到柔软安静的时光?

她再次坐下,跟站起来时一样迅速。

我该如何回到柔软安静的时光?他自言自语地重复着这句话,深沉地抽着烟。他戴着一顶卷边帽,半张脸潜在高高耸起的外套衣领里,那样子仿佛冷战间谍小说里的神秘人物。

"那里有个美国间谍!"一个孟加拉年轻人走到塔拉特耳边小声道,"当你念诵那首反动保皇主义者的诗文时,我看见他正潜伏在外面。我去看看,来吧,同志们!"

"别幼稚。"塔拉特责怪道,眼睛向外望着。她一眼就认出了那个鬼鬼祟祟的身影正是自己的表兄阿米尔,顿时就明白了原委。他是来这里找罗珊的,但又不想让其他人看到自己。这是个多么刺激又冒险的任务!一种

熟悉的情感一瞬间在塔拉特心中油然而生，她偷偷溜出酒吧，心情愉悦地主动上前搭话。

他看起来表情尴尬。

"比海亚阁下，你好吗！快进来，这里有很多你的同胞。看，你成为一名外交官了！我看到你们的高级专员和他的贝古姆在很多场合都与奎师那·梅农交谈甚欢呢，所以别对自己太过苛刻了。快进来，你一定去剑桥找罗珊的时候得知她在这里——对吧？"

他笑着，摸了摸自己的头。"我聪明的小妹妹。"他说这话的时候，带着某种感情。

塔拉特有些感动。他不是那种喜欢展示亲情的人——比海亚阁下一定是老了，他变得更成熟，也更悲观。她执意将他带到一个相对隐蔽的角落，他在一张长凳上坐下。"我让扎里娜给你端一杯咖啡，请放松。"她走开了一会儿，回来后像只小猴子一般蹲坐在沙发上。"记得吗，你曾经是勒克瑙'前进同盟'的成员。那些人中的大部分也许都随着学生时代的结束而忘记了一切吧。在年轻时代，这是个重要阶段。"

"是的，塔拉特，你永远是我们家里最聪慧的那一个。"

扎里娜给他端来了一杯咖啡，他渐渐放松下来。觉得自己好像置身于卡尔延普尔的仓院。

"我的另一个小妹妹尼尔玛拉怎么样？"他问道，"我没在这里见到她。"

"她不太舒服，到学校医院里去检查了。"

塔拉特让他痛苦地回忆起了古尔费珊、苍赫米纳和查姆帕。生活为何会如此无情地把查姆帕变成今天这个样子？这个自以为是的女孩是否明白，正是对反复无常的政治意识形态过度依赖，会让她把问题过分简化？

为什么如此聪明的人也会把生活简单地分成非黑即白?

十五年前,作为一名印度学生,他也组织过类似的集会。今晚,他变成来自于另一个世界的陌生人。彻头彻尾的陌生人,在一九五三年的春天。他觉得非常累。我该如何回到柔软安静的时光?

"现在,拿这个集会举例,"他继续道,"你们就好像一支救世军。"

塔拉特突然插嘴念道:"前进吧基督士兵,向战场进军……"

"未来,当你回忆起那些夜晚、那些面孔时,会有种强烈的乡愁,每当一些特别的日子,特殊的节日,总会想起昔日的时光。你还会不停地组织集会,唱社团的歌曲。"

塔拉特眨了眨眼。

"你永远看不到内心戏,"他接着说,"你们不愿意承认正在发生着什么,你们只是选择不去看,你们能做的就是制订计谋,设下陷阱。但是我还是会逃走。"他停顿了一下,说道,"我会让你们找不到我,因为我会一直四处流浪。现在,请帮我叫罗珊过来吧,我得对她负责,天色不早了。"

塔拉特离开了。他又点燃一支烟,听着大厅里传来的歌声——**路经过斯旺尼河通往遥远的远方/那里是我的心之归所,是乡亲们生活的地方。**他曾在拉马提尼埃学院的篝火旁唱过这首感人至深的美国农奴民歌。情不自禁地,他跟着副歌部分哼唱起来——

世界是悲伤和不幸的,我到处流浪。
带我回到我的老……

塔拉特突然出现在他面前,一脸困惑地看着他,她无法相信自己的耳朵。他停止了哼唱。罗珊拿着过夜行李走了过来,两人向塔拉特道过晚安后便离开了。

往车的方向走着,他声音强硬地说道:"你知道一个关于你的小报告被送到教育顾问那里了吗?别忘了,你是凭政府奖学金来到这里的。"

"你,"她毫不示弱地回道,"就因为一些不知从哪冒出来的人对我的诋毁,就用这种口气教训我,你以为你是谁——参议员麦卡锡?这里有很多东巴基斯坦人,他们都是作为观众出席了集会。"

"是,但他们是孟加拉人。"

"你什么意思?他们难道不像你和我一样是巴基斯坦人?"

"没错,但他们是孟加拉人。"他固执地回答,一只手为她打开了豪华轿车的车门。

五十

英国广播公司餐厅

从费丁联合会到伦敦的路上，塔拉特发现自己的一只凉鞋坏了。她下了火车，冲进一家鞋店买了双新鞋，然后搭上一辆开往圣约翰斯伍德的巴士。她刚走进公寓，电话铃就响了起来。

是英国广播公司的查查，需要塔拉特紧急采访知名教育家萨吉达贝古姆。"她去西欧参加完一些学术会议后来到英国稍作停留，很快就要返回。"作为一个精力充沛又风风火火的二十四岁姑娘，刚接到任务的塔拉特脚跟还没站稳便又冲出了公寓。

像以往一样，英国广播公司位于牛津街的餐厅充满着气氛欢乐的高谈阔论。中东和东方服务组织的成员们出出进进。这里，印度人和巴基斯坦人往往还是并肩坐在一起，因为他们中的大部分都属于印巴分治前的全印度电台。乌尔都语部门的成员包括了常被大家亲切地称呼为"查查"或者"叔叔"的西迪克·艾哈迈德·西迪其，塔奇·赛义德和亚沃·阿巴斯，阿提亚·侯塞因和哈姆拉兹·费扎巴迪。而埃贾兹·侯赛因·巴塔尔维、扎里娜、费罗兹和塔拉特都是特约通迅员。

餐厅里没有茶匙。"也许在战争期间没有茶匙，所以就永远没必要再有了——英国人就是传统的坚定笃信者。"查查曾经这样嗤之以鼻。

一个身材肥胖、相貌俗气的眼镜女士坐在墙角，用餐刀搅拌着咖啡杯里的糖块。她正在和提前一天从剑桥郡过来的费罗兹聊天。塔拉特加入了她们。

　　"没有茶匙。"女人抱怨道。

　　"英国传统，夫人。"塔拉特觉得自己有义务这样回复。

　　萨吉达贝古姆继续着她跟费罗兹的对话，无视塔拉特的存在。"在哥本哈根我接受了英国广播公司丹麦分部的采访。"费罗兹在她搬到另一个国家之前就在阿里格尔认识了她，他告诉塔拉特萨吉达贝古姆也是一名小说家。

　　"费罗兹告诉我你在电报局工作。"萨吉达贝古姆用明显高人一等的语气说道。

　　"是的，夫人，我现在正在两周的休假期间。"

　　"所以你的工作就是挨家挨户送电报吗？"

　　"不，夫人，我现在是一名舰队街的见习新闻记者。"

　　"她刚刚得到了一个可以发表处女作的机会。"费罗兹马上替塔拉特说道。

　　"哦，所以你也写小说？浪漫的还是前卫的？"

　　费罗兹停顿了一下，笑了笑："她马上要动笔写一部中篇小说，是关于她的表兄指挥官阿米尔·礼萨。是关于——**的一生**"

　　塔拉特会意地赶紧接过话："标题会叫作《玫瑰罗曼史》，因为我们在勒克瑙的住所名叫古尔费珊，而他曾经是说法语的。"

　　萨吉达贝古姆的眼睛突然在镜片后面闪光，对塔拉特的态度也有了一百八十度大转弯。

　　"你经常在这里遇到他吗？"

"不，他不是忙着追上流社会的英国女孩，就是在剑桥唱'哦，莉迪娅，哦，莉迪娅，哦，百科全书'① 呢。"

"为什么？"

"您听说过罗珊·卡兹米小姐吗？这就是原因……"

萨吉达贝古姆看起来有点焦虑。"好吧，我没有动机也没有兴趣了解他，"她用平淡且乏味的语气说道，"我哥哥认识他，也曾经嘱托他在我来到这里后照顾我。你看，我年轻又没什么社会经验，经常会感到迷失。"

走回工作室的路上，费罗兹低声对塔拉特说："你知道她多大了吗？三十五岁！跟阿提亚和查姆帕差不多的年纪。"

"圣约翰斯伍德变得越来越八卦了。萨吉达也在那里租了一间公寓，因为她听说那里住了很多作家和艺术家。现在她正为了出版自己的最新小说忙着跟比尔·克雷格以及珊塔套近乎。"几天以后，塔拉特在英国广播公司餐厅对几个朋友如是说。

一个星期日的早晨，萨吉达贝古姆在格雷维尔广场停下脚步，故作神秘地对塔拉特说："那个查姆帕·艾哈迈德似乎是比尔办公室的二号人物——珊塔不在。我觉得这里面肯定有猫腻。塔拉特，我觉得你得警告下珊塔——就约她今晚见面吧。趁早吧，事情没准还有得补救……"

"是的，趁热打铁吧。但这事跟我好像也没什么关系。另外，今天晚上我得去为女性专版采访蜜丝佛陀夫妇。他们从好莱坞过来，今晚会住在多切斯特酒店。"

"你一定在开玩笑！蜜丝佛陀是口红，又不是活人。明天晚上你又要告诉我你要采访立顿先生或者布鲁克·邦德夫人！别把我当个好糊弄的傻

---

① 出自一九三九年的美国喜剧电影《马戏团的一天》中的插曲《纹身女人莉迪娅》。——译注

子，塔拉特·礼萨。"

夜幕降临在公园巷。仆人们站在多切斯特酒店门口，宣布着客人们的到来。电影明星，时尚专栏作家，社交名媛，《闲谈者》和《乡村生活》杂志书页上的那些常客依次到来。珠光宝气的蜜丝佛陀夫人身穿皮草外套，鱼贯走进酒店的蓝色大门。

"……父亲是巴尔干半岛的犹太移民，从好莱坞经营一家小店铺开始，蜜丝佛陀，如今已成为一个帝国……"塔拉特迅速在本子上记录着。蜜丝佛陀夫妇给了她二十分钟的独家采访时间——她的康吉布勒姆纱丽可能帮上了点忙。

塔拉特是舰队街上仅有的两个能成为兼职记者的印度女性中之一——另一个是嫁给英国人的喀拉拉邦人。塔拉特在圈子里以"纱丽记者"形象为人熟知，她的纱丽几乎已经成为一张让她得以接近名流的通行证。

第二个星期，塔拉特接到萨吉达贝古姆一通兴奋异常的电话。"我又遇到阿米尔·礼萨了，他比格里高利·派克更帅呢！你和卡玛尔都那么健谈，他却是挺沉默寡言一个人，总让人忍不住猜测他在想什么。"

"什么也没想，相信我，他什么都没想。"

"好吧，昨天晚上跟他在'伊斯坦布尔'吃饭的时候，他看上去深沉又忧郁。"

"然后一位匈牙利小提琴家特意为你献上一曲《西班牙花园之夜》。"

"你是怎么知道的？"

"我猜的，就是说，我那个一无是处的表兄带你去了高级餐厅。"

"你看，事情是这样的——我在一个聚会上遇到了他，有人说，咱们去'伊斯坦布尔'吧。阿米尔就问我是否愿意一起去。我以为他们要去土耳其旅行呢，我当然答应了。对了，蜜丝佛陀女士怎么样？是个真人吗？

听着，这倒提醒我了，那天你跟我提过的那个上过女性杂志、给女王打耳环的英国金匠……"

"是制造加冕皇冠的工匠。"塔拉特纠正道。

萨吉达贝古姆停顿了片刻，说道："你还采访过女王的美容师?"

"是的，亨利·霍兰德夫人——她是奥斯卡·王尔德的儿媳。"

"她收费一定很高。"

"我估计是，不过她还是在她邦德街的美容院为我做了一次免费的面部护理。"塔拉特语气平淡地回答。

萨吉达贝古姆消失了片刻，再次出现的时候说道："我要在英国进行六个星期的游学。"她一边说一边走下楼。"游学"听上去是个容易造成歧义的词。

一个下午，一位戴着时尚护目镜、身穿最新款紧身长裙的苗条女子走进英国广播公司餐厅。甚至都没人认出她是谁——那竟是被奥斯卡·王尔德的儿媳改造过的萨吉达贝古姆!

"做一个真诚的人最重要的就是有自知之明。"塔拉特小声嘀咕。

"听听!咱们这儿的某些人真是越来越有意思了。"费罗兹刻薄地说道，使劲地眨眨眼，她还是不敢相信自己的眼睛。

尽管如此，萨吉达贝古姆的大变脸还是没能让她们开心太久，就在几天前，尼尔玛拉在剑桥被诊断为肺结核。急坏了的卡玛尔赶紧打电话给阿米尔·礼萨，两个人一起陪着惴惴不安的尼尔玛拉来到伦敦的胸科医院就医。他们暂时联系不上人在纽约的哈里桑卡。

然而萨吉达贝古姆热切地等待着大家对她这番全新造型的溢美之词，尽管这副样子并不适合她。当她知道了他们一直保持沉默的原因，不禁感叹道："太不幸了，我打电话给礼萨上尉祝贺他的升迁，他告诉了我一切。

我希望不会是急性肺结核。"

"别说得那么吓人，"塔拉特有些生气，"尼尔玛拉没事。她将转移到利德赫斯特疗养院作康复治疗。"

"我一个姑姑就得了肺结核，她也是在疗养院里去世的。"萨吉达的表情中竟然有点洋洋得意。

"得了——得了，亲爱的萨吉达女士，那一定是一八五三年的旧事了，肺结核在今天并不是什么疑难杂症。"

萨吉达贝古姆还是不肯服输："乌尔都语小说里的主角经常都是得肺结核死去的。还有法国小说……还记得茶花女吗？"

"够了——够了，萨吉达女士！"女孩们怒不可遏地走开了。她却若无其事地走到另一个桌子旁，跟几个乌尔都团体的成员闲聊了起来。

"礼萨上尉告诉我母亲，尼尔玛很快就会脱离危险。"扎里娜说，"昨天他来看我们了。"

他们在柜台买咖啡，扎里娜告诉苏雷卡和费罗兹，"我父亲很早以前在阿拉哈巴德作为法律实习生为扎基·礼萨勋爵工作，礼萨夫人是我母亲的朋友。夫人去世后，我母亲说礼萨曾带着他的女家庭教师尼娜来过我们家，但是他很讨厌她。他内心深处一直都是个孤儿，曾经去'月桂树'寻求安慰，也从我母亲那里得到过很多建议。"

扎里娜的母亲是个豪爽热情的英国妇女，每个人遇到麻烦时的知心大姐。高塔姆也常会在需要的时候拜访她。高塔姆的律师父亲也是扎基·礼萨勋爵在阿拉哈巴德的老朋友。

"礼萨上尉现在非常担心你，塔拉特，据说两位麦卡锡分子被送入英国广播公司来干政治迫害的勾当。"

"如果我的表达正确，英国广播公司拒绝政治迫害。"塔拉特回答。

"是的……他也在为罗珊担惊受怕。尽管他多次阻止,她还是去了罗马尼亚。'愚蠢的女人,'他极为震怒,'为了布加勒斯特这么个鬼地方放弃了富布赖特的好机会。'

"完全赞同,先生。我回答。

"'她是靠政府奖学金来到这里的,她的父亲是军队里的高官。你知道她怎么对我说?她说她去参加年轻人的集会,就是为了给共产主义者作精神分析!而罗马尼亚政府批准的旅行文件都是她伪造的。这是一件光彩的事情吗?'他依然怒不可遏。

"我回答他,是的,先生,这可不是一件光彩的事情。他表情非常难看。他走了以后,母亲告诉罗珊,面对这种长不大的男孩要靠母性,而不是表现得像个有思想的独立女性。男人不喜欢这种。但是,他们的争吵还是日渐升级,但这也意味着两人距离走入婚姻殿堂不远了。母亲说尼尔玛拉很快就能出院,我们一起去沃金清真寺参加阿米尔·瑞扎的婚礼,这个时间将比你想象来得更快。真主保佑。"

五十一

约翰和玛丽的画册

"你还记得这个画册吗,塔拉特?"卡玛尔问,"里面讲了两个英国小孩开着一辆红色小车在乡村兜风。"

"是的,我记得。他们把车停在路边一家写有'茶'的小屋门口,约翰用一只玩具油罐给小红车的油箱加油……然后他们还从一棵很绿的树上摘下很多红苹果——就像现在这个地方。"塔拉特抬起头来看看四周,"还有蓝色的溪流,一艘瓷白色的汽船,一架风车,一辆马车,还有英国战前风格的小木屋。我甚至还记得咱们当时用的颜料——钴蓝、深红、铬绿。记得我们过生日的时候总能收到好多这样的画册,全都是出自一个叫作'塔克爸爸,伦敦 E. C. 4'的地方。据说那个地方现在还在。"

女服务生拿来账单。"虽然经历了残酷的战争,但是英国的乡村还是没变,就像约翰和玛丽的画册里那样。"塔拉特说道。

"我们也没变,不管去到哪里,都会保留着过去的回忆。"卡玛尔说。

高塔姆听着他们的对话,保持沉默。他明白童年对这些人的重要性,对尼尔玛拉也一样。他瞬间回忆起上一次在'光之山',她讲到自己的童年时他所表现出的恼怒。在那之后,他还是第一次见到作为肺结核病人的她,这之前的大段时间他被派驻到了海外,一直没回来。如果当年在勒克瑙嫁给了他，她的生活将会变得不同，此时此刻她也不会坐在疗养院里患得患失。尼尔玛拉将切除一半的肺。跟查姆帕进行智力上的调情到底对他而言有什么意义？男人想要的到底是什么？

哈里桑卡也从纽约赶了回来，他正全心研究陶罐上的柳树花纹。"这还真是典型的英式风格。"他评论道。

"咱们走吧。"卡玛尔从椅子上站起，他们一起向高塔姆的美国高级轿车走去。

疗养院建在小山坡上，周围是一片静谧而开阔的绿地。疗养院里繁花似锦，随处可见盈盈的笑脸，华丽的门廊和精美的会客厅。在这个人间天堂，很多人都在舒舒服服地边看电视边倒数自己的大限之日，或者假想康复后回到以前的生活再以其他某种方式死去。

尼尔玛拉的房间三面都被花园包围。

"这里像不像克什瓦在尼沙特·马哈尔酒店的房间？"她乐观地对塔拉特说。当她望向高塔姆的时候，他苦着脸硬挤出了点笑容。"你知道吗，我们在昌德巴格有三个住宿点——尼沙特·马哈尔酒店，瑙尼哈齐尔·曼尔和麦特里·巴旺——"

高塔姆点点头。他们之所以那么沉溺于过往，是因为回忆是安全又完整的。对卡玛尔和塔拉特而言更是如此，因为回忆中没有对分治的恐惧。"我们都是日课学生，你知道的，但是却有很多住宿舍的朋友。哦，对了，你开始为梅拉议会工作了吗？"尼尔玛拉急切地问塔拉特。

"你也会和我们一起出现在明年的梅拉议会。真主保佑。"卡玛尔回答。

"真主保佑。"她微笑着重复了一遍。过了一会，她说："是比海亚阁下送我去的医院，他来这里探望过我很多次了。"

"哇噢！"哈里桑卡模仿着女孩子们的口气喊道。大家都笑了起来。

尼尔玛拉继续道："上一次他也带来了罗珊，他对罗珊解释了我们这些人的关系，尽管她是巴基斯坦人，当然，也有合法的勒克瑙身份。所有人都来这里看过我，除了查姆帕巴吉和西里尔。好吧，我并不指望西里尔来看我，因为我们都算不上认识，可是查姆帕巴吉……"

所有人都沉默了。幸好，没过多久，哈里桑卡又开始施展他的模仿功夫，把大家逗得前仰后合。大家差不多准备离开了。

突然间，尼尔玛拉却崩溃了。"你们都走了，留下我一个人——当家人和朋友变成客人，这会非常可怕。"

一位护士走进来，脸上微微一笑，仿佛能包容一切。

五十二

船屋

"你的勒克瑙朋友就在那边，苹果树下。哦，他们准备离开了！我们是不是该跟他们一起去利德赫斯特？"西里尔问道，从路边客栈的窗户向外看去。"我来这儿本是想去利德赫斯特，但你看起来对此并没有什么兴趣。"

她试着巧妙地躲过这个话题，转移他的视线。"看，莎士比亚戏剧演员！"一个流动剧团刚刚抵达客栈，演员们还穿着伊丽莎白时期的服饰。他们也会前往利德赫斯特为疗养院的病人们表演。

查姆帕刚开始在剑桥为西里尔·阿希礼工作时，尼尔玛拉已经住进了医院。她无法告诉西里尔为什么会对尼尔玛拉如此冷漠。事实上，她没告诉过西里尔关于自己的任何事情，也从来没有像对高塔姆那样对西里尔倾诉过——她甚至没对他提起过高塔姆或者阿米尔。西方男人没有兴趣打探女孩子的过往，他们并不那么八卦。感谢神明。

他们登上了一艘汽船，向下游驶去。露易落·简号在树丛和攀缘植物中穿梭。西里尔看起来百无聊赖，像个已婚男人。一切似乎疲惫不堪，包括西里尔。汽船在一间船屋前停下，他们上了岸。

一名高大的斯堪的纳维亚妇女站在船屋的木质阳台上，一群人拿着钓鱼竿穿过樱草丛。

　　查姆帕和西里尔在河畔客栈住了几个晚上，在森林里作长距离徒步行走。"查姆帕，"一天下午，西里尔坐在船屋里一只倒扣的独木舟上，说，"给我讲讲你的故事吧。"他发现这个来自遥远国度的女人正变得越来越依赖他。她很缺乏安全感，但他觉得如果她陷入回忆可能会更自在些。

　　他也开始变得八卦了！"莫非你也想写一本关于我的小说？"她面色不悦地问。

　　"不，谁在写？"

　　"比尔——威廉·克雷格。"

　　"不，我并不打算写关于你的小说。你又不是个怪胎，这个世界上有成千上万像你那样聪明、敏感和美丽的女孩。"

　　这三个词足够形容我了。她闭上眼睛，开始进入自己的回忆世界。瓦拉纳西的无聊生活，狭小荒芜的宅院，父亲读着令人情绪低落的刑事案件报道。她的思绪迅速从瓦拉纳西跳到勒克瑙的昌德巴格，给西里尔讲起排灯节、"阿登森林"、游泳池、篝火边的美国街头歌曲……

　　西里尔打断了她："看看谁从你的月亮花园里走了出来！"

　　她抬起头。卡玛尔站在熙熙攘攘的度假客中。"你好，查姆帕巴吉、西里尔。"他说，"我们有天在一家街边客栈看到你们了，但是大家赶着去利德赫斯特，所以没有来得及打招呼。"他坐上了另一只倒扣的独木舟。

　　"我正在给西里尔讲勒克瑙呢。"她说，精神状态看起来不是很好。

　　"哦，那一定很有趣。"卡玛尔礼貌地笑笑。

　　查姆帕听出了他声音中的忧伤，赶紧继续虚张声势地说道："我正在给他讲印度——在夏日炎炎的瓦拉纳西，可以闻到稻草的味道，听到马儿的嘶鸣，牛车接踵而过……你知道，每当牛车的轮胎从不远处发出嘎吱嘎吱的声响，我们的女仆都会说：'轮胎的嘎吱声代表着雪山神女之怒。'"

卡玛尔表情冷漠地听着她的讲述。

"闷热的下午，小工们总是会躲在外面打瞌睡——在我的家乡瓦拉纳西我们有那种乔治王朝风格的门柱撑起的长廊，"她加快了语速，"当然，现在那种房子已经千疮百孔，很快就会消失了。西里尔，你不会明白，你的见识和我们不同。"

"我可以告诉你……"卡玛尔说，身体前倾。刹那间，他就走回了那个距离他非常遥远，但却始终深爱的世界。他多想从现实的压力中解脱出来，开始属于自己的旅程。

"尼尔玛拉情况不太好——如果是在勒克瑙，她的母亲一定会去阿里甘吉的哈努曼神庙和伊曼巴拉清真寺向侯赛因伊玛目祈福。吉安瓦提曾用亚曼①唱道——

先知的居所，阿里的孩子

我是多么崇拜你，哈桑和侯赛因，扎赫拉之子……

"我是否能够将这古典的旋律和充沛的情感用英文诠释？在冬季，亲戚举行婚礼时，我们卡尔延普尔的祖宅阳台上会放下厚厚的窗帘，乐队会唱起《愿阿里的影子落在我的新郎②》。哪个西方社会学家可以理解这种场景带来的美感吗？在一个穆斯林婚礼上唱着穆斯林和印度教水乳交融的歌

---

① 拉格的一种基本形式。——译注
② 原文为 banra，意为"新郎"，名字来自班拉·森林（Ban Raj Forest）王子奎师那。——原注

曲？我们村里的农民唱着关于阿尔哈—乌达尔①的歌谣：阿尔哈坐在贾木纳河边，赛义德哭着跑来，阿里——阿里——并且命令乌达尔：听着，儿子，颇哩提毗王带着大队人马杀来——快把他们赶走。

"你还记得吗，查姆帕巴吉，你和高塔姆曾经跟我们一起在寒假时前往卡尔延普尔，我们曾经坐在村剧院破烂的顶篷下，看着乐团在台上表演我们最爱的戏剧音乐！他们是多么棒的音乐家啊。他们表演《莱拉和玛吉努》——卡迪尔的外甥查帕提饰演痴情的玛吉努——他唱着赞美主，莱拉，我来到了你身边。

"他还唱道：

莱拉，你脸庞就是我的归途。你的发辫就是我的信仰。
我绕开朝圣的路，来到你的心房。

"这首加扎勒传递出的神秘气息，即便是我们这些普通百姓也能深切体会——而西方文化中却没有类似的东西。"

查姆帕和卡玛尔似乎一下回到了记忆空间，啜着陶土茶杯中的姜茶，听着查帕提唱着：

当我爱上她，莱拉，我就像祖莱卡
我来到她的市集出售我自己，就像约瑟夫——

他们坐在藤凳上聚精会神地看着《莱拉和玛吉努》，背后是粗糙粉刷

---

① 阿尔哈与乌达尔是一对兄弟，皆为昌德拉国王帕拉马尔迪手下的将领。——译注

的喷泉、一座宫殿和一轮明月。乐团中的打击乐手用他的坦布拉琴演奏克哈瓦①突然响起一阵汽船的轰鸣声，他们从往事中被拖了回来。"我们的乐队可以表演最高水准的《那罗和达摩衍蒂②》和《因德尔·塞卜哈》。"卡玛尔自豪地说道，给西里尔点了根烟。

查姆帕问他："你还记得瓦桑提的歌《四处寻找》吗？"

你什么也找不到，我的好姑娘。他很想骂醒她。"都是徒劳无功的，"他大声道，"我的意思是，别忘了那些老歌——比如潘卡吉·马利克③的。"

"是的，我要去见我的男人，化好妆容，编好辫子，"她说道，"你怎么可能明白，西里尔，谁是潘卡吉·马利克、阿尔祖·勒克纳维④、卡兰·夸瓦尔和乌斯塔德费亚兹·汗⑤，他们在我们的生活中有多么重要……还有吉加·莫拉达巴迪⑥，他说过：'当阳光都散去，我们依然期待着黎明。'以及卡利达斯：'在乌鹤的陪伴下翻山越岭，乌云一路为我们通风报信……'"

现在，卡玛尔似乎已经回到了现实中，可查姆帕还迟迟不愿从自己的世界里走出来。他觉得她就像在时代旋涡中不停翻转的一片树叶，不禁皱了皱眉头。

"卡玛尔，听这句——"她说，"夜幕降临，狗儿吠叫，市集冷清，鸟儿沉睡，磨石该开始工作了——"

---

① 印度斯坦传统音乐的一种节奏型，为两小节组成的八拍。——译注
② 《摩诃婆罗多》插话之一，讲述尼奢陀国王那罗娶了维达巴公主达摩衍蒂后，在一场赌博中失去一切，两人历经磨难和分离最终重聚并夺回王位的故事。——译注
③ （1905—1978）孟加拉-印度作曲家，曾为多部电影配乐。——译注
④ （1873—1951）印度诗人，印度后现代诗歌先驱人物。——译注
⑤ （1886—1950）印度传统音乐歌唱家。——译注
⑥ （1890—1960）印度乌尔都语诗人、加扎勒词人。——译注

"萨尔沙尔①的句子?"卡玛尔问。她点了点头,再度陷入沉思。

"我们曾经挤在哈里桑卡的塔房里讨论宇宙大义。生命还是无法解释,有些时候我们会被一道亮光选中,但大部分时间我们都埋葬在雾中。我们的青春时光就是在强光和雾汽中玩着智慧层面的捉迷藏。我们都有某种甘地式的谦卑,而非出生时的优越感。我们必须洗掉手上沾满的鲜血,然后看看会发生什么。"他将双手在西里尔·阿希礼面前摊开——"某天早上,我们发现自己的双手已经被鲜血浸湿,然后又发现所有那些高贵的人——知识分子、作家、领袖——很多人也有着一双鲜血淋漓的手。他们中的大部分人并不想赎罪,而是选择逃离,或者换个身份,但也有一些正直诚恳的人。"

"比如卡迪尔和曲姆兰?"查姆帕轻声问。

静默间,他似乎向她征得了议论他们的权利,这让两个下人仿佛变得圣洁和崇高起来。

"是的,卡迪尔和曲姆兰,拉姆·奥塔尔和拉姆·戴亚,我们的农民、用人,我们的刺绣工,为了赚点贴补家用的小钱,几乎被没日没夜的针线活夺走了全部视力。这些人才是我们的脊梁,西里尔。"

查姆帕依然不愿回来。她说:"卡玛尔,你问问高塔姆是否还记得巴德沙巴格那些砰地落在草坪上的木苹果……"

他思忖着,我该怎么告诉她,高塔姆可能已经完全忘记了她。但是,他真的会吗?他会像记得河流、房屋、木苹果树一样记得她。卡玛尔焦急地看了一眼手表。"呃……请原谅,查姆帕巴吉,我刚从罗纳德·格雷教授那里过来——他是个外科医生,就住在附近——我刚才跟他聊了一些尼

---

① 十九世纪勒克瑙乌尔都语小说家。——原注

尔玛拉的病情。我必须要离开了。再见，西里尔。"他站起身，很快便走远了。

　　这真奇怪，当他在看到她和西里尔出现在船屋时，并没有表现出一丝惊讶。似乎每个人都了解她的一切。她站在山巅，所有人的视线集中在她身上。为什么我会让这一切发生？为什么？她自卑而恐惧地盯着西里尔，宛如一只掉落在英国草地上的木苹果，砰一声回到了现实。她活在一个卑微可怜的世界里，也许一切都太迟了。

五十三

小号手

他时常在破晓时分吹起小号。他就住在隔壁,她却从没见过。一个夏日的清晨,一切安静得反常,小号声没有响起。也许他只是个外地学生,放暑假回家了吧。那天早上显得格外寂寥,查姆帕有种可怕的预感,命运的小号手在吹完最后一个音符后便消失了。

研究英法关系的项目已经结束,西里尔前往斯塔福德郡探望自己的妻子。为了进一步研究康沃利斯侯爵,他计划去加尔各答的国家图书馆寻找资料。而查姆帕则等待着被中殿律师学院录用的消息。印度和英国之间的关系毕竟不会一直保持现状,正如米尔扎·迦利布对于人生的描述,邪恶总是暗含毁灭自身的种子。

太阳升起,她给自己做好了早餐。西里尔的脑袋从窗口探进来。

"早啊,查姆帕——有个好消息!"他喊道,"先给我来杯茶。"

她开门让他进来。

"什么好消息,西里尔?帮我找到了一份能赚钱的肥缺?"

他在厨房的餐桌前坐下,顽皮一笑。"你再猜猜!"

"你当上讲师了?"她给他倒上茶。他端起来喝了一口,说道:"就像我们的管家普拉特太太有次对她任性的孙女珍所说的——别再到处玩了,赶紧拿一个'夫人'的学位!"

"夫人?哦……"她的脸一下子僵住了。这是最最出乎意料的——事实上,他们从未说起过婚姻,半个字也没有。

他点了支烟。"罗珊和我准备离婚了。现在,你和我可以共结连理了——就像你们的说法。"

"你跟太太离婚是为了我?你失去理智了吗,西里尔?"她吃惊地大声说道。

她的反应让他措手不及。

"你究竟是否……因为我……我的意思是,"她语不成句,"你怎么能作这么大的决定?"她永远无法理解人们是如何下定决心的。你们决定结婚,离婚,换工作,离开自己的国家,甚至改变自己的信仰。人们究竟是如何做到的?她也曾为阿米尔·礼萨作过一个决定——她是如何做到的?

"你怎么可以……?"她重复着。

西里尔蹙起眉头,冷静地说:"你知道的,不管怎么说,我时常就会头脑发热,做些奇怪的事——你能给我个好理由让我不这么做吗?"

"首先,我不是个喜欢勾引有妇之夫的人——其次,我没办法把你带回我的家乡并且对大家说:'各位乡亲,这是我从维拉亚特带回来的戈拉①丈夫。'"

"但是你却不在乎跟白种男人搞暧昧!"

"这里不是家乡,这里是异乡。你会在这里发现很多吃牛肉的印度人……"

"我记得你和我讲过一个勒克瑙上流社会女性,好像叫扎基娅,她还

---

① 在印度,人们常常把欧洲人或浅肤色人称为"戈拉"。——译注

不是嫁给了一个叫作斯坦利的英国官员——他在印度当警官。你说过,别人根本没把这当回事。"

"是的,但现在那个斯坦利住在英国。我不会把我的老父母扔在印度,我也不会带你去瓦拉纳西去见他们……"

"为什么?你不是跟我说过,你出生在那种非常英国化的贵族家庭吗?"

"是的,这没错。"她支吾道,"但还是不行。我的家人虽然很现代,但在某些事情上依然非常保守。"她不知道该如何说,于是便沉默了。给他灌输了无数关于她显赫家族的荣耀后,她又怎么能把他带到那所破败不堪的小房子面前去揭穿自己的谎言?她更不希望自己老实巴交的老父亲受到刺激而一命呜呼。

"哦,查姆帕,为什么不行?你不是给我讲过斯坦利夫人的例子吗?"西里尔还在坚持。

她停顿下来,又作了另一个勇敢的尝试——"在最近的柴明达尔制通过后,我父亲几乎破产了——你知道的那些属于康沃利斯侯爵的所有永久房产——也都瞬间荡然无存。所以我必须马上回家,找到一份工作,帮助他们。"

西里尔目不转睛地盯着她。查姆帕开始擦洗炉子。他沉默了一阵,然后再度开口:"我知道你是个总喜欢编点无关痛痒小谎的吹牛精,查姆帕,也正是这些让你显得很有趣。但是现在,你不能困在这些谎言和幻想中。我并不在意你的社会地位。想想吧,每一刻都是不同的,不会再重复。查姆帕,不要指望这些时刻还会重来或者被追回。你的生活——我的生活——都是不同的。我们无法嘲笑逝去的光阴酿下的悲剧。想想吧,明天早上我会给你打电话。"他起身离开。

查姆帕整整一天都心绪烦躁，夜里也辗转反侧。第二天清晨，西里尔的电话不出意料地响起。多少年前在巴德沙巴格的路口，小恶魔在她的耳边窃窃私语，迫使她对阿米尔·礼萨粗暴地说不。西里尔叫她"吹牛精"，他一下子就拆穿她了。她冷漠地回答："西里尔，我想好了，也许为了你在印度的康沃利斯侯爵项目，你需要个妻子兼研究助理。但这都是为了给自己提供便利，对吗？也许对于一个有趣的、有异国情调的妻子来说，这份感情并不是出于爱，我说得对吗？"

"你到底在说什么……？"他电话那头的声音听起来十分可怕。"你说的一切简直丧心病狂！"他的声音因愤怒而颤抖。"你竟然会如此……如此愚蠢！"

"别挂断，听我说，你的社会阶层永远不会接纳我——一个深色皮肤的异乡人。你的妻子也许是个犹太人，也许很贫穷，但她是个西方白人。我不希望遭受别人的白眼，也不希望我的孩子会被叫作杂种。

"最好的结果是我会被人接纳，被高姿态对待。我们经历了太多盎格鲁-撒克逊式的态度。西里尔，毕竟我们被你们的国家控制了太久。

"你总是以反叛者的姿态自居，但你最终还是会回到当权者的立场。你知道，人们长大后总会这样。也许有一天，当你对东方不再迷恋，你也会选择跟我离婚。不，西里尔，我很抱歉，我做不到。"她最后加了一句："对不起，如果我伤害了你的自尊的话。"

电话那边沉默了好一阵才又响起他僵硬的声音："我懂了，查姆帕，我也很抱歉，再见，希望你一切都好。"

离开剑桥的那天，她去了他的房间，发现他正坐在窗旁为《新政治家与国家》的周末竞赛忙碌。门虚掩着。他是如此投入，甚至都没察觉查姆帕已经走了进来。查姆帕坐在一把椅子上，西里尔抬头注意到了她，随口问她对一个问题的观点。查姆帕想了想，说了自己的想法。

"谢谢你。"

她的表情凝固了。这个年轻人又变回了西里尔·阿希礼阁下，他严肃地问她对克里斯托弗·马洛的看法，然后正式地向她道谢。

"你什么时候回去伦敦，西里尔？"她试着闲聊起来。

"我现在还不知道。不过即使去了恐怕也没时间见你。事情太多了，你知道的，那毕竟是伦敦。"

突然降下的雨滴打在窗玻璃上，房间里瞬间充满新鲜又潮湿的空气。他们又聊了几句共同朋友们的闲话。"一会儿雨该下大了，我得走了。"她望着墙上的挂钟说道。

他从棕色的、温暖的皮质沙发椅上站起来。

查姆帕也站起身，最后看了一眼这个房间。走到门口时，她向西里尔伸出手。西里尔冲她行了个礼，并为她领路。查姆帕的手依然在伸着没有放下，他握住它轻轻地捏了两下。"非常荣幸和高兴，我可以有缘结识你，查姆帕。再见。"话毕，他转身回房。

查姆帕快走出院门的时候停住脚，回头望去，看到他又回到了刚才的座位上开始埋头做事。她知道，他们不会再见了。

五十四

玛丽皇后的葬礼

塔拉特正准备走出办公室奔赴一个采访,电话铃声突然响起。是萨吉达贝古姆。"查姆帕回来了——她又回到了比尔·克雷格的办公室。你帮我去问问比尔·克雷格我的小说怎么样了,在那个讨厌的女人开始干涉之前——你知道她讨厌我们这些比她年轻的女人。快给比尔打电话。"

塔拉特笑道:"亲爱的萨吉达夫人,比尔·克雷格能等,但是玛丽皇后却不能。"

"谁——?"

"我现在要去威斯敏斯特教堂去见皇后陛下——"

"所以你这几天要见皇室成员?"

"过世的皇室成员,我估计这会让她们看上去少了点气势。再见。"

萨吉达果然受到不小的惊吓,挂断了电话。

威斯敏斯特教堂里,塔拉特站在玛丽皇后的棺木旁,第一次如此近地看到逝者的脸。被百合花和烛光簇拥着的玛丽皇后,看上去平和安详。塔拉特曾经在古尔费珊的旧杂志上见过玛丽皇后的照片——一位身穿沙漏型长裙的年轻女士挺直身体坐着,强势而高贵,那是一九一一年在德里接见室里拍摄的印度皇后照。如果你是皇室成员,你会在威斯敏斯特教堂里结婚，加冕，但即使是皇族也会死去，所以他们最终会躺在这里，永远静止……而教堂外面的世界依旧，就像生活在勒克瑙的欧亚人依然用难以忘怀的苏格兰腔调来吹奏风笛。这是个美好的夏日，外面站着不少人，对他们而言，这是个假日——不管过去拥有多少尘世的荣耀，死后不过是别人打着哈欠的谈资。

故事很快就会写完。死亡虽然是永恒的，但关于它的新闻却是速朽的。一个人的死亡总会在活人中间引发一两天的回响。塔拉特穿过面色凝重的人群，给门卫出示了自己的工作证，进入了英国广播公司东方部正在转播葬礼实况的工作塔。那里阴冷暗淡，还有种无人居住的潮湿气息。查查正在用乌尔都语解说着。他咧着嘴对塔拉特说："我刚才在外面发现了玛丽皇后的印度厨子，去采访他吧——很适合登在你的女性杂志上……"

塔拉特跑回办公室告诉她的编辑："加内特小姐……玛丽皇后喜欢油饭——我是说，抓饭——"

"这还挺有趣。"

"国王乔治五世和爱德华八世喜欢烤肉串，还有乔治七世……加内特小姐，这些都是印度菜肴，特级的莫卧儿美食……"

"是的，是的?"她摘掉了耳机。

"已故的玛丽皇后经常让她的穆斯林厨子——"

"穆斯林什么?"

"厨子。题目可以是'为玛丽皇后流泪的印度厨子'。"

"不错。"加内特小姐面露喜色。"家庭主妇们一定会喜欢这样的故事。记得也加入一些维多利亚女王的传统，她有多么喜欢印度什么的。哦，对了，别忘了附上菜谱。"

塔拉特回到座位上开始打字。

电话响起。这回是扎里娜,她压着嗓子道:"跟你说,你这儿似乎发生了一点小危机,我来找索拉特·雷曼,发现她正在用原文给高塔姆读但丁,他还装出一副听懂了的样子。"

"这也叫危机?他就喜欢这种无聊的事……"

"珊塔现在就在你的起居室里,像难近母①似的,一脸愤怒。"

"扎里娜,我必须得用二十分钟完成手里的活儿——我不太了解一个菜谱做法,你能不能告诉我……"

"珊塔离开了比尔的住处,并且警告他说有她没我,有我没她——你听见了吗?"

"应该加多少杏仁……?"

"然后她跑去对高说,让她去跟查说赶紧离开比。你听懂了吧?"

"没有。你能赶紧告诉我烤肉的配方吗?"

扎里娜挂断了电话。

---

① 印度教神话中湿婆妻子雪山神女的形象之一。——译注

五十五

一个流亡者的结局

希夫·普拉萨德·巴特纳格尔·巴拉班卡维一九三九年前从北方邦的巴拉班基县来到牛津求学。战争爆发后,他留在了英国,娶了一个拉脱维亚难民,并给她重新命名为玛雅·德维。他终日沉溺于乌尔都语诗歌,妻子经营着一家小型家庭旅馆,用微薄的收入勉强维持家庭日常开销。一些暂时找不到落脚处的印度人或巴基斯坦人最后总会来到他们这栋位于卡姆登镇的破旧三层小楼投宿几晚。巴特纳格尔先生对待这些客人就像对待失联很久的亲人一样热情。他们经常不结账就消失得无影无踪——他也从不抱怨什么。

英国广播公司的哈姆拉兹·费扎巴迪租住了一层的一间屋子。巴特纳格尔先生是一名来自印度的印度教徒,而费扎巴迪先生则是一个穆斯林,以自己的巴基斯坦身份为傲。尽管如此,因为拥有相同的乌尔都语文化背景,两人都是深受奥德王朝影响的乌尔都语诗人。巴特纳格尔先生经常在几杯威士忌下肚后,开始双眼泛红地引述《罗摩衍那》里的诗句,最后还加上一句:"你们这些欺师灭祖的穆斯林将我们的祖国母亲一分为二。"接着,滴酒未沾的哈姆拉兹会马上讲述一大段关于卡菲尔在分治骚乱时对穆斯林的所作所为的内容。

随后希夫·普拉萨德会说:"好吧,听听我昨晚写的这首诗。"

巴特纳格尔先生的房客都来自北方邦,经常参加前厅里举行的乌尔都语诗歌晚间朗诵会。一次,卡玛尔也来到了现场,他惊诧于哈姆拉兹·费扎巴迪对北方邦灿烂文化的熟稔。"你的故乡是巴基斯坦,你现在和北方邦到底有什么关系呢?"卡玛尔忍不住问他。

"即使你搬去了奎达或者在白沙瓦找到工作,你的心还是留在了费扎巴德。每年当你回到费扎巴德拜会你的老朋友时,总会被印度刑事调查局监视。而你回到巴基斯坦,又会有人说这些难民来到新的国家只是为了寻求更多的发展机会,在他们心里,印度依然是真正的祖国。简而言之,你哪儿都不属于。"

哈姆拉兹向正在卷叶子的巴特纳格尔先生递去一些烟叶。槟榔叶是圣物,尤其是从卡拉奇运往伦敦的那些。哈姆拉兹·费扎巴迪每天早晚就像进贡一样给巴特纳格尔先生两片槟榔叶。完成了制作卷烟的仪式后,他转向卡玛尔:"麻烦的是,卡玛尔米安,"他声音柔和了很多,"你是个梦想家,很多年轻人都是。坦率地说,你们不愿意面对令人不快的现实。但问题是,这个世界是由政治家驱动的,不是诗人。现实点吧,卡玛尔米安,接受改变,不要再嘲笑我们巴基斯坦人了。"

玛雅是个以家庭为中心、安静又知足的女人,永远在灶台前忙碌着。十五年前她刚嫁给巴特纳格尔先生的时候一定是个美人,但她丈夫显然更专注于自己的书籍而不是妻子。直到有一天,一个年轻的印度帕西学生来到他们的客栈投宿。时值伦敦"议会"为了支持在伦敦就医的孟加拉诗人卡齐·纳兹鲁尔·伊斯拉姆而举办了大量的宣传活动——巴基斯坦政府也将他认定为国民诗人。(另一位国民诗人是伊克巴尔,逝于一九三八年。)纳兹鲁尔曾经是居住在加尔各答的印度公民,但也有传言说他早已笃信密宗而改变了自己的信仰，他的思想已被麻痹，从而对南亚次大陆的分治一无所知。

一个星期六的下午，伦敦"议会"的成员们兵分几路进行募款。塔拉特和费罗兹被编进了前往卡姆登镇的队伍。她们在巴特纳格尔先生客栈的走廊里遇到了哈姆拉兹·费扎巴迪。"捐个五镑吧，哈姆拉兹。"塔拉特用带有芝加哥口音的方式命令道。

就在此时此刻，一个灾难降临在希夫·普拉萨德·巴特纳格尔·巴拉班卡维身上，而他正在自己的房前边踱着步边构思着诗句。

一般这个时候，玛雅·德维不出意料会在地下室的厨房里为晚餐而忙碌着。然而，巴特纳格尔先生却透过窗户，目睹了妻子与房客霍尚·马特奇斯瓦拉**外遇**的一幕——竟然就在他的眼皮底下！巴特纳格尔先生冲进了房间。

塔拉特和费罗兹正站在走廊里和哈姆拉兹聊着天，突然听见地下室传来一阵巨响。几个人循声急忙向地下室跑去，惊讶地发现玛雅倒在了血泊之中。她十岁的小女儿莉拉跪在旁边，声嘶力竭地大喊着。巴特纳格尔先生站在一旁，非常安静。

"发生了什么？"塔拉特惊魂未定。

"没什么。"他依然保持冷静。"她不小心从楼梯上摔了下来，你们不用担心。"话毕，他又面无表情地独自上了楼。

没过多久，就在塔拉特拨通999呼叫救护车的瞬间，一楼又传来一声巨响，疯狂的巴特纳格尔·巴拉班卡维一拳打在霍尚·马特奇斯瓦拉身上，哈姆拉兹和其他客人迅速跑过来拉架，可气到失控的丈夫开始朝每个人出招，甚至和哈姆拉兹进行了长达五十五秒的自由式摔跤。这一切都发生在黑黢黢的楼梯上。

直到后来,巴特纳格尔·巴拉班卡维和哈姆拉兹才同时发现,自己一直在狠揍的并不是目标人物霍尚·马特奇斯瓦拉。大家纷纷要求巴特纳格尔先生去当地酒吧给妻子弄点白兰地来。

他却一直没有回来。前去打探的人回来告诉大家,他看见巴特纳格尔先生坐在酒吧的角落里,一个人畅饮得不亦乐乎。救护车到了,玛雅·德维被送到附近的医院救治,而霍尚·马特奇斯瓦拉则连滚带爬地回房打包跑路了。

几位著名的电影明星如拉兹·卡普尔①、纳尔吉丝②也开始来到伦敦发展事业,但却因这座城市有限的印度人口而人气平平。

"印度最美的电影皇后这几天在城里呢。"一位伦敦朋友告诉塔拉特,"我帮你和费罗兹和她预约了时间,印度最有势力的四位摩诃罗阇赠予了她数不清的金银财宝。她住在骑士桥的豪华公寓里,应该会捐献一大笔钱给我们的纳兹鲁尔筹款项目。"

塔拉特收到预约时间便和费罗兹一起赶往骑士桥。

大美人经常前往伦敦看望她在贵族学校学习的孩子。"这充分说明了我们国家正在发生社会变革。"跟往常一样,塔拉特边走边发表她的学术言论,"当美人皇后那对受到英式教育的儿女回到家后,他们不会再被称为巴吉的子孙。"

"是的,"费罗兹同意,"但这样的巴吉往往在我们男权统治的封建社会里才能赋予特殊地位。德干的昌达·巴伊③生活在动乱的十八世纪——她甚至拥有一支小小的军队,还给慈善事业捐赠了百万现金。美人皇后至

---

① (1924—1988)印度导演、演员,代表作《火》《雨》《流浪者》。——译注
② (1929—1981)印度宝莱坞黄金时代最伟大女演员之一,代表作《印度之母》。——译注
③ (1768—1824)印度乌尔都语诗人、交际花。——译注

少可以捐个二十镑吧——我们的要求并不高。"

大美人用微笑来欢迎他们的到来。她给他们介绍了她的母亲——一位曾经的美女歌手,现在却是肥胖的妇人。一战期间,阿拉伯的劳伦斯曾经参加过她在德里举办的歌舞晚会。女主人亲切迷人,还为宾客们端上了母亲亲手烹制的香炸杂菜①。母女都用心地用巨大的珠宝首饰装点自己。

"看看那些王子的珠宝,我觉得怎么也有三十磅重。"塔拉特对朋友们耳语道。费罗兹提出了要求。

传奇美女对她们露出了经典的迷人微笑。"很遗憾,"她的声音也同样十足动人,"因为外汇兑换限制,我手上一个便士也没有,但是我会用精神支持你们的事业。"她看着她们走进电梯,恭敬、得体地向二人行额手礼道别,直到电梯门关上依然保持着微笑。塔拉特和费罗兹上了一辆巴士,赶去参加一个学术讨论会。

"今天这一幕证实了几件事,"塔拉特表情严肃道,"一、关于这些女人,书上总会用最后的优雅、文明、精致之类的词汇,的确一点都没错。二、这就是为什么那些神魂颠倒的男人们总会给她们加冕或者失去自己的江山。三、不会有男人因为她们的不忠而嫌弃她们,而像玛雅·德维这样的家庭妇女却会被暴打一顿。"

回到卡姆登镇破旧的小旅馆,她们发现所有的住客都聚集在哈姆拉兹·费扎巴迪的房间里。费罗兹把她们无功而返的消息告诉了哈姆拉兹,而他说:"你们去之前问下我就好了。这对母女是出了名的小气,那个母亲曾经在我为德里广播电台工作时,我们就打过交道。"傍晚,大家又激

---

① 南亚次大陆盛行的食物,将多种蔬菜(如洋葱、茄子、土豆、菠菜、花菜、香茄、辣椒等)包上鹰嘴豆粉后炸熟。——译注

烈地为什么事情争论起来，而哈姆拉兹似乎又陷入了分治前的思乡情怀。

这时，巴特纳格尔先生突然出现在了门外的小道上。"快进来。"房客们都冲他喊道，大家都很尴尬。

情绪低落的房主四下张望了片刻。"不了，"他回答，"我不想打搅你们的讨论，请继续——晚安。"说完便迅速消失了。

希夫·普拉萨德·巴特纳格尔再也没回来过。他的妻子头上缠着绷带，心事重重地回到厨房，投入了日常忙碌之中：她是个恢复力和自尊心都十分惊人的女性。几天以后，希夫·普拉萨德·巴特纳格尔·巴拉班卡维在维多利亚堤岸被人发现，尸体已经冻得僵硬。

五十六

山顶之光

山顶上的疗养院在阳光照耀下熠熠生辉,远看就像顽皮孩子点起的小火堆。高塔姆一路开上山顶,沿途是无垠的寂静。他把车子停在楼梯前,穿过万籁无声的长廊,走进尼尔玛拉的房间。

她看见他,眼里放着光。她一直面壁而卧,姿态仿佛想要逃离这个疯狂又自私的世界,但守着这份宁静她又在等待着什么?她坐了起来,高塔姆心里抖了一下。

很快,她用手指梳理了几下头发,竟然还在担心鼻子上泛起的油光。

"尼尔玛拉,你看起来状态不错!你很快就会像拉拉·鲁克啦。"他强行挤出欢乐的神色。

她礼貌地微笑着。

亲爱的尼尔玛拉,我从来没有认真注意过你;而现在,你却成了我生命的一部分。也许这一切都太晚了。如果说查姆帕是雨季里汹涌澎湃的恒河,那么尼尔玛拉就是那静水深流的戈默蒂河。尽管还保留着些许小女孩的学生气,但她却是一个超然又虔诚的奎师那信徒。她就像一位庄严的女神,隐匿在山顶的白色庙宇中。

为了将查姆帕从自己的思绪中彻底抹除,高塔姆作了很多努力。这么多年来，他们生活在同一个国家，甚至有相同的社交圈，他依旧成功地避免了与她见面。女神啊，请赐予我一些安宁吧。高塔姆把手放在尼尔玛拉的额头上。

"高塔姆，给我讲讲最近的新鲜事吧。"

"从印度又过来一个新人物，塔格延·巴加尔普里先生。"高塔姆开始讲起来。

"哈哈，好古怪的名字。他也是个怪人吗？"

"一点都没错。"

"苏雷卡的新公寓什么样？我相信一定有间特别可爱的花房。"

他详细地描述了她提到的房间。"赶紧好起来，然后就可以亲自过去看看了。"他加了一句。

"是的，是的，我会的。"她强打起精神。

他又给她讲了些关于女王和菲利普亲王的逸事，尼尔玛拉笑得很开怀，也给他讲了几件趣事作为交换。

不知不觉中，探望时间该结束了。

"哦，我差点忘了问你……我听说查姆帕从剑桥回来了，现在也在城里。你知道吗？"

"不。"

"哦，"尼尔玛拉简略地说道，"我以为塔拉特会告诉你。你必须见见她，可怜的家伙，就像没了桨的小船一样四处漂浮。"

她对查姆帕的同情令高塔姆感到失望。那些他们正故意装作已经忘记的事情恰恰却在刺痛着他们。尼尔玛拉把头移回枕头上，看上去有些疲惫。女人的第六感告诉她，高塔姆依然在为了查姆帕对她撒谎。他离开后，她关上灯，恢复到之前的姿势，面对着冰冷的白墙。

高塔姆提前一天给查姆帕拨打了电话。"我是高塔姆，"他带着一丝紧张不安，"是查姆帕吗？"

"哈，是你啊泰山，我是珍妮①。"她在电话里调侃道，这让高塔姆放松了下来——她果然变得世故多了。对于他杳无音讯多年后突然出现，她既没有表现出惊讶也没有展露半点愤怒。两人约好周六晚上见面。

她走下马车，向他致以问候。"别来无恙啊。"她轻松地跟他打着招呼，就像在周末下午的哈兹拉特甘吉市集上偶然碰见老熟人。为表敬意，他给她带了一束花和一只音乐盒。她打开盖子，飘出《友谊地久天长》的乐声。一瞬间他似乎看到了她即将夺眶而出的眼泪，于是赶紧转过头去。不，她没有变成耶洗别，她还是昨日的那个查姆帕。

"哦，这是个点烟盒。"她拭了拭眼睛。

"我知道你抽烟。"

"我记得你曾经说过你不喜欢女人抽烟喝酒，我恰恰两样都沾。"

"你做过很多我们不赞同的事情，但这是你的自由。"

"**我们**指的是？"她扬起了半边眉毛。

"我的朋友们——"

"勒克瑙的那些？"

"是的，你总是觉得自己太过个性化而不愿意承认你是他们中的一员。"

高塔姆开着他的美国轿车在小路上飞驰。"查尔斯·狄更斯曾住在这

---

① 美国作家埃德加·赖斯·巴勒斯小说《人猿泰山》及其衍生影视作品中的男女主人公。——译注

里。"她告诉他。

"哦,真的?"他此前陷入了短暂的沉默,因为脑海中想着尼尔玛拉。对于男人而言,纠缠在两个女人之间就像在地狱中煎熬。他们向着乡村进发,中途停下来喝了杯茶。

"我买了辆凯旋五月花。"她告诉他,这是另一个好话题。

"为什么是凯旋五月花?希尔曼不是更好?"

"你难道不觉得那么多年不见,你还是喜欢跟我争论?"她有点沮丧。

"一个人永远不会改变自己的处世方式。"

她的脸色变得刷白。他努力软化语气——"你和珊塔一样,你们都走得太远了,完全西方化了。"

"啊!不要把我扯进那件事里去!那跟我无关!"她不想多说什么。

"当我听到人们把你叫富豪作西里尔的比比时我很难过,这些年我一直待在美国,并不知道这里都发生了什么……"

"你现在就像个庸俗的街头长舌妇,我可以告诉你,也欢迎你到处散播,西里尔·阿希礼想娶我,但我拒绝了。"

"拒绝别人的求婚似乎成了你茶余饭后的消遣了。"

"他想和妻子离婚,再和我结婚,我不想破坏别人的家庭,所以我说,不。"

高塔姆露出了一厢情愿的笑容。可怜的查姆帕,生活在英国,人改变了不少,英语却没有太大进步。"你是想说第三者吧,"他语气温柔地说道,"很抱歉,这件事情我不了解。所以你又一次为了另一个女人而牺牲了自己的幸福,对吧?第一次是苔赫米纳,然后是阿希礼夫人——你实在是太崇高了。那么请告诉我,你为什么又盯上了可怜的老比尔……"

"哦,正是!你为了我做了不少功课对吧?"

"珊塔·尼拉拨是我的亲戚。"他提醒她。

"好,我就是想要伤害她。一、她对我态度十分傲慢。二、我非常嫉妒她,我知道你心里还一直想着她,我很奇怪你为什么会容忍她跟比尔混在一起……"

"我告诉过你,我是个非常保守的人,并且不管怎么样,她还是我的亲人。我只会远远地欣赏她,她跟阿提亚一样,是稀有的美貌与智慧并存的女人。她一直在等待着《印度教法典议案》[①] 通过,这样她就能与我表兄离婚而正式嫁给克雷格。所以我请求你,查姆帕,请远离威廉·克雷格——我不想这样跟你说话。"

"你觉得我是个一无是处的二流子。"

他脸抽搐了几下。"淑女不敢说出这样的词,查姆帕。"

"哦,算了。即便是在昌德巴格和巴德沙巴格,人们还是会给我一些颜面。印度人到了这里,仍然喜欢交换丑闻。这就是为什么我宁愿跟外国人打交道。"

他笑了起来。"查姆帕,我们在这里是外国人,阿希礼和克雷格才是本地人。"

她也笑了起来,感觉身体里空空的。

慢慢地,他们的见面成了惯例。周六下午他会开车带她出城,在秋季的树林里兜风,在乡村客栈用茶点和晚餐,然后在黄昏前把她送回住所。有时候,她也会开着她的凯旋五月花去接他。她偶尔也会从向那儿了解尼尔玛拉的病情,但从未去山顶的疗养院探视过她。

[①] 二十世纪五十年代通过,自此印度妇女享有财产权,一夫多妻制被禁止,夫妻任何一方皆可提出离婚申请。——译注

五十七

鸽子

伦敦印度学生联合会的纳兹鲁尔筹款项目已经告一段落。最后,大家一起高唱印度国歌。罗珊偷偷从斯卡拉剧院的后门溜了出去,发现阿米尔正在休息室等候她。

"我警告了你好多次,你还是跟那些错误的人混在一起。"

"我也告诉了你好多次,阿米尔,我对政治不感兴趣。他们中的一些人是我的好朋友,我只是来看看他们。你能不能别像刑事调查局或者联邦调查局那样监视我?"

"咱们去'伊斯坦布尔'吃饭吧。"他不打算争论下去。

餐厅里,一位欧洲大陆乐师用手风琴演奏着《鸽子》。"我下周准备和我的孟加拉朋友一起去西班牙。"罗珊心情大好,对阿米尔说道。

"是不是你身边那些目中无人的印度孟加拉人和疯狂的东巴基斯坦人比我对你更重要?"

"不。"

"那?"

"也许你希望自己比教皇更像个天主教徒。但我没这样的问题——我是土生土长的本地人……"

这句意外的话让他不知该如何回应。他们竟然没有像往常那样吵起来,相反,他告诉她,他想带她去父亲的坟墓,这也是他每次去欧洲大陆一定会造访的地方。"我还记得父亲去世时,想找到一个大毛拉很不容易。幸运的是,最后找到了两个阿尔巴尼亚霍加来帮父亲诵经,然后埋葬了他……落叶归根,人应该在故土长眠。"他说完便沉默了,又想起她刚才那句有些刻薄的评论。他在餐厅里看见了一个熟人,于是叫他过来闲聊了几句,然后又告诉她,他将要搬进阿马拉·罗伊的公寓里更大的房间。

"阿提亚也住在那里——那里很快就会被称为勒克瑙社区啦。"同桌的朋友笑道。

罗珊从科尔多瓦给他写信,信中多次提到"幸运"这个词。伊舍伍德笔下的柏林已经消失了。她在莱茵河谷中穿行,用维吉·鲍姆①的方式游览德国,用多迪·史密斯②的方式体验奥地利。如果他给了她详细地址,她当然也很乐意去瑞士,在他父亲的陵墓前献上一束花并表示敬意。

她给她的朋友们买了很多礼物,回来之后,先去了一趟切尔西。她沿着走廊走到阿马拉位于一楼的公寓,发现她和纳尔吉丝·考瓦斯吉正为昨晚的某个话题笑得前仰后合。"哦,我们的多娜·斯宾诺莎回来啦!"阿马拉喊道,"咱们一起去找阿提亚吧。"

切尔西的这幢大楼里住着不少杰出女性:纳尔吉丝是一个富有的时装设计师,阿马拉是职业外交官和出色的舞者,迪伦·托马斯和路易斯·麦克尼斯也经常出现在她的家庭聚会上。阿提亚·侯塞因是个作家,阿马拉窗边放菠萝的篮子旁就摆着一本她的短篇小说集《凤凰逃离》。

---

① (1888—1960) 奥地利女作家。——译注
② (1896—1990) 英国女作家。——译注

"稀有的美貌与智慧并存的女人。你知道,曾经有个说法,如果到了印度不去看泰姬陵和勒克瑙的阿提亚,你就白来一趟……"阿米尔在给她讲述北方邦的文化时,曾说过这样的话。

他最近也搬来了这里。好女孩不会随便出入单身男士的公寓,她把买回来的礼物交给了门卫,请他转交给住户阿米尔。"小姐,长官放假回卡拉奇探亲了,我是帮你保管到他回来,还是您想晚些时候自己交给他?"

"放在你这里吧。"她平静地说,顺手送给了门卫詹金斯先生一件小礼物。温和的老门卫脸上露出受宠若惊的喜悦——但他也听出了她声音中的失望和伤心。

五十八

秋天日记

　　赤褐色的叶片宛若无意义的思绪四处飘散。秋天降临在了哈泽尔米尔的树林中，爱侣们成双成对地经过，树叶在他们的脚下嘎吱作响。他们来到树林的另一边，对面的长椅上坐着那些靠领取抚恤金生活的年迈者——他们不知道在那里等待着什么。老人们看着年轻的情侣们走过，然后继续他们那不知所谓的等待。

　　她通过了她的荣誉学士学位考试。回到巴基斯坦前，她走遍了树林，最后看了一眼美丽的红橡树。她把车停在有着红色屋顶的教堂前，被墓碑上的铭文深深吸引住。她推开重重的门，走了进去。大堂里空无一人。她触摸着那冰冷的灰色石头洗礼盘，光线透过暗淡的、描绘着《旧约》场景的彩色玻璃投射到她毫无生气的脸上，她读着那些刻在黄铜牌子上的名字，他们都出生在这个教区，为了国家战死在坎普尔和瓦济里斯坦的英国勇士。她打了个哈欠，往奉献箱里投下几枚硬币。

　　"你好，我的孩子。"年迈的牧师用温柔、颤抖的声音对她说。他刚刚从樱桃园里出来，步履蹒跚。

　　"下午好，先生。"她充满敬意地向他报以微笑，又往箱子里投了几个先令，然后走出了教堂。

你继续前行,来到了虚幻之城。你看见朋友们聚集在小鸡客栈,谈论着清晨的新闻。每天,这个世界的每个角落都在发生可怕的事情——你又何必在意今天的头条新闻何时会变成明天的一张废纸?邦德街上行人熙熙攘攘,享受着周末的明媚阳光。你为什么要拒绝成为这些普通人中的一个?

她继续向国王街行驶,将凯旋五月花停在阿马拉院子的路口。房间里传出姆里单根鼓的演奏声,紧接着又飘出塔拉特·礼萨的歌声。

透过窗口向屋内望去,这间舒适的小公寓就像是一间有着小舞台的俱乐部戏院。房间里上演的剧目是时下最受欢迎的,比如科克托、阿努伊,甚至田纳西·威廉姆斯的作品,一切看上去都无比和谐。她不想打搅这份宁静,她们看上去是那么的快乐和自在,而我只是个闯入者。我会从开罗给他们寄明信片,她决定了,这是世上最简单的事情,从开罗寄明信片。她点燃了一支烟,继续坐在车中。

费罗兹对塔拉特说:"拉维河上快乐的船夫哟……——萨利姆王子说——你还记得我们一九四六年秋天在凯拉什女子宿舍上演的《阿纳尔卡利》吗?我们在背景布上画了一轮大大的满月……"

塔拉特一动不动,也不说话。

"你就像一只喝了一品脱液态铅的老鼠。"停顿了一会儿,费罗兹说道。

塔拉特开口了:"你知道一只老鼠在喝了一瓶液态铅后会发生什么?它会竖着尾巴站起来发表演讲或者唱歌。就像你在《阿纳尔卡利》中饰演的迪拉拉姆唱的那样——**在月光水毯的边缘,我手捧贾姆希德的高脚酒杯……**"

拉玛纳·皮莱跷着二郎腿坐在鼓前,已经进入冥想状态。两个来自苏雷卡的艺术团的荷兰—印度尼西亚男孩正在木地板上打盹。

罗珊按响了门铃，皮莱笑盈盈地开门。她走了进去。"我听到你的歌声了，塔拉特，"她略带歉意地说，"希望没有打搅你们的排练。"

显然他们在为一场演出作着准备。

"罗珊·阿拉·卡兹米，非常欢迎。"塔拉特郑重地回答，然后开始演唱另一首歌曲。**这是花开的时节，我们来到林子里歌唱。春天的车队刚刚开过**。勒克瑙广播电台作曲，塔拉特·马哈茂德演唱。费罗兹，这首歌是什么年代来着？"

"一九四五年。"费罗兹很快作答，"哪一年已经无关紧要了，任何一个年份都是如此"。

"我后来再也没听过这首歌。总有一天，我会把所有这些只听过一次就难以忘怀的美妙歌曲重新整理起来。他们都发生了什么？他们都去了哪里？就像这些老歌的原版早已消失，词曲作者已逝或已被遗忘，只有旋律和歌词永远被人记住。如果最后连一首歌也死去了——这将多么可怕……"

走廊里的电话铃声突然响起。

"是高塔姆打来的——他问今晚能不能带一位美国芭蕾舞者来。"苏雷卡大声宣布。

"美国芭蕾舞者？"塔拉特很惊讶，"查姆帕呢？第二幕呢？"

"全剧终。"苏雷卡用宣告结束的语气说，开始练习她著名的空中飞跃动作。接着，她又加了一句："他又变回流通货了。"

塔拉特转向正在皇家戏剧艺术学院学习朗诵的阿马拉——"背诵几句你的朋友麦克尼斯《秋天日记》吧——**我爱我那对月台车票的那份迷恋。**"

阿马拉放下刚从衣橱里取出的那件婆罗多戏装，往前走了一步，像个学生般挺直身板站好，开始了绘声绘色的朗诵：

> 我爱我那对月台车票的那份迷恋。
> 一只拎包，一双长袜。我一直爱她。
> 我对她的爱溢于诗行，对抗时间，至死不渝。
> 但是生活将我们分离。我爱她孔雀般的双眼。
> 无论是经历亵渎、不伦、冒险还是其他一切。
> 无论伦敦还是天涯海角，永远相随。

她在地板上坐下。"为什么今晚的气氛如此忧伤。还记得吗，有个黄昏，我们坐在费扎巴德路我家房子的台阶上，然后走来一队神秘的僧侣？他们乞求布施，嘴里一直咕哝着奇怪的语言，然后消失在了黄兰花树的阴影里。我们吓坏了——

"你有没有感到有些夜晚会让人情绪特别低落？白昼和夜晚交替，我们的笑声点亮了房间，忽然会有一段悲伤的时光悄悄地出现在我们内心最深处的一个私密角落。那些僧侣诅咒完我们便消失了，我在最深的夜里听到过他们大声哭泣。"

"我的母亲说，"塔拉特像个孩子般小声道，"我的母亲说，即使一个人是在晌午时分死去的，他也会觉得自己被黄昏包围。所以，每到夜晚，一个人的灵魂就会看到自己将死时眼前的景象，这就是为什么我们会沮丧。"

"作为一个舞蹈家，"苏雷卡严肃地对罗珊说，"我得告诉你一个事实，布景、背景、幕布、脚灯，这些都会消失，只有空空如也的舞台会留到最后。"

"太残酷了。"塔拉特小声道。

纳尔吉丝·考瓦斯吉走进房间,她刚刚和自己的英国未婚夫从利德赫斯特疗养院探望完尼尔玛拉回来,路上他们在哈泽尔米尔树林里捡了些野花。纳尔吉丝递给罗珊几朵——"恭喜你通过了荣誉学士学位考试,希望你以后也能拥有好运,亲爱的。"

"夫人,时间差不多了,我们该赶往剧院了。"皮莱恭敬地提醒道。

"我永远在赶场。大门关上,铃声响三次,幕布开启,我们又要开始了。如果舞台幕布拉开后我却不在台上起舞,一切会怎样?"苏雷卡一边抱怨一边拿起自己的化妆箱。

姆里单根鼓声越来越大。和声的塔拉特与两个南印度女孩同皮莱、兰加纳坦一起坐在舞台的另一端。苏雷卡饰演的"蒂拉娜"像一道闪电般登场。

现在我正在如往常那样舞蹈着。她对自己说,然后阿马拉和拉姆·戈帕尔也会登台。演出必须继续。问题是,为什么这一切要继续?明天我要在电视上跳舞,星期一我要飞到荷兰给朱丽安娜女王表演。水流不止。

演出必须——

大厅已经空空荡荡。苏雷卡的皇家戏剧艺术学院英国同学正在出口处聊天。一群记者正等候着采访著名舞蹈家。

"舞蹈……就是我的生命……"她饱含深情地说道。

"很好,很好,苏雷卡。"塔拉特打了个寒战,有点想喝茶。她坐在沙发上打起盹来。这只小猪进市场,这只小猪有点肉,这只小猪无所长。这只小猪说,哼哼,我找不到家了。

高塔姆从一旁走过,如谄媚般,手里拿着美国芭蕾舞者的外套。

五十九

一把石南叶

"星期一,希吉拉纪元①一三七四年都尔喀尔德月②一日,赛义德·阿米尔·礼萨·阿比迪通过电话与阿蕾玛·卡图恩小姐结婚。"卡玛尔用官方的语气大声宣布,"这个年轻姑娘从阿拉哈巴德搬来卡拉奇之前,新郎新娘从没见过面。"

每一个听到这条消息的人都作出了相应的反应。从华盛顿特区赶来的座上宾昌德拉迈开步子冲进了花园里。塔拉特和苏雷卡停下制作瑞典色拉,四目相对,目瞪口呆。哈里桑卡正在从纽约前往开罗的旅途中,差点被刚喝进去的一口茶呛到。古尔珊坐在餐桌旁,跟到访的乌尔都语小说家哈果宾德·莱·塔格哈彦·巴加尔普里闲聊着,他指着哈里桑卡说:"这家伙和高塔姆简直是一对伊本·白图泰。"

"一对什么?"

"伊本·白图泰。"

"高塔姆还像玄奘呢——他总是去中国。"卡玛尔在花房的角落里插嘴

---

① 伊斯兰教历中的迁徙之年,即公元六二二年,穆罕默德从麦加迁徙到麦地那。——译注
② 伊斯兰教历第十一个月。——译注

道。这是个星期天的清晨，所有人的心情都不错。

查姆帕也出现了——就像一出戏剧终于到了最后一幕，所有演员都集中在台上。她看上去气色也不错。经过那么多年，高塔姆和她的友谊恢复如初，大家似乎又回到了旧日时光。尽管如此，她的到访还是给大家伙高涨的情绪带来点负面影响。哈里桑卡若有所思地打量着她：岁月改变了她多少！她令他回忆起圣约翰斯伍德的小公寓、拉丁区、萨尔茨堡的音乐节。她手里拿着一把石南叶，蜜蜡色的肌肤闪耀着光泽。查姆帕手里的树叶，一定是清晨和高塔姆一起在树林里散步时采摘的，卡玛尔又想到现在正躺在疗养院里一息尚存的妹妹，心里一阵疼痛。他早就放弃了对神的信仰——太多的残酷事实向他证明，所谓的神明并不存在。

"这些人是怎么了？一个个舌头都打结了？"塔格哈彦小声问古尔珊。

"他们都想太多，为此受着煎熬。一群多虑症患者。"古尔珊撇撇嘴。

他们向查姆帕恭敬地行礼。哈里桑卡给她端上一杯茶。"你好，查姆帕巴吉。"

"你好，哈里桑卡。"

"石南叶！英国人眼里是代表好运的吉祥物。"

尽管听出了话中的讽刺，查姆帕还是礼貌地报以微笑。

他想作出点补偿，一边坐到地毯上，一边诚恳地说道："我之前有事一直想联系你，很高兴今天能在这里见到你。你看，联合国的印度办事处最近缺人，要我帮你引荐一下吗？"

一切听起来都不合乎逻辑。但她很快就明白，事情马上就要结束了。转眼间，整个房间天旋地转。穿着一件五颜六色纱丽的昌德拉变成一盏中国红灯笼，哈里桑卡和卡玛尔像腹语表演者手中的两个木偶，发出各种奇怪的声音，塔格哈彦成了一只嘎嘎叫的公鸭。她的双眼开始模糊。我一定是疯了,她想。

塔格哈彦看见了她眼里的泪水。他曾是个共产主义者,后来成了苏菲派信徒。"我师父说过,向神祈愿,心向美好。"

"卡玛尔——蒂姆那边有说什么吗?"塔拉特在一旁道,满脸愤怒,"怎么回事?"

"电话结婚。你看,阿米尔离开之前他曾对我说,作为国防部的官员他不能跟罗珊结婚了,因为她已经变成了一个高度危险人物。有机密报告证明她是红色印度人组织的活跃分子。**印度**共产党——哦,但愿这一切别发生。"

"罗珊是共产党?开玩笑吧。"塔拉特难以置信。

"不管怎么样,他拜托我帮他找一个*背景体面、身世单纯的女孩*。最好是毕业于勒克瑙的卡拉玛特·侯赛因穆斯林女子学院,阿里格尔的穆斯林女子学院或者德里的欧文女子家政学院。越快越好,在穆哈兰姆月前搞定。"

查姆帕坐在门口,摸着苏雷卡的黑色波斯猫。

第二泡茶开始。卡玛尔用手托起一支烟,仿佛在驾驶卡车。他闭上一只眼,狠狠地弹了烟灰。问题更多了。终于,他开口了:"现在的情况是:大部分适婚年龄的男人都去了巴基斯坦,而女孩子们大多在印度。所以单身汉们要么跑到印度娶了当地的女孩子带回来。或者,他们通过电话结婚。我母亲发现了这个女孩,她是女子学院毕业的,家在阿拉哈巴德。然后我的父亲按照传统给她的父亲发了一封用浮夸的乌尔都语写就**提亲信函**:我恳请阁下屈尊纡贵,愿接受我卑微的侄子作为您的女婿……诸如此类。

"埃贾兹贝古姆非常傲慢地回复道:我们并不急着嫁女儿。我们同时也收到了很多优秀男人的求婚,他们都在考虑范围之内。"然后他向古尔珊、苏雷卡和昌德拉解释道,"在我们穆斯林的传统中,都是由男方家庭求婚,而女方家庭的反应都会非常傲慢。有那么一种说法,男方必须一次又一次上门提亲,如果不把女方家的门槛踏破,对方父母是永远不会说同意的。因为这相当于**男方得到了村民的土地**。

"然而,苔赫米纳在信中写道,一个月内比海亚阁下就成功地娶到了尊敬的大法官埃贾兹的大女儿。"卡玛尔说。

"哈,还是通过电话,看在神的分上!"哈瑞·珊卡尔无法控制自己的音量。

"你知道,有句乌尔都语俗语:**你在德里,我在阿格拉,我们如何共同吹奏一支笛子**。现在,巴基斯坦和印度的两台电话旁,各有一位大毛拉和两个见证人,两边的大毛拉通过电话念出结婚誓词后,新娘就会被送往巴基斯坦。因为比海亚阁下人在前线,他无法取得无异议证明前往巴拉特,所以……"

"我们要是也能通过电话**结婚**就好了,这样就可以为我们这些美国定居者解决很多实际问题了。"昌德拉高声道。

"下个月初他会带着他的新娘回伦敦。"卡玛尔最后说道。

查姆帕从花园里走进来,用平淡的语气道别,随后离开。

"罗珊前往卡拉奇之前曾经告诉我,她要遵从父母之命嫁给一个情报机构官员。一方面来说,这很安全,另一方面来说,这是安全法案①。罗珊说,她是为了前者。"

"看来以后她会把更多时间花在鸡尾酒派对和花展剪彩上了。"苏雷卡

---

① 巴基斯坦法律,当局有权逮捕异见者。——原注

说,"我都能想象未来的我们的结局会是什么样——查姆帕是个疲惫的退休学者,我是个过气的舞蹈家,被人遗忘,而塔拉特会是……会是……"

"一个失败的作家?"塔拉特接了下茬。

"也许吧。所以我们的人生会和罗珊有多么不同!衰老真是个可怕的东西,尤其对于女性名人而言。"

"女孩是个很困难的课题,"哈里桑卡对卡玛尔说,"她们总是那么脆弱,那么容易心碎。她们希望被当作女神一样崇拜,受到和德累斯顿娃娃①一样对待。阿米尔怎么可以对罗珊如此迟钝,她是个那么好的姑娘。"

哈里桑卡还像以往一样喜欢夸大。而在塔拉特的记忆中,他也还是那个经常会把她的娃娃破坏得一塌糊涂的恶霸。她转向他:"哈里桑卡米安,经济独立才是一件实实在在的事。女神和娃娃?神啊!"她被激怒了。

"查姆帕巴吉经济也很独立,"哈里桑卡反驳道,"但你看看她陷入的各种麻烦……"

"阿米尔·礼萨、高塔姆、西里尔·阿希礼、比尔·克雷格,然后又是高塔姆——她似乎非常享受这种抢椅子游戏。"塔拉特拘谨地回答。

"塔拉特,你不要和勒克瑙巴罗路塔特瓦拉女子高中时期一样。"卡玛尔坚持道,"这是她自己的人生,谁也无权干涉。不过话说回来,**你**自己不喜欢玩抢椅子游戏吗?"

"哦,神啊,不!"塔拉特依然拘谨。

"经济独立并不能解决女人情感上的麻烦。"哈里桑卡重复道。

眼见塔拉特皱起了眉头,哈里桑卡赶紧安抚道,"你看,比比,我非常赞同你。你读了很多书,还可以接着读博士,经济独立肯定是最重要的

---

① 一八六〇至一八八〇年代盛行于德国的玩偶。——译注

事情。"

但塔拉特毫不领情。"博士学位能给我带来面包吗？也就是个勉强糊口的讲师职位——一个月三百卢比！！！只有三百！"她将三只手指伸到哈里桑卡面前，晃动起来。

塔拉特返回厨房后，卡玛尔低声对哈里桑卡说："我不会告诉这些姑娘比海亚阁下在离开前对我说了什么，他说——我再也不想受到媳妇的**威胁**——这不就是刚刚发生的一幕嘛。"

"没错，就是刚刚发生的。"哈里桑卡表示同意，"说句实话，我理解他的立场。"

两人握了握手。

六十

花房

外面开始下雪了。盎格鲁-撒克逊喇嘛透过舒尼拉·穆克尔吉夫人起居室的窗外张望了一眼，又把目光重新锁定他的盎格鲁-撒克逊听众身上。他是个面部刮得光溜溜的中年男人，同样光溜溜的脑袋上戴着一顶滑雪帽。他身着西藏僧侣式的栗色长袍，右手攥着一只转经筒，看上去器宇轩昂。他就是十五年前从勒克瑙遁世，卡玛尔和哈里桑卡专程奔赴哈德瓦四处寻找的那个英国人。他以受任喇嘛的身份返回尘世，并出版了畅销著作《灵魂的喜马拉雅》。

高塔姆到来时，发现外面的地上排列着很多双靴子，便知道屋里来了不少访客，正准备转身离开时，却被纳尔吉丝·考瓦斯吉一眼捕捉到。她笑嘻嘻地走了过来，后面跟着她的英国未婚夫。

"纳尔吉丝，屋里怎么这么吵？"他又向里面窥探了一眼，问道。

"嘘——"她小声说，"里头正在进行文化交流，高塔姆。我听说他被文化自由议会委任，在西方世界传播佛法，他是不是有趣？听他演讲实在是太好玩了——比如他的牦牛能开口跟他讲英语。你只需要发现自己内心的喜马拉雅——我说，高塔姆，你看上去心神不定的，尼尔玛拉还好吧？"

"尼尔玛拉?她怎么了?"高塔姆倒吸了一口气。

"她上星期切除了一半的肺……手术很成功……"看到高塔姆脸色发白,她赶紧加了一句,"她很好,昨天我去探望她了。我们还计划邀请喇嘛为她祈福祛灾。"

"我……前些日子我一直在莫斯科……我来这里是想找卡玛尔的——我这里有一封从印度之家寄来的信,收件人是他。他之前申请了国家物理实验室的职位,现在得到了面试机会。前阵子我一直到处找他却找不到。所以今天我想来这里碰碰运气——也许舒尼拉·穆克尔吉夫人会知道他在哪儿。"

"哦,是这样啊。"纳尔吉丝踮着脚尖走进了房间,不一会儿,她再次出现,身后跟着女主人。高塔姆告诉她自己正在找卡玛尔。

"进来吧,进来吧,喇嘛正在与隐形大师及看不见的修行者对话。他马上就能告诉我们卡玛尔的行踪。所以,卡玛尔也要离开了?西里尔去了东巴基斯坦,迈克尔移居到了以色列……"

"这个世界就是如此,人们来来往往。"高塔姆疲惫地说道。

"是的,的确如此,就像上师们所说的,作为旅行者,你必须——"

"真抱歉,夫人,我下回一定再拨冗好好拜会喇嘛,我得先离开了。"高塔姆说完便匆匆向电梯走去。

"你去试试英国广播公司餐厅和小鸡客栈!"纳尔吉丝冲着高塔姆的背影喊道。

小鸡客栈出乎意料的安静。一个身穿黑色裙子、粉蓝色开衫毛衣的女孩孤零零地坐在吧台旁喝着咖啡。那是查姆帕。"嗨,"她说,"你又学胡迪尼了。"

"你看,查姆帕,卡玛尔有个面试。他一定可以胜任——他**必须火速**

赶往德里。"

"这是个好消息啊,但是你为什么看上去那么忧虑?"

"尼尔玛拉上个星期动了个大手术……你知道这件事吗?我不知道,我在莫斯科。"

他用吧台上的电话联系苏雷卡。古尔珊在电话那头应答道:"是的,是的,尼尔玛拉一切都好。卡玛尔到罗杰先生那里去取她的报告了……苏雷卡晚点会从皇家戏剧艺术学院回来……卡玛尔说他会从哈利街来我们这里帮卡玛尔挑选一些书。你赶紧来在这里等他吧,我现在急着去学校,不过我会把钥匙留给阿莎。"

他们一起走出餐厅。"我能跟你一起去吗?"查姆帕小心翼翼地问道,显然她有些顾虑。

"当然,你把你的凯旋五月花停在哪儿了?"

"卖给罗珊·卡兹米了。我需要钱,而她需要用它在阿米尔·瑞扎长官面前留个好印象。既然我没什么可追的了,还需要一辆车干吗?"

"**所以回到伦敦,回到永远在移动的楼梯!**"他心不在焉地引述起路易斯·麦克尼斯的句子。

他们来到苏雷卡位于圣约翰斯伍德的公寓,从阿莎那里取来了钥匙。查姆帕打开了那扇厚厚的玻璃门,高塔姆进屋一连拨了几次电话寻找卡玛尔。最后他决定放弃,踏踏实实地坐在沙发上等待这位行踪难觅的老朋友自己现身。

微弱的冬日阳光点亮了外面的蜀葵,墙的另一边传来悠扬的乐声,这是个舒适又愉悦的一天。查姆帕点起火炉,苏雷卡那只在地毯上熟睡的黑色波斯猫一下子被吵醒,阴沉地喵了几声。

高塔姆四处张望，艺术品，巨大的纳塔罗阇①像，匈牙利和西班牙娃娃，俄罗斯巴拉莱卡，玛戈特·芳婷和罗伯特·赫普曼②亲笔签名的肖像。一台缝纫机放在地板上，紧挨着一筐新鲜蔬菜。"她是世界知名的舞蹈家，但也是个家庭主妇……显然，从一个房子的摆设就能看出它的主人的性格。"他开始阐释自己的居室理论，为了摆脱尼尔玛拉和卡玛尔给他带来的双重焦虑，他必须做到不停地说点什么。

"至于舒尼拉·穆克尔吉夫人的公寓，有点过于强调所谓的艺术气息了……"

查姆帕打断道："你是如何看出自然与不自然之间的微妙区别？正如我所说，你也有点做作！"

"也许我的确如此。但是，总而言之，你无法做到把我们的真实背景从身上抽离。"他停顿了片刻，继续说道，"你说怪不怪？当你坐在牛津街餐厅的长椅上时，没人能看出你来自瓦拉纳西。"

她疲惫地点点头。"时隔六年再次相遇的那天，你也对我说过这番话——现在，我变得更糟了。"

"我说过去年我曾经从美国写过一封信给你吗？那时候我正在新泽西度秋假，某天我坐在一棵紫色的树下给你写信。那天我心情特别好，有时候我也不知道自己为什么会莫名其妙地感到高兴。我的确有写信给你，但估计你没有收到。我好像完全忘了把它寄出去，然后就这样返回纽约了。"

"我没收到过你的信，从来没有。"

"你看看，你看看，你又开始表演了！"

---

① 湿婆的一种形态，单脚站立在其岳父达刹的尸体上，抬起另一足，身体外环着一圈火环，以舞者形象完成神之舞，摧毁疲惫的宇宙，同时为梵天启动创世过程作准备。——译注
② 两人都是芭蕾舞大师。——译注

隔壁的阿莎家里，友人唱起一首孟加拉民歌。

"高塔姆，不要再对我们这些被放逐的可怜人那么刻薄了。"她的眼眶里涌出泪水。

"被放逐的可怜人？你说你自己？"他抬头看了一眼她那一身从利宝百货买来的昂贵行头。"到底是谁在阻拦你返回家乡呢，亲爱的？"

阿莎家里，阿吉特和塔卢娜开始带头唱起了合声。

"瞧吧，她们会整晚整宿这么唱——整个伦敦印度学生联合会的人都会过来，"她冷嘲热讽道，"明天他们会去布达佩斯参加青年节。"

"卡玛尔还不来！"他一边说一边冲了出去，敲开了隔壁的门，加入了狂欢。

三刻钟后，他又回到了苏雷卡的花房。"卡玛尔打来电话了吗？"他问。

"没有。"查姆帕躺在壁炉前的沙发上读着书，冷淡地回答道。

高塔姆对于刚才冒失的离开没有表现出丝毫歉意。印度男人就是这样，他们认为女人就该容忍他们的一切，想到这里，她心情更差了。或许他对我已经没必要保持尊重了，他一定不敢在塔拉特面前表现出这副样子。

高塔姆掏出那封收件人名字是卡玛尔的信封，摆弄了一会儿，放在一旁的小桌上。他转向查姆帕。

"你出于某些原因看上去对我很生气。"

"你就是个唯利是图的人，高塔姆。六年之后再相遇，你时不时地来看我，带我兜风，完全都是为了珊塔吧。你让我放弃比尔，我做到了。珊塔回到了比尔的身边，你再次抛弃我，就像扔掉一块烫手的砖头。这是一个体面人会做的事情吗？"

"我一直对你说,我不是个好人,查姆帕,"他颇为冷酷地说道,"已经两点了,我还是联系不上卡玛尔。"

"生活就是各种不确定。"她用嘲讽的口气回应。

"音符就像一阵暴风雨,它们是不朽的……"他静静地聆听了一会儿隔壁传来的歌声,评论道,"但每当达到和谐后,它们便会戛然而止。"他走到钢琴边,弹起一串琶音。"有个音符没声音,低音C,一定是老鼠——它们经常在里面做窝,到处乱啃。回想起我们在巴赫赖奇的家,钢琴里也住着一只肥硕的老鼠,每到夜晚,那家伙就跳上跳下演奏高难度的瓦格纳曲目,我母亲一直以为是幽灵在作怪,直到用人捉住了那个毛茸茸的钢琴家,哈!"

"这听起来很奇怪,一只老鼠在巴赫赖奇演奏瓦格纳?"她的语气中还是充满讽刺。

"你看,"他解释道,"就像古尔费珊的大伙,我属于英式的中产阶级上层,父亲在阿拉哈巴德担任高等法官,他请了一位盎格鲁-印度混血老师来教我钢琴,把我培养到六级后,我便前往圣地尼克坦……"这似乎是他第一次向她讲述个人生活。"父亲退休后,我们就在巴赫赖奇定居了,我爱那个地方。"他用坚定的口气回忆道。就在几分钟前,他还在奚落她对瓦拉纳西的不忠。然而,身为一个野心和眼界都高人一等的高级外交官,那个晦暗逼仄的小镇真的还会让他有家的感觉吗?

"如果有天你退休了,会像你父亲一样回到巴赫赖奇吗?"她故意刁难,"难道你不更偏爱伦敦或者纽约?"

他错愕地看着她,思绪飞快地在脑中旋转。

这就对了,她和我。终于,终于。他开始紧张起来,走到了窗前。我们惺惺相惜,彼此约束,彳亍岁月。虽然这一刻也是如此不真实。他抬头看着查姆帕,她坐在炉火边,看起来微不足道。微不足道又荒谬至极,正如他自己。

我们走进一扇门,所有的出口却被堵住。我遗失了我的钥匙。

"你接下来有什么打算?"他沮丧地问道。

"我还会在中殿律师学院蹭几天饭。"

"这没有意义,查姆帕,我们永远都找不到钥匙和口令。忘了它吧。"他四处走动,随后察看起青铜雕像,挨个敲敲它们的头部,摸着南印度女神的鼻子说道,"你以为你作了个决定,一切都能迎刃而解。但事情不会那么简单,查姆帕,你会遇到更大的麻烦。"

他又走回到窗前。此刻开始旋转。时间的旋涡一直延伸到地球的尽头,永恒的海洋淹没其中,又在忽明忽暗中缓缓平静下来,犹如一只挑在寒夜风中的灯笼。光线照进屋里,也照在花园的积雪上。她在壁炉前一动不动。屋外车水马龙,顾客挤满了杂货铺,爬满苔藓的老教堂盘踞在街角,给街道笼罩上一层神秘的阴影。

所有的存在都像一本书,而这本书我会一直读到咽气的那一刻,查姆帕在心里对自己说道。

高塔姆说:"有两个完全不同的世界一直在我的脑海中出现。其中一个就有这些人。"他指着这间满是照片和书籍的房间。"另一个世界里,只有你和我。这两个世界之间由一座桥连接着。如果这座脆弱的桥塌了,会发生什么呢?"

"你会自己炸掉这座桥。"她回答。

"不⋯⋯这些人会四处架起机枪,树丛中会藏着大炮。这是你能想象得到的最沉瀣的丛林战争。天上电闪雷鸣。我觉得某天这个世界会滑进一个巨大的坑井,而我却被扔在坑外,拼命想要恢复自己。这念头令人不寒而栗。"

"你躲在你的小船里，守着你自己的光，只有看到人影时才会掉转方向，"她说，"但那个可怜人却暴露在阳光下。"她似乎在继续若干年前他们在她与西塔·迪克西特合租小屋里的那番话。

"我并没有躲藏，我也一直暴露在阳光下。"他反驳道。

"不，你一直很巧妙地潜伏在蜀葵丛里隐藏自己。如果你被人发现了会怎样？我很清楚。你会马上从你的遮挡物后面跳出来拔腿就跑。你会到处寻求庇护，从窗外窥探我们屋内人的生活，坐在温暖的火炉前，吃饭，交谈，烹饪，会像猫一样踮着脚尖在房顶上走来走去，透过天窗瞪着我们。我们会顺着月光透过窗格看到你的脸。鬼怪的精灵！"

"到了那个时候，你会觉得我应该在屋子里和你们一起在炉火边聊天，做饭，吃饭吗？不，你觉得我应该在窗外窥视你们的生活！"

过了一会儿，他说："看来卡玛尔不会出现了。"

"以后"这个词总会存在着，直到死亡，直到永恒。查姆帕对自己说，他和我之间，注定没有缘分。

高塔姆起身去了浴室，查姆帕走进花园。房间里突然传来电话铃声，查姆帕走了回去。高塔姆还在浴室里。她拿起听筒，电话那头是利德赫斯特疗养院的护士。"我想请阿胡贾夫人听电话。"对方请求道。查姆帕刚要回答，通话就断了。苏雷卡的黑色公猫鬼鬼祟祟地从桌子下面钻过去。高塔姆冲了过来。

"谁打来的？"他急切地问。

她十分害怕。"我不知道，电话是从利德赫斯特打来的，但是断掉了。"

就在一瞬间，她看到高塔姆脸色变得灰白。那是非常非常可怕的一张脸，就像在跳毁灭之舞的湿婆……

"一整天过去了，我却还在这里……我究竟在干什么？说着满嘴废话。"他向大门奔去，却瞥见一叠书放在墙角的桌子上，上面留着一张字条："送给亲爱的尼尔玛拉，愿你早日康复。苏雷卡。"

他迅速抄起那摞书，头也不回地冲出门，跳进车，向利德赫斯特方向赶去。

查姆帕擦擦脸上因紧张而渗出的汗水，虚弱地坐了下来。没多久，她看到小桌子上那个收件人为卡玛尔的信封。高塔姆太过着急，忘了把它带走。

隔壁阿莎的房间，歌声倏然停止。世界陷入了一片不祥的死寂。黑色波斯猫似乎被电话线缠住了，它扑腾了几下，从线圈里胜利逃脱，又跑过来向查姆帕讨亲热。她木然地起身，抓起信封，锁好大门，把钥匙放进了阿莎家的信箱里后，向地铁站走去。

在月台上，她遇到了刚刚从阿莎家走出来、神情沮丧的琼·卡特。"查姆帕，你是否听说……"

"发生什么了？"

"她今天过世了。三点三十分。刚刚医院给苏雷卡打电话但是她不在，于是他们又打给了阿莎。查姆帕，咱们今天都得喝点什么才行，走吧……"

查姆帕觉得自己已经动不了了，她的双腿开始颤抖。火车到站，琼·卡特拉着她走进车厢。她坐了下来，信就摆在手边，她依然头昏眼花。几站过后，琼·卡特推了推她。"我们该下车了。"

查姆帕精神恍惚地站起身，而那封信却留在了车厢里。她像一具失去灵魂的肉身，在琼·卡特的搀扶下走上电梯，她们走出地铁口来到街上，向她们最喜欢的酒吧走去，为了纪念肯特公爵夫人刚刚到访过事端不断的马来半岛，她们给这家酒吧取了个"公爵夫人和土匪"的外号。

六十一

"月桂树"

"月桂树"坐落在小道安静的尽头,门前有一个假山花园和一个鸭子池塘。画廊里堆满完成和未完成的油画,包括一幅尼尔玛拉的肖像半成品。那里起来阴森森的。

英国很多房子里还没有集中供暖。每到冬天,都可以看到扎里娜·侯赛因穿着牛仔裤、围着披肩跑到后院的库房里取柴火。每当画室壁炉的火焰燃烧起来,整个世界就变得温馨又安全。扎里娜和她的弟弟在分治后就马上来到英国深造。他们的父亲买下了这幢房子,命名为"月桂树"(灵感来自于他的英国妻子萝拉①),之后便返回阿拉哈巴德。每半年,他会回来探望英国的家人们。

整个世界都被白雪覆盖。尼尔玛拉已经离开一个星期了。一个漆黑阴沉的夜晚,扎里娜正坐在厨房里阅读,门铃响了。弟弟正和同学一起在欧洲大陆旅行,侯赛因太太在楼上看电视。扎里娜走上楼,透过窗户向外看去,只见高塔姆·尼拉拔正在大门前的阶梯上徘徊,他的半张脸掩埋在雨衣的领子里,靴子上泥泞不堪;显然他走了不少路才来到这里。高塔姆看

---

① 英语中"月桂树"(laurel)与"萝拉"(Laura)很接近。——译注

上去有点奇怪和神秘，这多多少少让她有些恐惧。她怯生生地打开门，他走了进来。

"你好，高塔姆先生。"她尽量让语气听上去轻松些。高塔姆放下行李，庄重地行了个礼。

"请脱掉鞋子。"扎里娜礼貌地建议道。

"哦不，我是个永恒的行者，我没打算进到您的画室里——房屋对我来说毫无意义。"他轻微地晃了晃身体，又拎起行李箱，宣布道："我是马不停蹄的旅人，带着无数被毁掉的生命的样本。你想看一眼吗？"

"高塔姆，请关上门……"

"我还有很多朋友，他们正在外面的雪地上。"他焦虑地说。

"让他们也进来。"

"我做不到，在这样的光线下，你无法看到他们的面容。"

"高塔姆，他们是谁？"

"鬼魂。尸体。这些家伙总会忠诚地跟着我到处走。"

"不要紧，请他们进来。我不会害怕。"

"是的，我们每个人随时都会成为行尸走肉。"

"高塔姆，"她温柔地说，"你回来了，对吗？从你消失的地方。你不声不响地离开，我们每个人都非常担心你。"

"你能这么说，我很感激。"

"我是想说，欢迎回家，亲爱的高塔姆。家就是……就是每一场旅程中途歇脚的驿站……之类的。"

"好了，"他冷冷地做了个夸张的手势，"我接受你的欢迎。"他四下环顾了一圈，又加了一句："这不是你曾经住过的那间房子吧……萝拉阿姨的房子？"

"就是那间,高塔姆。"

"好吧……"他露出不确定的神色,"你说是就是了……扎里娜……你是不是觉得我脑子有病?"

"当然没有,"她答道,"你看上去只是有些累了,仅此而已。"

侯赛因太太出现在了楼梯上,她穿着粉色的居家服和卧室拖鞋。在高塔姆的视线中,她看起来好像一位有着姜色头发的高大庄严的罗马女神。他向她致意。

"一个人在长途跋涉后的确看上去很疲倦。你知道我走了几百**万**里路吗?"

"这些日子你去哪儿了,高塔姆?"

"我该怎么告诉你?"他像个孩子似的回答,"我在森林里、牲口棚里、破船上、火车站的候车室度过了无数个夜晚。"

"你又在夸张了,高塔姆——好多事情都是你想象出来的……"

"不,我只是躲着警察……今天我决定回来坦白了——"

"警察?妈呀!"扎里娜惊讶地叫了出来。

"我到处流浪,寻找庇护所。一家家敲朋友们的门,从窗户外窥探他们的生活,他们坐在温暖的壁炉边聊着天,而我却在屋外鬼鬼祟祟,躲避着别人的搜寻。"

高塔姆无意识地重复了一遍那天查姆帕站在苏雷卡的花房里对他说的那番话。

萝拉·侯赛因走下了楼梯。

"高塔姆!他喝醉了,给他倒点水……快点!"

扎里娜遵循母亲的命令。他像条丧家犬似的摇摇头,并摸了一把自己的脸。"晚上好,夫人。"他站起来,迅速地转了个圈。

"够了，孩子。"侯赛因夫人严厉地说道，"我们的意识时不时都会开个小差，但是千万别做得太过了。"她知道最近发生了很多事情，尼尔玛拉的突然去世令高塔姆沉溺于酒精。她坚持让他跟着自己走进厨房。

"现在。喝几杯水醒醒酒，好好讲讲你的旅程，但千万别再把自己描述成西班牙悲剧里的主人公。"

"为什么是西班牙？全世界都有悲剧在发生，萝拉阿姨，悲伤无边界。"他演说道，伸出自己的食指。他向窗外看了一眼，又转过头来：

"我在这里忏悔……"他又开始变得语无伦次。

就在这个时候，扎里娜跑到走廊，给圣约翰斯伍德的朋友们打去电话。幸好卡玛尔、塔拉特和哈里桑卡都在家。卡玛尔接了电话，她压低声音对他说："高塔姆现身了，他看起来彻底迷失了。他总是在夸大自己的重要性——就像戏剧中的主角。事实上，这让他有点滑稽……"

"喝醉酒的人有时会沉迷于剧情。"卡玛尔用阴沉的声音说道，"你知道，他突然就从利德赫斯特消失了，丢下我和哈里桑卡来筹备尼尔玛拉的葬礼——混账。"

"现在他跟我谈起什么被毁掉的生命之类的，他说尼尔玛拉的死是他造成的，他将查姆帕变成一个酒鬼，他还弄丢了你的面试通知。如今面试日期已过，他要对你职业上的损失负责。他之所以会从利德赫斯特逃走——是因为他在苏雷卡的房子里对查姆帕巴吉侃侃而谈的时候，利德赫斯特的电话打了过来。他赶到的时候，尼尔玛拉已经闭上了眼睛……他觉得是自己害死了她，所以那天他去了'公爵夫人和土匪'把自己灌得烂醉。与此同时，他在那家酒吧发现了借酒浇愁的查姆帕巴吉，他更加自责，觉得自己害了两个人。我听了觉得还挺好笑的。"她用空洞的声音笑了两下。"黑色幽默。"

"他净说些毫无意义的话，为自己从利德赫斯特逃走找个借口罢了。把他扔进你们的鸭子池塘好了。"

"鸭子池塘已经结冰了。"

"好吧，我们马上过去，亲自跟他对质。一会儿见。"

卡玛尔挂断电话。扎里娜回到厨房，而高塔姆已经沉沉地昏睡过去。

六十二

逃亡者

"现在塔拉特·礼萨一定在和她的闺密们嚼舌头,讨论我如何变成一个女醉鬼。"

"你是吗?"尼尔问道,他正忙着烤面包。

"不。"查姆帕回答道,涂着指甲油。这是个极其令人沮丧的周一清晨,他们坐在琼·卡特的马厩改造的逼仄小厨房里。"塔拉特·礼萨刚刚打来电话,听上去非常担心。她甚至暗示我不要总是一个人喝闷酒。"

"你会一个人喝闷酒吗?"尼尔问道,口气像个医生。

"不会。会……只有当我听到尼尔玛拉去世的消息……我发现我弄丢了卡玛尔的信,害得他错过了面试机会。"

"走出去面对一切吧!去见见那些你一直在回避的人,你已经窝在这里一个多星期了。是时候走出去了!"

"舒尼拉·穆克尔吉昨天晚上打来电话,说她为可怜的尼尔玛拉安排了一场追思会,今天十一点,吉塔中心,他们都会出席。我该去吗,尼尔?"她怯声道。

"当然,"他重复道,"当然要去,你要让全世界都知道你是查姆帕·艾哈迈德,不是一个无关紧要的人,而是一个好姑娘。你要记住,没有人是完全孤独的，总有很多关心你和需要你的人。"

尼尔的话给了她些许信心。她喝完了杯子里的茶，从破旧的沙发椅中站起来，换上她最爱的玫瑰色丝绸纱丽，向楼下走去。

"没有一个人来。"苏迦塔·黛比一边打开前门一边抱怨道，"尼尔玛拉的兄弟和朋友一定都是无神论者，洛马·德维卡南德-吉为这场追思会作了很多准备，但这些人却不想看到灵魂解脱之径。你知道他们正在做什么吗？我听说他们正聚在一起玩拉米①呢。"

"你在追寻什么呢？"一个来自加利福尼亚的美国女人靠在窗前，对她说，"他就在这儿……他在呼唤你，呼唤我们所有人走向他。"她指着吉塔中心那幅巨大的奎师那画像，"你需要你的印度朋友们丢失的第三眼②才能看到他。"

查姆帕冲出门，走到了马路牙子上，用手指戳了戳自己的额头，她觉得街上的每个人额头上都长着第三眼，它们正冷冰冰地凝视着她。她气喘吁吁地跳上一辆巴士，在埃克塞特街的印度学生中心下了车。

几个学生模样的人坐在小礼堂里，愉快地聊着天。

"我叫查姆帕·艾哈迈德……"她站在门口说道。

"怎么了？"一个年轻的南印度人侧过头瞅了她一眼。

她的心里一沉。自己的名字如此无关紧要，尼尔错了——没人认识她，没人需要她。

"没事……没事……算了，"她被恐惧攫住，低声说道，"我只是路过

---

① 一种扑克牌游戏，玩家需要尽可能找出某种组合的牌型。——译注
② 印度教神话中，第三眼被称为"智慧之眼"，象征着开悟。湿婆等印度教神明的图像中常绘有第三眼。《奥义书》中记载，人类如同一座拥有十道门的城市，九道门（双眼、双鼻孔、双耳、嘴、尿道、肛门）通往外在的感观世界，第三眼是第十道门，通往无限的内在意识。许多印度教徒会在眉心上装饰提拉克，象征第三眼。——译注

这里，想进来看看……"

一群人狐疑地盯着她。

她又走进印度之家那扇装饰有大象的大门里。

"我是查姆帕·艾哈迈德。"她对着餐厅的吧台庄重地宣布道，对于自己这一连串白痴般的行为毫不在意。

"你好，请问需要点什么？"一个马来亚中年妇女手里一边摆弄着加法计算器，一边用里昂斯①的标准用语对她说，"午餐时间已经结束了，不过还可以点些小食。"

"不用了，谢谢。"她觉得自己更加狼狈了。她看见远处的角落里，苏雷卡那个愤世嫉俗的丈夫古尔珊正一边喝咖啡一边聚精会神地读着《经济学人》。于是她又迅速逃离了印度之家。

她又转移到了小鸡客栈，卡玛尔正站在那里跟托马斯·库克办公室通电话。他对她说了几句客套话便迅速离开。她站在玻璃门前，看着他消失在了牛津街上。接着，她走到了英国广播公司餐厅，所有人都在堆满残羹冷炙的桌子前进行着激烈的争论。"我是查姆帕·艾哈迈德。"她觉得自己好像对所有人又说了一遍同样的话，然后飞快地逃离了餐厅。

她漫无目的地看着街边橱窗里的一件件商品，在一家死气沉沉的里昂斯吃了点三明治，便走进了地铁口，动作机械地买了张去沃里克大道的车票。她出现在了梅达谷，靠着一棵掉光叶子的树休息。苏雷卡和阿莎就住在附近，塔拉特和卡玛尔也是。华灯初上，漂亮的房子里纷纷亮起了光，整条街看上去充满圣诞加卡般的温馨。

苏雷卡抱着一袋东西从街角的杂货铺走出来。"嗨，查姆帕……"她

---

① 英国连锁餐饮企业。——译注

喊道,"你站在那儿干吗?跟我一起回家……"

她顺从地跟着舞者往她的公寓走去。苏雷卡打开门,径直走进花房。几束白昼之光在玻璃门前徘徊,几片火红的树叶缓缓地掉落在台阶上,落日的余晖为玻璃门镶上了一圈金色。

人们到底渴望从生活中得到什么?

"请别客气,查姆帕。"苏雷卡温柔地说道。

"这里已经不是那天我待过的房间了,虽然我又坐在了这个沙发上。"查姆帕在心里对自己说,却不自觉地念叨了出来。

"那天……?你指的是什么时候,查姆帕?这里有什么不同了?"女主人一边问,一边向壁炉走去。

"我不知道。"

夜幕降临,一切都如此纯净,安详,仿佛圣洁的雪花,轻盈而纯粹。苏雷卡披上一件白色和金色相间的克什米尔披巾,点燃了炉火。

"很多人都要回家了。"她说。

"谁?"查姆帕问道,语气却十分冷漠。她突然发现,自己跟所有人、所有事都已经毫无干系。神圣如空气,她飘散开来,不再需要跟某些特殊的场景或人物产生任何关系。

苏雷卡在地毯上坐下,削起了土豆。"所有人,"她回应道,"哈里桑卡带着尼尔玛拉的骨灰乘坐印度航空班机离开了,卡玛尔会坐船走,高塔姆会去纽约,他终于从酒醉的阴影里走出来了,也有可能这对他是个极大的打击。"

大本钟当当响起,黑暗瞬间笼罩了花园,也占领了整个世界。查姆帕走进厨房给苏雷卡做帮手,再次回到房间里时,她觉得四下空空如也,一切都变了。影子、匈牙利娃娃、巴拉莱卡、纳塔罗阇铜像、书。时光飞逝得更快了。

查姆帕走琼·卡特家门前的小路回到自己的家，打开那扇重重的门，还没来得及开灯，黑暗便冲了出来向她致以问候。就在刚才，她还觉得黑暗与她作对，现在却觉得兴许它是她的盟友。起风了，一阵接一阵，从屋顶上呼啸而过。她听见树丛里窸窸窣窣的响动，橡树叶子上融雪的声音。她笑了。脚下的泥土又硬又扎实，毕竟我还要继续走路，直到自己死去的那一天。我的双脚会把我带向何方？我要抓紧黑暗的绳索到达天明。夜晚从此刻开始，你就是我的朋友。我跟你相识已久，在雨季，在花开时节，在满月之日，在寒窗苦读、准备考试的岁月，在乘坐火车穿越异国他乡之际，我无时无刻不在感知你，了解你。你和我终将在一起。总有一天，我会被你战胜。

之后，她又像是在对什么人宣告："现在我会带着你的梦想离开你。我是现实，而你永远不会放弃梦想。"夜色更深了，外面也更加寒冷。寂静厚厚地爬满小屋的每一面墙。时间开口说话了：看清我。我不会放过你。你以为一些时刻会凝固在特定的地方。你错了。看着我，了解我。我从不停脚，一秒接着一秒，在沉重的窗帘背后消失，在层层的黑暗褶皱中沉淀。我是比黑暗更黑暗的存在，我是分界线。你无法超越我。转过身去——你已经到达了边界。你的面前就有一扇门，一个新的国度即将开启。你会得到新的旅行证件，填写新的表格，再次签下你的名字。我已经打破了很多魔咒——你的毫无价值。看清我，我会继续跟随着你，你永远无法逃离。人们会离开你，但我不会。当你发现很难抉择时，我会解决所有问题。所有作出的选择，所有付诸实践的念头，都是因为我，也都是通过我。

你将面临更多的麻烦，但是我会告诉你如何解决。我永远在你身边。

一阵狂风掀起了窗帘，马厩结了霜。查姆帕已然发觉她正在寒冷中颤抖。她关上窗户，跑上楼，钻进自己的房间。

六十三

骨灰瓶

塔拉特在为《东方世界》写一篇文章，苏雷卡正在读一本编舞方面的书，扎里娜在画速写。世界像往常一样运转着，平静又淡漠。但事实是，自从尼尔玛拉去世后，这个世界相比以往更加平静。

"我们是不是该为尼尔玛拉的后事做点什么？"哈里桑卡对卡玛尔说，就像他很多年前说过的那句："我们是不是该为尼尔玛拉的婚礼做点什么？"他们想起是该去收拾一下尼尔玛拉的个人物什。起来，穿上盔甲。左，右，向前。拿起你最可靠最有效的武器，去取回尼尔玛拉不再需要的旧盔甲和旧武器。

这场滑稽剧演完后，他们开车去了一趟利德赫斯特，返回的路上在那家挂着"茶"字招牌的街头小店小憩，大家以前经常在那里的苹果树下喝茶。回到圣约翰斯伍德的公寓后，卡玛尔将尼尔玛拉的行李放在了他和哈里桑卡共用的房间里。塔拉特来到卡玛尔的房间，四下打量。柜子里塞满了没用的东西，墙上挂着她花了几先令从卡姆登镇买回来的风景画。尼尔玛拉的旅行箱和大包小包旁堆满了旧报纸、旧杂志及各种杂物。塔拉特觉得生活就像一个旧货店，死亡是它的标签。

柜子上摆着一个小瓶子，装的是库马里·尼尔玛拉·雷扎达的骨灰。

哈里桑卡·雷扎达作为她最亲近的人，将会把骨灰带到迦尸的恒河边，撒入神圣之河。雷扎达先生和卡玛尔·礼萨又帮她办完最后的手续。死亡证明。宗教仪式。以及其他。

他那张飞往德里的印度航空机票静静地躺在另一张桌子上。而骨灰瓶，就跟房间里那些从百货商店打折区买来的沙发、椅子、茶杯一样，实实在在地待在那里。

还有比死更俗套的吗？

一个人伏在一具尸体上痛哭，但过不了多久，自己也会变成一具尸体。

尼尔玛拉活着的时候，一刻不停地为自己的未来作计划，没日没夜地准备大学考试，忧心忡忡地期待成绩甲等。好吧，求求神明，至少让我们一到两个科目优秀，得个乙等。是的，神啊，我终于顺利通过了。然后，她开始忧国忧民，总是在辩论，讨论，争论关于社会经济的课题。而后她成为人上人，除了剑桥别的地方都不会去。很好，她得到了奖学金，总算开心了。

起初几天，她依然无法相信自己真的来到了剑桥，兴奋劲儿过了以后，她便又开始作起了计划。也许她会工作，替父亲偿还家庭债务，也许她会帮哥哥哈里桑卡觅得一位贤妻。她还存下一小笔积蓄，准备来一场环球之旅。首先，她会去蒙古，接着是墨西哥、智利、秘鲁等等。她尤其向往蒙古——她多么渴望去那里，它是那么遥远，名字听上去就不属于这个世界。她还有个小小的梦想，希望自己能够有一幢带有莲花池的房子，她会称呼它为"尼尔帕达姆"。

作为一个女孩，她自然还想买下所有的印度纱丽。她特别想拥有一套姐姐拉杰瓦提出嫁时佩戴的珍珠和绿松石相间的首饰套装。她还曾列出自己的婚礼邀请名单。今晚，她所有的朋友都聚集到了一起，但却不是为了参加她的婚礼。晚餐正在厨房里等待出炉，透过窗户能看到苏雷卡停不下脚步的忙碌身影，塔拉特坐在地板上费力地整理着尼尔玛拉的物品。纱丽、羊毛衫、鞋子、长裤、手镯、书籍。她打开一个手提包——塞满车票、用了一半的口红、发夹、账单、一张一英镑纸币和几个便士。一本书里掉出一个撕开一半的信封，上面模模糊糊能辨认出一九四三年来自巴赫赖奇的信戳，信封里有一张高塔姆身着华服的照片。这封信是在尼尔玛拉的父母向男方家庭提出结亲后，对方按照印度传统礼数寄过来的回函。

  塔拉特怅然若失地看着这张照片，她拿起一支红色铅笔，在信封上潦草地划出"死亡邮局"的字样，然后将这封信放在了尼尔玛拉的箱子里另一些资料下面，便返回了起居室。

六十四

石南上的风之吟

"'苔赫米纳结婚的时候,我一定要穿一件画有恒河图岸的金银相间的袍子。'尼尔玛拉曾经这样镇定地说。

"而马尔提说她会穿一件瓦拉纳西纱丽。'马尔提端庄地说道,仿佛一个成年女性。那一年,马尔提十六岁,她的表妹尼尔玛拉比她小两岁,而我只有十三岁。我听着她们俩的话,心中带有敬畏,因为我当时就穿着一件洗褪色的连衣裙……"

停顿了一会儿,塔拉特继续对卡玛尔说:"一切都是如此苍白,我的过去只对我自己很重要,其他人看不到其中的任何意义。"

"我的过去也是属于我个人的。"卡玛尔重复道。

"这个世界只在乎当下。"哈里桑卡也接过话。

"但是过去曾经是现在,而现在也将会成为过去,未来也同样不可避免。"塔拉特回答,"伊斯兰中心的一位埃及学者曾对我说,这是《古兰经》中的时间观。他让我阅读西班牙形而上学家毛希丁·伊本-阿拉比的著作。但是你又能知道多少?时间就是个捣蛋鬼,一刻不停地折磨我,可为什么没人来拯救我?"

"就算是爱因斯坦也帮不了你,塔拉特。"哈里桑卡冷冷地说。

"这个世界对我的过去会有多少兴趣?"卡玛尔依然坚持自己的观点。他嗡嗡地飞来飞去,直至停在了日历前。日历上的时间是一九五四年十二月十五日。他们坐在圣约翰斯伍德一间舒适的战前小公寓的壁炉前,墙上投射着他们奇怪的影子。广播里播放着维也纳的莫扎特音乐会,而伦敦地铁在脚下隐隐地震动着,将芸芸众生带往一个又一个未知黑洞中的目的地。

一九三九年七月一个同样漆黑的夜晚,塔拉特倚靠在"荸荠屋"阳台的栏杆上和尼尔玛拉·雷扎达聊着天。尽管她的外貌看起来并没有什么变化,但性情已经和那时完全不同。佛祖曾说,人永远在变——从童年到少年,从青年到老年,皆不相同。一分一刻不留,只有变化永存。冰川漂浮在遥远的海洋上,蓝色的风呼啸着划过幽谷。时间是流动的,时间也是凝固的。

"我们总在回忆自己的故事,为了给自己带来安全感,"哈里桑卡说,"因为我们极其害怕。"

"时间总会吞噬我们,黑暗就是最后的庇护所。真是可惜,不管有多么博闻多识,说到底,高塔姆·尼拉拨不过就是只胆小的老鼠。"塔拉特说道。

"别提高塔姆了,我们又跑题了。事实是,不管是十四年前还是十四年之后,我都是哈里桑卡。有过那么多体验,在时间面前,我们个个都像豚鼠,甚至吱不出一声就完蛋了。"

塔拉特点点头。成千上万的塔拉特生活在无数的平面空间,分散在不同的碎片中,从破碎的镜子中反射出的面孔却是同一张。在生命的旅途中,我们都是行者,只能前进,没有退路。

卡玛尔用蝇眼看着每个人。迈克尔。比尔·克雷格。扎里娜。古尔珊。苏雷卡。他嗡嗡地飞了一圈,最后停在一尊笑佛的头顶上。他又飞了起来，落在日历上，在一九五四年十二月十五日那里爬行。为什么看到身边的同类死去，我们苍蝇会如此沮丧？一旦停止嗡嗡，我们会进天园还是下火狱？

第二天一早，哈里桑卡就会飞往印度。经过多次商量，他决定将他妹妹的骨灰瓶装进手提包带上飞机。尼尔玛拉将会变成一件贴着印度航空标签的行李，一切就这么简单。他还会乘火车，将骨灰瓶带到迦尸，将它撒入恒河。一切将这样结束。

"一只吓坏的小老鼠，不管它有多么聪明的头脑。"塔拉特重复着，悲伤地晃着头。

"高塔姆又算什么？一场幻觉而已。"

"哦，哈里桑卡，不要在上午十一点开始你的伪义理。"塔拉特的声音很是疲惫。

房间里很久都没人再说话。在塔拉特眼中，他们就像一个个哑巴玩具。手握锡枪的士兵是迈克尔，灰色头发、面露悲伤的古老东方哲学家是哈里桑卡，孔雀王朝皇帝旃陀罗笈多的杏眼舞蹈家是苏雷卡，而卡玛尔，就是加孜乌丁·海德尔王和瓦吉德·阿里沙阿身边智慧沉稳的坎曼纳瓦卜。我们就像一只只出自老勒克瑙最优秀工匠之手的泥塑人偶，装饰着各自的壁龛。其中一只叫"尼尔玛拉"的刚刚被摔碎，属于它的壁龛里已空空如也。

依照穆斯林的民间古老信仰，如果一个人在印度失踪了，信徒和灵魂追随者会请魔法师来施法将其找回。他会把灯灰和酥油混合后，涂抹在一个孩子的右手拇指指甲上，诵读一段《古兰经》后，消失的人和地点就会出现在指甲上。卡迪尔曾说："第一位清道夫出现并开始扫地的时候，一位系着红色围裙、被储水袋压弯腰的毗湿提人会出现。他开始洒水。一尊宝座出现，魔王降临，并会坐在上面，旁观者就可以知道他想知道的一切。"

塔拉特本能地低头看看自己的大拇指，上面只有蔻丹假指甲。她感到十分不快。"真希望可以回到尼拉姆普尔，"她想，"卡迪尔应该已经告诉村里的大毛拉说尼尔玛拉不见了：'她戴着所罗门的帽子，别人看不到她，请他帮我们找找。又或许，是她的敌人施了黑魔法，所以她才会英年早逝。'"

她发现比尔和迈克尔正用不解的眼神盯着她，他们完全不明白为什么她如此出神地打量自己的大拇指。她十分不开心。我该不该把这些怪力乱神的东西讲给他们听？我的神啊——一定会笑掉他们的大牙吧。如果问他们是否相信伏都教，他们一定会想，说到底，她不过就是个愚昧落后的东方女人，我们这些先进的西方人该如何与之对话？

我是不是该给他们讲讲那些发生在没有月亮的排灯节夜晚的黑魔法？还有那些在季风季节住在竹林，在炎热夏午住在菩提树里用鼻子说话、脚向后长的**女巫**？她们专吃年轻英俊的男人……还有一个辉煌闪耀的世界，满是提婆和天使，以及永恒的快乐和光明。尼尔玛拉已经越过了界限，她是否可以看到隐藏的一切？她曾是我们中的一分子，如今是那些光明的、高贵的、神圣的生灵中的一员——不过也许，根本就没有什么阴世。

他们把高塔姆从扎里娜位于奥斯特莱的家接出来后，高塔姆就因为生病卧床了一个星期。有的时候他会突然胡言乱语，大段大段地背诵乌尔都语诗歌。有次医生到达的时候，他正绘声绘色地念着一位十八世纪诗人[①]

---

① 西拉·奥兰加巴迪，乌尔都语神秘主义诗人。——原注

的句子：

> *Chali simt-e-ghaib se ek hawa, ke chaman surroor ka jal gaya.*
> *Magar ek shakh-e-nihal-i-gham, jise dil kahain, so hari rahi.*

他从床上坐起来，大声咆哮——

> *Khabar-i-tahayyur-i-ishq sun, na junoon raha na pari rahi.*
> *Na rot u raha, na to main raha, jo rahi so bekhabari rahi.*

  他完全无视大家的眼光，背完以后便又躺回枕头上，闭上双眼，仿佛舞台上的玛吉努。
  老医生看到这一幕，露出不知所措的神色。"姑娘，你的男朋友在说些什么？"
  塔拉特也受惊不小。"他是我认的一位兄长，我的干哥哥。"她回答。但是她瞬间意识到，西方没有这种认兄弟姐妹、叔舅婶姨的习俗。
  "好吧，那你跟我讲讲，你的干哥哥在说什么？他是个演员吗？"
  "不，先生，他算是个业余哲学家吧。"塔拉特用手指指厨房门上贴着的一张纸，上面写着几个字——"思想者之屋"。
  医生笑笑，回想起了自己的学生时代。
  "先生，我哥哥刚才是在念诗：

> 从一个未知之处刮来一阵风，让欢乐园枯萎
> 但忧伤树的树枝，那个叫作"心"的东西，却能常青

> 看爱情的力量,让疯子和仙女都消失了
> 理智和疯狂都无法存在
> 你和我都无法存在。只有非意识幸存。"

这就是传说中的东方智慧吧,医生在心底感叹。他写了一张处方后便匆匆离去。他想要早点走出那个地方,那个装在被死神附体的病人的房间。

卡玛尔和哈里桑卡"逼"着高塔姆在一个星期内恢复了正常。恢复如初的他又回到美国继续工作,朋友们去机场为他送行后来到了塔拉特的小公寓吃午餐。房间里堆满了行李,卡玛尔也要离开英国了。

"咱们出去透透气吧。"午餐过后,古尔珊提出建议。

前往汉普斯特西斯公园的路上,他们路过了一个小花园,经过几条狭窄又泥泞的小径和几间昏暗的茶室,上班的姑娘们都跑出来享受午休时间。一幅艾略特诗歌中的景象。

"有时候特别宁静的景色反而会引起我内心的恐惧。"迈克尔说道。

"没错。"塔拉特回答。

"我们不要再把别人强拉进自己的生活了。"

"或者是我们自己的梦想,"塔拉特继续道,"我的过去,我的时间,我的梦想只是我的,它不属于其他任何人。但是你也别忘了,未来对我们来说也许都一样。"

"看在上帝的分上!"性急的迈克尔脱口道,"千万别走政党路线。血腥的未来就潜伏在看不见的地方,张着大嘴,露出獠牙,等着逐个吞噬我们……就像哈里桑卡的那个有十条胳膊的黑女神。我要去以色列,而卡玛尔要去对以色列毫无认知的印度。对人类而言,哪里才是共同的目的地?在人们心里,只有灭绝的过程对才是共同的。"

"我说得一点都没错。"塔拉特说完,意识到人类大脑百万年的进化过程让他们的心智永远处于不同阶段。

"还有一些东西也会让我害怕。雨后的景色;朋友;舒服的房子。当我打开包,各种各样的资料都会掉出来——银行单据、股票、股份公司半年财务报表。一些曾经陌生的名字现在听起来很熟悉却唤醒不了任何情感,那是董事会的世界——辛哈大人、比伦·穆克尔吉爵士、什里·C. 塔帕尔、K. 哈米德博士。还有一个隐藏在这些名字背后的世界。高耸的大楼,古典或现代的办公室。钱,钱,钱。饥饿,失业。董事会议。工会。南非的钻石矿。贫民窟。伦敦城。克莱夫街,加尔各答。主教门,乔林基。塔塔-纳加。安德鲁·尤尔,加尔各答。马丁·伯恩斯。斯宾塞广场,马德拉斯。印度钢铁公司,孟买。

"我在它们的虚线上签字。这些股份属于我,都是我父亲留给我的。这些文件可以给我带来经济上的安全感,也可以确保我的社会地位。但是它们对我而言又算什么?只不过是一堆纸。钱,钱。一九四七年,我对金钱的价值失去了所有知觉。"

卡玛尔接过她的话茬:"据说地球上还有很多我们尚未发现的真相,世界已经摇摇欲坠了。"

一支救世军乐团列队而过,演奏着《基督精兵》。

塔拉特继续说:"在我知道这些之前,我已经踏上了……我应该这么说……思想的危险旅程,在文字的海洋中航行。"

湖面反射着微弱的阳光。"什么是文字?"塔拉特问,"什么是现实?书上写:文字是错的,它们没有意义。有时我觉得祭主仙人①向恶魔灌输了

---

① 吠陀宗教中的神祇,主管祭祀。在印度神话中。是提婆集团的祭司和导师。——译注

他的知识。中世纪的欧洲人会把妇女钉在木桩上烧死。有时候我也觉得自己变成了一个巫女,骑着扫把在我自己所谓的'知识'上飞来飞去。"

"好多根扫把嗖嗖地飞过,上面骑着年轻的女孩们……苔赫米纳、尼尔玛拉、苏雷卡、费罗兹、纳尔吉丝·考瓦斯吉、珊塔、查姆帕,还有很多。事实上,天上满是这样的扫把。现在查姆帕·艾哈迈德开了小差。看,我现在就是个讲故事的人,对于我们而言,世间万物皆可为寓言。

"现在,如果你从扫把上摔下来,你会失去方向,摔落在不知什么地方。

"在梦境中,她四处飘浮,就像那些孟加拉的毗湿努派信徒。查姆帕巴吉觉得自己也是个追寻者——尽管我自己的发现是'追寻……但是一无所获'。她对那些天主教修女充满妒忌。还是个小女孩时,我就非常讨厌她,因为我觉得她是个擅长夺去别人幸福的强盗。她从苔赫米纳手里抢走了阿米尔,从尼尔玛拉手里抢走了高塔姆。可每次当她拎着抢来的东西满载而归时,总会有人在她的脚下把梯子抽走。咱们散散步吧,让我来给你讲讲查姆帕干的蠢事。"

"我对事情的象征意义也有些看法。"迈克尔说,在黑暗中伸展了一下上肢。"我曾经饱受其苦。"一架飞机从空中掠过,消失在云朵里,大家抬头望着这一切。

"我们建造未知的城市,用哲学的砖块码起堡垒。"塔拉特说,"总有一天死亡会悄悄闯入我们的城堡。

"两年前,我们去参加范堡罗航展,就是在那儿,可怜的约翰·德里撞上障碍物去世——他的飞机在半空中爆炸,很多人因此丧命。飞机的引擎从空中向我砸来,当时就觉得我的期限到了……我没有趴在地上,而是开始寻找扎里娜和昌德拉。我当时满脑子都在为她们担心,而不是想着怎么自保。所以,我觉得尼尔玛拉面对死亡时,她也没有害怕过。"

"吠檀多曾经提到过存在的四种形式——行走者、梦、无梦的睡眠、死亡。"哈里桑卡的口气像个牧师,"死亡是唯一无法分享的人类体验。所以让我们把这个体验留给尼尔玛拉一个人吧。她被汹涌的水流带走,艰难地在黑暗中与波涛搏斗。"

"贾纳克摩诃罗阇说:'米提拉在燃烧,但是我幸存。'我们都在燃烧。"哈里桑卡转向迈克尔:"你难道没被火焰波及吗?"

卡玛尔走下山,唱起歌来。

"祖母去世时,家里的班智达告诉我们,灵魂会随着火光逃进黑暗中,"哈里桑卡说,"然而,从黑夜到达上弦月,再从月亮通过空气、烟雾、云、雨滴、植物进入,神的世界以及风的世界,尸体燃烧时的烟雾进入森林、云和雨,然后成为雪落到地上。所有灵魂都会在空气中消散⋯⋯尼尔玛拉会从火葬场去到哪里呢?"

"风会带走我的呼吸,太阳会合上我的眼睛,月亮会令我沉睡。我的头发会变成灌木和荨麻,树木会从我的头上长出来,血会成为水。"塔拉特说道。

"沉睡,深水,深梦,"哈里桑卡缓慢而庄重地说道,"一切元素都陷入沉思。当风也睡去,只有死亡留存。尸体开始思考和感受;当这个过程完成,一切都会结束。跳动的火焰,冰冷的河水,愉悦的微风,就像从来没发生过。"他举起右手,做了个自己也不明白有何意义的动作。在塔拉特眼中,此时此刻的哈里桑卡看起来就像她在迦梨神山见过的一位红袍修士。

"很多人都会死去。我会跟他们一起。也会在他们之前。我回头望去——那些已经死去的人身上发生了什么?我向前看——那些将在我之后死去的人会如何……?"她边说边深深地思考。"生和死只有一次，没有什么转世。"

"小蚂蚁爬上山，耳朵里钻着大笨象……"卡玛尔嘴里哼着一首东方民谣，"我看见一件怪事：河水溺在船只中。"

"阳光每天都会爬上山坡，我和大卫国王一起重复着七个声音。"迈克尔又进入到他的法师角色中。

卡玛尔接着唱他的歌。

"我们发现这个世界正在不断索求。"哈里桑卡说道，"我们的无知就是我们的厄运，我们还用可怕的无知互相束缚。如果有一天，我们可以松绑，大家便会四散逃开。我们的文化之绳已被切断，但是我们挂在它的残端，悬在半空中。"

"别再提你的鬼魂了，千万别。"物质主义者古尔珊接话道。

"不管我做什么，我都会觉得我所有的行为都和宇宙循环直接关联，对此我尽量付之一笑，掩饰那些有可能给别人带来负面影响的行为的严重性。我们的神，用他可怕的、毁灭性的声音将黎巴嫩的雪松撕成了碎屑。"迈克尔补充道。

"然后，那个声音变成了纳塔罗阇的坦达瓦恩弟亚舞。"苏雷卡沉浸在自己的世界里。

"成百上千的瑜伽修行者坐在树林里吟唱。"哈里桑卡说道。

"我在巴比伦的草坪上散步，犹大弹起我的竖琴。"迈克尔道。

"我也听到了你的声音。"塔拉特道，"但是你捡起了一支布伦枪。"

卡玛尔走了回来，突然开始滔滔不绝。"玻璃门打开了，查姆帕跟着人群走进来。'你好，'她边说边向我缓缓走来，'这些人都是谁？这里是什么地方？'这里是'莎朗的玫瑰'，我正在给库克的办公室打电话。此时的我，被石头高楼包围着，脚下踩着坚硬的大理石地板，感到很安全。面前的查姆帕，同样的发型和神态，同样的灵秀和镇静。她穿着最爱的橘红色丝绸纱丽，在岁月的光芒中闪闪发亮。

"我同时有一种感觉，那就是见到她时我并没有感到特别愉悦。我对她感到麻木——无论遗憾或者厌恶，完全都没有。事实上我想赶紧离开。我能为查姆帕·艾哈迈德做点什么？我又能如何帮助她？事实上，我丝毫不介意自己在接下来的十年、二十年再也见不到这个人。

"今天的你看起来更加美丽，也更加敏锐，高贵和自信。'我听说你会去罗马，查姆帕巴吉，去给《艰辛的米》① 还是其他什么电影的乌尔都语版配音，一个在英国广播公司工作的朋友告诉我的。'我故作轻松地说。

"我感到她想跟我说一些非常重要的事情，但最终还是忍住了。

"外面开始下起蒙蒙小雨。'你知道电影院在上映什么片子吗，查姆帕巴吉？'我尽量找话题闲聊起来，电影正好散场，走出来的观众个个脸上神情忧伤。路灯暗淡，街头音乐家的歌声更觉苍凉，双层电车和小汽车在道路上痛苦地踽踽，岁月在牛津街上艰难地跋涉。查姆帕把鼻子贴在窗户上，似乎被外面的景色吸引。我匆忙地告别，走了出来。

"我离开了她，往回家的路上走去。她小巧的鼻子贴在玻璃门上，一个人沉浮在被无边的沉默裹挟着的喧嚣的旋涡中。我为什么那么疲惫？让我安静地坐一会儿，让我就这么待着。"卡玛尔说着，坐在了一块石头上。

"就像虔诚的小偷，我们唤醒了某些特别的提婆，却被他们背叛。"塔拉特说，"我们的小偷厨房关闭了。"

"现在我什么也想不起来，"卡玛尔抬起头，说道，"过去的这些年就

---

① 意大利新现实主义电影，朱塞佩·德·桑蒂斯执导，一九四九年上映。——译注

像肥皂泡,阴雨绵绵的街道上灯光闪烁,月亮从沉睡的烟囱升起,又向着大海的方向慢慢滑落。狂风呼啸着斜扫过南部的荒野,夜间活动的鸟儿在港口油腻的水面上盘旋。

"人群从桥上走过,小舟在阴暗的河道里穿行,我站在岸边。

"我想要寻找一艘船,它的灯光熄灭了,静静地驶向深海,到达什么地方,我有一个直觉,那里的人不会说'欢迎回家,卡玛尔·礼萨……'。"他站起来,重新走回街上。然后,他又重复了一遍:"那里的人不会说'欢迎回家'……"

六十五

失去家园的人

几天后，一个寒冷的清晨，塔拉特搭乘最早一班地铁来到了切尔西。寂寥阴郁的地铁站里吹着带有机械味的暖风。她走出车站，顺着马路向阿马拉的公寓走去。

詹金斯先生正在值早班。可怜的男人，曾经为了他的国王和国家而战，不但失去了国家，也失去了一条胳膊。那些大人物们作为功勋赫赫的将军从战场上归来，开始撰写大部头的回忆录。而很多像詹金斯一样身体受损的普通士兵，只能成为乞丐或者看门人。

有时候他就像艾略特笔下的人物，看着公寓里的女子出出进进，讨论着修道院长或者阿博特和科斯特洛①。他有自己的孩子吗？他们为什么不照顾他？可在西方，问别人隐私是禁忌。

"坏天气，小姐，"他一如既往地微笑着，"不过我们很快就能听到布谷鸟的第一声啼叫了。"

塔拉特点点头。正是乐观和坚忍让这个国家充满活力。

---

① 由巴德·阿博特（1897—1974）和卢·科斯特洛（1906—1959）组成的美国喜剧组合。——译注

阿马拉马上要去渥太华就职了，她站在一堆打包好的行李中间，背诵起《圣灰星期三》中的句子。然后说道："你还记得哈里桑卡有次是怎么模仿西德汉塔教授的吗：五年的时光，就是五个漫长的冬季加起来的长度——我已经在这个可爱的国家度过了七个年头。"

纳尔吉丝·考瓦斯吉过来和她道别，她马上就要嫁给自己的英国未婚夫了。

"一切愉快，一切顺利，最好的就要到来了。"她开心地说道。

塔拉特又连忙赶回圣约翰斯伍德，帮她马上要前往印度的哥哥作最后的整备。

在自己公寓的门厅里，她得到门卫哈丁太太的问候。哈丁太太住在公寓一层的一个小房间里，和詹金斯先生一样，她也是个独居、寡言的人。

卡玛尔正在厨房做饭，皱着眉头问道："一大早在生什么气？"

"没有，我没有！"她回答，"我只是在想，我觉得自己跟哈丁太太有点像。"

"你没她那么胖……至少目前是这样。"

"我是说，我可能要做一辈子记者、观察员和记录员。"

"你会一辈子都做大傻瓜。你会永远都为别人担心，从来不为自己考虑。最后你很有可能就这样无意中错过了自己的船……提醒我了……赶紧帮我查查去港口的那班火车的准确时间，把东西都装好箱，别再愁眉不展了，否则带着这副面孔以后谁也不敢娶你。"

船上的管乐队演奏着送别的曲目。卡玛尔靠在栏杆上，向下方的港口望去。他的眼睛蒙着泪珠，他从来都是个感性的男人，即使在这个冰冷的国家生活了那么多年。站在他身边的一位欧洲老绅士用手拍了拍他的胳膊，表达自己的安慰，卡玛尔转过头对这个陌生人的好意表示感激。他自称汉斯·克拉默教授，来自维也纳。卡玛尔受邀来到他的船舱，他的同屋是一个叫作托马斯·萨姆森的美国经济学家，得到富布赖特奖学金后前往印度。

卡玛尔所有的朋友都来到尤斯顿站——他的孟加拉同志甚至唱起纳兹鲁尔·伊斯拉姆的歌曲："前进，前进，前进，鼓声在空中响起……前进……"他是个前往参与战役的士兵，却对目的毫不清楚。

船抵达达朴茨茅斯时，他正一个人孤独地待着，整个世界似乎又变得全然陌生。下午，他一个人在船上到处溜达。船上的客人大多数都是巴基斯坦家庭、印度外交官、美国游客以及返乡的学生。他去找在伦敦认识的朋友高尔班智达，一个来自北方邦西部的年轻甘地主义者。两人很快又和一群前往印度的欧洲印度学家成为朋友。他们中的一些人决定在印度待上几个月，参加佛祖出生两千五百年庆典。印度政府准备把这场盛会打造成国际性节日。汉斯·克拉默教授是奥地利的巴利语研究者，一位英国诗人则受到英国广播公司委派而上路。接下来的旅程，他们会朝夕相处。

一位叫作沛摩南达的法国修行者一直沉浸在个人冥想中，显得十分不合群。一个居住在西德的巴基斯坦籍阿赫迈底亚传教士多次尝试要向身边的白人宣讲教义，但那些忙着聊天的人根本没把注意力放在他身上。在英国，卡玛尔观察到两类东方学者——伊斯兰学者往往都来自巴基斯坦，对于伊斯兰教，印度教和佛教学者态度冷漠，甚至有些微妙的敌意。当然，不是每个人都像阿诺德·汤因比一样通晓世事，卡玛尔这样自我安慰。在船上，他们有大把时间来搞清楚这些事。船开进了苏伊士运河，一切变得风情万种，仿佛吉卜林笔下的世界。谁曾想，仅仅十年前，这里还归属英国强权之下。

邮轮正在穿过运河,大家的讨论开始偏向 E. M. 福斯特。英国诗人说:"福斯特在一九四二年的小说里创造了一个代表典型印度人的角色阿齐兹博士。阿齐兹博士已经无法再代表印度人了——穆斯林现在的身份是巴基斯坦人。"他看了一眼卡玛尔,说道:"现在,我们的卡玛尔·礼萨也不再是典型的印度人了,只有我们的高尔班智达还算是。"

这句话击中了卡玛尔的要害,他原地坐着,一动不动,一瞬间仿佛成为一个没有国籍的人。他的英国朋友喝了一大口啤酒,继续聊起别的事情,船继续在长着椰枣的泥水中前进。

在甲板的另一个角落,一名马哈拉施特拉邦妇女开始唱起一首儿歌,歌里写的是淘气的孩子奎师那跟妈妈辩解他并没有偷黄油吃。

> 我并没有偷吃黄油,妈妈,
> 一大早你就把我和牛儿们一起送到了哈尼伍德……
> 妈妈,我没有……

卡玛尔听得非常入神,几乎忘记了刚才英国人的那番话给他带来的不快。高尔班智达开始唱起米拉的诗歌,用手打起节奏,很快,他和卡玛尔一起向着歌声的方向走去。

"每个文化都有属于自己的秘密语言,"英国诗人说道,"就像这一刻只有卡玛尔和班智达会明白。如果这里站着一位正在写关于印度的小说的西方人,恐怕他也不会明白为什么那两个人会对这首歌那么入迷。"

旁边的会议室里正在放着一部罗伯特·泰勒的老电影。卡玛尔漫无目的地四处乱走,看到熟人便会机械般地送上一句问候。甲板上,几个从格拉斯哥来的锡克教商人正在用高音唱着希尔之歌①，这些人与旁遮普的穆斯林、印度教徒一起，分享着共同的秘密语言，尽管一九四七年动乱时，穆斯林与印度教徒残酷地互相屠杀。政治总是比文化更为强势。

满月懒洋洋地从地平线上升起。船平静而庄重地在水面上前行。法国僧侣坐在角落里的甲板椅上。他们已经进入阿拉伯海域。

白色泡沫在月光下闪耀着。在地球上的任何一片海洋，各种各样的船都在此刻似水的月光下航行。宪法号、伊丽莎白女王号、美国号、富人的游艇、载物的货船、驱逐舰、航空母舰……各种各样的人也都在海上赶路——外交官、主教、美国游客、古吉拉特和信德商人、印度舞者。尼赫鲁班智达和大毛拉阿布尔·卡拉姆·阿扎德在新德里，而所有人在世界各个角落，相安无事。

"我恐怕是个无国籍者，阿南达兄弟。"卡玛尔对法国僧人说完便回到了自己的船舱。他狠狠地摔上门，晚餐时间也没有下楼。

船停靠在卡拉奇，一半人都上了岸。靠近孟买港的时候，印度学家们纷纷跟卡玛尔交换联系方式。

戈拉巴灯塔映入眼帘。

卡玛尔抵达了勒克瑙，这里已经变成一座破败衰落的城市。古尔费珊里荒烟蔓草，车库和马厩已成仓库。（所有跟巴基斯坦有联系的亲戚们都扔下不值钱的家什离开了，母亲平静地告诉他。）他四处寻找冈加·丁、卡迪尔和曲姆兰。他大声喊着："侯赛因的妻子，拉姆·奥塔尔！拉姆·

---

① "希尔和拉妮哈"是十七世纪的苏菲派寓言，由神秘主义诗人瓦里斯沙阿创作，后被改编成歌曲在旁遮普地区传唱。——译注

戴亚!"然而没人回答。年迈的冈加·丁几年前去世了,司机卡迪尔回到了米尔扎布尔,侯赛因跟着阿米尔·礼萨夫人去了卡拉奇。而拉姆·奥塔尔在西坎德尔巴格找到了一份更好的差事。

最后,卡玛尔走进自己的房间,躺倒在床上。他开始哭泣。他是因为家道中落而难过?他用尽一生的气数对抗封建秩序,柴明达尔制废除了,古尔费珊里的人们却在挨饿。"革命万岁!你的老父亲贾恩米安这副穷苦相希望没有吓到你……"父亲塔奇·礼萨·巴哈杜尔痛苦地告诉他,"他们首先在北方邦废除了柴明达尔制,因为大部分的土地拥有者是穆斯林。"

"哦,不,贾恩米安!"卡玛尔抗议道。

妹妹苔赫米纳从占西赶过来看他。她告诉他:"南普拉的拉者卖掉了他的陶器,而母亲变卖了一半的首饰。你和塔拉特从印度汇来的钱全部用在了母亲的治疗上,非常昂贵。当然,她无论如何也不肯接受我这个嫁出去的女儿一分钱,所以我为了他们请了个女孩当厨子。"

卡玛尔又来到了"荸荠屋",看到一切再度触景生情,想到了尼尔玛拉,止不住流泪。她年迈的父母承受着丧女之痛,更加憔悴了,而他自己的父母却仍然没有意识到他们已经失去了一个国家。

他问父亲:"你接下去有什么打算?像穆罕默达巴德的拉者一样移民去伊拉克,还是去巴基斯坦?"

"我待在这里,哪儿也不去,"老人面目坚毅地回答,"我为什么要逃走?"

卡玛尔不知如何回答。"父亲大人,你曾经满怀热忱地参加过穆斯林联盟。"

"是的,巴基斯坦成立了,这很好。在那种情况下,没有别的选择。穆斯林在经济上已经被剥削很久了,但这并不意味着我要从自己的国家离开。"他疲惫地说道，抬头看了眼钟。今天他又要按照规定将几块卡尔延普尔的土地以三分之一的价格卖给政府，这已经是古尔费珊唯一的经济来源。

"你认为我们应该离开这里然后以阿米尔的穷亲戚身份待在卡拉奇？这不可能！"他的母亲说，"至少我们待在自己的房子里。"

卡玛尔开始找起工作。

"找一个有头有脸的人帮你写封推荐信。"父亲建议道。

"我为什么要这么做？我不该对自己有信心吗？"

"你当然应该，但在这里你处于弱势群体。"

"这么说，印度教徒在巴基斯坦也找不到好工作？"他反驳道。

"是的。但巴基斯坦从一开始就没有宣称过自己是'世俗国家'。"

同样的争论，同样的答案。

卡玛尔给塔拉特写信："继续在伦敦工作。加入海外印度人组织，但别去巴基斯坦。"

塔拉特回信道："你怎么会如此消沉？现在正是考验你的信仰和意志的时候。继续战斗。"

他也收到了高塔姆从纽约寄来的信件，但是没有回。哈里桑卡从海外返回，又去了班加罗尔。卡玛尔也没联系他。

阿米尔·礼萨从卡拉奇接连不断地来信："马上过来。我们非常需要你这样的高端人才。别再固执己见——对于男人而言，事业高于一切。别再浪费时间。"

他不再拆读阿米尔的信。

阿米尔·礼萨于一九四七年选择了巴基斯坦。境外资产管理部的某人八年后才意识到一个事实，一名礼萨家族成员已经变成巴基斯坦籍，古尔费珊理论上便成为境外资产——赛义德·塔奇·礼萨和他的儿子则被视为"预备撤离者"。他们不得不就此起诉境外资产管理部。

如今，卡玛尔每天忙着进出法院，会见律师，写起诉书。他的内心也变得更加痛苦；笑容很少出现在脸上，他天性中的乐观积极已经被乖僻和烦躁消磨殆尽。

他前往德里找工作，跟往常一样，待在贝拉路的公寓。一天早上，当他步行前往梅登公寓酒店邮局时，遇到了和他一起乘船从英国出发的经济学家托马斯·萨姆森。

"嗨，卡玛尔！又见到你太好了！"

"哈！你跟我说过你会住在梅登公寓酒店，我正准备联系你呢。怎么样，把德里都逛了一圈了吧，汤姆？"

"还没有呢。"

"那我带你到处走走。"卡玛尔迫不及待道，那一瞬间，那个无忧无虑、热情骄傲的印度老绅士之子似乎又回来了。下午，他带托马斯去看了看新落成的国家物理实验室，晚上他计划去萨普鲁宫听乌斯塔德阿里·阿克巴尔汗的萨罗德琴演奏会。他打电话给古尔珊，约在"阿尔卑斯山"见面。

"你这几天在忙些什么？"坐在康诺特广场一间小餐厅里喝着咖啡，汤姆问道。古尔珊也加入了他们。

"没什么特别的，找工作而已。"卡玛尔回答，尽量让语气轻松。

"在这里失业是个大问题。"汤姆关切地说道。

"这是每个人的问题，不光是我。当社会开始繁荣发展，各种问题也随之而来，不管印度教徒还是穆斯林都没有区别，我们同样都会被拖下水，然后不停游泳求生。现在，第二个五年计划……"

"你是个贵族，"古尔珊像往常一样，直言不讳地打断他，"你不能自贬身价……"

"这不是真的，古尔珊，数不清的封建家族都因为柴明达尔制的废除而身价贬值，甚至变得一贫如洗。而他们中的大部分，恰好跟我们家情况一样。"卡玛尔回答。

"你说话的样子甚至都像个共产主义者！"

"印度的穆斯林必须以各种方式为印度的分裂付出代价。"汤姆说。

"好吧，"卡玛尔回击道，"全世界的犹太人都该为耶稣受难而继续受到指责。"

汤姆不再说话。他是犹太人。

"你为什么不去巴基斯坦呢，那里需要你这样的科学家。"古尔珊表情严肃地建议道，"大批大批的非穆斯林高级人才在巴基斯坦找不到合适的工作而回到印度。这就叫作人才外流——加入他们。你去巴基斯坦又不是什么撼动世界的大事。我个人并不想从伦敦回来，但是苏雷卡想在家乡创立自己的舞蹈事业。来了之后她才发现这个国家到处都是婆罗多舞者。不管如何，别再做理想主义傻瓜了，去吧。"

卡玛尔准备乘坐夜间列车离开勒克瑙。在月台上，他遇到了久违的乌尔都语诗人哈姆拉兹。哈姆拉兹从伦敦来到卡拉奇，现在正前往费扎巴德探望生病的印度母亲的路上。

"一切都好吗，卡玛尔米安？"他关切地问候道。

"都好，哈姆拉兹兄弟。"

"看起来似乎并不，卡玛尔，出什么事了？"

"什么事情也没有,哈姆瑞兹兄弟。"卡玛尔匆匆地与哈姆拉兹·费扎巴迪道了别,一头钻进了自己的车厢。

过了很长一段时间,卡玛尔最终得到了一张巴基斯坦高级专员公署签授的访问签证。在下这个决心之前,他度过了无数个不眠之夜。最后的几天,他甚至在全世界面前把自己隐藏了起来。空荡荡的古尔费珊里到处都有阴影在舞蹈。卡玛尔同自己进行了一场可怕的对话——你这个胆小鬼,你的民族自豪感哪去了?塔拉特说得对,一个人必须成为为革命献身的割草者。浑蛋,唯利是图的弱者,百无一用的投机分子。浑蛋,浑蛋,浑蛋。

哪里都没有职位空缺,即使是阿里格尔的穆斯林大学。他下定决心,尽管如此,他也不会放弃自己的国家——他始终是印度八千万穆斯林中的一员。为什么他们会被除名?

礼萨家族最终输掉了官司。德拉敦的房子和勒克瑙的古尔费珊最终都被认定为境外资产。第二天早上醒来,卡玛尔发现自己已经成了一个无家可归的勒克瑙失业难民。周一清晨,警察来查封房子,卡玛尔请求他们给自己点时间收拾行李。星期三,卡玛尔和年迈的双亲一起登上火车,星期四,火车到达德里。又经过了六天翻山越岭的跨境旅程,卡玛尔终于在第七天到达了巴基斯坦卡拉奇。

六十六

卡拉奇来信

卡拉奇,世界第五大国的首都。时髦的街区林立着漂亮的房屋,见证着穆斯林中产阶级从未有过的繁荣。但是这里的情况与印度又没什么本质区别。新贵们掌控着这些曾经属于穷苦百姓的土地,看这些来自北方邦的土著们在别人的土地上是多么如鱼得水!属于"难民"的这些穆斯林中产们,每年都会回到印度探望留守的亲人们,始终视印度为"家乡"。你时常可以听到一个拥有无限爱国热忱的穆斯林非常自然地对你说他/她十二月要"回家"两个月。所以对他们而言,家是桑迪拉或莫拉达巴德,而国家是巴基斯坦——就像第一批来到美国大陆的亚美尼亚、波兰、希腊移民,他们总会把自己的祖国称为"老家"。这种想法根深蒂固。在卡拉奇,甚至有个"班加罗尔城"。但对在这里土生土长的孩子来说,"印度"可能只是个词而已。

我认识的一些知识分子还会经常聚在咖啡馆里吃午餐,晚上大家又会转移到某位富人的客厅去讨论政治局势。他们都是反政府人士。

伊斯兰对政治而言用处极大。它对外界呈现出的是一种尚武甚至反文化的形象。它的支持者们不仅仅信奉伊斯兰的人道主义,中世纪阿拉伯学者、伊朗与印度苏菲派诗人的自由主义,还有更多鼓舞人心的迹象。身闺制度差不多已经消亡,女性开始从事各种职业,甚至在军队的医疗体系中身居高职。出国深造也成为来自富裕家庭的女孩子们最普遍的选择。

我并不认为我们清楚地意识到我们这一代从父辈那里继承了一个多么可怕的世界。看看今天的情势,一九五六年。当一个年轻的穆斯林从印度的大学毕业,他来到巴基斯坦成为一名飞行员或者公务员。他知道即使他通过了竞争激烈的印度公务员考试,也一定不会被录用。换句话说,多少无辜的印度穆斯林们不得不一辈子为巴基斯坦的存在而赎罪,尽管他们中的大部分根本与当年的事情毫无关联。

在巴基斯坦的要求下,乌尔都语毫无争议地成为"分裂出的穆斯林国家"的官方语言,所以现在这种语言开始为"新家园"的建立而付出代价。印度几乎成为没有语言的国家。因为"乌尔都"这个词已经明显地关联着巴基斯坦,给印度人竖起了一面感情与心理上的巨大屏障。于是,这种语言继续在电影和歌曲里存在着,但是慢慢地成为"印地语"。学校教育一边废弃着乌尔都语,一边强化着自己的文化。

今天,一个周六的夜晚,我刚从一位本地学者的豪华公寓回到家。他的朋友里包括几个有趣的外国人,今天我见到了两名博学又风趣的美国人,雅各布·莫里森和玛丽·理查兹。雅各布乌尔都语说得很好,他绝对是我认识的人中学识最渊博的一个(有谣言说这两位都是中情局特工)。这个沙龙就像一个海德公园角。这里很多巴基斯坦年轻人都不是墨守成规者,他们令我想起了不少老朋友。他们喜欢辩论,经常争得脸红脖子粗,同时又能迸发出精彩的智慧火花。一群很棒的人,我希望还能遇到更多优秀者。

今晚,一位年长的美国历史学家也来到了沙龙,他在去东京的路上经过卡拉奇停留几日。他十分悲怆地对我说："如果你们没有分裂，印度次大陆将成为世界最强力量之一。如果美国南北战争把我们分裂成了不同的国家会怎样？不要再重复你的'印巴分治的根本原因是经济'这个论点了。还有什么其他的？这就是我想要研究的……"他用又大又深邃的眼睛看着我，轻轻地摆了摆手。

"我只是想知道东方衰退的原因。我也问过汤因比教授。为什么印度在十八世纪衰落了？"玛丽·理查兹大声问道。

"印度没有完整的灌溉系统。"雅各布·莫里森说道，"根本原因就是农业。"

"与活跃于海上的中世纪阿拉伯人不同，莫卧儿人属于内陆的'马背一族'。他们并没有建立强大的海岸线防御系统。提普苏丹建立的时候已经太晚了。"

"奥斯曼突厥人也是马背上的民族。"我表示反对，"直到十七世纪，作为欧洲一支海上力量，他们还以为地中海只是土耳其的一个小湖而已。"

"好吧。但是造成伊斯兰衰落的根本原因又是什么呢？"玛丽坚持道。

"艾什尔里派。"沙龙的主人坦维尔快速地回答道。

"谁？"

"艾什尔里派。他们用宿命论替换了穆尔塔扎莱特的学说——一位主张'自由意志'的理性主义者。宿命论越来越强大，是因为后来蒙古人的入侵和一二五六年巴格达的陷落——"坦维尔停顿了一下，又饱含情绪地继续说道，"你知道吗，蒙古人把巴格达所有图书馆里的全部藏书都扔进底格里斯河，以此筑起一座桥，整条河流都因为铅粉而变成了黑色。"

"看在神明的分上,到底谁是艾什尔里派?"玛丽又重复了一遍她的问题。

"巴格达陷落后,人们开始认为毁灭伊斯兰所有的智慧成就并且让野蛮人摧毁哈里发帝国一定是神的旨意。宿命论——即艾什尔里派的教义——直到今天还被大部分穆斯林追随着。"

"又是一个讽刺——拉者拉姆莫汉曾经在一所阿拉伯的伊斯兰学校学习,深受穆尔塔扎莱特学说影响。这些理论主义者总会直接或者间接地在印度革命中扮演建立者的角色,因为早在八百年前穆斯林就已经放弃他们了!"

"哈,但是逊尼派可不能很好地为穆尔塔扎莱特的教义服务呢——"雅各布又展现了他的深厚学识。

讨论就这样继续着……直到凌晨一点半才我们离开,一行人又驱车到机场去喝咖啡。一小时以前我刚回到家,但毫无困意,索性抬笔写信给你。

现在,我必须告诉你一个大新闻。就在昨天,我,卡玛尔·礼萨博士,身为追随者、革命家,对于印度的命运和伟大永远充满热忱信念,开始了一场命运的赌博,我在这里谋得了一份月薪一千二百卢比的工作。我必须在东巴基斯坦建立一所实验室,很快会去美国购买一些设备。下周我会前往东部,届时会从达卡寄信给你。

已经天亮了,我花了整晚写这封杂乱无章的信。就在刚才,我站起来打开窗帘向外看,卡拉奇城刚刚睡醒,准备开始一天的工作。成百上千的市民骑着自行车或搭乘巴士前往工厂和车间。他们大多是移民,在我们的党派术语中被称为"可爱的群众"。这不是他们的错,塔拉特。他们值得过上和平的生活,吃饱穿暖。我亲眼看着潮水般的工人们涌进巴基斯坦工业开发公司建设中的造船厂。说实话,这一切使我感到非常震撼。他们是新兴的无产阶级,势必会给巴基斯坦带来一场社会主义变革。

再去想印度该如何收复失地是非常愚蠢的。世界的版图在每一场战争后都会改变。一九四五年之后,它又变了。

我曾经从哈里桑卡那里借过一本林语堂的《风声鹤唳》,坐在古尔费珊我那个舒适的小窝里细细品读。

所以,此时此刻,我应该把我自己当作一片颤抖的树叶①,飘出我的玫瑰园——古尔费珊,越飘越远吗?

想想巴勒斯坦人吧,至少我找到了一个家,而他们却没有。

我经常梦想着创造而不是毁灭。你觉得我应该让自己在绝望的空虚中自我沉沦吗?不,塔拉特,我不会让这种事发生。

我会重建。

首先,我会为自己重建一所房子,哈哈。

阿米尔·礼萨的宅邸出自一位非常著名的意大利建筑师的工作室。阿米尔·礼萨夫人是个彻头彻尾的贱人,她盛大的晚宴派对经常出现在当地一本叫作《镜子》的上流生活杂志上。这个精于算计的女人一直坚持让我从她一位有钱有势的表亲(此人在北方邦奈尼塔尔上学)那里购买一千平方码土地,然后我可以从我的部门得到六万块钱的建房贷款。昨天,当那位尊敬的先生带着计划书来找我,我几乎快把自己的头发扯掉,怒吼起来。

---

① 《风声鹤唳》的英文译名为 *Leaves in the Storm*。——译注

我们的父母在房子建好之前会继续住在阿米尔表兄的客房里。父亲整日阅读报纸，很少说话。母亲常常与同样从勒克瑙移民过来的朋友们聚会。我能体会他们的心情。我们的老阿萨德·马莫已经在尼拉姆普尔孤独地去世了。

爱你的　卡玛尔

又启：在一个派对上见到了罗珊·卡兹米，她已经结婚了，看上去一切都好。萨吉达贝古姆成了一位政治领袖。她一切都没变。"这是个悲伤的悲剧。"当她得知某位重要人物近日去世，向媒体给出这样的哀悼信息。我倒是很想问问她，什么是快乐的悲剧？也许她会这样回答："你的死讯，亲爱的卡玛尔。"

六十七

通向锡尔赫特的路

中世纪的印度。苏丹王时代的乔恩普尔、古吉拉特、孟加拉、摩腊婆。曼杜的印多尔陵,卡尔皮的乔拉西花园,莫卧儿帝国时代之前的印度。他把双手放在那些属于过去但今天依然留存着的冰冷灰石头上。他认真地思考着这些装饰图案的寓意——阿拉伯式花纹,莲花,干闼婆①,大象。他轻轻抚摸着光塔上一块块细长的砖,在迷宫般的中世纪城堡里上上下下,在黑魆魆的地下宫殿好奇地张望。不时会有农家女赶着羊群从残垣断壁旁穿过,或者谁家的淘气孩子从一旁的菩提树上直接跳进废弃古井。也曾有个失明的苦行僧意外来到这里,在倒塌的石柱间坐下,抽起他的椰子水烟袋。晶莹的蓝色天空低垂在光滑的波斯穹顶和寂静乡野中。风在高止山脉西部薄雾笼罩的山丘上吹起,穿过普尔的苏菲派临终安养院。一场豪雨袭来,中世纪印度所有的忧伤、荒蛮、死寂都浸泡在汪洋之中,杂草和青草在疾风中奋力摇晃。

他在太阳落山前回到了客栈,坐在阳台上,给自己倒了一杯威士忌。客栈主人给他端上一桌美味的英式晚餐,饭后甜点是焦糖布丁。那家伙是

---

① 印度教神话中的男性禾神,不食酒肉,只吸收香气。——译注

如何在那么短的时间里整出如此多美味佳肴的？真是印度的一大奇迹。

对于周围人带着畏惧的毕恭毕敬，他略感尴尬，即使是受过良好教育的那一部分印度人在他面前也格外小心翼翼。白人大爷的特权依旧无可争议。有时候他甚至也会觉得自己是个特殊的人。也许是遮阳帽和热带的作用吧。他似乎明白了那天查姆帕在电话里跟他提到的英国人骨子里的优越感是怎么一回事。

在以前的一些土邦地区，他发现平民百姓依然对过去的封建主人保留着感情和尊敬。这恐怕也说明了为什么几个世纪以来，印度人一直心甘情愿被不同的王公、苏丹、英国总督统治——他们崇拜华丽和辉煌，对权威卑躬屈膝。

客栈主人走了进来，用特别的嗓音说："先生，送您去火车站的马车已经备好了。"于是他回到了加尔各答，乘坐达科塔运输机前往达卡，又艰难地钻入一列开往锡尔赫特的拥挤火车。

锡尔赫特是他的终点。

列车尖啸着在一个路边小站停下。各种嘈杂的声音瞬间涌入车厢，把他从睡梦中叫醒。

"水煮蛋……热茶……热茶……水煮蛋……香蕉……香蕉……"

他推开窗户，向外望去。习习凉风裹着一股刚犁过的土地里特有的泥土芬芳。一个驼背的印度老人抱着好几束花快速地在月台上移动。印度女人们额头上点着吉祥痣，小女孩们身穿五颜六色的纱丽，而男人则身着白色的腰布，而穆斯林穿着格子纱笼。还有半裸的小孩、英裔印度侍卫、商贩、抬轿人。火车缓缓地开动，驶过一池开满睡莲的小湖，孟加拉人的嘈杂声渐渐消融在夜色中。

有时，他会看到一个女人站在被野生兰花丛包围的茅草屋门口，瞬间她紫色的纱丽也和夜色融为一体。女人们举着灯笼——这些人有着怎样的故事？她们的世界观是什么？她们的生活哲学？对她们而言，生与死之间的距离有多远？痛苦。贫困。饥饿。

他再次闭上了眼睛。

"安拉赐予我们雨水，赐予我们粮食……赐予我们衣物。"耳边传来一首孟加拉民歌，这首歌他之前在达卡的一次聚会上听到过。"安拉，赐予我们粮食……"而如今，他总是会把孟加拉人浪漫化。

火车又停在了一个小站。包着头巾的商贩们再次出现在他蒙眬的视线里。

"先生，需要晚餐吗？"一个商贩恭敬地问道。

他点点头，把自己的毛毯放到一边。

从北方邦东部来的劳工们在他锡尔赫特的茶叶庄园里工作。拉姆·戴亚和拉姆·奥塔尔；拉赫曼和西塔，特里洛查和查姆贝利亚……两个名字看起来特别受北方邦的欢迎：拉姆和西塔！印度的黄金时期，英雄辈出的年代——阿逾陀、高尔、舍卫城。拉姆·昌德拉、奥德、米提拉王国的贾纳克·库马里·西塔。而这个拉姆和这个西塔……只是他茶园里两个面黄肌瘦的劳工。

"这是您的晚餐。茶还是咖啡？"商贩端来一个餐盘。西里尔坐了起来，提醒自己必须准时到达斯里曼高。他还准备去兰加马蒂、昌德拉戈纳和班多尔班。他得赚更多钱。

火车在清晨抵达锡尔赫特。和往常一样，彼得·杰克逊在站台上等候他。

深夜，他们开车前往苏尔马河畔。年迈的男人和女人们手握着烟雾缭绕的灯笼,挤满乡间小船。其他人则成群结队地登上从对岸返回的舷外机动船。一个盲乞丐念叨着《古兰经》,声音单调却令人敬畏。两个盲人登上一只独木舟,一个盲女人坐在树下一动不动。摩托艇上固定着支架,奔驰汽车被运上甲板。

彼得雇了一艘**船**,他们离河岸越来越远。突然一阵狂风袭来,船剧烈地摇晃起来。

西里尔·阿希礼拿起油灯,焦虑地四下张望。"彼得,我们是不是遇到暴风雨了?"他冲着船夫大喊。"我说,船夫,你怎么称呼?"他用磕磕巴巴的孟加拉语问道。

"阿布·莫术尔,先生……"

"阿布·莫术尔,让我来帮你划桨。"

"没关系,先生,安拉在为我们掌舵。"他快速地回答。西里尔抬头望着简陋的船舱,破旧的小船上摆放着老阿布·曼苏尔·卡玛鲁丁的所有生活物什。油灯、祈祷垫、盆盆罐罐、椰子水烟袋,这就是正在与疾风暴雨搏斗着的白发船夫的整个世界。

西里尔感到奇怪。他使劲揉了揉疲惫的眼睛,试着说服自己这并不是在做梦。一件又一件毫无意义的事情不停地提醒他,此时此刻,他正置身于一个奇妙绝伦、叫作巴基斯坦的地方,而不是在剑桥湿漉漉的草坪上。他又四下望去,一只舢板平静地从他们身边划过,如水的月光倾倒在岸边的垂柳林中。

六十八

客栈

愉快的共处时光令他们意犹未尽。西里尔·阿希礼凝视着远方若隐若现的一座青山,它屹立在缅甸境内。

"你说,我们能靠烛光到达那里吗?"他思忖着。

"走到巴比伦需要多久?"卡玛尔用同样的口气回应道。

一条皮包骨头的野狗顺着木栅栏爬上了阳台,西里尔扔给这位饥饿的客人一块肉饼。

"它也许是从中国逃过来的。"卡玛尔神情严肃地看着那条狗。

"哈,你又在用你的剑桥腔说话了!"

"你的观察力真不错,"卡玛尔回答,扔给野狗一块鸡肉三明治,"我可以向你证明我的诚意。"他从口袋里掏出一本簇新的绿封皮护照,交到他朋友手中。

"你来这里不就是为了去戈尔诺普利造纸厂①赚钱?很多人都是如此。"

"我来这里是为了跟我的命运赌一把!但这跟你又有什么关系?你难道不是为了榨干这些孟加拉贫困劳工的血汗而跑来这里……就像你的那些

---

① 由巴基斯坦工业发展公司一九五三年在吉大港建造。——译注

显赫的祖先所为？好吧……我承认我是个叛国贼，可那又如何？"

卡玛尔走进房间，独自消化着刚才自己说的话，阴郁着脸，想起西里尔的话，端起了茶杯。

尊敬的西里尔·霍华德·阿希礼阁下前一天刚刚经历了日夜兼程的穿山越岭，从斯里曼高来到吉大港山区，正是通过这里，他的茶叶销往世界各地，销量可观。

听到他的兄弟和罗丝离婚的消息，大卫勋爵反而松了口气——浪子终于回头了。大卫勋爵在锡尔赫特拥有一片茶园。一个傍晚，他把西里尔约到绿园旁的私人俱乐部，说道："你想不想试着种茶？你将会有大量时间享受康沃利斯勋侯爵般的贵族生活。"

西里尔点点头。他也不知道自己的人生是否还有更远大的规划。

于是，他来到了吉大港山区进行考察。昨晚回到兰加马蒂客栈，他看到一个年轻人倚靠在阳台栅栏旁凝视着戈尔诺普利河，样子非常眼熟，当对方也听到动静转过头来的一刻，他认出来：卡玛尔·礼萨！卡玛尔把自己如何从印度移民来到巴基斯坦的前因后果和他讲了一遍。此时正是去达卡建立实验室之前的东部游历。他们聊起不少老朋友。"其实我来这里已经三年了。"西里尔道，"没什么联系——"

"查姆帕成了一名律师，她回到了印度，我跟塔拉特一直保持通信。《印度教法典议案》刚一通过，珊塔就离了婚。她嫁给了比尔·克雷格。对了，纳尔吉丝·考瓦斯吉被谋杀了。"

"谋杀?"

"在她自己的游艇上度蜜月的时候，据她英国丈夫的描述，恐怕是谋财害命。"

河岸边有一个用竹子搭建的电影放映厅。每当那里上演乌尔都语话剧或者来自印度的音乐家登台,都能让寂静的夜晚热闹不少。拉塔·曼吉茜卡美妙的歌声划过静静的河面,卡玛尔如痴如醉地聆听着。拉塔的歌声就像一座连接两个敌对国家的桥梁,他想。

"你听说过拉塔·曼吉茜卡吗?"他漫无目的地问西里尔。

"拉塔……曼……那是谁……?"西里尔重复道,一脸疑惑。

主厨端来了刚沏好的茶。

曾在英属印度政府部门工作的巴基斯坦总督伊斯坎德尔·米尔扎将军刚进行完一场大象狩猎,从班多尔班返回卡拉奇。兰加马蒂客栈为了接待这位重要人物,特意重新装修,而这个无限光荣的迎宾任务也让主厨又回到了弗雷德里克·伯恩爵士时期的旧日好时光之中。

"上个星期这里一定忙疯了。"卡玛尔说。

"是的,先生。我们新领袖的阵势一点也不输给当年这里的白人统治者,先生。"厨子四下看了看,压低声音道,"这里有好多麻烦,到处都是……"

"这里……?"卡玛尔感觉周围的森林中仿佛埋伏了无数恐怖分子——任何时候这些人都可能冲进客栈杀死他们。那样,没准他会被称为烈士。这种想法竟让他略感安慰。

卡玛尔和西里尔在兰加马蒂逗留了一个星期。

这里的地方长官曾经是东巴基斯坦一个山地部落的头领,后来在牛津求学。他邀请西里尔和卡玛尔共进晚餐。在跨越河流的拉吉·巴里官中,卡玛尔瞥见了印度帝国日渐衰败的景象。一只小船停在花园边,附近伫立着一座白色石庙,朴素又庄严的皇家府邸被沿路无数盏小灯泡照亮。长长的走廊两侧挂满皇室祖先的油画,他们都身着莫卧儿时代的华服。"这些人,包括来自孟加拉和阿萨姆的莫卧儿长官们,"西里尔参考了他在兰加马蒂客栈客厅书架上看过的一本残破《帝国地名录》里读到的内容，低声对卡玛尔说，"从人种上来说，他们只能算半莫卧儿人。他们的宗教是印度佛教，他们的血统甚至属于蒙古或藏缅族群。印度迷宫般的历史渊源简直能把人逼疯。"

"你是从巴基斯坦过来的?"长官和蔼地问卡玛尔。

卡玛尔有些尴尬。难道这里不是巴基斯坦?他思考着这个问题。究竟什么是国家?这座拉吉·巴里宫、这里的一切都属于哪个国家——印度还是巴基斯坦?

"你们应该去一下西塔昆德。"长官建议道，"那里的山顶有硫黄矿，寺庙长年被烟火围绕。非常美的地方。"

他们离开的时候，卡玛尔非常正式地鞠了一个躬，那是来自旧勒克瑙时期的礼数。"请允许我告辞，长官夫人、长官阁下。"第二天一早，他们坐车来到吉大港，登上了前往西塔昆德的火车。查票员走进他们的车厢，靠在墙上检查车票。

"坐下吧。抽烟吗?"卡玛尔向他递上一支烟。他迟疑地看着眼前这位慷慨的乘客，坐在了椅子边缘。

"你是本地人吗?"卡玛尔亲切地问道，尽量让他放松。

"是的，先生，我就住在这附近的村子，穿过那片槟榔树林就是。"他手指向窗外。

接下来的旅程加深了卡玛尔对他的了解。检票员得了结核病，赚得很少，但依然要养活家里五个待字闺中的姐妹，他对现在的达卡政府不甚满意。

他拥有令人惊讶的政治眼光，还能用流利的英文交谈，措辞很像一位善辩的大学生。这样一个人，却在东孟加拉的一条铁路线上做检票员。

"在巴基斯坦建立以前，穆斯林很难坐上一等或二等舱，孟加拉的穆斯林经济状况一直堪忧。"他继续诚恳地说道，"今天当我看到我们的伊斯兰兄弟已经可以坐进拥有空调的车厢，内心实在是无比激动。"

火车慢慢驶入一个车站。

"我能跟您说件事吗，"检票员从座位上站起来，对卡玛尔说道，"我从一九四七年开始在这条线上工作，您是第一位用如此尊敬的口气邀请我坐下并且与我交谈的西巴基斯坦高级官员。我会永远记得您的。"他走出车厢，消失在了人群中。

"我们要去西塔吉寺。"到站后，卡玛尔对走上前来的小工说道。

"先生，我建议您现在还是不要去。到山顶要很久，您从山上回来估计天都黑了，山上有很多豹子和蟒蛇。"站长恭敬地走上前来告诉他们。

"不，我们一定要去。"西里尔坚持道。

突然间，月台上出现了一辆轿子，一个年轻姑娘坐在其中，正透过红色窗帘向外张望。

"这是我们大毛拉的女儿。她正要回自己的夫家去。"一名小工告诉他们。

一位铁路警察走了过来。"先生们，请跟我来，如果你们坚持要去，我会带你们去村里。"他们走在泥路上，凉爽的空气中夹杂着野生玫瑰的芬芳，沁人心脾。警察开始聊起了政治——高物价，人为造成的饥荒，人民联盟，法兹鲁尔·哈奎。卡玛尔的脑袋嗡嗡作响。这个地区的每个人似乎都格外忧国忧民。毫无疑问，他置身于孟加拉。

卡玛尔发现一个小男孩一直跟在他们身后，男孩用吉大港方言跟铁路警察说了些什么。

"普拉富拉说他可以带你们去寺庙。"警察告诉卡玛尔。

"你好，普拉富拉。"西里尔和卡玛尔分别庄重地和男孩握了握手。

泥路慢慢变成了水洼路。路旁是个小市场，聚集了不少人，或在闲聊，或在看着报纸。走进小市场，西里尔仿佛一位白色巨人，他们在一家用竹子建造的小餐馆门前停下。餐馆里有不少男人坐在长凳上看着孟加拉语报纸，留声机里传来东巴基斯坦著名歌手莱拉·阿朱曼德·巴诺用歌曲演绎的泰戈尔诗篇，竹墙上挂着几张拍摄于加尔各答的最新孟加拉电影海报。这是一个与西巴基斯坦完全不同的世界。"我们现在准备上山了，回来的时候想要一些滚烫的热茶。"卡玛尔对店主说。村里人都知道来了大人物，从家里给他们带来了水果和甜品。

"您是我们的贵客，我们理应款待您。"一名络腮胡穆斯林端上一大把香蕉，对卡玛尔说。

"无法相信这就是在一九四七年互相残杀的那些人。"卡玛尔陷入沉思。

"每一个人的心灵都经过了几百万年的演化。"西里尔道，"有时候也可能被兽性占据。"

他们继续向山上进发，引路者是表情十分凝重的普拉富拉。当地的印度教徒们已经开始为还有几个月才到来的娑罗室伐底节①作起了准备。草丛里竖着一些涂成闪亮白色的女神塑像，村里的陶工们把这些半成品放在外面让太阳晒干。不远处，他们看见一个红砖垒成的池塘，周围是一座座红砖庙宇，大榕树的树枝垂落在池塘的阶梯上。他们走向另一个码头进去，只见几个年轻女孩正坐在池塘边聊着天。

穿过葱郁的植物，便是蜿蜒曲折、通向山顶的阶梯。沿路可以看到不

---

① 印度教纪念智慧和知识女神娑罗室伐底的节日，一般在一月至二月间。——译注

少矗立在树林中的古老的钟形印度教神殿,它们掩埋着保持坐姿死去的不知名的瑜伽士们。山顶的硫矿正在燃烧,冒烟。

"悉多皇后被罗波那绑架并带到锡兰之前,曾经在这里停留数日。"普拉富拉用一种平淡无奇的口气作着现场解说。他们继续往上爬,已经距离山顶不远了。正值苦行僧下山的时间,破败的拱门下传来瀑布哗哗的水流声。归巢的喜鹊叽叽喳喳,树叶在风中窸窸窣窣,瀑布落在下方的水面上形成涟漪,硫石燃烧的声音夹杂着曼怛罗朗诵声,缓缓在空中升腾起一种神圣的香气。普拉富拉如猴子般矫健地爬上山顶。"先生们,要小心!"他警告道,"这里有很多蝎子和蛇。"

阳光渐渐被黑暗噬去。"我们回去吧,得赶上十一点的火车。"几分钟后,卡玛尔提醒西里尔。

小村庄的茶室里,大家都在热切地等待着他们的归来。他们像熟客般走了进去,坐在木头长凳上。瞬间,热腾腾的茶、饼干、甜肉干摆上桌,主人恭敬地站在一旁,带着羞涩和期盼的神情邀请他们享用。他们不肯接受"朝圣者"的分文。村民们自发地到火车站为两人送行。普拉富拉一直沉默地陪在一边,像个老朋友。

跟这里的所有人一样,这个淘气的孩子不愿收下他们递过来的钱。当卡玛尔把一张五卢比的钞票掏出来的时候,他看上去像是受到了伤害。

"法蒂玛会保佑你们一路平安。"即将登上火车时,铁路警察对他们说。

六十九

茶园主

穿过几条小溪,越过几片树林,毛尔维市场周围一路风景如画,美不胜收。卡玛尔和西里尔终于来到了西里尔·阿希礼位于锡尔赫特区斯里曼高的茶叶种植园总部。庄园位于小山坡上,远远就能看见房子里亮起的灯光。

有那么一瞬间,卡玛尔恍惚觉得自己的老朋友西里尔·阿希礼一下就变成了旧时代的白人茶园主。他们的车开进了气派的花园大道,西里尔挺胸抬头、趾高气扬地走下车,踏上阶梯。管家急忙出来迎接,马上接过他手里的太阳帽和双筒望远镜。几个用人毕恭毕敬地一字排开站在外面。西里尔用专横的口气喊道:"阿卜杜尔·拉赫曼,加些水——"接着,他神态威严地向客厅走去。"去洗个澡,九点用餐。"他对卡玛尔说。

房间里摆满昂贵的柚木家具,墙上挂着虎皮,以及雄鹿和野牛头。卡玛尔觉得自己仿佛穿越到了一九三八年的印度。眼前一幕让他一下子回忆起了勒克瑙的古尔费珊以及德拉敦的房子,当西里尔喊着管家阿卜杜尔·拉赫曼的名字时,关于阿米尔汗的所有记忆再次回到卡玛尔脑海中。甚至当房子的主人招呼车夫时,卡玛尔也觉得即将应声跑出来的会是老卡迪尔。

流放，流放……哦，神啊，为什么你会把我变成一个流放者……？他瘫坐在扶手椅上，双手蒙住眼睛。

用人们走过铺着黄麻地毯的走廊。孟加拉会计在阳台上转悠，一个工头坐在台阶上。他们都在等待西里尔。一种肃穆的气氛萦绕着这所房子。搬运工、男仆、厨子、雇农、印欧雇员、约瑟夫·劳伦斯、苦工，每个人都在以不同的姿态等待西里尔发号施令。西里尔离开了几个星期，这次回来有一堆事情等着他定夺。这里只有一个西里尔·阿希礼大人，却有各种各样的男人在为他效劳：园丁、剪草工、马夫、运水工、司机。他的私人汽艇拴在旁边的一个小码头上。

这还是那个在剑桥的草坪上抱着一摞摞波德莱尔和马拉美，喜欢在街角的小馆子里点上一大份鱼和薯条，由情续低落的迈克尔和丹尼斯陪伴的西里尔·霍华德·阿希礼吗？

第二天，在"早间"里用完早餐，西里尔戴上他的遮阳帽，两人一起上了他的奔驰。会计和雇工们跟着约瑟夫·劳伦斯和彼得·杰克逊爬了几辆吉普车，一行人浩浩荡荡地向茶园进发。西里尔又带卡玛尔参观了他的茶叶工厂，之后又带他去了"种植人俱乐部"开了开眼界，让他了解巨额交易的方方面面。接着，他跟几个种植商伙伴们聊了聊今天的纳拉扬甘杰股市，翻了翻加尔各答的《政治家》《甘露市场报》和达卡的《早间新闻》。午餐前他们又喝了点啤酒，然后卡玛尔就不见了。

"你见到礼萨先生了吗？"片刻过后，西里尔问彼得·杰克逊。

"呃……我想我看见他往茶园方向走去了，和努鲁尔·伊斯拉姆·乔杜里，先生。"彼得·杰克逊意味深长地回答。

"努鲁尔·伊斯拉姆·乔杜里……？"西里尔重复了一遍。乔杜里是昨天晚上来找过他的工人代表。他被告知今天来一趟办公室。于是，西里尔开车在自己的地盘上到处寻找他的朋友,他把车停在一棵凤凰树下,步行走到茶园中。茶园一片鸟啼虫鸣,暖融融的阳光穿过树梢间,投射到茶园里,眼前是一幅明暗交错的美景。

他听见一阵玻璃手镯叮叮当当的声音。一个年轻的比哈尔姑娘正敏捷地采着茶叶,她发现他后,马上用纱丽盖住了暗淡的脸庞。白人庄园主站在她面前微笑着,脑中的思绪缓缓流出,他用磕磕巴巴的孟加拉语问道:"你叫什么名字?"

"我的名字?查姆帕……"

"查姆帕。"他重复着,仿佛第一次听到这个名字。"查姆帕,"他念叨着,"真是个好名字……查姆帕……"他迅速地转过身,向车子走去。女孩瞪大眼睛,满脸不解地看着他的背影,直到他消失在纤细树丛的斑驳光影之间。查姆帕,整整一代劳工,在这片庄园里遇到的各种各样的英国佬——古怪的,傲慢的,热心肠的,醉醺醺的——这个白人庄园主疯了。

西里尔回到俱乐部,躺进一张扶手椅。伊丽莎白二世从壁炉上向他投来微笑。另一幅画像中,一位身着一九一四年之前风格的高领裙、头戴大帽子的英国女士正别扭地坐在象背椅上,科奇比哈尔的摩诃罗阇坐在她的身边。这位英国女士倨傲的神态让西里尔想起了自己的祖母——巴恩菲尔德庄园里的佩内洛普·阿希礼女士,她曾经为了猎虎而去过印度。"早上好,祖母。"他用嘶哑的声音嘟囔了一句,又想起了不知所终的卡玛尔。

卡玛尔回到庄园时已经是深夜,西里尔在客厅里等他。

"你究竟去哪儿了?"一见卡玛尔走进来,西里尔十分不悦。

"哦,就是随便转转。"卡玛尔语气十分随意。

"你是不是去了工棚区?"

"对。"

"好吧。你应该跟我站在同一边。所以千万不要自以为是。"

"工人们每天的薪水是一个卢比四个安纳?"

"是的。"

"没有共产主义者来动员他们吗?"

"我不知道。"

"你当然知道。你知道得一清二楚,正是你一直在阻挠他们建立工会。"

"卡玛尔,"西里尔点燃一支烟,你知道,"我也曾经想要用我瘦弱的肩膀扛起整个世界的十字架,但一切都是徒劳的,所以我不得不扔了它。你也该扔掉它了,记住。明天一早开始我们还要去拉杰沙希看一眼帕哈尔普尔的笈多王朝雕塑。赶紧吃好晚饭去睡吧。晚安。"

在拉杰沙希区,地主们曾经居住的宅子空空荡荡,他们都已经移民去了印度。

"这个地区是人类学家的天堂。"在拉杰沙希的客栈里,一位来自西方的纪录片制片人告诉他们。卡玛尔和西里尔跟随摄制组一起深入美丽的腹地。

"桑塔尔人穷到只能吃树根,但是他们却保留着尊严。"外国摄影师说道。

"这里的人们没有食物却有尊严。"年轻的孟加拉向导低声对卡玛尔苦笑着,"多么好的《国家地理杂志》标题。"

"西里尔,东巴基斯坦正酝酿着一场社会革命。"卡玛尔兴奋地说。

西里尔和卡玛尔从桑塔尔农村回到庄园的那天,全村的人都聚集在了他们的吉普车前。一个皮肤黝黑的美丽女孩上前一步为贵宾戴上金盏花穿成的花环,双手合十,优雅地鞠躬。村长的一条腿绑着一根木头,穿上了他最体面的衣服以示尊重。他一瘸一拐地走到村口为他们送行。一个桑塔尔小男孩跳进水池,摘下一朵红莲花和一截长长的莲藕,作为礼物赠送给离开的客人。

恒河水缓缓地从拉杰沙希小客栈前流过,而河对岸便是印度穆尔斯希达巴德。

两人在博物馆里花了不少时间欣赏精美的笈多雕塑。晚餐过后,他们沿着星光照耀的河流漫步。

"东部人民自卑感很强。"西里尔沉思着对卡玛尔说,"当我第一次来到印度次大陆这片伟大的土地,住在一间偏僻狭窄的小客栈,对东印度公司的效率非常惊讶。然后,我听说,早在十八世纪,倭马亚王朝就把邮政系统引进到了整个阿拉伯帝国。而在苏丹统治时期的印度,每隔几英里还设有驿站,以及为信差和旅行者准备的休息室和水井。英属印度官僚制度依旧控制着印度和巴基斯坦,但我们却只是在原来阿克巴治理模式的基础上稍作改良……

"在巴恩菲尔德庄园的图书馆,我见到过一部非常珍贵的、由达拉·希科王子翻译的《奥义书》。书的空白处,写着一位叫作拉德希·查兰的先生将此书献给我的祖先西里尔长官。这个乡绅是西拉杰-乌德-达乌拉政府的会计,就是在那个地方——"西里尔的手指向对岸,"穆尔斯希达巴德。"

一艘小船向岸边靠近,一瞬间,卡玛尔似乎觉得西里尔口中的那个拉德希·查兰会走下船来。然而,他们却听到一声枪响。那是一艘载满士兵的巡逻船——恒河也是分隔印度和巴基斯坦的天然界限。卡玛尔和西里尔走回客栈，继续关于达拉·希科的讨论。

"你是否意识到，"卡玛尔道，"你们这些人变得多么欧洲中心主义？你们通过达拉·希科了解《奥义书》，但是只有那个翻译了波斯语版的东方学家才会被你们记住，而不是那位才华横溢却时运不济的莫卧儿王子。"

远处又响起一声枪响。

"又一个走私犯，或者又一个越境者。"西里尔悲伤地说道。

他们返回达卡的路上，火车停靠在了一个非常热闹的恒河港口，乘客们纷纷登上等候在此的蒸汽游轮。蚂蚁般的搬运苦力们将火车上沉重的行李一件件通过窄小的木板桥扛到小船上，发出的噪音充满节奏感。三等舱的乘客跳上船后都直接下到底舱靠近火炉的地方，那里聚集的全是年迈的印度教徒。接着便是一等舱的乘客登船，他们纷纷走入船舱，或者拿出望远镜、照相机和报纸在甲板上溜达。两个来自西巴基斯坦的旁遮普富家贝古姆开始了手里的编织活，两位孟加拉毛拉热烈交换着对人民联盟的政治观点。一位西巴基斯坦政府高官在船舱里惬意地喝着啤酒，他曾是印度内政部成员，该部门更名后，在巴基斯坦被称为高级公务局，在印度叫作行政部。卡玛尔和西里尔站在甲板的一个角落里，观察着这一切。这个世界变成这样经过了怎样一番艰辛？新的世界又会变成什么样子？在建立新世界的过程中，究竟会失去多少无辜的生命？多少人的家园被毁？多少人成为难民和流亡者？多少曾经挨饿的人还在继续着挨饿的生活？

那位旁遮普高官从船舱里走出来，递给卡玛尔一根烟。河水在阳光的照耀下闪耀着碎金子般的光芒，一艘庞大的、装载着黄麻的黑色货船从他们身边驶过，卡玛尔出神地凝视着，感到一阵强烈的震颤。

"真是壮观。"他低声感慨。

"哈，"旁遮普高官接道，"说句实话，这地方也就对游客来说看着不错，如果你真和当地人一同住上一阵，就会了解实情了。懒惰，鼠目寸光，失势的颓废，控制和管理他们的情绪是非常考验耐心的。

"告诉你，孟加拉人非常擅长自给自足，他们有泰戈尔、黄麻和一切。"高官兴致勃勃地继续说道，"如果有一天他们可以逃离巴基斯坦的统治而宣告独立，我会把自己灌醉一个星期以示庆祝。"

船慢慢靠近纳拉扬甘杰。太阳在紫色的云朵中散发着微光，仿佛黝黑的印度妇女额头上鲜红的吉祥痣。无数船只都向着近乎无边无际的海天交界线另一边驶去。一位干瘪的老妇以惊人的速度划着她的小独木舟。壮阔的河流之上似乎存在着另一个恢弘壮观的世界。不一会儿，舢舨上的小灯都亮了，仿佛河水在庆祝排灯节。穆斯林船夫们一边摇橹一边祷告。起风了，一根根桅杆上的风帆迎风飞扬，犹如千羽白鹤亮出双翼。

回到达卡，两个年轻人就开始了忙各自的工作。他们晚上约在达卡俱乐部碰头，再一起走回休息处。周日，他们在喧闹的中世纪小道上漫步，不时还能看到古老的马车在十七世纪修建的街道上驶过。在弯路交错、充满神秘色彩的阿马尼托拉，一座亚美尼亚修道院隐藏在围墙和拱门后方，他们念着亚美尼亚古老墓碑上的名字，哈图恩、阿拉姆、阿拉图恩，这些人都是谁？他们是怎么活的，又是死的？赫西皮西玛·哈拉里夫人、阿拉图恩·格里高利·莎美恩、卡特西克·阿维艾提克·阿拉姆·托马斯、加尔各答"宝塔树"的哈图恩·阿拉姆·阿拉图恩……

夜晚的天空乌云密布。两个朋友坐在客栈的休息室里。西里尔读着一本翻译过来的中世纪孟加拉民歌集。

池塘边开满黄兰花，天上飘满阴云。我的感情就像八月的溪流般奔腾。溪流！你为什么流得那么快，你不知将归何处——水罐！让自己像雨滴般淹没在水中吧。而我，也会跟你一样，淹没。

桌上蓝色的台灯散发着极为微弱的光线。外面漆黑的天空中一道闪电划过，飓风在远处张牙舞爪。

"我明天要经过印度去卡拉奇。"卡玛尔说。西里尔抬头看着他。

"好的，我估计到了。"他回答。

"我会经常来看你的。"

"希望如此。"

西里尔读道：

乌鸦是黑的，噪鹃更黑，黑色是桑加克哈利河的河水……但最黑的还是她的云鬓……

外面，雨水劈劈啪啪打在莲花池里，仿佛在演奏贾特朗乐碗①。又一道闪电划破夜空，照亮了树木和蝶豆花。西里尔用一种奇怪的语气大声朗读：

老恒河在黄兰树林的另一边哭泣。告诉她我捂上了耳朵不想听到别人的召唤。我已经把船靠岸。告诉她。

"我会的。"卡玛尔用阴沉的声音回答。

---

① 一种有着固定音高的印度打击乐器，由一组用瓷、玻璃或金属制造，大小不同的碗组成。演奏时须在碗内盛水。——译注

第二天早上,卡玛尔前往代吉冈机场乘飞机前往印度。他直接从杜姆杜姆去到了豪拉站。站台上,他看见一名警察正快速地向他走过来。他知道自己的口袋里装着护照和所有必要的旅行证件,并不是非法入境印度,所以没感到慌张。可警察头也不回地从他身边经过,这让他感到极其难受。

火车继续向西前进。布德万……阿桑索尔……巴特那……穆加尔萨赖……瓦拉纳西……阿拉哈巴德……它在这片陌生的土地上疾驰。仅仅一年前,这里还是他的祖国,是他的祖祖辈辈生活的地方。今天,他成了这里的陌生访客。他觉得周围的人都在用怀疑的眼光打量着自己。"你是个巴基斯坦人。"他似乎觉得每个人都在对他说,"快去警察局,让他们把你关起来。你是个巴基斯坦人——穆斯林间谍——穆斯林间谍。"火车车轮发出有节奏的轰鸣,似乎也在对他不停咆哮,声音仿佛钉耙磨地,极为恐怖——间谍——叛徒——间谍——叛徒——叛徒——叛徒——

他睁开双眼,全身颤抖。火车如往常一样,慢慢滑进了查尔巴格枢纽站。

查尔巴格,勒克瑙。

勒克瑙?

他在戈拉甘吉的亲戚家住了两天,紧接着便要去德拉敦,解决他们在卡拉奇提出的房产补偿金问题。他在第三天出发。他跟勒克瑙这座城市已经毫无瓜葛了——还有继续逗留的必要吗?如今不同往日,他已经变了。勒克瑙也变了。历史纪念碑已经成为碎片。昔日繁华的哈兹拉特甘吉已成贫民窟,市场上到处都是无人认领的牛。往日的那个勒克瑙,早已不复存在。

七十

石榴树

身在伦敦的塔拉特告诉卡玛尔,她听琼·卡特说查姆帕也回到了印度,现在和她的叔叔一起住在莫拉达巴德。离开达卡前往印度之前,卡玛尔设法将造访莫拉达巴德也列入了自己的签证计划中,他从西塔·迪克西特那里打听到了查姆帕的地址。很难想象,经过那么多年,西塔·迪克西特依然住在昌德巴格那间曾经和查姆帕同居过的小屋。

"跟查姆帕一样,我也是一个嫁不出去的老姑娘了。"她虽然对卡玛尔这样说,却显露出一丝内在的满足感。

从勒克瑙出发的火车在午夜抵达莫拉达巴德。英伦装修风格的头等舱候车室空空荡荡。卡玛尔又回想起了当初家里人是如何取道莫拉达巴德回到德拉敦的:卡迪尔和侯赛因会从他们的轿子里蹦出来,笑眯眯地突然出现在包厢的窗外。卡玛尔、苔赫米纳和塔拉特会醒着等待莫拉达巴德车站的神秘小礼物——女孩过家家的黄铜小餐具,男孩子喜欢的拉姆普里匕首①,以及给用人们的丝绒帽……他童年记忆中的所有车站都会有自己的

---

① 原文为 Rampuri daggers,而这种刀实际上为重力刀。——译注

特殊礼品——阿格拉的佩塔①和泰姬陵皂石模型，桑迪拉的拉都②，马利哈巴德的芒果，那格浦尔的橙子，瓦拉纳西的黄铜玩具。哦，印度，印度，你为何要抛弃我？他觉得喉咙里升腾起一股热流，不禁摇了摇头，但这时，感情用事也已于事无补。他在扶手椅里伸了伸四肢，打起了瞌睡。再次醒来时，上等茶点室制作的早餐已经端上桌。这又让他回想起独立前每天井井有条的生活。等等，难道我这是在留恋殖民时期的印度？他走出火车站，叫了辆马车。

"去警察局。"卡玛尔语速很快地说。马车夫是一名穆斯林，很清楚客人想去的是什么地方，他把卡玛尔带到了巴基斯坦访客出入境登记处。出入境官员也是个穆斯林。这位印度警官用乌尔都语写下了必要信息，这让卡玛尔很是吃惊。在巴基斯坦生活了一年让他对印度没了方向。警官给他倒了一杯热茶，跟他闲聊了几句最近的印度对巴基斯坦的板球赛。

他把查姆帕的地址交给车夫，马车穿过集市前往目的地。镇子上到处都是穆斯林居民，路人们大声地操着特色鲜明的乌尔都语方言愉快地聊着天。分治是如何解决穆斯林问题的？移民出去的毕竟只是印度穆斯林的一小部分。集市的墙上贴满乌尔都语海报，都是些关于诗会、夸瓦里和圣人纪念日的，尽管四周满是印地语商店招牌。

马车在一处脏乱的房屋前停下。拱门前的阳台已经破损，一只昏昏欲睡的鹰立在刷成白色的什叶派清真寺墙头。这真的是查姆帕巴吉生活的地方吗？那时候她可是经常提起自己在莫拉达巴德的"豪宅"呢。

真的没这个必要——何必穷尽半辈子粉饰生活？

---

① 印度甜点，由冬瓜制成，口感接近果脯。——译注
② 印度甜点，由面粉、糖和油制成，口感黏稠甜腻。——译注

雕刻粗糙的木门上有一扇小窗。卡玛尔轻轻地推开它，向屋内张望，里面是潮湿的、堆满稻草的、不透气的房间，半明半昧摆放着几张简易小床。他犹豫了一下还是推开了门，走上楼梯。如此黑暗逼仄的房子仿佛属于上个世纪。他喊出几声问候，没人回应。于是，几分钟后，他又鼓起勇气继续向前走。

　　在隧道般的幽暗之中，他划了根火柴才得以来到一层的院落。房间里只有一把积满灰尘的扶手椅和一张四柱床。在带有格栅的阳台上，可以俯瞰下面的清真寺，只见一位形单影只的大毛拉正在诵经。他坐在净身池边。礼拜毯旁放着满满一盘东西，不知何物。卡玛尔睁大眼睛使劲瞧，才发现那是一盘炸肝。

　　很快，几个孩子王出现在清真寺的墙上。小男孩们骑着墙高喊着："羊肝，羊肝，毛拉腿颤！"这显然是当地人的某种恶作剧。或许这几个孩子为了打赌，特意把羊肝放在大毛拉的礼拜毯边，试试他的反应。没错，生活也在这位不为人知的邻居身上不紧不慢地继续着。

　　卡玛尔再次走下楼，来到屋外，这里的冷清让他感到奇怪。他突然发现清真寺旁草地斜坡上的一处墓地。生者、死者。而你在哪里，查姆帕巴吉？棚屋边拴着的一头山羊咩咩叫着，一个女孩踮着脚，透过高高的窗户，往一面旧墙内张望，她回过头，看见了卡玛尔，正目光空洞地望着她。他又绕着清真寺走了一圈，看见一扇一模一样的门，便走了进去。来到一个平台上，卡玛尔停住了脚。

　　"谁在那儿？"里面传出嘶哑的声音。一时间卡玛尔的嗓子说不出任何话，他感到前所未有的慌张。

　　"到底是谁？"一个身穿黑色紧身睡衣的老妇人从窗户里探出头。

　　"是我……"他喘道。

"告诉我你的名字。"

"卡玛尔·礼萨，从巴基斯坦来。"

老妇把脑袋从窗户里缩了回去，等了一会儿，她打开了屋门。

"进来，进来。"她心不在焉地说，掉光牙的嘴里嚼着槟榔。

他低着头走进门内。一棵石榴树孤零零地立在院子中央。从安达卢西亚到比哈尔，人们总是喜欢在家里栽种石榴树。它为什么如此受欢迎？大部分穆斯林家庭，不管富裕还是贫穷，都有一棵石榴树——他们也有一棵，就在卡尔延普尔的家里。卡玛尔想得入迷，回过神来，发现查姆帕就在面前——她正坐在大厅的沙发上。

"查姆帕巴吉！"

"卡玛尔！！神啊！！！"查姆帕慢慢站起来，把洗得褪色的床罩抻抻平。

"我这算私闯吧。"他说，"很抱歉，就这样出现了。我实在没时间提前通知你。"

"一起去巴雷阿爸那里，我要把你介绍给他。我们必须得好好聊一聊。"她从晾衣绳上取下一条亮色的棉制披肩，把自己裹起来，准备出发。他们一起走到了外面的小路上。"我们这里不兴穿那种时髦的罩袍，卡多尔和杜莱才是合适的。"她这样解释自己的装扮。她带着卡玛尔走上一条分岔小径，路过了刚才的斜坡墓地。古墙两边都长满了杂草和菩提树。

他犹豫不决地跟着查姆帕走进一个院子。几把椅子和几张小床呈半圆形摆放着。厨房里飘出炸辣椒的刺鼻气味。

"巴雷阿爸，这位是卡玛尔·礼萨。"查姆帕对着一片黑暗大声说道。

"啊哈！欢迎，欢迎，我的孩子。"老人正躺在其中的一张小床上，听到声音马上坐了起来，热情地回应，"来坐下，这张椅子。不，不，不是那张——这张更舒服点。你的到来令这里蓬荜生辉。"

一个年轻女孩在厨房里忙碌着,另一个女孩坐在露台上学习,面前的桌子上摆了一大摞书籍。"我的侄女们。"查姆帕告诉卡玛尔,"厨房里这个叫作泽布恩,她刚在阿里格尔穆斯林大学拿到了社会学硕士学位。那边那个叫玛丽亚·扎玛尼,正在攻读农学硕士。我去勒克瑙读本科的时候她们还是婴儿呢。你怎么不说话,卡玛尔,你怎么啦?"

"我没事,查姆帕巴吉。"

她的叔叔开始跟他絮叨起一些老生常谈,语速很慢,带有些悲伤——比如印度和巴基斯坦之间即将发生的战争以及现阶段的经济困境。"巴基斯坦的建立把我们北方邦穆斯林的生活全毁了。"他最后得出结论。

"为什么这里如此萧条,人们都去哪儿了?"卡玛尔声音越来越小。

"那里——你去过的地方。"老人回答,"大部分人都拖家带口搬走了,只剩下我们几个老家伙不肯离开。等我们死了,这里就要变成一座鬼城了。"

"但是我看见市中心有很多穆斯林。"卡玛尔不信。

"都是些乌合之众,"巴雷阿爸露出轻蔑的神色,"有点身份地位的人几乎都离开了。"

"北方邦的城市中,莫拉达巴德的大部分居民是穆斯林,但他们中的大多数是工匠,"查姆帕把困惑的访客拉到一旁低声解释,"你在这里的时间太短,对这里的社会政治情况还不了解。喝点茶吧。"她正说着,泽布恩端着茶走了出来。

"只要贾瓦哈拉尔还活着,一切就还好。但如果有一天他不在了该怎么办?只有安拉知道。长远来看,我们的后代也会面临和西班牙穆斯林一样的命运。"

卡玛尔浑身发抖。西班牙依然是穆斯林心中的一根刺——尤其在危机时期？他看着在夜风中微微摇摆的石榴树。

老人一边抽着水烟袋一边继续道："现在来跟我说说巴基斯坦。我听说从印度过去的阿猫阿狗都发迹了。来自北方邦的织布工、屠夫都敢自称赛义德，旁遮普人也和难民过从甚密。"

卡玛尔今天算是见识了查姆帕真正的生活环境，和过去她营造出的世界可谓天壤之别。他闭上眼睛。勒克瑙的查姆帕，巴黎的查姆帕，剑桥的查姆帕，伦敦的查姆帕，以及此时此刻莫拉达巴德死气沉沉昏暗小屋里的查姆帕。悲伤却平静地生活在新印度的更智慧的查姆帕！

夹杂着雨滴的风从拉姆根加河对岸吹来，抚摸着他的头发，他的家乡又到了麻烦不断却又迷人的雨季。但这里已经不再是他的国家。他的签证就要过期了，很快，他就必须离开这个已经不再属于他的"祖国"。

莫拉达巴德。昏暗的楼梯，查姆帕·艾哈迈德、泽布恩、玛丽亚、巴雷阿爸——他们都会永远留在那里。他该为这些不可更改的事实落泪吗？他觉得自己好像比鲁尼那样跋山涉水，历经险途，穿越几个世纪，而西班牙神秘主义者伊本·阿拉比不再与他同行。他孑然一身，不知所措。

"哈里桑卡怎么没来？"问出这句话的时候，那个熟悉的查姆帕又回来了。

"查姆帕巴吉，"他有些懊恼，"哈里桑卡又不是另一个我。我为什么得知道他在哪儿？"

"为什么不知道？你们不通信？"

"我为什么一定要写信给他？真要去写该写点什么？"他在一个蒲团上坐了下来。

"你还是那么情绪化！"

"并不，"他有些不耐烦地说道，"我只是厌烦了这些老套的印巴肥皂剧。"

"你还是没能变得更强大。"查姆帕非常平静。"那你为什么来这里？来看我？这难道不是一次多愁善感的旅程吗？"

"好吧，人时不时就会想拜访一下老朋友，"卡玛尔有点语无伦次，"除此以外，我要去德拉敦，莫拉达巴德只是途中的一站。"他拉长脸，加了一句。

雨点噼噼啪啪打在阳台上。泥土清新的芬芳沁入卡玛尔敏感的鼻腔。一个穿着深红色灯笼睡裤的女人从小径上走过，叫卖着手里的阿姆罗哈芒果。查姆帕仍然坐在门槛上。

"你接下来有什么打算？"他问。

"我，"她回答，"准备在瓦拉纳西开一家律师事务所，给父亲帮帮忙。你知道我母亲的家乡是哪里吗？"

"希沃布里。"

"没错，它被称为极乐之城。它迟早也会像次大陆其他城市一样，成为真正的极乐之城。我只要尽心尽力做好我自己的工作，别人怎么想怎么做都是他们的选择。"

旁边的小清真寺里传来下午的祷告声。她很自然地用纱丽包住了头。

楼下的姑娘们正忙着烹饪雨季的美食。为了表示对雨水的敬意，她们都身着彩虹色的纱丽和披肩。"也给我们做点什么吧！"查姆帕把头伸向窗外，对她们喊道。

"好的，巴吉，请稍等。"其中一个姑娘愉快地回答，然后继续哼起歌来，"是谁，哦，是谁在芒果树上挂起了秋千？"这是一首非常流行的歌曲，创作者是印度莫卧儿王朝的末代皇帝扎法尔汗·巴哈杜尔，他也是音乐之王。

卡玛尔变得有些坐立不安。泽布恩出现在楼梯口，她把一大盘热腾腾的油炸饼放在了地上，哼着雨天的歌曲离开了。

查姆帕还是坐在门槛上。"你一定感到好奇，"她慢悠悠地说道，"**接下来**谁会走进我的生活？但是卡玛尔，我觉得既然现在每个人对成功的定义不尽相同，甚至觉得我比你要幸运得多。我已经发现了我的魔法钥匙。在伦敦的时候，高塔姆曾经用他那装腔作势的哲学家语气对我说，我们所有人都丢掉了那把钥匙。一九四一年的雨季，我在瓦拉纳西收到你姐姐苔赫米纳来信，欢迎我即将进入昌德巴格学院。当时我就想，那封信就是我通往仙境的魔法钥匙。"

雨水落在楼下的池塘里，带着节奏和韵律。树木日渐茂盛，溪流欢唱着顺着小径流淌，院子里满满一池水在闪着金光。幼苗插在有残口的陶瓷花瓶里，随着微风轻轻摇曳，小小的瀑布顺着雨点一同下落。"**这里，**"查姆帕说，"**就是我自己的水域，我的眼泪在此静静流淌。**"

几只蒲桃从不堪重负的枝头上掉了下来。查姆帕把一片湿漉漉的绿叶从发梢上拿开。

"卡玛尔，"她沉思着，"你还记得那位伦敦的巴基斯坦艺术家吗？她没日没夜地创作油画，走遍了西方国家，在伦敦、巴黎和罗马都举办了个人画展。外交官太太们和各路名媛都来给她的开幕典礼捧场，屋子里全是闪光灯和记者。与此同时，她却只是站在角落里，礼貌地微笑着应答。晚上，人们都走了以后，她孤独地面对空荡荡的展厅和自己广受赞誉的作品。她会坐末班车回家，孤单一个人——卡玛尔，吃点儿香炸杂菜，趁热，一会儿就凉了。"

第二天一早，他起程前往德拉敦。查姆帕站在破门旁的小窗户前，用非常愉悦的语气说出"再见"，以此表示今后可以与自己的人生和解。对卡玛尔来说也一样。

再一次，查姆帕消失在了他的身后，如同当年伫立在牛津街的玻璃门后那个越来越模糊的人影，如同当年阿米尔·礼萨准备出发前往巴基斯坦时站在古尔费珊的街道上那个孤零零的人影。但也许，今天的她不再觉得孤单，她已和周围的人群融为一体。她最终还是无条件地接受了她曾经想要摆脱的人际状况。

卡玛尔曾想过，当他继续前行的时候，查姆帕却永远地停留在了过去。他会前往新的世界，拥有新的视野。但今天他才突然意识到，也许已经前进的不是他，而是查姆帕。她并不像以前那样无依无靠，她有小清真寺悲伤的阿訇陪伴，有戴着面纱的泽布和玛丽亚陪伴，有街上几个顽皮孩子陪伴，甚至有那些面黄肌瘦的推车苦力陪伴。查姆帕巴吉变成了他们的同行者。一想到这些，卡玛尔心中那一股脑的悲哀烟消云散。

马车驶过卡济市场。穆安津的宣礼从清真寺的喇叭里传出，商店的穆斯林店主们已经停止营业，准备晚祷。远处的地平线上飘着寥寥几只风筝，卡玛尔看到一只红色风筝断了线，在深蓝色的天空中越飘越远。如果高塔姆此时此刻在这里，看到这么富有象征意义的一幕，一定又会借题发挥！他苦笑着。"我能做什么呢？"他自言自语道，"我的结局也是可耻的。"

七十一

杜恩谷的无名鸟

什瓦里克山映入眼帘。熟悉的风景像画卷一样展开——山涧、瀑布、泉水、庙宇、苦行僧。岩石、狒狒、树林、一串串丁香花和山楂。

这就是杜恩谷。

德拉敦火车站，马车和出租车等候处，一群衣衫褴褛的加瓦尔苦工一见卡玛尔便围了上来。先生，要去马苏吗？要去拉杰普尔吗？我带您去英国人开的高级旅店……

坐着马车进城的路上，卡玛尔看到好几片光秃秃的、被挖掘得干干净净的山坡，它们静静地面对着德拉敦。"树木被砍光了用作木材，为了采矿，岩石也被炸开了。"马车夫告诉他。

那些人对我美丽的祖国都干了些什么，卡玛尔又害怕又气愤地想。班智达是否知道这里发生的一切？我们必须马上告诉他。但下一秒他又很快意识到了一件极具讽刺意味的事——他和尼赫鲁班智达之间又有什么关系呢？这里已经不是他的祖国。事实上，他这次的到访又何尝不是为祖国献上最后一首安魂曲——解决房屋财产纠纷，切断与故土祖先最后的一丝联系。

他花了几个小时在地方法官的办公室提交房产文件，讨论可迁移和不可迁移的资产、经许可和未经许可的土地。一切结束后,他回到了酒店休息。晚上,他溜达到了寂静的达兰瓦拉大道,研究起门上的名牌。

里斯帕纳河流淌不止。

"哈里桑卡。"过了一会,他叫道。

"嗯。"

"想想,教授说得太对了,我们陷入了混乱。"

那个晚上,他们说了些意味深长的话,并宣布放弃克己思想。

"咱们一起研究一下房子门前的名牌吧,名字能揭示主人的心理。"哈里桑卡走到一家花园的门口,提议道。

"我们不该建造房子,因为猎鹰从不筑巢。"卡玛尔沉思着,引述起伊克巴尔的诗句。

"所以你想想,人们建造了这些房子,各种各样漂亮的房子。这个世界上满是房屋。"

"是啊,这很奇怪。"

两人坐在一座中式风格小桥上,小桥连接着路口和一所房子。"这是有寓意的。"哈里桑卡严肃地说道。

"一定是的。"卡玛尔附和道。

暮色越来越浓重,他们研究了更多名牌。"茉莉""三叶草""爱与友谊""杜恩避风港""玫瑰山""仙女屋""小径"。

他们步履沉重地走在拉杰普尔路上,静静地凝视着东方运河上的涟漪。一只破鞋在水面上漂过,跟着水波上下起伏。

一辆闪闪发亮的雪佛兰在他面前停下。卡玛尔揉揉眼睛四下望去,哈里桑卡不知去了哪里。哦,现在不是一九四二年,而是一九五六年的德拉敦。他又揉了揉眼睛,发现自己正坐在家门前的步行桥上。一个衣着体面、面容和善的锡克人走了出来,狐疑地打量他,仿佛站在面前的是一个想卷走全新音响设备的时髦小偷。

"你是……?"他问道。

"我……我……"卡玛尔支支吾吾,一时不知该如何回答,心跳也变快了。他又看了一眼门柱上的大理石名牌:**巴哈杜尔汗·赛义德·塔奇·礼萨·巴哈杜尔,卡尔延普尔**。毫无疑问,这就是他的家。他站起身,感到嗓子很干,从口袋里掏出一叠证明文件,恭敬地递给了对方。

"哦,我明白了!您是来处理动产的。"锡克绅士恍然大悟。"快进来,巴伊阁下。你的储物间好好地锁着呢。你带钥匙来了吧?"

"是的。"卡玛尔回答,低头看着脚下的蓝色鹅卵石小道。

绅士把他带到前方的游廊,并端上了热茶。"小径"的新主人在分治动乱时期一文不名地从拉合尔逃难至德拉敦,现在已经成为一名富有的承包商,忙于阿尔卑斯山的伐木业务。聊到拉合尔的时候,他因思乡心切而数度落泪。

"我可以明天过来打开储物室吗?"卡玛尔问。

"当然。请把这里当成你自己的家。"绅士说出一句用来表示欢迎的印度俗语。

卡玛尔回到了酒店。

第二天早上,他又来到了那所房子,直接走进储物室。坐在红砖砌成的楼梯上,他倏然意识到自己就是印度"迷失一代"的一分子。他那体面辉煌的家族继承到的世界就是秋日的树林、半山小屋和银光闪闪的下午茶茶具。家族里的女性们踏在他面前的橡木小道上,仿佛出自法国或者土耳其经典小说里的女主角,娇嫩的小手慵懒地打着缅甸遮阳伞或者挎着意式珍珠包。

每到冬天,他们会来这里观赏马苏里的雪景,壁炉里会堆满圆木,地毯上铺着缎子被褥,大家会舒服地盘坐在上面喝绿茶。塔拉特会用她的被褥做成一间"小屋",然后捧着她最爱的《约翰与玛丽》彩印书钻进去。

厨房边有一棵肆意生长的面包树。每天早上,侯赛因的妻子都会认真地数一遍树上的果子,确保没有被邻居家的厨子偷走。游廊前侧挂着一幅呈现狩猎景象的油画,画里一群猎狗在德赖平原的芦苇丛中追逐一头雄鹿。起居室的墙壁上覆盖着镶有金丝的黑色织品,一排家庭照片装饰着银色的相框。房间的四个角落都放置着高高的三脚架,架子上摆着种植在黄铜花盆里的蒲葵。每天早上,客厅的洗脸盆里都会放满新鲜的印楝叶,桌上会严格遵循英式正餐的餐具摆放规则,洗指碗里漂着玫瑰花瓣。安静的男侍从阿米尔汗一身雪白,包头巾的红带子上会别着印有父亲名字的银色花押。

温暖的下午,每个人都在凉快的房间里午睡,卡玛尔会溜出去,坐在荔枝树的树荫下。宇宙的寂静和慵懒笼罩着整个世界。远处的雪松林中传来鸟儿无休无止的啼叫声,仿佛在喊着——"唉,我好困……我好困……"这是杜恩谷独有的鸟儿,没人见过它的样子。它喜欢躲藏在树叶之间,在漫长的夏日午后喋喋不休。根据山里的传说,神明曾把自己的福祉恩惠撒播给生灵万物,比如给予孔雀美丽的羽毛,赋予噪鹃动听的歌喉。可那时,这只愚蠢的鸟儿正在杜恩谷的树丛里熟睡,错过了大恩降临。它什么也没得到,继而开始了无穷无尽的抱怨。

锡克姑娘从一个房间穿进另一个,砰一声关上了餐具室的大门,也把停留在一九三六年德拉敦的卡玛尔叫了回来。

他打开储物室的门，走了进去，漫无目的地在房间里四处走动，将落了厚厚一层灰的柜橱开了又关。他翻动着那些大箱子、小盒子，看看有什么有用的东西。卡玛尔想，在古尔费珊和卡尔延普尔乡村别墅的储物室里，也会有这样一座座堆积如山的东西，它们被称作"财产"——实则为垃圾……他站在这些无用之物间……人啊，总是极力想要拥有一些**东西**。

现在他似乎明白了，为什么杜恩谷的鸟儿会放弃世界，躲藏在树林里。他在一张板凳上坐下，着手整理起来。他先是打开了一个放有家庭文件的铁盒子，很快又轻轻合上了。他的目光落在那一摞摞珍贵的乌尔都语旧杂志上，却不知道从何下手。他又拿起一个标着"通信"的盒子，毫无兴致地打开盒盖，里面的信件都盖有陌生的邮戳：奥兰加巴德，一九三三年七月六日。印多尔，一九二八年十月二十四日。迈索尔，一九三七年三月三日。这些信件是谁写的？上面又写了些什么？寄信人现在在哪儿，又在做什么？或者，埋葬在了什么地方？

比如这封写着"莱斯·比哈里·拉尔博士，一九三一年七月二十九日，发自皮利比特"的信。谁是莱斯·比哈里·拉尔？拉尼凯特的维什瓦南丹·潘迪是谁？贡达的穆罕默德·艾哈迈德·阿巴斯法官助理又是谁……？卡玛尔一肚子疑惑。他把盒子重新放回柜子里，然后转向地毯上的那堆文件。卡尔延普尔的诉讼状，春妮贝古姆和她那位不怎么样的丈夫米尔·班尼的离婚协议书（两人都已故去），一本很多年前由勒克瑙尼瓦尔基湾出版社出版、由赛义德·卡玛鲁丁·海德尔用乌尔都语撰写的《奥德史记》。当他拿起这本书，泛黄的书页差点一下子散落开来，于是他小心翼翼地翻开。扉页上华丽的钢笔字写着："此版本由尊敬的来自奥德省巴尔拉姆普尔和图尔西普尔的迪哥比杰·辛格·巴哈杜尔摩诃罗阇点评并集结而成。"此书还有一篇由摩诃罗阇用充满异国情调的绚丽乌尔都语撰写的序言。卡玛尔开始随机读起了几个片段。"简言之，经历这些事情和长时间的思考后，孟加拉的纳瓦卜变得十分消极，他穿着僧侣的赭石色长袍，只坐一张蒲团。整个朝廷的穿着也变得十分卑微，但他们还是成为底层社会的众矢之的……"

卡玛尔翻到另一页。

"——战无不胜的英国势力终于在那一天意识到自己已经完全征服了印度这块土地。从东到西，事实很明显。因此他们渴望加强对帝国的掌控，并且相信搞垮整个莫卧儿王朝只是时间的问题。他们觉得一切不用操之过急，因为此时此刻印度的内部分裂已经非常明显，整个印度斯坦大地上的灯火正在一盏接着一盏地熄灭……

"米尔扎·阿里汉，一八一六年六月，悲惨而卒。

"——他葬于加尔各答的卡西巴格，提普苏丹的儿子也长眠于此。不少贱民始终把他当作印度的总理，自发为他抬棺送行，而英国人也派了卫兵全程护送。那时，勒克瑙的总督是约翰·拉姆斯登，而掌管瓦拉纳西的则是约翰·切里，他后来被纳伊卜·塔法祖尔·侯赛因汗刺杀而亡……

"——德里王子米尔扎·苏莱曼·希科之子米尔扎·穆扎法尔·巴克特想要摆脱作为奥德王朝囚犯的牢狱生涯而逃出勒克瑙，一些穷困义士陪伴在他身边。当他垂头丧气地返回勒克瑙后，娶了克劳德·马丁将军其中一位守寡的英国妻子莎莉贝古姆，并靠他白人妻子的抚恤金度日。她死后，他仍然住在她的房子里……

"杜布瓦上校、法瑞尔长官以及穆罕默德·伊斯梅尔与使馆人员一起撤回伦敦，给王中王乔治四世带去了很多无价之宝……"

卡玛尔把书扔回篮子里,望着手上刚刚留下的灰尘,情绪十分低落。过了许久,他都没擦去灰尘。这些书哪儿也不该去,就让印度政府来收藏它们,然后卖给废品回收人员吧,他对自己说。

正要离开时,他发现了角落里的一堆照片。他拿起照片,抖了抖上面的灰尘——这是他的叔叔,衣着光鲜地坐在一排表情严肃的大人物中间。这张照片应该是担任副职高官的叔叔从一个区调到另一个区时拍的。后面的背景是一道大大的拱廊,照片下方站着一排身穿制服的随从,表情庄严,腰杆笔直。他默念着照片上印着的名字:L. 萨克塞纳先生、S. A. 里兹维先生、塔库尔·拉姆·纳拉因、马苏杜尔·哈桑·纳克维。

他记得其中的几位。这一定是些奇怪的人——有教养,有文化,心地单纯,不知道世上存在所谓的尔虞我诈。愚蠢的人们。他们拥有特殊的迂腐思想、幽默感和兴趣爱好。诗歌、座谈、狩猎、古典音乐,他们过着怎样一种平和简单的生活!他久久地端详着这张集体照好一阵。我们该如何证明自己比上面这些人更好?可怜的人啊!但在你们面前,我感到羞愧,所以我逃开了,躲藏在遥远的地方。再见。他松开手,照片慢慢落在地上。卡玛尔离开了储物室。

无名鸟还在树梢上叫着"我好困"。蠢鸟,你什么也没失去。他咕哝着,锁上了房间的门。

七十二

国家博物馆的善见夜叉

"你好，拉杰瓦提——我在警察局。"卡玛尔告诉他的儿时玩伴，尽量让自己的语气听上去愉快。

"警察局？发生什么了？"拉杰瓦提很是惊讶。她之前从来没有接待过巴基斯坦的访客。

"来报备我的到达而已，愚蠢至极。我已经在梅登酒店订了房，行李也会被送到那儿。你看，我就是想要确定你在不在家。"

"我们还能去哪儿呢，卡玛尔？你还记得地址吧，要不我过来接你？"

"我当然记得地址！"他挂断电话便回到了酒店，然后从客栈前往拉杰瓦提的表亲不远处的家。这又会是一场令人激动的久别重逢。这里挤满了穿着白色短裤和夹脚拖鞋的得克萨斯顾问，就像巴基斯坦全是美国游客。卡玛尔叫了个要价很高的锡克司机，车子带着他穿过老城区，这里跟他的酒店一样，尽管英国统治时代已经过去了十年，依然充满了浓重的英伦气息。看到这些，卡玛尔想，尽管莫卧儿王朝已经覆灭一个多世纪了，但是它的影响力仍在，文明不会一夜殆尽。在老城区的派出所，官员用潦草的乌尔都语为他的到访登记，这让卡玛尔感到很惊讶，因为在其他地方，印地语显然更占主导地位。

老城区寂静如常。远处,噪鹃正在歌唱。

这里的一些房屋现在由语言老师吉万·拉尔极其聪慧的后代们继承。吉万·拉尔是迦利布的朋友,一八五七年之后他曾给驻扎在沙·贾汗倒塌的城堡红堡的英国士兵传授乌尔都语。

卡玛尔注意到房子前面的老旧名牌。他来自一个满是战争逃亡者的国家,他当然也是其中之一。而住在这里的人,祖祖辈辈都定居于此。他回想起当年在德拉敦的达兰瓦尔,他和哈里桑卡两个淘气包是如何故意互换各个房子前面的名牌的。

车在贝拉路一幢摆放着盆栽棕榈树的房子前停下。他看到拉杰瓦提正站在前廊的台阶上等候他,看到他的一瞬间,她一下子扑了上来。"哦,卡玛尔,求你别走。"她边说边流泪,"尼尔玛拉已经走了,哈里也漂泊在外,现在你又去了巴基斯坦。"

他们进了屋,在一张沙发上坐下。"为什么哭啊?"他慢声细语说道,"别哭了。"

开往阿姆利则的火车傍晚出发。拉杰瓦提对高塔姆还是有心理障碍——她没有他的电话号码。卡玛尔找来一本中央政府的电话簿,翻开这本"丛林故事",他看到了两个熟悉的名字,扎里娜·侯赛因,对外广播局主播;索拉特·雷曼,教育部。然后,他在信息广播部找到了高塔姆的名字。

卡玛尔拨通了号码。"喂?终于找到你了,那个……是的……"他尽力找寻曾经熟悉的感觉,"是的,没错,今天早上从德拉敦过来的……我一直在达卡。在勒克瑙停了一下,苔赫米纳向你问好,她一切都好,嫁给了一位在北方邦什么地方任副职的远房亲戚。她已经不那么激进了。

"每个人都挺好的,除了我们的……卡迪尔和曲姆兰……我的神啊!

你还记得他们！你的记性真是不错！车卖了以后，卡迪尔就回到了米尔扎布尔。为什么卖车？哈，我们的一切都被变卖了，抵押的抵押，拍卖的拍卖，扔的扔，你竟然还在担心一辆破车！

"你说你没把自己卖了。不是。不是。我在说我自己……我很值钱，我能卖个好价。

"不，我估计没法来见你了，没时间。日程太紧了，你在'阿尔卑斯'等我还有什么意义吗？我现在得去保管办事处……P栋。好吧，我会尽量赶，不过如果超过十五分钟就别再等了，我肯定是被什么琐事挡在办事处了。再见。"

他挂了电话。"好了，拉杰瓦提，我得马上走了。"

"卡玛尔，我帮你做点什么吃的带到火车上吧？"

"那就做点以前你常做的吧。"他简略地回答。继续吧，想用这些陈年旧情把我融化可不容易，我现在的心比石头更坚硬，我也不会放慢脚步。我是个强壮又厌世的成熟男人，已然经油盐不进水火不侵……

在康诺特广场，他错把一名路过的女子当成苏雷卡，迅速向对方道歉后，他继续着游廊里的闲逛。站在心满意足、兴高采烈的人群之中，他却感到恐惧和慌张。他想起今晚坐火车离开之前，还得去老城区派出所报告他将离境。不留后患。

印历六月的骄阳炙烤着他，不带一丝怜悯。他迫不及待地想要回到卡拉奇，并下定决心，绝不会重返印度，即使他的亲妹妹塔拉特以及其他亲友还在那里。

"见到您真是惊喜！"他在一家书店门口又意外遇见汉斯·克拉默博士，使劲挤出一张笑脸。博士身边站着一个看上去年轻又精明的女人，显然是信息部门派来陪同他的。

"我正好要带教授去国家博物馆，一起来吧。"年轻女子（教授介绍她为库玛瑞·阿鲁纳·巴杰帕伊）对卡玛尔说。他闭上双眼。如果尼尔玛拉还活着，应该也在某个地方做着和她一样的工作吧。

"我们一起乘船从英国到的印度。"好心的教授告诉巴杰帕伊小姐。

他们在帝国酒店接上了两名法国学者，库玛瑞·巴杰帕伊用一辆旅行车把大家带往总统府。汉斯·克拉默教授和他的同事们所生活的那个纯净的小世界，就在不久前也同样属于卡玛尔，他们同样拥有高于生命的愿景，以及超出认知的洞见。他们都是来印度参加佛诞庆典的，之前几个月，克拉默博士一直住在斯利那加的一间船屋里，撰写一本有关笈多雕塑的书。

印度独立后，前总督的宅邸如今命名为总统府，其中一部分被改建成了博物馆。"不过这只是暂时的，你知道。"库玛瑞·阿鲁纳·巴杰帕伊带有歉意地对卡玛尔解释道，"新的博物馆正在建设中，会完美呈现我们所有的辉煌传承。"

卡玛尔对此不以为然，却还是礼貌地用套话回应："是的，当然。"十二个月前，他也是用充满自豪的语调这么跟托马斯说的。

卡玛尔觉得自己没必要告诉她，他也曾经属于这个国家。

从骄阳似火的外部世界走进总统府的大理石大厅，能感受到一种别有洞天的清凉舒适。一座座古代雕像面无表情地瞪着卡玛尔。外国游客们在一个又一个玻璃罩子前停下，低声交换着历史见解。在印度总督与莫卧儿朝廷众臣召开会议的皇庭里，曾经摆放着权力宝座的位置被一尊巨大的佛像代替，后面的背景是一块红色丝绒。

卡玛尔在宝座前的阶梯上坐下。他低下头，回忆起年轻时代去过的另一间宁静的佛堂,那是他和哈里桑卡陪姐妹们去瓦拉纳西……很多年前……在一九四一年。那个时候世界很年轻,因为他们是充满希望和欢乐的年轻人。他们都坐在黑漆漆的佛堂大理石地板上避暑,突然间,塔拉特在古铜色的佛像前跳起了舞。

启蒙和教化都是什么?卡玛尔脸上显露着惊诧。他的思绪再一次被库玛瑞·阿鲁纳·巴杰帕伊打断。"请过来吧。"她把大家引向另一间屋子。"这是摩亨佐-达罗的跳舞女孩,印度最古老的文明……五千年的历史。"

这是巴基斯坦最早的文明,他很想严肃地纠正她,但在现在这种情况下,说出来会很滑稽。

他们入迷地注视着这座小小的雕像。她看起来就像来自莫克兰海岸的任何一名黑人女子。在当代卡拉奇,能见到很多这样的劳工。所以此时此刻,我解开了摩亨佐-达罗的跳舞女孩之谜,她只不过是个莫克兰劳工。他对自己笑了笑。

他们走到一个区域,这里标注着:昌胡达罗,斯瓦特山谷,哈拉帕,塔克西拉,鲁佩尔。

然后走到另一个区域,他们看到一个亮着光的玻璃容器,装有一块古老的浮雕,形态为柳叶弯眉的丰满女子。"这是最近从舍卫城的废墟里挖掘出来的。"解说牌上标着:约公元前四世纪。

浮雕女子交叉着双腿站立。她有一张圆脸、一对弯眉、一个尖尖的下巴和精心打理的发型。一只手伸向头顶的团花树,想要摘下一根树枝。她看起来强壮又朴实。她裸露上身,戴着沉甸甸的装饰品。

"古代人喜欢丰满的女人,而且她们也不穿纱丽。"拉乌尔先生笑嘻嘻地点评,巴杰帕伊小姐在一旁红着脸。克拉默教授严肃地说:"印度的未来理论,'有形'还是'无形','有'还是'无',都扎根于此。这件东西，"他总结道，"可能比巴尔胡特和马图拉的历史还要悠久。"

"面对古老雕塑所遇到的最大问题，恐怕就是将我们单纯的解读与已知的象征意义联系起来。这和犍陀罗的巴克特里亚-希腊佛头一样，都是为了激起偶像崇拜。"莫尔兰德博士带着学究腔说道。

"我该跟谁来谈论我的'有形'和'无形'，'有'和'无'？想想卡玛尔。所有这些理论证明都毫无意义，这些雕塑无法传递给我任何信息。"

"按照吠檀多派的理论，纯粹的审美体验是无法分割的，就像闪电一样。旁观者和创造者合二为一。你怎么看？"莫尔兰德博士转向卡玛尔。

"我没什么看法，先生。"卡玛尔回答，低头看着手腕上的表。

"这尊神像寓意大地的力量，它就是生活本身而不是神话。它是宁静、平衡、变化三种感觉的复杂融合。一种惊人之美。"莫尔兰德博士接着说。

"要是能知道这位少女的雕刻者就好了。但是在印度，历史没有意义，事件也不重要。现实、神话、传统都混为一谈。历史节点已经不复存在，时光是无尽的，人会被遗忘。他的创作也会湮灭在岁月的长河中。没有任何危机会影响印度的思想，因为危机只是时间的一部分，而时间毫无意义。"莫尔兰德博士缓慢而庄重地说，"这就是为什么东部的艺术家很少愿意署名。你知道，伊朗的艺术家总是会在书里留下一小部分空白，对他们而言，安拉才是完美的艺术家。"此刻的卡玛尔，已经一个人脱离队伍，溜进了画廊。

"……说到底，我们就是时间本身。"拉乌尔先生说。

"你也能够感受到空间，不仅仅是时间。"克拉默博士的声音紧追匆匆走出画廊的卡玛尔。

在P栋的保管办事处办完事后，卡玛尔并没有如约去"阿尔卑斯"见高塔姆·尼拉拔，他直接回到了拉杰瓦提的家，并嘱托她："如果一会儿有人打电话找我，就说我不在家。"说完，他走进里屋，拴上门，呼呼大睡起来，直到该出发火车站的一刻才醒来。

高塔姆在"阿尔卑斯"等了卡玛尔将近一个小时，其间还四处打电话找他。最后他不得不放弃对这次朋友见面的期待，只身返回办公室。

过了一会儿，他想起一件关系到重要文件的事情，于是打电话给自己的副手库玛瑞·阿鲁纳·巴杰帕伊，却得知巴杰帕伊博士正在陪同克拉默教授参观国家博物馆。

"该死……"他压着嗓门儿抱怨。卡玛尔的爽约让他很沮丧。

他感到愤怒……

他对这个国家愤怒，对自己愤怒，对卡玛尔愤怒，对世上的一切愤怒。如果可能，他简直想把巴杰帕伊博士、克拉默教授以及其他所有人生吞活剥。

这个文件高度机密且十万火急。他冲上轿车，开到总统府。巴杰帕伊博士和她的同伴们却已不在那里。他一个人在空荡荡的博物馆房间里漫无目的地游荡。

他在一具善见夜叉雕像下面看见一沓信息广播部的小册子，他的同事不小心把它们落在这里。他捡起小册子，盯着雕像的脸看了起来，而舍卫城的少女也用冷漠的目光回望着他。

这是一座典型的精美古代雕像，他暗暗赞叹。穆尔克·拉吉·阿南德博士的《玛格》以及卡尔·可汗达拉瓦拉的《印度之征》里都应该有关于它的文章吧。这样想着，他走出了博物馆。

卡玛尔在太阳落山时离开了拉杰瓦提的家。"你今天在外面一定晒得够呛，来点凉风对你有好处。"拉杰瓦提的丈夫济加吉对他说。他们上了一辆车，向山那边驰去，开了一阵，热闹繁华的分治之后的德里在不远的地平线上闪着光。车下了山，驶进新德里区域，他们漫无目的地转悠。乌斯塔德古拉姆·阿里汗的音乐会正在萨普鲁厅上演。

"今晚，咱们的苏雷卡也会在希拉·巴蒂亚歌剧院演出，扮演希尔①。"拉杰瓦提激动地告诉卡玛尔。

"太棒了。"卡玛尔说道。

"她从下周起还会在《小泥车》②里扮演春军。曲迪西亚·扎伊迪贝古姆是制作人，哈比卜·坦维尔担任导演。只可惜你不能多留几天。"

"必须赶回实验室，还有一大堆工作等着我。你知道。"卡玛尔沉闷地回答。

车在一座庙宇前特意放慢了速度。庙宇的大理石地板上跪拜着大量印度教信徒，他们齐声唱着科尔坦③。一大群踌躇满志的中产阶级男男女女聚集在祈祷厅中，供奉的偶像颇能代表现代印度人的自我讨好心态。

是时候离开了。

他跟拉杰瓦提夫妇告了别，走进火车车厢。列车徐徐开动，离开了老德里火车站。贾穆纳大桥。红堡的城墙。市集。街道。交叉路口。平屋顶的房子。开满花的树。他望着窗外的这一切。是的，他正在离开。

贾米亚·纳加尔。尼桑木丁。洛迪墓。所有这一切都被甩在了身后，

---

① 希尔是印度旁遮普地区著名爱情悲剧《希尔与南吉拉》女主角。该剧多次被拍成电影。——译注
② 古印度梵语戏剧家首陀罗迦的十幕剧，描写名妓春军的爱情，抨击了奴隶主和统治阶级的残酷。——译注
③ 印度教瑜伽仪式中的一种对唱式的吟颂。——译注

但生活还要继续。一个人的生死起落对这个世界无足轻重。曾经身边的那些人已经走上了另一条路,卡玛尔与他们不再有任何交集、任何关系。而他们,也终将忘记卡玛尔。

此时此刻,媒体俱乐部里来自世界各国的记者们一定跟往常一样,推杯换盏,不亦醉乎,苏雷卡·提毗一定正在曲迪西亚·扎伊迪的印度斯坦剧院舞台上翩翩起舞,而尼赫鲁班智达则在他的府邸会见法国贵格会代表团。

清风拂过罗珊阿拉巴格,吹过贝拉街。老城区和新德里的房屋前,盛开着娇艳的玫瑰花丛。

火车开进了乡间。每一段旅程都有象征意义。高塔姆曾经(塔拉特的说法)模仿纪伯伦笔下穆斯塔法的语气。"印度的全部象征意义就是一段旅程,永远在行走,永远在寻找……"斯宾格勒曾如是说。卡玛尔随手拿起身边那本萨瓦帕利·拉达克里希南的平装书,库玛瑞·巴杰帕伊在火车站书店买来赠送给他作为告别礼物。

"印度的人生哲学,没有人规定你必须做什么,必须不做什么……每个人都可以自由选择所好。"

哦,真是如此吗……?

他随便翻了几页便合上书,将它放在一旁,倚在座位上休息。

火车开过几个东旁遮普的小站,站台的墙上贴有色彩斑斓的乌尔都语海报,展示着最新上映的几部电影。贾朗达尔站的月台刚清洗过,洁净可鉴的地面映射着锡克妇女们明艳亮丽的纱丽。小贩叫卖着热茶和香炸杂菜。

清晨,火车缓缓驶进阿姆利则。锡克妇女们成群结队地走在乡村小道上,锡克农夫们已经在田地里用犁忙着干活。蒙着面纱的穆斯林妇女和留着络腮胡的穆斯林男人安静地坐在阿姆利则站的月台长椅上,耐心地等待着签证检查。一个肥胖的锡克警察正大声问一个老妇人:"你叫什么名字?"

"阿米娜,"她的声音很悲伤,"这是我的女儿萨基娜,她是巴基斯坦人。我从德里过来接她,她的父亲已经快不行了,我想让孩子见他最后一面。"

巴基斯坦人萨基娜站在另一个专供巴基斯坦旅客等候的区域,她和她的印度母亲之间隔着一块几道铁条。姑娘正用充满恐惧的眼睛望着警察。"她的材料都没问题吧,长官?"她的母亲语气中充满渴求……

一名巴基斯坦边境警察走进卡玛尔的车厢。

火车开动了。来自两个国家的士兵纷纷登上后面的车厢,在进出两个国家的列车上经常可以看到这些武装卫兵。

这些天,卡玛尔一直在积攒勇气,设法保持自己的纯粹。火车跨越国境的一刹那,他最后一次看见那个站在电线杆下、手握长枪、充满警惕的锡克警卫那友好的、咧嘴而笑的脸庞,心不禁深深一沉。

一瞬间,另一个国家出现了。持枪的锡克士兵被远远地抛在身后。

我在巴基斯坦。我从印度回来了。难民。莫哈吉尔人。来自北方邦流离失所的穆斯林……多么可怕……难民……流浪……无家可归……

阿布·曼苏尔·卡玛鲁丁哭了起来。

过了很久他才意识到,他的旅伴——一位从阿姆利则返回拉合尔的巴基斯坦边境警察,正直勾勾地盯着他。

卡玛尔垂头丧气,他似乎能听到警察在说:"你的忠诚正站在矛盾的十字路口难以抉择,不是吗?"

全世界的眼睛都投向了他。你是一个印度穆斯林……来自印度的间谍……

火车车轮似乎也在用同样的迭句附和着——叛徒……间谍……叛徒……间谍……叛徒……间谍……

他睁开眼，浑身颤抖。列车正慢慢开进拉合尔火车站的禁区。他心跳加速。

黄昏，他在拉合尔的沃尔顿机场登上巴基斯坦航空班机前往卡拉奇。

现在，新生活又在他面前展开了。他拿出摩洛哥皮精装笔记本。回到联邦首都后，将有一大堆的事情等着他去做。第一件，他要和纳齐尔叔叔一起在金卡纳俱乐部用餐，这位有权有势的亲戚能帮他搞到黑市价水泥等东西。他会在卡拉奇上流社会聚居区建一幢新房子。对了，还有穆尼表兄，他的妻子是工业部长的女儿，一定得记得邀请他。告诉我，未来我会变成什么样子？他问他自己。我怎样才不会变成这个体制内的一分子？

漂亮的普什图空姐为他端来一杯咖啡，她身着一套皮尔·卡丹设计的绿色制服，看上去非常完美。卡玛尔给了她一道赞许的目光，有那么些时刻，他会感到放松和舒服。他试着摆脱负面情绪，于是拿起一张《黎明报》，将注意力锁定在自己国家的政治新闻上……内阁危机。总理下台。新任总理在贾汉吉尔公园发表全国演说……

过了一会儿，他望向了窗外。天空布满阴云，看起来很快将有一场大雨，而云朵不需要护照。他拉上绿色的窗帘，伸了伸腿，身体靠回了椅背上。

七十三

通向舍卫城的公路

他们通过萨玉河上的古尔瓦加特桥进入巴赫赖奇。政府的吉普车飞驰着,尾部的废气形成一阵阵黑烟。一名赶着牛车的壮小伙对因超过吉普车而得意洋洋的旅行车司机大喊道:"喂,先生!你能不能小心点?你快把我的牛给吓着了!"

美国记者拍下了这个正在比画着手势、看起来丝毫不惧权势的男孩。

"印度的新民主!"美国人对负责陪同国际贵宾体验佛教朝圣之旅的文化狂热者尼丽玛·巴纳吉夫人说道。但她为什么还是习惯用英式称谓呢?他暗暗思忖。

巴纳吉夫人正在跟一位来自日本的印度学教授聊着。跟在他们后面的卡车载着一些普通的朝圣者——来自吉大港山区和东巴基斯坦考克斯巴扎尔的和尚和尼姑们。他们都要前往萨哈特玛哈特——也就是舍卫城废墟今天的名字。灰头土脸的黄色巴士后面跟着一辆坐满佛诞庆典代表团成员的中型旅行车。

"我想在这里下车走回家。"高塔姆对巴杰帕伊小姐说,"我知道一条近路。"从勒克瑙乘车三小时再加上坐蒸汽船横渡加格拉河,一路上他一直在听克拉默教授谈论禅宗。现在他想让耳朵安静一会儿。"明天早上客栈见，然后一起前往舍卫城。不好意思了，拉乌尔先生。"

锡克司机停下车，高塔姆走了出来，活动了一下双腿。车全都消失在了一片火红的高莫哈树后方。他四下望了望，深深地吸了几口乡村的新鲜空气。火焰般的树林四处开花，鸡蛋花结出小小的红色花苞，整片树林仿佛经历着一场大火。阴云压得很低，几颗雨滴落在他的鼻子上。高塔姆走上树林里的一条小径继续赶路。年轻的时候，他很喜欢把这些野花画到自己的画里。他记起自己曾画过一幅水彩画，描绘了年轻的悉达多王子站在芒果树下，悲悯地凝视着一只被猎人的箭射杀的小鸟。今天，距离当初他强烈要求前往圣地尼克坦已经过去多久了？他是如何从年轻浪漫的梦想家变成头脑冷静的外交官员的？他继续前行，雨越下越大，他只好到一棵大榕树下暂避。东方吹来的微风裹挟着雨水抽打着他的脸，树木仿佛变身为乐器演奏着马尔哈①、德赛②、高德萨朗③，他想。

正如来的时候猝不及防，这场大雨停下时也毫无征兆。高塔姆听见远处传来老虎的低吼，哦，神啊！他看了看周围的泥路，才意识到自己不知不觉误入了森林深处，脚上那双意大利高级皮鞋已经不成样了。沾满雨珠的团花像一盏盏小灯笼般闪着光，一只孤零零的孔雀在金链花丛中跳着舞，一群白鹤全身被雨水打湿，忧郁地站立在湖边。高塔姆记得，在这片森林之外坐落着这个区域的文化英雄萨拉尔·马苏德的恢弘圣祠。跨过几个水坑和几条雨水聚成的小溪，他终于找到了来时的路，昂贵的毛料裤上已经溅满了泥。

他在路边的里程碑上坐下来，等待着搭乘路过的卡车。再晚一点我可

---

① 拉格的一种，曲风近似急风骤雨。——译注
② 印度古典音乐和拉格的一种融合形式，通常为五声音阶。——译注
③ 印度传统拉格。——译注

能就成为老虎的口中餐了，他悲恸地想着，这倒是个非常特别的告别世界的方式。他尽量让自己想点高兴的事情，回忆起小时候父亲会带他到这里最大的地主拉者南帕拉和皮亚普尔的狩猎小屋里度假。

老虎的闷啸声再度响起，与此同时，一辆卡车出现在路的尽头，正向着市区方向开去。他赶紧跑上前请求搭车。

拖拉车上载着一支结婚队伍，他们很热心地欢迎他上车，并让他坐在新郎身边。高塔姆用方言和他们交谈起来，感到非常亲切和愉快。司机直接把车停在了巴赫赖奇老城区尼拉拔宅邸的大门前。

父亲仍远在勒克瑙。尼拉拔夫人正站在门前庭院草坪上跟园丁说着话，看见自己的儿子出现在一辆满载农民的卡车上，还和他们一起唱着歌，她没有感到一丝惊讶——高塔姆本来就会做出任何疯狂行为。

"看看你的样子！你是掉进泥里了吗？"她责备道，"别告诉我你是一路蹚水回来的。"

高塔姆羞赧地笑笑，用手触碰母亲的双脚行礼。

"哦，妈妈，我的行李箱落在前往客栈的轿车上了。"他冲到楼上自己的房间，从柜子里找出几件旧衣服。"达姆延提姨妈还好吗？"他一边冲凉一边在浴室半开着的门后喊道。

"还不错。"母亲在阳台上回答，"你怎么样，小伙子？开心吗？"

"是的，妈妈。"肥皂水流进了他的鼻孔。"普什帕什么时候结婚？"

"下一个结婚季……"

"普拉卡什叔叔造好房子了？"

"没有。你还记得那个退休的法官汗·巴哈杜尔·穆罕默德·侯赛因吗？他搬去巴基斯坦后房子被拍卖，普拉卡什用很低的价格买了下来。"

巴基斯坦这个词又提醒了他，明天早上他会对那些西方访客解释克什米尔问题。

"我去打个盹儿。"吃完午餐,他跟母亲打了声招呼便进了自己的房间。母亲帮他完好保存了属于童年的一切东西——溜冰鞋、画笔、速写本。考级用乐谱,墙角里整齐地堆放着几摞《少年》[①] 和《电影娱乐》[②]。每次回家,这些东西都能勾起他的回忆。

外面的风停了,屋里也没有电。房间里闷热得让高塔姆感到窒息。杂志从他手中滑落。他突然感到恐惧,于是走进了母亲的房间。

"妈妈,我出去兜兜风。"他轻声说道,身子有点发抖。

母亲关切地看着他。他看起来心事重重,发生了什么?

"你刚大老远从勒克瑙坐车回来,不好好休息一下?"

"我想走一走通往舍卫城的公路,看看通不通。你知道的,那些贵宾们——我马上回来。"

他来到车库,钻进那辆他在美国为父亲买的二手普利茅斯车,向贡达疾驰而去,路过那片森林时又回忆起了虎啸惊魂。萨玉河在长叶紫荆木的簇拥下闪闪发光。他已经离开了巴赫赖奇二十五英里。前方,几座小型窣堵波映入眼帘,燃烧的太阳慢慢从云层中露出脸来,空气更加湿热。他认出了那辆满载着东巴基斯坦朝圣者的黄色卡车,它正停在一座棕色窣堵波的阴影里。男男女女们正忙着采摘干木苹果作为圣品。释迦牟尼也曾造访这里。

他继续行驶,来到弯道。舍卫城就在不远处。他把车停在一棵树下,向环绕着巴赫赖奇地区的河流边徒步走去。到达杂草丛生的河岸,他四下

---

① 英国报纸,读者对象为青少年。——译注
② 美国电影杂志。——译注

寻找一处可以坐下来的地方，只见一个小土坡上有一堆石头，看起来像是用来拜神的。一只鹿从草丛里跳出来，最好别有豹子，他心里想着，向石洞走去。这里也许是为祭祀阿迪瓦西部落的某个图腾或女神而建。在好奇心的驱使下，高塔姆踏上几块颇像台阶的石头，向内部窥望。墙上布满几个世纪前油灯的灰迹。他看不清女神的面容，也许那只是一块用朱砂妆点过的未经切割的石头。最初她是无形的，只是一个意念。也许当地的圣器都是如此，它们激起了早期雅利安迁徙者们的偶像崇拜。他靠在石墙上。周围鸦雀无声，简直是自我放空的完美时刻。他人生中第一次意识到——涅槃也许真的存在。恐惧，孤独感，悲伤，挫败，绝望，仇恨，愤怒，逃跑离尘世的欲念，空间概念，相对论——涅槃，超越生命、死亡、睡眠、觉醒、爱欲、怜悯、冷静之上，是终极现实……

他听到一阵脚步声。

"谁在那儿……？"有声音从下面传来。

"我……"高塔姆竟一时不知该如何自报家门：我他妈到底是谁？

年轻人也爬了上来。

"嗨——"哈里桑卡跟他握了握手，仿佛在这样一个闷热的傍晚，两人在这片人迹罕至的雨林里相遇是一件非常稀松平常的事情。

"怎么回事……？"高塔姆略略地问。

"拉杰瓦提打了电话给我，我赶到德里，卡玛尔已经离开了。我又打到你的办公室，他们说你来了这边出差。我刚去勒克瑙探望了一下父母，想着最好能在这里碰到你。"

"你太好了。"也许哈里桑卡已经为了尼尔玛拉原谅了他。这是一九五四年十二月某个阴沉的早晨他在希思罗机场被送走之后，他们的第一次见面，竟是在这样一个莫名其妙的地方。

哈里桑卡在一块石头上坐下，喘息甫定。"我这一路真是白费力气。先是找到巴赫赖奇的客栈，巴杰帕伊小姐告诉我去尼拉拔府上找你。尼拉拔夫人又对我说你前往舍卫城探路了。他已经进入公共工程部了。

"于是我沿着这条路找你，看到你的车停在路边。老兄，这可是个到处都有老虎的国家，咱们赶紧离开吧。"他嘴上这么说，却依然坐着不动。

森林里群鸟齐鸣。"你看，它们都归巢了。"哈里桑卡说出这句话，不带任何目的。

"没错。"

他们向下方的溪流望去。"听说萨玉河的水就像水晶般明澈，如果你扔一枚硬币进去，可以看见它躺在河底发光。"

"没错。"

哈里桑卡掏出钱包，一枚硬币滑进他的手掌。他咧嘴笑笑，把银币掷入水中。它落在河床中灰色的沙石上，若隐若现。

"太神奇了。"他惊叹道。

两个人都沉默了，一开口就会感到疲惫又沮丧。太阳落山，河水被夕阳的余晖染成了琥珀色。过了一会儿，哈里桑卡说："呃，高塔姆……"

"说吧。"

"卡玛尔抛弃了我们，他永远离开了这里，辜负了我们。我们都曾经胸怀大志。"

"我们谁又敢说没有背叛过别人呢？"高塔姆平静地说道，"那些舍卫城的西方访客哪一位能体会我们灵魂中的这种痛？卡玛尔的？我的？印度的？"

他们目睹河水起起伏伏。文字会变化也会消失，语言不是在衰退就是被取代。人类也在一代又一代地更替着，甚至连河水和森林也无法成为永恒。也许不过五十年，这里将会变成钢筋水泥丛林。河水也许会被抽干或改道，正如人类在旅途中消失或改变。

> 沙漠瞪羚，你知道玛吉努是如何死的，
> 告诉我，那对痴情的恋人走后，这片荒野发生了什么

哈里桑卡轻声吟唱着。团花树叶沙沙作响，附和着这首挽歌。

"你太多愁善感了。卡玛尔可不是西拉杰-乌德-达乌拉，这会儿他活得好好的，没准正在卡拉奇的赛马会上和某位美丽的贝古姆翩翩起舞呢。"高塔姆冷嘲热讽道。

"你真的不了解他。我从小就认识他了。"哈里桑卡用和他妹妹尼尔玛拉一模一样的语气反驳道——那时候她总会在剑桥的"光之山"餐厅里断然拒绝高塔姆——"你真的不了解查姆帕巴吉，我们从童年开始便相识了——"高塔姆突然感到一阵剧烈的眩晕，不由自主地抓住了身边的岩壁，仿佛真正被这个宇宙孤立的不是卡玛尔，而是他自己。遁入黑暗虚空的片刻，他听见了哈里桑卡忧郁的声音："卡玛尔太过敏感了，他是个无可救药、耽于幻想的理想主义者，这个无情的世界背弃了他。他身体里的某些东西已经死去了，不然他不会这样小心翼翼地躲着你和我。此时此刻他在卡拉奇的赛马会上跳着舞，那也是他在另一个国家的化身吧。"

"你说得太吓人了。"高塔姆回过神来，尽量让自己的语气听上去轻松一些。一只孔雀扑棱着翅膀飞上一棵枝条随意蔓延的木菠萝树，看起来是在为今晚寻找合适的栖所。哈里桑卡低头看了眼手表。"走吧。哦对了，库玛瑞·阿鲁纳·巴杰帕伊小姐今晚会在巴赫赖奇俱乐部举办晚宴，特意邀请了我们这些优秀的，但也有些惹人厌的适龄单身汉。"

"没有种姓限制?"高塔姆轻声问。

"我们在海外生活的时间太长了,兄弟,印度社会已经变了。"哈里桑卡一边说一边往下爬,"这个洞穴实在太阴森了,连阿迪瓦西人都把它废弃了。"

高塔姆跟着他的步伐,他们走回了公路旁停着两辆车的地方。

不远处,出现了一个白衣女子瘦弱的身影。哈里桑卡像僵尸一样站在原地,脸色变得苍白。他向前跑了几步,但很快回到了原地。"那个……那个女人……"他结结巴巴地说道,"简直跟尼尔玛拉一模一样……一样的脸。一样的步态和身高。有那么一瞬间我以为是我的小妹妹回来了。我真是个傻子。"

那个女人穿着笨重的大鞋子,走路却很轻盈。

过了一会,哈里桑卡说道:"去年我在勒克瑙参加完一个印巴会议后去了趟塔克西拉。"

"哦,你去了塔克西拉!"高塔姆惊叹道,"我一直很想去塔克西拉看看。"

"在在那里的博物馆,我发现了描绘舍卫城文明奇迹的犍陀罗横幅画。"哈里桑卡接着说道,"你知道,佛祖创造这样一个奇迹是为了说服那些傲慢的婆罗门……

"哈!"他苦笑了一声,"今天的舍卫城里已经没有任何奇迹了。有那么一刻,我以为我的小妹妹回来了,但这怎么可能?可怜的尼尔玛拉已经永远离开了。"

高塔姆咬着牙,一声不吭。他能听见自己的心跳,双腿微微颤抖。

越来越多身着白衣的女人出现了,她们拿着竹棍和灯笼,犹似一排行进的鬼火。她们正前往窣堵波,身后跟着一队来自考克斯巴扎尔的赭袍比丘。

"东孟加拉的信徒,"高塔姆压低声音冷冷地说道,"他们这是要去杰特万寺。"

朝圣者们的木鞋从潮湿陡峭的小路上踏过,形成极具韵律感的美妙声响,咯噔咯噔,咯噔咯噔,慢慢地,声音越来越微弱,最终消失在密林深处。

一切都臣服于寂静。

图书在版编目（CIP）数据

火河/(印)古拉杜因·海德尔著；朱瑾译.-- 上海：上海文艺出版社,2020
（新丝路文库）
ISBN 978-7-5321-6882-8
Ⅰ.①火… Ⅱ.①古…②朱… Ⅲ.①长篇小说－印度－现代 Ⅳ.①I351.45
中国版本图书馆CIP数据核字(2020)第150245号

River of Fire (Aag Ka Darya)
was originally published in India by Kali for Women in 1998, 1999 and 2001
Published in 2003 by WOMEN UNLIMITED
© Qurratulain Hyder, 1998
著作权合同登记图字：09-2016-823号

发 行 人：毕　胜
责任编辑：曹　晴
封面设计：周伟伟

书　　名：火　河
作　　者：(印)古拉杜因·海德尔
译　　者：朱　瑾
出　　版：上海世纪出版集团　上海文艺出版社
地　　址：上海市绍兴路7号　200020
发　　行：上海文艺出版社发行中心
　　　　　上海市绍兴路50号　200020　www.ewen.co
印　　刷：上海华教印务有限公司
开　　本：710×1000　1/16
印　　张：32.25
插　　页：2
字　　数：306,000
印　　次：2020年10月第1版　2020年10月第1次印刷
I S B N：978-7-5321-6882-8/I · 5491
定　　价：118.00元
告 读 者：如发现本书有质量问题请与印刷厂质量科联系　T：021-66243241